O CONDE DE MONTE CRISTO

TOMO 2

Esta é uma publicação Principis, selo exclusivo da Ciranda Cultural
© 2022 Ciranda Cultural Editora e Distribuidora Ltda.

Traduzido do original em francês
Le Comte de Monte-Cristo

Texto
Alexandre Dumas

Tradução
Frank de Oliveira

Preparação
Walter Sagardoy

Revisão
Maitê Ribeiro

Produção editorial
Ciranda Cultural

Diagramação
Linea Editora

Design de capa
Edilson Andrade

Imagens
Rawpixel/Freepik.com

Dados Internacionais de Catalogação na Publicação (CIP) de acordo com ISBD

D886c	Dumas, Alexandre
	O conde de Monte Cristo: Tomo 2 / Alexandre Dumas; traduzido por Frank de Oliveira. - Jandira, SP : Principis, 2022. 512 p. ; 15,50cm x 22,60cm. - (Clássicos da literatura mundial - luxo)
	Título original: Le Comte de Monte-Cristo ISBN: 978-65-5552-589-2
	1. Literatura francesa. 2. Romance. 3. Vingança. 4. Prisão. 5. Marinheiro. 6. Plano. I. Oliveira, Frank de. II. Título. III. Série.
	CDD 843
2022-0083	CDU 821.133.1-3

Elaborado por Lucio Feitosa - CRB-8/8803

Índice para catálogo sistemático:
1. Literatura Francesa : Ficção 843
2. Literatura Francesa : Ficção 821.133.1-3

1ª edição em 2022
www.cirandacultural.com.br
Todos os direitos reservados.
Nenhuma parte desta publicação pode ser reproduzida, arquivada em sistema de busca ou transmitida por qualquer meio, seja ele eletrônico, fotocópia, gravação ou outros, sem prévia autorização do detentor dos direitos, e não pode circular encadernada ou encapada de maneira distinta daquela em que foi publicada, ou sem que as mesmas condições sejam impostas aos compradores subsequentes.

Sumário

Os comensais 519

O almoço 542

A apresentação 556

O senhor Bertuccio 572

A casa de Auteuil 578

A *vendetta* 587

A chuva de sangue 613

O crédito ilimitado 627

A parelha tordilha 642

Ideologia 656

Haydée 669

A família Morrel 675

Píramo e Tisbe 686

Toxicologia 698

Roberto, o diabo 716

A alta e a baixa 734

O major Cavalcanti 747

Andrea Cavalcanti 760

O cercado na luzerna 774

O senhor Noirtier de Villefort 786

Um testamento 796

O telégrafo 806

Maneira de livrar um jardineiro dos arganazes que comem seus
pêssegos 817

Os fantasmas 829

O jantar 840

O mendigo 852

Cena conjugal 863

Projetos de casamento 875

O gabinete do procurador do rei 887

Um baile de verão 900

As informações 910

O baile 922

O pão e o sal 934

A senhora de Saint-Méran 940

A promessa 954

O jazigo da família Villefort 985

A ata 996

Os progressos de Cavalcanti filho 1011

Os comensais

Na casa da Rue du Helder, onde Albert de Morcerf marcara o encontro em Roma com o conde de Monte Cristo, tudo se preparava na manhã de 21 de maio para honrar a palavra do jovem.

Albert de Morcerf morava num pavilhão situado no canto de um grande pátio e de frente para outra construção destinada aos criados. Só duas janelas desse pavilhão davam para a rua; as outras tinham aberturas, três para o pátio e duas outras para o jardim.

Entre o pátio e esse jardim elevava-se, construída com o mau gosto da arquitetura imperial, a habitação moderna e vasta do conde e da condessa de Morcerf.

Em toda a largura da propriedade reinava, com vista para a rua, um muro dominado, de distância em distância, por vasos de flores, e cortado no meio por um grande portão de lanças douradas, que servia para as entradas solenes. Uma pequena porta quase junto ao cômodo do porteiro dava passagem aos serviçais ou aos donos da casa ao entrar ou sair a pé. Adivinhava-se, nessa escolha do pavilhão destinado à habitação de Albert, a delicada precaução de uma mãe que, não querendo separar-se do filho, compreendera que um homem novo, da idade do visconde, precisava de toda a sua liberdade. Também era reconhecido, por outro lado, devemos dizê-lo, o inteligente egoísmo do jovem, apaixonado por essa vida livre e ociosa que é a dos filhos de boa família, e que era mimado como o pássaro em sua gaiola.

Por essas duas janelas com vista para a rua, Albert de Morcerf podia explorar a vida do lado de fora. A vista do exterior é tão necessária aos jovens que sempre querem ver o mundo atravessar seu horizonte, ainda que esse horizonte seja apenas o da rua! Então, feita a sua exploração, se esta parecia merecer um exame mais aprofundado, Albert de Morcerf podia, para dedicar-se à sua pesquisa, sair por uma pequena porta que emparelhava com a que citamos, perto do alojamento do porteiro, e que merece uma menção especial.

Era uma pequena porta que se diria esquecida de todo mundo desde o dia em que a casa foi edificada, e parecia condenada para sempre, de tal modo ela se mostrava discreta e empoeirada, mas cuja fechadura e dobradiças cuidadosamente oleadas anunciavam uma prática misteriosa e continuada; essa pequena porta sorrateira competia com as outras duas e não se importava com o zelador, a vigilância e a jurisdição da qual ela escapava, abrindo-se como a famosa porta da caverna das *Mil e uma noites*, como o Sésamo encantado de Ali-Babá, por meio de algumas palavras cabalísticas, ou alguns arranhões combinados, aquelas pronunciadas pelas mais suaves vozes, estes operados pelos dedos mais afiados do mundo.

No fim de um corredor vasto e calmo, para qual dava essa pequena porta, fazendo uma antecâmara, abriam-se à direita a sala de jantar de Albert, com vista para o pátio, e à esquerda seu pequeno salão com vista para o jardim. Maciços de plantas trepadeiras que se expandiam em leque, em frente às janelas, escondiam do pátio e do jardim o interior desses dois cômodos, que, por se situarem no piso térreo, poderiam atrair olhares indiscretos.

No primeiro andar, esses dois cômodos se repetiam, enriquecidos com um terceiro, sobre a antecâmara. Esses três cômodos eram uma sala de estar, um quarto de dormir e uma alcova.

A sala de estar de baixo continha apenas uma espécie de sofá argelino destinado aos fumantes.

A alcova dava para o quarto de dormir, e, por uma porta invisível, comunicava-se com a escada. Nota-se que todas as medidas de precauções tinham sido tomadas.

Acima desse primeiro andar, reinava um amplo ateliê, que tinha sido ampliado deitando-se abaixo muralhas e divisórias, pandemônio que o artista disputava ao dândi. Lá se refugiavam e se amontoavam todos os caprichos sucessivos de Albert, os chifres de caça, os baixos, as flautas, uma orquestra completa, porque Albert tinha tido num momento, não o gosto, mas a fantasia da música; os cavaletes, as paletas, os pastéis, pois à fantasia da música sucedeu a presunção da pintura; por fim, os floretes, as luvas de boxe, os espadartes e as bengalas de todos os tipos; porque, finalmente, seguindo as tradições dos jovens da moda da época a que chegamos, Albert de Morcerf cultivava, com infinitamente mais perseverança do que o fizera com a música e a pintura, essas três artes que completavam a educação leonina[1], ou seja, esgrima, boxe e bastão, e ele recebia sucessivamente nessa sala destinada a todos os exercícios do corpo, Grisier, Cooks e Charles Lecour.

O resto da mobília desse cômodo privilegiado era composto de velhos baús do tempo de Francisco I, baús cheios de porcelana da China, de vasos do Japão, de faianças de Lucca de la Robbia e de pratos de Bernard de Palissy; de poltronas antigas onde talvez tivessem se sentado Henrique IV ou Sully, Luís XIII ou Richelieu, porque duas dessas poltronas, decoradas com um emblema esculpido, onde brilhavam sobre o azul as três flores de lírio da França encimadas por uma coroa real, visivelmente devem ter saído dos guarda-móveis do Louvre, ou pelo menos de algum castelo real. Nessas poltronas de fundos sombrios e severos, eram jogados em desordem ricos tecidos de vivas cores, tingidos ao sol da Pérsia ou urdidos pelos dedos das mulheres de Calcutá e de Chandernagor. O que faziam ali esses tecidos não se podia dizer; esperavam, recreando os olhos, um destino

---

[1] Educação dos leões, como eram chamados os jovens endinheirados da alta sociedade. (N.T.)

desconhecido até mesmo de seu possuidor, e, enquanto isso, iluminavam o apartamento com seus reflexos sedosos e dourados.

No lugar de destaque, estava um piano, esculpido por Roller e Branchet em jacarandá rosa, piano do tamanho das nossas salas de liliputianos, contendo, no entanto, uma orquestra em sua estreita e sonora cavidade, e gemendo sob o peso das obras-primas de Beethoven, Weber, Mozart, Haydn, Grétry e Porpora.

Além disso, havia por toda parte, ao longo das muralhas, acima das portas, no teto, espadas, punhais, clavas, armaduras completas douradas, damasquinadas, incrustadas; herbários, blocos de minerais, pássaros empalhados, abrindo para um voo imóvel suas asas cor de fogo e seus bicos que nunca fechavam.

Escusado será dizer que esse era o cômodo preferido de Albert.

No entanto, no dia do encontro, o jovem, vestido de maneira elegante, mas não exageradamente formal, tinha estabelecido seu quartel-general no pequeno salão do térreo. Ali, numa mesa rodeada a distância de um sofá largo e fofo, todos os tabacos conhecidos, desde o tabaco amarelo de São Petersburgo até o tabaco negro do Sinai, passando pelo Maryland, pelo porto-rico e pelo latakiê, resplandeciam nos potes de faiança craquelê que os holandeses adoram. Ao lado deles, em caixas de madeira odorífera, tinham sido arrumados, por ordem de tamanho e de qualidade, os puros, os regalia, os havanas e os manilhas; finalmente, em um armário todo aberto, uma coleção de cachimbos alemães, chibuques[2] com bocais de âmbar, ornadas com coral, e narguilés incrustados de ouro, com longos canos de marroquim enrolados como serpentes, esperavam o capricho ou a simpatia dos fumantes. Albert tinha presidido ele mesmo ao arranjo ou melhor à desordem simétrica que, após o café, os convidados de um almoço moderno gostam de contemplar através do vapor que escapa de sua boca e que sobe ao teto em longas e caprichosas espirais.

---

[2] Cachimbo oriental de origem turca, caracterizado pelo tubo longo. (N.T.)

O conde de Monte Cristo – Tomo 2

Às quinze para as dez, entrou um criado de quarto. Era um pequeno serviçal de quinze anos de idade, que só falava inglês e respondia pelo nome de John, único empregado de Morcerf. Claro que ordinariamente o cozinheiro da casa estava à sua disposição e nas grandes ocasiões também o camareiro do conde.

Esse camareiro, que se chamava Germain e gozava da confiança total de seu jovem amo, segurava na mão uma pilha de jornais que colocou sobre uma mesa, e um maço de cartas que entregou a Albert.

Albert deitou um olhar distraído sobre as diferentes cartas e escolheu duas com as escritas finas e os envelopes perfumados, as quais abriu e leu com certa atenção.

– Como chegaram essas cartas? – ele perguntou.

– Uma veio pelo correio, a outra pelo criado da senhora Danglars.

– Diga à senhora Danglars que aceito o lugar que ela me oferece no seu camarote… Espere… em seguida, durante o dia, você vai passar na casa de Rosa; vá lhe dizer que irei, honrando seu convite, cear com ela quando eu sair da Ópera, e que você vai levar-lhe seis garrafas de vinhos sortidos, de Chipre, de Xerez, de Málaga, e um barril de ostras de Ostende… pegue as ostras no Borel, e não se esqueça de dizer que são para mim.

– A que horas o senhor quer ser servido?

– Que horas são?

– Quinze para as dez.

– Ótimo! Sirva às dez e meia em ponto. Debray talvez venha a ser forçado a ir ao seu ministério… E por falar nisso… – Albert consultou seu bloco de anotações –, é bem a hora que indiquei ao conde, 21 de maio, às dez e meia da manhã, e, embora eu não confie muito em sua promessa, quero ser pontual. A propósito, você sabe se a senhora condessa já levantou?

– Se o senhor Visconde assim o desejar, vou me informar.

– Sim… vá pedir-lhe uma das suas adegas para licores, a minha está incompleta, e dir-lhe-á que terei a honra de passar na casa dela por volta das três horas, e que lhe peço a permissão para lhe apresentar uma pessoa.

O criado saiu. Albert jogou-se no sofá, rasgou o envelope de dois ou três jornais, olhou os espetáculos, fez uma careta ao reconhecer que se representava uma ópera e não um balé, em vão procurou nos anúncios de perfumaria um opiáceo para os dentes, de que lhe tinham falado, e rejeitou uma depois da outra as três gazetas de Paris mais lidas, murmurando no meio de um bocejo prolongado:

– Na verdade, esses jornais se tornam cada dia mais enfadonhos.

Nesse momento, uma carruagem ligeira parou em frente à porta e um instante depois o criado entrou para anunciar o senhor Lucien Debray. Um jovem loiro e alto, pálido, olhar cinzento e confiante, lábios finos e frios, de casaca azul, de botões de ouro trabalhados, gravata branca, lornhão de tartaruga pendurado por um fio de seda, e que, por um esforço do nervo superciliar e do nervo zigomático, ele conseguia fixar ocasionalmente na cavidade do seu olho direito, entrou sem sorrir, sem falar, e com um ar semioficial.

– Olá, Lucien, olá! – disse Albert. – Puxa, você me assusta, meu caro, com sua pontualidade! Mas o que digo? Pontualidade! Você, que eu só esperava por último, chega às cinco para as dez, quando o encontro definitivo é apenas dez e meia! É um milagre! Por acaso, o ministério caiu?

– Não, meu caro – disse o jovem, incrustando-se no divã. – Não se preocupe, vacilamos ainda, mas nunca caímos, e eu começo a pensar que passamos simplesmente à inamovibilidade, sem contar que os negócios da península vão nos fortalecer totalmente.

– Ah! Sim, é verdade, vocês estão expulsando Dom Carlos da Espanha.

– Não, meu caro; não confundamos; nós o levamos de volta para o outro lado da fronteira da França, e oferecemos a ele uma hospitalidade real em Bourges.

– Em Bourges, certo?

– Sim, ele não tem de que se queixar, que diabos! Bourges é a capital do rei Carlos VII. Como? Você não sabia disso? É sabido desde ontem em toda Paris, e anteontem a coisa já tinha transpirado na Bolsa, porque o senhor

O CONDE DE MONTE CRISTO – TOMO 2

Danglars (não sei por qual meio esse homem sabe das notícias ao mesmo tempo que nós) apostou na alta e ganhou um milhão.

– Já você, parece que ganhou uma nova insígnia; porque vejo um rebordo azul adicionado à sua coleção.

– Bobagem! Enviaram-me a medalha de Carlos III – respondeu negligentemente Debray.

– Vamos lá, não seja indiferente, e admita que você ficou contente de recebê-la.

– De fato, sim, como complemento das vestimentas, fica bem em um traje preto abotoado; é elegante.

– E – disse Morcerf sorrindo –, ficamos parecidos com o príncipe de Gales ou com o duque de Reichstadt.

– Eis portanto a razão dessa minha visita tão matinal.

– Por que tem o crachá de Carlos III e queria dar-me essa boa notícia?

– Não, porque passei a noite a enviar cartas: vinte e cinco despachos diplomáticos. Regressando para minha casa hoje de manhã, eu quis dormir; mas a dor de cabeça me tomou, e eu me levantei para montar a cavalo por uma hora. No Bois de Boulogne, o tédio e a fome apanharam-me, dois inimigos que vão raramente juntos, e que no entanto se uniram contra mim: uma espécie de aliança carlo-republicana; lembrei-me então que havia uma festa em sua casa esta manhã, e aqui estou: tenho fome, alimente-me; estou entediado, divirta-me.

– É o meu dever de anfitrião, caro amigo – disse Albert, chamando o criado, enquanto Lucien fazia saltar, com o castão de ouro incrustado de turquesa de sua bengala, os jornais desdobrados. – Germain, um copo de xerez e um biscoito. Enquanto isso, meu caro Lucien, aqui estão alguns charutos de contrabando, é claro; faço questão que os prove e convide seu ministro para nos vender uns assim, em vez dessas espécies de folhas de nogueira que ele condena os bons cidadãos a fumar.

– Você enlouqueceu! Eu não faria isso. Assim que eles viessem do governo, não os aceitaria mais e os acharia execráveis. Aliás, isso não tem a ver com assuntos internos, tem a ver com finanças. Dirija-se ao senhor Humann, seção das contribuições indiretas, corredor A, nº 26.

– Na verdade – disse Albert –, surpreende-me a dimensão dos seus conhecimentos. Mas pegue um charuto!

– Ah, caro conde – disse Lucien acendendo um manilha com uma vela rosa que ardia num castiçal de prata dourada e recostando-se no divã –, ah, caro conde, como você é feliz de não ter nada para fazer! Na verdade, você não conhece sua felicidade!

– E o que você faria, meu caro pacificador de reinos – Morcerf respondeu com uma ligeira ironia –, se nada fizesse? Como!? Secretário particular de um ministro, lançado simultaneamente na grande cabala europeia e nas pequenas intrigas de Paris; tendo reis e, melhor que isso, rainhas a proteger, partidos a reunir, eleições a dirigir; fazendo mais de seu gabinete, com sua pena e seu telégrafo, do que Napoleão fazia de seus campos de batalha com sua espada e suas vitórias; possuindo vinte e cinco mil libras de renda além do cargo, um cavalo pelo qual Château-Renaud lhe ofereceu 400 luíses e você não quis vender; tendo a Ópera, o Jockey Club e o Teatro de Variedades, você não encontra em tudo isso, com que se distrair? Que seja, eu mesmo vou distrai-lo.

– Como assim?

– Apresentando-lhe uma pessoa nova.

– Homem ou mulher?

– Homem.

– Oh! Já conheço muitos!

– Mas não conhece nenhum como esse de quem lhe falo.

– De onde ele vem? Do fim do mundo?

– Talvez de mais longe.

– Ah! Raios! Espero que ele não traga o nosso almoço?

– Não, não se preocupe, o nosso almoço está sendo feito nas cozinhas maternais. Mas você está com fome?

– Sim, confesso, por mais humilhante que seja dizê-lo. Mas ontem jantei na casa do senhor de Villefort; e você notou isso, caro amigo? Janta-se muito mal na casa de toda essa gente dos tribunais: parece que sempre sentem remorsos.

– Ah, meu Deus! Depreciar os jantares dos outros; como se jantasse bem na casa dos seus ministros.

– Sim, mas não convidamos as pessoas de bom-tom, pelo menos; e se não fôssemos obrigados a fazer as honras da nossa mesa a alguns camponeses que pensam e, sobretudo, que votam bem, fugiríamos como a peste de jantar em nossa casa, por favor, acredite.

– Vamos, meu caro, pegue um segundo copo de xerez e outro biscoito.

– Com prazer, o seu vinho de Espanha é excelente; como vê, fizemos bem em pacificar esse país.

– Sim, mas Dom Carlos?

– Bem! Dom Carlos vai beber vinho de Bordeaux e dentro de dez anos casaremos seu filho com a pequena rainha.

– O que lhe valerá a ordem do Tosão de Ouro, se ainda estiver no ministério.

– Acredito, Albert, que nesta manhã adotou como sistema alimentar-me de fumo.

– Eh! É isso que ainda mais diverte o estômago, admita; mas, veja, ouço a voz de Beauchamp na antecâmara. Vocês discutirão, isso o fará ser paciente.

– A respeito de quê?

– A respeito de jornais.

– Ah! Querido amigo – disse Lucien com um soberano desprezo –, será que leio os jornais?!

– Mais uma razão, por isso vão discutir muito mais.

– O senhor Beauchamp! – anunciou o criado.

– Entre, entre, pena terrível! – disse Albert levantando-se e indo ao encontro do rapaz –, aqui está Debray que o detesta sem o ler, pelo menos, segundo disse.

– Ele tem razão – disse Beauchamp. – É como eu, critico-o sem saber o que faz. Olá, comendador.

– Ah! Você já sabe disso?! – respondeu o secretário particular ao trocar com o jornalista, um aperto de mão e um sorriso.

– Por Deus! – disse Beauchamp.

– E o que dizem nas rodas sociais?

– Em que rodas sociais? Temos muitas rodas sociais no ano da graça de 1838.

– Ora, nas rodas sociais crítico-políticas, das quais o senhor é sabidamente um dos leões.

– Mas dizem que é a coisa certa, e que o senhor semeia bastante vermelho para que cresça um pouco de azul.

– Vá lá, vá lá, nada mal – disse Lucien, com ligeiro desdém. – Porque não é dos nossos, meu caro Beauchamp. Com a sua inteligência, faria fortuna em três ou quatro anos.

– Além disso, só espero uma coisa para seguir seu conselho. É um ministério que seja assegurado por seis meses. Agora, apenas uma palavra, meu caro Albert, pois é preciso deixar o pobre Lucien respirar. Almoçamos ou jantamos? Afinal, ainda tenho a Câmara. Nem tudo é cor-de-rosa, como podem ver, na nossa profissão.

– Só almoçaremos; apenas esperamos duas pessoas e sentaremos à mesa assim que chegarem.

– E que tipo de pessoa você espera para almoçar? – disse Beauchamp.

– Um cavalheiro e um diplomata – emendou Albert.

– Então, são duas horas para o cavalheiro e duas longas horas para o diplomata. Voltarei para a sobremesa. Guardem-me morangos, café e charutos. Comerei uma costeleta na Câmara.

– Não faça nada disso, Beauchamp, pois não importa se o cavalheiro é um Montmorency e o diplomata um Metternich, nós almoçaremos às onze em ponto; enquanto isso, faça como Debray, prove meu xerez e meus biscoitos.

– Tudo bem, eu fico. Preciso absolutamente me distrair esta manhã.

– Bem, aqui está você como Debray! No entanto, parece-me que, quando o ministério está triste, a oposição deve estar alegre.

O CONDE DE MONTE CRISTO – TOMO 2

– Ah! Veja, caro amigo, é que você não sabe o que me ameaça. Vou ouvir esta manhã um discurso do senhor Danglars na Câmara dos Deputados, e essa noite, na casa de sua esposa, uma tragédia de um par de França. O diabo que leve o governo constitucional! E como tínhamos o direito de escolha, pelo que se disse, como é que escolhemos esse?

– Eu entendo, o senhor está precisando se abastecer de hilaridade.

– Não fale mal dos discursos do senhor Danglars – disse Debray –, ele vota com vocês, é da oposição.

– Ora, pelo amor de Deus! Aí reside o mal! Por isso espero que o envie para discursar no Luxemburgo para que eu possa rir dele à vontade.

– Meu caro – disse Albert a Beauchamp –, bem se vê que os negócios da Espanha estão resolvidos. Esta manhã você está de uma amargura revoltante. Lembre-se porém de que a crônica parisiense fala de um casamento entre mim e a senhorita Eugénie Danglars. Não posso, portanto, em consciência, deixar que fale mal da eloquência de um homem que um dia deve me dizer: "Senhor visconde, sabe que darei dois milhões à minha filha".

– Vamos lá! – disse Beauchamp –, esse casamento nunca vai acontecer. O rei pôde fazê-lo barão, ele poderá fazê-lo par, mas ele não o fará cavalheiro, e o conde de Morcerf é uma espada demasiado aristocrática para consentir, em troca de dois pobres milhões, com uma aliança infeliz. O visconde de Morcerf só deve casar com uma marquesa.

– Dois milhões! No entanto, é uma bela soma – disse Morcerf.

– É o capital social de um teatro de boulevard ou de uma ferrovia do Jardim Botânico à Rapée.

– Deixe-o falar, Morcerf – retomou desleixadamente Debray –, e se case. Você vai se casar com a etiqueta de uma bolsa, não é? Bem! Que lhe importa! É preferível, então, que haja nessa etiqueta um brasão a menos e um zero a mais. Você tem sete merletas em suas armas, vai dar três para sua mulher e ficará com quatro. É uma a mais que o Senhor de Guise, que quase foi rei de França, e cujo primo em segundo grau era imperador da Alemanha.

– Acho que você tem razão, Lucien – respondeu distraído Albert.

– Certamente! Aliás, todo milionário é nobre como um bastardo, o que significa que ele pode sê-lo.

– Cale-se! Não diga isso, Debray – retorquiu rindo Beauchamp –, porque aqui está Château-Renaud que, para curá-lo de sua mania de criar paradoxos, lhe traspassará pelo corpo a espada de Renaud de Montauban, seu antepassado.

– Ele se arrependeria muito – respondeu Lucien –, pois sou mau e muito mau.

– Bem! – gritou Beauchamp –, eis o ministério que canta Béranger. Onde vamos parar, meu Deus!

– O senhor de Château-Renaud! O senhor Maximilien Morrel! – disse o criado anunciando dois novos convidados.

– Completos então! – disse Beauchamp. – E nós vamos almoçar; porque, se eu não me engano, só estava à espera de duas pessoas, Albert?

– Morrel! – murmura Albert surpreendido – Morrel! O que é isso?

Mas antes que ele tivesse terminado, o senhor de Château-Renaud, um jovem bonito, de trinta anos, cavalheiro dos pés à cabeça, ou seja, com a figura de um Guiche e o espírito de um Mortemart, tinha tomado Albert pela mão:

– Permita-me, caro amigo – disse ele – que lhe apresente o senhor capitão dos *spahis*[3] Maximilien Morrel, meu amigo, e além disso meu salvador. De resto, o homem apresenta-se muito bem por si mesmo. Saúde o meu herói, visconde.

E ele se posicionou para examinar aquele grande e nobre jovem de testa larga, olhar penetrante, bigodes negros, que nossos leitores se lembram ter visto em Marselha numa circunstância suficientemente dramática talvez para que ainda não o tenham esquecido. Um rico uniforme, semifrancês, semioriental, admiravelmente envergado, salientava-lhe o peito grande decorado com a Cruz da Legião de Honra e ressaltava a curva audaciosa da sua cintura.

---

[3] Regimentos de cavalaria do exército francês. (N.T.)

O CONDE DE MONTE CRISTO – TOMO 2

O jovem oficial inclinou-se com uma cortesia cheia de elegância; Morrel era gracioso em todos os seus movimentos, porque era forte.

– Senhor – disse Albert com afetuosa cortesia –, o senhor barão de Château-Renaud sabia de antemão todo o prazer que me proporcionava fazendo-me conhecê-lo; o senhor está entre os amigos dele, esteja entre os nossos.

– Muito bem! – disse Château-Renaud. – E deseje, meu caro visconde, que caso necessário ele faça por você o que fez por mim.

– E o que ele fez? – Albert perguntou.

– Oh! – disse Morrel –, não vale a pena falar sobre isso, e o senhor exagera.

– Como! – disse Château-Renaud –, não vale a pena falar sobre isso! A vida não vale a pena que se fale dela? Na verdade, é demais o que o senhor diz, meu caro senhor Morrel... Isso para o senhor, que arrisca sua vida todos os dias, mas para mim que a arrisco uma vez por acaso...

– O que eu vejo de mais claro em tudo isso, barão, é que o senhor capitão Morrel salvou-lhe a vida.

– Oh! Meu Deus! Sim, literalmente – retorquiu Château-Renaud.

– E em que ocasião? – perguntou Beauchamp.

– Beauchamp, meu amigo, você sabe que estou morrendo de fome! – disse Debray –, por isso, não alimente essas histórias.

– Certo! Mas – disse Beauchamp – não impeço que a gente sente à mesa, eu... Château-Renaud nos contará isso à mesa.

– Senhores – disse Morcerf –, ainda só são dez e quinze, reparem bem nisso, e estamos à espera de um último convidado.

– Ah, é verdade, um diplomata! – exclamou Debray.

– Um diplomata, ou qualquer coisa, não sei; o que eu sei é que, por minha conta, encarreguei-o de uma embaixada que ele desempenhou tão bem para meu gosto que, se eu tivesse sido rei, na hora o teria transformado cavaleiro de todas as minhas Ordens, tivesse eu ao mesmo tempo à disposição a do Tosão de Ouro e a da Jarreteira.

531

– Então, já que ainda não nos sentamos à mesa – disse Debray – sirva-se de um copo de xerez, como fizemos, e conte-nos isso, barão.

– Todos aqui sabem que tive a ideia de ir à África.

– É um caminho que nossos antepassados traçaram para você, meu caro Château-Renaud – observou galantemente Morcerf.

– Sim, mas duvido que fosse, como eles, para libertar o túmulo de Cristo.

– E tem razão, Beauchamp – disse o jovem aristocrata –, era tudo apenas para dar uns tiros de amador. O duelo me repugna, como você sabe, desde que duas testemunhas, que eu tinha escolhido para conciliar uma questão, me forçaram a quebrar o braço de um dos meus melhores amigos... E, por Deus! Do pobre Franz d'Épinay, que todos vocês conhecem.

– Ah, sim! É verdade – disse Debray –, vocês lutaram no passado... Qual foi o motivo?

– Que o diabo me carregue, se me lembro! – disse Château-Renaud –, mas o que lembro perfeitamente é que, com vergonha de deixar dormir um talento como o meu, eu quis experimentar contra os árabes umas pistolas novas com as quais acabara de me presentear. Consequentemente, parti para Orã; de Orã alcancei Constantina, e cheguei apenas para ver levantar-se o cerco. Eu me retirei como os outros. Durante quarenta e oito horas, suportei bastante bem a chuva de dia, a neve de noite; finalmente, na manhã do terceiro dia, meu cavalo morreu de frio. Pobre animal! Acostumado às mantas e à proteção da estrebaria... Um cavalo árabe que se sentiu um pouco deslocado ao encontrar dez graus de frio na Arábia.

– É por isso que você quer me comprar meu cavalo inglês – comentou Debray. – Você supõe que ele vai suportar melhor o frio do que o seu árabe.

– Você se engana, porque eu jurei nunca mais voltar à África.

– Você então ficou realmente com medo? – perguntou Beauchamp.

– Por Deus, sim, confesso – respondeu Château-Renaud. E havia razão para isso! O meu cavalo estava morto, eu batia em retirada a pé, e apareceram seis árabes a galope para me cortar a cabeça; abati dois com meus dois tiros de fuzil, dois com meus dois tiros de pistola, na mosca; mas sobravam dois, e eu estava desarmado. Um pegou-me pelos cabelos, por isso os uso

O CONDE DE MONTE CRISTO – TOMO 2

curtos agora, não sabemos o que pode acontecer, o outro me envolveu o pescoço com seu iatagã e eu já sentia o frio agudo do ferro quando o cavalheiro que aqui veem avançou por sua vez sobre eles, matou o que me segurava pelos cabelos com um tiro de pistola, e rachou a cabeça daquele que se preparava para cortar-me a garganta com um golpe de espada. O cavalheiro tinha se dado como tarefa salvar um homem naquele dia, o acaso quis que fosse eu; quando eu for rico, encomendarei a Klagmann ou a Marochetti uma estátua do Acaso.

– Sim – disse sorrindo Morrel. – Era o dia 5 de setembro, ou seja, o aniversário de um dia em que o meu pai foi milagrosamente salvo; dessa forma, tanto quanto tenho condições, celebro todos os anos esse dia com alguma ação...

– Heroica, não é mesmo? – interrompeu Château-Renaud –, afinal eu fui o eleito, mas isso não é tudo. Depois de me salvar do ferro, ele me salvou do frio, dando-me não metade do seu casaco, como fazia São Martinho, mas dando-o inteiro a mim, depois da fome, dividindo comigo adivinhem o quê.

– Um patê do Chez Felix? – perguntou Beauchamp.

– Não, o seu cavalo, do qual comemos ambos um pedaço deveras apetitoso. Era duro!

– O cavalo? – perguntou, rindo, Morcerf.

– Não, o sacrifício – respondeu Château-Renaud. – Pergunte a Debray se ele sacrificaria seu inglês por um estranho?

– Por um estranho, não –, disse Debray – mas por um amigo, talvez.

– Adivinhei que você se tornaria meu amigo, senhor conde – disse Morrel. – Aliás, já tive a honra de lhe dizer, heroísmo ou não, sacrifício ou não, naquele dia, eu devia uma oferta à má sorte em recompensa pelo favor que outrora nos fora feito pela boa.

– Essa história a que o senhor Morrel se refere – continuou Château-Renaud –, é uma história maravilhosa, que um dia ele contará, quando tiverem com ele uma maior amizade; por hoje, vamos guarnecer o estômago e não a memória. A que horas você almoça, Albert?

533

– Às dez e meia.

– Em ponto? – Debray perguntou, puxando o relógio.

– Oh! Você me concederá os cinco minutos de graça – disse Morcerf –, porque também espero um salvador.

– De quem?

– De mim, ora essa! – respondeu Morcerf. – Então acredita que não posso ser salvo como qualquer outro e só os árabes é que cortam a cabeça? Nosso almoço é um almoço filantrópico, e teremos à nossa mesa, espero, pelo menos dois benfeitores da humanidade.

– Como faremos? – disse Debray. – Só temos um prêmio Montyon?

– Bem! Mas vamos dá-lo a alguém que não terá feito nada para tê-lo – disse Beauchamp. – É assim que geralmente a Academia se safa.

– E de onde ele vem? – perguntou Debray –. Desculpe a insistência; eu bem sei que já respondeu a essa pergunta, mas bastante vagamente para que a faça uma segunda vez.

– Na verdade – disse Albert –, não sei. Quando o convidei, há três meses, estava em Roma; mas desde aquele tempo quem pode dizer o trajeto que ele fez?

– E acha que ele seria capaz de ser pontual? – Debray perguntou.

– Acho que ele é capaz de tudo – respondeu Morcerf.

– Note que, com os cinco minutos de graça, não temos mais que dez minutos.

– Bem! Aproveitarei esse tempo para dizer uma palavra sobre o meu convidado.

– Desculpe – disse Beauchamp –, há material para um folhetim no que você vai nos contar?

– Sim – disse Morcerf –, e dos mais curiosos.

– Fale, então, porque bem vejo que faltarei à Câmara; é preciso que eu me recompense.

– Estive em Roma no último carnaval.

– Sabemos disso – falou Beauchamp.

– Sim, mas o que não sabe é que fui raptado por uns bandidos.

– Não existem bandidos – disse Debray.

– Isso é que existe, e até mesmo alguns hediondos, ou seja, admiráveis, pois eu achei-os lindos de dar medo.

– Vá lá, meu caro Albert – disse Debray. – Admita que o seu cozinheiro está atrasado, que as ostras não chegaram de Marennes ou de Ostende, e que, a exemplo da senhora de Maintenon, queira substituir o prato por um conto. Diga, meu caro, somos bons companheiros o bastante para perdoá-lo e para ouvir sua história, por mais fabulosa que ela prometa ser.

– E eu digo, por mais fabulosa que seja, dou-a como verdadeira de ponta a ponta. Os bandidos tinham me raptado e me conduzido a um lugar muito triste que é chamado de Catacumbas de São Sebastião.

– Eu conheço – disse Château-Renaud. – E quase peguei febre lá.

– E eu fiz melhor – disse Morcerf. – Tive-a mesmo. Disseram-me que era prisioneiro até que pagasse um resgate, uma miséria, quatro mil escudos romanos, vinte e seis mil libras de Tours. Infelizmente, eu não tinha mais do que mil e quinhentos; estava no fim de minha viagem, e meu crédito se esgotara. Escrevi para Franz. E pelo amor de Deus! Franz estava lá, e você pode perguntar-lhe se eu minto uma vírgula; escrevi para Franz que, se ele não chegasse às seis horas da manhã com os quatro mil escudos, às seis horas e dez minutos eu teria me juntado aos santos bem-aventurados e aos gloriosos mártires na companhia dos quais eu tinha a honra de estar. E o Senhor Luigi Vampa, esse é o nome do meu chefe de ladrões, teria, acreditem, cumprido escrupulosamente a palavra.

– Mas Franz chegou com os quatro mil escudos? – perguntou Château--Renaud. – Que diabos! Não nos envergonhamos por quatro mil escudos quando nos chamamos Franz d'Épinay ou Albert de Morcerf!

– Não, ele chegou pura e simplesmente acompanhado pelo convidado que eu anuncio e que espero poder apresentar a vocês.

– Mas é, portanto, um Hércules que mata Caco ou um Perseu libertando Andrômeda?

– Não, é um homem do meu tamanho, quase.

– Armado até os dentes?

– Não tinha sequer uma agulha de tricô.

– Mas ele providenciou o seu resgate?

– Ele disse duas palavras ao chefe e eu estava livre.

– Até lhe pediram desculpas por prendê-lo – disse Beauchamp.

– Justamente – disse o Morcerf.

– Ah! Mas então era Ariosto, esse homem?

– Não, era apenas o conde de Monte Cristo.

– Não existe esse nome de conde de Monte Cristo – disse Debray.

– Não me parece – acrescentou Château-Renaud com o sangue-frio de um homem que conhece na ponta da língua seu nobiliário europeu. – Quem conhece em algum lugar um conde de Monte Cristo?

– Talvez venha da Terra Santa – disse Beauchamp. – Um dos seus antepassados teria possuído o Calvário, como os Mortemart o Mar Morto.

– Desculpe – disse Maximilien – mas acho que vou tirá-lo de uns apertos, senhores. Monte Cristo é uma pequena ilha da qual já ouvi muitas vezes falar os marinheiros que meu pai empregava; um grão de areia no meio do Mediterrâneo, um átomo no infinito.

– É exatamente isso, senhor – disse Albert. – Bem, desse grão de areia, desse átomo, é senhor e rei aquele do qual falo; ele teria comprado essa patente de conde em algum lugar na Toscana.

– Então, o seu conde é rico?

– Por Deus! Eu acredito que sim.

– Mas isso deve ser visível, me parece?

– Eis onde você se engana, Debray.

– Não o entendo mais.

– Já leu as *Mil e uma noites*?

– Por Deus! Boa pergunta!

– Ótimo! Você sabe se as pessoas que vê são ricas ou pobres? Se seus grãos de trigo não são rubis ou diamantes? Eles têm o ar de pescadores miseráveis, não é? Você os trata como tal, e de repente eles lhe abrem alguma caverna misteriosa, onde você encontra um tesouro para comprar a Índia.

– E daí?

O CONDE DE MONTE CRISTO – TOMO 2

– Daí que o meu conde de Monte Cristo é um desses pescadores. Ele tem mesmo um nome extraído da coisa. Ele se chama Simbad, o Marujo, e possui uma caverna cheia de ouro.

– E você viu essa caverna, Morcerf? – perguntou Beauchamp.

– Eu não, Franz. Mas silêncio! Não podemos dizer uma palavra sobre isso diante dele. Franz desceu lá de olhos vendados, e foi servido por mudos e por mulheres, perto das quais, pelo que consta, Cleópatra não passa de uma reles cortesã. Porém das mulheres ele não tem certeza, porque só entraram depois que ele comeu haxixe; de modo que embora o que tomou por mulheres poderia ser simplesmente uma quadrilha de estátuas.

Os jovens olharam para Morcerf com uma expressão que queria dizer: "Ah! Meu caro, enlouqueceu? Ou está troçando de nós?"

– Com efeito – disse Morrel pensativo –, ouvi contar mais de uma vez por um velho marinheiro chamado Penelon algo semelhante ao que disse o senhor de Morcerf.

– Ah! – disse Albert –, ainda bem que o senhor Morrel vem em meu auxílio. Isso o contraria, não é mesmo, que ele jogue um novelo de linha em meu labirinto?

– Desculpe, caro amigo – disse Debray –, é que você nos conta coisas tão inverossímeis…

– Ah! Ora bolas. Isso é porque seus embaixadores e seus cônsules não lhe dizem nada a respeito! Eles não têm tempo, pois precisam molestar seus compatriotas que viajam.

– Ah! Veja, eis que você se zanga e cai sobre nossos pobres agentes. Meu Deus! Com o que você quer que eles o protejam? A Câmara reduz diariamente os honorários, daqui a pouco não terão mais nenhum. Você quer ser embaixador, Albert? Eu vou nomeá-lo para Constantinopla.

– Não! Para que o sultão, à minha primeira demonstração de apoio a Mehemet-Ali, me mande a corda e meus secretários me estrangulem?

– Você vê as coisas com clareza – disse Debray.

– Sim, mas tudo isso não impede que o meu conde de Monte Cristo exista!

– Santo Deus! Todo mundo existe, esse é o grande milagre!

– Todo mundo existe, sem dúvida, mas não em condições iguais. Nem todos têm escravos negros, galerias principescas, armas como na casbá, cavalos de seis mil francos cada, amantes gregas.

– Viu a amante grega?

– Sim, vi e ouvi. Vi-a no Teatro Valle, ouvi-a um dia quando almocei na casa do conde.

– Ele se alimenta, então, seu homem extraordinário?

– Bem... se come é tão pouco que não vale a pena falar disso.

– Vocês verão que é um vampiro.

– Ria se quiser. Era a opinião da condessa G..., que, como sabem, conheceu Lorde Ruth-Wem.

– Ah! bonito! – exclamou Beauchamp. – Eis para um homem não jornalista o equivalente da famosa serpente marítima do *Constitutionnel*; um vampiro, é perfeito!

– Olhos rutilantes cuja pupila diminui e se dilata à vontade – disse Debray. – Ângulo facial desenvolvido, testa magnífica, tez lívida, barba preta, dentes brancos e agudos, cortesia semelhante.

– Bem! É isso mesmo, Lucien – confirmou Morcerf. – E a descrição é feita traço por traço. Sim, polidez aguda e incisiva. Esse homem muitas vezes me causou calafrios, e um dia, quando assistimos juntos a uma execução, eu pensei que ia passar mal, muito mais por vê-lo e ouvi-lo falar friamente de todos os suplícios da terra do que por ver o carrasco cumprir a sua função e ouvir os gritos da vítima.

– Ele não o levou para as ruínas do Coliseu para lhe sugar o sangue, Morcerf? – perguntou Beauchamp.

– Ou, depois de o ter libertado, não o fez assinar um pergaminho cor de fogo, pelo qual lhe cedia a sua alma, como Esaú o seu direito de primogenitura?

– Zombem! Zombem à vontade, senhores! – disse Morcerf um pouco picado. – Quando olho para vocês, belos parisienses, assíduos do Boulevard du Gand, caminhantes do Bois de Boulogne, e me lembro daquele homem... Bem! Parece-me que nós não somos da mesma espécie.

– Orgulho-me disso! – declarou Beauchamp.

– A verdade é que – acrescentou Château-Renaud – o seu conde de Monte Cristo é um homem galante em seus momentos ociosos, exceto, todavia, por seus pequenos arranjos com os bandidos italianos.

– Ei! Não há bandidos italianos! – disse Debray.

– Nada de vampiros! – acrescentou Beauchamp.

– Nenhum conde de Monte Cristo – acrescentou Debray. – Ouça, meu caro Albert, deu dez horas e meia.

– Admita que teve um pesadelo, e vamos almoçar – disse Beauchamp.

Mas a vibração do pêndulo ainda não se tinha extinguido, quando a porta se abriu e Germain anunciou:

– Sua Excelência, o conde de Monte Cristo!

Todos os ouvintes, sem querer, deram um salto que denotava a preocupação de que a narrativa de Morcerf tivesse se infiltrado em suas almas. Mesmo Albert não foi capaz de se defender de uma emoção súbita. Ninguém tinha ouvido uma carruagem na rua, nem passos na antecâmara; até a porta tinha se aberto sem barulho.

O conde apareceu no limiar, vestido com a maior simplicidade, mas o *leão* mais exigente não teria encontrado nada para repreender em seus trajes. Tudo era de um requintado gosto, tudo saía das mãos dos mais elegantes fornecedores, o terno, o chapéu e a roupa branca.

Ele parecia ter apenas trinta e cinco anos, e o que chamou a atenção de todos foi a sua extrema semelhança com o retrato que Debray havia feito dele.

O conde avançou sorrindo até o meio da sala, e foi direto até Albert, que, indo ao seu encontro, deu-lhe a mão apressadamente.

– A pontualidade – disse Monte Cristo –, é a polidez dos reis, como afirmou, acredito, um de seus soberanos. Mas seja qual for a sua boa vontade, não é sempre aquela dos viajantes. Entretanto, eu espero, meu caro visconde, que me perdoará, em favor de minha boa vontade, os dois ou três segundos de atraso que acredito ter levado para comparecer ao encontro. Quinhentas léguas não se percorrem sem alguma contrariedade, especialmente na França, onde, ao que parece, é proibido ultrapassar os postilhões.

– Senhor conde – respondeu Albert –, eu estava anunciando sua visita a alguns dos meus amigos que reuni por ocasião da promessa que o senhor teve a gentileza de me fazer, e os quais tenho a honra de lhe apresentar. São eles o conde de Château-Renaud, cuja nobreza remonta aos doze pares e cujos antepassados tiveram seu lugar na Távola Redonda; o senhor Lucien Debray, secretário particular do respeitável ministro do Interior; o senhor Beauchamp, terrível jornalista, o temor do governo francês, mas de quem, talvez, apesar de sua celebridade nacional, o senhor nunca tenha ouvido falar na Itália, considerando que o jornal dele não entra ali; e, finalmente, o senhor Maximilien Morrel, capitão dos *spahis*.

Diante desse nome, o conde, que até então tinha acenado gentilmente, mas com uma frieza e uma impassibilidade toda inglesa, sem querer, deu um passo à frente, e um leve rubor passou como um relâmpago por suas bochechas pálidas.

– O senhor usa o uniforme dos novos vencedores franceses – disse ele.
– É um belo uniforme.

Não se podia dizer qual era o sentimento que dava à voz do conde uma vibração tão profunda, e que fazia brilhar, aparentemente à sua revelia, o seu olhar tão belo, tão calmo e tão límpido, quando não tinha nenhum motivo para velá-lo.

– Nunca tinha visto nossos africanos, senhor? – disse Albert.

– Nunca – replicou o conde, de novo perfeitamente senhor de si.

– Pois bem, senhor. Sob esse uniforme bate um dos corações mais bravos e mais nobres do exército.

– Oh, senhor conde – interrompeu Morrel.

– Deixe-me falar, capitão… Acabamos de saber – continuou Albert – de um rasgo tão heroico desse cavalheiro, que, embora eu o tenha visto hoje pela primeira vez, reclamo dele o favor de o apresentar como meu amigo.

E, a essas palavras, pôde-se ainda observar em Monte Cristo o estranho olhar fixo, o rubor fugidio e o ligeiro tremor das pálpebras que, nele, denotavam a emoção.

O conde de Monte Cristo – Tomo 2

– Ah! o senhor é um nobre coração – disse o conde –, tanto melhor!

Esse tipo de exclamação, que correspondia ao próprio pensamento do conde mais do que aquilo que Albert acabava de dizer, surpreendeu a todos e especialmente a Morrel, que olhou para Monte Cristo com perplexidade. Mas, ao mesmo tempo, a entonação era tão doce e por assim dizer tão suave que, por estranha que fosse essa exclamação, não havia maneira de ficar zangado em razão dela.

– Por que ele duvidaria disso então? – disse Beauchamp a Château-Renaud.

– Na verdade – respondeu este, que, com a sua experiência do mundo e a nitidez de seu olhar aristocrático, tinha penetrado em Monte Cristo tudo o que nele era penetrável –, na verdade Albert não nos enganou, e o conde é um personagem singular. O que acha, Morrel?

– De fato – disse este –, ele tem o olhar franco, e a voz simpática, de modo que me agrada, apesar da estranha reflexão que acabou de fazer a meu respeito.

– Meus senhores – disse Albert –, Germain me anuncia que estão servidos. Meu caro conde, permita-me mostrar-lhe o caminho.

Passaram silenciosamente para a sala de jantar. Cada um tomou seu lugar.

– Cavalheiros –, disse o conde, enquanto se sentava –, permitam-me uma confissão que será minha desculpa para todas as imprudências que eu poderia fazer: eu sou estrangeiro, mas tão estrangeiro que é a primeira vez que venho a Paris. Portanto, a vida francesa me é completamente desconhecida, e eu até agora, pratiquei apenas a vida oriental, a mais antipática para as boas tradições parisienses. Por isso, desculpe-me se encontrarem em mim algo de muito turco, de muito napolitano ou de muito árabe. Isso dito, cavalheiros, almocemos.

– Que maneira de colocar as coisas! – murmurou Beauchamp. – É decididamente um grão-senhor.

– Um grão-senhor estrangeiro. – disse Debray.

– Um grão-senhor de todos os países, senhor Debray. – disse Château-Renaud.

O ALMOÇO

O conde, já sabemos, era um conviva sóbrio. Albert salientou o fato, manifestando o receio de que, desde o princípio, a vida parisiense desagradasse ao viajante por seu aspecto mais material, mas ao mesmo tempo o mais necessário.

– Meu caro conde – disse –, o senhor me encontra vítima de um receio: que a cozinha da Rue du Helder não lhe agrade tanto como a da Praça di Spagna. Deveria ter-lhe perguntado de que gostava e mandar preparar alguns pratos de sua predileção.

– Se me conhecesse melhor, senhor, respondeu o conde, sorrindo, não se preocuparia com um cuidado quase humilhante para um viajante como eu, que sobreviveu sucessivamente com *macaroni* em Nápoles, polenta em Milão, *olla podrida* em Valência, *pilau* em Constantinopla, *karrick* na Índia e ninhos de andorinha na China. Não existe cozinha para um cosmopolita como eu. Como de tudo e em toda a parte, simplesmente como pouco; e hoje, que o senhor me censura a minha sobriedade, estou num dos meus dias de apetite, pois desde ontem de manhã não comi.

– Desde ontem de manhã! – exclamaram os convivas. – Não comeu nada durante vinte e quatro horas?

O CONDE DE MONTE CRISTO – TOMO 2

– Não – respondeu o conde. – Fui obrigado a desviar-me do meu caminho para obter informações nos arredores de Nîmes, de forma que me atrasei um pouco e não quis parar.

– E comeu na sua carruagem? – perguntou Morcerf.

– Não, dormi, como acontece quando me aborreço, sem ter a coragem de me distrair ou quando tenho fome e não me apetece comer.

– Quer dizer que comanda o sono, senhor? – perguntou Morrel.

– Mais ou menos.

– Possui alguma receita para isso?

– Infalível.

– Aí está uma coisa que seria excelente para nós, africanos, que nem sempre temos o que comer e raramente temos o que beber – disse Morrel.

– Decerto – respondeu Monte Cristo. – Infelizmente, a minha receita excelente para um homem como eu, que leva uma vida muito excepcional, seria por demais perigosa se aplicada a um exército, que não acordaria mais quando fosse necessário.

– E pode-se saber qual é essa receita? – perguntou Debray.

– Oh, meu Deus, claro que pode! – respondeu Monte Cristo. – Não faço segredo dela. É uma mistura de excelente ópio, que eu próprio fui buscar em Cantão, para ter a certeza de que fosse puro, e do melhor haxixe que se colhe no Oriente, isto é, entre o Tigre e o Eufrates. Juntam-se esses dois ingredientes em partes iguais e faz-se uma espécie de pílula, que se engole quando preciso. Passados dez minutos, o efeito é garantido. Perguntem ao senhor barão Franz de Épinay; creio que as provou um dia.

– Sim, ele me disse qualquer coisa a esse respeito e até ficou com uma agradável recordação da experiência – declarou Morcerf.

– Mas então traz sempre essa droga consigo? – perguntou Beauchamp, que, na qualidade de jornalista, era muito incrédulo.

– Sempre – respondeu Monte Cristo.

– Seria indiscreto se lhe pedisse para ver essas preciosas pílulas? – continuou Beauchamp, esperando apanhar o estrangeiro em falta.

– Não, senhor – respondeu o conde. E tirou do bolso uma maravilhosa caixinha de bombons, feita de uma única esmeralda e fechada por meio de uma porca de ouro, que, ao desenroscar-se, dava passagem a uma bolinha esverdeada, do tamanho de uma ervilha. Essa bolinha tinha um cheiro acre e penetrante. Havia quatro ou cinco idênticas na esmeralda, que podia conter uma dúzia delas.

A caixinha de bombons deu a volta à mesa, mas muito mais para que os convivas examinassem aquela esmeralda admirável do que para verem ou cheirarem as pílulas.

– E é o seu cozinheiro que lhe prepara essa iguaria? – Beauchamp perguntou.

– Não, senhor – respondeu Monte Cristo. – Não deixo sem mais nem menos os meus verdadeiros prazeres à mercê de mãos indignas. Sou um químico razoável e preparo pessoalmente minhas pílulas.

– Que admirável esmeralda! É a maior que já vi, embora minha mãe tenha algumas joias de família bastante notáveis – observou Château-Renaud.

– Eu tinha três idênticas – informou Monte Cristo. – Dei uma ao grão-senhor, que a mandou montar no seu sabre, a outra ao nosso santo padre, o papa, que a fez incrustar na sua tiara, ao lado de uma esmeralda mais ou menos idêntica, mas menos bela, que fora oferecida ao seu predecessor, Pio VII, pelo imperador Napoleão. Guardei a terceira para mim e mandei-a escavar, o que lhe tirou metade do seu valor, mas a tornou mais cômoda para o uso que desejava dar-lhe.

Todos olhavam Monte Cristo com espanto. Falava com tanta simplicidade que era evidente que dizia a verdade ou que estava louco. No entanto, a esmeralda que ficara em suas mãos os levava a se inclinarem naturalmente para a primeira suposição.

– E que lhe deram esses dois soberanos em troca desse magnífico presente? – perguntou Debray.

– O grão-senhor, a liberdade de uma mulher – respondeu o conde. – O nosso santo padre, o papa, a vida de um homem. De modo que uma vez na minha existência fui tão poderoso como se Deus me tivesse feito nascer nos degraus de um trono.

– E foi Peppino que o senhor libertou, não é? – perguntou Morcerf. – Foi a ele que aplicou seu direito de graça?

– Talvez – respondeu Monte Cristo sorrindo.

– Senhor conde, não faz ideia do prazer que experimento ao ouvi-lo falar assim! – disse Morcerf. – Anunciei-o antecipadamente aos meus amigos como um homem fabuloso, como um encantador das *Mil e uma noites*, como um feiticeiro da Idade Média. Mas os parisienses são pessoas de tal modo sutis em paradoxos que tomam por caprichos da imaginação as verdades mais incontestáveis, quando essas verdades não preenchem todas as condições da sua existência quotidiana. Por exemplo, temos aqui Debray, que lê, e Beauchamp, que imprime todos os dias que assaltaram e roubaram no boulevard um membro do Jockey Club; que assassinaram quatro pessoas na Rue Saint-Denis ou no *Faubourg* Saint-Germain; que prenderam dez, quinze, vinte ladrões, quer num café do Boulevard du Temple, quer nas Termas de Juliano, e que contestam a existência dos bandidos das Maremmes, dos campos de Roma ou dos Pântanos Pontinos. Diga-lhes, portanto, pessoalmente, senhor conde, peço-lhe, que fui raptado por bandidos e que, sem a sua generosa intercessão, estaria esperando, até hoje, segundo todas as probabilidades, a ressurreição eterna nas Catacumbas de São Sebastião, em vez de lhe dar de comer na minha indigna casinha da Rue du Helder.

– Ora! – exclamou o conde –, tinha me prometido nunca mais me falar dessa ninharia!…

– Não fui eu, senhor conde! – protestou Morcerf. – Foi porventura qualquer outro a quem terá prestado o mesmo serviço que a mim e que decerto confundiu comigo. Falemos, pelo contrário, peço-lhe. Porque se se decidir a falar desse caso, talvez não só me repita um pouco do que sei, mas também muito do que não sei.

– Mas parece-me – observou o conde, sorrindo –, que o senhor desempenhou em todo esse caso um papel suficientemente importante para saber tão bem como eu o que se passou.

– Quer prometer-me, se eu disser tudo o que sei – disse Morcerf –, dizer por sua vez tudo o que não sei?

– É bastante justo! – respondeu Monte Cristo.

– Pois bem – prosseguiu Morcerf –, ainda que meu amor-próprio sofra com isso, julguei-me durante três dias alvo das provocações de uma máscara, que tomava por qualquer descendente das Túlias ou das Popeias, quando na realidade era pura e simplesmente alvo das provocações de uma labrega. E observem que digo labrega para não dizer camponesa. O que sei é que, como um ingênuo, mais ingênuo ainda do que aquele de quem falava há pouco, tomei por essa camponesa um jovem bandido de quinze ou dezesseis anos, de queixo imberbe e cintura fina, que, no momento em que pretendia adiantar-me e depositar um beijo no seu casto ombro, me encostou a pistola à garganta e, com o auxílio de sete ou oito dos seus companheiros, me conduziu, ou antes arrastou bem para o fundo das Catacumbas de São Sebastião, onde encontrei um chefe de bandidos muito letrado, acreditem, o qual lia os *Comentários*, de César, e que se dignou interromper a leitura para me dizer que se no dia seguinte, às seis horas da manhã, não tivesse depositado quatro mil escudos no seu cofre, nesse mesmo dia, às seis e quinze, deixaria completamente de existir. A carta existe, está em poder de Franz, assinada por mim e com um *post-scriptum* de mestre Luigi Vampa. Se duvidam, escrevo a Franz, que mandará reconhecer as assinaturas. Eis o que sei. Agora o que não sei é como conseguiu, senhor conde, merecer tão grande respeito dos bandidos de Roma, que respeitam tão poucas coisas. Confesso-lhe que Franz e eu ficamos boquiabertos de admiração.

– Nada mais simples, senhor – respondeu o conde. – Eu conhecia o famoso Vampa há mais de dez anos. Muito novo, e, quando era ainda um pastor, dei-lhe um dia já não sei que moeda de ouro por ter me indicado o meu caminho, e ele, por sua vez, me deu, para nada me ficar a dever, um punhal esculpido por ele e que o senhor deve ter visto na minha coleção de armas. Mais tarde, quer porque tivesse esquecido essa troca de pequenos presentes que deveria manter a amizade entre nós, quer porque me não tivesse reconhecido, tentou capturar-me, mas fui eu, muito pelo contrário, que o apanhei com uma dúzia dos seus homens. Podia entregá-lo à justiça romana, que é sumária e que agiria ainda mais depressa no seu caso, mas não o fiz; soltei-o a ele e aos seus.

– Com a condição de não pecarem mais – observou o jornalista, rindo. – Vejo com prazer que mantiveram escrupulosamente a palavra!...

– Não, senhor – respondeu Monte Cristo. – Com a simples condição de que me respeitariam sempre, a mim e aos meus. Talvez o que lhes vou dizer lhes pareça estranho, senhores socialistas, progressistas e humanitários, mas nunca me preocupo com o meu próximo nem tento proteger a sociedade, que não me protege, e direi mesmo mais, que geralmente só se preocupa comigo para me prejudicar. Por isso, arredando-os da minha estima e mantendo a neutralidade em relação a eles, são ainda a sociedade e o meu próximo que me devem retribuição.

– Até que enfim! – exclamou Château-Renaud –, aqui está o primeiro homem corajoso que ouço pregar leal e brutalmente o egoísmo. É muito belo isso! Bravo, senhor conde!

– É franco, pelo menos – disse Morrel. – Mas estou certo de que o senhor conde não se arrependeu de ter faltado uma vez aos princípios que no entanto acaba de expor de forma tão absoluta.

– Quando é que faltei a esses princípios, senhor? – perguntou Monte Cristo, que de vez em quando não conseguia deixar de olhar Maximilien. com tanta atenção que já por duas ou três vezes o ousado jovem baixara os olhos diante do olhar claro e límpido do conde.

– A mim parece-me – respondeu Morrel, que ao libertar o senhor de Morcerf, que não conhecia, o senhor servia a seu próximo e à sociedade...

– Da qual ele é o mais belo ornamento – Beauchamp declarou gravemente, esvaziando com um só gole uma taça de champanhe.

– Senhor conde – interveio Morcerf –, vejo-o preso pelo raciocínio, o senhor, quer dizer, um dos mais austeros lógicos que conheço; e o senhor vai ver que logo lhe será claramente demonstrado que, longe de ser um egoísta é, pelo contrário, um filantropo. Ah, senhor conde, o senhor se diz oriental, levantino, malaio, indiano, chinês, selvagem; chama-se Monte

Cristo de seu nome de família e Simbad, o Marujo, de seu nome de batismo, e eis que, no dia em que põe pé em Paris, revela possuir instintivamente o maior mérito ou o maior defeito dos nossos excêntricos parisienses, isto é, usurpa os vícios que não tem e esconde as virtudes que tem!

– Meu caro visconde – retorquiu Monte Cristo –, não vejo em nada do que disse ou fiz uma única palavra que me valha da sua parte ou da desses senhores o pretenso elogio que acabo de receber. O senhor não era um estranho para mim, porque o conhecia, porque lhe cedera dois quartos, porque lhe oferecera um almoço, porque eu lhe emprestara uma das minhas carruagens, porque víramos passar as máscaras juntos na Rua do Corso e porque tínhamos assistido de uma janela da Praça del Popolo àquela execução que tanto o impressionou a ponto de quase se sentir indisposto. Ora, pergunto a todos esses senhores, podia deixar o meu convidado nas mãos daqueles horríveis bandidos, como os chamam? De resto, como sabe, ao salvá-lo, tinha uma segunda intenção; servir-me do senhor para me introduzir nos salões de Paris quando viesse à França. Houve tempo em que pôde considerar essa resolução um projeto vago e fugaz; mas hoje, como vê, é uma autêntica realidade a que tem de se submeter, sob pena de faltar à sua palavra.

– E cumpri-la-ei – declarou Morcerf –, mas receio muito que fique deveras decepcionado, meu caro conde, o senhor, que está habituado aos lugares acidentados, aos acontecimentos pitorescos, aos horizontes fantásticos. Entre nós, não se verifica o mais insignificante episódio do gênero daqueles a que a sua vida aventurosa o habituou. O nosso Chimborazzo é Montmartre; o nosso Himalaia é o monte Valérien; o nosso Grande Deserto é a planície de Grenelle, só com a diferença de que abrimos lá um poço artesiano para que as caravanas disponham de água. Temos ladrões, muitos mesmo, embora não tenhamos tantos como dizem, mas são ladrões que temem infinitamente mais o mais insignificante policial do que o maior fidalgo. Enfim, a França é um país tão prosaico e Paris uma cidade tão civilizada que o senhor não encontrará, procurando nos nossos oitenta e cinco departamentos (digo oitenta e cinco departamentos

O conde de Monte Cristo – Tomo 2

porque, evidentemente, separo a Córsega da França), que não encontrará nos nossos oitenta e cinco departamentos a menor montanha onde não haja um telégrafo, nem a menor gruta um pouco escura em que um comissário de polícia não tenha mandado colocar um bico de gás. Há, pois, um único serviço que lhe posso prestar, meu caro conde, e para isso estou à sua disposição: apresentá-lo em toda a parte, ou mandá-lo apresentar pelos meus amigos, nem é necessário falar. Aliás, o senhor não precisa de ninguém para isso; com o seu nome, a sua fortuna e a sua inteligência – Monte Cristo inclinou-se com um sorriso levemente irônico – uma pessoa apresenta-se a si mesma e é bem recebida em toda parte. Na realidade, só posso, portanto, ser-lhe útil numa coisa: se alguma experiência da vida parisiense, algum hábito do conforto e algum conhecimento dos nossos bazares me podem recomendar, estou ao seu dispor para lhe arranjar uma casa conveniente. Não me atrevo a propor-lhe que compartilhe o meu alojamento como compartilhei o seu em Roma, porque, embora não professe o egoísmo, sou egoísta por excelência, e porque em minha casa nem uma sombra se sentiria bem, a não ser que fosse uma sombra de mulher.

– Ora, aí está uma ressalva muito conjugal! – exclamou o conde. – De fato, senhor, lembro-me de me ter dito em Roma algumas palavras acerca de um projetado casamento; devo felicitá-lo pela sua felicidade próxima?

– O caso ainda continua em estado de projeto, senhor conde.

– E quem diz projeto quer dizer eventualidade – interveio Debray.

– Não – disse Morcerf – meu pai insiste nisso e espero apresentar-lhes dentro de pouco tempo, senão a minha mulher, pelo menos a minha futura mulher, a senhorita Eugénie Danglars.

– Eugénie Danglars… – murmurou o conde de Monte Cristo.

– Um momento: o pai não é o senhor barão Danglars?

– É, sim – respondeu Morcerf. – Mas de baronato recém-criado.

– O que isso importa – respondeu-lhe Monte Cristo –, se prestou ao Estado serviços que fizeram jus a essa distinção?

– Enormes – confirmou Beauchamp. – Apesar de ser liberal de alma e coração, completou em 1829 um empréstimo de seis milhões a favor do rei

Carlos X, que o fez barão e cavaleiro da Legião de Honra, de forma que usa a fita não no bolso do colete, como se poderia crer, mas na lapela da casaca.

– Ah! – exclamou Morcerf, rindo. – Beauchamp, Beauchamp, guarde isso para o *Corsaire* e o *Charivari*, mas diante de mim poupe o meu futuro sogro.

Depois, virando-se para Monte Cristo:

– Mas há pouco pronunciou o seu nome como se conhecesse o barão. Conhece-o de fato?

– Não, não o conheço – respondeu negligentemente Monte Cristo –, mas provavelmente não tardarei a conhecê-lo, pois tenho um crédito aberto sobre ele pelas firmas Richard & Blount, de Londres, Arstein & Eskeles, de Viena, e Thomson & French, de Roma.

E, ao pronunciar esses dois últimos nomes, Monte Cristo olhou pelo canto do olho para Maximilien Morrel.

Se o estrangeiro pretendera produzir qualquer efeito em Maximilien Morrel, não se enganara. De fato, Maximilien estremeceu como se tivesse sido atingido por um choque elétrico.

– Thomson & French… – murmurou. – Conhece essa casa, senhor?

– São os meus banqueiros na capital do mundo cristão – respondeu tranquilamente o conde. – Posso ser-lhe útil em alguma coisa junto a eles?

– Oh, o senhor conde talvez nos pudesse ajudar numas pesquisas até aqui infrutíferas. Há tempos, essa casa prestou um serviço à nossa, mas não sei por que sempre tem negado tê-lo feito.

– Às suas ordens, senhor – respondeu Monte Cristo, inclinando-se.

– Entretanto – observou Morcerf –, por causa do senhor Danglars, afastamo-nos singularmente do tema da nossa conversa. Tratava-se de encontrar uma habitação conveniente para o conde de Monte Cristo. Vamos, meus senhores, procuremos ter uma ideia: onde instalaremos esse novo hóspede da grande Paris?

– No *Faubourg* Saint-Germain – disse Château-Renaud. – O senhor encontrará lá um encantador palacete com pátio e jardim.

– Ora, ora, Château-Renaud – protestou Debray –, você só conhece o seu triste e desagradável *Faubourg* Saint-Germain. Não lhe dê ouvidos, senhor conde, instale-se na Chaussée-d'Antin: é o verdadeiro centro de Paris.

– Boulevard da Ópera – disse Beauchamp. – No primeiro andar, uma casa com varanda. O senhor conde mandará levar para lá almofadas de tecido prateado e verá, fumando o seu chibuque ou tomando as suas pílulas, toda a capital desfilar debaixo dos seus olhos.

– Você não tem nenhuma ideia, Morrel? – perguntou Château-Renaud. – Não propõe nada?

– Certamente – respondeu sorrindo o rapaz. – Pelo contrário, tenho uma, mas esperava que o senhor se deixasse tentar por qualquer das propostas brilhantes que acabam de lhe fazer. Porém, como até agora não se pronunciou, creio poder oferecer-lhe uns aposentos num palacete muito encantador, muito Pompadour, que a minha irmã alugou há um ano na Rue Meslay.

– Tem uma irmã? – perguntou Monte Cristo.

– Tenho, sim, senhor, e uma excelente irmã.

– Casada?

– Há quase nove anos.

– Feliz? – perguntou de novo o conde.

– Tão feliz quanto é permitido a uma criatura humana sê-lo – respondeu Maximilien. – Casou com o homem que amava, aquele que nos foi fiel na nossa infelicidade: Emmanuel Herbaut.

Monte Cristo sorriu imperceptivelmente.

– Resido lá durante o meu semestre – prosseguiu Maximilien. – E estaria, assim como o meu cunhado Emmanuel, à disposição do senhor conde para todas as informações de que necessitasse.

– Um momento! – gritou Albert antes de Monte Cristo ter tempo de responder. – Cuidado com o que faz, Senhor Morrel, olhe que vai enclausurar um viajante, Simbad, o Marujo, na vida familiar. De um homem que veio para ver Paris, vai fazer um patriarca.

– Oh, isso não! – respondeu Morrel, sorrindo. – A minha irmã tem vinte e cinco anos e o meu cunhado trinta; são jovens, alegres e felizes. Além disso, o senhor conde estará à vontade nos seus aposentos e só encontrará seus anfitriões quando quiser descer aos aposentos deles.

– Obrigado, senhor, obrigado – disse Monte Cristo. – Contentar-me-ei com ser apresentado pelo senhor à sua irmã e ao seu cunhado, se quiser conceder-me essa honra, mas não aceitei a oferta de nenhum dos senhores porque já tenho a minha residência pronta.

– Como?! – exclamou Morcerf. – Vai hospedar-se num hotel? Será muito desagradável para o senhor...

– Estava assim tão mal instalado em Roma? – perguntou Monte Cristo.

– Por Deus – retorquiu Morcerf –, em Roma, gastou cinquenta mil piastras para mandar mobiliar seus aposentos; mas presumo que não está disposto a renovar todos os dias semelhante despesa.

– Não foi isso que me deteve – respondeu Monte Cristo –, mas sim ter resolvido possuir uma casa em Paris, uma casa minha, claro. Por isso, mandei à frente o meu criado de quarto, que já deve ter comprado a casa e mandado mobiliar.

– Quer dizer que tem um criado de quarto que conhece Paris? – admirou-se Beauchamp.

– É a primeira vez, como eu, que vem à França; é negro e não fala – respondeu Monte Cristo.

– Então é Ali? – perguntou Albert, no meio da surpresa geral.

– É, sim, senhor, é Ali, o meu núbio, o meu mudo, que o senhor viu em Roma, segundo creio.

– Sim, certamente – respondeu Morcerf. – Lembro-me muito bem dele. Mas como encarregou um núbio de lhe comprar uma casa em Paris e um mudo de mobiliá-la? Deve ter feito tudo às avessas, o pobre infeliz.

– Engana-se, senhor. Estou certo, pelo contrário, de que escolheu todas as coisas a meu gosto; porque, como sabe, o meu gosto não é o de todo mundo. Ali chegou há oito dias e deve ter corrido toda a cidade com esse instinto que possui um bom cão quando caça sozinho. Conhece os meus

O CONDE DE MONTE CRISTO – TOMO 2

caprichos, as minhas fantasias, as minhas necessidades; deve ter tudo organizado segundo a minha vontade. Sabia que eu chegaria hoje às dez horas e esperava-me desde as nove na Barreira de Fontainebleau. Entregou-me esse papel. É o meu novo endereço. Tome, leia.

E Monte Cristo passou um papel a Albert.

– Champs-Élysées, nº 30 – leu Morcerf.

– Ora, aí está uma coisa deveras original! – não pôde impedir-se de dizer Beauchamp.

– E muito principesca – acrescentou Château-Renaud.

– Como?! Não conhece a sua casa? – perguntou Debray.

– Não – respondeu Monte Cristo. – Já lhes disse que não queria chegar atrasado. Troquei de roupa na minha carruagem e apeei-me à porta do visconde.

Os jovens entreolharam-se. Ignoravam se tudo aquilo não seria uma farsa interpretada por Monte Cristo, mas tudo o que saía da boca daquele homem tinha, não obstante seu caráter original, tal cunho de simplicidade que não se podia supor que mentisse. Aliás, por que mentiria?

– Teremos, portanto, de nos contentar em prestar ao senhor conde todos os pequenos serviços que estão ao nosso alcance – disse Beauchamp. – Eu, na minha qualidade de jornalista, abro-lhe todos os teatros de Paris.

– Obrigado, senhor – disse, sorrindo Monte Cristo, – mas meu intendente já tem ordem para me reservar um camarote em cada um.

– E o seu intendente é também um núbio, um mudo? – perguntou Debray.

– Não, senhor, é simplesmente um compatriota seu, se é que um corso pode ser compatriota de alguém. Mas o senhor o conhece, senhor de Morcerf.

– Será por acaso o excelente *signor* Berluccio, que se mostra muito eficiente ao alugar as janelas?

– Justamente, e o viu nos meus aposentos no dia em que tive a honra de receber o senhor para almoçar. É um excelente homem, que foi um pouco soldado, um pouco contrabandista, um pouco de tudo o que se pode ser,

553

enfim. Não juraria mesmo que não tenha tido suas pendências com a polícia, por uma ninharia, qualquer coisa como uma punhalada...

– E escolheu esse honesto cidadão do mundo para seu intendente, senhor conde? – perguntou Debray. – Quanto lhe rouba por ano?

– Bom... palavra de honra, não mais que qualquer outro, tenho a certeza – respondeu o conde. – Mas serve-me bem, não conhece impossibilidade e por isso o conservo.

– Então, tem a sua casa montada – disse Château-Renaud. Um palacete nos Champs-Élysées, criados, intendente... só lhe falta uma amante.

Albert sorriu. Pensava na bela grega que vira no camarote do conde no Teatro Valle e no Teatro Argentina.

– Tenho melhor do que isso – respondeu Monte Cristo. – Tenho uma escrava. Os senhores alugam as suas amantes no Teatro da Ópera, no Vaudeville, no Teatro das Variedades; eu comprei a minha em Constantinopla. Ficou-me mais cara, mas a esse respeito não tenho de me preocupar com mais nada.

– Esquece, porém – disse Debray, rindo –, que nós somos, como disse o rei Carlos, francos de nome e francos por natureza; que ao pôr os pés em terra de França a sua escrava se tornou livre?

– Quem vai dizer isso para ela? – perguntou Monte Cristo.

– Ora essa, o primeiro que calhar!

– Ela só fala o grego moderno.

– Isso então é outra coisa.

– Mas vê-la-emos, ao menos? – perguntou Beauchamp. – Ou assim como tem um mudo também tem eunucos?

– Juro-lhes que não – respondeu Monte Cristo. – Não levo o meu orientalismo até esse ponto. Todos os que me rodeiam são livres de me deixar, e deixando-me não precisarão mais de mim nem de ninguém. Talvez seja por isso que não me deixam...

Havia muito tempo que fora servida a sobremesa e tinham vindo os charutos.

O CONDE DE MONTE CRISTO – TOMO 2

– Meu caro – disse Debray, levantando-se –, são duas e meia, o seu convívio é muito agradável, mas não há boa companhia que se não deixe, às vezes até por uma má. Tenho de voltar ao ministério. Falarei do conde ao ministro, pois precisamos saber quem ele é.

– Cuidado – observou Morcerf. – Até os mais espertos desistiram...

– Ora, temos três milhões para gastar com a nossa polícia. É certo que são quase sempre gastos antecipadamente, mas não importa, ainda há de haver uns cinquenta mil francos para gastar nisso.

– E quando souberem, me dirão?

– Sim, prometo-lhe. Adeus, Albert. Meus senhores, sou seu mais humilde criado...

E depois de sair, gritou muito alto na antecâmara:

– Mande avançar!

– Bom – disse Beauchamp a Albert –, não irei à Câmara, mas tenho para oferecer aos meus leitores algo muito melhor do que um discurso do senhor Danglars.

– Por favor, Beauchamp – pediu Morcerf –, nem uma palavra, suplico-lhe. Não me roube o mérito de o apresentar e explicar. Não é verdade que é curioso?

– É mais que isso – respondeu Château-Renaud –, é realmente um dos homens mais extraordinários que já vi na minha vida. Vem, Morrel?

– É só o tempo de dar o meu cartão ao senhor conde, que desejo me prometa fazer-nos uma visitinha na Rue Meslay, nº 14.

– Esteja certo de que não faltarei. Senhor – respondeu o conde, fazendo uma mesura.

E Maximilien Morrel saiu com o barão de Château-Renaud, deixando Monte Cristo sozinho com Morcerf.

A APRESENTAÇÃO

Quando Albert ficou sozinho com Monte Cristo, disse-lhe:
– Senhor conde, permita-me que inicie consigo o meu ofício de cicerone, mostrando-lhe o modelo de um apartamento de rapaz. Habituado aos palácios da Itália, será para o senhor um estudo interessante calcular em quantos metros quadrados pode viver um jovem parisiense que não é visto como um dos piores alojados. À medida que passarmos de um cômodo para outro, abriremos as janelas para que possa respirar.

Monte Cristo já conhecia a sala de jantar e a sala de visitas do térreo. Albert levou-o primeiro ao seu ateliê; era, como lembramos, seu cômodo predileto.

Monte Cristo era um digno apreciador de todas as coisas que Albert acumulara naquele cômodo: velhos baús, porcelanas do Japão, tecidos do Oriente, vidrilhos de Veneza, armas de todos os países do mundo, tudo lhe era familiar, e ao primeiro olhar reconhecia o século, o país e a origem. Morcerf julgara que seria o explicador e era ele, ao contrário, que fazia sob a orientação do conde um curso de arqueologia, mineralogia e história natural. Desceram ao primeiro andar. Albert introduziu seu hóspede no salão. Esse salão era forrado de obras de pintores modernos.

O CONDE DE MONTE CRISTO – TOMO 2

Havia paisagens de Dupré, de bambus compridos, árvores longilíneas, vacas mugindo e céus maravilhosos; cavaleiros árabes de Delacroix, de longos albornozes brancos, faixas brilhantes e armas lavradas, cujos cavalos se mordiam com raiva, enquanto os homens se dilaceravam com maças de ferro; aquarelas de Boulanger, representando toda a catedral de Nossa Senhora de Paris, com aquele vigor que faz do pintor o êmulo do poeta; havia telas de Diaz, que torna as flores mais belas que as flores e o sol mais brilhante que o sol: desenhos de Decamps, tão coloridos quanto os de Salvator Rosa, mas mais poéticos; pastéis de Giraud e de Millier representando crianças com cabeças de anjo e mulheres com expressões de virgem; esboços arrancados do álbum da viagem ao Oriente de Dauzats, que tinham sido rabiscados em poucos segundos sobre a sela de um camelo ou debaixo da cúpula de uma mesquita; enfim, tudo o que a arte moderna pode dar em troca e em compensação da arte perdida e desaparecida nos séculos precedentes.

Albert esperava mostrar, pelo menos desta vez, algo de novo ao estranho viajante; mas, para seu grande espanto, este, sem necessitar procurar as assinaturas, algumas das quais de resto estavam presentes apenas por iniciais, atribuiu instantaneamente o nome de cada autor à sua obra, de forma que era fácil ver que não só cada um daqueles nomes lhe era familiar, mas também que cada um daqueles talentos fora estudado e apreciado por ele.

Do salão, passaram ao quarto de dormir. Era ao mesmo tempo um modelo de elegância e de gosto austero. Ali, um único retrato, mas assinado por Léopold Robert, resplandecia em uma moldura de ouro fosco.

Esse retrato atraiu imediatamente o olhar do conde de Monte Cristo, pois ele deu três passos rápidos no quarto e parou de súbito diante dele.

Era o de uma jovem, de vinte e cinco a vinte e seis anos, morena e de olhar ardente, velado por uma pálpebra lânguida. Vestia o traje pitoresco das pescadoras catalãs, com o seu corpete vermelho e negro e as suas agulhas de ouro espetadas no cabelo. Olhava o mar e a sua silhueta elegante destacava-se no duplo azul das ondas e do céu.

Estava escuro no quarto, pois do contrário Albert teria podido ver a palidez lívida que se espalhou pelas faces do conde e teria surpreendido o calafrio nervoso que percorreu seus ombros e seu peito.

Reinou um instante de silêncio, durante o qual Monte Cristo manteve os olhos obstinadamente fixos naquela pintura.

– Tem aqui uma bela amante, visconde – disse Monte Cristo, numa voz perfeitamente calma. E o traje, traje de baile sem dúvida, assenta-lhe na realidade maravilhosamente.

– Ah, senhor – disse Albert –, aí está um equívoco que não lhe perdoaria se ao lado desse retrato tivesse visto qualquer outro! Não conhece a minha mãe, senhor; é ela quem vê nesse quadro. Se fez pintar assim há seis ou oito anos. Esse traje é um traje de fantasia, ao que parece, e a semelhança é tão grande que creio ver ainda minha mãe tal como era em 1830. A condessa mandou fazer esse retrato durante uma ausência do conde. Sem dúvida esperava proporcionar-lhe, no regresso, uma agradável surpresa. Mas, coisa estranha, o retrato desagradou meu pai, e o valor da pintura, que é, como vê, uma das belas telas de Léopold Robert, não foi capaz de o demover da antipatia que o tinha tomado. Diga-se em favor da verdade, aqui entre nós, meu caro conde, que o Senhor de Morcerf é um dos pares mais assíduos no Luxemburgo e um general renomado pela teoria, mas um amador de arte dos mais medíocres. O mesmo não se pode dizer da minha querida mãe, que pinta notavelmente, e que, estimando demasiado uma obra dessa para se separar dela por completo, me ofereceu, para que junto de mim estivesse menos exposta a desagradar ao senhor de Morcerf; de quem lhe mostrarei o retrato pintado por Gros. Desculpe-me se lhe falo assim de casa e família, mas como vou ter a honra de levá-lo ao conde, digo-lhe isso para que não lhe escape em gabar esse retrato diante dele. De resto, ele tem uma funesta influência: pois é bem raro que a minha mãe venha a minha casa sem o ver e mais raro ainda que o veja sem chorar. A nuvem que o aparecimento dessa pintura trouxe para casa é aliás a única que se ergueu entre o conde e a condessa, os quais, embora casados há mais de vinte anos, ainda estão unidos como no primeiro dia.

O CONDE DE MONTE CRISTO – TOMO 2

Monte Cristo deitou um olhar rápido sobre Albert, como para procurar uma intenção oculta nas suas palavras; mas era evidente que o rapaz as dissera com toda a simplicidade da sua alma.

– Agora, já viu todas as minhas riquezas, senhor conde – disse Albert.
– Permita-me que as ofereça ao senhor, por muito indignas que sejam. Sinta-se como se estivesse em sua casa e, para pôr-se ainda mais à vontade, queira acompanhar-me até a casa do senhor de Morcerf, a quem escrevi de Roma sobre o serviço que o senhor me prestou e a quem anunciei a visita que me prometera. E, posso dizer-lhe, o conde e a condessa aguardavam com impaciência que lhes fosse permitido agradecer-lhe. Bem sei, senhor conde, que é um pouco insensível a todas as coisas e que as cenas familiares não têm muita influência sobre Simbad, o Marujo: o senhor já viu tantas outras cenas. No entanto, aceite o que lhe proponho como iniciação à vida parisiense, vida de cortesias, de visitas e de apresentações.

Monte Cristo inclinou-se sem responder; aceitava a proposta sem entusiasmo nem contrariedade, como uma das conveniências de sociedade que todo homem decente cumpre como um dever. Albert chamou o criado e ordenou-lhe que fosse prevenir o senhor e a senhora de Morcerf da chegada iminente do conde de Monte Cristo.

Albert o seguiu com o conde.

Chegando à antecâmara do conde, via-se por cima da porta que dava para o salão um brasão, que, pelo seu ornato rico e sua harmonia com a ornamentação do cômodo, indicava a importância que o proprietário do palacete atribuía a ele.

Monte Cristo deteve-se diante desse brasão, que examinou atentamente.

– Anil com sete merletas de ouro colocadas em tiras. É sem dúvida o brasão da sua família, senhor? – perguntou. – Exceto pelo conhecimento das peças do brasão que me permite decifrá-lo, sou muito ignorante em matéria heráldica, eu, conde de acaso, fabricado pela Toscana com o auxílio de uma comenda de Santo Estevão, e que teria prescindido de bancar o grão-senhor se não me tivessem repetido que quando se viaja muito é coisa absolutamente necessária. Porque, enfim é preciso, nem que seja para

559

que os funcionários aduaneiros não nos incomodem, ter qualquer coisa nas portinholas da carruagem. Desculpe-me, pois, se lhe faço semelhante pergunta.

– Não é de modo algum indiscreto, senhor – respondeu Morcerf com a simplicidade da convicção –, e de fato acertou: são as nossas armas, isto é, as do lado do meu pai. Mas elas, como vê, estão apoiadas num escudo que é de goles e de torre de prata, que é do lado de minha mãe. Pelas mulheres, eu sou espanhol, mas a casa de Morcerf é francesa e, segundo ouvi dizer, até uma das mais antigas do sul da França.

– Sim – prosseguiu Monte Cristo –, é o que indicam as merletas. Quase todos os peregrinos armados que tentaram ou fizeram a conquista da Terra Santa tomaram como armas ou cruzes, sinal da missão a que se tinham votado, ou pássaros migradores, símbolo da longa viagem que iam empreender e que esperavam concluir nas asas da fé. Um dos seus antepassados paternos terá sido de alguma das suas cruzadas, e mesmo supondo que fosse apenas a de São Luís, isso já o faz remontar ao século XIII, o que já é uma beleza.

– É possível – concordou Morcerf. – No gabinete de meu pai, existe em algum lugar uma árvore genealógica que nos dirá isso e sobre o qual cheguei a anotar comentários que seriam muito elucidativos para Hozier e Jaucourt. Agora, já não me preocupo com isso e no entanto, sempre lhe digo, senhor conde, e isso tem a ver com as minhas atribuições de cicerone, que as pessoas começam a se ocupar muito com essas coisas sob o nosso governo popular.

– Bom, nesse caso, o seu governo deveria ter escolhido no seu passado coisa melhor do que os dois cartazes que notei nos seus monumentos e que não têm nenhum sentido heráldico. Quanto ao senhor, visconde – prosseguiu Monte Cristo, voltando-se para Morcerf –, é mais feliz que o seu governo, pois as suas armas são realmente belas e falam à imaginação. Sim, é isso mesmo: o senhor é ao mesmo tempo da Provença e da Espanha. E o que explica, se o retrato que me mostrou está parecido, a bela cor morena que tanto admirei no rosto da nobre catalã.

Seria preciso ser Édipo ou a própria esfinge para adivinhar a ironia que o conde pôs nas suas palavras, aparentemente cheias da maior delicadeza. Por isso, Morcerf agradeceu-lhe com um sorriso e, passando à frente para lhe indicar o caminho, empurrou a porta que se abria por baixo das suas armas e que, como dissemos, dava para o salão.

No lugar mais aparente desse salão, via-se também um retrato: o de um homem de trinta e cinco a trinta e oito anos, em uniforme de oficial-general, com o duplo galão espiralado, sinal dos graus superiores, a fita da Legião de Honra ao pescoço, o que indicava que era comendador, e no peito, à direita, a medalha de grão-oficial da Ordem do Salvador e, à esquerda, a da grã-cruz de Carlos III, o que indicava que a pessoa retratada teria participado das guerras da Grécia e de Espanha ou, o que dava absolutamente no mesmo em matéria de condecorações, desempenhara qualquer missão diplomática nos dois países.

Monte Cristo estava ocupado em esmiuçar esse retrato, com não menos cuidado do que observara o outro, quando se abriu uma porta lateral e ele se encontrou diante do próprio conde de Morcerf.

Era um homem de quarenta a quarenta e cinco anos, mas que parecia ter pelo menos cinquenta, e cujo bigode, bem como as sobrancelhas pretas, contrastavam estranhamente com os cabelos quase brancos, cortados à escovinha, em estilo militar. Vestia-se à paisana e trazia na lapela uma fita cujas várias seções indicavam as diversas ordens com que era condecorado. Esse homem entrou com passo bastante nobre e uma espécie de pressa. Monte Cristo viu-o vir ao seu encontro sem dar um único passo; dir-se-ia que seus pés estavam colados no chão, tal como seus olhos no rosto do conde de Morcerf.

– Meu pai – disse o rapaz –, tenho a honra de lhe apresentar o senhor conde de Monte Cristo, o generoso amigo que tive a felicidade de encontrar nas circunstâncias difíceis que conhece.

– Seja bem-vindo entre nós, senhor – disse o conde de Morcerf, cumprimentando Monte Cristo com um sorriso. – Prestou à nossa casa, preservando-lhe o seu único herdeiro, um serviço que terá eternamente o nosso reconhecimento.

E, ao dizer essas palavras, o conde de Morcerf indicava uma poltrona a Monte Cristo, ao mesmo tempo que ele próprio se sentava defronte da janela.

Quanto a Monte Cristo, tomando a poltrona indicada pelo conde de Morcerf arranjou-se de maneira a ficar oculto na sombra das grandes cortinas de veludo, de modo a ler daí, nas feições marcadas de fadiga e preocupações do conde, toda uma história de dores secretas escrita em cada ruga vinda antes do tempo.

– A senhora condessa – disse Morcerf – estava fazendo sua toalete quando o visconde a mandou prevenir da visita que ia ter a felicidade de receber, mas vai descer e dentro de dez minutos estará no salão.

– É muita honra para mim – declarou Monte Cristo –, logo no dia da minha chegada a Paris, ser posto em contato com um homem cujo mérito iguala a reputação e com quem a fortuna, justa uma vez, não incorreu em erro. Mas não terá ela ainda, nas planícies de Mitidja ou nas montanhas do Atlas, um bastão de marechal para lhe oferecer?

– Oh – disse Morcerf corando um pouco –, deixei o serviço. Nomeado par sob a Restauração, era da primeira campanha e servia sob as ordens do marechal de Bourmont. Podia, portanto aspirar a um comando superior e quem sabe se isso não teria acontecido se o ramo primogênito tivesse permanecido no trono! Mas a revolução de julho era, ao que parece, bastante gloriosa para se permitir ser ingrata, e o foi no tocante a qualquer serviço que não datasse do período imperial. Apresentei, pois, a minha demissão, porque, quando se ganha os galões no campo de batalha, não se sabe manobrar muito bem no terreno escorregadio dos salões. Renunciei à espada, lancei-me na política, dedico-me à indústria e estudo as artes úteis. Durante meus vinte anos de serviço, bem o desejei, mas nunca tive tempo para isso.

– São ideias semelhantes a essas que mantêm a superioridade da sua nação sobre os outros países, senhor – respondeu Monte Cristo. - Fidalgo oriundo de uma grande casa, possuidor de uma bela fortuna, o senhor começou por consentir em ganhar os primeiros postos como soldado obscuro, o que é raríssimo; depois, já general e par de França, comendador da Legião de Honra, consentiu em recomeçar uma segunda aprendizagem, sem outra esperança, sem outra recompensa além daquela de um dia ser útil aos seus semelhantes... Ah, senhor, isso é realmente belo! Direi mais, é sublime.

Albert olhava e escutava Monte Cristo com espanto; não estava habituado a vê-lo ascender a ideias tão entusiastas.

– Infelizmente – continuou o estrangeiro, sem dúvida para fazer desaparecer a nuvem imperceptível que suas palavras acabavam de provocar na testa de Morcerf –, não procedemos assim na Itália: crescemos consoante a nossa casta e a nossa espécie, e conservamos a mesma folhagem, o mesmo tamanho e muitas vezes a mesma inutilidade por toda a nossa vida.

– Mas, senhor, respondeu o conde de Morcerf –, para um homem do seu mérito, a Itália não é uma pátria e a França lhe abre os braços. Responda ao seu apelo, a França não será talvez ingrata para com todo mundo. Trata mal os seus filhos, mas habitualmente acolhe com generosidade os estrangeiros.

– Sim, meu pai – disse Albert com um sorriso –, bem se vê que não conhece o senhor conde de Monte Cristo. As suas satisfações não são desse mundo; não aspira a quaisquer honras e só aceita as que podem caber num passaporte.

– Ora, aí está a expressão mais justa que alguma vez ouvi a meu respeito – respondeu o visitante.

– O senhor foi mestre do seu futuro – disse o conde de Morcerf, com um suspiro – e escolheu um caminho florido.

– Justamente, senhor – replicou Monte Cristo, com um daqueles sorrisos que um pintor nunca conseguirá reproduzir e que um fisionomista ficará sempre desesperado se tentar analisar.

– Se não receasse cansar o senhor conde – disse o general, evidentemente cativado pelas maneiras de Monte Cristo –, levá-lo-ia à Câmara. Há hoje uma sessão curiosa para quem não conhece os nossos senadores modernos.

ALEXANDRE DUMAS

– Ficar-lhe-ei muito grato, senhor, se se dignar me renovar o convite outra vez; mas hoje fui agraciado com a esperança de ser apresentado à senhora condessa, e vou esperar.

– Oh, aí está a minha mãe! – exclamou o visconde.

Com efeito, ao virar-se rapidamente, Monte Cristo viu a senhora de Morcerf na entrada da sala, no limiar da porta oposta àquela por onde entrara o marido. Imóvel e pálida, deixou, quando Monte Cristo se virou para ela, cair o braço que, sem que se soubesse por que, apoiara na cornija dourada da lareira. Estava ali havia alguns segundos e ouvira as últimas palavras pronunciadas pelo visitante transalpino.

Este se levantou e cumprimentou profundamente a condessa, que se inclinou por seu turno, muda e cerimoniosa.

– Meu Deus, senhora, o que é que tem? – perguntou o conde. – Será por acaso o calor deste salão que a incomoda?

– Está doente, minha mãe? – perguntou o visconde, correndo ao encontro de Mercedes.

Ela agradeceu a ambos com um sorriso.

– Não – disse ela –, mas experimentei certa emoção ao ver pela primeira vez aquele sem cuja intervenção estaríamos agora em lágrimas e de luto. Senhor – continuou a condessa, adiantando-se com a majestade de uma rainha, devo-lhe a vida do meu filho e por essa boa ação eu o abençoo. Agora, sou grata pelo prazer que me proporcionou dando-me a oportunidade de lhe agradecer assim como o abençoei, isto é, do fundo do coração.

O conde inclinou-se novamente, mais que da primeira vez. Estava ainda mais pálido do que Mercedes.

– Minha senhora – disse –, o senhor conde e a senhora recompensam-me com excessiva generosidade de uma ação muito simples. Salvar um homem, poupar um tormento a um pai, proteger a sensibilidade de uma mulher não é de modo algum fazer uma boa ação, é praticar um ato de humanidade.

A essas palavras, pronunciadas com uma doçura e uma delicadeza requintadas, a senhora de Morcerf respondeu em tom comovido:

O CONDE DE MONTE CRISTO – TOMO 2

– É deveras feliz o meu filho em o ter como amigo, senhor, e agradeço a Deus ter feito as coisas assim.

E Mercedes ergueu seus belos olhos ao céu com uma gratidão tão infinita que o conde julgou ver tremer neles duas lágrimas.

O senhor de Morcerf aproximou-se dela.

– Minha senhora – disse –, já apresentei as minhas desculpas ao senhor conde por ser obrigado a deixá-lo, e peço-lhe que as renove junto a ele. A sessão abriu às duas horas, são três e devo falar.

– Vá, senhor. Procurarei fazer esquecer a sua ausência ao nosso hóspede – respondeu a condessa no mesmo tom de sensibilidade. – Senhor conde – continuou virando-se para Monte Cristo –, nos dará a graça de passar o resto do dia conosco?

– Obrigado, minha senhora, e peço-lhe que acredite que não poderia lhe ser mais reconhecido do que estou pelo seu convite. Mas eu desci esta manhã à sua porta da minha carruagem de viagem. Como estou instalado em Paris é algo que ignoro. Se o estou, apenas o sei. Trata-se de uma preocupação superficial, bem sei, mas mesmo assim apreciável.

– Teremos o prazer outra vez, pelo menos? Promete-nos? – pediu a condessa.

Monte Cristo inclinou-se sem responder, mas o gesto podia passar por um assentimento.

– Então, não o retenho mais, senhor – disse a condessa – pois não quero que o meu reconhecimento se transforme numa indiscrição ou numa inconveniência.

– Meu caro conde – disse Albert –, se me permite, tentarei retribuir-lhe em Paris a sua graciosa cortesia de Roma e pôr o meu cupê à sua disposição até que tenha tempo de organizar seus pertences.

– Mil vezes obrigado pela sua gentileza, visconde – disse Monte Cristo –, mas presumo que o senhor Bertuccio terá empregado convenientemente as quatro horas e meia que acabo de lhe proporcionar e que encontrarei à porta uma carruagem qualquer toda atrelada.

565

Alexandre Dumas

Albert estava habituado a essas maneiras por parte do conde; sabia que ele era como Nero na busca do impossível e já nada o surpreendia. No entanto, quis julgar por ele mesmo de que forma as ordens do conde tinham sido cumpridas. Portanto, acompanhou-o até a saída do palacete.

Monte Cristo não se enganara. Assim que aparecera na antecâmara do conde de Morcerf, um lacaio, o mesmo que em Roma levara a carta do conde aos dois jovens e lhes anunciara a sua visita, correra para fora do peristilo, de forma que ao chegar à escadaria o ilustre viajante encontrou efetivamente o seu carro à sua espera.

Era um cupê saído das oficinas de Keller e uma parelha pela qual, ainda na véspera, Drake, conforme sabiam todos os *leões* de Paris, recusara vender por dezoito mil francos.

– Senhor – disse o conde a Albert –, não lhe proponho me acompanhar a minha casa, só lhe poderia mostrar uma casa improvisada, e como sabe, tenho, no tocante a improvisações, uma reputação a preservar. Conceda-me um dia e permita-me então convidá-lo. Estarei assim mais certo de não faltar com as leis da hospitalidade.

– Se me pedir um dia, senhor conde, eu estou tranquilo; já não será uma casa que me mostrará, será um palácio. Decididamente, o senhor tem algum gênio à sua disposição.

– Por favor, deixe que acreditem nisso – pediu Monte Cristo –, pondo o pé no estribo guarnecido de veludo da sua esplêndida carruagem. – Isso me fará algum bem junto às mulheres.

E entrou na carruagem, que se fechou atrás dele e partiu a galope, mas não tão depressa que o conde não percebesse o movimento imperceptível que fez tremer a cortina do salão onde deixara a senhora de Morcerf.

Quando Albert voltou para junto da mãe, encontrou a condessa na alcova, afundada numa grande poltrona de veludo. Com todo o aposento mergulhado na sombra, só era possível ver o reflexo cintilante emitido aqui e ali no corpo de um algum objeto decorativo ou no canto de alguma moldura dourada.

O conde de Monte Cristo – Tomo 2

Albert não pôde ver o rosto da condessa, oculto numa nuvem de gaze que ela enrolara à volta do cabelo como uma auréola vaporosa, mas pareceu-lhe que tinha a voz alterada. Distinguiu também, entre os perfumes das rosas e dos heliotrópios da jardineira, o cheiro ácido e penetrante dos sais de vinagre. Com efeito, o frasco da condessa, retirado da sua bainha de couro e colocado numa das taças cinzeladas da chaminé, atraiu a atenção inquieta do jovem.

– Está doente, minha mãe? – perguntou assim que entrou. – Sentiu-se mal durante a minha ausência?

– Eu? Não, Albert. Mas entenda, essas rosas, essas tuberosas e essas flores de laranjeira exalam, durante esses primeiros calores, perfumes muito intensos para quem não está acostumado...

– Então, minha mãe – disse Morcerf, levando a mão à campainha –, é preciso mandar levá-las para a sua antecâmara. A senhora está realmente indisposta; já há pouco, quando entrou, estava muito pálida.

– Eu estava pálida, Albert?

– De uma palidez que lhe assenta maravilhosamente, minha mãe, mas que nem por isso nos assustou menos a meu pai e a mim.

– Seu pai comentou com você? – perguntou vivamente Mercedes.

– Não, mas foi diretamente à senhora própria, lembra-se, que ele fez essa observação.

– Não me recordo – disse a condessa.

Entrou um criado. Acudia ao toque de campainha de Albert.

– Leve essas flores para a antecâmara ou para o banheiro – ordenou o visconde. – Incomodam a senhora condessa.

O criado obedeceu.

Seguiu-se um longo silêncio, que durou todo o tempo em que se fez a mudança.

– Afinal, que nome é esse, Monte Cristo? – perguntou a condessa, quando o criado saiu levando a última jarra de flores. – É um nome de família, o nome de uma terra ou um simples título?

– É, creio, um título, minha mãe, e é tudo. O conde comprou uma ilha no arquipélago toscano e, segundo ele próprio dizia esta manhã, instituiu uma comendadoria. A senhora sabe, isso foi assim com Santo Estevão de Florença, com São Jorge Constantiniano de Parma e mesmo com a Ordem de Malta. De resto, ele não tem nenhuma pretensão à nobreza e se diz um conde por acaso, embora a opinião geral em Roma seja que o conde é um importante grão-senhor.

– As maneiras dele são excelentes – declarou a condessa. – Pelo menos segundo me foi dado julgar nos curtos instantes em que esteve aqui.

– Oh! Perfeitas, minha mãe, tão perfeitas até que superam em muito tudo que conheci de mais aristocrático nas três nobrezas mais orgulhosas da Europa, isto é, na inglesa, na espanhola e na alemã.

A condessa refletiu por um instante e, depois de curta hesitação, prosseguiu, firme:

– Meu caro Albert, é uma pergunta de mãe que faço. Você entende. Você viu o senhor de Monte Cristo no seu íntimo, você tem perspicácia, a experiência do mundo e mais tato do que é habitual na sua idade. Acha que o conde é o que parece realmente ser?

– E o que parece ele?

– Você próprio comentou há pouco: um grão-senhor.

– Disse-lhe, minha mãe, que o consideravam como tal.

– Mas o que você acha, Albert?

– Confesso-lhe que não tenho opinião bem assente a seu respeito. Creio que é maltês.

– Não lhe pergunto a respeito de sua origem; interrogo-o acerca da sua pessoa.

– Ah, acerca da sua pessoa é outra coisa! E eu vi tantas coisas estranhas dele que, se deseja ouvir o que penso, digo-lhe que o comparo sem dificuldade com um desses homens de Byron, que a desgraça marcou com seu selo fatal; algum Manfred, algum Lara, algum Werner; com um desses restos, enfim, de qualquer velha família que, privados da fortuna paterna, arranjaram outra pela força do seu espírito aventureiro, que os colocou acima das leis da sociedade.

– Você quer dizer que…

– Digo que Monte Cristo é uma ilha no meio do Mediterrâneo, sem habitantes, sem guarnição, covil de contrabandistas de todas as nações, de piratas de todos os países. Quem sabe se esses dignos industriais não pagam ao seu senhor um direito de asilo?

– É possível – disse a condessa.

· – Mas não importa – retorquiu o jovem. – Contrabandista ou não, tem de admitir, minha mãe, uma vez que o viu, que o senhor conde de Monte Cristo é um homem notável e ele terá os maiores êxitos nos salões de Paris. Olhe, essa manhã mesmo, nos meus aposentos, inaugurou a sua entrada na sociedade enchendo de estupefação até Château-Renaud.

– Que idade pode ter o conde? – perguntou Mercedes, dando visivelmente grande importância à pergunta.

– Ele tem trinta e cinco a trinta e seis anos, minha mãe.

– Tão novo? É impossível! – disse Mercedes, respondendo ao mesmo tempo ao que lhe dizia Albert e ao que dizia seu próprio pensamento.

– No entanto, é verdade. Disse-me três ou quatro vezes, e decerto sem premeditação: naquela época, eu tinha cinco anos, noutra dez e noutra doze. E eu, a quem a curiosidade me mantinha atento a tais pormenores, comparei as datas e nunca o apanhei em contradição. A idade daquele homem singular, que não tem idade, é, pois, estou certo, de trinta e cinco anos. De resto, lembre-se, minha mãe, como seu olhar é vivo, como seus cabelos são pretos e como sua testa, apesar de pálida, não tem rugas. Trata-se de uma natureza não só vigorosa, mas também jovem.

A condessa baixou a cabeça como que sob uma onda demasiado pesada de pensamentos amargos.

– E esse homem concedeu a você sua amizade, Albert? – perguntou, com um arrepio nervoso.

– Creio que sim, senhora.

– E você… também gosta dele?

– Ele me agrada, senhora, apesar do que diz Franz de Épinay, que queria fazê-lo passar a meus olhos por um homem que voltou do além.

A condessa fez um movimento de terror.

– Albert – disse com voz alterada –, sempre recomendei que tenha cuidado com os novos conhecidos. Agora, você é um homem e poderia dar conselhos a mim mesma; no entanto, repito: seja prudente, Albert.

– Para que o conselho me fosse útil, seria necessário, querida mãe, que eu soubesse antecipadamente de que devo me acautelar. O conde nunca joga, o conde só bebe água dourada por uma gota de vinho espanhol, o conde declarou-se tão rico que, sem cair no ridículo, não poderia me pedir dinheiro emprestado. O que quer que eu tema da parte dele?

– Você tem razão – disse a condessa – e os meus terrores são absurdos, sobretudo tomando por alvo um homem que ainda por cima lhe salvou a vida. A propósito, o seu pai o recebeu bem, Albert? É importante que sejamos mais do que delicados com o conde. O senhor de Morcerf anda às vezes ocupado, seus negócios o absorvem, e poderia acontecer que, sem querer...

– Meu pai foi perfeito, senhora – interrompeu Albert. – Direi mais: pareceu ficar infinitamente lisonjeado com dois ou três cumprimentos deveras hábeis que o conde insinuou não só com felicidade, mas com senso de oportunidade, como se o conhecesse há trinta anos. Cada uma daquelas pequenas flechas elogiosas deve ter deleitado meu pai – acrescentou Albert, rindo –, de modo que se separaram como os melhores amigos do mundo, a ponto de o senhor de Morcerf até querer leva-lo à Câmara para que o ouvisse discursar.

A condessa não respondeu; estava absorta numa meditação tão profunda que até fechara os olhos aos poucos. De pé, diante dela, o jovem olhava-a com aquele amor filial mais terno e mais afetuoso dos filhos cujas mães ainda são novas e belas. Depois de a ver fechar os olhos, ouviu-a respirar um instante na sua suave imobilidade, até que, achando que ela cochilava, se afastou na ponta dos pés e fechou cautelosamente a porta do quarto onde deixava a mãe.

– Esse diabo de homem – murmurou sacudindo a cabeça –, bem lhe predisse que causaria sensação na sociedade. Avalio seu efeito por um termômetro infalível: a minha mãe notou-o, e se o notou é porque deve ser notável.

E desceu às cavalariças com o secreto despeito pelo fato de, sem nem sequer ter pensado nisso, o conde de Monte Cristo ter comprado uma parelha que remetia os seus baios para segundo lugar na visão dos conhecedores.

– Decididamente – disse –, os homens não são todos iguais. Tenho de pedir ao meu pai que desenvolva esse teorema na Câmara Alta.

O senhor Bertuccio

Nesse meio tempo, o conde chegara em casa. Tinha levado seis minutos para percorrer o caminho. Esses seis minutos haviam bastado para que fosse visto por vinte jovens que, conhecendo o preço da parelha que eles próprios não tinham podido comprar, puseram a montaria a galope para ver o esplêndido senhor que se proporcionava cavalos de dez mil francos cada um.

A casa escolhida por Ali e que devia servir de residência urbana a Monte Cristo, ficava situada à direita, subindo a Champs-Élysées, entre pátio e jardim. Um arvoredo muito frondoso que se erguia no meio do pátio, ocultava parte da fachada. Ao redor desse arvoredo, avançavam, iguais a dois braços, duas alamedas, que se estendiam à direita e à esquerda e, a partir do portão, conduziam as carruagens a uma dupla escadaria, que tinha, em cada degrau, um vaso de porcelana cheio de flores. Essa casa, isolada no meio de um largo espaço, tinha, além da entrada principal, outra entrada pela Rue de Ponthieu.

Antes mesmo que o cocheiro tivesse chamado o porteiro, o portão maciço girou nos gonzos: tinham visto aproximar-se o conde e, em Paris como em Roma, como em toda parte, ele era servido com a rapidez do relâmpago. Portanto, o cocheiro entrou, descreveu o semicírculo sem ter reduzido seu ritmo e o portão já voltara a se fechar quando as rodas ainda rangiam no saibro da alameda.

Do lado esquerdo da escadaria, a carruagem parou. Apareceram dois homens à portinhola: um era Ali, que sorriu para seu amo com uma incrível e franca demonstração de alegria e se considerou pago com um simples olhar de Monte Cristo; o outro cumprimentou humildemente e ofereceu o braço ao conde para o ajudar a descer da carruagem.

– Obrigado, senhor Bertuccio – agradeceu o conde, saltando agilmente os três degraus do estribo. – E o tabelião?

– Está no salão pequeno, Excelência – respondeu Bertuccio.

– E os cartões de visita que eu lhe disse para mandar gravar assim que tivesse o número da casa?

– Já foi feito, senhor conde. Procurei o melhor gravador do Palais-Royal, que executou a chapa diante de mim. O primeiro cartão tirado foi imediatamente levado, conforme as suas ordens, ao senhor barão Danglars, deputado, Rue da Chaussée-d'Antin, nº 7. Os outros estão em cima da chaminé do quarto de Vossa Excelência

– Muito bem. Que horas são?

– Quatro horas.

Monte Cristo entregou as luvas, o chapéu e a bengala àquele mesmo criado francês que saíra correndo da antecâmara do conde de Morcerf a fim de chamar a carruagem e em seguida entrou no salão pequeno, conduzido por Bertuccio, que lhe mostrou o caminho.

– Vejam esses pobres mármores nessa antecâmara – disse Monte Cristo. – Espero que me tirem tudo isso.

Bertuccio inclinou-se.

Como dissera o intendente, o tabelião esperava no salão pequeno.

Era uma respeitável figura de segundo ajudante de tabelião em Paris, elevado à dignidade intransponível de tabelião do subúrbio.

– O senhor é o tabelião encarregado de vender a casa de campo que pretendo comprar? – perguntou Monte Cristo.

– Sou, senhor conde – respondeu o tabelião.

– A escritura de venda está pronta?

– Sim, senhor conde.

– Trouxe-a?

– Aqui está.

– Perfeitamente. E onde fica essa casa que estou comprando? – perguntou negligentemente Monte Cristo, dirigindo-se em parte a Bertuccio e em parte ao tabelião.

O intendente fez um gesto que significava: "Não sei".

O tabelião olhou para Monte Cristo com espanto.

– Como? O senhor conde não sabe onde fica a casa que está comprando?

– Palavra que não – respondeu o conde.

– O senhor conde não a conhece?

– E como diabo a devia conhecer? Cheguei de Cádiz esta manhã, nunca vim a Paris e é até a primeira vez que ponho os pés na França.

– Isso então é outra coisa – respondeu o tabelião. – A casa que o senhor conde vai comprar está situada em Auteuil.

Ao ouvir essas palavras, Bertuccio empalideceu visivelmente.

– E onde fica Auteuil? – perguntou Monte Cristo.

– A dois passos daqui, senhor conde – disse o tabelião. – Um pouco depois de Passy, num lugar encantador, no meio do Bois de Boulogne.

– Tão perto assim? – disse Monte Cristo. – Mas isso não é o campo.

– Como é que foi escolher uma casa bem às portas de Paris, senhor Bertuccio?

– Eu? – exclamou o intendente, com estranha precipitação. – Não foi a mim que o senhor conde encarregou de escolher essa casa. Digne-se o senhor conde recordar-se, procurar na memória, interrogar suas lembranças.

– Ah, é justo – disse Monte Cristo – agora me lembro! Li esse anúncio em um jornal e deixei-me seduzir pelo título mentiroso: *Casa de campo*.

– Ainda é tempo – disse vivamente Bertuccio. – Se Vossa Excelência me quiser encarregar de procurar em qualquer outro lugar, arranjar-lhe-ei o que

O conde de Monte Cristo – Tomo 2

houver de melhor, quer em Enghien, quer em Fontenay-aux-Roses, quer em Bellevue.

– Não vale a pena – disse Monte Cristo, despreocupadamente. – Já que tenho essa, ficarei com ela.

– E tem razão, senhor – disse vivamente o tabelião, que receava perder seus honorários. – É uma propriedade encantadora: águas-vivas, bosques frondosos, habitação confortável, embora abandonada há muito tempo; sem contar o mobiliário, que, por mais velho que seja, tem valor, sobretudo hoje que todo mundo procura as antiguidades. Perdão, mas creio que o senhor conde tem o gosto da sua época.

– É conveniente então? – falou Monte Cristo.

– Sim, senhor, é mais que isso, é magnífica!

– Caramba, não percamos semelhante oportunidade – disse Monte Cristo. – O contrato, por favor, senhor tabelião.

E ele rapidamente assinou, depois de dar uma olhadela no lugar da escritura onde figuravam a situação da casa e os nomes dos proprietários.

– Bertuccio, dê cinquenta e cinco mil francos ao senhor.

O intendente saiu com passo pouco firme e voltou com um maço de notas, que o notário contou como homem habituado a receber seu dinheiro apenas depois das providências legais.

– E agora? – perguntou o conde de Monte Cristo. – Todas as formalidades estão cumpridas?

– Todas, senhor conde.

– Tem as chaves?

– Estão em poder do zelador que guarda a casa; mas aqui está a ordem que lhe dei para instalar o senhor na sua nova propriedade.

– Muito bem.

E Monte Cristo fez ao tabelião um sinal de cabeça que queria dizer: "Já não preciso de você, pode ir".

– Mas – arriscou o respeitável tabelião – parece-me que o senhor conde se enganou: ao todo são apenas cinquenta mil francos.

– E seus honorários?

– São pagos por essa quantia, senhor conde.

– Mas o senhor não veio de Auteuil até aqui?

– Sim, sem dúvida.

– Nesse caso, é preciso pagar o seu incômodo – disse o conde. E despediu-o com um aceno.

O tabelião saiu andando para trás e curvando-se até ao chão; era a primeira vez, desde que assumira as suas funções, que encontrava um cliente assim.

– Acompanhe o senhor – disse o conde a Bertuccio.

E o intendente saiu atrás do tabelião.

Assim que ficou só, o conde tirou do bolso uma carteira com fechadura, que abriu com uma chavinha que trazia ao pescoço e da qual nunca se separava.

Depois de procurar um instante, deteve-se numa folha de papel com alguns apontamentos, confrontou seus apontamentos com a escritura de venda que estava em cima da mesa, e, ruminando suas recordações:

– Auteuil, Rue de la Fontaine, nº 28. É isso, não há dúvida. E, agora, deverei confiar numa confissão arrancada pelo terror religioso ou pelo terror físico? De resto, dentro de uma hora saberei tudo.

– Bertuccio! – gritou ele, batendo com uma espécie de martelinho de cabo dobrável numa campainha, que emitiu um som agudo e prolongado, semelhante ao de um tambor. – Bertuccio!

O intendente apareceu no umbral.

– Senhor Bertuccio, não me disse uma vez que já viajara à França? – perguntou o conde.

– Por certas partes da França, sim, Excelência.

– Conhece os arredores de Paris, sem dúvida?

– Não, Excelência, não – respondeu o intendente, com uma espécie de tremor nervoso que Monte Cristo, bom conhecedor de emoções, atribuiu com razão a uma grande inquietação.

– É deplorável – disse – que nunca tenha visitado os arredores de Paris, pois desejo visitar essa mesma tarde a minha nova propriedade, e vindo comigo ia me dar, sem dúvida, informações úteis.

O conde de Monte Cristo – Tomo 2

– Em Auteuil? – exclamou Bertuccio, cuja pele acobreada se tornou quase lívida. – Eu, ir a Auteuil?

– Bem, o que tem de extraordinário em ir a Auteuil, eu lhe pergunto? Quando eu for morar em Auteuil, terá de ir lá, uma vez que faz parte da casa.

Bertuccio baixou a cabeça diante do olhar imperioso do amo e ficou imóvel e sem resposta.

– Essa agora! Que mosca o mordeu? Terei de tocar uma segunda vez a campainha para ter minha carruagem? – disse Monte Cristo, no tom com que Luís XIV pronunciou o famoso: "Eu quase tive de esperar!"

Bertuccio não deu mais que um salto do salão pequeno à antecâmara, e gritou com a voz rouca:

– Os cavalos de Sua Excelência!

Monte Cristo escreveu duas ou três cartas. Quando lacrava a última, o intendente reapareceu.

– A carruagem de Sua Excelência está à porta – ele disse.

– Muito bem! Pegue suas luvas e seu chapéu – disse Monte Cristo.

– Vou com senhor conde? – gritou Bertuccio.

– Sem dúvida. É preciso que dê as suas ordens, pois conto morar naquela casa.

Não havia registro de alguém um dia ter questionado uma ordem do conde; por isso, sem fazer nenhuma objeção, o intendente seguiu o amo, que subiu na carruagem e lhes fez sinal para acompanhá-lo.

O intendente sentou-se respeitosamente no banco dianteiro.

A CASA DE AUTEUIL

Monte Cristo notara que, ao descer a escada, Bertuccio se benzera à moda dos corsos, isso é, cortando o ar em cruz com o polegar, e que, ao tomar seu lugar na carruagem, resmungara muito baixo uma curta prece. Qualquer outro que não fosse um homem curioso teria tido compaixão da singular repugnância manifestada pelo digno intendente acerca do passeio extramuros pelo conde; mas, ao que parece, esse era demasiado curioso para dispensar Bertuccio daquela pequena viagem.

Em vinte minutos, estavam em Auteuil. A emoção do intendente fora sempre crescente. Entrando no vilarejo, Bertuccio, encolhido no canto da carruagem, começou a examinar com uma emoção febril cada uma das casas diante das quais passavam.

– Mande parar na Rue de la Fontaine, no número 28 – disse o conde, fixando impiedosamente o olhar no intendente a quem dava essa ordem.

O suor subiu ao rosto de Bertuccio, e, no entanto, ele obedeceu e, debruçando-se fora da carruagem, gritou ao cocheiro:

– Rua de la Fontaine, número 28!

O número 28 ficava na extremidade do vilarejo. Durante a viagem anoitecera, ou antes, uma nuvem negra toda carregada de eletricidade dava às trevas prematuras a aparência e a solenidade de um episódio dramático.

O CONDE DE MONTE CRISTO – TOMO 2

A carruagem parou. O criado precipitou-se para a portinhola e a abriu.

– Bem – disse o conde – não vai descer, senhor Bertuccio? Fica na carruagem, então! Que diabo anda ruminando esta noite?

Bertuccio precipitou-se pela porta e ofereceu o ombro ao conde, que dessa vez se apoiou nele e desceu um a um os três degraus do estribo.

– Bata – disse o conde – e me anuncie.

Bertuccio bateu, a porta abriu-se e o zelador apareceu.

– O que é? – perguntou.

– É o seu novo amo, homem – disse o criado. E estendeu ao porteiro o bilhete de apresentação dado pelo tabelião.

– Então a casa foi vendida? – perguntou o zelador. – E é o senhor que vai morar nela?

– Sim, meu amigo – disse o conde –, e farei de tudo para que não tenha saudades do seu antigo amo.

– Oh, senhor – disse o zelador – eu não teria que me arrepender muito, pois nós o víamos bem raramente! Há mais de cinco anos que ele não vem, e, acredite, ele fez bem em vender uma casa que não lhe rendia absolutamente nada.

– E como se chamava o seu antigo amo? – perguntou Monte Cristo.

– Senhor marquês de Saint-Méran. Oh, com certeza não vendeu a casa pelo que ela lhe custou!

– O marquês de Saint-Méran! – repetiu Monte Cristo. – Mas parece-me que esse nome não me é desconhecido – disse o conde. O marquês de Saint-Méran...

E pareceu procurar na memória.

– Um velho fidalgo – continuou o zelador –, um fiel servidor dos Bourbons. Tinha uma filha única, que ele casou com o senhor de Villefort, que foi procurador do rei em Nîmes e depois em Versalhes.

Monte Cristo lançou um olhar a Bertuccio, percebendo-o mais lívido que a parede a que se encostara para não cair.

– Mas essa filha não morreu? – perguntou Monte Cristo. – Parece-me que ouvi dizer isso.

579

– Sim, senhor, há vinte e um anos, e desde então não vimos mais de três vezes o pobre marquês.

– Obrigado, obrigado – disse Monte Cristo, considerando, em vista da prostração do intendente, que não devia esticar mais a corda, pois corria o risco de quebrá-la. – Obrigado! Arranje-me luz, bom homem.

– Devo acompanhar o senhor?

– Não, é inútil. Bertuccio vai me alumiar. E Monte Cristo fez essas palavras se acompanharem de duas moedas de ouro, que provocaram uma explosão de bênçãos e suspiros.

– Ah, senhor, é que não tenho velas – disse o zelador depois de procurar inutilmente no rebordo da chaminé e nas prateleiras adjacentes.

– Pegue uma das lanternas da carruagem, Bertuccio, e mostre-me os apartamentos – disse o conde.

O intendente obedeceu sem comentários, mas era fácil de ver, pelo tremor da mão que segurava a lanterna, o quanto lhe custava obedecer.

Percorreram o térreo, bastante vasto; o primeiro andar, composto de uma sala de visitas, um banheiro e dois quartos. Por um desses, chegava-se a uma escada em caracol, cuja extremidade terminava no jardim.

– Veja, uma escada de comunicação – disse o conde. – Não deixa de ser cômodo. Ilumine, senhor Bertuccio; passe adiante e vejamos aonde nos levara essa escada.

– Senhor – disse Bertuccio –, ela vai dar no jardim.

– Como sabe isso, por favor?

– Quero dizer, suponho que dê.

– Bom! Vamos nos certificar.

Bertuccio soltou um suspiro e foi à frente. A escada de fato terminava no jardim.

Na porta exterior, o intendente parou.

– Vamos, senhor Bertuccio – disse o conde.

Mas aquele a quem ele se dirigia estava atordoado, embotado, aniquilado. Os olhos perdidos procuravam em volta como que os vestígios de

O conde de Monte Cristo – Tomo 2

um passado terrível, e com as mãos crispadas parecia repelir recordações horríveis.

– Então? – insistiu o conde.

– Não! Não! – gritou Bertuccio, colocando a lanterna no canto da parede interna – Não, senhor, não irei mais longe, é impossível!

– O que quer dizer? – articulou a voz irresistível de Monte Cristo.

– O senhor bem vê que nada disso é natural – exclamou o intendente. – Que querendo comprar uma casa em Paris a fosse comprar precisamente em Auteuil, e que comprando-a em Auteuil essa casa fosse o número 28 da Rue de la Fontaine! Oh, por que não lhe disse tudo antes, senhor? Com certeza, não teria exigido que eu viesse. Esperava que a casa do senhor conde fosse outra e não esta casa. Como se não existisse outra casa em Auteuil além da do assassinato!

– Oh! Oh! – exclamou o conde, parando de súbito. – Que palavra feia acaba de pronunciar, diabo de homem! Corso de uma figa! Sempre mistérios ou superstições! Vejamos, pegue essa lanterna e visitemos o jardim. Comigo, não terá medo, espero!

Bertuccio apanhou a lanterna e obedeceu. A porta, se abrindo, revelou um céu pálido, no qual a lua se esforçava em vão por lutar contra um mar de nuvens que a cobriam com as suas ondas sombrias, que ela iluminava um instante e em seguida iam se perder, ainda mais escuras, nas profundezas do infinito.

O intendente quis seguir pela esquerda.

– Não, senhor – disse Monte Cristo. – Para que serve seguir pelas alamedas? Temos aqui um excelente relvado, vamos em frente.

Bertuccio enxugou o suor que lhe escorria da testa, mas obedeceu. No entanto, continuava a dirigir-se para a esquerda.

Monte Cristo, pelo contrário, dirigia-se para a direita. Ao chegar junto de um arvoredo, deteve-se.

O intendente não se conteve.

– Afaste-se, senhor! – gritou. – Afaste-se, eu lhe suplico! Está exatamente no lugar!

– Que lugar?

– No lugar onde ele caiu.

– Meu caro Senhor Bertuccio – disse Monte Cristo, rindo –, domine--se, prometo-lhe. Não estamos aqui em Sartène ou na Corte. Isso não é de modo algum um matagal, mas um jardim inglês, mal conservado, admito, mas que não deve ser caluniado por isso.

– Não fique aí, senhor, não fique aí, eu lhe suplico!

– Creio que está ficando louco, mestre Bertuccio – disse friamente o conde. – Se assim for, me avise, pois o farei internar em algum manicômio antes que aconteça uma desgraça.

– Infelizmente, Excelência – disse Bertuccio, sacudindo a cabeça e juntando as mãos numa atitude que faria rir o conde se pensamentos de um interesse superior não o tivessem dominado naquele momento e o houvessem tornado muito atento para as menores expansões daquela consciência timorata! – Ai de mim, Excelência, a desgraça aconteceu.

– Senhor Bertuccio – disse o conde –, fico à vontade para dizer-lhe que, ao gesticular dessa maneira, o senhor torce os braços e rola os olhos como um possesso de cujo corpo o diabo não quer sair. Ora, tenho quase sempre verificado que o diabo mais disposto a permanecer em seu posto é um segredo. Eu sabia que o senhor era corso, eu o sabia sombrio e ruminando sempre qualquer velha história de *vendetta*, e desculpava-lhe isso na Itália, porque na Itália essas coisas são compreensíveis; mas na França o assassinato é geralmente considerado de muito mau gosto; há policiais que se ocupam dele, juízes que o condenam e cadafalsos que o vingam.

Bertuccio juntou as mãos, e como, ao executar essas diferentes evoluções, não largava a lanterna, a luz iluminou seu rosto transtornado.

Monte Cristo examinou-o com o mesmo olhar com que em Roma examinara o suplício de Andrea. Depois, num tom de voz que fez correr um novo arrepio pelo corpo do pobre intendente, disse:

– O abade Busoni mentiu, portanto, quando, depois da sua viagem à França, em 1829, o mandou ter comigo com uma carta de recomendação

O conde de Monte Cristo – Tomo 2

em que me louvava as suas preciosas qualidades? Pois bem, vou escrever ao abade; torná-lo-ei responsável pelo seu protegido e saberei sem dúvida que caso de assassinato é esse. Mas o previno, senhor Bertuccio, que, quando vivo em um país, tenho o hábito de respeitar suas leis e que não tenho vontade de, por sua causa, arranjar problemas com a justiça francesa.

– Não faça isso, Excelência! Eu o tenho servido fielmente, não é verdade? –protestou Bertuccio, em desespero. Tenho sido sempre um homem honesto e, o mais que eu pude, tenho praticado o máximo de boas ações ao meu alcance.

– Não digo que não – retorquiu o conde –, mas por que diabo está agitado dessa maneira? É mau sinal: uma consciência pura não traz tanta palidez às faces nem tanta febre às mãos de um homem.

– Mas, senhor conde – contrapôs Bertuccio, hesitante –, não foi o senhor mesmo quem me disse que o senhor abade Busoni, que ouviu a minha confissão nas prisões de Nîmes, o prevenira, ao mandar-me ter consigo, de que eu tinha um grande peso na consciência?

– Sim, mas como me recomendava dizendo-me que seria um excelente intendente, julguei que tivesse apenas roubado.

– Oh, senhor conde! – exclamou Bertuccio, com desdém.

– Ou que, como era corso, não tivesse podido resistir ao desejo de fazer uma pele, como dizem na Córsega por antífrase, quando, pelo contrário, desfazem uma.

– Pois bem, sim, meu senhor, sim, meu bom senhor, é isso! - gritou Bertuccio, ajoelhando-se diante do conde. – Sim, foi uma vingança, juro-lhe, uma simples vingança.

– Compreendo, mas o que não compreendo é que seja precisamente essa casa a galvanizá-lo a esse ponto.

– Mas, senhor, não é natural – retorquiu Bertuccio –, já que foi nessa casa que a vingança se consumou?

– O quê?! Minha casa?!

– Oh, senhor, ela ainda não lhe pertencia – respondeu ingenuamente Bertuccio.

– De quem era então? Do senhor marquês de Saint-Méran, creio que foi o que nos disse o porteiro. Que diabo tinha o senhor para se vingar do marquês de Saint-Méran?

– Oh, não era dele, senhor, era de um outro!

– Eis um estranho encontro – disse Monte Cristo, parecendo submeter-se às suas reflexões – que o senhor se veja por acaso, sem nenhum preparativo, em uma casa onde se deu uma cena que lhe causa tão horríveis remorsos...

– Senhor – disse o intendente –, é a fatalidade que traz tudo isso, tenho certeza: primeiro, o senhor compra uma casa precisamente em Auteuil; essa casa é aquela onde eu cometi um assassinato; depois, o senhor desce ao jardim precisamente pela escada que ele desceu; e para precisamente no lugar onde ele recebeu a punhalada; a dois passos, debaixo desse plátano, estava a cova onde ele acabava de enterrar a criança. Nenhuma dessas coisas se deve ao acaso, não, porque nessa situação o acaso se assemelharia demasiado à Providência.

– Vejamos então, senhor corso: suponhamos que seja a Providência; de minha parte, suponho sempre tudo o que se queira; de resto, é necessário fazer concessões aos espíritos doentes. Vejamos, puxe pela memória e conte-me sobre isso.

– Só o contei apenas uma vez e foi ao abade Busoni. Coisas desse tipo – acrescentou Bertuccio, sacudindo a cabeça –, só se dizem no segredo da confissão.

– Nesse caso, meu caro Bertuccio – falou o conde –, você achará natural que o devolva ao seu confessor. Se fará com ele frade cartuxo ou bernardino e contarão um ao outro seus segredos. Quanto a mim, tenho medo de um hóspede assustado por semelhantes fantasmas e não me agrada que meu pessoal não se atreva a passear de noite no meu jardim. Depois, confesso, não apreciaria muito a visita de algum comissário de polícia. Pois, aprenda isso, mestre Bertuccio: na Itália, só se paga à justiça quando ela se cala, mas na França só se lhe paga, pelo contrário, quando ela fala. Caramba!

O conde de Monte Cristo – Tomo 2

Julgava-o um pouco corso, muito contrabandista e habilíssimo intendente, mas verifico que ainda tem outras cordas no seu arco. O senhor não me pertence mais, senhor Bertuccio.

– Oh, patrão, patrão! – exclamou o intendente, aterrorizado com essa ameaça. – Oh, se é preciso apenas isso para que continue ao seu serviço, falarei, direi tudo! E se o deixar, bem, será para subir ao cadafalso.

– É diferente, então – disse Monte Cristo. – Mas, se quiser mentir, pense bem: é melhor não falar.

– Não, senhor, juro-lhe pela salvação da minha alma, lhe direi tudo! Porque o abade Busoni mesmo só soube uma parte do meu segredo. Mas primeiro suplico-lhe que se afaste desse plátano. Veja, o luar vai embranquecer aquela nuvem, e aí, colocado como está, envolto nessa capa que me oculta o seu porte e a assemelha à do senhor de Villefort!…

– Como! – exclamou Monte Cristo. – Foi o senhor de Villefort?

– Vossa Excelência o conhece?

– O ex-procurador do rei em Nîmes?

– Sim.

– Aquele que se casou com a filha do marquês de Saint-Méran?

– Sim.

– E que no sistema judiciário tinha fama de ser o mais severo e o mais rígido magistrado?

– Bom, senhor conde – disse Bertuccio –, esse homem tem a reputação inatacável…

– Sim.

– Era um canalha.

– Ora, impossível! – retorquiu Monte Cristo.

– Entretanto, é como lhe digo.

– Deveras? – disse Monte Cristo. – E o senhor tem prova disso?

– Tinha-a, pelo menos.

– E a perdeu, cabeça de vento?

– Perdi. Mas procurando bem será possível reencontrá-la.

– Sim? – disse o conde. – Conte-me isso, senhor Bertuccio, porque o caso começa realmente a me interessar.

E o conde, cantarolando uma pequena ária de *Lucia di Lammermoor*, foi sentar-se em um banco, enquanto Bertuccio o seguia, reunindo suas recordações.

Bertuccio permaneceu de pé diante dele.

A VENDETTA

– Por onde deseja que eu comece, senhor conde? – perguntou Bertuccio.

– Por onde quiser – respondeu Monte Cristo –, pois não sei absolutamente nada.

– Mas eu julgava que o senhor abade Busoni de fato já havia dito a Vossa Excelência.

– Sim, alguns pormenores sem dúvida, mas já se passaram sete ou oito anos e esqueci tudo isso.

– Então posso, sem receio de aborrecer Vossa Excelência...

– Vamos, senhor Bertuccio, vamos! Vai me servir de jornal da noite...

– As coisas remontam a 1815.

– Ah, ah – disse Monte Cristo. – Isso não é ontem, 1815.

– Não, senhor, e, no entanto, tenho tão presentes na memória os mais simples pormenores como se estivéssemos apenas no dia seguinte. Eu tinha um irmão mais velho, que estava a serviço do imperador. Ele se tornara tenente num regimento inteiramente composto de corsos. Esse irmão era meu único amigo. Tínhamos ficado órfãos, eu com cinco anos e ele com dezoito; e ele havia me criado como se fosse seu filho. Em 1814, no tempo dos Bourbons, ele se casou. O imperador regressou da ilha de Elba; meu irmão retomou de imediato o serviço e, ferido ligeiramente em Waterloo, retirou-se com o exército para além do Loire.

– Mas é a história dos Cem Dias que me conta, senhor Bertuccio, e essa já está contada, se me não engano – disse o conde.

– Desculpe, Excelência, mas esses primeiros pormenores são necessários e o senhor me prometeu ser paciente.

– Continue! Continue! Minha palavra é uma só.

– Certo dia, recebemos uma carta. Devo dizer que morávamos no pequeno vilarejo de Rogliano, na extremidade do cabo Corso. A carta era do meu irmão. Ele nos dizia que o exército fora desmobilizado e que ele voltava para Châteauroux, Clermond-Ferrand, Le Puy e Nîmes. E me pedia que no caso de dispor de algum dinheiro, eu mandasse para ele, em Nîmes, ao cuidado de um estalajadeiro nosso conhecido, com o qual eu mantinha certas relações.

– De contrabando – acrescentou Monte Cristo.

– Ora, meu Deus, senhor conde, é preciso viver!

– Decerto. Continue.

– Eu gostava muito do meu irmão, já lhe disse, Excelência; por isso, resolvi não lhe mandar o dinheiro, mas sim levar-lhe eu mesmo. Possuía mil francos; deixei quinhentos com Assunta, minha cunhada; peguei os outros quinhentos e pus-me a caminho de Nîmes. Era coisa fácil; a minha barca tinha um carregamento para transportar pelo mar. Tudo favorecia o meu projeto.

Mas, uma vez o carregamento feito, o vento soprou ao contrário; de modo que estivemos quatro ou cinco dias sem poder entrar no Ródano. Por fim, conseguimos; subimos até Arles. Deixei a barca entre Bellegarde e Beaucaire e tomei o caminho de Nîmes.

– Estamos chegando, não é verdade?

– Sim, senhor desculpe, mas como Sua Excelência verá, só lhe digo as coisas absolutamente necessárias. Ora, era a época dos violentos massacres do Sul da França. Andavam por lá dois ou três bandidos chamados

Trestaillon, Truphemy e Graffan, que degolavam nas ruas todos aqueles que suspeitavam ser bonapartistas. O senhor conde ouviu decerto falar desses assassinatos?

– Vagamente; estava muito longe da França nessa época. Continue.

– Entrando em Nîmes, caminhava-se literalmente sobre sangue. A cada passo se encontravam cadáveres; os assassinos, organizados em bandos, matavam, saqueavam e queimavam.

Vendo essa carnificina, um arrepio me invadiu, não por mim; eu, simples pescador corso, não tinha grande coisa a temer: pelo contrário, aqueles tempos eram bons para nós, contrabandistas. Mas por meu irmão, por meu irmão, soldado do Império, de regresso do Exército do Loire, com o seu uniforme e as suas dragonas, e que, por consequência, tinha tudo a recear.

Corri à casa do nosso estalajadeiro. Meus pressentimentos não me tinham enganado; meu irmão chegara na véspera a Nîmes e fora assassinado na porta mesmo daquele a quem vinha pedir hospitalidade.

Fiz tudo o que era possível para descobrir os assassinos, mas ninguém se atreveu a dizer-me seus nomes, de tal forma eram temidos. Sonhei então com essa justiça francesa, de que tanto me tinham falado, que não teme nada, e me apresentei ao procurador do rei.

– E esse procurador do rei chamava-se Villefort? – perguntou negligentemente Monte Cristo.

– Sim, Excelência. Vinha de Marselha, onde fora substituto. Seu zelo lhe valera uma promoção. Dizia-se que fora dos primeiros a anunciar ao governo o desembarque da ilha de Elba.

– Portanto – prosseguiu Monte Cristo –, o senhor se apresentou no gabinete dele.

"– Senhor – disse-lhe eu –, "o meu irmão foi assassinado ontem nas ruas de Nîmes, não sei por quem, mas é sua missão sabê-lo. O senhor é aqui o chefe da justiça e compete à justiça vingar aqueles que não soube defender.

"– E o que era o seu irmão? – perguntou o procurador do rei.

"– Era tenente do batalhão corso.

"– Um soldado do usurpador, portanto?

"– Um soldado dos exércitos franceses.

"– Bom – replicou ele –, serviu-se da espada e morreu pela espada.

"– Engana-se, senhor, morreu pelo punhal.

"– O que quer que eu faça? – respondeu o magistrado.

"– Mas eu lhe disse: quero que o vingue.

"– E de quem?

"– Dos seus assassinos.

"– Será que os conheço?

"– Mande procurá-los.

"– Para quê? O seu irmão teria tido qualquer rixa e bateu-se em duelo. Todos esses ex-soldados se entregam a excessos, de que se saíam bem no tempo do Império, mas de que se saem mal agora; ora, nosso povo do Sul não gosta nem de soldados nem de excessos.

"– Senhor – eu disse –, não é por mim que lhe rogo. Eu, chorarei ou me vingarei e pronto; mas o meu pobre irmão tinha uma mulher. Se me acontecesse também alguma desgraça, essa pobre criatura morreria de fome, pois vivia exclusivamente dos ganhos do meu irmão. Obtenha-lhe uma pensãozinha do governo.

"– Cada revolução tem as suas catástrofes – respondeu o senhor de Villefort. – O seu irmão foi vítima desta, foi uma infelicidade, mas o governo não deve nada a sua família por isso. Se fôssemos julgar todas as vinganças que os partidários do usurpador exerceram sobre os partidários do rei quando por sua vez dispunham do poder, o seu irmão talvez fosse hoje condenado à morte. O que aconteceu foi algo absolutamente corriqueiro; é a lei das represálias.

"– O que, senhor – gritei –, será possível que me fale assim, o senhor, um magistrado!...

"– Todos esses corsos são loucos, palavra de honra – respondeu o senhor de Villefort. – E julgam ainda que o seu compatriota é imperador. O senhor errou de época, meu caro; devia ter vindo dizer-me isso há dois meses. Hoje é muito tarde; retire-se, portanto, porque, se não se retirar, mando-o pôr lá fora.

Olhei-o por um instante para ver se haveria alguma coisa a esperar de uma nova súplica. Aquele homem era de pedra. Aproximei-me dele:

"– Pois bem! disse-lhe a meia-voz: uma vez que conhece os corsos, deve saber como eles cumprem a palavra. Acha que fizeram bem por terem matado o meu irmão que era bonapartista, porque o senhor é monarquista; pois bem, eu que também sou bonapartista, declaro-lhe uma coisa: que o matarei. A partir do que lhe declaro a *vendetta*; assim, acautele-se, tome o maior cuidado possível; porque da primeira vez em que nos encontrarmos frente a frente, sua última hora terá soado.

– E dito isso, antes que ele se recompusesse de sua surpresa, abri a porta e fugi.

– Ah, ah! – disse Monte Cristo. – Então o senhor com essa cara honrada, faz dessas coisas, senhor Bertuccio, e a um procurador do rei, ainda por cima! Eita! E ele sabia, ao menos, o que queria dizer a palavra *vendetta*?

– Sabia-o tão bem que a partir daquele momento nunca mais saiu sozinho, fechou-se em casa e mandou que me procurassem por toda a parte. Felizmente, eu estava tão bem escondido que ele não conseguiu me encontrar. Então, o medo apoderou-se dele; receou ficar mais tempo em Nîmes; solicitou a transferência e, como era de fato um homem influente, nomearam-no para Versalhes; mas, como o senhor sabe, não há distâncias para um corso que jurou se vingar do seu inimigo, e a sua carruagem, por mais bem conduzida que fosse, nunca teve mais que meio dia de avanço sobre mim, que no entanto a seguia a pé.

O importante não era matá-lo, cem vezes tive a oportunidade para isso; mas era preciso matá-lo sem ser descoberto e sobretudo sem ser preso. Dali em diante, eu já não me pertencia: tinha de proteger e sustentar a minha cunhada. Durante três meses, vigiei o senhor de Villefort; durante três meses, ele não deu um passo, uma saída, um passeio, sem que o meu olhar não o seguisse aonde quer que ele fosse. Por fim, descobri que vinha misteriosamente a Auteuil; segui-o mais uma vez e o vi entrar nesta casa onde estamos. Simplesmente, em vez de entrar como entraria qualquer pessoa, pela grande porta da rua, ele vinha ou a cavalo ou de carruagem, deixava a carruagem ou o cavalo na estalagem e entrava por aquela pequena porta que o senhor vê ali.

Monte Cristo acenou com a cabeça para confirmar que no meio da escuridão, distinguia efetivamente a entrada indicada por Bertuccio.

– Já não precisava permanecer em Versalhes. Instalei-me em Auteuil e me informei. Se o queria apanhar, era evidentemente aqui que devia armar minha cilada.

– A casa pertencia, como o zelador disse a Vossa Excelência, ao senhor de Saint-Méran, sogro de Villefort. O senhor de Saint-Méran residia em Marselha; por consequência, essa casa de campo era-lhe inútil; dizia-se por isso que a acabara de alugar a uma jovem viúva que se conhecia apenas por "a baronesa".

De fato, uma noite, espreitando por cima do muro, vi uma mulher nova e bonita que passeava sozinha nesse jardim, que não era devassado por nenhuma janela estranha; ela olhava com frequência para o lado da pequena porta e compreendi que naquela noite esperava o senhor de Villefort. Quando chegou suficientemente perto de mim para, apesar do escuro, lhe poder distinguir as feições, vi uma mulher nova e bonita, de dezoito ou dezenove anos, alta e loura. Como não vestia nada além de um penhoar e nada lhe comprimia a cintura, pude notar que estava grávida e que a gravidez parecia até bastante adiantada.

Pouco depois, abriu-se a pequena porta; entrou um homem; a jovem correu o mais depressa que pôde ao seu encontro; lançaram-se nos braços um do outro, beijaram-se ternamente e dirigiram-se juntos para a casa. Aquele homem era o senhor de Villefort. Calculei que saindo, sobretudo se saísse a noite, deveria atravessar sozinho o jardim em todo o seu comprimento.

– E soube desde então o nome da mulher? – perguntou o conde.

– Não, Excelência – respondeu Bertuccio. – O senhor vai ver, não tive tempo de o descobrir.

– Continue.

O conde de Monte Cristo – Tomo 2

– Naquela noite – prosseguiu Bertuccio –, talvez tivesse podido matar o procurador do rei; mas ainda não conhecia suficientemente o jardim em todos os seus pormenores, e receava não conseguir fugir se o não matasse depressa e alguém acorresse aos seus gritos. Adiei, pois, a morte para o próximo encontro, e, para que nada me escapasse, aluguei um pequeno quarto com janela para a rua que corria ao longo do muro do jardim.

Três dias depois, por volta das sete horas da noite, vi sair da casa um criado a cavalo, que tomou a galope o caminho que levava à estrada de Sèvres; presumi que ia a Versalhes. Não me enganava.

Três horas mais tarde, o homem voltou coberto de poeira; seu recado estava dado. Dez minutos depois, outro homem a pé, envolto numa capa, abriu a pequena porta, que se fechou atrás dele.

Desci rapidamente. Embora não tivesse visto o rosto de Villefort, reconheci-o pelas pulsações do meu coração; atravessei a rua e alcancei um poste situado na esquina do muro e com o auxílio do qual olhara pela primeira vez para o jardim.

Dessa vez, não me limitei a olhar, tirei a minha navalha do bolso, verifiquei que a ponta estava bem afiada e saltei por cima do muro.

Meu primeiro cuidado foi correr para a porta; ele tinha deixado a chave na fechadura e tomara a simples precaução de lhe dar duas voltas.

Nada dificultava a minha fuga por aquele lado. Pus-me a estudar o local. O jardim formava um quadrado longo, tinha um gramado de fina relva inglesa no meio e nos cantos dele havia arvoredos frondosos, entremeados por flores de outono.

Para ir da casa à pequena porta ou da pequena porta à casa, quer entrasse, quer saísse, o senhor de Villefort era obrigado a passar junto de um dos arvoredos.

Estávamos no fim de setembro; o vento soprava com força; um luar pálido e velado a cada instante por grossas nuvens que deslizavam rapidamente no céu clareava o cascalho das alamedas que conduziam à casa, mas não conseguia penetrar a obscuridade daqueles arvoredos frondosos, nos quais poderia ficar escondido um homem sem que tivesse receio de ser descoberto.

Eu me escondi no que ficava mais perto daquele pelo qual Villefort devia passar; mal ali estava, julguei ouvir como que gemidos no meio das rajadas de vento que curvavam as árvores por cima da minha cabeça. Mas o senhor sabe, ou antes, não sabe, senhor conde, aquele que espera o momento de cometer um assassínio julga sempre ouvir gritos abafados no ar. Passaram duas horas durante as quais, por várias vezes, me pareceu ouvir os mesmos gemidos. Deu meia-noite.

Como o último som vibrava ainda, lúgubre e ressoante, percebi um clarão iluminar as janelas da escada oculta pela qual descemos há pouco.

A porta abriu-se e o homem da capa reapareceu.

Era o terrível momento, mas havia tanto tempo que me preparara para ele que nada em mim fraquejou; puxei a navalha, abri-a e esperei.

O homem da capa veio direto para mim; mas à medida que avançava no espaço descoberto, julguei notar que trazia uma arma na mão direita; tive medo, não de uma luta, mas sim de um malogro. Quando, porém, chegou apenas a alguns passos de mim, verifiquei que o que tomara por uma arma não passava de uma enxada.

Ainda não tinha conseguido adivinhar com que fim o senhor de Villefort trazia uma enxada na mão, quando ele parou na orla do arvoredo, lançou um olhar à sua volta; e se pôs a abrir um buraco na terra. Foi então que descobri que havia qualquer coisa na capa que ele acabava de depositar no gramado para ter os movimentos mais livres.

Então, confesso, insinuou-se no meu ódio um pouco de curiosidade. Quis ver o que vinha fazer ali Villefort. Fiquei imóvel, sem fôlego, e esperei.

Depois, veio-me uma ideia, que se confirmou quando vi o procurador do rei tirar da capa uma pequena arca de cerca de sessenta centímetros de comprimento e quinze a vinte centímetros de largura.

Deixei-o depositar a arca na cova, que ele cobriu de terra; em seguida, calçou com os pés a terra fresca, para fazer desaparecer os vestígios da sua obra noturna. Atirei-me então sobre ele e cravei-lhe a navalha no peito, dizendo:

"Sou Giovanni Bertuccio! A sua morte para o meu irmão, o seu tesouro para a viúva dele: vê que a minha vingança é mais completa do que esperava".

Não sei se ele ouviu essas palavras; não creio, porque caiu sem soltar um grito; senti as golfadas do seu sangue jorrarem quentes sobre minhas mãos e o meu rosto; mas estava ébrio, estava em delírio; aquele sangue refrescava-me em vez de me queimar. Num segundo, desenterrei a pequena arca com o auxílio da enxada; e depois, para que ninguém notasse que o roubara, enchi por minha vez o buraco de terra, atirei a enxada por cima do muro, corri para a porta, fechei-a com duas voltas pelo lado de fora e levei a chave,

– Bom, pelo que vejo, foi um pequeno assassinato, seguido de roubo – disse Monte Cristo.

– Não, Excelência – respondeu Bertuccio –, foi uma *vendetta*, seguida de restituição.

– E a importância era avultada, ao menos?

– Não era dinheiro.

– Ah, sim, me lembro – disse Monte Cristo. – O senhor não tinha feito referência a uma criança?

– Justamente, Excelência. Corri para o rio, sentei-me na margem e, ansioso por saber o que continha a arca, fiz saltar a fechadura com a navalha.

Num cueiro de fina cambraia de linho estava envolta uma criança recém-nascida. O rosto purpúreo e as mãos arroxeadas indicavam que devia ter sucumbido à asfixia causada por cordões naturais enrolados à volta do pescoço. No entanto, como ainda não estava fria, hesitei em atirá-la à água que me corria aos pés. Com efeito, passado um instante, julguei notar uma leve pulsação na região do coração. Libertei-lhe o pescoço do cordão que o envolvia e, como fora enfermeiro no hospital de Bastia, fiz o que teria podido fazer um médico em semelhantes circunstâncias, isto é, insuflei-lhe corajosamente ar nos pulmões, e depois de quinze minutos de esforços inauditos, vi a criança respirar e ouvi um grito sair-lhe do peito.

Soltei por minha vez um grito, mas um grito de alegria. "Deus não me amaldiçoou", disse para comigo, pois permite-me que restitua a vida a uma criatura humana em troca da vida que tirei de uma outra!

– E que fez dessa criança? – perguntou Monte Cristo. – Era uma bagagem bastante embaraçosa para um homem que precisava fugir.

– Por isso não me passou nem por um instante pela cabeça ficar com ela. Mas sabia que existia em Paris um lugar onde recebiam essas pobres crianças. Transpondo a barreira, declarei ter achado a criança na estrada e informei-me. A arca estava ali e era uma prova; o cueiro de cambraia indicava que a criança tinha pais ricos; o sangue que me cobria tanto podia pertencer à criança como a qualquer outro indivíduo. Não me fizeram nenhuma objeção. Indicaram-me a instituição, que ficava mesmo ao fundo da Rue d'Enfer, e, depois de tomar a precaução de cortar o cueiro em dois, de maneira que uma das duas letras que o marcavam continuasse a envolver o corpo da criança, enquanto eu guardaria a outra, depositei o meu fardo na roda, toquei e corri a toda a velocidade. Quinze dias mais tarde estava de volta a Rogliano e dizia a Assunta:

– Console-se, minha irmã; Israël morreu, mas vinguei-o.

Então, ela pediu-me explicações dessas palavras e eu contei-lhe tudo o que se passara.

– Giovanni, disse-me Assunta –, você devia ter trazido essa criança, faríamos as vezes dos pais que ela perdeu, iríamos lhe dar o nome de Benedetto, e graças a essa boa ação, Deus ia nos abençoar efetivamente.

Como única resposta, entreguei-lhe a metade do cueiro que guardara, a fim de fazer reclamar a criança se fôssemos mais ricos.

– E com que letras estava marcado o cueiro? – perguntou Monte Cristo.

– Com um H e um N encimados por um diadema de barão.

– Creio, Deus me perdoe!, que você se serve de termos de heráldica, senhor Bertuccio! Onde diabo fez estudos heráldicos?

– A seu serviço, senhor conde, onde se aprendem todas as coisas.

O conde de Monte Cristo – Tomo 2

– Continue. Tenho curiosidade de saber duas coisas.

– Quais, senhor?

– O que foi feito desse menino; não me disse que era um menino, senhor Bertuccio?

– Não, Excelência. Não me lembro de ter dito tal coisa.

– Ah! Julgava ter ouvido; devo ter me enganado.

– Não, não se enganou, porque era efetivamente um menino; mas Vossa Excelência desejava, dizia, saber duas coisas. Qual é a segundo?

– A segunda é o crime de que o acusavam quando pediu um confessor e o abade Busoni o foi encontrar na prisão de Nîmes.

– Essa história talvez seja demasiado longa, Excelência.

– Que importa? São apenas dez horas, sabe que não durmo e suponho que da sua parte também não tenha grande vontade de dormir.

Bertuccio inclinou-se e retomou sua narrativa.

– Em parte para expulsar as recordações que me assediavam e em parte para prover as necessidades da pobre viúva, entreguei-me com ardor à profissão de contrabandista, tornada mais fácil devido ao afrouxamento das leis, que se segue sempre às revoluções. A costa do Sul da França, sobretudo, estava mal guardada devido aos eternos motins que se verificavam ora em Avignon, ora em Nîmes, ora em Uzes. Aproveitamos aquela espécie de trégua que nos era concedida pelo governo para estabelecermos contatos em todo o litoral. Desde o assassinato do meu irmão nas ruas de Nîmes, nunca mais quisera entrar nessa cidade. Daí resultou que o estalajadeiro com que tínhamos negócios, vendo que já não o procurávamos, viera ter conosco e fundara uma sucursal da estalagem na estrada de Bellegarde a Beaucaire, a que dera o nome de Pont du Gard. Tínhamos assim, quer do lado de Aigues-Mortes, quer de Martigues, quer de Bouc, uma dúzia de entrepostos, onde depositávamos as mercadorias e, se necessário, encontrávamos refúgio contra guardas da alfândega e policiais. A profissão de contrabandista é muito rendosa quando se pratica com alguma inteligência, secundada por algum vigor. Quanto a mim, vivia nas montanhas, pois tinha dobradas razões para temer policiais e agentes aduaneiros, levando em conta que qualquer comparecimento perante os juízes poderia originar uma investigação, que essa investigação é sempre uma excursão pelo passado e que no meu passado se podia encontrar então algo mais grave do que charutos entrados de contrabando ou barris de aguardente circulando sem autorização. Por isso, preferindo mil vezes a morte à prisão, fazia coisas espantosas e que, por mais de uma vez, me demonstraram que o excessivo cuidado que tomamos com a pele é quase o único obstáculo ao êxito dos nossos projetos, que exigem decisão rápida e execução enérgica e determinada. Com efeito, desde que estejamos dispostos a sacrificar a vida, deixamos de ser como os outros homens, ou, antes, os outros homens deixam de ser como nós, e quem toma semelhante resolução sente decuplicar imediatamente suas forças e alargar-se seu horizonte.

– Filosofia, senhor Bertuccio! – interrompeu o conde. – Mas, pelo visto, o senhor tem feito um pouco de tudo na vida...

– Oh, perdão, Excelência.

– Não, não! É apenas que filosofia às dez e meia da noite é um pouco tarde. Mas não tenho outra observação a fazer, tendo em vista que a acho exata, o que não se pode dizer de todas as filosofias.

– As minhas incursões tornaram-se, portanto, cada vez mais longas e também mais frutíferas. Assunta era dona de casa e a nossa pequena fortuna aumentava. Um dia, antes de partir para uma viagem, disse-me ela:

"– Vá, que no seu regresso eu lhe reservo uma surpresa."

Interroguei-a inutilmente, não me quis dizer mais nada e parti.

A incursão durou perto de seis semanas; fomos a Lucca carregar azeite e a Livorno pegar algodão inglês. Nosso desembarque se fez sem nenhum contratempo. Realizamos nossos lucros e regressamos muito satisfeitos.

Entrando em casa, a primeira coisa que vi no lugar mais em evidência do quarto de Assunta, num berço suntuoso se comparado ao resto do aposento, foi uma criança de sete a oito meses. Soltei um grito de alegria. Os únicos momentos de tristeza que experimentara desde o assassinato do procurador do rei tinham-me sido causados pelo abandono daquela criança. Não preciso dizer que não sentia remorsos em relação ao assassinato do procurador do rei.

A pobre Assunta adivinhara tudo e aproveitara a minha ausência para, munida de metade do cueiro, tendo inscrito, para não faltar nada, o dia e a hora exata em que a criança fora depositada na instituição, ir a Paris reclamá-la pessoalmente. Nenhuma objeção lhe fora feita e a criança fora-lhe entregue.

Ah! confesso, senhor conde, que ao ver a pobre criatura a dormir no seu berço, o meu peito estufou e as lágrimas me saltaram dos olhos.

"– Na verdade, Assunta – gritei –, você é uma mulher digna e a Providência a abençoará."

– Isso já é menos exato que a sua filosofia – disse Monte Cristo. – Verdade que é apenas uma questão de fé.

– Infelizmente, Excelência – prosseguiu Bertuccio –, tem toda a razão e foi aquela mesma criança que Deus encarregou de me castigar. Nunca natureza mais perversa se declarou mais prematuramente, e, no entanto, ninguém poderá dizer que foi mal-educado, pois a minha cunhada tratava-o como o filho de um príncipe. Era um garoto de rosto encantador, com olhos de um azul-claro como esses tons de faianças chinesas que também se harmonizam com o branco leitoso do tom geral. Apenas o cabelo, de um louro demasiado vivo, lhe dava ao rosto um aspecto estranho, que duplicava a vivacidade do seu olhar e a malícia do seu sorriso. Infelizmente, há um provérbio que diz que os ruivos ou são muito bons ou são muito maus. O provérbio não mentiu no que dizia respeito a Benedetto, que desde a juventude se mostrou muito mau. Também é verdade que a ternura da sua mãe encorajou suas primeiras inclinações. O garoto, para quem a minha pobre cunhada ia ao mercado da cidade, situada a quatro ou cinco léguas de casa, comprar os primeiros frutos e as guloseimas mais delicadas, preferia, às laranjas de Palma de Maiorca e às conservas de Gênova, as castanhas roubadas ao vizinho saltando as sebes, ou as maçãs secas do seu celeiro, embora tivesse à sua disposição as castanhas e as maçãs do nosso pomar.

Um dia, teria Benedetto cinco ou seis anos, o vizinho Wasilio, que, conforme os hábitos da nossa terra, não fechava nem a sua bolsa nem as suas joias, porque, como o senhor conde sabe melhor que ninguém, na Córsega não há ladrões, o vizinho Wasilio se queixou para nós de que lhe desaparecera um luís da bolsa. Pensamos que tivesse contado mal, mas ele afirmou que estava seguro desse fato. Nesse dia, Benedetto saíra de casa logo de manhã e estávamos numa grande inquietação, quando, no final da tarde, o vimos chegar com um macaco que achara, dizia ele, preso a uma árvore.

Havia um mês que a paixão do terrível garoto, que não sabia o que mais inventar, era ter um macaco. Um saltimbanco que passara por Rogliano e possuía vários desses animais, cujas piruetas o tinham divertido muito, é que lhe inspirara, sem dúvida, o malfadado capricho.

"– Não há macacos nos nossos bosques – disse-lhe eu –, e sobretudo macacos amarrados. Por isso, trate de dizer como arranjou esse."

Benedetto sustentou a sua mentira e acompanhou-a de pormenores que honravam mais a sua imaginação que a sua veracidade. Irritei-me e ele desatou a rir; ameacei-o, e ele deu dois passos atrás.

"– Você não pode me bater – disse. – Não tem esse direito, não é meu pai."

Nós continuávamos sem saber quem lhe revelara o fatal segredo, que entretanto tínhamos ocultado com o maior cuidado. Quem quer que fosse, tal resposta, em que o garoto se revelou por completo, quase me assustou e o meu braço erguido caiu, efetivamente, sem tocar no culpado. O pequeno triunfou e aquela vitória deu-lhe tal audácia que a partir dali todo o dinheiro de Assunta, cujo amor por ele parecia aumentar à medida que ele se tornava menos digno, se foi em caprichos que ela não sabia contrariar, em loucuras que ela não tinha a coragem de impedir. Quando eu estava em Rogliano, as coisas ainda iam razoavelmente bem; mas, assim que eu partia, Benedetto tornava-se o chefe da casa e tudo corria mal. Com apenas onze anos, ele escolhia todos os seus camaradas entre os rapazes de dezoito ou vinte anos, os mais malvados de Bastia e de Corte, e já, devido a algumas travessuras que mereciam nome mais sério, tínhamos sido advertidos pela justiça.

O CONDE DE MONTE CRISTO – TOMO 2

Eu me assustei; qualquer informação poderia ter consequências funestas; ia precisamente ser obrigado a ausentar-me da Córsega numa expedição importante. Pensei demoradamente e, no pressentimento de evitar qualquer desgraça, decidi levar Benedetto comigo. Esperava que a vida ativa e dura de contrabandista e a disciplina rigorosa de bordo viriam modificar aquele caráter prestes a corromper-se, se não estivesse já horrivelmente corrompido.

Chamei, portanto, Benedetto de parte e propus-lhe que me acompanhasse, rodeando a proposta de todas as promessas que podem seduzir um garoto de doze anos.

Ele me deixou ir até ao fim, e quando acabei desatou a rir.

– Enlouqueceu, meu tio? – disse (ele me tratava assim quando estava de bom humor). – Eu, trocar a vida que levo pela que você leva, a minha boa e excelente ociosidade pelo horrível trabalho que lhe é imposto? Passar a noite ao frio e o dia ao calor; esconder-me constantemente, não poder me mostrar para não ser corrido a tiro de espingarda, e tudo isso para ganhar algum dinheiro! Dinheiro, tenho tanto quanto eu quero! A minha mãe Assunta dá-me quando lhe peço. Bem vê, portanto, que seria um imbecil se aceitasse a sua proposta.

Estava estupefato com semelhante audácia e semelhante raciocínio. Benedetto voltou para junto dos seus camaradas e de longe eu vi como ele apontava para mim, como um idiota.

– Encantadora criança! – murmurou Monte Cristo.

– Oh, se ele fosse meu – respondeu Bertuccio –, se fosse meu filho, ou pelo menos meu sobrinho, eu o teria colocado no bom caminho, porque a consciência nos dá força! Mas a ideia de que eu ia bater numa criança cujo pai matara, me tornava todo castigo impossível. Dava bons conselhos à minha cunhada, que nas nossas discussões tomava constantemente a defesa do "pobrezinho;" e como me confessasse que por várias vezes lhe tinham desaparecido importâncias consideráveis, indiquei-lhe um local onde poderia esconder o nosso pequeno tesouro. Quanto a mim, a minha resolução estava tomada. Benedetto sabia perfeitamente ler, escrever e contar, porque quando por acaso se dispunha a trabalhar aprendia num dia o que os outros aprendiam numa semana; mas, dizia eu, a minha resolução estava tomada; devia matriculá-lo como secretário em qualquer navio de longo curso e, sem o prevenir de nada, pegá-lo pela mão uma bela manhã e levá-lo para bordo; assim, e recomendando-o ao comandante, todo o seu futuro dependeria dele. Tudo planejado, parti para a França.

Daquela vez todas as nossas operações deveriam efetuar-se no golfo de Lyon, o que era cada vez mais difícil, pois estávamos em 1829. A tranquilidade encontrava-se perfeitamente restabelecida, e por consequência o serviço de vigilância das costas tornara-se mais regular e rigoroso do que nunca. A vigilância fora ainda aumentada momentaneamente devido à feira de Beaucaire, que acabava de abrir.

O começo de nossa expedição decorreu sem contratempos. Amarramos a nossa barca, que tinha um fundo duplo, onde escondíamos as mercadorias de contrabando, no meio de uma quantidade de barcos que cobriam as duas margens do Ródano, de Beaucaire a Arles. Uma vez chegados, começamos a descarregar de noite as nossas mercadorias proibidas e a passá-las para a cidade por intermédio de pessoas relacionadas conosco ou de estalajadeiros em casa dos quais tínhamos depósitos. Quer porque o êxito nos tivesse tornado imprudentes, quer por termos sido denunciados, uma tarde, por volta das cinco horas, quando nos preparávamos para comer alguma coisa, o nosso grumete apareceu muito assustado dizendo que vira uma patrulha de agentes alfandegários dirigir-se para o nosso lado. Não era precisamente a patrulha que nos preocupava; a cada instante, sobretudo naquele momento, companhias inteiras percorriam as margens do Ródano; o que nos preocupava eram as precauções que, no dizer do pequeno, a patrulha tomava para não ser vista. Levantámo-nos de imediato, mas era demasiado tarde; a nossa barca, evidentemente o alvo das buscas, estava cercada. Entre os agentes, notei alguns policiais; e, tão medroso diante deles como era habitualmente corajoso diante de qualquer outro corpo militar, desci ao porão e, esgueirando-me por uma escotilha, deixei-me levar pelo rio e depois nadei entre as margens, só respirando a grandes intervalos, até que alcancei, sem ser visto, uma vala que acabavam de abrir e que punha em comunicação o Ródano com o canal que vai de Beaucaire a Aigues-Mortes. Tendo chegado lá, estava salvo, pois podia seguir sem ser visto ao longo da vala. Alcancei, portanto, o canal sem contratempos. Não fora por acaso e sem premeditação que seguira aquele caminho. Já falei a Vossa Excelência de um estalajadeiro de Nîmes que abrira na estrada de Bellegarde a Beaucaire uma pequena hospedaria.

– Sim, lembro-me perfeitamente – disse Monte Cristo. – Se não me engano, esse digno homem era até seu comparsa.

– Exato – confirmou Bertuccio. – Mas havia sete ou oito anos cedera o estabelecimento a um ex-alfaiate de Marselha, o qual, depois de se arruinar na sua profissão, resolvera tentar fazer fortuna em outra. Nem é preciso dizer que os entendimentos que tínhamos com o primeiro proprietário foram mantidos com o segundo. Era, portanto, a esse homem que esperava pedir asilo.

– E como se chamava esse homem? – perguntou o conde, que parecia começar a retomar algum interesse pela história de Bertuccio.

– Chamava-se Gaspard Caderousse e era casado com uma mulher do vilarejo de Carconte, que só conhecíamos pelo nome da sua terra; tratava-se de uma pobre mulher atacada da febre dos pântanos, que ia morrendo de definhamento. Quanto ao homem, era um grandalhão de quarenta a quarenta e cinco anos, que por mais de uma vez, em circunstâncias difíceis, nos dera provas da sua presença de espírito e da sua coragem.

– E o senhor disse – perguntou Monte Cristo – que essas coisas se passavam por volta do ano de…

– De 1829, senhor conde.

– Em que mês?

– No mês de junho.

– No princípio ou no fim?

– No dia 3, à tarde.

– Ah! – disse Monte Cristo –, 3 de junho de 1829. Bem, continue!

– Era portanto a Caderousse que eu contava pedir asilo; mas, como de hábito, mesmo em circunstâncias normais, não entrávamos pela porta que dava para a estrada, resolvi não contrariar esse costume e saltei a sebe do jardim, deslizei rastejando através das oliveiras raquíticas e das figueiras bravas e alcancei, receando que Caderousse tivesse algum viajante na estalagem, uma espécie de desvão em que, por mais de uma vez, passara a noite como se dormisse na melhor cama. Esse desvão ficava separado da sala comum do térreo da estalagem apenas por um tabique de madeira, no qual, em nossa intenção, tinham sido abertos buracos a fim de, por meio deles, espreitarmos o momento oportuno de darmos a saber a nossa presença nas imediações. Contava, se Caderousse estivesse sozinho, preveni-lo da minha chegada, acabar na casa dele a refeição interrompida pelo aparecimento dos guardas alfandegários e aproveitar a tempestade que se avizinhava para voltar às margens do Ródano e verificar o que acontecera à barca e aos que lá tinham ficado. Esgueirei-me portanto para o desvão, e fiz bem, pois nesse mesmo momento Caderousse entrava no estabelecimento com um desconhecido.

Fiquei quieto e esperei, não com a intenção de surpreender os segredos do meu hospedeiro, mas sim porque não podia fazer de outra forma: aliás, a mesma coisa já acontecera outras vezes.

O homem que acompanhava Caderousse era evidentemente estranho ao Sul da França: tratava-se de um desses negociantes que vêm vender joias na feira de Beaucaire e que, ao longo do mês que dura a feira, para a qual afluem vendedores e compradores de todas as partes da Europa, fazem às vezes cem ou cento e cinquenta mil francos em transações.

Caderousse foi o primeiro a entrar, apressadamente.

Depois, vendo a sala de baixo vazia como de costume e guardada apenas por seu cão, chamou a mulher:

– Ei, Carconte! – disse. – Aquele digno padre não nos enganou; o diamante era bom.

Ouviu-se uma exclamação de alegria e quase imediatamente a escada estalou debaixo de passos pesados devido à fraqueza e à doença.

O CONDE DE MONTE CRISTO – TOMO 2

– O que o senhor está dizendo? – perguntou a mulher, mais pálida do que uma morta.

– Digo que o diamante era bom, que aqui está esse senhor, um dos principais joalheiros de Paris, que está pronto a dar-nos cinquenta mil francos por ele. Apenas, para ter a certeza de que o diamante é de fato nosso, deseja que lhe conte, como já contei a ele, de que forma milagrosa o diamante veio parar em nossas mãos. Enquanto isso, senhor, faça o favor de se sentar, e, como o tempo está abafado, vou buscar qualquer coisa para se refrescar.

O joalheiro examinava com atenção o interior da estalagem e a pobreza muito visível daqueles que lhe iam vender um diamante que parecia saído do escrínio de um príncipe.

– Conte, minha senhora – pediu, querendo sem dúvida aproveitar a ausência do marido para que nenhum sinal da parte dele influenciasse a mulher e para verificar se as duas histórias encaixavam bem uma na outra.

– Meu Deus! Foi uma bênção do céu pela qual estávamos longe de esperar! – disse a mulher, com volubilidade. – Imagine, meu caro senhor, que o meu marido conviveu, por volta de 1814 ou 1815, com um marinheiro chamado Edmond Dantès: esse pobre rapaz, que Caderousse esquecera por completo, não o esqueceu e deixou-lhe ao morrer o diamante que o senhor acaba de ver.

– Mas como ele se tornou possuidor do diamante? – perguntou o joalheiro. – Já o tinha antes de ser preso?

– Não, senhor – respondeu a mulher. – Mas parece que conheceu na prisão um inglês muito rico: e como na prisão o seu companheiro de cela adoeceu e Dantès o tratou como se fosse seu irmão, o inglês, ao sair do cativeiro, deixou ao pobre Dantès, que, menos feliz do que ele, morreu na prisão, esse diamante que ele nos legou por seu turno ao morrer e que encarregou o digno abade, que cá esteve esta manhã, de nos entregar.

– É de fato a mesma coisa – murmurou o joalheiro. E no fim de contas a história pode ser verdadeira, por mais inverossímil que pareça à primeira vista. Só falta, portanto, o preço, acerca do qual não estamos de acordo.

– Como! Não de acordo? – interveio Caderousse. – Julgava que tinha aceitado o preço que lhe pedi.

– Isto é – retorquiu o joalheiro –, eu ofereci quarenta mil francos por ele.

– Quarenta mil! – gritou Carconte. – Não o venderemos por esse preço, certamente. O abade nos disse que valia cinquenta mil francos, e sem o engaste.

– E como se chamava esse abade? – perguntava o infatigável interrogador, com as sobrancelhas arqueadas.

– Abade Busoni – respondeu a mulher.

– Era então um estrangeiro?

– Era um italiano dos arredores de Mântua, segundo creio.

– Mostre-me esse diamante – pediu o joalheiro –, quero vê-lo outra vez. Muitas vezes julgam-se mal as pedras à primeira vista.

Caderousse tirou da algibeira um pequeno estojo de couro preto, abriu-o e deu-o ao joalheiro. Ao ver o diamante, que era grande do tamanho de uma avelã (lembro-me como se ainda o estivesse a ver), os olhos de Carconte cintilaram de cupidez.

– E que pensava de tudo isso, senhor escutador atrás das portas? – perguntou Monte Cristo. – Acreditou nessa bela fábula?

– Acreditei, Excelência. Não considerava Caderousse um mau homem e julgava-o incapaz de ter cometido um crime ou mesmo um roubo.

– Isso certamente honra mais o seu coração do que a sua experiência, senhor Bertuccio. Conheceu esse tal Edmond Dantès a que se referiam?

– Não, Excelência, nunca ouvira falar dele até então, e depois disso só ouvi falar uma vez, pelo próprio abade Busoni, quando o vi nas prisões de Nîmes.

– Bem, continue.

– O joalheiro tirou o anel das mãos de Caderousse e depois, do bolso, uma pinça de aço e um pequeno par de balanças de cobre; e seguidamente, abrindo os grampos de ouro que prendiam a pedra ao anel, extraiu o diamante do seu alvéolo e pesou-o cuidadosamente nas balanças.

O CONDE DE MONTE CRISTO – TOMO 2

– Irei até quarenta e cinco mil francos – declarou –, mas não dou nem mais um tostão. De resto, como era esse o valor do diamante, foi exatamente a importância que trouxe comigo.

– Oh, não seja por isso – retorquiu Caderousse. – Voltarei com o senhor a Beaucaire e lá poderá me dar os outros cinco mil francos.

– Não – respondeu o joalheiro, restituindo o anel e o diamante a Caderousse. – Isso não vale mais e já fiz mal em oferecer tal importância, pois a pedra tem um defeito em que não reparei da primeira vez. Mas não importa, minha palavra é uma só; disse quarenta e cinco mil francos e não me desdigo.

– Ao menos volte a colocar o diamante no anel – pediu azedamente Carconte.

– É justo – concordou o joalheiro, e recolocou a pedra no engaste.

– Bom, bom, vamos vendê-lo a outro – disse Caderousse, guardando o estojo na algibeira.

– Pois sim – replicou o joalheiro. – Mas a outro não será tão fácil vendê-lo como a mim. Outro não se contentará com as informações que me deram. Não é natural que um homem como o senhor possua um diamante de cinquenta mil francos. Ele irá prevenir os magistrados e será necessário descobrir o abade Busoni. E abades que dão diamantes de dois mil luíses são raros... A justiça começará por lhe deitar a mão e metê-lo na cadeia, e se o considerar inocente e o puserem em liberdade depois de três ou quatro meses de cativeiro, o anel ter-se-á perdido no arquivo e dar-lhe-ão uma pedra falsa, que valerá três francos em vez de um diamante que vale cinquenta mil. Sim, a pedra talvez valha os cinquenta mil, mas tem de concordar, bom homem, que se correm certos riscos em comprá-la.

Caderousse e a mulher interrogaram-se com o olhar.

– Não – disse Caderousse –, não somos tão ricos que possamos perder cinco mil francos.

– Como queira, meu caro amigo – respondeu o joalheiro. – Mas, como vê, já tinha trazido um belo dinheiro.

E tirou de uma das algibeiras um punhado de ouro, que fez brilhar aos olhos deslumbrados do estalajadeiro, e da outra um maço de títulos bancários.

Travava-se visivelmente um rude combate na mente de Caderousse. Era evidente que o pequeno estojo de couro que ele virava e revirava na mão não lhe parecia corresponder, como valor, à enorme quantia que lhe fascinava os olhos.

Virou-se para a mulher.

– O que diz? – perguntou-lhe em voz baixa.

– Aceite, aceite – disse. – Se voltar a Beaucaire sem o diamante, vai nos denunciar; e, como disse, quem sabe se alguma vez tornaremos a botar os olhos no abade Busoni.

– Pois bem! Que seja – disse Caderousse. – Fique lá com o diamante pelos quarenta e cinco mil francos. Mas a minha mulher quer uma corrente de ouro e eu um par de argolas de prata.

O joalheiro tirou da algibeira uma caixa comprida e plana, que continha várias amostras dos objetos pedidos.

– Como vê – observou – sou transparente nos negócios. Escolham.

A mulher escolheu uma corrente de ouro que podia valer cinco luíses, e o marido um par de brincos, que podia valer quinze francos.

– Espero que não se queixem – disse o joalheiro.

– O abade disse que valia cinquenta mil francos – Caderousse murmurou, um tanto contrariado.

– Vamos, vamos, dê-me! Que homem terrível – exclamou o joalheiro, tirando-lhe o diamante da mão. – Dou-lhe quarenta e cinco mil francos, que lhe podem proporcionar um rendimento de duas mil e quinhentas libras, isso é, uma fortuna que eu próprio gostaria de ter, e ainda não está contente!

– E os quarenta e cinco mil francos onde estão? – Caderousse perguntou com voz rouca.

– Ei-los – disse o joalheiro.

O conde de Monte Cristo – Tomo 2

E contou em cima da mesa quinze mil francos em ouro e trinta mil em títulos bancários.

– Esperem que acenda o candeeiro – disse Carconte. – Já não está muito claro e podemos errar.

Com efeito, anoitecera durante a discussão, e com a noite viera a tempestade, que ameaçava rebentar havia meia hora. Ouvia-se ribombar surdamente o trovão ao longe, mas nem o joalheiro, nem Caderousse, nem Carconte pareciam dar por isso, dominados como estavam todos os três pelo demônio do ganho.

Eu próprio experimentava uma estranha fascinação perante todo aquele ouro e todos aqueles títulos. Parecia-me sonhar, e, como acontece nos sonhos, sentia-me acorrentado ao meu lugar.

Caderousse contou e recontou o ouro e as notas e depois passou-os à mulher, que contou e recontou por seu turno. Enquanto isso, o joalheiro fazia cintilar o diamante à luz do candeeiro e o diamante lançava relâmpagos que faziam esquecer aqueles que, precursores da tempestade, começavam a incendiar as janelas.

– Então, está certo? – perguntou o joalheiro.

– Está – respondeu Caderousse. – Dê-me a carteira e arranje uma bolsa, Carconte.

Carconte foi a um armário e voltou trazendo uma velha carteira de couro, da qual tirou algumas cartas ensebadas, no lugar das quais guardou as notas, e com uma bolsa que continha duas ou três moedas de seis libras, que constituíam provavelmente toda a riqueza do miserável casal.

– Embora nos tenha roubado talvez uma dezena de milhar de francos, quer jantar conosco? É de boa vontade – ofereceu Caderousse.

– Obrigado – respondeu o joalheiro. – Começa a ficar tarde e tenho de regressar a Beaucaire. Minha mulher ficaria preocupada: ele tirou o relógio. Caramba, são quase nove horas, não estarei em Beaucaire antes da meia-noite: adeus, crianças. Se por acaso tornarem a ser visitados pelo abade Busoni, lembrem-se de mim.

– Daqui a oito dias já o senhor não estará em Beaucaire, pois a feira termina na próxima semana – observou Caderousse.

– Pois não, mas não tem importância. Escrevam-me para Paris, com esse endereço: Senhor Joannès, Palais-Royal, Galeria de Pierre, nº 45. Virei cá de propósito se o negócio valer a pena.

Soou um trovão, acompanhado de um relâmpago tão intenso que quase se sobrepôs à luz do candeeiro.

– Oh, oh! – exclamou Caderousse. – Vai pôr-se a caminho com esse tempo? Tem certeza?

– As trovoadas não me metem medo – retorquiu o joalheiro.

– E os ladrões? – perguntou Carconte. – A estrada nunca é muito segura durante a feira.

– Ah! Quanto aos ladrões, tenho isso para eles! – disse Joannès.

E tirou da algibeira um par de pequenas pistolas carregadas até à boca. – Isso aqui são cães que ladram e mordem ao mesmo tempo. Seriam para os dois primeiros que cobiçassem o seu diamante, senhor Caderousse.

Caderousse e a mulher trocaram um olhar sombrio. Dir-se-ia que lhes acudira ao mesmo tempo qualquer pensamento terrível.

– Então, boa viagem! – disse Caderousse.

– Obrigado! – falou o joalheiro.

Pegou a bengala, que deixara encostada a um velho baú, e saiu. No momento em que abriu a porta entrou tal rajada de vento que quase apagou o candeeiro.

– Oh, vem aí um temporal e tenho duas léguas para percorrer com esse tempo!

– Fique – disse Caderousse. – O senhor dormirá aqui.

– Sim, fique – insistiu também Carconte, com voz trêmula; cuidaremos bem do senhor.

– Não, tenho de ir dormir em Beaucaire. Adeus.

Caderousse foi lentamente até à porta.

– Não se vê nem céu nem terra – disse o joalheiro já fora de casa. – É à direita ou à esquerda?

– À direita – disse Caderousse. – Não há que se enganar: a estrada tem árvores de um lado e do outro.

– Bom, eu vou – disse o joalheiro, cuja voz já mal se ouvia ao longe.

– Feche a porta – disse Carconte. – Não gosto de portas abertas quando troveja.

– E quando há dinheiro em casa, não é verdade? – respondeu Caderousse, dando duas voltas à chave.

Entrou, foi na direção do armário, do qual tirou a bolsa e a carteira, e puseram-se ambos a contar pela terceira vez o seu ouro e as suas notas. Eu nunca vira expressão igual à daqueles dois rostos, cuja cupidez transparecia à luz fraca do candeeiro. A mulher, sobretudo, estava hedionda. O tremor febril que habitualmente a agitava redobrara. Seu rosto, de pálido, tornara-se lívido. Seus olhos encovados brilhavam.

– Por que – perguntou com voz abafada – ofereceu a ele que dormisse aqui?

– Mas – respondeu Caderousse tremendo – para... para ele não ter o trabalho de voltar a Beaucaire.

– Ah! – disse a mulher, com uma expressão impossível de descrever. – Julguei que fosse por outra coisa.

– Mulher! Mulher! – gritou Caderousse. – Porque tem esse tipo de ideia e por que, tendo-as, não as guarda para si mesma?

– Tanto faz – disse Carconte passado um instante de silêncio –, você não é homem...

– Como assim? – perguntou Caderousse.

– Se fosse, ele não teria saído daqui.

– Mulher!

– Ou não chegaria a Beaucaire.

– Mulher!

– A estrada faz um cotovelo, e ele é obrigado a seguir pela estrada, ao passo que ao longo do canal existe um caminho mais curto.

– Mulher, assim ofende a Deus! Espere, escute...

Com efeito, ouviu-se um formidável trovão, ao mesmo tempo que um relâmpago azulado iluminava toda a sala, e a tempestade, diminuindo lentamente, pareceu afastar-se, como que contrariada, da casa maldita.

– Jesus! – exclamou Carconte, benzendo-se.

No mesmo instante e no meio daquele silêncio aterrorizante que se segue habitualmente a uma trovoada, ouviu-se bater à porta.

Caderousse e a mulher estremeceram e entreolharam-se assustados.

– Quem é? – gritou Caderousse, levantando-se e reunindo num só monte o ouro e as notas espalhadas em cima da mesa, os quais cobriu com ambas as mãos.

– Eu! – respondeu uma voz.

– Eu quem?

– Santo Deus! Joannès, o joalheiro!

– O que dizia? Que ofendia Deus? – observou Carconte, com um sorriso medonho. – Eis Deus que o envia de volta.

Caderousse caiu, pálido e arquejante, na cadeira.

Carconte, pelo contrário, levantou-se, dirigiu-se com passo firme para a porta e a reabriu.

– Entre, caro senhor Joannès – disse.

– Dir-se-ia, palavra, que parece que o Diabo não quer que eu volte esta noite a Beaucaire – observou o joalheiro, escorrendo água por todos os lados. – As menores loucuras são as melhores, meu caro senhor Caderousse; ofereceu-me hospitalidade; aceito-a e volto para dormir em sua casa.

Caderousse balbuciou algumas palavras e enxugou o suor que lhe escorria da testa.

Carconte voltou a fechar a porta dando duas voltas à chave atrás do joalheiro.

A CHUVA DE SANGUE

– Ao entrar, o joalheiro deitou um olhar interrogador à sua volta: mas nada parecia suscetível de lhe despertar suspeitas, se as não tinha, assim como nada parecia confirmá-las, se as tinha.

Caderousse segurava ainda em suas mãos as notas e o ouro. Carconte sorria para seu hóspede o mais agradavelmente que podia.

– Ah, ah! – exclamou o joalheiro. – Parece que estavam com medo de faltar alguma coisa e resolveram contar de novo o seu tesouro depois da minha partida...

– Não – respondeu Caderousse. – Mas a verdade é que o acontecimento que nos proporcionou esse dinheiro foi tão inesperado que ainda nos custa a acreditar nele, a tal ponto que, quando não temos a prova material diante dos olhos, julgamos estar sonhando.

O joalheiro sorriu.

– Há viajantes na sua hospedaria? – perguntou...

– Não – respondeu Caderousse. – Não damos dormidas. Estamos muito perto da cidade e ninguém para aqui.

– Nesse caso, vou incomodar.

– Incomodar-nos, o senhor? Não, meu caro senhor! – disse graciosamente Carconte. – De modo nenhum, juro-lhe.

– Vejamos, onde me colocam?

– No quarto lá de cima.

– Mas não é o seu quarto?

– Oh, não importa! Temos outra cama no quarto ao lado daquele.

Caderousse olhou com espanto para a mulher. O joalheiro cantarolou uma pequena canção enquanto aquecia as costas ao calor de um feixe de lenha que Carconte acendera na chaminé para seu hóspede se secar.

Enquanto isso, ela colocava em um canto da mesa, onde estendera um guardanapo, os magros restos de um jantar, a que juntou dois ou três ovos frescos.

Caderousse voltara a guardar as notas na carteira, o ouro no saco e tudo no armário. Passeava de um lado para o outro, sombrio e pensativo, e levantava de vez em quando a cabeça em direção ao joalheiro, que se mantinha fumegante diante da lareira, e à medida que se secava de um lado se virava do outro.

– Pronto – disse Carconte, trazendo uma garrafa de vinho e colocando-a em cima da mesa –, quando quiser, já pode comer.

– E o senhor? – perguntou Joannès.

– Eu não vou cear – respondeu Caderousse.

– Jantamos muito tarde – apressou-se a dizer Carconte.

– Então vou cear sozinho? – comentou o joalheiro.

– Nós o servimos – respondeu Carconte, com uma prontidão que não lhe era habitual, mesmo para os hóspedes que pagavam.

De tempos em tempos, Caderousse lançava-lhe um olhar rápido como um relâmpago.

A tempestade continuava.

– Está ouvindo, está ouvindo? – perguntou Carconte. – Fez muito bem em voltar.

– O que não me impedirá, se durante minha ceia a tempestade amainar, de me pôr novamente a caminho – disse o joalheiro.

– É o mistral – disse Caderousse, abanando a cabeça –, e só deve parar amanhã.

E soltou um suspiro.

– Paciência – declarou o joalheiro, sentando-se à mesa. – Tanto pior para os que estão lá fora.

– Sim – disse Carconte –, passarão uma noite ruim.

O joalheiro principiou a cear e Carconte continuou a dispensar-lhe todas as pequenas atenções de uma hospedeira atenta. Ela, habitualmente tão rabugenta e desabrida, tornara-se um modelo de eficiência e cortesia. Se o joalheiro a tivesse conhecido antes, tão grande mudança não teria, decerto, deixado de lhe inspirar algumas suspeitas. Quanto a Caderousse, não dizia nada; continuava a passear e até parecia hesitar em olhar para o hóspede.

Quando o jantar terminou, o próprio Caderousse foi abrir a porta.

– Parece-me que a tempestade amainou – disse.

Mas nesse momento, como que para o desmentir, um enorme trovão abalou a casa e uma rajada de vento e chuva entrou por ela e apagou o candeeiro.

Caderousse voltou a fechar a porta e a mulher acendeu uma vela no braseiro prestes a apagar.

– Pronto – disse ela ao joalheiro. – Deve estar cansado. Pus lençóis lavados na cama; suba, deite-se e durma bem.

Joannès ficou ainda um instante, para se assegurar de que a tempestade não amainava, e, quando teve a certeza de que a trovoada e a chuva iam aumentando, deu boa-noite aos seus hospedeiros e subiu a escada.

Passou-me por cima da cabeça e ouvi cada degrau estalar sob o peso dos passos dele.

Carconte seguiu-o com olhar ávido, enquanto Caderousse, pelo contrário, lhe virava as costas e nem sequer olhava para o seu lado.

Todos esses pormenores, que desde então me têm acudido várias vezes ao espírito, não me impressionaram absolutamente nada na altura em que se passaram, diante dos meus olhos. No fim de contas, não havia nada de mais natural no que acontecia e, exceto a história do diamante, que me parecia um bocadinho inverossímil, todo o resto era muito normal.

Por isso, como estava exausto e também desejava aproveitar a primeira trégua que a tempestade desse aos elementos, resolvi dormir umas horas e tomar meu rumo no meio da noite.

Ouvia, no cômodo de cima, o joalheiro tomar por seu turno todas as disposições para ter a melhor noite possível. A cama não tardou a ranger debaixo dele; acabava de se deitar.

Ainda que contra a minha vontade, sentia meus olhos se fecharem e, como não concebera nenhuma suspeita, não tentei lutar contra o sono; lancei um último olhar ao interior da cozinha. Caderousse estava sentado ao lado de uma mesa comprida, num desses bancos de madeira que nas hospedarias dos vilarejos substituem as cadeiras; estava de costas, de forma que eu não podia ver sua fisionomia. Aliás, mesmo que estivesse na posição contrária, também não veria, pois ele tinha a cabeça afundada nas mãos.

Carconte olhou-o durante algum tempo, encolheu os ombros e foi sentar-se diante dele.

Nesse momento, a chama moribunda alcançou um resto de lenha seca até ali esquecido por ela; e um clarão um pouco mais vivo iluminou o sombrio interior. Carconte tinha os olhos cravados no marido, e, como ele continuasse sempre na mesma posição, vi-a estender a mão adunca na sua direção e tocar-lhe a testa.

Caderousse estremeceu. Pareceu-me que a mulher movia os lábios; mas quer porque falasse muito baixo, quer porque os meus sentidos estavam já embotados pelo sono, o ruído de sua fala não chegou até mim. Já via apenas através de um nevoeiro e com a incerteza precursora do sono, durante a qual julgamos começar a sonhar. Por fim, meus olhos se fecharam e perdi a consciência de mim mesmo.

Eu estava mergulhado no sono mais profundo quando fui acordado por um tiro de pistola, seguido de um grito horrível. Passos cambaleantes soaram no sobrado do quarto e uma massa inerte veio cair na escada, precisamente acima da minha cabeça.

O conde de Monte Cristo – Tomo 2

Não estava ainda bem senhor de mim quando ouvi gemidos e depois gritos abafados, como os que acompanham uma luta.

Um derradeiro grito, mais prolongado que os outros e que degenerou em gemidos me tirou completamente da minha letargia.

Ergui-me num braço, abri os olhos, que não viram nada nas trevas, e levei a mão à testa, sobre a qual me parecia cair através das tábuas da escada uma chuva morna e abundante.

O mais profundo silêncio sucedera àquele barulho horrível. Ouvi os passos de um homem que caminhava por cima da minha cabeça, os quais a certa altura fizeram estalar a escada. O homem desceu à sala inferior, aproximou-se da chaminé e acendeu uma vela.

O homem era Caderousse. Estava pálido e tinha a camisa toda ensanguentada.

Depois de acender a vela, ele voltou a subir rapidamente a escada, e ouvi de novo seus passos rápidos e inquietos.

Um instante depois, tornou a descer. Trazia o estojo na mão. Assegurou--se de que o diamante se encontrava lá dentro, procurou um momento em qual das algibeiras o colocaria, e em seguida, decerto por não considerar a algibeira um esconderijo bastante seguro, enrolou-o no seu lenço de assoar encarnado, que colocou em volta do pescoço.

Depois, correu até o armário, de onde tirou os títulos e o ouro, colocou uns na algibeira da calça e o outro no bolso do casaco, pegou duas ou três camisas, correu para a porta e desapareceu na escuridão. Então tudo se tornou claro e lúcido para mim; e censurei-me pelo que acabava de acontecer como se tivesse sido o verdadeiro culpado. Pareceu-me ouvir gemidos. O pobre joalheiro podia não estar morto; talvez estivesse e minhas mãos, socorrendo-o, reparar parte do mal, não que eu cometera, mas sim que deixara cometer. Apoiei os ombros numa das tábuas mal juntas que separavam a espécie de tambor em que me encontrava deitado da sala inferior, as tábuas cederam e fui parar dentro da casa.

Corri para a vela e pulei depois para a escada. Havia um corpo atravessado nela; era o cadáver de Carconte.

617

Alexandre Dumas

O tiro de pistola que ouvira fora disparado contra ela. Ela tinha a garganta atravessada de lado a lado e, além do duplo ferimento, que sangrava aos borbotões, também vomitava sangue pela boca.

Estava morta.

Saltei por cima do seu corpo e passei.

O quarto oferecia o aspecto da mais horrível desordem. Dois ou três móveis haviam sido derrubados; os lençóis, aos quais o infeliz joalheiro se agarrara, estavam espalhados pelo quarto; ele próprio estava caído no chão, com a cabeça encostada à parede, no meio de um mar de sangue que lhe brotava de três grandes ferimentos no peito.

No quarto tinha cravada uma grande faca de cozinha, da qual só se via o cabo.

Caminhei sobre a segunda arma, que não tinha disparado, provavelmente por a pólvora estar molhada.

Aproximei-me do joalheiro, que realmente não estava morto. Devido ao barulho que fiz, e sobretudo ao estremecimento do assoalho, abriu uns olhos alucinados, que conseguiu fixar um instante em mim, agitou os lábios como se quisesse falar e expirou.

Aquele espetáculo medonho me pusera quase louco. Mas desde o momento em que não podia mais socorrer ninguém, só uma coisa me preocupava: fugir. Precipitei-me pela escada, enquanto enterrava as mãos nos cabelos e soltava rugidos de terror.

Na sala de baixo, encontravam-se cinco ou seis agentes alfandegários e dois ou três policiais, um autêntico exército armado.

Prenderam-me. Nem sequer tentei opor resistência; já não era senhor dos meus sentidos. Procurei falar, mas apenas soltei alguns gritos inarticulados.

Vi que os agentes alfandegários e os policiais apontavam o dedo para mim. Baixei meu olhar sobre mim mesmo e verifiquei que estava todo coberto de sangue. A chuva morna que sentira cair sobre mim através das tábuas da escada era o sangue de Carconte.

Indiquei com o dedo o local onde estava escondido.

– O que ele quer dizer? – perguntou um policial.

Um agente foi ver.

– Quer dizer que estava escondido ali – respondeu, e mostrou o buraco por onde eu saíra efetivamente.

Compreendi então que me tomavam pelo assassino. Recuperei a voz e as forças; soltei-me das mãos dos dois homens que me seguravam, gritando:

– Não fui eu! Não fui eu!

Dois policiais apontaram-me suas carabinas.

– Se fizer um movimento, morre – disseram.

– Mas, repito-lhes, não fui eu! – tornei a gritar.

– Você vai contar essa história aos juízes de Nîmes – responderam. – Enquanto isso, siga-nos; e, se quer um conselho, não oponha resistência.

Não era de modo algum a minha intenção, estava abatido pela surpresa e pelo terror. Algemaram-me, amarraram-me à cauda de um cavalo e levaram-me para Nîmes.

Fora seguido por um agente da alfândega. Ele me perdera de vista nas imediações da casa e desconfiara que passaria a noite ali; prevenira os camaradas e tinham chegado precisamente a tempo de ouvir o tiro de pistola e prender-me no meio de tais provas de culpabilidade que compreendi imediatamente que seria muito difícil fazer reconhecer a minha inocência.

Por isso, agarrei-me apenas a uma coisa: o meu primeiro pedido ao juiz de instrução foi para lhe solicitar que mandasse procurar por toda a parte um tal abade Busoni que naquele dia estivera na estalagem da Ponte-du--Gard. Se Caderousse inventara uma história e o abade não existisse, era evidente que me encontrava perdido, a não ser que Caderousse também fosse preso e confessasse tudo.

Passaram dois meses durante os quais, devo dizê-lo em louvor do meu juiz, todas as buscas foram feitas para encontrar aquele que eu reclamava. Já perdera toda a esperança. Caderousse não fora apanhado. Ia ser julgado na primeira audiência, quando, em 8 de setembro, isto é, três meses e cinco dias depois do sucedido, o abade Busoni pelo qual já não esperava, se apresentou na cadeia dizendo que soubera que um recluso lhe desejava falar. Recebera a notícia em Marselha, disse, e apressara-se a satisfazer o meu desejo.

Compreende decerto com que alvoroço o recebi; contei-lhe tudo de que fora testemunha e referi-me, temeroso, à história do diamante; contra a minha expectativa, era verdadeira de ponta a ponta, e também totalmente contra a minha expectativa, acreditou plenamente em tudo o que lhe disse. Foi então que, levado pela sua doce caridade, reconhecendo nele um profundo conhecimento dos costumes da minha terra e pensando que o perdão do único crime que cometera talvez pudesse sair dos seus lábios tão caridosos, lhe contei, sob segredo de confissão, a aventura de Auteuil em todos os seus pormenores. O que fizera por impulso obteve o mesmo resultado que obteria se o fizesse por cálculo; a confissão do primeiro assassinato, que nada me obrigava a revelar-lhe, provou-lhe que não cometera o segundo, e quando me deixou, ordenou-me que esperasse e prometeu-me fazer tudo o que estivesse ao seu alcance para convencer os juízes da minha inocência.

Tive a prova de que efetivamente se ocupara de mim quando vi a minha prisão suavizar-se gradualmente e soube que esperavam para me julgar aquelas audiências que se seguiriam às que estavam em curso.

Nesse intervalo, a Providência permitiu que Caderousse fosse preso no estrangeiro e trazido para a França. Confessou tudo, mas lançou a premeditação e sobretudo a instigação para cima da mulher. Condenaram-no à prisão perpétua nas galés e a mim puseram-me em liberdade.

– E foi então – disse Monte Cristo – que me procurou, munido de uma carta do abade Busoni?

– Foi, Excelência. Ele tomara por mim um interesse visível. – A sua condição de contrabandista vai levá-lo à perdição – disse-me. – Se conseguir sair daqui, deixe-a.

– Mas, senhor abade, de que maneira quer que eu viva e sustente a minha pobre irmã?

– Um dos meus penitentes – ele me respondeu – tem uma grande estima por mim e encarregou-me de lhe arranjar um homem de confiança. Quer ser esse homem? Recomendá-lo-ei.

– Oh, senhor abade, que bondade a sua! – exclamei.

– Mas jura-me que nunca terei de me arrepender?

Estendi a mão para jurar.

– Não precisa – disse ele. – Conheço os corsos e gosto deles. Aqui está a minha recomendação.

E escreveu aquelas linhas que entreguei ao senhor conde e mediante as quais Vossa Excelência teve a bondade de me tomar ao seu serviço. Agora, pergunto com orgulho a Vossa Excelência: alguma vez teve razão para se queixar de mim?

– Não – respondeu o conde. – E, confesso-o com prazer, tem sido um bom servidor, Bertuccio, embora lhe falte confiança.

– A mim, senhor conde?!

– Sim. Como é possível que tenha uma irmã e um filho adotivo e nunca tenha me falado de uma nem de outro?

– Porque, infelizmente, Excelência, ainda me falta lhe contar a parte mais triste da minha vida. Parti para a Córsega. Tinha pressa, como deve compreender, de tornar a ver e confortar a minha pobre irmã. Mas quando cheguei a Rogliano encontrei a casa de luto; houvera uma cena terrível, de que os vizinhos ainda hoje se recordam! A minha pobre irmã, segundo os meus conselhos, resistia às exigências de Benedetto, que a cada instante queria que ela lhe desse todo o dinheiro que houvesse em casa. Uma manhã, ele a ameaçou e desapareceu durante todo o dia. Ela chorou, porque a querida Assunta tinha para o miserável um coração de mãe. Quando anoiteceu, esperou-o sem se deitar. Às onze horas, quando ele regressou com dois dos seus amigos, companheiros habituais de todas as suas loucuras, ela estendeu-lhe os braços. Mas eles a dominaram e um dos três – receio que aquele infernal rapaz –, um dos três gritou:

– Vamos direto ao assunto, e é bom que ela se resolva dizer onde está o dinheiro.

Precisamente naquele dia, o vizinho Wasilio estava em Bastia: sua mulher ficara sozinha em casa. Ninguém, exceto ela, poderia ver ou ouvir o que se passasse em casa da minha irmã. Dois seguraram a pobre Assunta, que, não acreditando na possibilidade de semelhante crime, sorria aos que iam ser seus carrascos; o terceiro foi armar barricadas nas portas e janelas, voltou e todos os três juntos, abafando os gritos de terror que aqueles preparativos mais sérios lhe arrancavam, aproximaram os pés de Assunta do braseiro com que contavam para a obrigar a dizer onde escondera o nosso pequeno tesouro; mas na luta o fogo alastrou-se para as roupas dela e eles largaram-na para não se queimarem a si próprios. Envolta em chamas, ela correu para a porta, mas a porta estava fechada.

Atirou-se à janela; mas a janela encontrava-se barricada. Então, a vizinha ouviu gritos horríveis; era Assunta, que pedia socorro. Mas a sua voz não tardou a ser abafada; os gritos transformaram-se em gemidos, e no dia seguinte, depois de uma noite de terror e angústia, quando a mulher de Wasilio se atreveu a sair de casa e mandou abrir a porta da nossa com autorização do juiz, Assunta foi encontrada meio queimada, mas respirando ainda, os armários arrombados e o dinheiro desaparecido. Quanto a Benedetto, deixara Rogliano para não mais voltar. Nunca mais o vi desde esse dia e nem sequer ouvi falar dele.

Foi – retomou Bertuccio – depois de saber dessas tristes notícias que procurei Vossa Excelência. Já não tinha de lhe falar de Benedetto, que desaparecera, nem da minha irmã, posto que ela havia morrido.

– E que pensou desse acontecimento? – perguntou Monte Cristo.

– Que era o castigo do crime que eu cometera – respondeu Bertuccio. – Ah, esses Villefort eram uma raça maldita!

– Também me parece – murmurou o conde, em tom lúgubre.

– E agora – retomou Bertuccio –, Vossa Excelência compreende, não é verdade, por que motivo essa casa, que não tornei a ver desde então, esse jardim, onde me encontrei de súbito, e esse lugar, onde matei um homem, me causaram as sombrias emoções cuja origem o senhor desejou conhecer. Porque, enfim, não tenho a certeza de que diante de mim, aí, a meus pés, o senhor de Villefort não esteja deitado na cova que abrira para o filho.

– Com efeito, tudo é possível – disse Monte Cristo, levantando-se do banco onde estava sentado. – Até – acrescentou baixinho – que o procurador do rei não tenha morrido. O abade Busoni fez bem em mandá--lo ter comigo e o senhor fez bem em me contar a sua história, pois assim não terei maus pensamentos a seu respeito. Quanto ao malfadado Benedetto, nunca procurou encontrar-lhe o rastro? Nunca tentou saber que fora feito dele?

– Nunca. Se soubesse onde estava, em vez de ir ter com ele fugiria como se foge de um monstro. Não, felizmente nunca mais ouvi falar dele. Espero que esteja morto.

– Não espere, Bertuccio – disse o conde. – Os maus não morrem assim, pois Deus parece tomá-los sob a sua proteção para os tornar instrumento das suas vinganças.

– Pois seja – disse Bertuccio. – Tudo o que peço ao céu é nunca mais tornar a vê-lo. Agora – continuou o intendente, baixando a cabeça –, sabe tudo, senhor conde, e é o meu juiz cá embaixo, como Deus o será lá em cima. Não me dirá algumas palavras de consolação?

– Tem razão, e posso dizer-lhe o que lhe diria o abade Busoni: aquele que abateu esse Villefort, merecia ser castigado pelo que lhe fizera e talvez por outra coisa ainda. Benedetto, se vive, servirá, como lhe disse, para alguma vingança divina e depois será castigado por sua vez. Quanto ao senhor, só tem na realidade uma coisa a censurar-se: pergunte a si mesmo por que motivo, depois de arrancar a criança à morte, a não entregou à mãe; é esse o crime, Bertuccio.

– Sim, senhor, foi esse o crime, o verdadeiro crime, porque nisso eu fui como um covarde. Uma vez que conseguira trazer a criança à vida, só tinha uma coisa a fazer, como o senhor disse, era restituí-la à mãe. Mas para isso teria de fazer indagações, de chamar a atenção, de me entregar, talvez. Ora, eu não quis morrer, tinha amor à vida pela minha cunhada, pelo amor-próprio inato entre nós de ficarmos inteiros e vitoriosos na nossa vingança. E talvez me agarrasse à vida simplesmente por amor à própria vida. Oh, eu não sou um bravo como era o meu pobre irmão!

Bertuccio escondeu o rosto nas mãos e Monte Cristo pousou nele um longo e indefinível olhar.

Em seguida, depois de um instante de silêncio, tornado ainda mais solene devido à hora e ao local:

– Para terminarmos dignamente essa conversa, que será a última acerca das suas aventuras, senhor Bertuccio – disse o conde, num tom de melancolia que lhe não era habitual –, guarde bem as minhas palavras, que ouvi muitas vezes serem proferidas pelo próprio abade Busoni; para todos os males há dois remédios: o tempo e o silêncio. Agora, senhor Bertuccio, deixe-me passear um instante neste jardim. O que é para o senhor uma emoção pungente, por ter sido ator nessa terrível cena, será para mim uma sensação quase agradável e que dará um duplo valor a esta propriedade. As árvores, como vê, senhor Bertuccio, só agradam porque dão sombra, e a própria sombra só agrada porque está cheia de sonhos e visões. Comprei um jardim julgando comprar um mero recinto murado e mais nada; e de repente o recinto revela-se um jardim cheio de fantasmas, de modo algum incluídos na escritura. Ora, eu gosto de fantasmas. Talvez porque nunca ouvi dizer que os mortos tenham feito tanto mal em seis mil anos como os vivos fazem num dia. Volte para casa, senhor Bertuccio, e vá dormir em paz. Se o seu confessor, no momento supremo, for menos indulgente do que foi o abade Busoni, mande me chamar, se eu for ainda deste mundo, e encontrarei para o senhor palavras que embalarão a sua alma quando estiver prestes a pôr-se a caminho para fazer essa árdua viagem chamada eternidade.

Bertuccio inclinou-se respeitosamente diante do conde e retirou-se, suspirando.

Monte Cristo ficou só. Deu quatro passos à frente e murmurou:

– Aqui, perto desse plátano, a cova onde a criança foi depositada; lá adiante, a pequena porta por onde se entrava no jardim, àquele canto, a escada oculta que leva ao quarto. Parece-me que não necessito anotar tudo isso, pois tenho diante dos meus olhos, à minha volta e debaixo dos meus pés, a planta em relevo, a planta viva.

Depois de uma última volta pelo jardim, o conde dirigiu-se para a carruagem. Bertuccio, que o via devanear, subiu sem dizer nada para o lugar ao lado do cocheiro.

O conde de Monte Cristo – Tomo 2

A carruagem retomou o caminho de Paris.

Naquela mesma noite, após chegar à casa dos Champs-Élysées, o conde de Monte Cristo visitou todo o edifício como o faria um homem familiarizado com ele há longos anos; nem uma só vez, embora fosse à frente, abriu uma porta por outra ou tomou por uma escada ou por um corredor que não o levasse diretamente aonde contava ir. Ali acompanhava-o na sua revista noturna. O conde deu a Bertuccio várias ordens com vista ao embelezamento ou à nova arrumação da casa e, puxando do relógio, disse ao atento núbio:

– São onze e meia. Haydée não deve tardar. As mulheres francesas estão avisadas?

Ali estendeu a mão para os aposentos destinados à bela grega, de tal forma isolados que, ocultando a porta com uma tapeçaria, se podia visitar toda a casa sem suspeitar que havia ali uma sala e dois quartos habitados. Ali, digamos, estendeu a mão para os aposentos, fez o número três com os dedos da mão esquerda e, apoiando a cabeça nessa mesma mão, depois de aberta, fechou os olhos como se dormisse.

– Ah! – exclamou o conde de Monte Cristo, habituado àquela linguagem. – São três e estão à espera no quarto, não é?

– Sim – respondeu Ali, movendo a cabeça para cima e para baixo.

– A senhora deve vir cansada esta noite – continuou Monte Cristo, e sem dúvida quererá dormir. Que não a façam falar. As criadas francesas devem cumprimentar apenas a sua nova ama e retirar-se. Você providenciará para que a criada grega não se comunique com as criadas francesas.

Ali inclinou-se.

Pouco depois, ouviu-se chamar o zelador; o portão se abriu, uma carruagem rodou na alameda e deteve-se diante da escadaria. O conde desceu; a portinhola já estava aberta. Estendeu a mão a uma mulher jovem, envolta num manto de seda verde, todo bordado a ouro, que lhe cobria a cabeça.

A jovem pegou na mão que lhe estendiam e beijou-a com certo amor eivado de respeito. Trocaram algumas palavras, ternamente da parte da jovem e com meiga gravidade da parte do conde, na língua sonora que o velho Homero pôs na boca dos seus deuses.

Em seguida, precedida por Ali, que levava uma tocha de cera cor-de--rosa, a jovem, que não era outra senão a bela grega, companheira habitual de Monte Cristo na Itália, foi conduzida aos seus aposentos e o conde retirou-se para o pavilhão que reservara para si.

À meia-noite e meia, todas as luzes estavam apagadas na casa e dir-se--ia que todos dormiam.

O CRÉDITO ILIMITADO

No dia seguinte, por volta das duas horas da tarde, uma caleça puxada por dois magníficos cavalos ingleses parou diante da porta de Monte Cristo. Um homem de casaca azul, com botões de seda da mesma cor, colete branco atravessado por enorme corrente de ouro e calças cor de avelã, com cabelo tão preto e projetado até tão perto das sobrancelhas que se hesitaria em julgá-lo natural, de tal forma parecia pouco em harmonia com aquele das ondulações inferiores, que não conseguia ocultar. Um homem, enfim, de cinquenta a cinquenta e cinco anos e que procurava aparentar quarenta meteu a cabeça pela portinhola de um corte no painel onde se via pintada uma coroa de barão, e mandou o mensageiro perguntar ao porteiro se o conde de Monte Cristo estava em casa.

Enquanto esperava, o homem observava com uma atenção tão minuciosa que se tornava quase impertinente o exterior da casa, o que se podia distinguir do jardim e a libré de alguns criados que se via ir e vir. O olhar desse homem era vivo, mas mais astuto que espiritual. Seus lábios eram tão delgados que em vez de projetarem da boca entravam nela. Finalmente, a largura e a proeminência das maçãs do rosto, sinal infalível de astúcia, a depressão da testa e a intumescência do occipital, que ultrapassava muito as grandes orelhas nada aristocráticas, contribuíam para dar, na visão de qualquer fisionomista, um caráter quase repelente à figura dessa personagem muito recomendável aos olhos do vulgo, pelo seu cabelo magnífico, pelo enorme diamante que trazia na camisa e pela fita vermelha que se estendia de uma botoeira à outra da casaca.

O mensageiro bateu no postigo do porteiro e perguntou:

– É aqui que mora o senhor conde de Monte Cristo?

– Sim, é aqui que mora Sua Excelência – respondeu o porteiro. – Mas... – consultou Ali com o olhar.

Ali fez um sinal negativo.

– Mas? – insistiu o mensageiro.

– Mas Sua Excelência não está disponível para receber – respondeu o porteiro.

– Nesse caso, aqui está o cartão do meu amo, o senhor barão Danglars. Entregue-o ao conde de Monte Cristo e diga-lhe que ao ir para a Câmara o meu amo se desviou do caminho para ter a honra de vê-lo.

– Eu não falo com Sua Excelência – retorquiu o porteiro –, mas o criado de quarto dar-lhe-á o recado.

O mensageiro voltou para o veículo.

– Então? – perguntou Danglars.

O rapaz, muito envergonhado devido à lição que acabava de receber, transmitiu ao amo a resposta que lhe dera o porteiro.

– Ora essa! – exclamou Danglars. – É algum príncipe esse cavalheiro a quem tratam por Excelência e a quem só o criado de quarto tem o direito de falar? Não faz mal, como tem um crédito comigo, vê-lo-ei quando precisar de dinheiro!

E Danglars recostou-se no fundo do veículo, depois de gritar ao cocheiro, de forma que se pudesse ouvir do outro lado da rua:

– Para a Câmara dos Deputados!

Através de uma gelosia de seu pavilhão, Monte Cristo, prevenido a tempo, vira e estudara o barão com o auxílio de um excelente binóculo com não menos atenção do que o senhor Danglars pusera na análise da casa, do jardim e das librés.

– Decididamente – murmurou com uma expressão de repugnância, guardando o binóculo no seu estojo de marfim –, decididamente aquele homem é uma criatura horrível. Como é possível não reconhecer nele, desde a primeira vez que alguém o vê, a serpente de cabeça achatada, o abutre de crânio abaulado e o bútio de bico cortante?

Ali! – gritou, e depois bateu numa campainha de cobre. Ali apareceu. – Chame Bertuccio – ordenou-lhe.

No mesmo momento, Bertuccio entrou...

– Vossa Excelência estava mandando me chamar? – perguntou o intendente.

– Sim, senhor – respondeu o conde. – Viu os cavalos que há pouco pararam diante da minha porta?

– Decerto, Excelência. São mesmo muito bonitos.

– Como é possível – prosseguiu Monte Cristo, franzindo a sobrancelha – que depois de lhe pedir que me arranjasse os dois mais belos cavalos de Paris haja em Paris dois cavalos tão bonitos como os meus e que esses cavalos não estejam nas minhas cavalariças?

Perante o sobrolho franzido e o tom severo daquela voz, Ali baixou a cabeça e empalideceu.

– A culpa não é sua, meu bom Ali – disse o conde em árabe, com uma doçura que se não julgaria poder encontrar nem na sua voz, nem no seu rosto. – Você não sabe nada sobre cavalos ingleses.

A serenidade reapareceu no rosto de Ali.

– Senhor conde – disse Bertuccio –, os cavalos a que se refere não estavam à venda.

Monte Cristo encolheu os ombros:

– Fique sabendo, senhor intendente, que tudo está sempre à venda para quem pode pagar o preço.

– O senhor Danglars pagou por eles dezesseis mil francos, senhor conde.

– Nesse caso, era oferecer-lhe trinta e dois mil. É banqueiro e um banqueiro nunca perde a oportunidade de duplicar o seu capital.

– O senhor conde fala a sério? – perguntou Bertuccio.

Monte Cristo fitou o intendente como um homem surpreendido por se atreverem a interrogá-lo.

– Esta tarde vou fazer uma visita. Quero que esses dois cavalos estejam atrelados à minha carruagem com um arreio novo.

Bertuccio cumprimentou e retirou-se. Mas parou ao pé da porta para perguntar:

– A que horas Vossa Excelência conta fazer essa visita?

– Às cinco horas – respondeu Monte Cristo.

– Permito-me lembrar Vossa Excelência que já são duas horas – arriscou o intendente.

– Bem sei – limitou-se a responder Monte Cristo. Depois, virando-se para Ali:

– Faça com que passem todos os cavalos diante da senhora para que escolha a parelha que mais lhe agradar e peça-lhe que me mande dizer se quer jantar comigo. Nesse caso, o jantar será servido nos seus aposentos. Vá. Quando descer, mande-me o meu criado de quarto.

Ali acabava de desaparecer quando o criado de quarto entrou por seu turno.

– Senhor Baptistin – disse-lhe o conde –, há um ano que está ao meu serviço; é o tempo de experiência que imponho habitualmente ao meu pessoal. O senhor me serve.

Baptistin inclinou-se.

– Resta saber se eu lhe sirvo.

– Oh, senhor conde! – apressou-se a dizer Baptistin.

– Ouça-me até o fim – prosseguiu o conde. – O senhor ganha por ano mil e quinhentos francos, isto é, o soldo de um bom e bravo oficial que arrisca todos os dias a vida, e tem uma mesa que muitos chefes de repartição, pobres servidores infinitamente mais ocupados que o senhor, lhe invejariam. Criado, tem o senhor mesmo criados que lhe cuidam da roupa

O CONDE DE MONTE CRISTO – TOMO 2

e das suas coisas. Além dos seus mil e quinhentos francos de ordenado, o senhor rouba-me, nas compras que faz para minha toalete, mais cerca de mil e quinhentos francos por ano.

– Oh, Excelência!

– Não me queixo disso, senhor Baptistin; é razoável; no entanto, desejo que as coisas fiquem por aí. O senhor não arranjaria em parte alguma um lugar como este que a sua boa fortuna lhe proporcionou. Nunca bato no meu pessoal, nunca praguejo, nunca me encolerizo, perdoo sempre um erro, mas nunca uma negligência ou um esquecimento. As minhas ordens são habitualmente curtas, mas claras e precisas; prefiro repeti-las duas vezes, e até três, a vê-las mal interpretadas. Sou bastante rico para saber tudo o que quero saber, e sou muito curioso, previno-o. Se souber, portanto, que falou a meu respeito bem ou mal, comentou os meus atos ou vigiou a minha conduta, sairá da minha casa imediatamente. Nunca advirto os meus criados mais que uma vez. Está avisado, pode ir!

Baptistin inclinou-se e deu três ou quatro passos para se retirar.

– A propósito – prosseguiu o conde –, esquecia-me de dizer que todos os anos deposito determinada importância em nome do meu pessoal. Aqueles que despeço perdem necessariamente esse dinheiro, que é direcionado para os que ficam, os quais terão direito a ele depois da minha morte. Está comigo há um ano, a sua fortuna começou, dê-lhe sequência.

Essa alocução feita diante de Ali, que permanecia impassível, tendo em vista que não entendia uma palavra de francês, produziu no senhor Baptistin um efeito que compreenderão todos aqueles que estudaram a psicologia do criado francês.

– Tentarei corresponder em todos os aspectos aos desejos de Vossa Excelência – disse ele. – Aliás, eu me modelarei no senhor Ali.

– Oh, de modo nenhum! – retorquiu o conde, com uma frieza de mármore. – Ali tem muitos defeitos misturados com suas qualidades. Não siga, portanto, o seu exemplo, porque Ali é uma exceção. Não tem salário, não é um criado, é o meu escravo, o meu cão. Se faltasse ao seu dever, não o despediria, matava-o.

Baptistin arregalou os olhos.

– Duvida? – perguntou Monte Cristo.

E repetiu a Ali as mesmas palavras que acabava de dizer em francês a Baptistin.

Ali ouviu, sorriu, aproximou-se do amo, pôs um joelho no chão e beijou-lhe respeitosamente a mão.

Esse pequeno corolário da lição levou ao cúmulo a estupefação do senhor Baptistin.

O conde fez sinal a Baptistin para sair e a Ali para o seguir. Ambos passaram ao gabinete do conde, onde conversaram demoradamente.

Às cinco horas, o conde tocou três vezes sua campainha. Um toque chamava Ali, dois toques, Baptistin, e três toques, Bertuccio.

O intendente entrou.

– Os meus cavalos! – disse Monte Cristo.

– Estão atrelados à carruagem, Excelência – respondeu Bertuccio. – Devo acompanhar o senhor conde?

– Não, apenas o cocheiro, Baptistin e Ali.

O conde desceu e encontrou atrelados à sua carruagem, os cavalos que admirara de manhã na caleça de Danglars.

Ao passar por eles, deitou-lhe uma olhadela.

– São lindos, de fato – disse –, e fez bem em comprá-los. Só que foi um pouco tarde.

– Excelência – disse Bertuccio –, tive bastante dificuldade para os conseguir e ficaram muito caros.

– São por isso menos belos? – perguntou o conde de Monte Cristo, encolhendo os ombros.

– Se Vossa Excelência está satisfeita – disse Bertuccio –, tudo está bem. Aonde vai Vossa Excelência?

– À Rue de la Chaussée-d'Antin, na casa do senhor barão Danglars.

Essa conversa acontecia no alto da escada. Bertuccio deu um passo para descer o primeiro degrau.

– Espere, senhor – disse Monte Cristo, detendo-o. – Preciso de um terreno à beira-mar, na Normandia, por exemplo, entre o Havre e Bolonha. Dou-lhe margem para trabalhar, como vê. Conviria que o terreno tivesse um pequeno porto, uma pequena enseada, uma pequena baía, onde pudesse entrar e ficar a minha corveta, que não precisa de mais de quatro metros e meio de água. O navio estará sempre pronto a fazer-se ao mar, a qualquer hora do dia ou da noite que lhe dê ordem para isso. Informe-se junto de todos os tabeliães de uma propriedade nas condições que lhe disse. Quando souber de alguma, irá vê-la, e se lhe agradar, comprá-la-á em seu nome. A corveta deve estar a caminho de Fécamp, não é verdade?

– Na mesma noite em que deixamos Marselha, eu a vi partir.

– E o iate?

– O iate tem ordem para permanecer em Martigues.

– Bem! Você vai se corresponder de vez em quando com os dois chefes para que não adormeçam.

– E quanto ao navio a vapor?

– O que está em Châlons?

– Sim.

– As mesmas ordens que para os dois navios a vela.

– Muito bem!

– Assim que comprar essa propriedade, terei postos de muda de dez em dez léguas na estrada norte e na estrada do Sul da França.

– Vossa Excelência pode contar comigo.

O conde fez um sinal de satisfação, desceu os degraus e entrou na carruagem, a qual, levada pelo trote da magnífica parelha, só parou diante do palácio do banqueiro.

Danglars presidia uma reunião da comissão nomeada para uma estrada de ferro quando lhe anunciaram a visita do conde de Monte Cristo. A reunião, diga-se de passagem, estava terminando.

Ao ouvir o nome do conde, levantou-se.

– Senhores – disse ele, dirigindo-se aos colegas, muitos dos quais eram ilustres membros de uma ou de outra Câmara –, perdoem-me deixá-los assim, mas imaginem que a casa Thomson e French, de Roma, me recomenda um certo conde de Monte Cristo, concedendo a ele um crédito ilimitado. Essa foi a brincadeira mais inusitada que meus correspondentes do estrangeiro se permitiram em relação a mim. Os senhores hão de entender que a curiosidade me prendeu e me prende ainda; passei nesta manhã pela casa do pretenso conde. Se ele fosse realmente um conde, sabem bem os senhores que não seria tão rico. O cavalheiro não está recebendo. O que lhes parece? Não acham que são ares de alteza ou de mulher bonita que o senhor Monte Cristo se dá? Além disso, a casa, localizada nos Champs-Élysées, e que pertence a ele, eu me informei, me parece em ordem. Mas um crédito ilimitado – prosseguiu Danglars rindo com seu sorriso cheio de vilania – torna bem exigente o banqueiro junto a quem o crédito é aberto. Por isso, tenho pressa de ver nosso homem. Julgo-me ludibriado. Mas não sabem com quem estão lidando; ri melhor quem ri por último.

Terminando de dizer essas palavras e dando-lhes uma ênfase que dilatou as narinas do senhor barão, este deixou seus hóspedes e passou para um salão branco e dourado, famoso na Chaussée-d'Antin.

Tinha sido para lá que ordenara que levassem o visitante, para assim poder impressioná-lo logo de início.

O conde estava em pé, examinando algumas cópias de Albane e de Fattore que tinham sido impingidas ao banqueiro como originais e que, por serem cópias, destoavam de modo gritante das chicórias douradas de todas as cores que guarneciam o teto.

Ao ruído que Danglars fez ao entrar, o conde virou-se.

Danglars o cumprimentou com uma leve inclinação de cabeça e fez sinal ao conde para se sentar numa poltrona de madeira dourada estofada de cetim branco, bordada com fios dourados.

O conde se sentou.

– Tenho a honra de falar com o senhor de Monte Cristo?

– E eu – respondeu o conde – com o barão Danglars, cavaleiro da Legião de Honra, membro da Câmara dos Deputados?

O CONDE DE MONTE CRISTO – TOMO 2

Monte Cristo repetia todos os títulos que havia encontrado no cartão de visitas do barão.

Danglars sentiu a estocada e mordeu os lábios.

– Desculpe-me, senhor – disse ele –, por não lhe ter dado de início o título com que me fora anunciado; mas, como sabe, vivemos sob um governo popular e sou um representante dos interesses do povo.

– De modo que – respondeu Monte Cristo – embora mantendo o hábito de se fazer chamar de barão, o senhor perdeu o de chamar os outros de conde.

– Ah, nem sequer me importo, senhor – disse negligentemente Danglars. – Nomearam-me barão e cavaleiro da Legião de Honra por alguns serviços prestados, mas...

– Mas abdicou dos seus títulos, como fizeram outrora o senhor de Montmorency e de Lafayette? Um bom exemplo a seguir, senhor.

– Não totalmente – redarguiu Danglars embaraçado. – Para os empregados, o senhor entende...

– Sim, para seu pessoal, o senhor é fidalgo; para os jornalistas, senhor; e para os eleitores, cidadão. Essas são nuances muito aplicáveis ao governo constitucional. Entendo perfeitamente.

Danglars apertou os lábios; viu que, naquele terreno, não era páreo para Monte Cristo, por isso tentou voltar para um campo que lhe era mais familiar.

– Senhor conde – disse ele, inclinando-se –, recebi uma carta de recomendação da Casa Thomson e French.

– Estou encantado, senhor barão, permita-me que o trate como o trata seu pessoal; é um mau hábito adquirido nos países onde ainda há barões, precisamente porque já não se fazem mais. Estou encantado, não precisarei me apresentar, o que é sempre bastante embaraçoso. Quer dizer, então, que recebeu uma carta de recomendação?

– Sim – disse Danglars –, mas confesso que de fato não entendi perfeitamente o teor.

– Bah!

– E tive a honra de passar por sua casa para lhe pedir algumas explicações.

– Faça-o, senhor, aqui estou eu, pronto para ouvi-lo.

– Essa carta – disse Danglars –, eu a tenho comigo, acho. (Ele procurou no bolso.) – Sim, aqui está. – Ela lhe concede um crédito ilimitado no meu estabelecimento.

– Bem, senhor barão, o que vê de obscuro nisso?

– Nada, senhor, só a palavra *ilimitado*...

– Bem, essa palavra não é francesa? O senhor entende, são anglo-alemães que escrevem.

– Oh, certamente, senhor, e, no tocante à sintaxe não há nada a reparar, mas não se pode dizer a mesma coisa no que concerne à contabilidade.

– Em sua opinião, a casa Thomson e French não é perfeitamente segura, senhor barão? – perguntou Monte Cristo com o ar mais ingênuo possível. – Diabos, isso me contrariaria, porque tenho algum dinheiro aplicado nela.

– Ah, perfeitamente segura – respondeu Danglars com um sorriso quase zombeteiro. – Mas o sentido da palavra *ilimitado*, em matéria de finanças, é tão vago...

– Que é ilimitado, não é? – disse Monte Cristo.

– Foi justamente isso que quis dizer, senhor. Ora, o vago é a dúvida. E, como diz o sábio, em caso de dúvida, abstenha-se.

– O que significa – disse Monte Cristo – que se a casa Thomson e French está disposta a fazer loucuras, a casa Danglars não tem de seguir esse exemplo.

– Como assim, senhor conde?

– Sim, sem dúvida, os senhores Thomson e French fazem os negócios sem limites, mas o senhor Danglars tem os seus; é um homem sábio, como dizia há pouco.

– Senhor – respondeu o banqueiro, orgulhoso –, ninguém ainda reclamou da minha tesouraria.

– Então – respondeu friamente Monte Cristo –, parece que serei eu o primeiro.

– O que o faz dizer isso?

O conde de Monte Cristo – Tomo 2

– As explicações que o senhor me pede, senhor, e que parecem muito com hesitações.

Danglars mordeu os lábios; pela segunda vez, ele era derrotado por aquele homem, e agora em seu próprio campo. Sua cortesia zombeteira era apenas fingimento, e beirava aquele extremo tão próximo a ela que é a impertinência.

Monte Cristo, ao contrário, sorria com a maior boa vontade do mundo e, quando queria, assumia um certo ar ingênuo que o colocava em grande vantagem.

– Enfim, senhor – disse Danglars depois de um momento de silêncio –, vou tentar me fazer entender, pedindo-lhe para determinar o senhor mesmo a soma que planeja pegar em meu estabelecimento.

– Mas, senhor – redarguiu Monte Cristo, decidido a não perder um centímetro no terreno da discussão –, quando se falou de crédito ilimitado foi porque eu não sabia de quanto dinheiro precisava.

O banqueiro achou que finalmente era chegado o momento de assumir o controle; virou-se na cadeira e com um sorriso pesado e orgulhoso, disse:

– Oh, senhor – disse ele –, não tenha medo de desejar. O senhor pode ter certeza de que o capital da casa Danglars, por mais limitado que seja, é capaz de satisfazer as mais amplas exigências, e que o senhor poderia pedir um milhão...

– Como? – falou Monte Cristo.

– Eu disse um milhão – repetiu Danglars, com a ousadia da estupidez.

– E o que eu faria com um milhão? – disse o conde. – Bom Deus! Senhor, se eu precisasse de um milhão, não pediria para que me abrissem um crédito para uma ninharia como essa. Um milhão?! Eu sempre tenho um milhão na carteira ou na bolsa de viagem.

E o conde de Monte Cristo sacou um pequeno volume onde estavam seus cartões de visita, dois títulos do Tesouro de quinhentos mil francos cada, pagáveis ao portador.

Um homem como Danglars era preciso aniquilar e não ferir. O soco no estômago fez efeito: o banqueiro cambaleou e ficou tonto; abriu para Monte Cristo dois olhos esbugalhados, cujas pupilas se dilataram horrivelmente.

ALEXANDRE DUMAS

– Vamos, admita – disse Monte Cristo –, que o senhor desconfia da casa Thomson e French. Meu Deus, é muito simples! Eu previ isso e, embora bastante estranho ao mundo dos negócios, tomei minhas precauções. Por isso, aqui estão duas outras cartas iguais àquela que lhe foi endereçada. Uma é para a casa Arestein e Eskoles de Vienne, dirigida ao senhor barão de Rothschild, a outra é endereçada à Casa Baring, de Londres, ao senhor Laffitte. Diga uma palavra, senhor, e eu lhe retirarei toda preocupação, apresentando-me em uma ou em outra dessas duas casas.

Estava feito, Danglars fora derrotado. Ele abriu com um tremor visível a carta da Alemanha e a carta de Londres, que o conde lhe estendia com a ponta dos dedos, verificou a autenticidade das assinaturas com uma minúcia que teria sido um insulto para Monte Cristo, se ele não tivesse percebido a perplexidade do banqueiro.

– Oh, senhor, aqui estão três assinaturas que valem uns bons milhões – disse Danglars ao levantar-se, como que para saudar o poder do ouro personificado naquele homem que ele tinha à sua frente. – Três créditos ilimitados! Perdoe-me, senhor conde, mas mesmo sem sermos desconfiados, podemos ficar surpresos.

– Ah, uma casa como a sua não se surpreenderia assim! – disse Monte Cristo com toda a polidez. – O senhor pode então me enviar algum dinheiro, não é?

– Diga, senhor conde, estou às suas ordens.

– Bem – retomou Monte Cristo –, agora que nos entendemos, pois nos entendemos, não é?

Danglars fez um sinal afirmativo de cabeça.

– E o senhor não tem mais nenhuma desconfiança? – continuou Monte Cristo.

– Oh, senhor conde – exclamou o banqueiro –, nunca tive.

– Não, o senhor queria uma prova, eis tudo. Pois bem – repetiu o conde –, agora que nos entendemos, agora que já não tem nenhuma desconfiança, fixemos, se o senhor concordar, uma quantia geral para o primeiro ano, seis milhões, por exemplo.

O conde de Monte Cristo – Tomo 2

– Seis milhões, que seja! – disse Danglars sufocado.

– Se eu precisar de mais – retomou de forma casual Monte Cristo –, poremos mais; mas só pretendo permanecer um ano na França e, durante esse ano, não acho que vá exceder essa quantia... Enfim, veremos... Por favor, para começar, peça que levem até mim quinhentos mil francos amanhã, estarei em casa até o meio-dia. – E aliás, se eu não estiver lá, deixarei um recibo com meu intendente.

– O dinheiro estará em sua casa amanhã às dez da manhã, senhor conde – respondeu Danglars. – O senhor quer ouro, cartas de crédito ou dinheiro em espécie?

– Metade em ouro e metade em cartas de crédito, por favor.

E o conde se levantou.

– Devo lhe confessar uma coisa, senhor conde – disse Danglars por sua vez. – Pensava ter uma noção exata sobre todas as belas fortunas da Europa, e, no entanto, confesso que a sua, que me parece considerável, me era completamente desconhecida; ela é recente?

– Não, senhor – respondeu Monte Cristo. – É pelo contrário, bastante antiga. Era uma espécie de tesouro de família no qual era proibido tocar e cujos juros acumulados triplicaram o capital; o prazo fixado pelo testamenteiro terminou há poucos anos, por isso é que usufruo dela há não muito tempo. Seu desconhecimento a esse respeito não tem nada de espantoso. De resto, o senhor a conhecerá melhor dentro de algum tempo.

E o conde acompanhou essas palavras com um daqueles sorrisos pálidos que inspiravam tanto medo a Franz d'Épinay.

– Com seus gostos e suas intenções, senhor – continuou Danglars –, o senhor vai desenvolver na capital um luxo que vai esmagar todos nós, pobres pequenos milionários. No entanto, como o senhor me parece amador, pois quando entrei o senhor olhava os meus quadros, peço permissão para lhe mostrar minha galeria. Todos quadros antigos, todos quadros de mestres reconhecidos como tal. Eu não gosto dos modernos.

– Tem razão, senhor, porque geralmente eles têm um grande defeito: o de ainda não terem tido tempo de se tornarem antigos.

– Posso lhe mostrar algumas estátuas de Thorwaldsen, de Bartoloni, de Canova, todos artistas estrangeiros, como pode perceber? Não aprecio os artistas franceses.

– O senhor tem o direito de ser injusto com eles, senhor, são seus compatriotas.

– Mas tudo isso será para mais tarde, quando tivermos nos conhecido melhor. Por hoje, eu me contentarei, se o senhor o permitir, em apresentá-lo à senhora baronesa Danglars. Perdoe minha pressa, senhor conde, mas um cliente como o senhor quase faz parte da família.

Monte Cristo inclinou-se, assinalando que aceitava a honra que o financista dispunha-se a lhe prestar.

Danglars tocou a sineta. Um lacaio, vestido de um uniforme resplandecente, apareceu.

– A senhora baronesa está em casa? – perguntou Danglars.

– Sim, barão – disse o lacaio.

– Sozinha?

– Não, a senhora tem visitas.

– Não será indiscreto apresentá-lo perante alguém, não é, senhor conde? Não faz questão de se manter incógnito?

– Não, senhor barão – disse sorrindo Monte Cristo. Eu não me atribuo esse direito.

– E quem está com a senhora? O senhor Debray? – perguntou Danglars com uma gentileza que fez Monte Cristo sorrir interiormente, já informado dos transparentes segredos da vida privada do financista.

– O senhor Debray, sim, senhor barão – respondeu o lacaio.

Danglars acenou com a cabeça.

Em seguida, virando-se para Monte Cristo:

– O senhor Lucien Debray – disse – é um antigo amigo nosso, secretário íntimo do ministro do Interior. Quanto à minha mulher, ela degenerou ao se casar comigo, porque pertence a uma família antiga, é uma senhora de Servières, viúva em primeiras núpcias do senhor coronel marquês de Nargonne.

O CONDE DE MONTE CRISTO – TOMO 2

– Não tenho a honra de conhecer a senhora Danglars, mas já conheço o senhor Lucien Debray.

– É mesmo? – disse Danglars. – Onde foi isso?

– Na casa do senhor de Morcerf.

– Ah, o senhor conhece o jovem visconde? – disse Danglars.

– Estivemos juntos em Roma na época do carnaval.

– Ah, sim – disse Danglars –, ouvi falar de algo como uma aventura singular com bandidos, ladrões dentro das ruínas. Escapou de lá miraculosamente. Penso que ele contou algo a esse respeito à minha mulher e à minha filha, quando voltou da Itália.

– A baronesa está à espera dos senhores – voltou a dizer o lacaio.

– Permita-me passar na sua frente para indicar o caminho – falou Danglars, acenando.

– E eu o sigo – disse Monte Cristo.

A PARELHA TORDILHA

O barão, seguido pelo conde, atravessou uma longa fila de cômodos notáveis pela suntuosidade pesada e pelo faustoso mau gosto, e chegou à alcova da senhora Danglars, uma pequena sala octogonal forrada de cetim rosa recoberto com musselina das Índias. As poltronas eram de madeira dourada e forradas com tecidos antigos. Na parte do alto das portas, representavam-se pastorais, no estilo Boucher. Finalmente, dois belos medalhões em tom pastel, em harmonia com o resto do mobiliário, faziam daquele pequeno quarto a única sala do palacete com certa personalidade. É verdade que ela tinha escapado ao plano geral estabelecido entre o senhor Danglars e o arquiteto, uma das maiores celebridades do Império, e também que a baronesa e Lucien Debray é que haviam se encarregado sozinhos da decoração do cômodo. Além disso, o senhor Danglars, grande admirador de antiguidades no estilo Diretório, menosprezava veementemente aquele elegante pequeno reduto, onde, de resto, em geral, só era admitido quando sua visita se justificasse por estar trazendo alguém. Portanto, não era na realidade Danglars quem apresentava, pelo contrário, era ele que era apresentado, e que era bem ou mal recebido, dependendo de a fisionomia do visitante ser agradável ou desagradável para a baronesa.

O CONDE DE MONTE CRISTO – TOMO 2

A senhora Danglars, cuja beleza ainda merecia ser comentada, apesar dos seus trinta e seis anos, estava ao piano, pequena obra-prima de marchetaria, enquanto Lucien Debray, sentado a uma mesa de trabalho, folheava um álbum.

Lucien já tinha tido tempo de contar à baronesa muitas coisas relativas ao conde, antes que este chegasse. Sabe-se quanto, durante o almoço na casa de Albert, Monte Cristo tinha causado uma impressão nos comensais. Essa impressão, por menor que fosse, ainda não estava apagada em Debray e as informações que ele tinha fornecido à baronesa sobre o conde tinham ecoado nela. A curiosidade da senhora Danglars, excitada pelos detalhes antigos vindo de Morcerf e pelos novos vindos de Lucien, chegava assim ao auge. Por isso, aquele arranjo de piano e de álbum era apenas um dos pequenos truques de sociedade com o auxílio dos quais se ocultam as mais fortes preocupações. Dessa forma, a baronesa recebeu o senhor Danglars com um sorriso, o que não era habitual de sua parte. Quanto ao conde, em resposta à saudação, fez uma cerimoniosa, mas ao mesmo tempo graciosa, reverência.

Lucien, por seu lado, trocou com o conde uma saudação de meio conhecimento, e com Danglars um gesto de intimidade.

– Senhora baronesa – disse Danglars –, permita-me apresentar-lhe o senhor conde de Monte Cristo, que foi enviado a mim pelos meus correspondentes de Roma com as melhores recomendações. Tenho apenas uma palavra a dizer a seu respeito e que vai em um instante torná-lo a sensação de todas as nossas belas damas. Ele vem a Paris com a intenção de ficar um ano e gastar seis milhões nesse período. O que prefigura uma série de bailes, de jantares, de *medianoches*, em que espero que o senhor conde não se esqueça de nós, tanto quanto nós mesmos não o esqueceremos nas nossas pequenas festas.

Embora a apresentação tivesse sido grosseiramente louvável, em geral era tão raro que um homem fosse a Paris para gastar em um ano a fortuna de um príncipe, que a senhora Danglars lançou ao conde um olhar não desprovido de algum interesse.

643

– Quando o senhor chegou? – perguntou a baronesa.

– Ontem de manhã.

– E, pelo que me disseram, o senhor vem do fim do mundo, o que parece ser seu hábito.

– De Cádiz desta vez, senhora, pura e simplesmente.

– Oh, o senhor chega em uma estação horrível. Paris é detestável no verão. Não há mais bailes, nem reuniões, nem festas. A ópera italiana está em Londres, a francesa está em toda parte, exceto em Paris. E quanto ao Théâtre-Français, o senhor sabe que ele não está em lugar nenhum. Resta-nos, portanto, como única distração, algumas infelizes corridas pelo Campo de Marte e em Satory. O senhor conde pensa participar das corridas?

– Eu, minha senhora – disse Monte Cristo –, farei tudo que se faz em Paris, se tiver a felicidade de encontrar alguém que me informe convenientemente sobre os hábitos franceses.

– Aprecia cavalos, senhor conde?

– Passei uma parte da minha vida no Oriente, senhora, e os orientais, como sabe, só apreciam duas coisas no mundo: a nobreza dos cavalos e a beleza das mulheres.

– Ah, senhor conde – disse a baronesa –, deveria ter tido o cavalheirismo de colocar as mulheres em primeiro lugar.

– Como vê, minha senhora, eu tinha razão quando há pouco desejei um preceptor que pudesse me guiar quanto aos hábitos franceses.

Foi quando a camareira favorita da baronesa Danglars entrou e, aproximando-se de sua senhora, segredou-lhe algumas palavras ao ouvido.

A senhora Danglars empalideceu.

– Impossível! – disse ela.

– Mas, no entanto, é a pura verdade, minha senhora – respondeu firmemente a camareira.

A senhora Danglars virou-se para o marido.

– Verdade, senhor?

– O que, senhora? – perguntou Danglars visivelmente agitado.

– O que aquela moça me diz...

O CONDE DE MONTE CRISTO – TOMO 2

– E o que ela está lhe dizendo?

– Que quando o meu cocheiro foi atrelar meus cavalos à minha carruagem não os encontrou na cavalariça. O que isso significa, lhe pergunto eu?

– Minha senhora, escute-me – disse Danglars.

– Oh, escuto-o, senhor, porque estou curiosa para saber o que vai me dizer! Farei desses senhores juízes entre nós e vou começar por lhes dizer o que se passa. Meus senhores – continuou a baronesa –, o senhor barão Danglars tem dez cavalos na cavalariça; entre esses dez cavalos há dois que são meus, cavalos encantadores, os mais belos cavalos de Paris. O senhor os conhece, senhor Debray, os meus tordilhos! Pois bem, no momento em que a senhora de Villefort me pede emprestada a minha carruagem, e eu a prometo para ir amanhã ao bosque, eis que dois cavalos desapareceram! O senhor Danglars deve ter ganhado alguns milhares de francos com eles e deve tê-los vendido. Oh, meu Deus, que raça maldita a dos especuladores!

– Minha senhora – respondeu Danglars –, os cavalos eram demasiado fogosos, tinham apenas quatro anos, eu morria de medo pela senhora.

– Ah, senhor – disse a baronesa –, bem sabe que tenho há mais de um mês a meu serviço o melhor cocheiro de Paris, a não ser que também o tenha vendido com os cavalos.

– Querida amiga, lhe arranjarei uns cavalos idênticos, ainda mais bonitos, se houver, mas cavalos sossegados, calmos e que me não inspirem semelhante terror.

A baronesa sacudiu os ombros com ar de profundo desprezo.

Danglars não pareceu notar esse gesto mais que conjugal e, virando-se para Monte Cristo:

– Na verdade, lamento não tê-lo conhecido mais cedo, senhor conde – disse. – Está montando sua casa?

– Claro que sim – respondeu o conde.

– Eu os teria oferecido ao senhor. Imagine que os dei por nada, mas, como lhe disse, queria me desfazer deles. São cavalos para rapazes.

– Agradeço-lhe, senhor – disse o conde –, comprei uns esta manhã, bastante bons e não demasiado caros. Olhe, veja-os, senhor Debray; creio que é apreciador.

Enquanto Debray ia na direção da janela, Danglars aproximou-se da mulher.

– Imagine, minha senhora – disse-lhe ele baixinho, que vieram me oferecer um preço exorbitante por esses cavalos. Eu não sei quem é o louco em vias de arruinar que me enviou esta manhã seu intendente, mas o fato é que ganhei dezesseis mil francos no negócio. Não se zangue comigo e eu lhe darei quatro mil, além de dois mil para Eugénie.

A senhora Danglars lançou um olhar esmagador para o marido.

– Oh, meu Deus! – gritou Debray.

– O que foi? – perguntou a baronesa.

– Mas não me engano, são os seus cavalos, exatamente os seus cavalos atrelados à carruagem do conde.

– Os meus tordilhos?! – gritou a senhora Danglars.

E correu para a janela.

– De fato, são eles – disse.

Danglars estava estupefato.

– Isso é possível? – disse Monte Cristo, fingindo estar surpreso.

– É incrível! – murmurou o banqueiro.

A baronesa disse duas palavras ao ouvido de Debray, que por sua vez se aproximou de Monte Cristo.

– A baronesa quer saber por quanto seu marido lhe vendeu sua parelha.

– Mas não sei bem – disse o conde –, é uma surpresa que meu intendente me fez e… que me custou trinta mil francos, acho eu.

Debray foi transmitir a resposta para a baronesa.

Danglars estava tão pálido e tão desconcertado que o conde pareceu ter pena dele.

– Veja – disse-lhe ele – como as mulheres são ingratas. Essa atenção da sua parte nem por um momento tocou a baronesa. Ingratas não é a palavra, eu deveria dizer loucas. Mas o que o senhor quer? Amamos o que

O conde de Monte Cristo – Tomo 2

é nocivo para nós. Também o mais aconselhável, acredite em mim, caro barão, é sempre deixá-las fazer o que lhes vem à cabeça. Se a quebrarem, ao menos só podem culpar a si mesmas.

Danglars nada respondeu, pois previa para um futuro próximo uma cena desastrosa. Já o sobrecenho da baronesa tinha se franzido, e, como o do Júpiter Olímpico, antecipava uma tempestade. Debray, que a sentiu se formando, pretextou um compromisso e partiu. Monte Cristo, que não queria estragar a posição que pretendia conquistar permanecendo por mais tempo, saudou a senhora Danglars e se retirou, deixando o barão entregue à ira da mulher.

– Bem – pensou Monte Cristo ao sair –, cheguei aonde queria chegar. Eis que tenho nas mãos a paz do casal e vou conquistar de uma só vez o coração do senhor e o coração da senhora. Que felicidade! Mas – acrescentou – nisso tudo não fui apresentado à senhorita Eugénie Danglars, que, no entanto, eu teria achado muito agradável conhecer. Mesmo assim – prosseguiu, com o sorriso que lhe era característico –, eis-nos em Paris e temos tempo à nossa frente… Ficará para mais tarde!…

Com esse pensamento, o conde entrou na carruagem e voltou para casa.

Duas horas depois, a senhora Danglars recebeu uma carta encantadora do conde de Monte Cristo, na qual ele lhe declarava que, não querendo começar seu início na sociedade parisiense levando ao desespero uma bonita mulher, implorava a ela que aceitasse seus cavalos de volta. Eles tinham o mesmo arreio que ela havia visto neles pela manhã, com a única diferença de que, no meio de cada roseta que traziam sobre a orelha, o conde mandara pregar um diamante.

Danglars também teve a sua carta. O conde lhe pedia permissão para oferecer à baronesa aquele capricho de milionário, implorando-lhe que desculpasse as maneiras orientais que acompanhavam a devolução dos cavalos. Durante a noite, Monte Cristo partiu para Auteuil, acompanhado de Ali.

No dia seguinte, por volta das três horas, Ali, chamado por um toque de campainha, entrou no gabinete do conde.

– Ali – ele lhe disse –, o senhor me falou de sua perícia com o laço.

Ali fez sinal de que sim com a cabeça e aprumou-se com orgulho.

– Tudo bem!... Assim, com o laço, o senhor pararia um boi?

Ali acenou que sim.

– Um tigre?

Ali fez o mesmo sinal.

– Um leão?

Ali fez o gesto de um homem que lança o laço e imita um rugido estrangulado.

– Certo! Eu entendo – disse Monte Cristo. – O senhor já caçou um leão?

Ali acenou com a cabeça, orgulhoso.

– Mas deteria dois cavalos em plena corrida?

Ali sorriu.

– Ótimo! Ouça – disse Monte Cristo. – Daqui a pouco passará uma carruagem puxada por dois cavalos tordilhos, os mesmos que eu tinha ontem. Ainda que tenha de se deixar esmagar, o senhor tem de parar essa carruagem diante da minha porta.

Ali, desceu à rua e traçou uma linha na calçada diante da porta. Depois, voltou para dentro de casa e mostrou a linha ao conde, que o seguira com os olhos.

O conde bateu suavemente no ombro de Ali: era sua maneira de lhe agradecer. Então, o núbio foi fumar seu chibuque na esquina da casa e da rua, enquanto Monte Cristo voltava para dentro despreocupado.

No entanto, por volta das cinco horas, ou seja, na hora em que o conde estava à espera da carruagem, seria possível ver aparecerem nele os sinais quase imperceptíveis de uma leve impaciência: andava pelo quarto que dava para a rua, esticando o ouvido a intervalos, e de vez em quando aproximando-se da janela pela qual ele via Ali soltando baforadas de tabaco com uma regularidade indicadora de que o núbio estava todo entregue àquela importante ocupação.

De repente, ouviu-se um ruído longínquo, mas que se aproximava com a velocidade de um relâmpago. Em seguida, uma carruagem cujo cocheiro

O conde de Monte Cristo – Tomo 2

tentava inutilmente conter os cavalos, que avançavam furiosos, eriçados, saltando com impulsos insensatos.

Na carruagem, uma jovem mulher e uma criança de sete a oito anos, abraçados, tinham perdido, pelo excesso de pavor, até a força de soltar um grito. Bastaria uma pedra sob a roda ou uma árvore no trajeto para quebrar totalmente a carruagem, que estalava. O veículo mantinha-se no meio do pavimento e ouviam-se na rua os gritos de terror daqueles que o viam se aproximar.

De repente, Ali pôs de lado o chibuque, tirou da algibeira o laço e o lançou, envolvendo com uma volta tripla as pernas da frente do cavalo da esquerda, deixou-se arrastar três ou quatro passos, pela violência do impulso, mas, ao cabo desses três ou quatro passos, o cavalo laçado desabou, caiu sobre o varão de madeira, que se quebrou, e paralisou os esforços que o cavalo que tinha ficado em pé fazia para continuar a corrida. O cocheiro aproveitou esse instante de trégua para saltar do assento. Mas na mesma hora Ali agarrou com dedos de ferro as narinas do segundo cavalo, e o animal, relinchando de dor, deitou-se convulsivamente junto do companheiro.

Precisou, para tudo isso, do tempo que a bola leva para atingir o gol.

No entanto, foi quanto bastou para que, da casa em frente à qual o acidente aconteceu, um homem saísse a correr, seguido de vários criados. No momento em que o cocheiro abriu a portinhola, ele retirou da carruagem a dama, que com uma mão se agarrava à almofada, enquanto com a outra apertava contra o peito o filho desmaiado. Monte Cristo levou ambos para o salão, instalando-os num sofá.

– Não se preocupe, senhora – disse-lhe ele –, está salva.

A mulher voltou a si e, respondendo, apresentou a ele o filho com um olhar mais eloquente que qualquer oração.

Com efeito, a criança ainda estava desmaiada.

– Sim, senhora, eu entendo –, disse o conde ao examinar a criança. – Mas não se preocupe, não lhe aconteceu nada de mal, foi só o medo que o colocou nesse estado.

– Oh, senhor – gritou a mãe –, não está me dizendo isso para me tranquilizar? Veja como está pálido! Meu filho! Meu filho! Meu Édouard! Responda à sua mãe! Ah, senhor! Mande chamar um médico. Minha fortuna a quem trouxer meu filho de volta!

Monte Cristo fez um gesto com a mão, para acalmar a mãe inconsolável, e abrindo uma arca tirou dela um frasco da Boêmia, incrustado de ouro, contendo um licor vermelho como sangue, do qual deixou cair uma única gota nos lábios da criança.

Esta, embora ainda pálida, reabriu imediatamente os olhos.

Ao ver a cena, a alegria da mãe foi quase um delírio.

– Onde estou? – ela gritou. – E a quem devo tanta felicidade, depois de uma provação tão cruel?

– A senhora está – respondeu Monte Cristo – na casa do homem mais feliz por ter conseguido lhe poupar um desgosto.

– Oh, maldita curiosidade! – disse a senhora. – Toda Paris falava desses magníficos cavalos da senhora Danglars e fiz a loucura de querer experimentá-los.

– Como!? – gritou o conde com uma surpresa admiravelmente bem encenada. – Esses cavalos são da baronesa?

– Sim. O senhor a conhece?

– A senhora Danglars?… Tenho a honra e minha alegria é dobrada, por havê-la salvo do perigo que esses cavalos a fizeram correr. Porque esse perigo pode ser atribuído a mim. Eu tinha comprado ontem esses cavalos do barão, mas a baronesa pareceu lamentar tanto sua perda que os devolvi ontem mesmo, suplicando-lhe que os aceitasse.

– Então o senhor é o conde de Monte Cristo, de quem Hermine tanto me falou ontem?

– Sim, minha senhora – disse o conde.

– Eu, senhor, sou Héloïse de Villefort.

O conde a saudou como um homem diante do qual se pronuncia um nome totalmente desconhecido.

O CONDE DE MONTE CRISTO – TOMO 2

– Oh, como o senhor de Villefort ficará grato! – retomou Héloïse. – Porque afinal ele vai dever ao senhor a vida de nós dois. O senhor lhe devolveu a mulher e o filho. Certamente, sem o seu generoso empregado, essa amada criança e eu estaríamos mortos.

– Infelizmente! Senhora, ainda tremo com o perigo que correram.

– Oh, espero que o senhor me permita recompensar dignamente o devotamento desse homem.

– Senhora – respondeu Monte Cristo –, não mime Ali, por favor, nem com elogios nem com recompensas: são hábitos que eu não quero que ele adquira. Ali é meu escravo; salvando-lhe a vida ele me serve e é seu dever me servir.

– Mas ele arriscou a vida! – disse a senhora de Villefort –, a quem aquele tom de amo tocava singularmente.

– Eu salvei essa vida, senhora – respondeu Monte Cristo. – Por consequência, ela me pertence.

A senhora de Villefort se calou. Talvez pensasse naquele homem que, à primeira vista, causava uma impressão tão profunda nos espíritos.

Durante esse momento de silêncio, o conde pôde examinar à vontade a criança que sua mãe cobria de beijos. Ele era pequeno, franzino, branco de pele como as crianças ruivas, e no entanto uma floresta de cabelos negros rebeldes a qualquer tentativa de penteá-los cobria sua testa abobadada e, caindo-lhe sobre os ombros, emoldurando o rosto, redobrava a vivacidade de seus olhos cheios de malícia dissimulada e de juvenil maldade. A boca, que mal recuperara o rubor, exibia lábios finos que se abriam amplamente. Os traços daquela criança de oito anos eram pelo menos de doze. Seu primeiro movimento foi livrar-se da mãe, por um brusco sacudir dos braços dela, e ir abrir a arca de onde o conde tinha puxado o frasco do elixir; depois, imediatamente, sem pedir a permissão para ninguém e como criança acostumada a ter todos os caprichos satisfeitos, começou a destampar os tubos.

– Não toque nisso, meu amigo – disse o conde vivamente –, alguns desses elixires são perigosos, não só para beber, mas até mesmo para respirar.

A senhora de Villefort empalideceu e segurou o braço do filho, que puxou de volta para ela. Mas, uma vez seu medo acalmado, lançou sobre a arca um curto, mas expressivo olhar que o conde captou de passagem.

Nesse momento, Ali entrou.

A senhora de Villefort fez um movimento de alegria, e puxou a criança para ainda mais perto dela.

– Édouard – disse ela –, está vendo esse bondoso criado? Ele foi muito corajoso, porque expôs a sua vida para deter os cavalos que nos levavam e a carruagem, que ia se quebrar. Agradeça-lhe, pois provavelmente sem ele, nessa hora, estaríamos ambos mortos.

A criança alongou os lábios e virou desdenhosamente a cabeça.

– Ele é muito feio – disse.

O conde sorriu como se a criança tivesse acabado de satisfazer uma de suas esperanças. Quanto à senhora de Villefort, ela censurou o filho com uma moderação que não teria certamente sido do gosto de Jean-Jacques Rousseau, se o pequeno Édouard se chamasse Émile.

– Veja – disse o conde para Ali em árabe –, essa senhora pede que seu filho lhe agradeça por ter salvo a vida de ambos, e a criança responde que você é muito feio.

Ali desviou um instante a cabeça inteligente e olhou a criança sem expressão aparente, mas um simples frêmito de sua narina fez Monte Cristo saber que o árabe acabava de ser ferido no coração.

– Senhor – perguntou a senhora de Villefort que se levantava para se retirar. – Esta casa é sua morada habitual?

– Não, senhora – disse o conde. – É uma espécie de lugar de descanso que comprei. Eu moro na Avenida dos Champs-Élysées, nº 30. Mas vejo que está completamente recuperada e que deseja retirar-se. Acabo de ordenar que atrelem os mesmos cavalos à minha carruagem, e Ali, esse rapaz tão feio – disse ele sorrindo para a criança –, vai ter a honra de levá-los de volta para casa, enquanto seu cocheiro fica aqui para consertar a carruagem. Assim que esse reparo indispensável terminar, uma das minhas parelhas vai levá-la diretamente para casa da senhora Danglars.

O conde de Monte Cristo – Tomo 2

– Mas – disse a senhora de Villefort –, com esses mesmos cavalos, nunca ousarei ir embora.

– Oh, a senhora vai ver – disse Monte Cristo. – Sob a mão de Ali, eles vão se tornar doces como uns cordeiros.

Com efeito, Ali tinha se aproximado dos cavalos, que haviam sido postos de pé com muita dificuldade. Segurava na mão uma pequena esponja embebida de vinagre aromático. Esfregou as narinas e as têmporas dos cavalos, cobertos de suor e espuma, e quase imediatamente ambos começaram a resfolegar ruidosamente e a tremer o corpo inteiro durante alguns segundos.

Depois, no meio de uma numerosa multidão que os destroços da carruagem e o ruído do evento tinham atraído para diante da casa, Ali mandou atrelar os cavalos ao cupê do conde, juntou as rédeas, subiu no assento e, para o grande espanto dos assistentes que tinham visto aqueles cavalos levados como um turbilhão, foi obrigado a usar vigorosamente o chicote para fazê-los partir, e ainda assim não conseguiu obter dos famosos tordilhos agora estúpidos, petrificados, mortos, senão um trote tão inseguro e tão debilitado que foram necessárias quase duas horas para que a senhora de Villefort conseguisse chegar ao *Faubourg* Saint-Honoré, onde ela morava.

Logo depois de chegar em casa, dissipadas as primeiras emoções da família, ela escreveu o seguinte bilhete à senhora Danglars:

Querida Hermine,

Acabo de ser miraculosamente salva, com o meu filho, pelo mesmo Monte Cristo de quem tanto falamos ontem à noite e que estava longe de suspeitar que veria hoje. Ontem, a senhora me falou dele com tal entusiasmo que não pude me impedir de zombar com toda a força com minha pobre inteligência, mas hoje considero esse entusiasmo bem abaixo do homem que o inspirava. Seus cavalos desembestaram nos jardins do Ranelagh, como se tivessem sido tomados por um frenesi, e íamos provavelmente nos despedaçar, meu pobre Édouard e eu, contra a primeira árvore da estrada ou contra o primeiro marco do vilarejo, quando um árabe, um negro, um núbio, um homem preto enfim, a serviço do conde, a um sinal deste, eu creio, deteve o impulso dos cavalos, com risco de ele próprio ser despedaçado, e é realmente um milagre que o não tenha sido. Então, o conde acorreu e nos levou para sua casa, Édouard e eu, e trouxe meu filho de volta à vida. Foi na carruagem dele que fui levada para casa: a sua lhe será devolvida amanhã. Encontrará seus cavalos muito enfraquecidos depois desse acidente. Estão como que embotados. Parece que não podem perdoar a si mesmos por terem se deixado domar por um homem. O conde encarregou-me de lhe dizer que dois dias de repouso na palha e cevada como única alimentação os deixarão tão animados, quer dizer, tão assustadores quanto estavam ontem.

Adeus! Não lhe agradeço meu passeio, e, quando penso, é, no entanto, uma ingratidão guardar-lhe rancor por causa dos caprichos de sua parelha. Pois é a um desses caprichos que devo o fato de ter visto o conde de Monte Cristo, e o ilustre estrangeiro me parece, à parte os milhões dos quais dispõe, um problema tão curioso e tão interessante que conto estudá-lo a todo o custo, nem que tenha de dar outro passeio pelo Bois com esses seus mesmos cavalos.

Édouard suportou o acidente com uma coragem miraculosa. Desmaiou, mas antes disso não soltou um grito, nem verteu uma lágrima depois. A senhora me dirá mais uma vez que o meu amor maternal me cega; mas existe uma alma de ferro naquele pobre corpinho tão frágil e delicado.

A nossa querida Valentine manda cumprimentos para a sua querida Eugénie. Eu a beijo de todo o coração.

Héloïse de Villefort

P.S.: Faça então com que eu possa me encontrar na sua casa de alguma maneira com esse conde de Monte Cristo, quero definitivamente revê-lo. De resto, acabo de conseguir do senhor de Villefort que lhe faça uma visita. Espero que a retribuirá.

O conde de Monte Cristo – Tomo 2

À noite, o evento de Auteuil era o tema de todas as conversas: Albert o contava para sua mãe, Château-Renaud no Jockey Club, Debray no salão do ministro. O próprio Beauchamp dedicou ao conde, no seu jornal, uma nota de vinte linhas, que colocou o nobre estrangeiro como um herói no conceito de todas as mulheres da aristocracia.

Muitas pessoas foram se inscrever na casa da senhora de Villefort para ter o direito de renovar sua visita em tempo útil e de ouvir então de sua boca todos os detalhes dessa pitoresca aventura.

Quanto ao senhor de Villefort, como tinha dito Héloïse, vestiu roupa preta, luvas brancas, a sua mais bonita libré, subiu em sua carruagem, que foi, naquela mesma tarde, estacionar na porta do número 30 da casa dos Champs-Élysées.

IDEOLOGIA

Se o conde de Monte Cristo frequentasse há mais tempo a sociedade parisiense, teria apreciado, com todo o seu valor, o gesto a ela dispensado pelo senhor de Villefort.

À vontade na corte, quer o rei reinante fosse do ramo mais velho ou do ramo mais jovem; quer o ministro governante fosse doutrinário, liberal ou conservador; reputado hábil por todos, como geralmente se reputa hábeis as pessoas que nunca experimentaram fracassos políticos; odiado por muitos, mas calorosamente protegido por alguns, no entanto, sem ser amado por ninguém, o senhor de Villefort tinha uma das altas posições da magistratura, e estava nessa altura como um Harlay ou como um Molé. Seu salão, regenerado por uma mulher jovem e por uma filha do seu primeiro casamento, de apenas dezoito anos, não era menos que um desses salões severos de Paris, onde se observa o culto às tradições e a religião da etiqueta. A cortesia fria, a lealdade absoluta aos princípios do governo, um profundo menosprezo pelas teorias e pelos teóricos, o ódio profundo aos ideólogos, tais eram os elementos da vida interna e pública exibidos pelo senhor de Villefort.

O conde de Monte Cristo – Tomo 2

O senhor de Villefort não era apenas magistrado, era quase um diplomata. Suas relações com a antiga corte, de que ele sempre falava com dignidade e respeito, faziam com que fosse respeitado pela nova, e ele sabia tantas coisas que não só o tratavam sempre com deferência como ainda o consultavam algumas vezes. Talvez não fosse assim se as pessoas pudessem se livrar do senhor de Villefort; mas ele habitava, como aqueles senhores feudais rebeldes em relação a seus soberanos, uma fortaleza inexpugnável. Essa fortaleza era seu cargo de procurador do rei, do qual explorava maravilhosamente todas as vantagens, e que só teria deixado para se fazer eleger deputado e substituir assim a neutralidade pela oposição.

Em geral, o senhor de Villefort fazia ou retribuía poucas visitas. Sua esposa visitava por ele. Era algo dado como certo na sociedade, que punha na conta das graves e numerosas ocupações do magistrado o que na realidade não passava de um orgulho calculado, uma quintessência de aristocracia, a aplicação enfim do axioma: *Finge que te estimas e estimar-te-ão,* axioma este mais útil cem vezes em nossa sociedade que aquele dos gregos: *Conhece-te a ti mesmo,* substituído hoje pela arte menos difícil e mais vantajosa de conhecer os outros.

Para seus amigos, o senhor de Villefort era um protetor poderoso; para seus inimigos, era um adversário surdo, mas obstinado; para os indiferentes, era a estátua da lei feita homem: trato altivo, fisionomia impassível, olhar terno e despojado ou insolentemente penetrante e escrutador, tal era o homem de quem quatro revoluções habilmente empilhadas uma em cima da outra tinham primeiro construído e depois cimentado o pedestal.

O senhor de Villefort tinha a reputação de ser o homem menos curioso e o menos banal da França; dava um baile todos os anos e só aparecia por quinze minutos, isto é, quarenta e cinco minutos menos que o rei nos seus; nunca era visto nem nos teatros nem nos concertos, nem em nenhum lugar público; às vezes, mas raramente, jogava uma partida de *whist,* e então as pessoas tinham o cuidado de escolher para ele uns jogadores dignos dele: era algum embaixador, algum arcebispo, algum príncipe, algum presidente, ou enfim uma duquesa viúva.

Era esse o homem cuja carruagem tinha acabado de parar à porta do conde de Monte Cristo.

O criado anunciou o senhor de Villefort no momento em que o conde, inclinado sobre uma grande mesa, seguia em um mapa um itinerário de São Petersburgo até a China.

O procurador do rei entrou com o mesmo andar grave e compassado com que entrava no tribunal. Era o mesmo homem, ou melhor, a sequência do mesmo homem que vimos outrora substituto em Marselha. A natureza, coerente com seus princípios, não tinha mudado nada para ele quanto ao corpo que devia ter. De esguio, tinha se tornado magro, de pálido tinha se tornado amarelo; seus olhos fundos eram cavernosos, e seus óculos, com hastes de ouro, ao pousarem em suas órbitas, pareciam fazer parte da figura; com exceção de sua gravata branca, o resto de seu traje era todo preto; e essa cor fúnebre era apenas cortada pela pequena fita vermelha que passava imperceptível pela botoeira, e que parecia uma linha de sangue traçada com um pincel. Por mais senhor de si que fosse Monte Cristo, ele examinou com visível curiosidade, ao retribuir-lhe o cumprimento, o magistrado, que, desconfiado por hábito e pouco crédulo, sobretudo quanto aos prodígios sociais, estava mais disposto a ver no nobre estrangeiro – era assim que já chamavam Monte Cristo – um cavalheiro de indústria que vinha explorar um novo teatro ou um malfeitor fugido do desterro do que um príncipe da Santa Sé ou um sultão das *Mil e uma noites*.

– Senhor – disse Villefort, no tom estridente adotado pelos magistrados nos seus períodos oratórios e de que não podem ou não querem desfazer--se na conversação –, senhor, o notável favor que prestou ontem à minha mulher e ao meu filho impõe-me o dever de lhe agradecer. Venho, portanto, cumprir esse dever e expressar-lhe todo o meu reconhecimento.

E ao pronunciar estas palavras, o olhar severo do magistrado não perdera nada da sua habitual arrogância. Essas palavras que tinha acabado de dizer ele as articulara com sua voz de procurador-geral, com aquela rigidez inflexível de pescoço e de ombros que fazia, como repetimos, dizer a seus bajuladores que ele era a estátua viva da lei.

O conde de Monte Cristo – Tomo 2

– Senhor – replicou por sua vez o conde com uma frieza glacial –, estou muito feliz por ter podido conservar um filho para a sua mãe, pois diz-se que o sentimento da maternidade é o mais santo de todos, e essa felicidade que me acontece o dispensava, senhor, de cumprir um dever cuja execução me honra sem dúvida, porque sei que o senhor de Villefort não é pródigo no favor que me faz, mas que, por mais precioso que este seja, no entanto não vale para mim a satisfação interior.

Villefort, espantado com essa resposta inesperada, estremeceu como um soldado que sente o golpe que lhe é dado sob a armadura com a qual está coberto, e uma dobra de seu lábio desdenhoso indicava que desde o início não tinha o conde de Monte Cristo na conta de um gentil-homem muito bem-educado.

Olhou à sua volta para ligar a alguma coisa a conversa caída e que parecia ter se quebrado na queda.

Ele viu o mapa que Monte Cristo examinava no momento em que havia entrado, e disse-lhe de novo:

– A geografia o atrai, senhor? É um estudo rico para o senhor, sobretudo, que, tanto quanto sabemos, visitou tantos países quantos há registrados nesse atlas.

– Sim, senhor – respondeu o conde –, eu quis fazer sobre a espécie humana em conjunto o que o senhor pratica todos os dias com exceções, ou seja, um estudo fisiológico. Pensei que seria mais fácil para mim ir do todo para a parte, do que da parte para o todo. É um axioma algébrico que manda proceder do conhecido ao desconhecido e não do desconhecido ao conhecido. Mas sente-se, por favor, senhor, eu lhe suplico.

E Monte Cristo indicou com a mão ao procurador do rei uma poltrona que este foi obrigado a dar-se ele mesmo o trabalho de puxar, ao passo que o conde precisou apenas se deixar cair naquela em que estava ajoelhado quando o promotor público do rei tinha entrado. Assim, este ficou meio voltado para o visitante, de costas para a janela e com o cotovelo apoiado no mapa geográfico que era, naquele momento, o objeto da conversa; conversa essa que tomava, como acontecera na casa de Morcerf e de Danglars, uma feição absolutamente análoga, senão quanto à situação, pelo menos quanto às personagens.

– Ah, o senhor filosofa – retomou Villefort depois de um momento de silêncio durante o qual, como um atleta que encontra um adversário duro, ele tinha feito provisão de forças. – Bem, senhor, palavra de honra, se, como o senhor, eu não tivesse nada para fazer, procuraria uma ocupação menos triste.

– É verdade, senhor – disse Monte Cristo –, e o homem é uma lagarta feia para quem a estuda no microscópio solar; mas o senhor acaba de dizer, acredito, que eu não tinha nada para fazer. Vejamos, por acaso, o senhor acredita ter algo para fazer? Ou, para falar mais claramente, o senhor acredita que o que faz vale a pena chamar-se alguma coisa?

O espanto de Villefort redobrou depois desse segundo golpe tão rudemente infligido por aquele estranho adversário; havia muito tempo que o magistrado não tinha ouvido dizer um paradoxo de tal força, ou melhor, para falar mais exatamente, era a primeira vez que ouvia.

O procurador do rei se pôs ao trabalho de responder.

– Cavalheiro – ele disse –, o senhor é estrangeiro, e como o senhor mesmo afirma, acredito, uma porção de sua vida se passou nos países orientais; o senhor não sabe, portanto, quanto a justiça humana, sumária nesses confins bárbaros, tem entre nós um ar cauteloso e compassivo?

– Certamente, senhor, certamente; é o *pede claudo* antigo. Sei tudo isso, porque foi sobretudo da justiça de todos os países que me ocupei, foi o procedimento criminal de todas as nações que comparei à justiça natural; e, devo dizer, senhor, ainda é essa lei dos povos primitivos, ou seja, a lei de Talião, que mais encontrei de acordo com o coração de Deus.

– Se essa lei fosse adotada, senhor – disse o procurador do rei –, ela simplificaria muito os nossos códigos, e é por isso que nossos magistrados não teriam, como o senhor dizia há pouco, muito mais para fazer.

– Talvez isso venha a acontecer – disse Monte Cristo. – O senhor sabe que as invenções humanas andam do composto ao simples, e que o simples é sempre a perfeição.

O CONDE DE MONTE CRISTO – TOMO 2

– Entretanto – disse o magistrado –, os nossos códigos existem com seus artigos contraditórios, extraídos dos costumes gauleses, das leis romanas, dos costumes francos; ora, o conhecimento de todas essas leis, o senhor decerto admite, não se adquire sem trabalhos longos, e é preciso um longo estudo para adquirir esse conhecimento, e uma grande capacidade intelectual, uma vez adquirido esse conhecimento, para não o esquecer.

– É a minha opinião, senhor, mas tudo o que o senhor sabe em relação a esse código francês, eu o sei não só em relação a esse código, mas em relação ao código de todas as nações: as leis inglesas, turcas, japonesas, hindus me são tão familiares como as leis francesas; e, portanto, eu tinha razão em dizer que, relativamente (o senhor sabe que tudo é relativo), que relativamente a tudo que fiz, o senhor tem muito poucas coisas para fazer, e que relativamente ao que aprendi, o senhor ainda tem muito que aprender.

– Mas com que objetivo aprendeu tudo isso? – redarguiu Villefort surpreso.

Monte Cristo sorriu.

– Bem, senhor – disse ele –, vejo que, apesar da reputação que lhe tem sido atribuída de homem superior, o senhor vê todas as coisas do ponto de vista material e vulgar da sociedade, começando no homem e acabando no homem, ou seja, do ponto de vista mais restrito e mais estreito que foi permitido à inteligência humana abraçar.

– Explique-se, senhor – disse Villefort cada vez mais surpreso. – Eu não o entendo... muito bem...

– Digo, senhor, que, com os olhos fixos na organização social das nações, o senhor vê apenas as molas da máquina, e não o trabalhador sublime que a faz agir; digo que apenas reconhece diante do senhor e ao seu redor os titulares dos postos cujos diplomas foram assinados por ministros ou por um rei, e que os homens que Deus pôs acima dos chefes, ministros e reis, dando-lhes uma missão a perseguir em vez de um lugar a preencher, digo que esses escapam de sua visão curta. Isso é próprio da fraqueza humana de órgãos débeis e incompletos. Tobias tomava o anjo que devia devolver-lhe a vista por um jovem comum. As nações achavam que Átila, que havia de destruí-las, era um conquistador como todos os conquistadores, e foi necessário que todos revelassem suas missões celestiais para que fossem reconhecidos, foi necessário que um dissesse: "Eu sou o anjo do senhor", e o outro: "Eu sou o flagelo de Deus", para que a essência divina de ambos fosse revelada.

– Então – disse Villefort cada vez mais espantado e acreditando falar com um iluminado ou um louco –, o senhor olha para si mesmo como um desses seres extraordinários que acaba de citar!

– Por que não? – disse friamente Monte Cristo.

– Perdão, senhor – retomou Villefort atordoado –, mas espero que me desculpe se, ao me apresentar em sua casa, eu ignorava me apresentar na casa de um homem cujos conhecimentos e cujo intelecto ultrapassam de longe os conhecimentos ordinários e o intelecto habitual dos homens. Não é esse o costume entre nós, infelizes corruptos da civilização, que os fidalgos possuidores como o senhor de uma enorme fortuna, pelo menos como dizem, note que não interrogo, apenas repito, não é o costume, digo eu, que esses privilegiados da riqueza percam seu tempo com especulações sociais, com sonhos filosóficos feitos no máximo para consolar aqueles que a sorte deserdou dos bens da terra.

– Ora, senhor – redarguiu o conde –, por isso chegou à situação eminente que ocupa sem ter admitido, e mesmo sem ter encontrado exceções; e nunca exercitou seu olhar, que teria entretanto muita necessidade de sutileza e de segurança, a adivinhar de uma só tacada em que homem tombou seu olhar? Um magistrado não deveria ser, não o melhor aplicador da lei, não o mais astuto intérprete das obscuridades da chicana, mas uma sonda de aço para pôr à prova os corações, mas uma pedra de toque a experimentar o ouro de que cada alma é sempre feita com mais ou menos liga?

– Senhor – disse Villefort –, o senhor me confunde, posso afirmar que nunca ouvi alguém falar dessa maneira.

– É que tem estado sempre fechado no círculo das condições gerais e nunca ousou abrir suas asas rumo às esferas superiores que Deus povoou de seres invisíveis ou excepcionais.

O CONDE DE MONTE CRISTO – TOMO 2

– E o senhor admite que essas esferas existem, que os seres excepcionais e invisíveis se misturam conosco?

– Por que não? O senhor vê o ar que respira e sem o qual não poderia viver?

– Então não vemos esses seres de que o senhor fala?

– Ao contrário, o senhor os vê quando Deus permite que se materializem; o senhor os toca, esbarra neles, fala com eles e eles lhe respondem.

– Ah! – disse Villefort sorrindo –, confesso que gostaria de ser avisado quando um desses seres entrar em contato comigo.

– Seu desejo foi atendido, senhor, porque foi avisado agora há pouco. E ainda agora o aviso.

– Quer dizer que o senhor mesmo...

– Sou um desses seres excepcionais, sim, senhor, e acredito que, até hoje, nenhum homem se encontrou em uma posição semelhante à minha. Os reinos dos reis são limitados, quer por montanhas, quer por rios, quer por uma mudança de costumes, quer por uma mutação de linguagem. Já o meu reino é grande como o mundo, porque não sou nem italiano, nem francês, nem hindu, nem americano, nem espanhol; sou cosmopolita. Nenhum país pode dizer que me viu nascer. Só Deus sabe em que rincão me verá morrer. Adoto todos os costumes, falo todas as línguas. O senhor me acha francês porque falo francês com a mesma facilidade e a mesma pureza que o senhor. Ora, Ali, meu núbio, acha que sou árabe. Bertuccio, meu intendente, acredita que sou romano. Haydée, minha escrava, me vê como grego. Consequentemente, o senhor entende, não sendo de nenhum país, não pedindo proteção a nenhum governo e não reconhecendo nenhum homem como meu irmão, nem um só dos escrúpulos que detêm os poderosos ou dos obstáculos que paralisam os fracos me paralisa ou detém. Só tenho dois adversários; não direi dois vencedores, porque é com persistência que os submeto: é a distância e o tempo. O terceiro, e o mais terrível, é a minha condição de homem mortal. Só esta pode me deter no caminho por onde ando, e antes que eu alcance o objetivo que almejo: todo o resto eu calculei. O que os homens chamam as chances do destino, ou seja, a ruína, a mudança, as contingências, eu tenho-as todas previstas; e se algumas podem me atingir, nenhuma pode me derrubar. A menos que eu morra, serei sempre o que sou. É por isso que lhe digo coisas que nunca ouviu, mesmo da boca dos reis, porque os reis precisam do senhor, e os outros homens o temem. Quem é que não diz a si próprio numa sociedade tão ridiculamente organizada como a nossa: "Talvez um dia eu tenha de lidar com o procurador do rei!"

– Mas o senhor mesmo pode dizer isso? Porque tendo em vista que vive na França, o senhor está naturalmente sujeito às leis francesas.

– Eu sei, senhor – disse Monte Cristo. – Mas, quando tenho de ir a um país, começo a estudar, por meios que me são próprios, todos os homens de quem possa ter algo a esperar ou a temer, e chego a conhecê-los muito bem, talvez melhor do que eles se conhecem a si mesmos. Isso traz como resultado que o procurador do rei, seja ele quem for, com quem eu teria de lidar, ficaria certamente mais embaraçado que eu.

– O que quer dizer – retomou com hesitação Villefort – que sendo a natureza humana fraca, todo homem, na sua opinião, cometeu... erros.

– Erros... ou crimes – respondeu negligentemente Monte Cristo.

– E que só o senhor, entre os homens que não reconhece como irmãos, o senhor mesmo o disse – retomou Villefort com uma voz ligeiramente alterada –, é que é perfeito!

– Não, perfeito não – respondeu o conde. – Impenetrável, só isso. Mas mudemos de assunto, senhor, se a conversa o desagrada, não sou mais ameaçado com sua justiça do que o senhor o está sendo com minha dupla visão.

– Não, não, senhor – disse vivamente Villefort –, que, sem dúvida, temia dar a impressão de que abandonava o terreno. – Não! Pela sua brilhante e quase sublime conversa, o senhor me elevou acima dos níveis ordinários; nós não conversamos mais, nós dissertamos. Ora, o senhor sabe quanto os teólogos catedráticos da Sorbonne, ou os filósofos em suas discussões, às vezes se dizem verdades cruéis: suponha que fazemos teologia social e filosofia teológica, portanto, vou dizer-lhe esta por mais rude que seja:

meu irmão, o senhor está incorrendo no orgulho; está acima dos outros, mas acima do senhor está Deus.

– Acima de todos, senhor – respondeu Monte Cristo, com uma ênfase tão profunda que Villefort teve um arrepio involuntário. – Tenho meu orgulho em relação aos homens, serpentes sempre prontas para se erguerem contra quem as olha de cima sem esmagá-las com o pé. Mas deposito esse orgulho diante de Deus, que me tirou do nada para fazer de mim o que sou.

– Então, senhor conde, eu o admiro – disse Villefort, que pela primeira vez nesse diálogo esquisito acabava de empregar essa fórmula aristocrática em relação ao estrangeiro, o qual até então tratava apenas de senhor. – Sim, estou lhe dizendo, se o senhor é realmente forte, realmente superior, realmente santo ou impenetrável, o que, o senhor está certo, dá quase no mesmo, seja soberbo, senhor; é a lei das dominações. Mas sendo assim o senhor deve ter alguma ambição, não?

– Tenho uma.

– Qual seria?

– Como aconteceu a qualquer homem uma vez na vida, também fui levado por Satanás ao monte mais elevado da terra; chegando ali, ele me mostrou o mundo inteiro, e, como dissera uma vez ao Cristo, me falou: "Vejamos, filho dos homens, que queres para me adorar?" Então, pensei bastante, porque havia muito tempo uma terrível ambição realmente devorava meu coração. Então, respondi: "Escuta, sempre ouvi falar da Providência, e no entanto nunca a vi, nem nada que com ela se pareça, o que me leva a crer que não existe. Quero ser a Providência, porque o que conheço de mais belo, de maior e de mais sublime no mundo é recompensar e punir". Mas Satanás abaixou a cabeça e suspirou. "Estás enganado", disse ele, "a Providência existe; somente não a vês porque, filha de Deus, ela é invisível como seu pai. Tu nada viste que se assemelhe a ela porque procede por meio de desígnios ocultos e anda por caminhos obscuros; tudo que posso fazer para ti é devolver-te um dos agentes dessa Providência." O negócio foi fechado, posso perder a minha alma; mas não importa – retomou Monte Cristo. – E se tivesse de fazer novamente o negócio, eu o faria.

Villefort olhava para Monte Cristo com uma surpresa suprema.

– Senhor conde – disse ele –, tem parentes?

– Não, senhor, estou sozinho no mundo.

– Que pena!

– Por quê? – perguntou Monte Cristo.

– Porque poderia ter visto um espetáculo próprio para quebrar seu orgulho. Disse que só teme a morte, certo?

– Não estou dizendo que tenho medo dela, estou dizendo que só ela me pode deter.

– E a velhice?

– A minha missão será cumprida antes de eu ficar velho.

– E a loucura?

– Eu quase enlouqueci, e o senhor conhece o axioma *non bis in idem*. É um axioma criminal, e, portanto, é da sua alçada.

– Senhor – retomou Villefort –, há ainda outra coisa a temer que a morte, que a velhice ou que a loucura; há, por exemplo, a apoplexia, esse relâmpago que o atinge sem destruí-lo, e depois do qual tudo acaba. É sempre o senhor, e no entanto o senhor não é mais o senhor: o senhor que tocava, como Ariel, o anjo, não é senão uma massa inerte, que, como Calibã, se aproxima da besta; chama-se simplesmente, como eu lhe dizia, na língua humana, uma apoplexia. Venha, por favor, continuar esta conversa na minha casa, no dia em que sentir vontade de encontrar um oponente capaz de entendê-lo e ávido de refutá-lo, e lhe apresentarei meu pai, o senhor Noirtier de Villefort, um dos mais ardentes jacobinos da Revolução Francesa, ou seja, a mais brilhante audácia a serviço da mais vigorosa organização, um homem que, como o senhor, talvez não tinha visto todos os reinos da terra, mas tinha ajudado a derrubar um dos mais poderosos, um homem finalmente que, como o senhor, se afirmava um dos enviados, não de Deus, mas do Ser Supremo, não da Providência, mas do destino; pois bem, senhor, a ruptura de um vaso sanguíneo num lóbulo do cérebro acabou com tudo isso, não em um dia, não em uma hora, mas em um segundo. Na véspera, o senhor Noirtier, ex-jacobino, ex-senador, ex-carbonaro, rindo da guilhotina, rindo do canhão, rindo do punhal, senhor Noirtier brincando com as revoluções, o senhor Noirtier, para quem a França era apenas um vasto tabuleiro de xadrez do qual peões, torres, cavaleiros e rainhas deviam desaparecer contanto que o rei sofresse xeque-mate, o senhor Noirtier, tão temível, era no dia seguinte *o pobre senhor Noirtier*, velho imóvel, entregue às vontades do ser mais fraco da casa, ou seja, da sua neta Valentine; enfim um cadáver mudo e gelado, que vive sem sofrer apenas para dar tempo para que a matéria possa chegar sem percalços à sua completa decomposição.

– Infelizmente, senhor – disse Monte Cristo –, esse espetáculo não é estranho nem aos meus olhos nem ao meu pensamento; sou um pouco médico, e, como meus irmãos, procurei mais de uma vez a alma na matéria viva ou na matéria morta; e, como a Providência, ela permaneceu invisível aos meus olhos, embora presente no meu coração. Cem autores, desde Sócrates, desde Sêneca, desde Santo Agostinho, desde Gall, fizeram em prosa ou em verso a aproximação que acaba de fazer; mas, no entanto, compreendo que os sofrimentos de um pai possam operar grandes transformações no espírito do seu filho. Irei, já que o senhor achou por bem me envolver, contemplar em benefício da minha humildade esse terrível espetáculo, que deve muito entristecer sua casa.

– Seria sem dúvida, se Deus não me tivesse dado uma larga compensação. Em frente do velho que desce arrastando-se para a sepultura são duas crianças que entram na vida: Valentine, uma filha de meu primeiro casamento com a senhorita Renée de Saint-Méran, e Édouard, esse filho a quem o senhor salvou a vida.

– E o que conclui exatamente dessa compensação, senhor? – perguntou Monte Cristo.

– Concluo, senhor – disse Villefort –, que meu pai, perdido pelas paixões, cometeu algumas dessas faltas que escapam à justiça humana, mas que dependem da justiça de Deus!... e que Deus, querendo castigar apenas uma pessoa, feriu somente a ele.

Com um sorriso nos lábios, Monte Cristo soltou no fundo do coração um rugido que faria fugir Villefort, se este tivesse podido ouvi-lo.

– Adeus, senhor – redarguiu o magistrado que, já há algum tempo, levantara e falava de pé. – Deixo-o, levando do senhor uma lembrança de estima que, espero, poderá ser agradável para o senhor quando me conhecer melhor, pois não sou um homem comum, muito pelo contrário. Aliás, conquistou na senhora de Villefort, uma eterna amiga.

O conde fez uma saudação e limitou-se a conduzir Villefort até à porta do seu gabinete. Este último foi até sua carruagem, precedido de dois lacaios que, a um sinal do patrão, apressaram-se em abrir a portinhola.

E quando o procurador do rei desapareceu:

– Basta – disse Monte Cristo –, puxando com força um sorriso do peito oprimido. – Basta, chega desse veneno, e agora que meu coração está cheio dele, vamos buscar o antídoto.

E tocando uma vez a campainha:

– Subo aos aposentos da senhora – disse ele a Ali. – Que dentro de meia hora a carruagem esteja pronta!

Haydée

Todos lembram quais eram os novos, ou melhor, os antigos conhecidos do conde de Monte Cristo que moravam na Rue Meslay: eram Maximilien, Julie e Emmanuel.

A esperança depositada nessa boa visita que ele ia fazer, desses poucos momentos felizes que ia passar, desse brilho do paraíso que se insinuava no inferno no qual voluntariamente se havia alistado, tinha espalhado, a partir do momento em que perdera de vista Villefort, a mais encantadora serenidade no rosto do conde, e Ali, que viera correndo ao som da campainha, ao ver esse rosto assim irradiando uma alegria tão rara, tinha se retirado na ponta dos pés e com a respiração suspensa, como para não espantar os bons pensamentos que acreditava ver pairar em volta do amo.

Era meio-dia, o conde tinha reservado para si uma hora para subir aos aposentos de Haydée. Parecia que a alegria não podia entrar de repente naquela alma por tanto tempo amargurada, e que ela precisava se preparar para as emoções suaves, como as outras almas precisam se preparar para as emoções violentas.

A jovem grega estava, como dissemos, num apartamento totalmente separado daquele do conde. Esse apartamento era completamente mobiliado à maneira oriental, isto é, os pisos eram cobertos de espessos tapetes da Turquia, onde os tecidos de brocado caíam ao longo das paredes, e cada cômodo era contornado por um amplo divã com pilhas de almofadas que se moviam segundo a vontade dos que a usavam.

Haydée tinha três mulheres francesas e uma grega. As três francesas estavam na primeira sala, prontas a acorrer ao ruído de uma pequena campainha de ouro e a obedecer às ordens da escrava romaica, a qual sabia francês o suficiente para transmitir as vontades de sua ama às suas três camareiras, às quais Monte Cristo havia recomendado ter para com Haydée as atenções que se teria para com uma rainha.

A jovem estava no cômodo mais afastado de seu apartamento, ou seja, numa espécie de alcova em forma de círculo, iluminada apenas pelo alto, e na qual o dia só penetrava através de vidros cor-de-rosa. Ela estava deitada no chão em almofadas de cetim azul, bordadas de prata, inclinada no divã, emoldurando a cabeça com o braço direito frouxamente dobrado, enquanto com o esquerdo fixava nos lábios a piteira de coral a que estava acoplado o tubo flexível de um narguilé, que permitia que o vapor só chegasse a sua boca perfumado pela água de benjoim, através da qual sua suave aspiração a forçava a passar.

Sua pose, toda natural para uma mulher do Oriente, teria sido para uma francesa de uma frivolidade talvez um pouco afetada.

Quanto ao seu traje, era o das mulheres epirotas, ou seja, ceroulas de cetim branco enfeitado de flores cor-de-rosa, que deixava a descoberto dois pés de criança que se pensaria serem de mármore de Paros, não fosse o fato de brincarem com duas pequenas sandálias de ponta curva, bordadas com ouro e pérolas; uma túnica de compridas listras azuis e brancas, de mangas largas fendidas para os braços, com botoeiras de prata e botões de pérolas; finalmente uma espécie de corpete que deixava, por seu corte aberto em coração, ver o pescoço e toda a parte superior do colo, e abotoado abaixo dos seios por três botões de diamante. Quanto à parte inferior do corpete e à parte superior das ceroulas, perdiam-se em um daqueles cintos de cores vivas e de franjas longas e sedosas que fazem a ambição das nossas elegantes parisienses.

A cabeça exibia um pequeno barrete de ouro bordado com pérolas, inclinado para o lado, e sob o barrete, no lado para o qual se inclinava, uma linda rosa natural de cor púrpura se misturava com cabelos tão pretos que pareciam azuis.

Quanto à beleza daquele rosto, era a beleza grega em toda a perfeição do seu tipo, com os grandes olhos negros aveludados, o nariz reto, os lábios de coral e os dentes de pérolas.

Em seguida, nesse conjunto encantador, a flor da juventude era difundida com todo seu brilho e todo seu perfume: Haydée devia ter dezenove ou vinte anos.

Monte Cristo chamou a criada grega, e ordenou-lhe que pedisse a Haydée permissão para ele ir ter com ela.

Como resposta, Haydée fez um sinal à criada para levantar a tapeçaria que estava pendurada diante da porta, cujo umbral quadrado emoldurou a moça deitada como um lindo quadro.

Monte Cristo avançou.

Haydée levantou-se apoiada no cotovelo que segurava o narguilé e estendeu para o conde a mão ao mesmo tempo em que o recebia com um sorriso:

– Por que – ela disse na língua sonora das moças de Esparta e de Atenas –, por que me manda pedir permissão para entrar em meus aposentos? Já não é meu senhor, ou eu já não sou sua escrava?

Monte Cristo sorriu por sua vez.

– Haydée – ele disse –, a senhora sabe...

– Por que não me trata por *você* como de hábito? – interrompeu a jovem grega. – Porventura cometi algum erro? Nesse caso, devo ser punida, mas não ser chamada de *senhora*.

– Haydée – disse o conde –, você sabe que estamos na França, e por conseguinte é livre.

– Livre para fazer o quê? – perguntou a moça.

– Livre para me deixar.

– Deixá-lo!… e deixá-lo por quê?

– Sei lá! Vamos conhecer pessoas da sociedade.

– Não quero ver ninguém.

– E se entre os jovens bonitos que vai encontrar você achar algum que lhe agrade, eu não seria injusto o suficiente…

– Nunca vi homens mais bonitos que você e só amei meu pai e você.

– Pobre criança – disse Monte Cristo –, é que você só falou com o seu pai e comigo.

– Bem, o que eu preciso falar com os outros? Meu pai me chamava de *sua alegria*, você me chama de *amor*, e ambos me chamam de *sua criança*.

– Você se lembra de seu pai, Haydée?

A jovem sorriu.

– Ele está aqui e aqui– disse ela –, pondo as mãos nos olhos e no coração.

– E eu, onde estou? – perguntou sorrindo Monte Cristo.

– Você – disse ela – está em todo lugar.

Monte Cristo pegou a mão de Haydée para beijá-la, mas a criança ingênua retirou-a e apresentou-lhe a testa.

– Agora, Haydée – ele disse –, você sabe que é livre, que é senhora, que é rainha, pode continuar usando suas roupas típicas ou abandoná-las, você ficará aqui quando quiser ficar, sairá quando quiser sair, haverá sempre uma carruagem preparada para você. Ali e Myrto a acompanharão por toda parte e estarão às suas ordens. Apenas uma coisa, por favor.

– Diga.

– Guarde o segredo do seu nascimento, não diga uma palavra do seu passado. Não pronuncie em nenhuma ocasião o nome do seu ilustre pai ou da sua pobre mãe.

– Já lhe disse, amo, que não verei ninguém.

– Escute, Haydée, talvez essa reclusão toda oriental venha a ser impossível em Paris. Continue a aprender a vida de nossos países do norte como fez em Roma, em Florença, em Milão e em Madri; isso lhe servirá sempre, quer continue a viver aqui ou volte para o Oriente.

O conde de Monte Cristo – Tomo 2

A moça levantou os grandes olhos úmidos e disse:

– Ou voltarmos para o Oriente, você quer dizer, não é, meu amo?

– Sim, minha filha – disse Monte Cristo. – Sabe que não sou eu que a deixarei. Não é a árvore que deixa a flor, é a flor que deixa a árvore.

– Nunca o deixarei, amo – disse Haydée –, porque tenho a certeza que não conseguiria viver sem você.

– Pobre criança! Daqui a dez anos, estarei velho e daqui a dez anos você estará muito jovem ainda.

– Meu pai tinha uma longa barba branca e isso não me impedia de amá-lo; meu pai tinha sessenta anos, e parecia-me mais bonito que todos os jovens que eu via.

– Diga-me, acha que vai se acostumar aqui?

– Vou vê-lo?

– Todos os dias.

– Bem! O que me pede então, amo?

– Receio que se aborreça.

– Não, amo, porque de manhã vou pensar que virá, e à noite eu me lembrarei de que veio; além disso, quando estou sozinha tenho grandes recordações, revejo quadros enormes, grandes horizontes com o Pindo[4] e o Olimpo ao longe. Então, tenho no coração três sentimentos com os quais a gente nunca se aborrece: tristeza, amor e reconhecimento.

– Você é uma digna filha do Épiro, Haydée, graciosa e poética, e vemos que descende daquela família de deusas que nasceu no seu país. Não se preocupe, minha filha, não deixarei que a sua juventude se perca, pois, se me ama como a seu pai, eu a amo como minha filha.

– Está enganado, amo, eu não amava meu pai como o amo, meu amor por você é outro amor: meu pai morreu e eu não morri. Ao passo que se você morresse, eu morreria.

O conde estendeu a mão à moça com um sorriso de profunda ternura. Nela, ela pressionou seus lábios, como de costume.

---

[4] Cordilheira do norte da Grécia, sudeste da Albânia e sudoeste da Macedônia. (N.T.)

E o conde, bem-disposto para a entrevista que iria ter com o Morrel e sua família, sussurrou estes versos de Píndaro: "A juventude é uma flor cujo amor é o fruto... Feliz o vinhateiro que o colhe depois de o ter visto lentamente amadurecer".

De acordo com suas ordens, a carruagem estava pronta. Ele subiu, e a carruagem, como de costume, partiu a galope.

A família Morrel

O conde chegou em poucos minutos à Rue Meslay, nº 7.

A casa era branca, alegre e precedida por um pátio no qual dois pequenos canteiros continham flores bastante bonitas.

Na pessoa do porteiro que lhe abriu a porta o conde reconheceu o velho Coclès. Mas como este, lembramos, tinha apenas um olho, e como, ainda por cima, havia nove anos esse olho tinha enfraquecido consideravelmente, Coclès não reconheceu o conde.

As carruagens, para parar na frente da entrada, tinham de dar uma volta a fim de evitar um pequeno repuxo que jorrava de um laguinho de pedra, magnificência que tinha excitado muitos ciúmes no bairro, e que era causa de chamarem a casa de *o Pequeno Versalhes*.

Desnecessário dizer que no lago agitava-se uma multidão de peixes vermelhos e amarelos.

A casa, erguida sobre um andar de cozinhas e de adegas, tinha, além do térreo, dois andares completos e mansardas. Os jovens a haviam comprado com as dependências, que consistiam em uma enorme oficina, em dois pavilhões no fundo de um jardim e no próprio jardim. À primeira vista, Emmanuel tinha enxergado naquela disposição um pequeno negócio a ser feito. Tinha reservado para si a casa, metade do jardim, e traçara uma linha, ou seja, construíra um muro entre ele e as oficinas, que arrendara em locação com os pavilhões e a porção de jardim a eles contígua, de modo que se encontrava alojado por uma soma bastante módica, e tão bem instalado em sua casa quanto o mais minucioso proprietário de um palacete do *Faubourg* Saint-Germain.

A sala de jantar era de carvalho; o salão de mogno e veludo azul; o quarto era em tons de limão e damasco verde. Havia também um escritório de trabalho para Emmanuel, que não trabalhava, e um salão de música para Julie, que não era musicista.

O segundo andar inteiro era dedicado a Maximilien: havia ali uma repetição exata do alojamento da irmã, a sala de jantar apenas fora convertida numa sala de bilhar para onde ele levava os amigos.

Ele próprio supervisionava a aplicação de um curativo em seu cavalo e fumava seu charuto na entrada do jardim quando a carruagem do conde parou à porta.

Coclès abriu a porta, como dissemos, e Baptistin, lançando-se de seu assento, perguntou se o senhor e a senhora Herbault e o senhor Maximilien Morrel podiam receber o conde de Monte Cristo.

– O conde de Monte Cristo! – gritou Morrel jogando fora o charuto e lançando-se na frente de seu visitante. – Claro que podemos recebê-lo. Ah, obrigado, cem vezes obrigado, senhor conde, por não ter se esquecido da sua promessa.

E o jovem oficial apertou tão cordialmente a mão do conde que este não pôde ter dúvidas sobre a franqueza da manifestação, e viu bem que ele fora esperado com impaciência e era recebido com entusiasmo.

– Venha, venha – disse Maximilien –, quero ser o seu arauto. Um homem como o senhor não deve ser anunciado por um empregado. Minha irmã está em seu jardim, quebra suas rosas murchas. Meu irmão lê seus dois jornais, *La Presse* e *Les Débats*, a seis passos dela, pois onde quer que esteja a senhora Herbault, só temos de olhar num raio de quatro metros

O conde de Monte Cristo – Tomo 2

para ver que o senhor Emmanuel está lá, e vice-versa, como dizem na Escola Politécnica.

O barulho dos passos fez com que uma jovem de vinte a vinte e cinco anos, vestida com um roupão de seda e despetalando com um cuidado particular uma rosa-avelã, levantasse a cabeça.

Essa mulher era a nossa pequena Julie, que se tornara, tal como lhe profetizara o representante da casa Thomson e French, a senhora Emmanuel Herbault.

Ela deu um grito ao ver um estranho. Maximilien começou a rir.

– Não se incomode, irmã – disse ele. – O conde está apenas há dois ou três dias em Paris, mas já sabe o que é uma dona de casa do Marais, e se não sabe, você vai lhe ensinar.

– Ah, senhor – disse Julie –, o senhor o traz assim, é uma traição do meu irmão, que não tem a menor consideração para com sua pobre irmã… Penelon!… Penelon!…

Um velho que cavava um canteiro de roseiras de Bengala espetou a enxada na terra e aproximou-se, o gorro na mão, dissimulando o melhor que podia um fumo de mascar enfiado momentaneamente nas profundezas das suas bochechas. Algumas madeixas brancas prateavam-lhe a cabeleira enquanto sua pele bronzeada e seu olho atrevido e vivo anunciavam o velho marinheiro crestado pelo sol do equador e calejado pelo vento das tempestades.

– Pensei tê-la ouvido me chamar, senhorita Julie – disse –, aqui estou eu.

Peneton conservara o hábito de chamar a filha do patrão de senhorita Julie, e nunca conseguira chamá-la de senhora Herbault.

– Peneton – disse Julie –, vá avisar o senhor Emmanuel da boa visita que nos chega, enquanto Maximilien vai levar o senhor ao salão.

Em seguida, virando-se para Monte Cristo:

– O senhor permite que eu fuja por um minuto, não é? – disse ela.

E, sem esperar pelo consentimento do conde, ela correu em direção a um canteiro e foi para a casa por um beco lateral.

677

– Ah, meu caro senhor Morrel – disse Monte Cristo –, percebo com dor que faço uma revolução na sua família.

– Ora, ora – disse Maximilien rindo. – Ainda não viu o marido, que, por sua vez, deve estar trocando a jaqueta por um redingote? Oh, é que o senhor é conhecido na Rue Meslay e foi anunciado, por favor, acredite.

– Parece-me ter uma família feliz – disse o conde respondendo a seu próprio pensamento.

– Oh, sim! Eu lhe respondo, senhor conde. O que o senhor quer? Não lhes falta nada para serem felizes, são jovens, são alegres, amam um ao outro, e com suas vinte e cinco mil libras de renda, eles que, no entanto, já viram de perto tantas imensas fortunas, julgam-se possuidores da riqueza dos Rothschild.

– É pouco, no entanto, vinte e cinco mil libras de renda – disse Monte Cristo com uma doçura tão suave que penetrou no coração de Maximilien como poderia tê-lo feito a voz de um pai terno. Mas não pararão ali os nossos jovens, eles se tornarão por sua vez milionários. Senhor, seu cunhado é advogado... médico...?

– Era comerciante, senhor conde, e havia assumido a empresa do meu pobre pai. O senhor Morrel morreu deixando quinhentos mil francos de fortuna. Eu tinha metade e a minha irmã metade, porque éramos apenas duas crianças. O marido dela, que a havia desposado sem ter outro patrimônio além da sua nobre probidade, sua inteligência de primeira e sua reputação imaculada, quis possuir tanto quanto sua mulher. Trabalhou até acumular duzentos e cinquenta mil francos. Seis anos foram suficientes. Era, eu lhe afirmo, senhor conde, um espetáculo comovente o das duas crianças tão laboriosas, tão unidas, destinadas pela sua capacidade à mais alta fortuna, e que, não tendo tido a intenção de alterar os hábitos da casa paterna, levaram seis anos fazendo o que os inovadores teriam feito em dois ou três. Marselha ecoa ainda elogios que não puderam ser recusados a tão corajosa abnegação. Finalmente, um dia Emmanuel veio encontrar sua esposa que acabava de pagar a hipoteca.

O conde de Monte Cristo – Tomo 2

– Julie – disse ele –, este é o último maço de 100 francos que Coclès acaba de me entregar e que completa os duzentos e cinquenta mil francos que fixamos como o limite de nossos ganhos. Você estará satisfeita com esse pouco com que vamos ter de nos contentar daqui em diante? Ouça, a casa faz um milhão em negócios por ano, e pode render quarenta mil francos de lucro. Nós venderemos, se quisermos, a clientela por trezentos mil francos em uma hora, porque aqui está uma carta do senhor Delaunay que nos oferece isso em troca de nosso fundo, que ele quer unir ao dele. Veja o que acha que deve ser feito.

– Meu amigo – disse minha irmã –, a Casa Morrel só pode ser mantida por um Morrel. Salvar para sempre das vicissitudes do destino o nome de nosso pai não vale trezentos mil francos?

– Eu pensava assim – disse Emmanuel. – Mas queria ouvir sua opinião.

– Pois bem, meu amigo, aqui está ela. Todas as nossas receitas estão realizadas, todas as nossas promissórias pagas. Podemos encerrar as contas desta quinzena e fechar nossos guichês. Vamos colocar esse ponto final e fechar.

Isso foi feito no mesmo instante. Eram três horas: às três e quinze da tarde, um cliente apresentou-se para fazer o seguro de dois navios. Era um lucro líquido de quinze mil francos à vista.

“– Senhor – disse Emmanuel –, por favor, para esse seguro dirija-se ao nosso colega, senhor Delaunay. Quanto a nós, deixamos os negócios.”

“– E desde quando? – perguntou o cliente surpreendido.”

“– Há quinze minutos.”

– E é assim – continuou a sorrir Maximilien – que minha irmã e meu cunhado só têm vinte e cinco mil libras de renda.

Maximilien estava acabando sua narração, durante a qual o coração do conde tinha se dilatado cada vez mais, quando Emmanuel reapareceu, restaurado por um chapéu e um redingote. Saudou como um homem que conhece a qualidade do visitante; então, depois de guiar o conde em torno do cercado florido, ele o levou de volta para casa.

O salão já estava perfumado com flores que mal cabiam em um enorme vaso do Japão com alças naturais. Julie, adequadamente vestida e graciosamente penteada (tinha realizado essa façanha em dez minutos!), apresentou-se para receber o conde à sua entrada.

Ouvia-se o cacarejar das aves de um aviário vizinho. Os ramos dos falsos--ébanos e das acácias cor-de-rosa vinham aconchegar com seus cachos as cortinas de veludo azul. Tudo nesse pequeno e encantador retiro respirava a calma, desde o canto dos pássaros até o sorriso dos donos da casa.

O conde, desde sua entrada, já se impregnara dessa felicidade. Por isso, permanecia mudo e sonhador, esquecendo-se de que o estavam esperando para retomar a conversa interrompida após os primeiros cumprimentos.

Ele percebeu o silêncio que se tornou quase inconveniente, e, arrancando-se com esforço ao seu devaneio:

– Senhora – disse ele –, perdoe-me uma emoção que deve surpreendê--la, à senhora que é acostumada a essa paz e a essa felicidade que encontro aqui. Mas para mim é algo tão novo a satisfação em um rosto humano que não me canso de olhar para a senhora e para seu marido.

– Estamos muito felizes de fato, senhor – replicou Julie. – Mas enfrentamos por muito tempo o sofrimento, e poucas pessoas pagaram tão caro por sua felicidade como nós.

A curiosidade transpareceu nos traços do conde.

– Oh, é toda uma história de família, como lhe dizia outro dia Château--Renaud – redarguiu Maximilien. – Para o senhor, senhor conde, acostumado a ver desgraças ilustres e alegrias esplêndidas, haveria pouco interesse nessa cena íntima. No entanto, temos, como Julie acaba de dizer, sofrido dores intensas, ainda que fossem reprimidas nesta pequena moldura...

– E Deus derramou sobre ambos, como faz para todos, a consolação para o sofrimento? – perguntou Monte Cristo.

– Sim, senhor conde – disse Julie. – Podemos dizê-lo, porque ele fez para nós o que só faz para seus eleitos. Ele nos enviou um de seus anjos.

Um rubor subiu às faces do conde, e ele tossiu para ter uma maneira de disfarçar a emoção levando o lenço à boca.

O CONDE DE MONTE CRISTO – TOMO 2

– Aqueles que nasceram num berço de ouro e nunca desejaram nada – disse Emmanuel – não sabem o que é a felicidade de viver; da mesma forma que os que não sabem o preço de um céu puro, que nunca entregaram a sua vida à mercê de quatro pranchas lançadas em um mar em fúria.

Monte Cristo levantou-se, e, sem nada dizer, já que pelo tremor da sua voz seria possível reconhecer a emoção que o agitava, começou a percorrer passo a passo o salão.

– A nossa magnificência o faz sorrir, senhor conde – disse Maximilien, que seguia Monte Cristo com o olhar.

– Não, não – disse Monte Cristo muito pálido, comprimindo com a mão os batimentos do coração, enquanto com a outra mostrava ao jovem um globo de cristal sob o qual uma bolsa de seda descansava preciosamente instalada em uma almofada de veludo preto. – Eu estava pensando só para que serve esta bolsa, que, de um lado, contém um papel, me parece, e do outro um diamante muito bonito.

Maximilien fez um ar sério e disse:

– Isto, senhor conde, é o mais precioso dos nossos tesouros de família.

– De fato, esse diamante é muito bonito – replicou Monte Cristo.

– Oh, meu irmão não lhe fala do preço da pedra, embora seja estimado em cem mil francos, senhor conde; ele só quer lhe dizer que os objetos que esta bolsa contém são as relíquias do anjo de quem estávamos falando há pouco.

– Eis o que não posso compreender, e no entanto não devo perguntar, senhora – respondeu Monte Cristo, inclinando-se. – Desculpe, não quis ser indiscreto.

– O senhor disse indiscreto? Oh, na verdade nos deixa muito felizes, senhor conde, ao nos oferecer uma oportunidade de nos alongar sobre esse assunto! Se quiséssemos esconder como um segredo a ação bonita que essa bolsa recorda, não a deixaríamos assim exposta. Oh, gostaríamos de poder divulgá-la em todo o universo, para que um impulso do nosso benfeitor nos revelasse sua presença.

– É verdade? – disse Monte Cristo com voz abafada.

– Senhor – falou Maximilien levantando o globo de cristal e beijando religiosamente a bolsa de seda –, isto foi tocado pela mão de um homem por quem meu pai foi salvo da morte, nós da ruína e nosso nome da vergonha. De um homem graças ao qual nós, pobres crianças destinadas a miséria e lágrimas, podemos ouvir hoje pessoas se extasiar com nossa felicidade. Esta carta – e Maximilien puxou um bilhete da bolsa e o apresentou ao conde – esta carta foi escrita por ele um dia em que o meu pai tinha tomado uma resolução desesperada, e este diamante foi dado como dote à minha irmã por esse generoso desconhecido.

Monte Cristo abriu a carta e leu-a com uma indefinível expressão de felicidade. Era a nota que nossos leitores conhecem, dirigida a Julie e assinada Simbad, o Marujo.

– Desconhecido? Quer dizer que o homem que lhes prestou esse serviço permaneceu desconhecido?

– Sim, senhor, nunca tivemos a felicidade de lhe apertar a mão. Mas não foi por falta de ter pedido a Deus este favor – prosseguiu Maximilien. – Porém, houve em toda essa aventura uma misteriosa direção que ainda não somos capazes de entender. Tudo foi conduzido por uma mão invisível, poderosa como a de um feiticeiro.

– Oh! – disse Julie –, ainda não perdi toda a esperança de beijar um dia esta mão como beijei a bolsa que ela tocou. Quatro anos atrás, Penelon estava em Trieste. Penelon, senhor conde, é esse bravo marinheiro que o senhor viu com uma enxada na mão, e que, de contramestre, foi feito jardineiro. Penelon, portanto, estando em Trieste, viu no cais um inglês que ia embarcar num iate, e reconheceu aquele que veio à casa do meu pai em 5 de junho de 1829, e que me escreveu este bilhete em 5 de setembro. Era o mesmo, ele assegura, mas não se atreveu a falar com ele.

– Um inglês! – falou Monte Cristo sonhador e preocupado com cada olhar de Julie. – Um inglês, foi o que ouvi?

– Sim – disse Maximilien –, um inglês que se apresentou em nossa residência como representante da casa Thomson e French de Roma. Eis porque me viu tremer, quando outro dia, na residência do senhor de Morcerf, o senhor mencionou que Thomson e French eram seus banqueiros. Em nome de Deus, senhor, isso estava acontecendo, como dissemos, em 1829; o senhor conheceu esse inglês?

– Mas os senhores também não me disseram que a casa Thomson e French tinha negado terminantemente lhes ter feito esse favor?

– Sim.

– Então esse inglês não seria um homem que, agradecido para com seu pai, por alguma boa ação da qual ele próprio teria se esquecido, tomara essa desculpa para lhe prestar um favor?

– Tudo é possível, senhor, em tais circunstâncias, mesmo um milagre.

– Como ele se chamava? – perguntou Monte Cristo.

– Ele não deixou outro nome – respondeu Julie –, olhando para o conde com profunda atenção, a não ser o nome que assinou no pé do bilhete: Simbad, o Marujo.

– O que, obviamente, não é um nome, mas um pseudônimo.

Então, como Julie olhasse para ele de forma ainda mais atenta e procurasse apanhar no ar e reunir algumas notas da sua voz, prosseguiu:

– Ora, ele não é quase da minha altura, talvez um pouco maior, talvez um pouco mais magro, aprisionado numa alta gravata, abotoado, espartilhado, empertigado e sempre com lápis na mão?

– Oh, mas o conhece então? – disse Julie, os olhos cintilando de alegria.

– Não – disse Monte Cristo –, suponho apenas. Conheci um Lorde Wilmore que semeava assim uns traços de generosidade.

– Sem se fazer conhecer!

– Era um homem estranho que não acreditava no reconhecimento.

– Oh, meu Deus! – exclamou Julie em tom sublime e juntando as mãos. – Em que acreditava então o infeliz?

– Não acreditava, pelo menos na época em que o conheci – respondeu Monte Cristo, a quem aquela voz vinda do fundo da alma tinha feito vibrar até à última fibra. – Mas desde então é provável que tenha tido alguma prova de que o reconhecimento existia.

– E o senhor conhece esse homem? – perguntou Emmanuel.

– Oh, se o conhece, senhor – gritou Julie –, diga, diga. Pode nos levar até ele, mostrá-lo a nós, nos dizer onde ele está? Insista, Maximilien, insista, Emmanuel, se alguma vez o encontrarmos, seria preciso que ele acreditasse na memória do coração.

Monte Cristo sentiu duas lágrimas rolarem em seus olhos; ele ainda deu alguns passos na sala.

– Em nome de Deus, senhor – disse Maximilien –, se sabe alguma coisa desse homem, nos diga!

– Infelizmente! – disse Monte Cristo reprimindo a emoção na voz –, se for Lorde Wilmore o seu benfeitor, temo que nunca poderão encontrá-lo. Eu o deixei há dois ou três anos em Palermo, e ele estava indo para os países mais fabulosos, de modo que duvido muito que regresse.

– Ah, senhor, o senhor é cruel! – Julie gritou com medo.

E as lágrimas vieram aos olhos da jovem.

– Senhora – disse Monte Cristo gravemente, devorando com o olhar as duas pérolas líquidas que desciam sobre a face de Julie –, se Lorde Wilmore tivesse visto o que acabei de ver aqui, ele ainda iria amar a vida, porque as lágrimas que os senhores despejam o levariam a fazer as pazes com a espécie humana.

E estendeu a mão à Julie, que lhe deu a dela, dominada como estava pelo olhar e pelo tom do conde.

– Mas esse Lorde Wilmore – disse ela, agarrando-se a uma última esperança –, ele tinha um país, uma família, parentes, enfim, ele era conhecido? Nós não poderíamos...

– Oh, desista, minha senhora! – disse o conde. – Não construa doces quimeras sobre as palavras que deixei escapar. Não, Lorde Wilmore não é provavelmente o homem que procuram. Era meu amigo, eu conhecia todos os seus segredos e ele me teria revelado esse.

– E não lhe disse nada? – perguntou Julie.

– Nada.

– Nunca uma palavra que o pudesse levar a supor...

– Nunca.

– No entanto, o senhor citou-o imediatamente.

O conde de Monte Cristo – Tomo 2

– Bem, como sabe, em um caso assim supõe-se.

– Minha irmã, minha irmã – disse Maximilien, vindo em auxílio do conde –, o senhor tem razão. Lembre-se do que nosso bom pai disse tantas vezes: não é um inglês que nos deu essa felicidade.

Monte Cristo estremeceu.

– O senhor estava falando de seu pai, senhor Morrel?... retomou vivamente.

– Meu pai, senhor, via naquela ação um milagre. Meu pai acreditava num benfeitor que teria saído do túmulo por nossa causa. Oh, que tocante superstição era essa, senhor, e embora eu mesmo não acreditasse nela de forma alguma, nunca me passou pela cabeça destruir tal crença no seu nobre coração! Quantas vezes ele devaneava pronunciando baixinho o nome de um amigo muito querido, o nome de um amigo perdido. E, quando estava prestes a morrer, quando a proximidade da eternidade deu ao seu espírito qualquer coisa da iluminação da sepultura, aquele pensamento, que até então não passara de uma dúvida, tornou-se numa convicção, e as últimas palavras que pronunciou foram estas: "Maximilien, era Edmond Dantès!"

A palidez do conde, que nos últimos segundos crescera, tornou-se assustadora diante dessas palavras. Todo o seu sangue tinha acabado de chegar ao coração, ele não podia falar, puxou o relógio como se tivesse esquecido a hora, pegou o chapéu, apresentou à senhora Herbault um cumprimento brusco e embaraçado, e apertando as mãos de Emmanuel e Maximilien:

– Senhora – disse ele –, permita-me que venha algumas vezes apresentar-lhe meus cumprimentos. Amo a sua casa, e estou grato por sua hospitalidade, porque eis a primeira vez em que me esqueci de mim mesmo em muitos anos.

E saiu a passos largos.

– É um homem singular esse conde de Monte Cristo – disse Emmanuel.

– Sim – respondeu Maximilien –, mas acho que ele tem um coração excelente, e estou certo de que nos ama.

– E eu! – disse Julie. – Sua voz penetrou no meu coração, e por duas ou três vezes parecia que não era a primeira vez em que a ouvia.

Píramo e Tisbe

Quase no fim do *Faubourg* Saint-Honoré, atrás de um palacete belo e notável entre as admiráveis habitações desse rico bairro, se estende um vasto jardim cujos castanheiros espessos ultrapassam os enormes muros, altos como baluartes, e deixam, quando vem a primavera, cair suas flores cor-de-rosa e brancas em dois vasos de pedra canelada colocados paralelamente sobre duas pilastras quadrangulares, nas quais se insere um portão formado por uma grade de ferro do tempo de Luís XIII.

Essa entrada grandiosa está condenada, apesar dos magníficos gerânios que crescem nos dois vasos e que balançam ao vento suas folhas marmorizadas e suas flores roxas, desde que os proprietários do palacete, e isso data já de muito tempo, se limitaram à posse dele, do pátio plantado de árvores que dá para o *Faubourg*, e do jardim fechado por esse portão, que outrora dava para uma magnífica horta de meio hectare, anexa à propriedade. Mas tendo o demônio da especulação puxado uma linha, quer dizer, uma rua na extremidade dessa horta, e tendo a rua, antes mesmo de existir, graças a uma reluzente placa de ferro, recebido um nome, pensou-se poder vender essa horta para construir na rua, e competir com essa grande artéria de Paris como é chamado o *Faubourg* Saint-Honoré.

O CONDE DE MONTE CRISTO – TOMO 2

Mas, em matéria de especulação, o homem propõe e o dinheiro dispõe. A rua batizada morreu no berço. O comprador da horta, depois de tê-la perfeitamente pago, não conseguiu revendê-la pelo valor que queria, e, esperando uma alta de preço que não poderia deixar de acontecer, mais cedo ou mais tarde, e que pudesse indenizá-lo muito além das suas perdas passadas e do seu capital em repouso, contentou-se em alugar esse terreno a hortelões, mediante a soma de 500 francos por ano.

É dinheiro aplicado a meio por cento, o que não é nada caro para os tempos que correm, em que há tanta gente que o coloca a cinquenta e ainda acha que o dinheiro rende muito pouco.

No entanto, como dissemos, o portão do jardim que outrora dava para a horta está condenado, e a ferrugem corrói suas dobradiças. E tem mais: para que ignóbeis hortelãos não contaminem com seus olhares vulgares o interior do terreno aristocrático, uma divisória de pranchas foi aplicada às barras até à altura de dois metros. É verdade que as pranchas não são tão bem unidas que não se possa deslizar um olhar furtivo entre intervalos. Mas essa é uma casa severa, que não teme as indiscrições.

Nessa horta, em vez de couves, cenouras, rabanetes, ervilhas e melões, crescem umas grandes luzernas, única cultura que anuncia que ainda se sonha com esse lugar abandonado. Uma portinha baixa, que abre para a rua projetada, dá entrada para esse terreno cercado de muros, que seus arrendatários acabam de abandonar devido à sua esterilidade e que há oito dias, em vez de render meio por cento, como no passado, não rende absolutamente nada.

Do lado do palacete, os castanheiros dos quais falamos coroam o muro, o que não impede outras árvores exuberantes e floridas de deslizar em seus intervalos seus ramos ávidos de ar. Em um ângulo em que a folhagem torna--se tão espessa que a luz mal consegue penetrar, um largo banco de pedra e assentos de jardim indicam um local de reunião ou de retiro favorito para qualquer morador da residência situada a cem passos, e que apenas se vê através do muro de verde que o envolve. Por fim, a escolha desse recanto misterioso é simultaneamente justificada pela ausência do sol, pelo frescor eterno, mesmo durante os dias mais quentes do verão, pelo chilrear dos pássaros e pela distância da casa e da rua, isto é, dos negócios e do barulho.

Por volta da noite de um dos dias mais quentes que a primavera já proporcionou aos habitantes de Paris, havia nesse banco de pedra um livro, um guarda-chuva, um cesto de trabalho e um lenço de cambraia, cujo bordado estava começado, e não longe desse banco, perto do portão, de pé na frente das tábuas, espreitando a divisória da cerca, uma jovem cujo olhar mergulhava por uma fenda no terreno deserto que conhecemos.

Quase ao mesmo tempo, a pequena porta desse terreno fechava-se sem ruído, e um jovem, alto, vigoroso, vestindo um blusão de brim grosseiro e um boné de veludo, mas cujo bigode, barba e cabelo negros extremamente bem cuidados destoavam um pouco daquela roupa simples, depois de um rápido olhar a sua volta para garantir que ninguém o espiava, passando por essa porta, que depois fechou, dirigiu-se com passo agitado até o portão gradeado.

Ao ver aquele que ela esperava, mas provavelmente não com aqueles trajes, a jovem assustou-se e recuou.

E, entretanto, já através das fendas da porta, o jovem homem, com aquele olhar que só pertence aos amantes, tinha visto flutuar o vestido branco e a longa faixa azul. Ele correu para a divisória e, aproximando a boca de uma abertura:

– Não tenha medo, Valentine – disse ele –, sou eu.

A moça se aproximou.

– Oh! – disse ela –, por que veio tão tarde hoje? Sabe que vamos jantar em breve, e que realmente precisei da diplomacia e da prontidão para me livrar da minha madrasta que me espia, da minha criada de quarto que me espiona e do meu irmão que me atormenta, para vir trabalhar aqui neste bordado, que, bem tenho medo, vai demorar a estar terminado? Em seguida, quando se desculpar sobre seu atraso, vai me dizer qual é esse novo traje que houve por bem adotar e que quase foi a causa de eu não reconhecê-lo.

– Querida Valentine – disse o jovem –, você está muito acima do meu amor para que eu ouse falar sobre ele, e no entanto todas as vezes que a vejo preciso lhe dizer que a adoro, para que o eco de minhas próprias palavras me acaricie suavemente o coração quando não a vejo. Agora, lhe agradeço por sua repreensão. Ela é toda encantadora, porque me prova, não ouso dizer que esperava por mim, mas que pensava em mim. Você queria saber a causa do meu atraso e o motivo do meu disfarce. Vou lhe dizer, e espero que os perdoará: eu escolhi uma profissão.

– Uma profissão?!... O que quer dizer, Maximilien? Somos assim tão felizes para que me fale do que nos diz respeito brincando?

– Oh, Deus me defenda de brincar com o que é a minha vida – disse o jovem. – Mas, farto de ser um corredor dos campos e um escalador de muros, seriamente assustado com a ideia em que me fez pensar outra tarde de que seu pai um dia ainda me faria julgar como ladrão, o que comprometeria a honra de todo o exército francês, e não menos assustado com a possibilidade de alguém estranhar ver-me girar constantemente em volta desse terreno, onde não há a menor cidadela a sitiar ou o menor bloqueio a defender, de capitão de *spahis* fiz-me hortelão e adotei o traje da minha profissão.

– Bem, que loucura!

– É ao contrário a coisa mais sábia, creio eu, que fiz na vida, pois ela nos dá toda a segurança.

– Vejamos, explique-se.

– Bem, fui procurar o proprietário deste terreno. O arrendamento com os antigos locatários estava acabado e o aluguei de novo dele. Toda essa luzerna que você vê me pertence, Valentine. Nada me impede de me fazer construir uma cabana nessas forragens e viver doravante a vinte passos da senhora. Oh, minha alegria e minha felicidade, não posso contê-las. Acredita, Valentine, que se possa pagar por essas coisas? É impossível, não é? Pois bem! Toda essa felicidade, toda essa alegria, pelas quais teria dado dez anos de minha vida, me custam, adivinhe quanto?... Quinhentos francos por ano, pagáveis trimestralmente. Assim, como vê, doravante nada mais há a temer. Estou aqui no meu espaço, posso colocar umas escadas contra meu muro e olhar por cima, e tenho, sem receio de que uma patrulha venha me importunar, o direito de lhe dizer que a amo, contanto que seu orgulho não se venha a se ferir por ouvir sair essa palavra da boca de um pobre trabalhador vestido com uma blusa e usando um boné.

Valentine soltou um gritinho de alegre surpresa. E de repente:

– Infelizmente! Maximilien – disse de forma triste e como se uma nuvem ciumenta viera de súbito encobrir o raio de sol que iluminava o seu coração –, agora, seremos demasiadamente livres. Nossa felicidade nos fará tentar Deus. Abusaremos da nossa segurança e nossa segurança nos perderá.

– Pode dizer-me isso, minha amiga, a mim que, desde que a conheço, prova-lhe cada dia que subordinei meus pensamentos e minha vida à sua vida e aos seus pensamentos? Quem lhe deu confiança em mim? Minha honra, não é? Quando me disse que um instinto vago a assegurava de que corria um grande perigo, coloquei minha dedicação a seu serviço, sem pedir outra recompensa senão a felicidade de servi-la. Desde então, tenho eu, com uma palavra, com um sinal, lhe dado a oportunidade de se arrepender de me ter distinguido entre aqueles que teriam morrido felizes por você? Você me disse, pobre criança, que estava noiva do senhor d'Épinay, que seu pai tinha decidido essa aliança, quer dizer que ela era certa, porque tudo o que o senhor De Villefort quer infalivelmente acontece. Bem, eu fiquei na sombra, esperando tudo, não da minha vontade, não da sua, mas dos acontecimentos, da Providência, de Deus, e ainda assim você me ama, teve piedade de mim, Valentine, e me disse isso. Obrigado por essa palavra doce que só peço que me repita de vez em quando, e que me fará esquecer de tudo.

– Eis o que o encorajou, Maximilien, eis o que me proporciona ao mesmo tempo uma vida bem doce e bem infeliz, a ponto de me perguntar muitas vezes o que é melhor para mim, o desgosto que outrora me causavam o rigor da minha madrasta e sua preferência cega pelo filho, ou a felicidade cheia de perigos que experimento quando vejo você.

– Perigo! – gritou Maximilien. – Como pode dizer uma palavra tão dura e tão injusta! Você já viu um escravo mais submisso que eu? Você tem me permitido falar-lhe às vezes, Valentine, mas me proibiu de segui-la. Eu obedeci. Desde que encontrei a maneira de me esgueirar neste cercado, conversar com você através desta porta, estar finalmente tão perto sem vê-la, me diga, já lhe pedi para tocar a parte inferior de seu vestido através destas grades? Já dei um passo para transpor esse muro, obstáculo ridículo para minha juventude e minha força? Nunca uma censura sobre seu rigor, nunca um desejo expressado em voz alta. Fui contido em minha palavra como um cavaleiro dos tempos passados. Admita isso pelo menos, para que eu não pense que é injusta.

– É verdade – disse Valentine, passando por entre duas tábuas a extremidade de um de seus dedos finos em que Maximilien pousou os lábios. – É verdade, você é um amigo honesto. Mas, finalmente, você agiu apenas com o sentimento de seu interesse, meu querido Maximilien. Bem sabia que, no dia em que o escravo se tornasse exigente, ele teria tudo a perder. Você me prometeu a amizade de um irmão, a mim que não tenho amigos, a mim que meu pai esquece, a mim que minha madrasta persegue, que não tem por consolo senão o velho imóvel, mudo, gelado, cuja mão não pode apertar minha mão, de quem só o olho é capaz de falar comigo e cujo coração, sem dúvida, bate por mim com um resto de calor. Escárnio amargo do destino que me faz inimiga e vítima de todos os que são mais fortes que eu, e que me dá um cadáver como apoio e amigo! Oh, de verdade, Maximilien, repito, sou muito infeliz, e você tem razão em me amar por mim e não por você.

– Valentine – disse o jovem com uma emoção profunda, não diria que só amo você no mundo, porque também amo minha irmã e meu cunhado, mas é com um amor doce e calmo, que em nada se assemelha ao sentimento que eu experimento por você. Quando penso em você, meu sangue ferve, meu peito incha, meu coração transborda. Mas essa força, esse ardor, esse poder sobre-humano, vou usá-los apenas para amá-la até o dia em que me pedir para usá-los para servi-la. O senhor Franz d'Épinay estará ausente por mais um ano, dizem. Em um ano, quantas oportunidades favoráveis podem nos servir, quantos eventos podem nos ajudar! Esperemos sempre, é tão bom e tão doce esperar! Mas até lá, Valentine, você que reprova meu egoísmo, o que tem sido para mim? A bela e fria estátua da Vênus pudica. Em troca dessa dedicação, dessa obediência, dessa moderação, o que me prometeu? Nada. O que me concedeu? Muito pouca coisa. Você me fala sobre o senhor d'Épinay, seu noivo, e suspira com essa ideia de ser um dia dele. Vamos, Valentine, isso é tudo o que tem na alma? Ora, eu lhe empenho minha vida, dou-lhe minha alma e lhe dedico até o mais insignificante batimento do meu coração, e quando sou todo seu, digo baixinho para mim mesmo que morrerei se perdê-la, você não se assusta diante da simples ideia de pertencer a outro! Oh, Valentine, Valentine, se eu fosse o que é, se eu me sentisse amado como você tem certeza que a amo, já cem vezes eu teria passado minha mão entre as barras deste portão, e teria apertado a mão do pobre Maximilien dizendo-lhe: "Sou sua, só sua, Maximilien, neste mundo e no outro".

Valentine não respondeu nada, mas o jovem ouviu-a suspirar e chorar.

A reação foi rápida da parte de Maximilien.

– Oh! – gritou ele –, Valentine, Valentine, esqueça minhas palavras, se houver nas minhas palavras algo que possa tê-la magoado.

– Não – disse ela –, você está certo, mas não vê que sou uma pobre criatura, abandonada em uma casa quase inóspita, porque meu pai é quase um estranho, e cuja vontade vem sendo minada há dez anos, dia por dia, hora por hora, minuto por minuto, pela vontade de ferro de senhores que me oprimem. Ninguém vê o que sofro, e eu não disse a ninguém senão a você. Na aparência, e aos olhos de todos, tudo é bom para mim, tudo é afetuoso para mim, na verdade tudo é hostil para mim. O mundo diz: "O senhor De Villefort é muito grave e severo para ser gentil com sua filha; mas pelo menos ela teve a felicidade de encontrar na senhora de Villefort uma segunda mãe".' Bem, o mundo se engana, meu pai me abandona com indiferença, e minha madrasta me odeia com uma obstinação ainda mais terrível pelo fato de estar encoberta por um eterno sorriso.

– Odiá-la, Valentine!? Como pode alguém odiá-la?

– Ah, meu amigo – disse Valentine –, sou forçada a confessar que esse ódio para mim vem de um sentimento quase natural. Ela ama seu filho, meu irmão Édouard.

– E então?

– Ora, parece-me estranho misturar isso com o que chamávamos de uma questão de dinheiro. Bem, meu amigo, acredito que o ódio dela vem disso pelo menos. Como ela não tem fortuna do seu lado, e como já sou rica por parte de minha mãe, e como essa fortuna será ainda mais que dobrada pela do senhor e da senhora de Saint-Méran, que um dia vai voltar para mim, acredito que é invejosa. Oh, meu Deus, se eu pudesse lhe dar a metade dessa fortuna e me sentir na casa do senhor de Villefort como uma jovem na casa de seu pai, é claro que faria isso agora mesmo.

– Pobre Valentine!

– Sim, sinto-me acorrentada, e ao mesmo tempo sinto-me tão frágil que me parece que esses laços me sustentam, e que tenho medo de rompê-los. Além disso, meu pai não é um homem cujas ordens podem ser impunemente infringidas: ele é poderoso contra mim, ele seria contra você, ele o seria contra o próprio rei, protegido que é por um passado impecável e por uma posição quase inatacável. Oh, Maximilien, eu juro, o motivo de eu não estar lutando é porque tenho receio de prejudicar tanto você quanto a mim nessa luta.

– Mas, enfim, Valentine – repreendeu Maximilien –, por que se desesperar assim e ver o futuro sempre sombrio?

– Ah, meu amigo, porque eu o julgo pelo passado.

– Porém, vejamos: se não sou um partido ilustre do ponto de vista aristocrático, no entanto prezo bastante, sob muitos aspectos, o mundo em que você vive; o tempo onde havia duas Franças na França já não existe, as famílias mais altas da monarquia fundiram-se nas famílias do Império. A aristocracia da lança casou com a nobreza do canhão. Bem, eu pertenço a esta última: tenho um futuro brilhante no exército, gozo de uma fortuna limitada, mas independente. A memória de meu pai, finalmente, é venerada em nossa região como a de um dos mais honestos comerciantes que existiram. Eu digo nossa região, Valentine, porque é quase de Marselha.

– Não me fale de Marselha, Maximilien, essa simples palavra me lembra minha boa mãe, aquele anjo que todos prantearam, e que, depois de ter vigiado sua filha durante a sua curta estada na terra, ainda vela por ela, pelo menos assim espero, durante sua eterna permanência no céu. Ah, se minha pobre mãe vivesse, Maximilien, eu não teria mais nada a temer. Eu diria a ela que a amo e ela nos protegeria.

– Infelizmente, Valentine – disse Maximilien –, se ela vivesse, eu não a conheceria, sem dúvida. Porque, como disse, você seria feliz se ela vivesse, e a Valentine feliz teria olhado para mim com desdém do alto de sua grandeza.

– Ah, meu amigo – gritou Valentine –, você é que é injusto por sua vez. Mas me diga…

– O que quer que eu diga? – Maximilien disse –, vendo que Valentine estava hesitante.

– Diga-me – continuou a jovem –, houve uma vez em Marselha alguma desavença entre seu pai e o meu?

– Não que eu saiba – respondeu Maximilien –, a não ser que seu pai era um apoiador mais que zeloso dos Bourbons, e o meu um homem dedicado ao imperador. É, presumo, tudo o que houve de dissidência entre eles. Mas por que a pergunta, Valentine?

– Vou lhe dizer – retomou a jovem – porque tem de saber tudo. Bem, era o dia em que a sua nomeação como oficial da Legião de Honra foi publicada no jornal. Estávamos todos na casa do meu avô, senhor Noirtier, e ainda havia o senhor Danglars, aquele banqueiro, não sei se você sabe, cujos cavalos quase mataram minha mãe e meu irmão. Eu estava lendo o jornal em voz alta para meu avô enquanto esses senhores falavam do casamento da senhorita Danglars. Quando cheguei ao parágrafo que lhe dizia respeito e que eu já tinha lido, porque você me tinha dado essa boa notícia na manhã da véspera; quando cheguei, digo, no parágrafo a seu respeito, eu estava muito feliz… mas também bem trêmula por ser obrigada a pronunciar seu nome em voz alta, o qual decerto omitiria não fosse o receio que tinha de que interpretassem mal meu silêncio. Apelei, pois, para toda a minha coragem e o li.

– Querida Valentine!

– Bem, assim que seu nome soou, meu pai virou a cabeça. Eu estava tão certa (veja como sou louca!) que todos iam ser atingidos por esse nome como por um raio, que pensei ver meu pai tremer e até mesmo (no caso deste foi uma ilusão, tenho certeza), e até mesmo o senhor Danglars.

– Morrel – disse o meu pai –, espere! – Ele franziu a sobrancelha. – Será um desses Morrel de Marselha, um daqueles fanáticos bonapartistas que nos fizeram tanto mal em 1815?

– Sim, acredito que sim – disse o senhor Danglars –, até acho que é o filho do velho armador.

– Sério? – falou Maximilien. – E o que disse seu pai, Valentine?

– Oh, uma coisa horrível que não me atrevo a repetir.

– Diga – falou Maximilien sorrindo.

– O imperador deles – continuou ele franzindo a sobrancelha –, sabia como pô-los no seu lugar, todos aqueles fanáticos ele os chamava de bucha de canhão, e era o único nome que eles mereciam. Vejo com alegria que o governo novo recoloca em vigor esse salutar princípio. Não fosse pelo fato de assim ele conservar a Argélia, felicitaria o governo por isso, embora ela nos custe um pouco caro.

– É realmente uma política bastante brutal – disse Maximilien. – Mas não se assuste, querida amiga, do que disse o senhor de Villefort. A respeito disso, meu corajoso pai não cedia em nada ao seu, e repetia o tempo todo: "Por que razão então o imperador, que faz tantas coisas bonitas, não cria um regimento de juízes e advogados, e os envia todos para a linha de fogo?". Você vê, cara amiga, os partidos valem pelo pitoresco da expressão e pela suavidade do pensamento. Mas o senhor Danglars, o que ele disse diante dessa tirada do procurador do rei?

– Oh, ele começou a rir um riso sorrateiro que lhe era peculiar e que soa feroz para mim. Então eles se levantaram no momento seguinte e partiram.

Eu vi só que o meu bom avô estava todo agitado. É preciso dizer-lhe, Maximilien, que só eu adivinho a sua agitação, esse pobre paralítico, e eu suspeitava que a conversa que tinha ocorrido diante dele (porque já não se presta atenção a ele, pobre avô!) o impressionara fortemente, porque se falara mal do seu imperador e, ao que parece, ele foi fanático por ele.

– De fato – disse Maximilien –, é um dos nomes conhecidos do império: foi senador, como você sabe ou como não sabe, Valentine, ele participou de quase todas as conspirações bonapartistas feitas sob a Restauração.

– Sim, às vezes ouço falarem em voz baixa sobre essas coisas que me parecem estranhas: o avô bonapartista, o pai monarquista. Finalmente, o que quer?... Então me virei para ele. Ele mostrou-me o jornal com o olhar.

– O que tem, paizinho? – disse-lhe. – Está feliz?

Acenou com a cabeça que sim.

– Com o que meu pai acabou de dizer? – perguntei.

Ele fez sinal que não.

– Com o que o senhor Danglars disse?

Ele fez sinal que não de novo.

– É pelo fato de o senhor Morrel – não ousei dizer Maximilien – ter sido nomeado oficial da Legião de Honra?

Ele fez sinal que sim.

– Acredita nisso, Maximilien? Ficou contente por você ter sido nomeado oficial da Legião de Honra, ele que não o conhece. Talvez se deva à loucura dele, porque voltou, dizem, à infância. Mas eu gosto dele assim.

– É estranho – pensou Maximilien. – Então seu pai me odiaria, enquanto pelo contrário seu avô... Coisas estranhas esses amores e esses ódios a partidos!

– Silêncio! – De repente, Valentine gritou. – Esconda-se; fuja! Vem gente!

Maximilien saltou sobre uma enxada e começou a revolver impiedosamente a luzerna.

– Senhorita, senhorita – gritou uma voz atrás das árvores –, a senhora de Villefort a procura em todos os lugares e a chama. Há uma visita no salão.

O CONDE DE MONTE CRISTO – TOMO 2

– Uma visita! – disse Valentine toda agitada. – E quem nos faz esta visita?

– Um grande senhor, um príncipe, a quem chamam de senhor conde de Monte Cristo.

– Eu vou – disse, em voz alta, Valentine.

Essas palavras fizeram tremer do outro lado do portão aquele a quem o "eu vou" de Valentine era a despedida no fim de cada encontro.

– Ora! – disse Maximilien. – Apoiando-se todo pensativo na sua enxada. – Como é que o conde de Monte Cristo conhece o senhor de Villefort?

Toxicologia

Era de fato o senhor conde de Monte Cristo que havia acabado de entrar na casa da senhora de Villefort com a intenção de retribuir ao senhor procurador do rei a visita que ele lhe tinha feito, e diante desse nome toda a casa, como é compreensível, tinha sido posta em polvorosa.

A senhora de Villefort, que estava sozinha no salão quando foi anunciado o conde, fez vir imediatamente o filho para que a criança reiterasse seu agradecimento ao conde, e Édouard, que havia dois dias não parava de ouvir falar da grande figura, apressou-se a vir, não por obediência à mãe, não para agradecer ao conde, mas por curiosidade e para fazer alguma observação que o levasse a introduzir uma daquelas caretas que faziam sua mãe dizer: "Oh, menino mau; mas tenho de perdoá-lo, ele é tão espirituoso!".

Após as primeiras cortesias de praxe, o conde perguntou do senhor de Villefort.

– Meu marido foi jantar na casa do senhor chanceler – respondeu a jovem senhora. – Ele acaba de sair e lamentará, tenho certeza, ter sido privado da felicidade de vê-lo.

Dois visitantes que tinham precedido o conde no salão, e que o devoravam com os olhos, retiraram-se depois do tempo razoável exigido tanto pela polidez quanto pela curiosidade.

O conde de Monte Cristo – Tomo 2

– A propósito, o que está fazendo sua irmã Valentine? – disse a senhora de Villefort para Édouard. – Que a avisem para que eu tenha a honra de apresentá-la ao senhor conde.

– A senhora tem uma filha? – perguntou o conde. – Mas deve ser uma criança?

– É a filha do senhor de Villefort – respondeu a jovem senhora. – Uma filha de um primeiro casamento, uma pessoa grande e bonita.

– Mas melancólica – interrompeu o jovem Édouard arrancando, para fazer um penacho em seu chapéu, as penas da cauda de uma linda arara que gritava de dor no seu poleiro dourado.

A senhora de Villefort se contentou em dizer:

– Silêncio, Édouard!

Depois acrescentou:

– Esse jovem tonto quase tem razão, e repete o que muitas vezes me ouviu dizer com dor; porque a senhorita de Villefort é, apesar de tudo que podemos fazer para distraí-la, de um caráter triste e de um humor taciturno que muitas vezes prejudica o efeito de sua beleza. Mas onde ela está que não aparece, Édouard? Descubra o porquê disso.

– Porque a procuraram onde ela não está.

– Onde a procuraram?

– Na casa do vovô Noirtier.

– E acha que ela não está lá?

– Não, não, não, não, não, ela não está lá – disse Édouard cantarolando.

– E onde está ela? Se você sabe, diga.

– Ela está debaixo do grande castanheiro – continuou o garoto mau, apresentando, apesar dos gritos da sua mãe, moscas vivas ao papagaio, que parecia gostar muito desse tipo de caça.

A senhora de Villefort estendia a mão para tocar e para indicar à criada o lugar onde encontraria Valentine, quando esta entrou.

Ela de fato parecia triste, e olhando para ela com atenção até seria possível ver nos seus olhos vestígios de lágrimas.

Valentine, que nós, levados pela velocidade da narrativa, apresentamos aos nossos leitores sem fazê-la conhecer, era uma grande e esbelta jovem de 19 anos, cabelo castanho-claro, olhos azul-escuros, andar lânguido e impregnada da requintada distinção que caracterizava sua mãe. Suas mãos brancas e afiladas, seu pescoço de madrepérola, suas bochechas marmorizadas de cores fugidias, lhe conferiam à primeira vista a expressão de uma daquelas belas inglesas que foram comparadas de forma muito poética em suas atitudes a cisnes que se olham mutuamente.

Então ela entrou, e vendo perto da mãe o estrangeiro do qual tanto já tinha ouvido falar, ela saudou sem nenhuma afetação de donzela e sem baixar os olhos, com uma graça que redobrou a atenção do conde.

Este se levantou.

– Senhorita de Villefort, minha enteada – disse a senhora de Villefort para Monte Cristo, desencostando do sofá e mostrando Valentine com a mão.

– E o senhor conde de Monte Cristo, rei da China, imperador da Cochinchina – disse o pequeno engraçado, lançando um olhar maroto para a irmã.

Dessa vez, a senhora de Villefort empalideceu e quase se irritou com esse flagelo doméstico que respondia pelo nome de Édouard. Mas, bem ao contrário, o conde sorriu e pareceu olhar para a criança com complacência, o que levou ao cúmulo a alegria e o entusiasmo da mãe.

– Mas, senhora – o conde retomou a conversa olhando alternadamente para a senhora de Villefort e para Valentine –, eu já não tive a honra de ver a senhora e a senhorita em algum lugar? Ainda há pouco, eu pensava nisso e quando a senhorita entrou, sua vista foi mais um raio de luar jogado sobre uma memória confusa, perdoem-me dizê-lo.

– Isso não é provável, senhor. A senhorita de Villefort não aprecia muito a vida em sociedade e raramente saímos – disse a jovem senhora.

– Mas não foi em uma reunião social que vi a senhorita, bem como a senhora, e esse encantador traquinas. A sociedade parisiense, na verdade, me é totalmente desconhecida, pois creio ter tido a honra de lhe ter dito, estou em Paris há alguns dias. Não, se me permite lembrar… espere…

O conde pôs a mão na testa, de maneira que parecia se concentrar todas as suas memórias:

O conde de Monte Cristo – Tomo 2

– Não, foi ao ar livre, não sei, mas parece-me que essa recordação é inseparável de um sol bonito e de uma espécie de festa religiosa. A senhorita tinha nas mãos umas flores. A criança corria atrás de um belo pavão num jardim, e a senhora, minha senhora, estava sob um caramanchão... Ajude-me então, senhora. As coisas que estou lhe dizendo não lhe lembram nada?

– Não, na verdade – respondeu a senhora de Villefort. – E no entanto me parece, senhor, que se eu o tivesse encontrado em algum lugar, sua lembrança teria ficado presente na minha memória.

– Talvez o senhor conde nos tenha visto na Itália – disse timidamente Valentine.

– De fato, na Itália... é possível – disse Monte Cristo. – A senhorita viajou para a Itália?

– A senhora e eu fomos lá há dois anos. Os médicos temiam pelos meus pulmões e tinham me recomendado o ar de Nápoles. Passamos por Bolonha, Perúgia e Roma.

– Ah, é verdade, senhorita – gritou Monte Cristo, como se essa simples indicação bastasse para fixar todas as suas memórias. Foi em Perúgia, no dia da Festa do Santo Sacramento, no jardim da hospedaria do Correio, onde o acaso nos reuniu, a senhora, seu filho e eu, lembro-me de ter tido a honra de vê-los.

– Lembro-me perfeitamente de Perúgia, senhor, e da hospedaria do Correio, e da festa de que me fala – disse a senhora de Villefort. – Mas por mais que eu interrogue as minhas memórias, e tenho vergonha de minha pouca memória, não me lembro de ter tido a honra de vê-lo.

– É estranho, nem eu – disse Valentine erguendo os lindos olhos para Monte Cristo.

– Ah, eu me lembro – disse Édouard.

– Vou ajudá-la, senhora – disse o conde. – O dia tinha sido escaldante. A senhora estava esperando cavalos que não chegavam por causa da solenidade. A senhorita se afastou para as profundezas do jardim, e seu filho desapareceu, correndo atrás do pássaro.

– Eu o alcancei, mamãe, a senhora sabe – disse-lhe Édouard –, arranquei-lhe três penas da cauda.

– A senhora permaneceu sob o caramanchão da videira, não se lembra? Enquanto esteve sentada num banco de pedra e, como eu disse, enquanto a senhorita de Villefort e o seu filho estavam ausentes, a senhora não se lembra de ter conversado durante bastante tempo com alguém?

– Sim, realmente, sim – disse a jovem senhora, corando –, lembro-me, com um homem embrulhado num longo casaco de lã... com um médico, acredito.

– Justamente, senhora. Esse homem era eu. Há duas semanas eu morava nesta hospedaria, tinha curado meu camareiro da febre e meu hospedeiro de icterícia, de modo que as pessoas me olhavam como um grande médico. Nós conversamos por muito tempo, senhora, sobre coisas diferentes, sobre Peruggino, sobre Rafael, sobre costumes, trajes, sobre essa famosa *acqua-tofana*, da qual algumas pessoas ainda conservavam o segredo em Perúgia.

– Ah, é verdade – disse a senhora de Villefort com uma certa inquietação. – Eu me lembro.

– Não sei mais o que me disse com detalhes – prosseguiu o conde com perfeita tranquilidade –, mas lembro-me perfeitamente de que, partilhando a meu respeito o equívoco generalizado, a senhora consultou-me sobre a saúde da senhorita de Villefort.

– Mas mesmo assim, senhor, o senhor era realmente médico – disse a senhora de Villefort –, já que curou doentes.

– Molière ou Beaumarchais lhe responderiam, senhora, que é precisamente porque não o era, que não curei meus doentes, mas que meus doentes sararam. Eu me contentaria em dizer ao senhor que estudei bastante a fundo a química e as ciências naturais, mas somente como amador... a senhora entende.

Nesse momento, deram seis horas.

– Já são seis horas – disse a senhora de Villefort visivelmente agitada. – Não vai ver, Valentine, se o seu avô está pronto para jantar?

Valentine levantou-se e, cumprimentando o conde, saiu do quarto sem pronunciar uma única palavra.

O conde de Monte Cristo – Tomo 2

– Oh, meu Deus, minha senhora, será por minha causa que a senhora dispensou a senhorita de Villefort? – disse o conde quando Valentine saiu.

– Nem um pouco – respondeu a jovem senhora. – Mas é a hora que damos ao senhor Noirtier a triste refeição que sustenta sua triste existência. O senhor sabe o estado deplorável em que está o pai do meu marido?

– Sim, senhora, o senhor de Villefort me disse. Paralisia, acho eu.

– Infelizmente, sim, há no pobre velho completa ausência do movimento, só a alma vigia nessa máquina humana, e ainda pálida e trêmula, como uma lâmpada pronta para se apagar. Mas desculpe-me, senhor, por falar dos nossos infortúnios domésticos, interrompi-o no momento em que me dizia que era um bom químico.

– Oh, eu não dizia isso, senhora – respondeu o conde com um sorriso. – Bem pelo contrário, estudei química porque, decidido a viver especialmente no Oriente, quis seguir o exemplo do rei Mitrídates.

– *Mithridates, rex Ponticus* – disse o estouvado cortando umas silhuetas em um magnífico álbum. – O mesmo que almoçava todas as manhãs com uma xícara de creme de veneno.

– Édouard, criança malvada! – gritou a senhora de Villefort arrancando o livro mutilado das mãos do filho. – Você é insuportável, você nos deixa atordoados. Deixe-nos, vá se encontrar com sua irmã Valentine na casa do pai Noirtier.

– O álbum... – disse Édouard,

– Como o álbum?

– Sim, quero o álbum...

– Porque cortou os desenhos?

– Porque me diverte.

– Vá embora! Vá!

– Não vou embora se não me derem o álbum – disse a criança, fiel ao seu hábito de nunca ceder, instalando-se em um grande sofá.

– Tome, e deixe-nos em paz – disse a senhora Villefort. E ela deu o álbum a Édouard, que saiu acompanhado da mãe.

O conde seguiu com os olhos a senhora de Villefort.

ALEXANDRE DUMAS

– Vamos ver se ela vai fechar a porta quando ele sair – murmurou ele.

A senhora de Villefort fechou a porta com o maior cuidado atrás da criança. O conde não pareceu notar.

E então, olhando à sua volta pela última vez, a jovem senhora novamente sentou-se na conversadeira.

– Permita-me observar, senhora – disse o conde com a bonomia que conhecemos –, que a senhora é muito severa com esse encantador travesso.

– Tenho de fazer isso, senhor – respondeu a senhora de Villefort com uma verdadeira postura materna.

– O senhor Édouard recitava Cornélio Nepo, discorrendo sobre o rei Mitrídates – disse o conde –, e a senhora o interrompeu em uma citação que prova que seu tutor não perdeu tempo com ele, e que seu filho está muito avançado para a idade.

– O fato, senhor conde – respondeu a mãe suavemente lisonjeada –, é que ele tem grande facilidade, e aprende tudo o que quer. Tem apenas um defeito, o de ser demasiado voluntarioso. Mas, a propósito do que dizia, o senhor acredita, por exemplo, senhor conde, que Mitrídates usou dessas precauções e que essas precauções podem ser eficazes?

– Acredito tanto, minha senhora, que eu a usei para não ser envenenado em Nápoles, em Palermo, em Esmirna, ou seja, em três ocasiões em que, sem essa precaução, poderia ter deixado a minha vida.

– E teve sucesso com isso?

– Perfeitamente.

– Sim, é verdade. Lembro-me de que já me contou alguma coisa parecida em Perúgia.

– Realmente? – falou o conde, com uma surpresa admiravelmente simulada. – Agora sou eu que não me lembro.

– Eu lhe perguntei se os venenos atuavam igualmente e com semelhante poder sobre os homens do norte e do sul, e o senhor me respondeu mesmo que os temperamentos frios e linfáticos dos setentrionais não apresentavam a mesma aptidão que a rica e enérgica natureza das pessoas do Sul da França.

O CONDE DE MONTE CRISTO – TOMO 2

– É verdade – disse Monte Cristo. – Vi uns russos devorarem, sem serem incomodados, substâncias vegetais que matariam um napolitano ou um árabe.

– Assim, o senhor acredita, o resultado seria ainda mais seguro entre nós que no Oriente, e no meio das nossas névoas e chuvas, um homem se acostumaria mais facilmente que sob uma latitude mais quente a essa absorção progressiva do veneno?

– Sem dúvida. No entanto, é claro que só se estará protegido contra o veneno a que nós estivermos acostumados?

– Sim, eu entendo. E como o senhor se acostumaria, o senhor, por exemplo, ou como se acostumou?

– É fácil. Suponha que a senhora saiba de antemão qual veneno vão usar contra a senhora... suponha que o veneno é... brucina, por exemplo...

– A brucina é extraída da falsa-angustura, creio – disse a senhora de Villefort.

– Justamente, senhora – respondeu Monte Cristo. – Mas vejo que não me resta muito a lhe ensinar, receba meus cumprimentos. Tal conhecimento é raro nas mulheres.

– Oh, confesso – disse a senhora de Villefort –, tenho a mais violenta paixão pelas ciências ocultas que falam à imaginação como poesia, e se resolvem em figuras como uma equação algébrica. Mas continue, por favor, o que o senhor diz me interessa no mais alto grau.

– Bem – disse outra vez Monte Cristo –, suponha que o veneno seja a brucina, por exemplo, e que a senhora tome um miligrama no primeiro dia, dois miligramas no segundo. Após dez dias, a senhora terá um centigrama. Após vinte dias, aumentando mais um miligrama, a senhora terá três centigramas, ou seja, uma dose que suportará sem inconveniente, e que já seria muito perigosa para outra pessoa que não tivesse tomado as mesmas precauções que a senhora. Finalmente, após um mês, bebendo água no mesmo jarro, a senhora mataria a pessoa que teria bebido a água ao mesmo tempo que a senhora, sem notar, a não ser por um simples mal-estar, a existência de uma substância venenosa qualquer misturada nessa água.

– O senhor não conhece outro antídoto?

– Não conheço nenhum.

– Li e reli muitas vezes essa história de Mitrídates – disse a senhora de Villefort pensativa, e achava que fosse uma fábula.

– Não, senhora. Contra o hábito da história, é uma verdade. Mas o que me diz, o que me pede não é o resultado de uma pergunta caprichosa, já que há dois anos me fez perguntas semelhantes, e que a senhora me diz que há muito tempo essa história de Mitrídates a preocupa.

– É verdade, senhor, os dois estudos favoritos da minha juventude foram a botânica e a mineralogia. E então, quando eu soube mais tarde que o uso das ervas muitas vezes explicava toda a história dos povos e toda a vida dos indivíduos do Oriente, como as flores explicam todo o seu pensamento apaixonado, lamentei não ser homem, para me tornar um Flamel, um Fontana ou um Cabanis.

– Tanto, senhora – disse Monte Cristo –, os orientais não se limitam, tal como Mitrídates, a usarem os venenos como uma couraça, fazem deles também um punhal. A ciência torna-se em suas mãos não somente uma arma defensiva, mas ainda muito frequentemente ofensiva. Uma serve contra os sofrimentos físicos, a outra contra os inimigos. Com o ópio, a beladona, a falsa-angustura, o pau-de-cobra, o louro-cereja, eles põem para dormir os que queriam acordá-los. Não há uma dessas mulheres, egípcia, turca ou grega, que aqui as senhoras chamam de curandeiras, que realmente não saiba de química o suficiente para espantar um médico, e de psicologia para assustar um confessor.

– Realmente? – disse a senhora de Villefort, cujos olhos irradiavam um brilho estranho diante dessa conversa.

– Ah, meu Deus! Sim, senhora – continuou Monte Cristo –, os dramas secretos do Oriente se atam e se desatam assim desde a planta que faz amar, até a planta que faz morrer. Desde a bebida que abre o céu, até aquela que mergulha um homem no inferno. Há nuances de todos os tipos quanto há caprichos e peculiaridades na natureza humana, física e moral, e, direi mais, a arte desses químicos sabe acomodar admiravelmente o remédio e o mal a suas necessidades do amor ou a seus desejos do vingança.

– Mas, senhor – retomou a jovem senhora – essas sociedades orientais em que o senhor passou uma parte de sua existência são então tão fantásticas como os contos que nos vêm de sua bela terra? Um homem pode ser eliminado impunemente neles? Então é real a Bagdá ou a Bassorá do senhor Galland? Os sultões e os vizires que governam essas sociedades e que constituem aquilo que se chama na França de governo são, portanto, realmente uns Harun-al-Rachid e uns Giafar, que não só perdoam um envenenador, mas ainda o fazem primeiro-ministro se o crime for engenhoso, e, nesse caso, fazem gravar a história em letras de ouro para entreter-se nas horas de tédio?

– Não, senhora, o fantástico já não existe, mesmo no Oriente. Há lá também, disfarçados com outros nomes e escondidos com outros trajes, comissários de polícia, juízes de instrução, procuradores do rei e peritos. Neles penduram-se, decapitam-se e empalam-se muito agradavelmente os criminosos. Mas estes, como fraudadores hábeis, souberam despistar a justiça humana e garantir o sucesso de suas empreitadas por meio de combinações hábeis. Entre nós, um tolo, possuído pelo demônio do ódio ou da ganância, que tenha um inimigo para destruir ou um avô para aniquilar, vai para a casa de um mercador de ervas, dá um nome falso que o identifica muito melhor que o nome verdadeiro, e compra, sob o pretexto de que os ratos não o deixam dormir, cinco a seis gramas de arsênico, se for muito hábil, vai a cinco ou seis herbanários, sendo cinco ou seis vezes reconhecido. Então, quando está de posse de sua poção, ele a administra a seu inimigo, a seu avô, uma dose de arsênico que faria um mamute ou um mastodonte morrer e que, sem rima e sem razão, faz com que a vítima grite, o que põe toda a vizinhança em alvoroço. Então chega um bando de agentes e policiais, mandam chamar um médico, que abre o morto, e recolhe em seu estômago e nas suas entranhas o arsênico com colher. No dia seguinte, cem jornais contam o fato com o nome da vítima e do assassino. A partir da mesma noite, o herbanário ou os herbanários vem ou vêm dizer: "Fui eu que vendi o arsênico ao senhor". Em vez de identificar o comprador, identificam vinte. Então o pateta criminoso é apanhado, detido, interrogado, confrontado, confundido, condenado e guilhotinado. Ou se for uma mulher de qualquer valor, a prendem para toda a vida. Eis como seus setentrionais entendem a química, senhora, Desrues, porém, era mais forte do que isso, devo confessar.

– O que o senhor quer? – disse rindo a jovem senhora –, fazemos o que podemos. Nem todos têm o segredo dos Médici ou dos Bórgia.

– Agora – disse o conde, encolhendo os ombros –, quer que eu lhe diga o que causa todos esses disparates? É que em seus teatros, pelo que pude julgar ao ler as peças que são interpretadas neles, podemos ver sempre as pessoas engolirem o conteúdo de um frasco ou morderem o castão de um anel, e caírem rígidas e mortas. Cinco minutos mais tarde, a cortina se fecha. Os espectadores se dispersam. Ignoramos as sequências do assassinato. Não vemos nem o comissário de polícia com seu lenço, nem o cabo com seus quatro homens, e isso permite que muitos pobres cérebros acreditem que assim acontece. Mas saia um pouco da França, vá para Alepo ou para o Cairo, ou simplesmente para Nápoles ou Roma, e verá passar pela rua pessoas empertigadas, frescas e róseas cujo Diabo coxo, se as tocasse com sua capa, poderia dizer: "Esse senhor está envenenado há três anos e daqui a um mês estará totalmente morto".

– Mas então – disse a senhora de Villefort –, encontraram o segredo da famosa *acqua-tofana* que me diziam perdido em Perúgia?

– Por Deus, senhora, será que alguma coisa se perde entre os homens? As artes se movem e dão a volta ao mundo. As coisas mudam de nome, isso é tudo, e o vulgo se engana com isso. Mas é sempre o mesmo resultado, o veneno incide particularmente sobre esse ou sobre aquele órgão: um sobre o estômago, outro sobre o cérebro, outro sobre os intestinos. Bem, o veneno determina uma tosse, essa tosse uma congestão no peito ou qualquer outra doença catalogada no livro da ciência, o que não a impede de ser perfeitamente letal, e que, não o sendo, se tornaria, graças aos remédios que administram-lhe os médicos ingênuos, geralmente muito maus químicos, e que ficarão a favor ou contra a doença, como lhe aprouver, e eis um homem morto com arte e dentro de todas as regras, em relação ao qual a justiça não tem nada a questionar, como dizia um químico horrível dos meus amigos, o excelente abade Adelmonte de Taormina, na Sicília, que estudou muito esses fenômenos nacionais.

– É assustador, mas é admirável – disse a jovem senhora, paralisada pela atenção. – Eu acreditava, confesso, que todas essas histórias fossem invenções da Idade Média.

– Sim, sem dúvida, mas que se aperfeiçoaram ainda mais nos nossos dias. Para que a senhora quer que sirvam o tempo, os incentivos, as medalhas, as cruzes, os prêmios Montyon, se não para levar a sociedade a sua maior perfeição? Ora, o homem só será perfeito quando souber criar e destruir como Deus. Já sabe destruir, é metade do caminho.

– De sorte que – retomou a senhora de Villefort voltando invariavelmente a seu objetivo – os venenos dos Bórgia, Médici, Rena, Ruggieri, e mais tarde provavelmente do barão de Trenk, de quem tanto abusaram o drama moderno e o romance…

– Eram obras de arte, senhora, nada mais – respondeu o conde. – Acha que o verdadeiro cientista se dirige banalmente ao próprio indivíduo? Não. A ciência gosta dos ricochetes, das façanhas, da fantasia se assim se pode dizer. Dessa maneira, por exemplo, esse excelente abade Adelmonte, do qual eu estava falando com a senhora antes, realizou, nesse contexto, experiências surpreendentes.

– De verdade!

– Sim, vou citar apenas uma. Ele tinha um jardim muito bonito cheio de legumes, flores e frutas. Entre esses legumes, ele escolhia o mais honesto de todos, uma couve, por exemplo. Durante três dias, regava essa couve com uma solução de arsênico. No terceiro dia, a couve adoecia e amarelava, era o momento de cortá-la. Para todos, parecia madura e mantinha sua aparência honesta. Só para o abade Adelmonte estava envenenada. Então, ele levava a couve para casa, pegava um coelho, o abade Adelmonte tinha uma coleção de coelhos, gatos e porquinhos-da-índia que nada ficava a dever à sua coleção de legumes, flores e frutas. Então, o abade Adelmonte pegava um coelho e o fazia comer uma folha da couve. O coelho morria. Qual juiz de instrução ousaria questionar isso e qual procurador régio se lembraria alguma vez de proceder judicialmente contra o senhor Magendie ou o senhor Flourens por causa dos coelhos, dos porquinhos-da-índia e dos gatos que tinham matado? Nenhum. Eis então o coelho morto sem que a justiça se preocupe com isso. Esse coelho morto, o abade Adelmonte o faz esvaziar pela sua cozinheira e joga os intestinos em um esterco. Nesse esterco, há uma galinha, ela bica esses intestinos, adoece por sua vez e morre no dia seguinte. No momento em que se debate nas convulsões da agonia, um abutre passa (há muitos abutres no país de Adelmonte), este investe sobre o cadáver, leva-o para o alto de uma rocha e janta-o. Três dias depois, o pobre abutre, que desde aquela refeição tem estado indisposto, sente-se atordoado, no mais alto das nuvens. Ele rola no vazio e vem cair pesadamente em seu viveiro; o lúcio, a enguia e a moreia comem gulosamente, a senhora sabe disso, eles mordem o abutre. Bem, suponha que no dia seguinte essa enguia é servida em sua mesa, ou esse lúcio ou essa moreia, envenenados na quarta geração. Seu convidado, por conseguinte, será envenenado na quinta, e morrerá após oito ou dez dias de dor de estômago, dor no coração, abscesso no piloro. Far-se-á a autópsia e os médicos dirão: "A vítima morreu de um tumor no fígado ou de febre tifoide".

– Mas – disse a senhora de Villefort –, todas essas circunstâncias, que o senhor encadeia umas às outras, podem ser quebradas pelo menor acidente. O abutre pode não passar a tempo ou cair a cem passos do viveiro.

– Ah, aqui está justamente a arte: para ser um grande químico, no Oriente, há que orientar o acaso. Isso se consegue.

A senhora de Villefort ouvia com ar sonhador.

– Mas – disse ela – o arsênico é indelével. Seja como for a forma pela qual seja absorvido, ele vai acabar no corpo do homem, a partir do momento em que tiver entrado em quantidade suficiente para causar a morte.

– Bem! – gritou Monte Cristo. – Bem, isso é exatamente o que eu disse a esse bom Adelmonte. Ele pensou, sorriu, e respondeu-me com um provérbio siciliano, que também é, acredito, um provérbio francês: "Meu filho, o mundo não foi feito em um dia, mas em sete; volte no domingo".

No domingo seguinte voltei; em vez de ter regado sua couve com o arsênico, ele a regara com uma solução de sal à base de estricnina, *strychnos colubrina*, como dizem os cientistas. Dessa vez, a couve não parecia doente, por isso o coelho não desconfiou de nada. Cinco minutos depois, o coelho estava morto. A galinha comeu o coelho, e no dia seguinte ela tinha morrido. Então fizemos o papel dos abutres, carregamos a galinha e a abrimos. Dessa vez, todos os sintomas particulares haviam desaparecido, só restavam os sintomas gerais. Nenhuma indicação especial em nenhum órgão. Exasperação do sistema nervoso, eis tudo, e vestígios de congestão cerebral, nada mais: a galinha não tinha sido envenenada, tinha morrido de apoplexia. É um caso raro nas galinhas, eu sei, mas muito comum nos homens.

A senhora de Villefort parecia cada vez mais sonhadora.

– Felizmente – segundo ela –, tais substâncias podem ser preparadas apenas por químicos, porque, na verdade, metade do mundo envenenaria a outra.

– Por químicos ou pessoas que se ocupam de química – respondeu displicentemente Monte Cristo.

– E depois – disse a senhora de Villefort, arrancando-se a si mesma e, com esforço, aos seus pensamentos –, por mais sabiamente preparado que seja, o crime é sempre o crime. E se escapar à investigação humana, não escapará aos olhos de Deus. Os orientais são mais fortes que nós nos casos de consciência, e têm cuidadosamente eliminado o inferno. Isso é tudo.

– Bem, senhora, esse é um escrúpulo que deve naturalmente nascer em uma alma honesta como a sua, mas que logo seria arrancado pelo raciocínio. O lado mau do pensamento humano será sempre resumido por esse paradoxo de Jean-Jacques Rousseau, a senhora sabe: "O mandarim que matamos a cinco léguas de distância levantando a ponta do dedo". A vida do homem dá-se em meio a essas coisas, e sua inteligência se esgota ao sonhar com elas. A senhora encontra muito poucas pessoas que vão brutalmente esfaquear o coração do seu semelhante ou que lhe administram, para fazê-lo desaparecer da superfície do globo, a quantidade de arsênico de que falávamos agora pouco. É realmente uma excentricidade ou uma estupidez. Para chegar a isso, é preciso que o sangue se aqueça a trinta e seis graus, que o pulso bata a noventa pulsações, e que a alma saia dos seus limites ordinários. Mas se, passando, como isso é praticado em filologia, da palavra ao sinônimo mitigado, a senhora faz uma simples eliminação. Em vez de cometer um crime ignóbil, se a senhora simplesmente afasta do seu caminho aquele que a atrapalha, e isso sem choque, sem violência, sem o aparato desses sofrimentos que, tornando-se um suplício, fazem da vítima um mártir, e de quem age um *carnifex*[5] em toda a força da palavra. Se não há sangue, nem uivos, nem contorções, nem sobretudo essa horrível e comprometedora instantaneidade da consumação, então a senhora escapa ao golpe da lei humana que lhe diz: "Não perturbe a sociedade!". Eis como procedem e triunfam as pessoas do Oriente, personagens graves e fleumáticas, que se preocupam pouco com questões de tempo nas conjeturas de uma certa importância.

– Permanece a consciência – disse a senhora de Villefort com uma voz comovida e com um suspiro sufocado.

– Sim – disse Monte Cristo –, sim, felizmente, permanece a consciência, sem a qual seríamos muito infelizes. Depois de qualquer ação um pouco vigorosa, é a consciência que nos salva, porque nos fornece mil boas desculpas das quais só nós somos juízes. E essas razões, tão excelentes que sejam para nos conservar o sono, seriam talvez medíocres diante de um tribunal, para nos conservar a vida. Assim, Ricardo III, por exemplo, deve ter sido maravilhosamente servido por sua consciência após a eliminação dos dois filhos de Eduardo IV. Com efeito, ele podia dizer a si mesmo: "Esses dois filhos de um rei cruel e perseguidor, que tinham herdado vícios de seu pai, os quais só eu soube reconhecer em suas inclinações juvenis, esses dois filhos me impediam de fazer a felicidade do povo inglês, cujo infortúnio teriam

---

[5] Palavra latina que, no caso, significa carrasco. (N.T.)

invariavelmente causado". Assim foi servida por sua consciência Lady Macbeth, que queria, apesar do que Shakespeare tenha dito, dar um trono, não ao marido, mas ao filho. Ah, o amor materno é uma virtude tão grande, um motivo tão poderoso, que desculpa muitas coisas. Assim, após a morte de Duncan, Lady Macbeth teria sido muito infeliz sem sua consciência.

A senhora de Villefort absorvia com avidez essas terríveis máximas, esses horríveis paradoxos citados pelo conde com a ingenuidade irônica que lhe era peculiar.

Depois, após um momento de silêncio:

– O senhor sabe – disse ela –, senhor conde, que é um terrível argumentador, e que vê o mundo sob um prisma um tanto lívido? Será então que foi olhando para a humanidade através de tubos de ensaio e de retortas que o senhor a julgou assim? Porque o senhor tinha razão, o senhor é um grande químico, e o elixir que deu ao meu filho e que tão depressa o trouxe à vida...

– Oh, não acredite, senhora – disse Monte Cristo –, uma gota deste elixir bastou para trazer à vida a essa criança que estava morrendo, mas três gotas teriam empurrado o sangue para os seus pulmões de modo a dar-lhe uma taquicardia. Seis lhe teriam cortado a respiração e causado uma síncope muito mais grave que aquela em que se encontrava. Dez, finalmente, o teriam fulminado. A senhora não viu como o afastei vivamente daqueles frascos que ele teve a imprudência de tocar?

– Então é um veneno terrível?

– Oh, meu Deus, não! Primeiro, vamos admitir isso, que a palavra veneno não existe, uma vez que se utilizam em medicina os venenos mais violentos, que se tornam, pela forma como são administrados, remédios benéficos.

– Então o que era?

– Era uma sábia preparação do meu amigo, esse excelente abade Adelmonte, e que ele me ensinou a usar.

– Oh! – disse a senhora de Villefort. – Então deve ser um excelente antiespasmódico.

– Insuperável, a senhora viu – disse o conde –, e eu faço uso frequente dele, com toda a prudência possível, evidentemente – acrescentou rindo.

– Acredito – replicou no mesmo tom a senhora de Villefort. – Quanto a mim, tão nervosa e propensa ao desmaio, precisaria de um doutor Adelmonte para me inventar maneiras de respirar livremente e me tranquilizar sobre o medo que sinto de morrer um belo dia sufocada. Enquanto isso, como a coisa é difícil de encontrar na França, e seu abade provavelmente não está disposto a viajar a Paris por minha causa, fico com os antiespasmódicos do senhor Planche, e a menta e as gotas de Hoffmann desempenham para mim um grande papel. Veja, aqui tenho pastilhas feitas especialmente para mim: a dose tem de ser dupla.

Monte Cristo abriu a caixinha de tartaruga que a jovem senhora lhe apresentava, e respirou o cheiro das pastilhas como um amador digno de apreciar essa preparação.

– São requintadas – disse ele –, mas sujeitas à necessidade da deglutição, algo que muitas vezes se mostra impossível para a pessoa desmaiada. Prefiro a minha fórmula.

– Mas certamente eu também a preferiria, sobretudo tendo em conta os efeitos que vi. Mas é um segredo sem dúvida, e não sou indiscreta o suficiente para lhe perguntar.

– Mas eu, minha senhora – disse Monte Cristo se levantando –, sou bastante galante para oferecê-la à senhora.

– Oh, senhor.

– Lembre-se apenas de uma coisa: em pequena quantidade é um remédio e em dose forte um veneno. Uma gota restitui a vida, tal como a senhora viu. Cinco ou seis matariam infalivelmente, e de forma ainda mais terrível se levarmos em conta que colocadas em um copo de vinho, não mudariam de modo nenhum o gosto. Mas paro por aqui, senhora, até parece que a estou aconselhando.

Acabava de dar seis e meia e anunciaram uma amiga da senhora de Villefort que vinha jantar com ela.

O CONDE DE MONTE CRISTO – TOMO 2

– Se tivesse a honra de vê-lo pela terceira ou quarta vez, senhor conde, em vez de vê-lo pela segunda – disse a senhora de Villefort. – Se eu tivesse a honra de ser sua amiga, em vez de ser simplesmente sua serva, insistiria em retê-lo para jantar, e não seria derrotada por uma primeira recusa.

– Mil perdões, senhora – disse Monte Cristo –, tenho um compromisso a que não posso faltar. Prometi levar a um espetáculo uma princesa grega, uma amiga que ainda não conhece o Grand Ópera e conta comigo para levá-la até lá.

– Vá, senhor, mas não se esqueça da minha receita.

– Como, então, senhora, para isso seria preciso esquecer a hora de conversa que acabamos de ter, o que é absolutamente impossível.

Monte Cristo saudou e saiu.

A senhora de Villefort permaneceu sonhadora.

– Eis um homem estranho – disse ela –, mas ele não me engana. Seu nome de batismo deve ser Adelmonte.

Quanto a Monte Cristo, o resultado ultrapassara suas expectativas.

– Vamos lá, – disse ele indo embora –, esta é uma boa terra. Estou convencido de que o grão que ali semeei não morrerá.

E no dia seguinte, fiel à sua promessa, enviou a receita solicitada.

Roberto, o diabo

A desculpa da Ópera era ainda melhor pelo fato de que havia naquela noite uma solenidade na Real Academia de Música. Levasseur, depois de uma longa indisposição, voltava no papel de Bertram, e, como sempre, a obra do maestro da moda tinha atraído a mais brilhante sociedade de Paris.

Morcerf, como a maioria dos jovens ricos, tinha sua estala de orquestra, além de dez camarotes de conhecidos seus em que ele podia ir pedir um lugar, sem contar com aquele a que tinha direito no camarote dos leões.

Château-Renaud tinha a estala vizinha.

Beauchamp, na qualidade de jornalista, era o rei da sala e tinha seu lugar em toda parte.

Naquela noite, Lucien Debray tinha à disposição o camarote do ministro, e ele o havia oferecido ao conde de Morcerf, o qual, diante da recusa de Mercedes, transmitira o convite para Danglars, mandando dizer-lhe que provavelmente iria fazer à noite uma visita à baronesa e à sua filha, se as senhoras quisessem aceitar o camarote que lhes propunha. Essas senhoras não tinham se atrevido a recusar. Ninguém gosta tanto de camarotes de graça quanto um milionário.

O conde de Monte Cristo – Tomo 2

Quanto a Danglars, declarou que seus princípios políticos e sua condição de deputado da oposição não lhe permitiam entrar no camarote do ministro. Em consequência, a baronesa tinha escrito a Lucien para vir buscá-la, já que ela não podia ir à ópera sozinha com Eugénie.

De fato, se as duas mulheres tivessem ido lá sozinhas, isso certamente teria sido visto como algo de muito mau gosto. Ao passo que sobre o fato de a senhorita Danglars ir à ópera com a mãe e o amante desta última, nada havia a dizer: é preciso aceitar o mundo como ele é.

Ao se abrirem, as cortinas mostraram como de costume uma sala praticamente vazia. É ainda um dos hábitos das celebridades parisienses chegarem ao espetáculo depois de ele ter começado. O resultado é que aqueles que chegam na hora certa, em vez de ver ou ouvir a peça, passam o tempo a observar os espectadores a entrar e sem ouvir nada além do barulho das portas e das conversas.

– Olhe! – disse de repente Albert ao ver se abrir um camarote lateral da primeira fila. – Olhe! A condessa G…!

– O que é que a condessa G…? – perguntou Château-Renaud.

– Ah, por exemplo, barão, aqui está uma pergunta que eu não perdoo. Está perguntando o que é a condessa G…?

– Ah, é verdade! – exclamou Château-Renaud. – Não é aquela encantadora veneziana?

– Exatamente.

Nesse momento, a condessa G… viu Albert e trocou com ele um cumprimento acompanhado de um sorriso.

– Conhece-a? – perguntou Château-Renaud.

– Conheço – respondeu Albert. – Fui-lhe apresentado em Roma por Franz.

– Quer prestar-me em Paris o mesmo favor que Franz lhe prestou em Roma?

– Com muito prazer.

– Silêncio! – protestou o público.

Os dois rapazes continuaram a conversar sem parecerem se preocupar absolutamente com o desejo que a plateia parecia manifestar de querer ouvir a música.

– Ela estava nas corridas do Campo de Marte – disse Château-Renaud.

– Hoje?

– Sim.

– Ah, de fato havia corridas. Você apostou?

– Apostei. Bem, uma ninharia! Cinquenta luíses.

– E quem ganhou?

– *Nautilus*. Apostei nele.

– Mas havia três corridas?

– Sim. Havia o prêmio do Jockey Club, uma taça de ouro. Até aconteceu uma coisa bastante estranha.

– Qual?

– Silêncio! – gritou o público.

– Qual? – repetiu Albert.

– Foram um cavalo e um jóquei completamente desconhecidos que ganharam essa corrida.

– Como?

– Palavra! Ninguém tinha prestado atenção em um cavalo inscrito com o nome de *Vampa*, nem a um jóquei inscrito sob o nome de *Job*, quando se viu avançar de repente um admirável alazão e um jóquei gordo como o punho. Tiveram de lhe meter vinte libras de chumbo nas algibeiras, o que não o impediu de chegar ao fim com três corpos de avanço sobre *Ariel* e *Barbaro*, que corriam com ele.

– E ninguém soube a quem pertenciam o cavalo e o jóquei?

– Não.

– Disse que o cavalo estava inscrito com o nome de...

– *Vampa*.

– Então – disse Albert –, estou mais inteirado do que você. – Eu sei a quem ele pertence.

– Silêncio! – gritou pela terceira vez a plateia.

O CONDE DE MONTE CRISTO – TOMO 2

Dessa vez, a revolta foi tão grande que os dois rapazes se deram conta de que era a eles que o público se dirigia. Eles se viraram por um momento, procurando na multidão um homem que tomasse a responsabilidade daquilo que viam como uma impertinência, mas ninguém repetiu o convite, e eles se voltaram para o palco.

Nesse momento, o camarote do ministro abria-se e a senhora Danglars, a sua filha, e Lucien Debray sentavam-se nos seus lugares.

– Ah! Ah! – disse Château-Renaud –, aqui estão algumas pessoas do seu conhecimento, visconde. O que o senhor está vendo à direita? Estão à sua procura.

Albert se virou e seus olhos de fato encontraram os da baronesa Danglars, que lhe fez com seu leque uma pequena saudação. Quanto a Eugénie, foi a custo que seus grandes olhos negros se dignaram descer até a plateia.

– Na verdade, meu caro – disse Château-Renaud –, não entendo, afora o casamento desigual, e não creio que seja isso o que o preocupa desse jeito, não entendo, como dizia, afora o casamento desigual, o que você pode ter contra a senhorita Danglars. É na verdade uma pessoa muito bonita.

– Muito bonita, certamente – disse Albert. – Mas confesso que na verdade tratando-se de beleza eu preferiria alguma coisa mais meiga, mais suave, mais feminina, enfim.

– Ah, os jovens – disse Château-Renaud, que, na sua condição de homem de trinta anos, tomava para com Morcerf ares paternais. – Nunca estão satisfeitos. Como, meu caro, arranjam-lhe uma noiva construída sobre o modelo da Diana Caçadora, e você não está feliz!

– Bem, justamente, eu teria gostado de algo do gênero da Vênus de Milo ou de Cápua. Essa Diana Caçadora, sempre em meio a ninfas, me assusta um pouco. Tenho medo de que ela me trate como Acteon.

Com efeito, um olhar sobre a jovem podia quase explicar o sentimento que Morcerf acabava de confessar. A senhorita Danglars era linda, mas, como o Albert havia dito, de uma beleza um pouco limitada: seu cabelo era de um preto bonito, mas em suas ondas naturais notava-se certa rebeldia para com a mão que queria impor-lhes sua vontade. Os olhos, negros como o cabelo, emoldurados sob lindas sobrancelhas que tinham apenas um defeito, o de se franzir às vezes, eram sobretudo notáveis por uma expressão de firmeza capaz de surpreender aqueles que a encontrassem no olhar de uma mulher. O nariz tinha as proporções exatas que um escultor teria dado ao de Juno. Somente sua boca era muito grande, mas guarnecida de belos dentes que ainda faziam sobressair uns lábios cujo carmim demasiado afiado contrastava com a palidez da pele. Finalmente, uma pinta preta situada no canto da boca, e maior do que normalmente são esses tipos de capricho da natureza, acabava por conferir a essa fisionomia o caráter decidido que assustava Morcerf.

Aliás, todo o resto da pessoa de Eugénie se aliava a essa cabeça que acabamos de tentar descrever. Era, como disse Château-Renaud, a Diana Caçadora, mas com algo ainda mais firme e mais musculoso em sua beleza.

Quanto à educação que tinha recebido, se havia uma censura a lhe fazer é que, como alguns pontos de sua fisionomia, ela parecia um pouco pertencer a outro sexo. De fato, falava duas ou três línguas, desenhava facilmente, fazia versos e compunha música. Era sobretudo apaixonada por essa última arte, que estudava com uma das suas amigas de internato, jovem sem fortuna, mas com toda a disposição possível para tornar-se, segundo se afirmava, uma excelente cantora. Dizia-se que um grande compositor tinha por ela um interesse quase paternal, e a fazia trabalhar com a esperança de que um dia ela viria a fazer fortuna com sua voz.

Esta possibilidade que a senhorita Louise d'Armilly, este era o nome da jovem virtuose, entrasse um dia para o teatro, fazia com que a senhorita Danglars, embora recebendo-a em casa, não se mostrasse em público na sua companhia. De resto, sem ter na casa do banqueiro a posição independente de uma amiga, Louise tinha uma posição superior à das instrutoras comuns.

Alguns segundos após a entrada da senhora Danglars no seu camarote, o pano tinha caído, e graças a essa possibilidade deixada pela duração dos intervalos, de passear ou fazer umas visitas durante meia hora, a plateia ficara praticamente vazia.

O conde de Monte Cristo – Tomo 2

Morcerf e Château-Renaud tinham sido dos primeiros a sair. Por um momento, a senhora Danglars chegara a pensar que essa pressa de Albert tinha por objetivo vir apresentar seus cumprimentos, e ela inclinou-se em direção ao ouvido da filha para anunciar-lhe a visita. Mas esta tinha se limitado a agitar a cabeça sorrindo, e ao mesmo tempo, como para provar quão fundada era a desconfiança de Eugénie, Morcerf apareceu em um camarote lateral da primeira fileira. Esse camarote era o da condessa G...

– Ah, aqui está o senhor viajante – disse a condessa, dando-lhe a mão com toda a cordialidade de uma antiga conhecida. – Foi muito amável por ter me reconhecido, e sobretudo por me ter dado preferência em sua primeira visita.

– Acredite, senhora – disse Albert –, se eu soubesse que chegaria a Paris e se tivesse conhecimento do seu endereço não teria esperado tanto. Mas, por favor, permita-me apresentar-lhe o senhor barão de Château-Renaud, meu amigo, um dos poucos cavalheiros que ainda restam na França, e pelo qual eu soube que a senhora estava nas corridas do Campo de Marte.

Château-Renaud cumprimentou.

– Ah, assistiu às corridas, senhor? – disse animadamente a condessa.

– Sim, minha senhora.

– Bem – emendou com vivacidade a senhorita G... –, pode me dizer a quem pertencia o cavalo que ganhou o prêmio do Jockey Club?

– Não, senhora – disse Château-Renaud –, e há pouco eu fazia a mesma pergunta a Albert.

– Faz realmente questão, senhora condessa? – perguntou Albert.

– De quê?

– De saber quem é o dono do cavalo.

– Infinitamente. Imaginem... mas saberia quem é, por acaso, visconde?

– Senhora, disse que ia contar uma história. A senhora disse: "Imaginem..."

– Pois bem! Imaginem que aquele encantador cavalo alazão e aquele belo pequeno jóquei de jaqueta cor-de-rosa me inspiraram à primeira vista uma tão viva simpatia que eu torcia por um e por outro, exatamente como se tivesse apostado neles metade da minha fortuna. Assim, quando os vi chegar ao fim com um avanço de três corpos de vantagem sobre os outros concorrentes, fiquei tão contente que desatei a bater palmas como uma louca. Imaginem a minha surpresa quando, ao regressar a casa, encontrei na escada o pequeno jóquei cor-de-rosa! Pensei que o vencedor da corrida morasse por acaso no mesmo prédio que eu, quando, ao abrir a porta da sala, a primeira coisa que vi foi a taça de ouro que constituía o prêmio ganho pelo cavalo e pelo jóquei desconhecidos. Na taça havia um pequeno papel onde estavam escritas estas palavras: "À condessa G... Lorde Ruthwen".

– É justamente isso – disse Morcerf.

– Como? É justamente isso. O que o senhor quer dizer?

– Quero dizer que é o Lorde Ruthwen em pessoa.

– Que Lorde Ruthwen?

– O nosso, o vampiro, o do Teatro Argentina.

– De verdade? – a condessa gritou. – Então ele está aqui?

– Perfeitamente.

– E consegue vê-lo? Ele o recebe? Vai à casa dele?

– É meu amigo íntimo, e o senhor de Château-Renaud tem a honra de conhecê-lo.

– Quem pode fazê-lo crer que foi ele quem ganhou?

– O cavalo dele registrado com o nome de *Vampa*.

– Bem, e daí?

– Bem, a senhora não se lembra do nome do famoso bandido que me fez prisioneiro?

– Ah, é verdade.

– E de cujas mãos o conde me arrancou miraculosamente?

– Claro.

– Ele se chamava Vampa. Como pode ver, é ele.

– Mas por que ele me enviou essa taça?

– Antes de mais nada, senhora condessa, porque eu tinha falado muito da senhora para ele, como pode acreditar. Em seguida, porque ele deve ter

O CONDE DE MONTE CRISTO – TOMO 2

ficado encantado por encontrar uma compatriota, e feliz com o interesse que essa compatriota tinha por ele.

– Espero que nunca tenha lhe contado as loucuras que dissemos a seu respeito?

– Não juraria isso, e essa maneira de lhe oferecer essa taça sob o nome de Lorde Ruthwen...

– Mas isso é horrível, e ele vai me detestar mortalmente!

– O procedimento dele é o de um inimigo?

– Não, admito.

– É isso mesmo!

– Então ele está em Paris?

– Sim.

– E que impressão causou?

– Ora – disse Albert –, falou-se dele por oito dias, e depois veio a coroação da rainha da Inglaterra e o roubo dos diamantes da senhorita Mars, que ocuparam todas as conversas.

– Meu caro – disse Château-Renaud –, vê-se bem que o conde é seu amigo e que o trata como tal. Não acredite no que Albert diz, pelo contrário, senhora condessa, só se fala do conde de Monte Cristo em Paris. Começou por enviar à senhora Danglars cavalos de trinta mil francos, em seguida salvou a vida da senhora de Villefort. Então ganhou a corrida do Jockey-Club, ao que parece. Sustento, ao contrário, não importa o que Morcerf diga, que ainda nos ocupamos do conde neste momento, e que, daqui a um mês, nos ocuparemos dele, se ele quiser continuar a fazer excentricidades, o que, de resto, parece ser sua maneira de viver habitual.

– É possível – disse Morcerf –, mas, olhem só, quem pegou o camarote do embaixador da Rússia?

– Qual? – perguntou a condessa.

– Aquele camarote entre as colunas da primeira fila. E parece perfeitamente reformado.

– De fato – concordou Château-Renaud. – Havia alguém durante o primeiro ato?

– Onde?

– Nesse camarote?

– Não – respondeu a condessa –, não vi ninguém. Então – continuou voltando à primeira conversa –, acha que foi o seu conde de Monte Cristo que ganhou o prêmio?

– Tenho certeza.

– E que me enviou essa taça?

– Sem nenhuma dúvida!

– Mas eu não o conheço – disse a condessa – e tenho muito desejo de mandá-la de volta para ele.

– Oh, não faça nada com isso. Ele lhe enviaria outra, esculpida em alguma safira ou escavada em algum rubi. Essas são suas maneiras de agir. Que quer, por favor, aceite-o como ele é.

Nesse momento, ouviu-se a campainha que anunciava o segundo ato. Albert levantou-se para voltar ao seu lugar.

– Voltarei a vê-lo? – perguntou a condessa.

– Nos intervalos, se me permitir, virei informar se posso lhe ser útil em alguma coisa em Paris.

– Cavalheiros – disse a condessa –, todos os sábados à noite, na Rue de Rivoli, nº 22, eu estou em casa para os meus amigos. Estão avisados.

Os jovens cumprimentaram e saíram.

Ao entrarem na sala, viram a plateia em pé e os olhos fixos num único ponto da sala. Seus olhares seguiram a direção-geral, e pararam no antigo camarote do embaixador russo. Um homem vestido de preto, de trinta e cinco a quarenta anos, tinha acabado de entrar nele com uma mulher vestida com traje oriental. A mulher era da maior beleza, e o traje de tal riqueza, que, como dissemos, todos os olhos tinham se virado para ela.

– Ei! – disse Albert. – É Monte Cristo e sua grega.

De fato, eram o conde e Haydée.

Em um instante, a jovem era objeto de atenção não somente da plateia, mas de toda a sala. As mulheres inclinavam-se para fora dos camarotes para ver escorrer sob as luzes do lustre aquela cascata de diamantes.

O segundo ato aconteceu em meio ao barulho surdo que indica, nas massas reunidas, um grande evento. Ninguém pensou em gritar silêncio. Aquela mulher tão jovem, tão bonita, tão deslumbrante, era o mais curioso espetáculo que se podia ver.

Dessa vez, um sinal da senhora Danglars deixou claro a Albert que a baronesa queria uma visita no intervalo seguinte.

Morcerf era muito educado para se fazer esperar quando lhe diziam claramente que era esperado. Assim, terminado o ato, ele se apressou em subir ao proscênio.

Cumprimentou as duas senhoras e estendeu a mão para Debray.

A baronesa recebeu-o com um sorriso encantador, e Eugénie com sua frieza habitual.

– Acredite, meu caro – disse Debray – está diante de um homem esgotado que lhe pede ajuda para substituí-lo. A senhora me cumula de perguntas sobre o conde, e quer que eu saiba de onde ele é, de onde vem, para onde vai. Não sou o Cagliostro e, para me safar, disse: "Pergunte tudo isso a Morcerf, ele conhece seu Monte Cristo como a palma da mão". Então acenaram para o senhor.

– Não é incrível – disse a baronesa –, que, quando temos meio milhão de fundos secretos à disposição, não estejamos mais bem informados que isso?

– Senhora – disse Lucien –, por favor, acredite, se eu tivesse meio milhão à minha disposição, ia usá-lo para outra coisa, não para obter informações sobre o senhor de Monte Cristo, cujo único mérito para mim é ser duas vezes rico como um nababo. Mas passei a palavra a meu amigo Morcerf. Arranjem-se com ele. Isso já não me diz respeito.

– Um nababo com certeza não me mandaria um par de cavalos de trinta mil francos, com quatro diamantes nas orelhas, de cinco mil francos cada um.

– Oh, os diamantes – disse rindo Morcerf – são sua mania. – Eu acho que, como Potemkin, tem sempre algum nos bolsos, e semeia-os no seu caminho, como o Pequeno Polegar fazia com suas pedras.

– Terá encontrado alguma mina – disse a senhora Danglars. – o senhor sabe que ele tem um crédito ilimitado na casa do barão?

– Não, eu não sabia – disse Albert –, mas deve ser.

– E que disse ao senhor Danglars que ia ficar um ano em Paris e gastar seis milhões?

– É o xá da Pérsia que viaja incógnito.

– E essa mulher, senhor Lucien – disse Eugénie –, já reparou como é bonita?

– Na verdade, só mesmo a senhorita para fazer tanta justiça às pessoas do seu sexo.

Lucien aproximou o monóculo do olho.

– Encantadora! – disse ele.

– E essa mulher, o senhor de Morcerf sabe quem ela é?

– Senhorita – disse Albert, respondendo a essa interpelação quase direta – eu sei mais ou menos, como tudo o que diz respeito à personagem misteriosa de quem nos ocupamos. Essa mulher é grega.

– Isso se vê facilmente pelo seu traje, e o senhor só me ensina o que toda a sala já sabe como nós.

– Lamento – disse Morcerf – ser um cicerone tão ignorante. Mas tenho de confessar que meus conhecimentos param por aí. Sei, além disso, que é musicista, porque um dia, quando almocei na casa do conde, ouvi os sons de uma *gusla*[6] que certamente só poderia vir dela.

– Então, seu conde recebe? – perguntou a senhora Danglars.

– E de uma forma esplêndida, juro.

– Tenho de convencer o senhor Danglars a oferecer-lhe um jantar, um baile, para que ele nos possa retribuir.

– Como!? A senhora iria à casa dele? – disse Debray, rindo.

– Por que não, com o meu marido?

– Mas é solteiro esse conde misterioso.

– Pode ver que não – disse rindo a baronesa, mostrando a bela grega.

---

[6] Espécie de rabeca, de uma só corda, usada pelos orientais. (N.T.)

O conde de Monte Cristo – Tomo 2

– Essa mulher é uma escrava, pelo que ele mesmo disse, lembra-se, Morcerf, em seu almoço?

– Convenha, meu caro Lucien – disse a baronesa – que ela se parece muito com uma princesa.

– Das *Mil e uma noites*.

– Das *Mil e uma noites*, não digo. Mas o que faz as princesas, querido? São os diamantes, e ela está coberta deles.

– Até demais – disse Eugénie. – Seria mais bonita sem isso, porque se poderia ver seu pescoço e seus pulsos, que são lindos.

– Oh, a artista – disse a senhora Danglars –, bastou vê-la para se apaixonar perdidamente.

– Adoro tudo o que é belo – disse Eugénie.

– Mas o que acha do conde, então? – disse Debray. – Parece-me que ele também não é mau.

– O conde? – disse Eugénie, como se ainda não tivesse pensado em olhá-lo. – O conde é bem pálido.

– Justamente – disse Morcerf –. é nessa palidez que está o segredo que procuramos. A condessa G… afirma, como sabem, que ele é um vampiro.

– Então, ela está de volta, a condessa G…? – perguntou a baronesa.

– Naquele camarote lateral – disse Eugénie –, quase à nossa frente, mamãe, aquela mulher com aquele lindo cabelo loiro é ela.

– Oh, sim – assentiu a senhora Danglars. – Sabe o que o senhor deveria fazer, Morcerf?

– Dê as ordens, senhora.

– Acredito que fazer uma visita ao seu conde de Monte Cristo e trazê-la até nós.

– Para quê? – disse Eugénie.

– Para falarmos com ele, não está curiosa em vê-lo?

– Nem um pouco.

– Estranha criança – sussurrou a baronesa.

– Oh! – disse Morcerf –, ele provavelmente virá por si mesmo. Olhe, ele viu a senhora, e a cumprimenta.

A baronesa devolveu ao conde sua saudação com o sorriso mais encantador que pôde.

– Vá lá – disse Morcerf –, eu me sacrifico, despeço-me e vou ver se não há meio de falar com ele.

– Vá ao camarote dele, é muito simples.

– Mas não me apresentei.

– Para quem?

– Para a bela grega.

– Não diz que é uma escrava?

– Sim, mas a senhora, por sua vez, afirma que ela é uma princesa... Não. Espero que ao me ver sair ele saia.

– É possível. Vá lá.

– Eu vou.

Morcerf saudou e saiu. De fato, no momento em que passou pelo camarote do conde, a porta se abriu. O conde disse algumas palavras em árabe a Ali, que estava no corredor, e pegou o braço de Morcerf.

Ali fechou a porta e pôs-se de pé diante dela. Havia no corredor um movimento à volta do núbio.

– Na verdade – disse Monte Cristo –, sua Paris é uma cidade estranha, e seus parisienses um povo singular. Parece que é a primeira vez que eles veem um núbio. Veja-os aglomerando-se em volta do pobre Ali, que não sabe o que isso significa. Uma coisa lhe digo, por exemplo, um parisiense pode ir a Túnis, a Constantinopla, a Bagdá ou ao Cairo, e não se fará um círculo ao redor dele.

– É que os seus orientais são pessoas sensatas e só olham o que vale a pena ser visto. Mas, acredite-me, Ali só goza dessa popularidade porque lhe pertence e neste momento o senhor é o homem da moda.

– Verdade? E a quem devo este favor?

– Por Deus, ao senhor mesmo. O senhor dá parelhas de mil luíses, salva a vida da mulher do procurador do rei, faz correr, sob o nome do major Black, cavalos puro-sangue e jóqueis gordos como saguis, finalmente, o senhor ganha taças de ouro, e as dá de presente para mulheres bonitas.

E quem lhe contou todas essas loucuras?

– Ora! A primeira, a senhora Danglars, que morre de vontade de ver o senhor no camarote dela, ou melhor, que o vejam ali; a segunda, o jornal de Beauchamp, e a terceira, minha própria imaginação. Por que o senhor chama seu cavalo de *Vampa* se quer manter o anonimato?

– Ah, é verdade – disse o conde –, é uma imprudência. Mas diga-me, então, o conde de Morcerf não vem à ópera de vez em quando? Eu o tenho procurado e não o vi em lugar nenhum.

– Ele virá esta noite.

– Onde isso?

– No camarote da baronesa, acho eu.

– Essa charmosa pessoa que está com ela é a filha dela?

– Sim.

– Dou-lhe os meus parabéns.

Morcerf sorriu.

– Falaremos disso mais tarde e em detalhe – disse ele. – O que o senhor diz da música?

– Que tipo de música?

– A que acabou de ouvir.

– Eu digo que é música muito bonita, considerando-se que foi escrita por humano e é cantada por aves bípedes e sem penas, como dizia o falecido Diógenes.

– Ah, isso, mas, meu caro conde, parece que o senhor pode ouvir a seu bel-prazer os sete coros do Paraíso?

– Mas é um pouco disso. Quando quero ouvir uma admirável música, visconde, música como nunca nenhuma orelha mortal ouviu, eu durmo.

– Bem, mas o senhor está às mil maravilhas aqui. Durma, meu caro conde, durma, a ópera não foi inventada para outra coisa.

– Não, na verdade, sua orquestra faz muito barulho. Para que eu possa dormir o sono de que lhe falo, preciso de sossego e silêncio, e depois uma certa preparação...

– Ah, o famoso haxixe?

– Justamente, visconde, quando quiser ouvir música, venha cá jantar comigo.

– Mas já ouvi naquele almoço – disse Morcerf.

– Em Roma?

– Sim.

– Ah, era a *gusla* de Haydée. Sim, a pobre exilada às vezes entretém-se tocando as músicas de seu país.

Morcerf não insistiu mais De sua parte, o conde se calou.

Nesse momento, a campainha tocou.

– Dá-me licença? – disse o conde a caminho do seu camarote.

– Pois não!

– Transmita muitas coisas para a condessa G... da parte de seu vampiro.

– E à baronesa?

– Diga-lhe que terei a honra, se ela o permitir, de lhe apresentar meus cumprimentos ao longo da noite.

O espetáculo começou. Durante o terceiro ato, o conde de Morcerf veio, como prometeu, juntar-se à senhora Danglars.

O conde não era um daqueles homens que fazem revolução em uma sala. Assim, ninguém notou sua chegada a não ser os que estavam no camarote onde ele veio para tomar um lugar.

Monte Cristo, no entanto, o avistou, e um sorriso ligeiro apareceu em seus lábios.

Quanto a Haydée, nada via enquanto a cortina estava levantada. Como todas as naturezas primitivas, ela adorava tudo o que fala ao ouvido e à vista.

O terceiro ato decorreu como de costume. As senhoritas Noblet, Júlia e Leroux executaram seus *entrechats* de sempre. O príncipe de Granada foi desafiado por Roberto-Mário. Enfim, esse majestoso rei que conhecem deu a volta pela sala para mostrar seu casaco de veludo, segurando sua filha pela mão. Então, caiu o pano e a sala logo desaguou no *foyer* e nos corredores.

O conde saiu de seu camarote, e em seguida apareceu no da baronesa Danglars.

O CONDE DE MONTE CRISTO – TOMO 2

A baronesa não pôde deixar de lançar um grito de surpresa ligeiramente misturado com alegria.

– Ah, venha, senhor conde – gritou ela. – Porque, na verdade, eu estava ansiosa para juntar minhas desculpas verbais aos agradecimentos escritos que já lhe fiz.

– Oh, senhora, diz o conde, ainda se lembra dessa ninharia! Já tinha me esquecido.

– Sim, mas o que não esquecemos, senhor conde, é que o senhor, no dia seguinte, salvou a minha boa amiga senhora de Villefort do perigo que a faziam correr os mesmos cavalos.

– Mais uma vez, senhora, não mereço seus agradecimentos. Foi Ali, meu núbio, que teve a felicidade de prestar à senhora de Villefort esse eminente serviço.

– E também foi Ali – disse o conde de Morcerf –, que tirou meu filho das mãos dos bandidos romanos?

– Não, senhor conde – disse Monte Cristo apertando a mão que o general lhe estendia –, não. Dessa vez, tomo o agradecimento para minha conta. Mas o senhor já o fez, eu já o recebi, e, na verdade, fico constrangido de o ver ainda tão grato. Faça-me a honra, lhe peço, senhora baronesa, de me apresentar à senhorita sua filha.

– Oh, senhor, está mais que apresentado, pelo menos de nome, porque há dois ou três dias só falamos do senhor. Eugénie – continuou a baronesa voltando-se para a filha –, o conde de Monte Cristo.

O conde inclinou-se. A senhorita Danglars fez um ligeiro movimento de cabeça.

– O senhor está aqui com uma pessoa admirável, senhor conde – disse Eugénie. – É sua filha?

– Não, senhorita – disse Monte Cristo, espantado com aquela extrema ingenuidade ou aquele espantoso atrevimento. – É uma pobre grega de quem sou o tutor.

– E que se chama...

– Haydée – disse Monte Cristo.

– Uma grega! – murmurou o conde de Morcerf.

– Sim, conde – disse a senhora Danglars. – E diga-me se alguma vez viu na corte de Ali-Tebelin, a quem tão gloriosamente serviu, um traje tão admirável como o que temos à frente dos olhos?

– Ah! – disse Monte Cristo –, serviu em Janina, senhor conde?

– Fui general inspetor de tropas do paxá – disse Morcerf – e a minha pouca fortuna, não o escondo, vem das liberalidades do ilustre chefe albanês.

– Olhem! – insistiu a senhora Danglars.

– Onde? – balbuciou Morcerf.

– Ali! – disse Monte Cristo.

E, envolvendo o conde com o braço, inclinou-se com ele para fora do camarote.

Nesse momento, Haydée, que procurava o conde com os olhos, percebeu sua cabeça pálida perto da de Morcerf, que ele envolvia com o braço.

Essa visão produziu, sobre a jovem o efeito da cabeça de Medusa. Ela fez um movimento para a frente, como para devorar os dois com os olhos, e depois, quase imediatamente, recuou dando um pequeno grito que foi, no entanto, ouvido pelas pessoas que estavam mais próximas dela e por Ali, que logo abriu a porta.

– Veja – disse Eugénie –, o que acabou de acontecer à sua pupila, senhor conde? Parece que ela está doente.

– De fato – disse o conde. – Mas não se assuste, senhorita. Haydée é muito nervosa e, portanto, muito sensível aos odores. Um perfume que lhe é desagradável basta para fazê-la desmaiar. Mas – acrescentou –, tenho aqui a cura.

E depois de cumprimentar a baronesa e sua filha com uma única e mesma saudação, trocou um último aperto de mão com o conde e com Debray, e deixou o camarote da senhora Danglars.

Quando ele entrou no seu, Haydée ainda estava muito pálida. Mas ele apareceu, ela lhe agarrou a mão. Monte Cristo percebeu que as mãos da moça estavam molhadas e geladas ao mesmo tempo.

– Com quem falava, amo? – perguntou a moça.

O CONDE DE MONTE CRISTO – TOMO 2

– Ora – respondeu Monte Cristo –, com o conde de Morcerf, que esteve a serviço do seu ilustre pai, a quem confessa dever sua fortuna.

– Ah, o miserável – gritou Haydée –, foi ele quem o vendeu aos turcos. E essa fortuna é o preço de sua traição. Não sabia disso, meu querido amo?

– Ouvi algumas palavras sobre essa história em Épiro – disse Monte Cristo –, mas não sei os detalhes. Venha, minha filha. Você os revelará a mim, isso deve ser interessante.

– Oh, sim, vamos. Parece-me que eu morreria se ficasse muito mais tempo diante desse homem.

E Haydée, levantando-se vigorosamente, envolveu-se com seu xale de caxemira branco bordado com pérolas e corais, e saiu brilhantemente no momento em que as cortinas se abriam.

– Veja se este homem faz alguma coisa igual a alguém! – disse a condessa G... a Albert, que tinha voltado para perto dela. – Ele ouve religiosamente o terceiro ato do *Roberto*, e vai embora no momento em que o quarto vai começar.

A ALTA E A BAIXA

Alguns dias depois desse encontro, Albert de Morcerf foi fazer uma visita ao conde de Monte Cristo em sua casa dos Champs-Élysées, a qual já tinha tomado o aspecto de palácio que o conde, graças à sua imensa fortuna, dava às suas residências, mesmo as mais provisórias.

Ele vinha renovar-lhe os agradecimentos da senhora Danglars, que já lhe mandara uma carta assinada baronesa Danglars, nascida Herminie de Servieux.

Albert estava acompanhado de Lucien Debray, que juntou às palavras do amigo alguns elogios não oficiais, sem dúvida, mas que, graças à sutileza do seu olhar, o conde não podia suspeitar da fonte.

Pareceu-lhe mesmo que Lucien vinha vê-lo movido por um duplo sentimento de curiosidade, e que metade desse sentimento emanava da Rue de la Chaussée-d'Antin. Certamente, podia supor, sem medo de errar, que a senhora Danglars, não podendo conhecer por seus próprios olhos a intimidade de um homem que dava cavalos de trinta mil francos, e que ia à Ópera com uma escrava grega que usava um milhão em diamantes, tinha encarregado outros olhos, pelos quais costumava ver, de lhe dar algumas informações sobre essa intimidade.

Mas o conde não pareceu suspeitar da menor correlação entre a visita de Lucien e a curiosidade da baronesa.

– O senhor está em contato quase permanente com o barão Danglars? – perguntou a Albert de Morcerf.

– Mas sim, senhor, sabe muito bem o que lhe disse.

– Isso ainda permanece?

– Mais que nunca – disse Lucien. – É um negócio combinado.

E Lucien, sem dúvida, julgando que essa palavra misturada com a conversa lhe dava o direito de permanecer indiferente ali, colocou o seu monóculo de tartaruga no olho, e mordendo o castão de ouro da bengala, começou a dar a volta no aposento, examinando as armas e os quadros.

– Ah! – disse Monte Cristo. – Mas, ao ouvi-lo, eu não tinha acreditado em uma tão rápida solução.

– O que o senhor quer? As coisas funcionam sem que ninguém duvide; enquanto o senhor não sonha com elas, elas sonham com o senhor; e quando o senhor se vira, é surpreendido com o trajeto que fizeram. Meu pai e o senhor Danglars serviram juntos na Espanha, meu pai no exército, o senhor Danglars no setor de víveres. Foi onde o meu pai, arruinado pela Revolução, e o senhor Danglars, que por sua vez nunca tivera um patrimônio, lançaram os alicerces, meu pai, da sua fortuna política e militar, que é bela, o senhor Danglars, de sua fortuna política e financeira, que é admirável.

– Sim, de fato – disse Monte Cristo –, acredito que durante a visita que lhe fiz, o senhor Danglars me falou sobre isso. E – continuou lançando uma olhada a Lucien que folheava um álbum –, e ela é bonita, a senhorita Eugénie? Pois creio me lembrar que o nome dela é Eugénie.

– Muito bonita, ou melhor belíssima – disse Albert –, mas de uma beleza que não aprecio. Sou um indigno!

– O senhor já fala como se fosse o marido dela!

– Oh! – falou Albert olhando ao seu redor para ver, por sua vez, o que fazia Lucien.

– Eu diria – disse Monte Cristo –, baixando a voz, que o senhor não me parece entusiasmado com esse casamento!

– A senhorita Danglars é demasiado rica para mim – disse Morcerf –, isso me espanta.

– Bem – disse Monte Cristo –, eis uma boa razão. O senhor mesmo não é rico?

– Meu pai tem qualquer coisa como umas cinquenta mil libras de rendimento e talvez me dê dez ou doze quando eu me casar.

– O fato é que é modesto – disse o conde –, principalmente em Paris. Mas a fortuna não é tudo neste mundo, um belo nome e uma posição elevada também têm valor. Seu nome é famoso, sua posição magnífica. E além disso o conde de Morcerf é um soldado, e é agradável ver aliar-se essa integridade de Bavard à pobreza de Duguesclin. O desinteresse é o mais belo raio de sol sob o qual pode reluzir uma nobre espada. Eu, bem ao contrário, acho que essa união não pode ser mais vantajosa: a senhora Danglars o enriquecerá e o senhor a enobrecerá!

Albert abanou a cabeça e ficou pensativo.

– Há ainda outra coisa – disse ele.

– Confesso – retomou Monte Cristo – que tenho dificuldade em compreender essa repugnância para com uma jovem rica e bonita.

– Oh, meu Deus – disse Morcerf –, essa repugnância, se repugnância há, não vem toda de meu lado.

– Mas vem de que lado, então? Pois me disse que o seu pai queria esse casamento.

– Do lado de minha mãe, e minha mãe é um olho prudente e seguro. Bem, ela não sorri para essa união, ela tem não sei que prevenção contra os Danglars.

– Oh – disse o conde num tom um pouco forçado –, isso é concebível. A senhora a condessa de Morcerf, que é a distinção, a aristocracia, a fineza em pessoa, hesita um pouco em tocar uma mão plebeia, grosseira e brutal. É natural.

O CONDE DE MONTE CRISTO – TOMO 2

– Não sei se é isso de fato – disse Albert –, mas o que sei é que me parece que esse casamento, se acontecer, a fará infeliz. Já devíamos nos ter reunido há seis semanas para falar de arranjos, mas fui de tal forma tomado de dores de cabeça...

– Verdadeiras? – disse o conde sorrindo.

– Ah, sim, bem verdadeiras, o medo sem dúvida... tanto que adiaram o encontro para dali a dois meses. Bem, não há pressa, o senhor entende. Ainda não tenho vinte e um anos, e Eugénie tem apenas dezessete. Mas os dois meses expiram na próxima semana. Será preciso ir adiante. O senhor não pode imaginar, meu caro conde, como estou constrangido... Ah, como o senhor é feliz de ser livre!

– Bem! Mas seja livre também; quem o impede, eu lhe pergunto?

– Oh, seria uma grande decepção para meu pai, se eu não me casasse com a senhorita Danglars.

– Então case-se com ela – disse o conde com um singular movimento de ombros.

– Sim – disse Morcerf –, mas, para a minha mãe, não será uma decepção, será uma dor.

– Então não se case com ela – falou o conde.

– Vou ver, vou tentar; o senhor vai me dar conselhos, certo? E, se lhe for possível, o senhor me tirará desse embaraço. Oh, para não magoar a minha excelente mãe, creio que eu brigaria com o conde meu pai.

Monte Cristo virou-se, parecia comovido.

– Ei! – disse ele a Debray sentado numa poltrona funda na extremidade do salão, e que segurava com a mão direita um lápis e com a esquerda uma caderneta. – O que está fazendo? Um esboço ao estilo de Poussin!

– Eu? – disse ele tranquilamente. – Ah, imagine, um esboço, eu amo muito a pintura para isso! Não, eu faço justamente o oposto da pintura, eu faço contas.

– Contas?

– Sim, eu calculo. Isso lhe diz respeito indiretamente, visconde. Eu calculo o que a casa Danglars ganhou na última alta do Haiti: de duzentos

737

e seis o fundo subiu para quatrocentos e nove em três dias, e o cauteloso banqueiro tinha comprado muito a duzentos e seis. Deve ter ganho trezentas mil libras.

– Não foi sua melhor tacada – disse Morcerf. – Ele não ganhou um milhão este ano com os títulos da Espanha?

– Ouça, meu caro – disse Lucien –, esse é o senhor conde de Monte Cristo que dirá ao senhor, como os italianos dizem:

Danaro e santità
Metà della metà[7]

E isso ainda é muito. Assim, quando me vêm com semelhantes histórias, sacudo os ombros.

– Mas o senhor falava do Haiti? – disse Monte Cristo.

– Oh! O Haiti é outra coisa. O Haiti é o *écarté*[8] da agiotagem francesa. É possível gostar da *bouillotte*, apreciar o *whist*, ser louco pelo bóston, e se cansar, no entanto, de tudo isso. Mas volta-se sempre ao *écarté*, é um antepasto. Assim, o senhor Danglars ontem vendeu a quatrocentos e seis e embolsou trezentos mil francos. Se tivesse esperado até hoje, o fundo baixaria para duzentos e cinco, e em vez de ganhar trezentos mil francos, perderia vinte, ou vinte e cinco mil.

– E por que o fundo caiu de quatrocentos e noventa e seis para duzentos e seis? – perguntou Monte Cristo. – Peço perdão, sou muito ignorante em relação a todas essas intrigas da Bolsa.

– Porque – disse Albert rindo –, as notícias se sucedem e não coincidem.

– Ah, diabo! – falou o conde. – O senhor Danglars joga para ganhar ou perder trezentos mil francos em um dia! Ah, mas ele é muito rico então?

– Não é ele quem joga! – falou vivamente Lucien. – Agora é a senhora Danglars. Ela é verdadeiramente destemida.

---

[7] "Dinheiro e santidade/Metade da metade". (N.A.)
[8] Jogo de cartas em que o jogador pode trocar as cartas que não lhe convém por novas cartas. (N.T.)

O conde de Monte Cristo – Tomo 2

– Mas o senhor que é razoável, Lucien, e que conhece a pouca estabilidade das notícias, uma vez que está na fonte, deveria impedi-la – disse Morcerf com um sorriso.

– Como poderia, se seu marido não consegue? – Lucien perguntou. – O senhor conhece o caráter da baronesa. Ninguém tem influência sobre ela, e ela simplesmente só faz o que quer!

– Oh, se eu estivesse no seu lugar, disse Albert.

– Bem?

– Eu iria curá-la, seria um favor a fazer ao seu futuro genro.

– Como assim?

– Ah! Pelo amor de Deus, é fácil. Eu lhe daria uma lição.

– Uma lição?

– Sim. Sua posição como secretário do ministro lhe confere grande autoridade no que se refere às notícias. É só o senhor abrir a boca que os agentes de câmbio estenografam o mais rápido possível suas palavras. Faça-a perder uma centena de mil francos sucessivamente, e isso vai torná-la prudente.

– Não entendo – balbuciou Lucien.

– Mas é simples – respondeu o jovem com uma ingenuidade que não tinha nada de simulado. – Anuncie-lhe numa bela manhã algo de inaudito, uma notícia telegráfica que só o senhor poderia saber: que Henrique IV, por exemplo, foi visto ontem na casa de Gabrielle. Isso vai fazer subir os fundos, ela estabelecerá seu lance em bolsa com base nisso, e certamente vai perder quando Beauchamp escrever no dia seguinte no seu jornal: "É um equívoco as pessoas bem informadas dizerem que o rei Henrique IV foi visto anteontem na casa de Gabrielle, esse fato é completamente inexato. O rei Henrique IV não saiu de Pont Neuf".

Lucien começou a rir com o canto dos lábios. Monte Cristo, ainda que indiferente na aparência, não tinha perdido uma palavra dessa conversa, e seu olho penetrante até pensou ler um segredo no embaraço do secretário íntimo. Resultou desse embaraço de Lucien, que tinha escapado completamente a Albert, que o primeiro abreviou sua visita. Ele obviamente se

739

sentia desconfortável. Reconduzindo-o, o conde lhe disse em voz baixa, algumas palavras, às quais ele respondeu:

– De bom grado, senhor conde, aceito.

O conde voltou até o jovem Morcerf.

– Não acha, pensando nisso – ele lhe disse –, que estava errado falar como fez de sua sogra em frente ao senhor Debray?

– Conde – disse Morcerf –, por favor, não diga essa palavra antecipadamente.

– De fato, e sem exagero, a condessa é tão contra esse casamento?

– A tal ponto que a baronesa raramente vem em casa, e minha mãe, acho que não esteve duas vezes na vida na casa da senhora Danglars,

– Então – disse o conde –, atrevo-me a lhe falar com o coração aberto. – O senhor Danglars é meu banqueiro, o senhor de Villefort me cumulou de cortesia em agradecimento por um serviço que um feliz acaso me pôs à disposição para lhe prestar. Eu adivinho sob tudo isso uma avalanche de jantares e festas. Ora, para não ser um estorvo pomposo, e, se preferir, até mesmo para ter o mérito de tomar a dianteira, planejei reunir na minha casa de campo de Auteuil o senhor e a senhora Danglars, o senhor e a senhora de Villefort. Se eu convidar o senhor para esse jantar, assim como o senhor conde e a senhora condessa de Morcerf, isso não parecerá uma espécie de encontro matrimonial, ou pelo menos a condessa de Morcerf não considerará a coisa assim, em especial se o senhor barão Danglars me der a honra de levar sua filha? Então sua mãe me odiará, e eu não quero isso de modo algum: pelo contrário, e diga-lhe isso sempre que a ocasião se apresentar, quero permanecer no melhor lugar na sua mente.

– Meu Deus, conde – disse Morcerf –, obrigado por ter comigo essa franqueza, e aceito a exclusão que o senhor me oferece. O senhor diz que quer se manter na mente da minha mãe, onde já ocupa um lugar privilegiado.

– Acredita? – falou Monte Cristo com interesse.

– Oh, tenho certeza. Quando o senhor nos deixou no outro dia, conversamos uma hora a seu respeito. Mas volto ao que dizíamos. Bem! Se minha mãe pudesse saber dessa atenção de sua parte, eu me arriscaria a

O CONDE DE MONTE CRISTO – TOMO 2

lhe dizer, estou certo que ela lhe ficaria muito agradecida. É verdade que, por seu lado, meu pai ficaria furioso.

O conde começou a rir.

– Bem! – disse ele a Morcerf –, está avisado. – Mas, estou pensando, não é apenas seu pai que ficará furioso. O senhor e a senhora Danglars vão me considerar um homem muito incorreto. Eles sabem que vejo o senhor com alguma intimidade, que o senhor é mesmo meu mais antigo amigo parisiense, e não o encontrarão na minha casa. Eles me perguntarão por que não o convidei. Tente pelo menos ter um compromisso anterior que dê alguma aparência de probabilidade, do qual me dará ciência por meio de um bilhete. O senhor sabe: com os banqueiros, só os escritos são válidos.

– Farei melhor que isso, senhor conde – disse Albert. – Minha mãe quer ir respirar o ar do mar. Para que dia está marcado seu jantar?

– Sábado.

– Bem, hoje é terça-feira. Amanhã à noite partimos: depois de amanhã de manhã estaremos em Le Tréport. Sabe, senhor, que é um homem encantador por deixar as pessoas à vontade?

– Eu? Na verdade, o senhor me considera mais do que valho. Quero ser agradável para o senhor, isso é tudo.

– Em que dia fez os seus convites?

– Hoje mesmo.

– Muito bem! Corro para a casa do senhor Danglars, para lhe dizer que vamos deixar Paris amanhã, minha mãe e eu. Eu não o vi! Consequentemente, não sei nada do seu jantar.

– Está louco! E o senhor Debray, que o viu na minha casa?

– Ah, é verdade.

– Pelo contrário, vi-o e convidei-o para o jantar com toda a naturalidade, e o senhor me respondeu ingenuamente que não poderia ser meu convidado, porque ia para Le Tréport.

– Combinado. Mas o senhor virá ver minha mãe antes de amanhã?

– Antes de amanhã, é difícil. Eu chegaria em meio a seus preparativos de viagem.

– Bem! Faça melhor que isso. O senhor era apenas um homem encantador, vai ser um homem adorável.

– O que preciso fazer para chegar a essa sublimidade?

– O que tem de fazer?

– Estou perguntando.

– Hoje o senhor está livre como o ar. Venha jantar conosco. Estaremos em um grupo pequeno, o senhor, minha mãe e eu somente. O senhor apenas vislumbrou minha mãe, mas a verá de perto. É uma mulher muito notável, e só lamento uma coisa, que não exista outra igual vinte anos mais nova. Logo haveria, juro, uma condessa e uma viscondessa de Morcerf. Quanto a meu pai, não o encontrará não. Tem compromisso esta noite e janta na casa do grão-referendário. Venha, nós conversaremos sobre viagens. O senhor, que viu o mundo inteiro, nos contará suas aventuras, nos dirá a história dessa bela grega que estava na outra noite na ópera, a quem chama de sua escrava e trata como princesa. Falaremos italiano, espanhol. Vamos, aceite, minha mãe lhe será grata.

– Mil desculpas – disse o conde –, o convite é dos mais gentis, e eu lamento profundamente não poder aceitá-lo. Eu não estou livre como o senhor pensou, ao contrário, tenho um encontro dos mais importantes.

– Ah! Tenha cuidado. O senhor me ensinou agora há pouco como, em se tratando de um jantar, livramo-nos de algo desagradável. Preciso de uma prova. Eu, felizmente, não sou um banqueiro como o senhor Danglars. Mas sou, eu o aviso, tão incrédulo quanto ele.

– Então lhe darei essa prova – disse o conde.

E tocou a campainha.

– Hum! – falou Morcerf –, já são duas vezes que o senhor se recusa a jantar com minha mãe. Isso é coisa pensada, conde.

Monte Cristo estremeceu.

– Oh, o senhor não acredita – disse ele. – Além disso, eis que chega a minha prova.

Baptistin entrou e pôs-se de pé à porta, aguardando.

– Eu não estava ciente de sua visita, não é?

O CONDE DE MONTE CRISTO – TOMO 2

– Pois é! O senhor é um homem tão extraordinário que eu não responderei.

– Pelo menos não podia adivinhar que me convidaria para jantar?

– Oh, quanto a isso, é provável.

– Escute, Baptistin. O que eu lhe disse esta manhã quando o chamei no meu escritório?

– Para fechar a porta do senhor conde quando dessem cinco horas – respondeu o criado.

– E depois?

– Oh, senhor conde... – disse Albert.

– Não, não, eu quero livrar-me de vez dessa reputação misteriosa que o senhor criou para mim, meu caro visconde. É muito difícil encarnar sempre o Manfred. Quero viver numa casa de vidro. E depois... Continue, Baptistin.

– Em seguida, receber apenas o senhor major Bartolomeo Cavalcanti e seu filho.

– Está ouvindo, o senhor major Bartolomeo Cavalcanti, um homem da mais antiga nobreza da Itália e de quem Dante deu-se o trabalho de ser o d'Hozier... o senhor se lembra ou não se lembra, no décimo canto do *Inferno*. Além dele, seu filho, um jovem encantador quase da sua idade, visconde, que carrega o mesmo título que o senhor, e que faz sua entrada no mundo parisiense com os milhões do pai. O major traz-me esta noite seu filho Andrea, o *contino*, como dizemos na Itália. Coloca-o aos meus cuidados. Se ele tiver algum mérito eu lhe darei um impulso. o senhor me ajudará, não é?

– Sem dúvida! Então é um velho amigo seu esse major Cavalcanti? – perguntou Albert.

– De modo algum, ele é um digno fidalgo, muito educado, muito modesto, muito discreto, como tantos há na Itália. Descendentes diretos das velhas famílias. Vi-o várias vezes, em Florença, em Bolonha, em Lucca, e ele me avisou da sua chegada. Conhecidos de viagem são exigentes. Reclamam, em qualquer circunstância, a amizade que lhes demos uma vez por acaso. Como se o homem civilizado, que sabe viver uma hora com qualquer um, não tivesse sempre uma segunda intenção! Esse bom major Cavalcanti voltará a ver Paris, que só viu de passagem, sob o Império, a caminho da gelada Moscou. Vou oferecer-lhe um bom jantar, ele vai me deixar seu filho. Eu lhe prometerei cuidar dele, deixarei que faça todas as loucuras que lhe convier fazer, e estaremos quites.

– Maravilhosamente! – disse Albert. – E vejo que o senhor é um mentor valioso. Adeus, então. Estaremos de volta no domingo. A propósito, recebi notícias de Franz.

– Verdade? – disse Monte Cristo. – E ele continua gostando da Itália?

– Acho que sim. No entanto, lamenta sua falta. Ele diz que o senhor era o sol de Roma, e que sem o senhor lá é cinza. Não sei mesmo se ele não chega a dizer que está chovendo.

– Então, ele mudou de ideia a meu respeito, o seu amigo Franz?

– Pelo contrário, ele continua a pensar que o senhor é fantástico em primeiro lugar. Eis por que sente sua falta.

– Um jovem encantador! – disse Monte Cristo. – E por quem senti uma grande simpatia na primeira noite em que o vi à procura de um jantar qualquer, e quis aceitar o meu. É, eu acredito, o filho do general d'Épinay.

– Justamente.

– O mesmo que foi tão miseravelmente assassinado em 1815?

– Pelos bonapartistas.

– Olhe, gosto dele! Não há também para ele projetos de casamento?

– Sim, ele vai se casar com a senhorita de Villefort.

– Isso é verdade?

– Como eu tenho de casar com a senhorita Danglars – disse Albert rindo.

– O senhor ri?

– Sim.

– Por que ri?

– Rio porque penso ver desse lado tanta simpatia pelo casamento quanto há de um outro lado entre a senhorita Danglars e eu. Mas realmente, meu caro conde, estamos falando de mulheres como as mulheres falam de homens. É imperdoável!

Albert se levantou.

– Está indo embora?

– Boa pergunta! Há duas horas que o importuno e o senhor tem a polidez de me perguntar se estou indo embora! Na verdade, conde, o senhor é o homem mais educado da terra! E seus criados, como eles são treinados! O senhor Baptistin sobretudo! Nunca pude ter um destes. Os meus parecem todos seguir o exemplo dos do Teatro Francês, que, precisamente por terem apenas uma palavra a dizer, vêm sempre dizê-la na ribalta. Assim, se dispensar o senhor Baptistin, peço-lhe a preferência.

– Está concedida.

– Não é tudo, espere. – Dê os meus cumprimentos ao seu discreto homem de Lucca, ao fidalgo Cavalcanti dei Cavalcanti. E se por acaso ele insistir em casar o filho, encontre para ele uma mulher bem rica, bem nobre, por parte de mãe, pelo menos, e baronesa por parte de pai. Eu o ajudarei.

– Oh! Oh! – disse Monte Cristo. – Sério, está certo disso?

– Sim.

– Preste atenção. Não deve jurar nada.

– Ah, conde – gritou Morcerf –, que favor me faria, e como eu o amaria ainda mais se, graças ao senhor, eu continuasse solteiro, nem que fosse só por dez anos.

– Tudo é possível – respondeu gravemente Monte Cristo.

E, tendo se despedido de Albert, entrou de novo em casa e fez soar três vezes a campainha.

Bertuccio apareceu.

– Senhor Bertuccio – disse ele –, fique sabendo que receberei no sábado na minha casa de Auteuil.

Bertuccio teve um pequeno arrepio.

– Muito bem, patrão – disse ele.

– Preciso do senhor – continuou o conde –, para que tudo esteja preparado convenientemente. Aquela casa é muito bonita, ou pelo menos pode ser muito bonita.

– É preciso mudar tudo para chegar a esse ponto, senhor conde, porque as cortinas envelheceram.

– Mude tudo então, exceto uma, a do quarto de damasco vermelho. Deixe-a exatamente como está.

E Bertuccio inclinou-se.

– Também não toque no jardim, mas quanto ao pátio faça o que quiser com ele. Prefiro mesmo que não o reconheçam.

– Farei tudo o que puder para agradar ao conde. Eu ficaria mais tranquilo se o senhor conde me dissesse suas intenções para o jantar.

– Na verdade, meu caro senhor Bertuccio – disse o conde –, desde que o senhor está em Paris, eu o acho desorientado, trêmulo. O senhor não me conhece mais?

– Mas Sua Excelência poderia pelo menos me dizer quem vai receber.

– Ainda não sei, e o senhor não precisa saber também. Lúculo janta em casa de Lúculo. Eis tudo.

Bertuccio inclinou-se e saiu.

O major Cavalcanti

    Nem o conde nem Baptistin tinham mentido quando anunciaram para Morcerf a visita do major de Lucca, que servia a Monte Cristo como pretexto para recusar o jantar que lhe era oferecido.

    Tinha acabado de dar sete horas, e o senhor Bertuccio, segundo a ordem que recebera, partira havia duas horas para Auteuil, quando um fiacre parou à porta do palacete, e pareceu fugir envergonhado logo que deixou junto ao portão um homem de cerca de cinquenta e dois anos, vestido com um desses redingotes verdes com alamares pretos cuja espécie é imperecível, ao que parece, na Europa. Uma calça larga de tecido azul, uma bota ainda bastante limpa embora de um verniz incerto e com solas um pouco grossas, luvas de camurça, um chapéu que se aproximava pela forma de um chapéu de gendarme, colarinho preto, contornado por um debrum branco, que, se seu proprietário porventura não o colocasse por sua plena e total vontade, poderia passar por um espartilho: tal era o traje pitoresco sob o qual se apresentou o personagem que tocou na entrada, perguntando se não era no número 30 da Avenida dos Champs-Élysées que morava o senhor conde de Monte Cristo, e que, diante da resposta afirmativa do porteiro, entrou, fechou a porta atrás de si e dirigiu-se para a escadaria da entrada.

A cabeça pequena e angulosa desse homem, o cabelo agrisalhado, o bigode espesso e cinzento fez com que fosse reconhecido por Baptistin, que tinha a indicação exata do visitante e o esperava antes do vestíbulo. Tanto que, tão logo falara seu nome ao inteligente servo, Monte Cristo foi avisado de sua chegada.

O estrangeiro foi introduzido no salão mais simples. O conde o esperava ali e foi ao seu encontro com um ar risonho.

– Ah, caro senhor – disse ele –, seja bem-vindo. – Eu o estava esperando.

– A sério? – disse o homem de Lucca. – Vossa Excelência estava à minha espera?

– Sim, fui avisado de que chegaria hoje às sete.

– Da minha chegada? Então estava avisado?

– Perfeitamente.

– Ah! Melhor! Eu temia, confesso, que tivessem esquecido essa pequena precaução.

– Qual?

– De preveni-lo.

– Oh! Não!

– Tem certeza de que não está enganado?

– Tenho.

– Era a mim que Vossa Excelência esperava hoje às sete horas?

– É o senhor. Aliás, vamos verificar.

– Oh, se estava à minha espera – disse o homem de Lucca –, não vale a pena.

– Ao contrário! Ao contrário! – disse Monte Cristo.

O homem de Lucca pareceu um pouco preocupado.

– Ora – disse Monte Cristo –, não é o senhor o marquês Bartolomeo Cavalcanti?

– Bartolomeo Cavalcanti – repetiu o feliz homem de Lucca. – É isso mesmo!

– Ex-major a serviço da Áustria?

– Era major que eu era? – perguntou timidamente o velho militar.

O conde de Monte Cristo – Tomo 2

– Sim – disse Monte Cristo –, era major. – É o nome que damos na França a quem ocupa o posto que ocupava na Itália.

– Bem – disse o homem de Lucca –, de minha parte não peço mais que isso, o senhor entende...

– Ademais, o senhor não vem aqui espontaneamente – redarguiu Monte Cristo.

– Oh! Claro que sim.

– O senhor me foi enviado por alguém?

– Sim.

– Por esse excelente abade Busoni?

– Isso mesmo – disse o major feliz.

– E tem uma carta?

– Aqui está ela.

– Meu Deus, passe-a para mim.

E Monte Cristo tomou a carta que abriu e leu.

O major olhava para o conde com olhos esbugalhados que percorriam com curiosidade cada parte do apartamento, mas que voltavam invariavelmente para seu dono.

– É isso mesmo... esse querido abade, "o major Cavalcanti, um digno patrício de Lucca, descendente dos Cavalcanti de Florença" – continuou Monte Cristo lendo – "gozando de uma fortuna de meio milhão de rendimentos".

Monte Cristo levantou os olhos do papel e fez uma saudação.

– De meio milhão – disse ele –, caramba! – Meu caro senhor Cavalcanti.

– Existe esse meio milhão? – perguntou o homem de Lucca.

– Com todas as letras. – E deve ser assim, pois o abade Busoni é o homem que melhor conhece todas as grandes fortunas da Europa.

– Vai por meio milhão – disse o homem de Lucca, mas, palavra de honra, não pensava que o montante fosse tão alto.

– Porque o senhor tem um intendente que o rouba. O que o senhor quer, querido Cavalcanti, é preciso passar por isso!

– Esclareceu-me – disse gravemente o homem de Lucca –, vou despedir o engraçadinho.

Monte Cristo continuou:

– "E a quem só falta uma coisa para ser feliz".

– Oh, meu Deus, sim! Só uma – disse o homem de Lucca com um suspiro.

– "Reencontrar um filho amado".

– Um filho amado?

– "Raptado na sua juventude, quer por um inimigo de sua nobre família, quer por boêmios".

– Aos cinco anos, senhor! – disse o homem de Lucca com um suspiro profundo e olhando para o céu.

– Pobre pai – disse Monte Cristo.

O conde continuou:

– "Devolvo-lhe esperança, devolvo-lhe a vida, senhor conde, anunciando que este filho, que há quinze anos ele procura em vão, o senhor pode fazê-lo voltar a encontrá-lo".

O homem de Lucca olhou para Monte Cristo com uma expressão indefinível de preocupação.

– Eu posso – respondeu Monte Cristo.

O major ficou de pé.

– Ah! ah! – disse ele. – A carta era então verdadeira até o fim?

– Duvidava disso, caro senhor Bartolomeo?

– Não, nunca! Como assim! um homem sério, um homem revestido de um caráter religioso como o abade Busoni, não se teria permitido uma brincadeira semelhante. Mas o senhor não leu tudo, Excelência!

– Ah! É verdade – disse Monte Cristo –, há um *post-scriptum*.

– Sim, repetiu o homem de Lucca,... há... um... *post-scriptum*.

– "Para não causar ao major Cavalcanti o estorvo de mover fundos do seu banqueiro, envio-lhe uma letra de câmbio de dois mil francos para suas despesas de viagem e um crédito, com o senhor, da soma de quarenta e oito mil francos que o senhor fica me devendo."

O CONDE DE MONTE CRISTO – TOMO 2

O major acompanhou com o olhar esse *post-scriptum* com visível ansiedade.

– Bom! – disse apenas o conde.

– Ele disse bom – murmurou consigo mesmo o homem de Lucca. – Então... senhor – ele continuou.

– Então?... – perguntou Monte Cristo.

– Então, o *post-scriptum*...

– Bem, o *post-scriptum*...

– É acolhido favoravelmente pelo senhor tanto quanto o resto da carta?

– Certamente. Estamos acertados o abade Busoni e eu. Não sei se são precisamente quarenta e oito mil libras que fico lhe devendo, mas umas poucas cédulas não vão criar problemas entre nós. Ah, por isso dava grande importância a este *post-scriptum*, querido senhor Cavalcanti?

– Confesso – disse o homem de Lucca –, que, cheio de confiança na assinatura do abade Busoni, eu não tinha arranjado outros fundos. De modo que se eu tivesse perdido esse recurso, teria ficado muito embaraçado em Paris.

– Será que um homem como o senhor fica embaraçado em algum lugar? – disse Monte Cristo –, vamos lá!

– Pois é! Não conhecendo ninguém – falou o homem de Lucca.

– Mas o senhor é conhecido.

– Sim, conhecem-me, por isso...

– Termine, caro senhor Cavalcanti!

– De forma que vai me entregar essas quarenta e oito mil libras.

– Ao seu primeiro pedido.

O major revolvia uns olhos grandes e pasmos.

– Mas sente-se – disse Monte Cristo. – Na verdade, não sei onde estou com a cabeça... Deixei-o em pé por quinze minutos...

– Não se preocupe.

O major puxou uma cadeira e sentou-se.

– Agora – disse o conde –, quer tomar alguma coisa, xerez, vinho do Porto, alicante?

– Alicante, se não se importa, é o meu vinho favorito.

– Tenho um ótimo. Com um biscoito, certo?

– Com um biscoito, já que me obriga.

Monte Cristo tocou. Baptistin apareceu.

O conde aproximou-se dele:

– Sim?… – perguntou baixinho.

– O jovem está aqui – disse o criado no mesmo tom.

– Onde o fez entrar?

– No salão azul, como Vossa Excelência ordenou.

– Ótimo. Traga alicante e uns biscoitos.

Baptistin saiu.

– A verdade – disse o homem de Lucca –, é que lhe causo um incômodo que me deixa constrangido.

– Ora! – disse Monte Cristo.

Baptistin voltou com os copos, o vinho e os biscoitos.

O conde encheu um copo e derramou no segundo algumas gotas do rubi líquido da garrafa, toda coberta de teias de aranha e com todos os outros sinais que indicam a idade do vinho, mais certo do que as rugas no homem.

O major não teve dúvidas quanto à divisão, pegou o copo cheio e um biscoito.

O conde ordenou a Baptistin que pousasse a bandeja ao alcance da mão do seu hóspede, que começou por provar o alicante com a ponta dos lábios, fez uma careta de satisfação, e delicadamente introduziu o biscoito no copo.

– Então, senhor – disse Monte Cristo –, o senhor vivia em Lucca, o senhor era rico, o senhor é nobre, gozava da consideração geral, tinha tudo o que podia fazer um homem feliz?

– Tudo, Excelência – disse o major, engolindo seu biscoito –, tudo absolutamente.

– E só lhe faltava uma coisa para sua felicidade?

– Só uma – disse o homem de Lucca.

– Era encontrar seu filho?

– Ah! – falou o major pegando um segundo biscoito –, mas isso me fazia muita falta.

O digno homem de Lucca olhou para o céu e ensaiou um esforço para suspirar.

– Agora, caro senhor Cavalcanti – disse Monte Cristo –, de onde veio esse filho de quem o senhor tem tanta saudade? Porque me disseram que o senhor era solteiro.

– Acreditava-se – disse o major –, e eu mesmo...

– Sim – retomou Monte Cristo –, e o senhor mesmo tinha acreditado nesse boato. Um pecado da juventude que o senhor queria esconder de todos os olhos. – O homem de Lucca ergueu-se, assumiu seu ar mais calmo e mais digno, ao mesmo tempo que baixava modestamente os olhos, quer para manter a postura, quer para ajudar sua imaginação, olhando por baixo o conde, cujo sorriso estereotipado nos lábios anunciava sempre a mesma benevolente curiosidade.

– Sim, senhor – disse ele –, eu queria esconder de todos esse erro.

– Não por sua causa, senhor? – disse Monte Cristo –, porque um homem está acima dessas coisas.

– Oh, não, não por mim certamente – disse o major com um sorriso e balançando a cabeça.

– Mas pela mãe do menino – disse o conde.

– Por sua mãe! – gritou o homem de Lucca pegando um terceiro biscoito. – Por sua pobre mãe!

– Beba, caro senhor Cavalcanti – disse Monte Cristo, enchendo para o homem de Lucca um segundo copo de alicante. A emoção o sufoca.

– Por sua pobre mãe! – murmurou o homem de Lucca, tentando ver se a força de vontade não poderia, agindo na glândula lacrimal, molhar-lhe o canto do olho com uma lágrima falsa.

– Que pertencia a uma das primeiras famílias da Itália, creio?

– Patrícia de Fiesole, conde, patrícia de Fiesole!

– E se chamava?

– Quer saber o nome dela?

– Oh, meu Deus! – disse Monte Cristo –, inútil me dizer, conheço-o.

– O senhor conde sabe tudo – disse o homem de Lucca inclinando-se.

– Oliva Corsinari, não é?

– Oliva Corsinari!

– Marquesa?

– Marquesa.

– E o senhor acabou por casar com ela, apesar das oposições da família?

– Meu Deus! Sim, acabei.

– E – disse Monte Cristo –, o senhor traz os seus papéis em ordem?

– Quais papéis? – perguntou o homem de Lucca.

– Sua certidão de casamento com Oliva Corsinari e a certidão de nascimento da criança.

– A certidão de nascimento da criança?

– A certidão de nascimento de Andrea Cavalcanti, do seu filho. Ele não se chama Andrea?

– Acho que sim – disse o homem de Lucca.

– Como? Acha?

– Pois é! Não me atrevo a afirmar; há tanto tempo que está perdido.

– É justo – disse Monte Cristo. – Enfim, o senhor tem todos esses papéis?

– Senhor conde, lamento informá-lo que, não tendo sido avisado para me munir desses documentos, não me lembrei de trazê-los comigo.

– Ah, diabo! – falou Monte Cristo.

– Eram mesmo necessários?

– Indispensáveis.

O homem de Lucca coçou a testa.

– Ah, *per Bacco!* – disse ele. – Indispensáveis!

– Sem dúvida. E se levantassem aqui algumas dúvidas sobre a validade do seu casamento, sobre a legitimidade do seu filho?

– É justo – disse o homem de Lucca –, podem levantar dúvidas.

– Seria uma pena para esse jovem.

– Isso seria fatal.

– Isso poderia fazê-lo perder um casamento lindo.

O CONDE DE MONTE CRISTO – TOMO 2

– *O peccato*!

– Na França, compreende, somos severos. Não basta, como na Itália, ir encontrar um padre e dizer-lhe: "Nós nos amamos, case-nos." Há um casamento civil na França, e, para se casar civilmente, são necessários documentos que comprovem a identidade.

– Eis a desgraça. Não tenho os papéis.

– Ainda bem que os tenho – disse Monte Cristo.

– O senhor?

– Sim.

– O senhor os tem?

– Sim, os tenho.

– Ah, e essa – exclamou o homem de Lucca –, que, vendo o propósito da sua viagem se perder por falta de documentos, receava que esse esquecimento criasse alguma dificuldade em relação às quarenta e oito mil libras. Ah! e essa. Que felicidade. Sim – disse ele –, eis uma felicidade, porque não tinha pensado nisso.

– Santo Deus! Creio que não se pensa em tudo. Mas felizmente o abade Busoni pensou nisso para o senhor.

– Veja esse abade?

– É um homem precavido.

– Ele é uma pessoa admirável – disse o homem de Lucca –, e enviou-os para o senhor?

– Aqui estão eles.

O homem de Lucca juntou as mãos em sinal de admiração.

– O senhor se casou com Oliva Corsinari na igreja de Santa Paula de Monte-Cattini. Aqui está o certificado do padre.

– Sim, minha fé! Aqui está – disse o major –, olhando para ele com espanto.

– E essa é a certidão de batismo de Andrea Cavalcanti, emitido pelo pároco de Saravezza.

– Está tudo bem – disse o major.

ALEXANDRE DUMAS

– Então, pegue esses papéis de que não preciso, e dê-os ao seu filho, que os guardará com cuidado.

– Acredito que sim... se ele os perdesse...

– E se ele os perdesse? – perguntou Monte Cristo.

– Bem – redarguiu o homem de Lucca –, teríamos de escrever para lá, e levaria muito tempo para arranjar outros.

– De fato, seria difícil – disse Monte Cristo.

– Quase impossível – respondeu o homem de Lucca.

– Fico contente que compreenda o valor desses papéis.

– Quer dizer, eu olho para eles como se fossem impagáveis.

– Agora – disse Monte Cristo –, quanto à mãe do jovem...?

– Quanto a mãe do jovem... – repetiu o major com preocupação.

– Quanto à marquesa Corsinari.

– Meu Deus! – disse o homem de Lucca, sob cujos passos pareciam nascer dificuldades. – Precisamos mesmo dela?

– Não, senhor – disse Monte Cristo. – Aliás, ela não...

– Claro, claro – disse o major –, ela...

– Pagou seu tributo à natureza...

– Infelizmente! Sim – disse o homem de Lucca.

– Eu soube disso – retomou Monte Cristo. – Ela morreu há dez anos.

– E ainda choro a sua morte, senhor – disse o major –, puxando do bolso um lenço quadriculado e limpando alternadamente primeiro o olho esquerdo e depois o direito.

– Fazer o quê? – disse Monte Cristo. – Somos todos mortais. – Agora o senhor entende, caro Cavalcanti, o senhor entende que não é necessário que se saiba na França que está separado do seu filho há quinze anos. Todas essas histórias de ciganos que roubam as crianças não têm nenhum espaço entre nós. O senhor mandou-o para estudar em um colégio de província e quer que ele complete sua educação na sociedade parisiense. Foi por isso que deixou a Viareggio, vive aqui desde que a sua mulher morreu. Isso é suficiente.

– Acha que sim?

– Certamente.

– Muito bem, então.

– Se souberem alguma coisa dessa separação...

– Ah! Sim. O que eu diria?

– Que um tutor infiel, vendido aos inimigos da sua família...

– Aos Corsinari?

– Certamente... raptou a criança para que seu nome se apagasse.

– É justo, pois ele é filho único.

– Bem, agora que tudo está acertado, que suas memórias restauradas não o trairão, sem dúvida já adivinhou que lhe preparei uma surpresa?

– Agradável? – perguntou o homem de Lucca.

– Ah! – disse Monte Cristo –, vejo bem que nada engana mais o olho que o coração de um pai.

– Hum! – falou o major.

– Foi-lhe feita uma revelação indiscreta, ou melhor, adivinhou que ele estava aqui.

– Quem, aqui?

– O seu menino, o seu filho, o seu Andrea.

– Eu adivinhei – disse o homem de Lucca com a maior fleuma do mundo –, assim ele está aqui?

– Aqui mesmo – disse Monte Cristo. – Entrando há pouco, o criado me informou de sua chegada.

– Ah, muito bem! ah, muito bem! – disse o major apertando a cada exclamação os alamares de sua polonesa.

– Meu caro senhor – disse Monte Cristo –, entendo toda a sua emoção, é preciso dar-lhe tempo para se recompor. E também quero preparar o jovem para essa conversa tão desejada, porque presumo que ele não esteja menos impaciente que o senhor.

– Acredito – disse Cavalcanti.

– Bem! Dentro de quinze minutos, estaremos prontos.

– Então, vai trazê-lo? Leva a sua bondade ao ponto de apresentá-lo pessoalmente a mim?

ALEXANDRE DUMAS

– Não, não quero ficar entre pai e filho. Ficarão sozinhos, senhor major; mas esteja tranquilo, no caso mesmo de a voz do sangue permanecer muda, o senhor não terá como se enganar, ele entrará por esta porta. É um jovem bonito loiro, um pouco loiro demais talvez, de maneiras todas corteses. O senhor verá.

– A propósito – disse o major –, sabe que só trouxe comigo os dois mil francos que o bom abade Busoni me entregou. Fiz a viagem e...

– E o senhor precisa de dinheiro, é muito justo, meu caro Cavalcanti. Tome, para arredondar a conta, oito notas de mil francos.

Os olhos do major brilharam como um carbúnculo.

– Devo-lhe quarenta mil francos – disse Monte Cristo.

– Vossa Excelência quer um recibo? – disse o major ao colocar as notas no bolso interno da polonesa.

– Para quê? – disse o conde.

– Ora, para acertar suas contas com o abade Busoni!

– Bem, o senhor me dará um recibo geral ao receber os quarenta últimos mil francos. Entre pessoas honestas, tais precauções são inúteis.

– Ah, sim, é verdade – disse o major –, entre pessoas honestas.

– Agora, uma última palavra, marquês.

– Diga.

– O senhor me permite uma pequena recomendação, não é?

– Claro, faça o favor.

– Não faria mal se desfazer dessa polonesa.

– Sério? – disse o major –, olhando para a roupa com certa complacência.

– Sim, ainda se usa em Viareggio, mas em Paris há muito tempo esse traje, por mais elegante que seja, está fora de moda.

– É uma pena – disse o homem de Lucca.

– Oh, se insiste, vá pegá-lo de volta quando sair.

– Mas o que vou vestir?

– O que encontrar nas suas malas.

– Como nas minhas malas? Tenho apenas uma bolsa.

O CONDE DE MONTE CRISTO – TOMO 2

– Com o senhor, sem dúvida. Qual é o sentido de se envergonhar? Aliás, um velho soldado gosta de andar com equipamento ligeiro.

– É justamente por isso que…

– Mas o senhor é um homem prevenido, e enviou suas malas na frente. Elas chegaram ontem no hotel dos Príncipes, Rue Richelieu. É onde o senhor reservou seus aposentos.

– Então, nessas malas…

– Presumo que tenha tido a precaução de fazer colocar por seu criado tudo de que precisa: trajes civis, uniformes. Nas grandes circunstâncias, o senhor vai vestir o uniforme, isso faz bem. Não se esqueça de suas cruzes. Zomba-se disso na França, mas ainda se usa.

– Claro! Claro! Claro! – disse o major, que andava de deslumbramento em deslumbramento.

– E agora – disse Monte Cristo – que seu coração está encouraçado contra as emoções muito vivas, prepare-se, caro senhor Cavalcanti, para rever seu filho Andrea.

E fazendo uma elegante saudação ao homem de Lucca, Monte Cristo desapareceu atrás do reposteiro.

Andrea Cavalcanti

O conde de Monte Cristo entrou no salão vizinho, que Baptistin tinha designado por salão azul, e onde acabava de precedê-lo um rapaz de aspecto desenvolto, muito elegantemente vestido, e que um cabriolé de praça, meia hora antes, deixara na porta do palacete.

Baptistin não tinha tido dificuldade em reconhecê-lo. Era bem aquele jovem alto, cabelo loiro curto, barba ruiva, olhos negros, de quem a tez esmaltada e a pele deslumbrante de brancura lhe tinham sido assinaladas por seu patrão.

Quando o conde entrou no salão, o jovem estava negligentemente estendido em um sofá, chicoteando distraidamente sua bota com um pequeno rebenque com castão de ouro.

Ao ver Monte Cristo, ele se levantou vigorosamente.

– O senhor é o conde de Monte Cristo? – disse ele.

– Sim, senhor – respondeu este. – E tenho a honra de falar, eu acho, com o senhor visconde Andrea Cavalcanti?

– Visconde Andrea Cavalcanti – repetiu o jovem acompanhando essas palavras com uma saudação cheia de desenvoltura.

– O senhor deve ter uma carta que o credencia junto a mim? – disse Monte Cristo.

O CONDE DE MONTE CRISTO – TOMO 2

– Não lhe falei sobre isso por causa da assinatura, que me pareceu bastante estranha.

– Simbad, o Marujo, não é?

– Justamente. Ora, como nunca conheci outro Simbad, o Marujo senão o das *Mil e uma noites...*

– Bem! É um dos seus descendentes, um dos meus amigos muito ricos, um inglês mais que original, quase louco, cujo verdadeiro nome é Lorde Wilmore.

– Ah! Isso me explica tudo – disse Andrea. – Então, está tudo bem. Foi o mesmo inglês que conheci... em... Sim, muito bem!... Senhor conde, estou às suas ordens.

– Se o que me faz a honra de me dizer é verdade – respondeu sorrindo o conde –, espero que será bom o suficiente para me dar alguns detalhes sobre o senhor e sua família.

– De bom grado, senhor conde – respondeu o jovem com uma volubilidade que provava a solidez de sua memória. – Eu sou, como o senhor disse, o visconde Andrea Cavalcanti, filho do major Bartolomeo Cavalcanti, descendente dos Cavalcanti inscritos no livro de ouro de Florença. Nossa família, embora ainda muito rica, uma vez que meu pai tem meio milhão de rendas, sofreu muitas desgraças, e eu mesmo, senhor, fui, na idade de cinco ou seis anos, raptado por um preceptor desleal, de modo que há quinze anos não vejo o autor dos meus dias. Desde a minha idade de razão, desde que sou livre e senhor de mim, eu o procuro, mas inutilmente. Para concluir, essa carta de seu amigo Simbad me anuncia que ele está em Paris, e me permite que eu me dirija ao senhor para obter notícias dele.

– Na verdade, senhor, tudo o que está me relatando é muito interessante – disse o conde –, olhando com satisfação sombria aquele semblante despreocupado, impregnado de uma beleza como a do anjo mau –, e o senhor fez muito bem em obedecer em todos os pontos ao convite do meu amigo Simbad, porque o seu pai está na verdade aqui e o procura.

O conde, desde a sua entrada no salão, não perdera de vista o jovem. Tinha admirado a certeza do seu olhar e a segurança da sua voz. Mas a estas palavras tão naturais: *Seu pai está de fato aqui e o procura*, o jovem Andrea saltou e gritou:

– Meu pai! Meu pai aqui!

– Sem dúvida – respondeu Monte Cristo –, seu pai, o major Bartolomeo Cavalcanti.

A sensação de terror difundida na feição do jovem desapareceu quase imediatamente.

– Ah, sim, é verdade – disse ele –, o major Bartolomeo Cavalcanti. – E o senhor me diz, conde, que está aqui esse querido pai?

– Sim, senhor. Eu diria que acabei de deixá-lo agora mesmo. Que a história que ele me contou sobre esse filho querido, perdido outrora, me tocou muito. Na verdade, suas dores, seus temores, suas esperanças a esse respeito comporiam um poema comovente. Finalmente, ele um dia recebeu notícias que lhe anunciavam que os raptores de seu filho ofereciam devolvê-lo, ou indicar onde estava, mediante uma soma bastante elevada. Mas nada deteve o bom pai. Esse dinheiro foi enviado para a fronteira do Piemonte, bem como um passaporte com visto para a Itália. O senhor estava no Sul da França, eu acho.

– Sim, senhor – respondeu Andrea com um ar bastante embaraçado. – Sim, eu estava no Sul da França.

– Devia ter um veículo à sua espera em Nice?

– Foi isso mesmo, senhor. Ele me levou de Nice a Gênova, de Gênova a Turim, de Turim a Chambéry, de Chambéry a Pont-de-Beauvoisin, e de Pont-de-Beauvoisin a Paris.

– Formidável! Ele sempre esperava encontrá-lo no caminho, porque era a estrada que ele próprio seguia. Fora por isso que seu itinerário tinha sido traçado assim.

– Mas – disse Andrea –, se me tivesse encontrado, o querido pai, duvido que me tivesse reconhecido. Mudei um pouco desde que o perdi de vista.

– Oh, a voz do sangue – disse Monte Cristo.

– Ah, sim, é verdade – disse o jovem –, não pensava na voz do sangue!

– Agora – disse Monte Cristo –, só uma coisa inquieta o marquês Cavalcanti, é o que o senhor fez enquanto estava afastado dele. E como foi tratado por seus perseguidores. Se observaram, de acordo com sua origem, todos os cuidados que lhe eram devidos. E, finalmente, se não restou do sofrimento moral a que o senhor foi exposto, sofrimento cem vezes pior que o sofrimento físico, algum enfraquecimento das faculdades de que a natureza largamente o dotou, e se o senhor mesmo acredita que pode retomar e sustentar dignamente na sociedade o lugar que lhe pertence.

– Senhor – balbuciou o jovem atordoado –, espero que nenhum falso relatório...

– Ainda não terminei. Ouvi falar do senhor pela primeira vez pelo meu amigo Wilmore, o filantropo. Soube que ele o encontrara em uma situação infeliz, não sei qual, e não lhe fiz nenhuma pergunta: não sou curioso. Suas desgraças o interessaram, logo o senhor era interessante. Ele me disse que queria devolver-lhe na sociedade a posição que o senhor perdera, que procuraria seu pai, que o encontraria; procurou-o; encontrou-o, ao que parece, já que ele está aqui. Finalmente, me avisou ontem de sua chegada, dando-me mais algumas instruções relativas a sua fortuna. Isso é tudo. Sei que meu amigo Wilmore é um excêntrico, mas, ao mesmo tempo, como ele é um homem seguro, rico como uma mina de ouro e que, por conseguinte, pode manter suas excentricidades sem que elas o arruínem, prometi seguir suas instruções. Agora, senhor, não fique chateado com a minha pergunta. Como serei obrigado a patrociná-lo um pouco, gostaria de saber se as desgraças que aconteceram ao senhor, desgraças independentes de sua vontade e que não diminuem de nenhuma maneira a consideração que lhe dedico, não o tornaram um pouco estranho a essa sociedade em que sua fortuna e seu nome o chamavam a fazer tão boa figura.

– Senhor – respondeu o jovem –, recuperando o controle à medida que o conde falava –, tranquilize-se sobre esse ponto. Os raptores que me afastaram do meu pai e que, sem dúvida, tencionavam vender-me mais tarde a ele como fizeram, calcularam que, para tirar um bom partido de mim, precisavam me deixar todo o meu valor pessoal e mesmo aumentá-lo ainda, se fosse possível. Recebi, portanto, uma instrução razoavelmente boa, e fui tratado pelos ladrões de crianças mais ou menos como eram na

Ásia Menor os escravos, cujos donos faziam deles gramáticos, médicos e filósofos, para vendê-los mais caro no mercado de Roma.

Monte Cristo sorriu com satisfação. Ele não tinha esperado tanto, pelo que parece, do senhor Andrea Cavalcanti.

– Aliás – retomou o jovem –, se houvesse em mim falta de educação, ou, melhor, de desembaraço social, teríamos, suponho, a indulgência de os desculpar, considerando as desgraças que acompanharam meu nascimento e perseguiram minha juventude.

– Bem! – disse negligentemente Monte Cristo –, quanto a isso o senhor fará o que quiser, visconde, porque é senhor de si e respeito isso. Mas fique certo, pelo contrário, eu não diria uma palavra sobre todas essas aventuras. A sua história é um romance, a sociedade que adora romances apertados entre duas capas de papelão, estranhamente desconfia daqueles que vê encapados em pergaminho vivo, ainda que dourado, como o senhor pode ser. Essa é a dificuldade que me permito lhe assinalar, senhor visconde. Mal o senhor terá contado a alguém sua história comovente, e ela vai correr na sociedade completamente desvirtuada. O senhor será obrigado a se colocar como Antony, e o tempo dos Antony já passou um pouco. Talvez faça sucesso pela curiosidade, mas nem todos gostam de se tornar o centro das observações e alvo de comentários. Isso o cansará talvez.

– Acho que tem razão, senhor conde – disse o jovem, empalidecendo à sua revelia, sob o olhar inflexível de Monte Cristo. – É um grave inconveniente.

– Oh, também não devemos exagerar – disse Monte Cristo. – Porque, para evitar um erro, então cairíamos em uma loucura. Não, é um simples plano de conduta a definir. E, para um homem inteligente como o senhor, esse plano é ainda mais fácil de adotar por estar de acordo com seus interesses: terá de combater, por meio de testemunhos e respeitáveis amizades, tudo que seu passado possa ter de obscuro.

Andrea perdeu visivelmente o controle.

– Eu me ofereceria ao senhor como avalista e aval – disse Monte Cristo.

– Mas em nossa terra é um hábito moral duvidar dos melhores amigos, e

O CONDE DE MONTE CRISTO – TOMO 2

uma necessidade de tentar fazer os outros duvidarem. Por isso, eu desempenharia aí um papel fora do meu uso, como dizem os autores de tragédias, e me arriscaria a ser vaiado, o que é inútil.

– No entanto, senhor conde – disse Andrea com audácia –, em consideração a Lorde Wilmore que me recomendou ao senhor...

– Sim, sem dúvida – disse Monte Cristo –, mas Lorde Wilmore não me deixou ignorar, caro senhor Andrea, que o senhor tinha tido uma juventude um pouco tempestuosa. Oh – disse o conde, ao ver o movimento que Andrea estava fazendo –, não lhe peço uma confissão. Aliás, é para que não precise de ninguém que fizemos vir de Lucca o senhor marquês Cavalcanti, seu pai. O senhor vai vê-lo, está um pouco hirto, um pouco afetado. Mas é uma questão de uniforme, e, quando souberem que há dezoito anos ele está a serviço da Áustria, tudo se desculpará. Não somos, em geral, exigentes para com os austríacos. Em suma, é um pai forte o suficiente, eu garanto.

– Ah, o senhor me tranquiliza, senhor; eu o deixara havia tanto tempo, que não tinha nenhuma lembrança dele.

– Além disso, uma grande fortuna faz muita coisa acontecer.

– Então meu pai é mesmo rico, senhor?

– Milionário... quinhentas mil libras de renda.

– Então – perguntou o jovem com ansiedade –, vou estar em uma posição... agradável?

– Das mais agradáveis, meu caro senhor. Faz-lhe cinquenta mil libras de renda por ano durante todo o tempo que o senhor ficar em Paris.

– Mas ficarei para sempre, nesse caso.

– Quem pode dizer das circunstâncias, caro senhor? O homem propõe e Deus dispõe.

Andrea soltou um suspiro.

– Mas enfim – disse ele –, todo o tempo em que eu ficar em Paris, e... de onde nenhuma circunstância me obrigará a me afastar, esse dinheiro de que me falou há pouco me está assegurado?

– Perfeitamente.

– Pelo meu pai? – Andrea perguntou com preocupação.

– Sim, mas com a garantia de Lorde Wilmore, que, a pedido do seu pai, abriu um crédito de cinco mil francos por mês junto ao senhor Danglars, um dos banqueiros mais seguros de Paris.

– E meu pai planeja ficar muito tempo em Paris? – Andrea perguntou com preocupação.

– Apenas alguns dias – respondeu Monte Cristo. – Seu trabalho não lhe permite ausentar-se por mais de duas ou três semanas.

– Oh, esse querido pai – disse Andrea visivelmente encantado com essa partida iminente.

– Sendo assim – disse Monte Cristo –, fingindo-se iludir pelo tom dessas palavras –não quero retardar nem por um instante a hora do encontro dos senhores. Está preparado para abraçar esse digno senhor Cavalcanti?

– O senhor não duvida disso, espero?

– Bem, entre na sala, meu jovem amigo, e encontrará seu pai, que está à sua espera.

Andrea cumprimentou o conde com ênfase e entrou na sala.

O conde seguiu-o com os olhos e, ao vê-lo desaparecer, empurrou uma mola ligada a um quadro, o qual, ao se separar da moldura, permitia, por um interstício habilmente arquitetado, que se visse o que se passava na sala.

Andrea fechou a porta atrás de si e foi até o major, que se levantou assim que ouviu o barulho dos passos que se aproximavam.

– Ah, senhor e querido pai – disse Andrea em voz alta, de modo que o conde ouviu através da porta fechada. – É realmente o senhor?

– Olá, meu querido filho – disse o major gravemente.

– Depois de tantos anos de separação – disse Andrea, continuando a olhar para o lado da porta –, que alegria revê-lo!

– De fato, a separação foi longa.

– Não nos abraçamos, senhor? – Andrea retomou.

– Como queira, meu filho – disse o major.

E os dois homens se abraçaram como se abraça no Teatro Francês, ou seja, passando a cabeça por cima do ombro.

– Então, aqui estamos reunidos – disse Andrea.

O conde de Monte Cristo – Tomo 2

– Aqui estamos reunidos – disse o major.

– Para não nos separarmos mais?

– Com certeza. Creio, meu querido filho, que agora olha para a França como uma segunda pátria?

– O fato é – disse o jovem –, que eu ficaria desesperado se tivesse de deixar Paris.

– E eu, o senhor entende, não poderia viver fora de Lucca. Regressarei para a Itália assim que puder.

– Mas antes de partir, meu muito querido pai, o senhor provavelmente me entregará documentos que me ajudem a constatar o sangue que me corre nas veias.

– Sem dúvida, porque vim de propósito para isso, e tive muita dificuldade em encontrá-lo a fim de poder entregar-lhe esses documentos; se tivéssemos de recomeçar nossa procura um pelo outro, isso tomaria a última parte da minha vida.

– E os documentos?

– Aqui estão eles.

Andrea agarrou avidamente a certidão de casamento do pai, seu certificado de batismo e, depois de ter aberto tudo com uma avidez bem natural a um bom filho, percorreu as duas peças com uma velocidade e uma desenvoltura que denotavam o olhar mais afiado e ao mesmo tempo o interesse mais vivo.

Quando ele terminou, uma indefinível expressão de alegria brilhou em sua testa, e, olhando para o major com um sorriso estranho:

– Pois é – disse ele em excelente toscano –, então não há galés na Itália?...

O major ficou de pé.

– E por que isso? – disse ele.

– Então lá é permitido forjar peças desse tipo? Por metade disso, meu querido pai, na França nos enviariam para tomar um ar em Toulon por cinco anos.

– Está contente – disse o homem de Lucca tentando assumir um ar majestoso.

– Meu caro senhor Cavalcanti – disse Andrea apertando o braço do major. – Quanto estão lhe pagando para ser meu pai?

O major quis falar.

– Silêncio! – disse Andrea, baixando a voz –, vou lhe dar uma prova de confiança. Dão-me cinquenta mil francos por ano para ser seu filho: consequentemente, o senhor compreende que jamais estarei disposto a negar que é meu pai.

O major olhou com preocupação ao redor.

– Fique tranquilo, estamos sozinhos – disse Andrea. – Além disso, estamos falando em italiano.

– Bem! A mim – disse o homem de Lucca –, me dão cinquenta mil francos que me serão pagos.

– Senhor Cavalcanti – disse Andrea –, o senhor acreditava em contos de fadas?

– Antigamente não, mas agora tenho de acreditar.

– Então o senhor teve provas?

O major tirou um punhado de ouro do bolso.

– Palpáveis, como pode ver.

– Acha que posso confiar nas promessas que me fizeram?

– Acredito nisso.

– E que esse conde bondoso as manterá?

– Ponto por ponto. Mas, o senhor entende, para chegar a esse objetivo, é preciso desempenhar nosso papel.

– Como assim?…

– Eu, de pai terno…

– E eu de filho respeitoso.

– Já que eles querem que o senhor descenda de mim.

– *Eles* quem?

–Não sei de nada… aqueles que escreveram para o senhor. O senhor não recebeu uma carta?

– De fato.

– De quem?

– De um certo abade Busoni.

O CONDE DE MONTE CRISTO – TOMO 2

– Que o senhor não conhece?

– Que nunca vi.

– O que dizia a carta?

– Não vai me trair?

– Não faria isso: nossos interesses são os mesmos.

– Então, leia.

E o major passou uma carta ao jovem.

Andrea leu em voz baixa:

O senhor é pobre. Uma velhice infeliz o espera. O senhor quer se tornar, senão rico, pelo menos independente?

Parta para Paris imediatamente, e vá reclamar ao senhor conde de Monte Cristo, Avenida dos Champs-Élysées, nº 50, o filho que o senhor teve com a marquesa Corsinari, que foi tirado do senhor aos cinco anos.

Esse filho se chama Andrea Cavalcanti.

Para que não coloque em dúvida a atenção que tem o abaixo assinado de ser agradável ao senhor, achará em anexo:

1º Um título de duas mil e quatrocentas libras toscanas, pagáveis na casa do senhor Gozzi, em Florença;

2º Uma carta de apresentação para o senhor conde de Monte Cristo, junto a quem abrirei um crédito de quarenta e oito mil francos.

Esteja na casa do conde no dia 26 de maio, às sete horas da noite.

Assinado *ABADE BUSONI*

– É isso.

– Como? É isso? O que quer dizer? – perguntou o major.

– Estou dizendo que recebi mais ou menos a mesma coisa.

– O senhor?

– Sim, eu.

– Do abade Busoni?

– Não.

– De quem então?

– De um inglês, de um certo Lorde Wilmore, que usa o nome de Simbad, o Marujo.

– E não conhece, assim como tampouco conheço, o abade Busoni?

– De fato; porém, estou mais avançado do que o senhor.

– O senhor o viu?

– Sim, uma vez.

– Onde?

– Ah, justamente é isso que não posso lhe dizer; o senhor saberia o mesmo que eu, e isso é inútil.

– E a carta dizia-lhe?

– Leia.

– O senhor é pobre e só tem um futuro miserável: quer ter um nome, ser livre, ser rico?

– Meu Deus! – falou o jovem balançando-se nos calcanhares, como isso fosse uma pergunta que se faz.

Pegue a pequena carruagem que encontrará toda atrelada ao sair de Nice pela porta de Gênova. Passe por Turim, Chambéry e Pont-de-Beauvoisin. Apresente-se ao senhor conde de Monte Cristo, Avenida dos Champs-Élysées, em 26 de maio, às sete horas da noite, e pergunte-lhe pelo seu pai.

O senhor é filho do marquês Bartolomeo Cavalcanti e da marquesa Oliva Corsinari, como irá constar nos documentos que lhe serão entregues pelo marquês, e que lhe permitirão apresentar-se sob esse nome na sociedade parisiense.

Quanto à sua posição, um rendimento de cinquenta mil libras por ano lhe permitirá sustentá-la.

Anexo está um vale de cinco mil libras pagável no senhor Ferrea, banqueiro de Nice, e uma carta de apresentação ao conde de Monte Cristo, encarregado por mim de prover suas necessidades.

Simbad, o Marujo

O CONDE DE MONTE CRISTO – TOMO 2

– Hum – falou o major –, que coisa linda.

– Não é?

– Viu o conde?

– Acabo de deixá-lo.

– E ele ratificou?

– Tudo.

– Entende alguma coisa disso?

– Claro que não.

– Tudo isso é uma armadilha.

– De qualquer forma, não sou nem eu nem o senhor?

– Não, certamente.

– Bem, então…

– Pouco nos importa, não é?

– Era isso que eu queria dizer. – Vamos até ao fim e atuemos unidos.

– Vai ver que sou digno de ser seu parceiro.

– Nunca duvidei disso, querido pai.

– O senhor me honra, meu querido filho.

Monte Cristo escolheu esse momento para entrar na sala. Ouvindo o ruído de seus passos, os dois homens se lançaram nos braços um do outro. O conde encontrou-os abraçados.

– Bem! Senhor marquês – disse Monte Cristo –, parece que reencontrou um filho de acordo com seu coração?

– Ah, senhor, estou sufocando de alegria.

– E o senhor, jovem?

– Ah, senhor conde, não me contenho de felicidade.

– Feliz pai! Feliz filho! – disse o conde.

– Só uma coisa me entristece – disse o major. – É a necessidade que tenho de deixar Paris tão depressa.

– Oh, caro senhor Cavalcanti – disse Monte Cristo –, o senhor não vai embora, espero, antes que eu o tenha apresentado a alguns amigos.

– Estou às ordens do senhor conde – disse o major.

– Agora, jovem, confesse.

– A quem?

– Ao senhor seu pai, diga-lhe algumas palavras sobre o estado de suas finanças.

– Ah, diabo – disse Andrea –, o senhor toca a corda sensível.

– O senhor ouve, major? – disse Monte Cristo.

– Sem dúvida que o ouço.

– Sim, mas entende?

– Maravilhosamente.

– Ele diz que precisa de dinheiro, esse querido filho!

– O que quer que eu faça?

– Que lhe dê um pouco, por favor!

– Eu?

– Sim, o senhor!

Monte Cristo passou entre os dois homens.

– Pegue – disse a Andrea lhe entregando um maço de cédulas na mão.

– O que é isso?

– A resposta do seu pai.

– Do meu pai?

– Sim. O senhor não deixou entender que precisava de dinheiro?

– Sim. E aí?

– Bem, ele me pediu para lhe entregar isso.

– A deduzir de meus rendimentos?

– Não, para as suas despesas de instalação.

– Oh, querido pai!

– Silêncio! – disse Monte Cristo. – O senhor vê que ele não quer que eu diga que isso vem dele.

– Aprecio essa delicadeza – disse Andrea, ao enfiar as cédulas no bolso da calça.

– Está bem – disse Monte Cristo –, agora vão!

– E quando teremos a honra de rever o senhor conde? – perguntou Cavalcanti.

– Ah, sim – perguntou Andrea –, quando teremos essa honra?

O CONDE DE MONTE CRISTO – TOMO 2

– Sábado, se quiser… sim… sábado. Ofereço um jantar na minha casa de Auteuil, Rue de La Fontaine, nº 28, várias pessoas, entre outras o senhor Danglars, seu banqueiro, vou apresentá-los a ele, é preciso que ele conheça ambos para contar o dinheiro dos senhores.

– Traje de gala? – perguntou o major em voz baixa.

– Traje de gala: uniforme, cruz, culotes curtos.

– E eu? – perguntou Andrea.

– Oh, o senhor, muito simples: calças pretas, botas de verniz, colete branco, casaco preto ou azul, gravata longa. Pegue Blain ou Véronique para vesti-los. Se não sabem seus endereços, Baptistin os dará aos senhores. Quanto menos afetar pretensão em seus trajes, melhor efeito farão. Se forem comprar cavalos, vão ao Devedeux; se forem comprar um fáeton, vá ao Baptiste.

– A que horas podemos nos apresentar? – perguntou o jovem.

– Por volta das seis e meia.

– Está bem, estaremos lá – disse o major, levando a mão ao chapéu.

Os dois Cavalcanti saudaram o conde e saíram. O conde aproximou-se da janela e os viu atravessar o quintal de braços dados.

– Na verdade – disse ele –, eis dois grandes miseráveis! Que pena não serem verdadeiramente pai e filho.

E, depois de um momento de reflexão sombria:

– Vamos à casa dos Morrel! – disse ele. – Acho que o desgosto ainda me enoja… mais que o ódio.

O CERCADO NA LUZERNA

Nossos leitores devem permitir-nos trazê-los de volta ao recinto que confina com a casa do senhor de Villefort. Por trás do portão invadido por castanheiros, encontraremos personagens já de nosso conhecimento.

Dessa vez, Maximilien chegou primeiro. Foi ele quem colou o olho na divisória, à espera de ver aparecer, no jardim profundo, uma sombra entre as árvores e de ouvir o estalar de uma botinha de seda na areia das aleias.

Finalmente, o tão esperado estalo foi ouvido e, em vez de uma sombra, foram duas que se aproximaram. O atraso de Valentine se devia a uma visita da senhora Danglars e de Eugénie, visita que se prolongou para além da hora em que Valentine era esperada. Assim, para não faltar ao encontro, a jovem sugerira um passeio no jardim à senhorita Danglars, a fim de mostrar a Maximilien não ser culpa dela o atraso que ele sem dúvida lamentava.

O jovem entendeu tudo com aquela rapidez de intuição peculiar aos amantes e seu coração ficou aliviado. Além disso, sem lhe ficar ao alcance da voz, Valentine conduziu seu passeio de maneira a que Maximilien pudesse vê-la ir e voltar; e toda vez que ela passava e repassava, um olhar despercebido por sua companheira, mas lançado do outro lado do portão e recolhido pelo jovem, dizia-lhe:

O conde de Monte Cristo – Tomo 2

"Tenha paciência, amigo; já vê que não é minha culpa".

E Maximilien, de fato, mostrou-se paciente, enquanto admirava o contraste entre as duas jovens: entre a loira de olhos lânguidos e talhe oblíquo como um lindo salgueiro e a morena de olhos orgulhosos e torso ereto como um álamo; então, nem é preciso dizer, nessa comparação entre duas naturezas opostas, toda vantagem, pelo menos no coração do jovem, era para Valentine.

Ao final de meia hora de caminhada, as duas jovens se afastaram. Maximilien entendeu que a visita da senhora Danglars chegara ao fim. Com efeito, um momento depois, Valentine reapareceu sozinha. Por medo de que um olhar indiscreto espiasse seu retorno, ela caminhava devagar e, em vez de ir diretamente para o portão, foi se sentar em um banco, após ter interrogado disfarçadamente cada tufo de folhagem e mergulhado o olhar no fundo de todas as alamedas.

Tomadas essas precauções, ela correu para o portão.

– Bom dia, Valentine – disse uma voz.

– Bom dia, Maximilien. Deixei-o esperando por muito tempo, mas percebeu o motivo, não?

– Sim, reconheci a senhorita Danglars; não pensei que você fosse tão íntima dessa jovem.

– E quem lhe disse que somos íntimas, Maximilien?

– Ninguém; mas isso me pareceu evidente pela maneira como se davam os braços e conversavam: pareciam duas colegas de internato trocando confidências.

– Trocávamos confidências, de fato – reconheceu Valentine. – Ela me confessou sua repugnância ao casamento com o senhor de Morcerf e eu lhe garanti que considerava uma desgraça me casar com o senhor d'Épinay.

– Querida Valentine!

– Por isso, meu amigo – continuou a jovem –, você julgou notar essa aparência de entrega entre mim e Eugénie. É que, enquanto eu falava do homem que não posso amar, estava pensando no homem que amo.

– Você é boa em tudo, Valentine, e tem uma coisa que a senhorita Danglars nunca terá: esse encanto indefinido que é para a mulher o que o perfume é para a flor, o que o sabor é para a fruta! Porque não basta uma flor ser bela, nem uma fruta ser agradável à vista.

– Seu amor é que o faz ver as coisas dessa forma, Maximilien.

– Não, Valentine, juro! Olhe, eu as observava há pouco e, pela minha honra, embora faça justiça à beleza da senhorita Danglars, não entendo como um homem possa se apaixonar por ela.

– É porque, como você bem disse, Maximilien, eu estava aqui e minha presença o tornava injusto.

– Não, não… Mas diga-me… Pergunto por simples curiosidade, resultante de certas ideias que me ocorreram a respeito da senhorita Danglars.

– Oh, e certamente muito injustas, embora eu não saiba quais! Quando vocês nos julgam, nós, pobres mulheres, não podemos esperar indulgência.

– Como se, entre si, as mulheres fossem justas umas com as outras!

– Acontece que, quase sempre, há paixão em nossos julgamentos. Mas voltemos à sua pergunta.

– A senhorita Danglars ama alguém e, por isso, teme seu casamento com o senhor de Morcerf?

– Maximilien, já lhe disse que não sou amiga de Eugénie.

– Ora – disse Morrel –, mesmo sem serem amigas, as meninas trocam confidências! Admita que lhe fez algumas perguntas sobre esse assunto… Ah, está sorrindo!

– Nesse caso, Maximilien, para que serve essa cerca de tábuas entre nós?

– Vamos, o que ela lhe disse?

– Ela me disse que não amava ninguém – respondeu Valentine – e que odiava o casamento; que sua maior alegria seria levar uma vida livre e independente; que quase desejaria que seu pai ficasse pobre para ela se tornar artista como sua amiga, a senhorita Louise d'Armilly.

– Aí está!

– E o que isso prova? – perguntou Valentine.

– Nada – respondeu Maximilien, sorrindo.

O conde de Monte Cristo – Tomo 2

– Então, por que sorri?

– Porque você também esteve pensando no assunto, Valentine.

– Quer que eu vá embora?

– Oh, não, não! Mas voltemos a você.

– É o melhor, pois dificilmente teremos mais de dez minutos para passar juntos.

– Meu Deus! – exclamou Maximilien, consternado.

– Sim, Maximilien, você está certo – disse Valentine, em tom melancólico. – Que amiga infeliz você arranjou! Que vida estou fazendo você passar, meu pobre Maximilien, você, feito apenas para ser feliz! Eu me culpo amargamente, acredite.

– Não se preocupe, Valentine, sou feliz assim. Essa expectativa eterna me parece bem paga por cinco minutos de sua presença, por duas palavras de sua boca e por essa convicção profunda, eterna, de que Deus não criou dois corações tão em harmonia quanto os nossos e não os reuniu quase milagrosamente para um dia separá-los.

– Obrigada, Maximilien, alimente essa esperança por nós dois. Isso me deixa pelo menos um pouco feliz.

– Que mais aconteceu, Valentine, para você me deixar tão depressa?

– Não sei. A senhora de Villefort me pediu para ir aos seus aposentos a fim de me comunicar algo de que, segundo mandou dizer, depende uma parte da minha fortuna. Por Deus, que fiquem com minha fortuna, sou muito rica, e depois de a tirarem de mim, me deixem em paz e livre. Você continuará me amando se eu ficar pobre, não é, Morrel?

– Oh, sempre vou amá-la! Que me importará a riqueza ou a pobreza se minha Valentine ficar ao meu lado e se eu tiver a certeza de que ninguém poderá tirá-la de mim? Mas essa comunicação, Valentine, você não receia que tenha algo a ver com o seu casamento?

– Não acredito.

– Ainda assim me escute, Valentine, e não tenha medo porque, enquanto eu viver, não pertencerei a outra.

– Acha que me tranquiliza dizendo isso, Maximilien?

– Desculpe, você está certa, fui grosseiro. Bem, eu queria lhe contar que, outro dia, encontrei o senhor de Morcerf.

– E então?

– O senhor Franz é amigo dele, como sabe.

– Sim. Mas e então?

– Ele recebeu uma carta de Franz anunciando seu retorno iminente.

Valentine empalideceu e apoiou a mão no portão.

– Ah, meu Deus! – exclamou ela. – Se fosse isso! Mas não, o recado não viria da senhora de Villefort.

– Por que não?

– Porque… não sei…No entanto, me parece que a senhora de Villefort, embora não se oponha francamente a esse casamento, não o vê com bons olhos.

– Se é assim, Valentine, tenho certeza de que vou gostar muito da senhora de Villefort.

– Oh, não se precipite, Maximilien – advertiu Valentine, com um sorriso triste.

– Enfim, se ela não vê esse casamento com simpatia, talvez dê ouvidos a outra proposta, quando mais não seja para rompê-lo.

– Não acredite nisso, Maximilien. Não são os maridos que a senhora de Villefort rejeita, ela rejeita o casamento.

– Como? O casamento? Se ela odeia tanto o casamento, por que ela mesma se casou?

–Você não me entende, Maximilien. Quando, há um ano, falei em me retirar para um convento, ela, apesar das observações que julgou necessário fazer, recebeu com alegria minha proposta. Meu próprio pai consentiu, por instigação dela, tenho certeza. Só meu avô é que me impediu. Você não imagina, Maximilien, que expressão se estampou nos olhos do pobre velho, que só ama a mim no mundo e que, Deus me perdoe se for blasfêmia, no mundo só é amado por mim. Se você soubesse, quando ele soube da minha resolução, como me olhou, quanta censura havia naquele olhar e quanto desespero naquelas lágrimas que rolavam sem queixas, sem suspiros, por suas faces imóveis! Ah, Maximilien, senti remorsos; joguei-me a seus pés, gritando: "Perdão! Perdão, meu pai! Eles farão comigo o que quiserem, mas eu nunca vou deixá-lo". Então, ele ergueu os olhos para o céu! Maximilien, posso vir a sofrer muito; mas aquele olhar de meu velho avô me pagou adiantado pelo que sofrerei.

– Querida Valentine! Você é um anjo e não sei realmente como, golpeando beduínos à direita e à esquerda com meu sabre, a menos que Deus os considere infiéis, mereci que você se interessasse para mim. Mas vejamos, Valentine, qual é então o interesse da senhora de Villefort em impedir seu casamento?

– Não me ouviu dizer há pouco que sou rica, Maximilien, muito rica? Tenho, da herança de minha mãe, quase cinquenta mil libras de renda; meu avô e minha avó, o marquês e a marquesa de Saint-Méran, devem me deixar outro tanto; o senhor Noirtier claramente pretende fazer de mim sua única herdeira. Segue-se, portanto, que em comparação comigo meu irmão Édouard, que não espera fortuna alguma da senhora de Villefort, é pobre. Ora, a senhora de Villefort adora esse filho e toda a minha fortuna, concentrada em meu pai, que herdaria do marquês, da marquesa e de mim, iria para ele caso eu entrasse para o convento.

– Que estranha cupidez em uma mulher jovem e bela!

– Observe que nada disso é por ela, Maximilien, mas por seu filho, e o que você lhe censura como uma falta é, do ponto de vista do amor materno, quase uma virtude.

– Reflitamos, Valentine – disse Morrel. – E se você entregasse parte de sua fortuna ao tal filho?

– E como eu faria proposta semelhante a uma mulher que traz o tempo todo nos lábios a palavra "desinteresse"? – perguntou Valentine.

– Valentine, meu amor sempre foi sagrado para mim e, como toda coisa sagrada, cobri-o com o véu do respeito e guardei-o no coração; ninguém no mundo, nem mesmo minha irmã, suspeita dele, pois não o confiei a ninguém no mundo. Valentine, você me permite falar desse amor a um amigo?

Valentine estremeceu.

– A um amigo? – perguntou ela. – Meu Deus, Maximilien, fico assustada só de ouvi-lo falar assim! A um amigo! E quem é esse amigo?

– Ouça, Valentine: você já sentiu por alguém uma dessas simpatias irresistíveis graças à qual, ao ver essa pessoa pela primeira vez, acredita que a conhece há muito tempo e se pergunta onde e quando já a viu, a ponto de, não conseguindo recordar nem o local nem a hora, passar a crer que foi em um mundo anterior ao nosso e que essa simpatia é apenas uma lembrança que desperta?

– Sim.

– Pois bem, foi o que senti da primeira vez que vi esse homem extraordinário!

– Um homem extraordinário?

– Sim.

– Que conhece há muito tempo, então?

– Há apenas oito ou dez dias.

– E chama de amigo um homem que conhece há oito dias? Oh, Maximilien, julguei que fosse mais cuidadoso com essa bonita palavra.

– Você está certa em termos de lógica, Valentine; mas diga o que quiser, nada me fará reconsiderar esse sentimento instintivo. Eu acredito que esse homem estará envolvido em tudo de bom que acontecerá comigo no meu futuro, o qual, às vezes, seu olhar profundo parece conhecer e sua mão poderosa dirigir.

– Então ele é um adivinho? – perguntou Valentine, com um sorriso.

– Por minha fé – exclamou Maximilien –, em certas ocasiões, fico tentado a acreditar que ele adivinha... principalmente o bem.

– Pois então – disse Valentine, tristemente –, deixe-me conhecer esse homem, Maximilien. Assim, saberei por meio dele se serei amada o suficiente para compensar tudo que sofri.

– Pobre amiga! Mas você o conhece!

– Eu?

– Sim. Foi quem salvou a vida de sua madrasta e do filho dela.

– O conde de Monte Cristo?

– Ele mesmo.

– Oh – exclamou Valentine –, ele nunca poderá ser meu amigo, é amigo demais de minha madrasta.

– O conde, amigo de sua madrasta, Valentine? Meu instinto não falharia a esse ponto; tenho certeza de que você está errada.

– Ah, se você soubesse, Maximilien! Édouard não reina mais em casa, quem reina é o conde. Procurado pela senhora de Villefort, que vê nele a síntese do saber humano; admirado, está ouvindo, admirado por meu pai, que diz nunca ter ouvido ideias superiores formuladas com mais eloquência; idolatrado por Édouard, que, apesar do medo dos grandes olhos negros do conde, corre até ele assim que o vê chegar e lhe abre a mão, onde encontra sempre algum brinquedo admirável... O senhor de Monte Cristo não está aqui na casa de meu pai, o senhor de Monte Cristo não está aqui na casa da senhora de Villefort, o senhor de Monte Cristo está aqui na casa dele.

– Bem, querida Valentine, se é como diz, você já deve ter sentido ou logo estará sentindo os efeitos de sua presença. Ele conhece Albert de Morcerf na Itália e tira-o das mãos dos bandidos; ele vê a senhora Danglars e lhe dá um presente real; sua madrasta e seu irmão passam na frente de sua porta, o núbio do conde salva suas vidas. Esse homem, obviamente, recebeu o poder de influenciar as coisas. Nunca vi gostos mais simples aliados a tamanha magnificência. Seu sorriso é tão doce quando dirigido a mim que esqueço quão amargo ele é aos olhos dos outros. Oh, diga-me, Valentine, ele sorriu para você assim? Se ele fez isso, você será feliz.

– Para mim? Meu Deus, Maximilien, o conde nem me vê; ou melhor, quando eu passo por acaso, ele se vira para outro lado. Ora, vamos, ele não é nada generoso! Ou então não tem esse olhar arguto que lê no fundo dos corações e que você erroneamente lhe atribui; pois, se fosse generoso, vendo-me sozinha e triste nesta casa, teria me protegido com a influência que exerce; e como desempenha, como você afirma, o papel do sol, teria aquecido meu coração com um de seus raios. Você diz que ele o estima, Maximilien; mas como sabe? Os homens fazem uma expressão graciosa a um oficial alto, de um metro e oitenta como você, com um bigode comprido e um sabre ameaçador, mas acham que podem esmagar sem medo uma pobre garota em lágrimas.

– Valentine, você está enganada, juro!

– Vejamos, Maximilien: se não fosse assim, se ele me tratasse diplomaticamente, como um homem que, de uma forma ou de outra, quer se introduzir com autoridade na casa, ele teria, pelo menos uma vez, me honrado com o sorriso que você tanto elogia; mas não, ele me vê infeliz, percebe que não posso lhe ser útil em nada e nem presta atenção em mim. Quem sabe se, para fazer a corte ao meu pai, à senhora de Villefort ou ao meu irmão, ele também não me perseguirá enquanto puder fazê-lo? Francamente, não sou uma mulher que se possa desprezar assim sem motivo, você me disse isso. Ah, perdoe-me – continuou a jovem, notando a impressão que essas palavras produziam em Maximilien –, eu sou má e digo sobre esse homem coisas que nem sabia guardar no coração. Olhe, não nego que exista essa influência de que me fala; não nego que ele a exerça sobre mim; mas, se a exerce, é de uma forma prejudicial e corruptora, como vê, de bons pensamentos.

– Está bem, Valentine – disse Morrel, com um suspiro –, não falemos mais disso; não contarei nada a ele.

– Ah, meu amigo – disse Valentine –, deixo-o angustiada, bem vejo. Se pudesse apertar sua mão e lhe pedir desculpas! Mas, afinal, só peço para ser convencida. Diga-me, o que esse conde de Monte Cristo fez por você?

– Você me deixa muito embaraçado, Valentine, ao me perguntar o que o conde fez por mim: nada de ostensivo, admito. Além disso, como já lhe disse, meu afeto por ele é completamente instintivo e não tem nada a ver com raciocínio. O sol fez alguma coisa por mim? Não, ele me aquece e, à sua luz, eu posso ver você, só isso. Um perfume fez algo por mim? Não, seu odor estimula agradavelmente um dos meus sentidos e não tenho nada a dizer quando alguém me pergunta por que o elogio. Minha amizade por ele é estranha como a dele por mim. Uma voz secreta me avisa que há mais do que acaso nessa amizade imprevista e recíproca. Encontro correlação até mesmo de suas ações mais simples e seus pensamentos mais secretos com minhas ações e meus pensamentos. Você vai rir de mim novamente, Valentine, mas, desde que conheci esse homem, me ocorreu a ideia absurda de que tudo de bom que me acontece vem dele. Porém, vivi trinta anos sem precisar desse protetor, não é? Não importa, veja um exemplo: ele me convidou para jantar no sábado; é natural no ponto em que estamos, não? Pois bem, o que eu soube depois? Seu pai também foi convidado para esse jantar e sua mãe irá. Vou estar com eles e quem sabe o que resultará desse encontro? São circunstâncias aparentemente muito simples. No entanto, vejo aí algo que me surpreende; e coloco nisso uma estranha confiança. Digo a mim mesmo que o conde, esse homem singular que adivinha tudo, queria que eu me encontrasse com o senhor e a senhora de Villefort e às vezes tento, juro-lhe, ler em seus olhos se ele adivinhou meu amor.

– Meu bom amigo – disse Valentine –, eu o consideraria um visionário e temeria realmente pelo seu bom senso, se ouvisse de você apenas esses raciocínios. Como? Vê alguma coisa além do acaso nesse encontro? Reflita. Meu pai, que nunca sai, esteve dez vezes a ponto de recusar o convite à senhora de Villefort, que, pelo contrário, arde em desejo de conhecer a casa desse nababo extraordinário e foi com muita dificuldade que o convenceu a acompanhá-la. Não, não, acredite-me, além de você, Maximilien, não tenho ninguém neste mundo a quem recorrer, com exceção de meu avô, um cadáver, e de minha pobre mãe, uma sombra!

– Acho que você tem razão, Valentine, e que a lógica está de seu lado – reconheceu Maximilien. – Mas sua voz doce, sempre tão poderosa sobre mim, hoje não me parece tão convincente.

– A sua também não – replicou Valentine. – E declaro que, se você não tiver outro exemplo para me dar…

– Tenho um – disse Maximilien, hesitando – Mas na verdade, Valentine, devo admitir, é ainda mais absurdo que o primeiro.

– Tanto pior – disse Valentine, sorrindo.

– No entanto – continuou Morrel –, não é menos conclusivo para mim, embora eu seja um homem todo de inspiração e sentimento que algumas vezes, nos dez anos que servi, deveu a vida a um desses movimentos espontâneos para a frente ou para trás, de modo que a bala que deveria matar-nos não nos atinja.

– Caro Maximilien, por que não atribui o desvio dessas balas às minhas preces? Quando você está longe, não é por mim que oro a Deus e à minha mãe, é por você.

– Sim, desde que a conheço – ponderou Morrel, sorrindo. – Mas, e antes?

– Pois bem, como não quer me dever nada, malvado, voltemos a esse exemplo que você mesmo admite ser absurdo.

– Então olhe pelas frestas das tábuas e veja ali, amarrado naquela árvore, o novo cavalo em que vim.

– Que belo animal! – exclamou Valentine. – Por que você não o trouxe até o portão? Eu teria falado com ele e ele teria me ouvido.

– É de fato, como pode ver, um animal muitíssimo valioso – disse Maximilien. – Bem, você sabe que minha fortuna é limitada, Valentine, e que sou o que se chama um homem prudente. Eu tinha visto em um negociante de cavalos esse magnífico *Médéah*; eu o chamo dessa forma. Perguntei qual era o preço: responderam-me quatro mil e quinhentos francos. Tive que me abster, como você bem entende, de achá-lo bonito por mais tempo e fui embora, admito, muito triste, pois o cavalo me olhara com ternura, me acariciara com a cabeça e caracolara embaixo de mim da maneira mais sedutora e amável. Naquela mesma noite, recebi alguns amigos em casa: o senhor de Château-Renaud, o senhor Debray e cinco ou seis outros malandros que você tem a sorte de não conhecer, nem de nome. Alguém propôs jogarmos; eu nunca jogo, pois não sou rico o suficiente para poder perder nem pobre o bastante para desejar ganhar. Mas eu estava em minha casa, você entende, e não podia deixar de mandar buscar as cartas. Foi o que fiz.

Quando nos sentávamos à mesa, o senhor de Monte Cristo chegou. Ele tomou seu lugar, jogamos e eu ganhei; mal ouso dizer, Valentine, mas ganhei cinco mil francos. Nós nos separamos à meia-noite. Não pude me conter, peguei uma carruagem e me fiz conduzir ao meu negociante de cavalos. Todo palpitante, todo febril, toquei a campainha e aquele que me recebeu deve ter achado que eu estava louco. Lancei-me pela porta semiaberta. Entrei no estábulo, olhei para a baia. Oh, felicidade!

Médéah degustava seu feno. Pego uma sela, coloco-a eu mesmo no lombo do cavalo, ponho-lhe o freio; *Médéah* se presta com a melhor boa vontade do mundo a essa operação! Depois, colocando os quatro mil e quinhentos francos nas mãos do atordoado comerciante, volto, ou melhor, passo a noite trotando pelos Champs-Élysées. Avistei então uma luz na janela do conde e pensei ter visto uma sombra atrás das cortinas. Pois eu poderia jurar, Valentine, que o conde sabia do meu interesse pelo cavalo e perdeu de propósito, para eu poder comprá-lo.

– Meu querido Maximilien – disse Valentine –, você realmente é cheio de imaginação… Não vai me amar para sempre… Um homem que faz poesia assim não suportaria por muito tempo uma paixão monótona como a nossa… Mas, céus, alguém me chama… está ouvindo?

– Valentine – pediu Maximilien, pela fresta da cerca –, seu dedo mínimo… deixe-me beijá-lo.

– Maximilien, combinamos que seríamos duas vozes, duas sombras um para o outro!

– Como quiser, Valentine.

– Ficará feliz se eu fizer o que me pede?

– Oh, sim!

Valentine subiu em um banco e passou, não o dedo mínimo, mas a mão inteira por cima da cerca.

Maximilien soltou um grito e, subindo por sua vez no marco, agarrou aquela mão adorada e aplicou nela seus lábios ardentes; mas, um instante depois, a mãozinha deslizou entre as suas e o jovem ouviu Valentine afastar-se, assustada talvez pela sensação que acabara de experimentar!

O senhor Noirtier de Villefort

Eis o que se passou na casa do procurador do rei após a partida da senhora Danglars e de sua filha, e durante a conversa que acabamos de relatar.

O senhor de Villefort havia entrado nos aposentos de seu pai, seguido pela senhora de Villefort; quanto a Valentine, sabemos onde estava.

Ambos, depois de saudar o ancião e dispensar Barrois, um velho criado que o servia há mais de vinte e cinco anos, sentaram-se a seu lado.

O senhor Noirtier, acomodado em sua grande cadeira de rodas, onde o punham de manhã e de onde o retiravam à noite, diante de um espelho que refletia todo o quarto e lhe permitia ver, sem sequer tentar um movimento, que aliás lhe seria impossível, quem entrava e quem saía, e o que se passava ao seu redor, o senhor Noirtier, dizíamos, imóvel como um cadáver, observava com olhos inteligentes e vivos seus filhos, cuja cerimoniosa cortesia lhe anunciava alguma ocorrência oficial e inesperada.

A visão e a audição eram os únicos sentidos que ainda animavam, como duas faíscas, aquela matéria humana já votada pelos três quartos à sepultura; no entanto, desses dois sentidos, só um podia ainda revelar para o

O conde de Monte Cristo – Tomo 2

exterior a vida interior que animava a estátua; e o olhar que denunciava essa vida interior era semelhante a uma daquelas luzes distantes que, durante a noite, mostram ao viajante perdido em um deserto que alguém vela no silêncio e na escuridão.

Assim, nos olhos negros do velho Noirtier, encimados por sobrancelhas também negras, enquanto todo o cabelo, que ele usava comprido e caído sobre os ombros, era branco, nesses olhos, como acontece a qualquer órgão que funciona à custa de outros órgãos, estavam concentradas toda a atividade, toda a habilidade, toda a força, toda a inteligência antes disseminadas por aquele corpo e aquele espírito. Certamente, faltavam o movimento do braço, o som da voz, a atitude do corpo; mas os olhos poderosos compensavam tudo: ele comandava com os olhos, agradecia com os olhos; era um cadáver de olhos vivos e nada parecia mais assustador, às vezes, do que esse rosto de mármore onde se iluminava uma cólera ou uma alegria. Três pessoas, somente, conseguiam entender a linguagem do pobre paralítico: Villefort, Valentine e o velho criado de que já falamos. Como Villefort só via raramente o pai e, por assim dizer, só o via quando não podia evitá-lo, nunca procurando agradá-lo compreendendo-o, toda a felicidade do velho repousava em sua neta; e Valentine conseguira, à força de dedicação, amor e paciência, entender apenas com um olhar todos os pensamentos de Noirtier. A essa linguagem muda ou ininteligível para qualquer outro, ela respondia com toda a sua voz, toda a sua fisionomia, toda a sua alma, de tal modo que se estabeleciam diálogos animados entre a jovem e aquela pretensa argila, que ia se desfazendo em poeira e que, entretanto, era ainda um homem de uma imensa sabedoria, de uma rara penetração e de uma vontade tão poderosa quanto pode possuir a alma encerrada em uma matéria pela qual já não consegue se fazer obedecer.

Valentine, portanto, resolvera o estranho enigma de compreender o pensamento do velho para lhe fazer compreender o seu; e, graças a esse estudo, era raro que, para as coisas comuns da vida, ela não fosse exatamente ao encontro do desejo daquela alma viva ou da necessidade daquele cadáver meio insensível.

Quanto ao criado, que durante vinte e cinco anos, como já dissemos, servia ao seu senhor, conhecia tão bem os hábitos de Noirtier que este poucas vezes precisava pedir-lhe alguma coisa. Villefort não carecia, em consequência, da ajuda de nenhum dos dois para iniciar a estranha conversa com o pai que vinha entabular. Ele próprio, como já dissemos, conhecia perfeitamente o vocabulário do velho e, se não o usava com mais frequência, era por tédio e indiferença. Deixou então Valentine descer ao jardim, afastou Barrois e logo tomou lugar à direita do pai, enquanto a senhora Villefort se sentava à esquerda.

– Senhor – disse ele –, não se surpreenda por Valentine não estar aqui conosco e por eu ter dispensado Barrois, pois esta conversa não poderia acontecer na frente de uma jovem ou de um criado; a senhora de Villefort e eu temos algo a lhe dizer.

O rosto de Noirtier permaneceu impassível durante esse preâmbulo, enquanto os olhos de Villefort, ao contrário, pareciam querer mergulhar nas profundezas do coração do velho.

– A senhora de Villefort e eu – continuou o procurador do rei, em seu tom glacial que parecia nunca admitir a controvérsia – temos certeza de que esta comunicação lhe será agradável.

O olhar do velho continuou inexpressivo; ele ouvia, nada mais.

– Senhor – continuou Villefort –, vamos casar Valentine.

Uma figurinha de cera não ficaria mais fria a essa notícia do que o rosto do velho.

– O casamento será antes de três meses – disse Villefort.

O olhar do velho continuou inanimado.

A senhora de Villefort tomou a palavra por sua vez e se apressou a acrescentar:

– Achamos que essa notícia seria de seu interesse, senhor, pois, ao que parece, Valentine sempre mereceu sua afeição. Resta-nos apenas dizer-lhe o nome do noivo. É um dos partidos mais honrosos a que Valentine poderia aspirar; há fortuna, um belo título e plenas garantias de felicidade na conduta e nos gostos daquele que lhe destinamos e cujo nome não deve ser desconhecido do senhor. Trata-se de Franz de Quesnel, barão d'Épinay.

Villefort, durante o pequeno discurso da esposa, mantinha sobre o velho um olhar mais atento que nunca. Quando a senhora de Villefort pronunciou o nome de Franz, os olhos de Noirtier, que seu filho conhecia tão bem, estremeceram e as pálpebras, dilatadas como lábios pelos quais poderiam escapar palavras, deixaram passar um relâmpago.

O procurador do rei, ciente das antigas relações de inimizade pública entre Noirtier e o pai de Franz, compreendeu aquele fogo e aquela agitação; no entanto, deixou-os passar despercebidos e retomou a palavra onde sua esposa a havia deixado:

– O senhor decerto compreende – disse ele – que é importante ela se casar, pois está prestes a fazer dezenove anos. Todavia, não nos esquecemos do senhor em nossas tratativas e certificamo-nos de que o marido de Valentine concordasse, senão em morar conosco, que talvez incomodássemos o jovem casal, ao menos com o senhor, a quem Valentine ama particularmente e cujo carinho o senhor parece retribuir, de modo que não perdesse nenhum de seus hábitos e apenas tivesse dois filhos em vez de um para cuidar de suas necessidades.

O relâmpago no olhar de Noirtier se tornou cruel.

Certamente, algo terrível se passava na alma do velho; certamente, o grito de dor e raiva subia à sua garganta e, não podendo explodir, sufocava-o, pois seu rosto se congestionou e seus lábios ficaram roxos.

Villefort abriu tranquilamente uma janela, dizendo:

– Está muito quente aqui e isso faz mal ao senhor Noirtier.

Em seguida, voltou, mas sem voltar a sentar-se.

– Esse casamento – acrescentou a senhora Villefort – agrada ao senhor d'Épinay e à sua família, que de resto é constituída apenas por um tio e uma tia, tendo a mãe morrido ao dá-lo à luz e o pai sido assassinado em 1815, isto é, quando a criança mal completara dois anos. A decisão, portanto, é só dele.

– Assassinato misterioso – acrescentou Villefort –, cujos autores permanecem desconhecidos, embora as suspeitas tenham pairado sobre a cabeça de muita gente, sem ser confirmadas.

Noirtier fez tamanho esforço que seus lábios se contraíram como se fossem sorrir.

– Ora – prosseguiu Villefort –, os verdadeiros culpados, aqueles que sabem ter cometido o crime, aqueles sobre os quais a justiça dos homens pode descer enquanto vivos e a justiça de Deus depois de mortos, ficariam muito felizes por estar em nosso lugar e ter uma filha para oferecer ao senhor Franz d'Épinay a fim de extinguir qualquer aparência de suspeita.

Noirtier se acalmara com um esforço que não se poderia esperar daquela organização alquebrada.

"Sim, entendo", respondeu ele com um olhar a Villefort; e esse olhar exprimia ao mesmo tempo um desdém profundo e uma raiva inteligente.

Villefort, por sua vez, respondeu ao olhar do pai, no qual lera o que continha, com um leve movimento dos ombros.

Em seguida, fez sinal a sua esposa para que se levantasse.

– Agora, senhor – disse a senhora de Villefort –, aceite os meus respeitos. Gostaria que Édouard viesse cumprimentá-lo?

Estava combinado que o velho expressasse aprovação fechando os olhos, recusa piscando-os repetidamente e algum desejo erguendo-os para o céu.

Se pedia Valentine, fechava somente o olho direito.

Se pedia Barrois, o olho esquerdo.

À sugestão da senhora de Villefort, piscou vivamente.

A senhora de Villefort, ante essa recusa óbvia, franziu os lábios.

– Então vou chamar Valentine – disse ela.

"Sim", disse o velho, fechando os olhos rapidamente.

O senhor e a senhora de Villefort curvaram-se e saíram, mandando chamar Valentine, já informada de que teria algo a fazer junto ao senhor Noirtier durante o dia.

Logo depois, Valentine, ainda corada de emoção, entrou nos aposentos do velho. Bastou um olhar para ela entender quanto seu avô estava sofrendo e quantas coisas tinha a lhe dizer.

O conde de Monte Cristo – Tomo 2

– Oh, meu papai – exclamou ela –, o que aconteceu? Irritaram-no, não é verdade, e o senhor ficou com raiva?

"Sim", disse ele, fechando os olhos.

– De quem? De meu pai? Não. Da senhora Villefort? Não. De mim? O velho acenou que sim.

– De mim? – estranhou Valentine.

O velho repetiu o sinal.

– E o que lhe fiz, papai? – perguntou Valentine.

Nenhuma resposta; ela continuou:

– Eu não o vi o dia todo, disseram-lhe alguma coisa a meu respeito? "Sim!", replicou o olhar do velho, com vivacidade.

– Vejamos isso. Meu Deus, juro-lhe, papai...Ah, o senhor e a senhora de Villefort estiveram aqui, não?

"Sim."

– E foram eles que lhe disseram coisas que o aborreceram? Que coisas? Quer que eu vá lhes perguntar para poder me desculpar com o senhor? "Não, não", disse o olhar.

– Oh, o senhor me assusta! Que poderiam ter dito, meu Deus?

E ela procurou descobrir.

– Ah, já sei! – disse Valentine, baixando a voz e se aproximando do velho. Devem ter falado de meu casamento, não?

"Sim", respondeu o olhar zangado.

– Compreendo; está com raiva de mim por causa do meu silêncio. Mas saiba que me recomendaram não falar sobre isso: não contaram nada sequer a mim mesma, consegui descobrir o segredo por indiscrição e, assim, fui reservada com o senhor. Perdoe-me, papai Noirtier.

De novo fixo e sem vida, o olhar parecia responder: "Não é só o seu silêncio que me aflige".

– Então, o que é? – perguntou a jovem. – Acha que eu o abandonaria, querido pai, e que o casamento me faria esquecer do senhor?

"Não", disse o velho.

– Disseram-lhe então que o senhor d'Épinay aceitou que morássemos juntos?

"Sim."

– Nesse caso, por que está com raiva?

Os olhos do velho assumiram uma expressão de infinita doçura.

– Sim, entendo – murmurou Valentine. – É porque me ama?

O velho acenou afirmativamente.

– E teme que eu seja infeliz?

"Sim."

– Não gosta do senhor Franz...

Os olhos repetiram três ou quatro vezes:

"Não, não, não!"

– Então está sofrendo muito, querido pai.

"Sim."

– Pois bem, ouça – disse Valentine, ajoelhando-se diante de Noirtier e passando os braços em torno de seu pescoço –, eu também sofro muito, pois igualmente não gosto do senhor Franz d'Épinay.

Um lampejo de alegria passou pelos olhos do avô.

– Quando eu quis me retirar para o convento, o senhor se lembra de que ficou com muita raiva de mim?

Uma lágrima umedeceu a pálpebra ressequida do velho.

– Pois isso foi para escapar a esse casamento que me levava ao desespero.

A respiração de Noirtier tornou-se arquejante.

– Então é o casamento que lhe causa tanta tristeza, pai? Oh, meu Deus, se o senhor pudesse me ajudar, se nós dois conseguíssemos dar fim a esse projeto! Mas o senhor é impotente contra eles, embora tenha a mente viva e a vontade firme; para lutar, é tão fraco e mesmo mais fraco do que eu. Ai de mim, teria sido um protetor tão poderoso para mim nos dias de sua força e saúde! Hoje, infelizmente, só pode me compreender, alegrar-se ou sofrer comigo. É a última bênção que Deus se esqueceu de tirar de mim, juntamente com as outras.

A essas palavras, desenhou-se uma expressão tão maliciosa e profunda nos olhos de Noirtier que a jovem pensou ter lido estas palavras:

"Está enganada; ainda posso fazer muito por você."

– Pode fazer alguma coisa por mim, querido papai? – traduziu Valentine. "Sim."

Noirtier ergueu os olhos ao céu, era o sinal combinado entre ele e Valentine quando desejava algo.

– O que o senhor quer, querido pai?

Valentine procurou por um instante na memória e expressou seus pensamentos em voz alta à medida que lhe ocorriam, mas a tudo o que ela conseguia dizer o velho respondia *não*.

Então, recitou uma após outra as letras do alfabeto de A até T, enquanto seu sorriso questionava o olhar do paralítico; em T, Noirtier acenou afirmativamente.

– Ah – disse Valentine –, o que você deseja começa com a letra T; é com o T que temos de lidar! Vejamos então o que juntar ao T: ta...

"Sim, sim, sim!", disse o velho.

– Ah, é o *ta*!

"Sim."

Valentine foi buscar um dicionário, que colocou sobre a mesa na frente de Noirtier; abriu-o e, quando viu os olhos do velho fixos nas folhas, seu dedo correu rapidamente de cima a baixo das colunas.

O exercício, após seis anos em que Noirtier caíra no estado deplorável no qual se encontrava, tornara os testes muito fáceis para ele, de modo que Valentine adivinhava tão rapidamente o pensamento do velho quanto se ele próprio tivesse pesquisado no dicionário.

Na palavra *tabelião*, Noirtier fez-lhe sinal para parar.

– *Tabelião* – disse ela. – Quer um tabelião, papai?

O velho fez sinal de que era efetivamente um tabelião que ele desejava.

– Devo então mandar chamar um? – perguntou Valentine.

"Sim", replicou o paralítico.

– Meu pai precisa saber?

"Sim."

– Quer que o tabelião venha logo?

"Sim."

– Então vou mandar procurá-lo imediatamente, querido pai. É tudo que deseja?

"Sim."

Valentine correu à campainha e chamou um criado para pedir que ele trouxesse o senhor e a senhora de Villefort ao quarto do avô.

– Está satisfeito? – perguntou Valentine. – Sim, acho que sim... Mas não foi fácil descobrir o que o senhor queria!

E a jovem sorriu para o avô como sorriria para uma criança.

O senhor de Villefort entrou, trazido por Barrois.

– O que deseja? – perguntou ele ao paralítico.

– Senhor – disse Valentine –, meu avô quer a presença de um tabelião.

A esse pedido estranho e seguramente inesperado, o senhor de Villefort trocou um olhar com o paralítico.

"Sim", disse o ancião, com uma firmeza que indicava que com a ajuda de Valentine e do velho criado, agora ciente de seu desejo, ele estava pronto para sustentar a luta.

– Quer a presença de um tabelião? – repetiu Villefort.

"Sim."

– Para quê?

Noirtier não respondeu.

– Mas para que precisa de um tabelião? – insistiu Villefort.

O olhar do paralítico permaneceu imóvel e consequentemente mudo, o que significava: "É essa a minha vontade".

– Para nos pregar uma peça? – resmungou Villefort. – Valerá a pena?

– Mas de qualquer maneira – interveio Barrois, pronto a dar mostras da perseverança habitual aos velhos criados –, se ele quer um tabelião, é que aparentemente precisa de um. Vou procurá-lo.

Barrois não reconhecia outro patrão além de Noirtier e nunca admitia que seus desejos fossem de forma alguma contestados.

"Sim, quero um tabelião", insistiu o velho, fechando os olhos com um ar de desafio, como se dissesse: "Vamos ver se alguém se atreve a me recusar o que peço".

O CONDE DE MONTE CRISTO – TOMO 2

– Teremos o tabelião, senhor, já que faz tanta questão de sua presença. Mas pedirei desculpas a ele e o senhor também pedirá, pois a cena há de ser muito ridícula.

– Não importa – atalhou Barrois –, vou buscá-lo assim mesmo.

E o velho criado saiu, triunfante.

Um testamento

No instante em que Barrois saía, Noirtier lançou a Valentine um olhar malicioso, que prometia muita coisa. A jovem entendeu aquele olhar e Villefort também, pois sua fronte ensombreceu e seu cenho se franziu.

Puxou uma cadeira, sentou-se no quarto do paralítico e esperou.

Noirtier observava-o com perfeita indiferença, mas com o canto do olho pedira a Valentine que não se preocupasse e não saísse.

Três quartos de hora depois, o criado voltou com o tabelião.

— Senhor — disse Villefort, após as primeiras saudações —, quem o chamou foi o senhor Noirtier de Villefort, aqui presente; uma paralisia geral o privou do uso dos membros e da voz, de modo que só nós, com grande dificuldade, conseguimos compreender em parte seus pensamentos.

Noirtier, com o olhar, fez um apelo a Valentine, um apelo tão sério e tão imperativo que ela respondeu imediatamente:

— Eu, senhor, entendo tudo que meu avô quer dizer.

— É verdade — acrescentou Barrois —, tudo, absolutamente tudo, como eu disse ao cavalheiro a caminho daqui.

— Permitam-me o senhor e a senhorita — disse o tabelião, dirigindo-se a Villefort e Valentine. — Este é um daqueles casos em que o funcionário público não pode agir inconsideradamente, sem assumir uma responsabilidade perigosa. A primeira exigência, para a validade de um ato, é o tabelião ficar convencido de que interpretou fielmente a vontade de quem o ditou. Ora, não posso ter certeza da aprovação ou da desaprovação de um cliente que não fala; e como o objeto de seus desejos ou de sua repugnância, dado seu mutismo, não me pode ser claramente provado, minha função é mais que inútil e seria exercida ilegalmente.

O tabelião deu um passo para se retirar. Um sorriso imperceptível de triunfo desenhou-se nos lábios do procurador do rei.

Por sua vez, Noirtier olhou para Valentine com tal expressão de dor que ela se interpôs no caminho do tabelião.

– Senhor – disse ela –, a língua que falo com meu avô é uma língua que pode ser aprendida facilmente e, assim como a entendo, em alguns minutos posso fazer com que o senhor também a entenda. O que é preciso, então, para que fique com a consciência perfeitamente tranquila?

– O que é necessário para nossos atos serem válidos, senhorita – disse o tabelião –, é a certeza da aprovação ou da desaprovação. O corpo pode estar enfermo, mas a mente precisa estar saudável.

– Bem, senhor, com dois sinais terá a certeza de que meu avô nunca desfrutou, como agora, da plenitude de sua inteligência. O senhor Noirtier, privado de voz, privado de movimento, fecha os olhos quando quer dizer "sim" e pisca várias vezes quando quer dizer "não". Portanto, o senhor já sabe o suficiente para falar com o senhor Noirtier; tente.

O olhar que o velho pousou em Valentine estava tão úmido de ternura e agradecimento que foi compreendido pelo próprio tabelião.

– Ouviu e entendeu o que sua neta acabou de dizer? – perguntou ele.

Noirtier fechou docemente os olhos e os reabriu após um instante.

– E concorda com o que ela disse? Ou seja, os sinais mencionados por ela são realmente aqueles com a ajuda dos quais o senhor exprime seus pensamentos?

"Sim", disse o velho novamente.

– Foi o senhor que mandou me chamar?

"Sim."

– Para fazer seu testamento?

"Sim."

– E não quer que eu me retire sem ter feito esse testamento?

O paralítico piscou forte e repetidamente.

– E agora, senhor, entendeu? – perguntou a jovem. – Sua consciência vai ficar em paz?

Mas antes que o tabelião pudesse responder, Villefort puxou-o à parte.

– Senhor – perguntou ele –, acha que um homem pode suportar impunemente um choque físico tão terrível como o sofrido pelo senhor Noirtier de Villefort sem que seu espírito fique seriamente prejudicado?

– Não é exatamente isso que me preocupa, senhor – respondeu o tabelião. – Pergunto-me, isso sim, como vamos adivinhar os pensamentos antes de provocar as respostas.

– Já vê que é impossível – sentenciou Villefort.

Valentine e o velho ouviam a conversa. Noirtier pousou um olhar tão fixo e tão firme em Valentine que este olhar evidentemente pedia uma resposta.

– Senhor – disse ela –, não se preocupe: por mais difícil que seja, ou melhor, que lhe pareça descobrir os pensamentos de meu avô, eu os revelarei, de modo a remover todas as dúvidas a esse respeito. Estou com o senhor Noirtier há seis anos e que ele mesmo diga se, durante esse tempo, um só de seus desejos permaneceu encerrado em seu coração, por não poder se fazer compreender.

"Não", disse o velho.

– Vamos tentar, então – disse o tabelião. – O senhor aceita a senhorita como sua intérprete?

O paralítico fez sinal que sim.

– Bem, senhor, vejamos: que quer de mim e que ato deseja realizar?

Valentine recitou todo o alfabeto até a letra T.

Nessa letra, o olhar eloquente de Noirtier a deteve.

– É a letra T que ele pede – disse o tabelião. – Não há dúvida.

– Espere – disse Valentine; e, voltando-se para o avô: – Ta... te...

O velho a deteve na segunda dessas sílabas.

Então, Valentine pegou o dicionário e, diante dos olhos do tabelião atento, folheou as páginas.

– Testamento – disse, parando o dedo a um olhar de Noirtier.

– Testamento! – exclamou o tabelião. – É bastante óbvio, o cavalheiro quer testar.

"Sim", disse Noirtier várias vezes.

– Isso é maravilhoso, senhor, admita – disse o tabelião, perplexo, a Villefort.

– De fato – respondeu Villefort. – E mais maravilhoso ainda seria esse testamento porque, afinal, não acho que os artigos venham a ser colocados no papel, palavra por palavra, sem a aspiração inteligente de minha filha. Valentine estará talvez demasiado interessada nesse testamento para ser uma intérprete adequada dos desejos obscuros do senhor Noirtier de Villefort.

"Não, não, não!", interrompeu o paralítico.

– Ora – disse o senhor de Villefort –, acaso Valentine não está interessada em seu testamento?

"Não", disse Noirtier.

– Senhor – disse o tabelião, que, encantado com aquela experiência, prometia a si mesmo contar ao mundo os detalhes de um episódio tão pitoresco –, senhor, nada me parece mais fácil agora do que aquilo que há pouco via como algo impossível. Esse será simplesmente um testamento místico, isto é, previsto e autorizado por lei, desde que lido a sete testemunhas, aprovado pelo testador diante delas e firmado pelo tabelião, sempre diante delas. Quanto ao tempo, só exigirá um pouco mais que um testamento comum; em primeiro lugar, temos as fórmulas consagradas, que são sempre as mesmas; quanto aos detalhes, a maioria será fornecida pelo próprio estado dos negócios do testador e pelo senhor, que os conhece bem por tê-los administrado. Mas, além disso, para que esse ato permaneça inatacável, vamos dar-lhe a mais completa autenticidade; um dos meus colegas me ajudará e, contrariamente aos costumes, assistirá ao ditado. Isso o satisfaz, senhor? – continuou o tabelião, dirigindo-se ao velho.

"Sim", respondeu Noirtier, radiante por ter sido compreendido.

"O que ele vai fazer?", perguntou-se Villefort, cuja alta posição exigia muita reserva e que, além disso, não poderia adivinhar o intento de seu pai.

Voltou-se então para mandar chamar o segundo tabelião escolhido pelo primeiro; mas, Barrois, que tudo ouvira e adivinhara o desejo de seu patrão, já tinha partido.

O procurador do rei pediu então que sua esposa subisse.

Ao cabo de um quarto de hora, todos estavam reunidos nos aposentos do paralítico e o segundo tabelião chegou.

Com poucas palavras, os dois funcionários se puseram de acordo. Uma forma vaga e banal de testamento foi lida para Noirtier; depois, a fim de iniciar, por assim dizer, a investigação de sua inteligência, o primeiro tabelião, virando-se para o velho, disse-lhe:

– Quando se faz um testamento, senhor, é em favor ou em detrimento de alguém.

"Sim", disse Noirtier.

–Tem ideia do montante de sua fortuna?

"Sim."

– Vou citar vários valores, em ordem ascendente; o senhor me deterá quando eu alcançar aquele que o senhor acredita ser o seu.

"Sim."

Havia uma espécie de solenidade naquele interrogatório, em que nunca a luta da inteligência contra a matéria fora mais visível; e se não era um espetáculo sublime, como estaríamos tentados a dizer, era pelo menos bastante curioso.

Formou-se um círculo ao redor de Noirtier; o segundo tabelião se sentou a uma mesa, pronto para escrever; o primeiro se postou diante dele, fazendo as perguntas.

– Sua fortuna ultrapassa trezentos mil francos, certo? – indagou.

Noirtier acenou afirmativamente com a cabeça.

O conde de Monte Cristo – Tomo 2

– Possui quatrocentos mil francos? – continuou o tabelião.

Noirtier permaneceu imóvel.

– Quinhentos mil francos?

A mesma imobilidade.

– Seiscentos mil? Setecentos mil? Oitocentos mil? Novecentos mil?

Noirtier acenou que sim.

– Possui novecentos mil francos?

"Sim."

– Em imóveis? – perguntou o tabelião.

Noirtier disse que não.

– Em títulos da dívida pública?

Noirtier acenou que sim.

– E esses títulos estão em seu poder?

Um olhar a Barrois fez o velho criado sair e voltar, um momento depois, com uma pequena caixa.

– Permite que abramos esta caixa? – perguntou o notário.

Noirtier acenou que sim.

Aberta a caixa, encontraram novecentos mil francos em títulos.

O primeiro tabelião passou-os, um após outro, a seu colega; a conta estava certa, como Noirtier afirmara.

– Correto – disse o primeiro tabelião. – É evidente que a inteligência continua em toda a sua pujança e amplitude.

Em seguida, voltando-se para o paralítico:

– Portanto, o senhor tem novecentos mil francos de capital que, de acordo com o tipo de investimento, devem lhe garantir cerca de quarenta mil libras de renda?

"Sim", disse Noirtier.

– Para quem pretende deixar essa fortuna?

– Oh – interveio a senhora de Villefort –, quanto a isso, não há dúvida! O senhor Noirtier ama apenas sua neta, a senhorita Valentine de Villefort, que cuida dele há seis anos e soube conquistar, com seu zelo assíduo, o carinho do avô, eu diria quase sua gratidão. Portanto, é justo que ela colha os frutos de tamanha bondade.

O olhar de Noirtier despediu uma chama, significando que não se deixava enganar por essa falsa aprovação dada pela senhora de Villefort às intenções que lhe atribuía.

– É então para a senhorita Valentine de Villefort que o senhor deixa esses novecentos mil francos? – indagou o tabelião, convicto de que só precisaria registrar essa cláusula, mas querendo se certificar no entanto do consentimento de Noirtier perante todas as testemunhas de uma cena tão estranha.

Valentine dera um passo atrás e chorava de olhos baixos; o velho olhou para ela um instante, com uma expressão de profunda ternura; depois, voltando-se para o tabelião, piscou da maneira mais significativa possível.

– Não? – espantou-se o tabelião. – Não vai instituir a senhorita Valentine de Villefort sua legatária universal?

Noirtier fez sinal que não.

– Não está enganado? – continuou o notário, sempre perplexo. – Disse mesmo "não"?

"Não!", repetiu Noirtier. "Não!"

Valentine levantou a cabeça; estava pasma, não por ser deserdada, mas por ter provocado o sentimento que normalmente dita tais atos.

Noirtier, porém, fitou-a com uma expressão de tão profunda ternura que ela exclamou:

– Oh, meu bom pai, vejo tudo com clareza: o senhor me tira apenas sua fortuna, mas me deixa seu coração!

"Sim, certamente", disseram os olhos do paralítico, fechando-se com uma expressão que não poderia enganar Valentine.

– Obrigada! Obrigada! – murmurou a jovem.

Entretanto, essa recusa fizera nascer no coração da senhora de Villefort uma súbita esperança e ela se aproximou do velho.

– Então é para seu neto Édouard de Villefort que deixa sua fortuna, querido senhor Noirtier? – perguntou a mãe.

O conde de Monte Cristo – Tomo 2

O piscar de olhos foi terrível: exprimia quase ódio.

– A resposta é "não" – compreendeu o funcionário. – De modo que é para seu filho aqui presente?

"Não!", replicou o velho.

Os dois tabeliães se entreolharam, estupefatos; Villefort e sua esposa enrubesceram, um de vergonha, a outra de raiva.

– Mas que fizemos de mal, pai? – perguntou Valentine. – Não nos ama mais?

O olhar do velho passou rapidamente pelo filho e pela nora, detendo-se em Valentine com uma expressão de profunda ternura.

– Pois bem – disse ela –, se o senhor me ama, bom pai, tente combinar esse amor com o que está fazendo agora. O senhor me conhece, sabe que nunca pensei em sua fortuna; além disso, dizem que sou rica por parte de minha mãe, rica até demais; então, explique-se.

Noirtier fixou um olhar ardente na mão de Valentine.

– Minha mão? – perguntou ela.

"Sim", disse Noirtier.

– Sua mão – repetiram todos os presentes.

– Como podem ver, senhores, tudo isto é realmente inútil e meu pobre pai está louco! – disse Villefort.

– Ah – exclamou Valentine de repente –, entendo! Meu casamento, não é, bom pai?

"Sim, sim, sim!", repetiu o paralítico três vezes, lançando chamas do olhar de cada vez que sua pálpebra se levantava.

– O senhor nos censura pelo casamento, não é?

"Sim."

– Mas isso é um absurdo! – disse Villefort.

– Perdoe-me, senhor – interrompeu o tabelião –, isso, ao contrário, é muito lógico e, para mim, se encaixa perfeitamente.

– Não quer que eu me case com o senhor Franz d'Épinay?

"Não, não quero", disse o olhar do velho.

– E deserda sua neta – exclamou o tabelião – porque ela vai se casar contra a sua vontade?

"Sim", respondeu Noirtier.

– Então, sem esse casamento, ela seria sua herdeira?

"Sim."

Fez-se então um silêncio profundo em torno do velho.

Os dois tabeliães se consultavam; Valentine, de mãos postas, olhava para o avô com um sorriso agradecido; Villefort mordeu seus lábios finos; a senhora de Villefort não podia reprimir um sentimento de alegria que, contra a sua vontade, estampava-se em seu rosto.

– Mas – disse enfim Villefort, sendo o primeiro a quebrar o silêncio –, sou, sem dúvida, o único juiz das vantagens que militam em favor dessa união. Senhor da mão de minha filha, quero que ela se case com o senhor Franz d'Épinay e ela se casará.

Valentine desabou, chorando, em uma poltrona.

– Senhor – perguntou o tabelião, dirigindo-se ao velho –, o que pretende fazer com sua fortuna no caso de a senhorita Valentine se casar com o senhor Franz?

O velho permaneceu imóvel.

– Pretende dispor dela?

"Sim", disse Noirtier.

– Em favor de alguém de sua família?

"Não."

– Em favor dos pobres, então?

"Sim."

– Mas – ponderou o tabelião – sabe que, pela lei, não pode deserdar totalmente seu filho?

"Sim."

– Então, disporá apenas da parte autorizada pela lei?

Noirtier não respondeu.

– Continua decidido a dispor de tudo?

"Sim."

O conde de Monte Cristo – Tomo 2

– Entretanto, após sua morte, o testamento será contestado.

"Não."

– Meu pai me conhece, senhor – disse Villefort –, e sabe que sua vontade será sagrada para mim: além disso, entende que, em minha posição, não posso pleitear contra os pobres.

Os olhos de Noirtier expressaram triunfo.

– Que decide, senhor? – perguntou o tabelião a Villefort.

– Nada, senhor, é uma resolução tomada por meu pai e meu pai não muda de resolução. Portanto, eu a aceito. Esses novecentos mil francos sairão da família para ir enriquecer os hospitais, mas não cederei a um capricho de velho e agirei de acordo com minha consciência.

E Villefort se retirou com a esposa, deixando o pai livre para testar como bem entendesse.

No mesmo dia, o testamento foi lavrado; chamaram-se as testemunhas, o velho o aprovou, o documento foi lacrado na presença de todos e entregue ao senhor Deschamp, o tabelião da família.

O TELÉGRAFO

O senhor e a senhora de Villefort souberam, ao voltar para seus aposentos, que o conde de Monte Cristo viera visitá-los e fora conduzido à sala de estar, onde os esperava; a senhora de Villefort, transtornada demais para aparecer assim de repente, correu para seu quarto, enquanto o procurador do rei, mais seguro de si, dirigia-se diretamente para a sala.

Entretanto, por mais senhor que fosse de suas sensações, por mais que soubesse compor sua expressão, Villefort não conseguira afugentar a nuvem que toldava sua fronte, de sorte que o conde, cujo sorriso brilhava radiante, notou aquele olhar sombrio e pensativo.

– Ah, meu Deus! – exclamou o Monte Cristo, após os primeiros cumprimentos. – O que há com o senhor? Cheguei no momento em que lavrava alguma acusação um pouco capital?

Villefort tentou sorrir.

– Não, senhor conde – disse ele –, não há outra vítima aqui além de mim. Sou eu que perco meu processo; e foram o acaso, a teimosia, a loucura que formularam a acusação.

– Que quer dizer? – perguntou Monte Cristo, com um interesse perfeitamente simulado. – Aconteceu-lhe, de fato, algum infortúnio?

O conde de Monte Cristo – Tomo 2

– Oh, senhor conde – suspirou Villefort, com uma calma repleta de amargura –, nem vale a pena falar sobre isso; quase nada, uma simples perda de dinheiro.

– Com efeito – ponderou Monte Cristo –, uma perda de dinheiro é pouco diante da fortuna que possui, e para uma mente filosófica e elevada como a sua.

– Além de tudo – disse Villefort –, não é o problema do dinheiro que me preocupa, embora, afinal, novecentos mil francos valham bem uma preocupação ou pelo menos um gesto de despeito. O que me magoa é sobretudo a disposição do destino, do acaso, da fatalidade, não importa o nome dessa força responsável pelo golpe que atinge e destrói minhas esperanças de fortuna e, talvez, o futuro de minha filha, por causa do capricho de um velho recaído na infância.

– Céus, como assim? – exclamou o conde. – Novecentos mil francos, foi o que disse? Na verdade, a soma que mencionou merece ser lamentada até mesmo por um filósofo. E quem lhe causa esse desgosto?

– Meu pai, de quem lhe falei.

– O senhor Noirtier! Realmente? Mas o senhor me tinha dito, quero crer, que ele ficou completamente paralisado e que todas as suas faculdades estavam comprometidas.

– Sim, suas limitações físicas, pois não pode se mover, não pode falar. Mas, apesar de tudo, ele pensa, deseja e age, como o senhor pode ver. Deixei-o há cinco minutos e, neste momento, ele dita um testamento a dois tabeliães.

– Mas então ele falou?

– Não falou, mas se fez entender.

– Como?

– Com a ajuda do olhar; seus olhos continuam vivos e, como vê, eles matam.

– Meu amigo – disse a senhora de Villefort, entrando –, talvez você esteja exagerando a situação.

– Senhora… – cumprimentou o conde, inclinando-se.

807

A senhora de Villefort saudou-o com seu sorriso mais gracioso.

– Mas o que o senhor de Villefort está me dizendo? – perguntou Monte Cristo. – Que desgraça incompreensível é essa?

– Incompreensível, eis a palavra! – continuou o procurador do rei, encolhendo os ombros. – Um capricho de velho!

– E não há como reverter essa decisão?

– Sim – disse a senhora de Villefort. – E depende mesmo de meu marido que esse testamento, em vez de prejudicar Valentine, favoreça-a.

O conde, vendo que os dois cônjuges começavam a falar por parábolas, assumiu um ar distraído e olhou com a mais profunda atenção e a mais notória aprovação Édouard, que despejava tinta no bebedouro dos pássaros.

– Minha querida – disse Villefort, respondendo à esposa –, você sabe que não gosto de posar de patriarca em casa e que nunca acreditei que o destino do universo dependesse de um aceno de minha cabeça. Porém, é importante que minhas decisões sejam respeitadas na família, e que a loucura de um velho e o capricho de uma criança não destruam um projeto que trago na mente há muitos anos. O barão d'Épinay era meu amigo, você sabe, e uma aliança com seu filho seria das mais adequadas.

– Acha então – disse a senhora de Villefort – que Valentine está de conluio com ele? Na verdade... ela sempre se opôs a esse casamento, e eu não ficaria surpresa se tudo que acabamos de ver e ouvir fosse apenas a execução de um plano combinado entre os dois.

– Senhora – disse Villefort –, ninguém renuncia assim, acredite-me, a uma fortuna de novecentos mil francos.

– Ela renunciou ao mundo, senhor, já que há um ano quis entrar para o convento.

– Não importa – respondeu Villefort. – Digo que esse casamento deve acontecer, senhora!

– Apesar dos desejos de seu pai? – objetou a senhora de Villefort, tangendo outra corda. – Isso é muito grave!

Monte Cristo simulava não ouvir nada, embora não perdesse uma palavra do que se dizia.

O conde de Monte Cristo – Tomo 2

– Senhora – prosseguiu Villefort –, posso dizer que sempre respeitei meu pai porque, ao sentimento natural de parentesco, juntava-se em mim a consciência de sua superioridade moral; porque, enfim, um pai é sagrado de duas maneiras, sagrado como nosso criador, sagrado como nosso mestre; mas hoje devo desistir de reconhecer qualquer sinal de inteligência em um velho que, por uma simples lembrança de ódio ao pai, persegue assim o filho. Portanto, seria ridículo de minha parte adequar minha conduta aos seus caprichos. Vou continuar a ter o maior respeito pelo senhor Noirtier. Suportarei sem reclamar o castigo pecuniário que ele me inflige; mas permanecerei firme em minha vontade e o mundo saberá avaliar de que lado estava a razão sã. Consequentemente, casarei minha filha com o barão Franz d'Épinay porque esse casamento é, em minha opinião, bom e honrado. Além disso, insisto em casar minha filha com quem me aprouver.

– Como? – exclamou o conde, de quem o procurador do rei solicitava constantemente a aprovação com o olhar. – O senhor Noirtier deserda, como o senhor diz, a senhorita Valentine porque ela vai se casar com o barão Franz d'Épinay?

– Por Deus, é esse o motivo! – respondeu Villefort, encolhendo os ombros.

– O motivo visível, pelo menos – acrescentou a senhora de Villefort.

– O motivo real, senhora. Acredite em mim, conheço meu pai.

– Como entender isso? – suspirou a jovem senhora. – Em que, pergunto-lhe, o barão d'Épinay desagrada ao senhor Noirtier mais que qualquer outro?

– Para ser franco – interveio o conde –, eu conheci o senhor Franz d'Épinay, filho do general de Quesnel, nomeado barão d'Épinay pelo rei Carlos X, não é verdade?

– Exatamente! – disse Villefort.

– Bem, mas é um jovem encantador, parece-me!

– Portanto, trata-se apenas de um pretexto, tenho certeza – disse a senhora de Villefort. – Os velhos são tiranos de suas afeições e o senhor Noirtier não quer que sua neta se case.

– Mas – continuou Monte Cristo – não sabem de nenhuma causa para esse ódio?

– Ah, quem poderia saber!

– Alguma antipatia política, talvez?

– De fato, meu pai e o pai do senhor d'Épinay viveram em uma época tempestuosa, a que eu próprio só assisti em seus últimos dias – explicou Villefort.

– Seu pai não era bonapartista? – perguntou Monte Cristo. – Acho que me lembro de ouvi-lo dizer algo assim.

– Meu pai era, antes de tudo, jacobino – respondeu Villefort, deixando que a emoção o levasse para além dos limites da prudência – e o manto de senador que Napoleão jogou sobre seus ombros apenas disfarçou o homem de sempre, sem mudá-lo. Meu pai conspirou, não pelo imperador, mas contra os Bourbons, pois tinha em si esta vocação terrível: nunca lutou por utopias irrealizáveis e sim por coisas possíveis, recorrendo para ter êxito às odiosas teorias da Montanha, que nunca recuaram diante de nenhum meio.

– Bem – disse Monte Cristo –, então é isso. O senhor Noirtier e o senhor d'Épinay devem ter se confrontado no terreno da política. O general d'Épinay, ainda que tivesse servido sob Napoleão, havia conservado, no fundo, sentimentos realistas. Não é o mesmo que foi assassinado uma noite após sair de um clube bonapartista, para onde o tinham atraído na esperança de encontrar nele um confrade?

Villefort olhou o conde quase com terror.

– Estarei enganado? – perguntou Monte Cristo.

– Não, senhor – disse a senhora de Villefort. – Muito pelo contrário. E foi justamente por causa do que acaba de dizer que, a fim de eliminar ódios antigos, o senhor de Villefort teve a ideia de induzir a se amarem dois filhos cujos pais se odiavam.

– Sublime ideia! – disse Monte Cristo. –Ideia plena de caridade e que o mundo deveria aplaudir. De fato, seria lindo ver a senhorita Noirtier de Villefort chamar-se senhora Franz d'Épinay!

O CONDE DE MONTE CRISTO – TOMO 2

Villefort estremeceu e olhou para Monte Cristo como se quisesse ler no fundo de sua alma a intenção por trás das palavras que acabara de proferir.

Mas o conde conservou seu sorriso benevolente e estereotipado nos lábios, de modo que ainda dessa vez, apesar da acuidade de seu olhar, o procurador do rei não viu nada além da epiderme.

– Não bastasse isso – continuou Villefort –, embora seja uma grande desgraça para Valentine perder a fortuna do avô, não acredito que o senhor d'Épinay recue diante desse contratempo pecuniário; verá que eu talvez valha mais do que a soma, eu, que a sacrifico para manter minha palavra; concluirá, de resto, que Valentine é rica em virtude dos bens de sua mãe, administrados pelo senhor e a senhora de Saint-Méran, seus avós maternos, que a amam com ternura.

– E que merecem ser tratados amorosamente como Valentine trata o senhor Noirtier – disse a senhora Villefort. – Além disso, eles virão a Paris dentro de no máximo um mês e Valentine, depois da afronta que sofreu, não precisará mais ficar enclausurada, como fez até agora, junto ao senhor Noirtier.

O conde ouvia com complacência a voz discordante dessas suscetibilidades feridas e desses interesses contrariados.

– Mas me parece – disse Monte Cristo, depois de um momento de silêncio –, e peço-lhes desde já seu perdão pelo que vou dizer, me parece que se o senhor Noirtier deserdar a senhorita de Villefort, culpada de querer se casar com um jovem cujo pai ele detestava, não tem o mesmo motivo de queixa contra nosso querido Édouard.

– Pois não é verdade, senhor? – exclamou a senhora de Villefort, em um tom impossível de descrever. – Isso não é injusto, odiosamente injusto? O pobre Édouard é tão neto do senhor Noirtier quanto Valentine, e, no entanto, se Valentine não tivesse que se casar com o senhor Franz, o senhor Noirtier lhe deixaria toda a sua fortuna. E há mais: Édouard traz o nome da família, porém isso não impede que Valentine, mesmo se supondo que o avô realmente vá deserdá-la, ainda seja três vezes mais rica do que ele.

Após ouvir essa tirada, o conde não falou mais.

811

– Basta – interveio Villefort –, basta. Deixemos de lado, senhor conde, eu lhe peço, essas misérias de família. Sim, é verdade, minha fortuna vai aumentar a renda dos pobres, que hoje são os verdadeiros ricos. Sim, meu pai me terá frustrado em uma esperança legítima, e isso sem motivo; mas terei agido como um homem de bom senso, como um homem de sentimentos. O senhor d'Épinay, a quem prometi a renda dessa soma, irá recebê-la mesmo que eu me imponha as mais cruéis privações.

– Contudo – volveu a senhora de Villefort, repisando a única ideia que murmurava incessantemente no fundo de seu coração –, talvez fosse melhor comunicar esse infortúnio ao senhor d'Épinay, para o caso de ele querer retirar sua palavra...

– Oh, isso seria uma grande desgraça! – exclamou Villefort.

– Uma grande desgraça? – repetiu Monte Cristo.

– Sem dúvida – continuou Villefort, acalmando-se. – Um casamento fracassado, mesmo por razões financeiras, lança o descrédito sobre uma moça. E alguns boatos antigos, que eu quero calar, ganhariam consistência. Mas não, não vai ser assim. O senhor d'Épinay, se for um homem honesto, se sentirá ainda mais comprometido pela deserdação de Valentine que antes, do contrário agiria movido por um simples objetivo de cobiça. Não, é impossível.

– Penso o mesmo que o senhor de Villefort – disse Monte Cristo, fixando o olhar em sua esposa. – E, se fosse suficientemente seu amigo para me permitir um conselho, eu o instaria, já que o senhor d'Épinay vai voltar, pelo que me disseram, a atar esses laços tão fortemente que não pudessem ser desatados. Enfim, faria com que tudo terminasse da maneira mais honrosa possível para o senhor de Villefort.

Este último se levantou, movido por uma alegria indisfarçável, enquanto sua esposa empalidecia ligeiramente.

– Bem – disse ele –, é tudo que peço. Não esperaria outra opinião de um conselheiro como o senhor – completou, estendendo a mão a Monte Cristo. – Portanto, que todos aqui considerem o que aconteceu hoje como nulo e sem efeito; nada mudou em nossos planos.

O CONDE DE MONTE CRISTO – TOMO 2

– Senhor – disse o conde –, o mundo, por mais injusto que seja, saberá valorizar sua resolução, não tenho dúvida; seus amigos se orgulharão dela e o senhor d'Épinay, mesmo tendo de desposar a senhorita de Villefort sem dote, o que decerto não acontecerá, ficará encantado por entrar em uma família que sabe fazer tal sacrifício para manter sua palavra e cumprir seu dever.

Dizendo essas palavras, o conde se levantou e se preparou para sair.

– Vai nos deixar, senhor conde? – perguntou a senhora de Villefort.

– Preciso, senhora. Vim apenas lembrá-los de sua promessa para o sábado.

– Receava que esquecêssemos?

– A senhora é muito bondosa, mas o senhor de Villefort tem ocupações tão sérias e por vezes tão urgentes...

– Meu marido deu sua palavra – disse a senhora de Villefort. – O senhor acaba de ver que ele a leva muito a sério quando tem tudo a perder e com mais razão a cumpre quando tem tudo a ganhar.

– A reunião será em sua casa da avenida Champs-Élysées? – perguntou Villefort.

– Não – respondeu Monte Cristo –, e é isso que torna sua aceitação ainda mais meritória: será no campo.

– No campo?

– Sim.

– E onde? Perto de Paris, suponho?

– Nas portas, a meia légua da barreira, em Auteuil.

– Em Auteuil! – exclamou Villefort. – Ah, é verdade, minha esposa me disse que o senhor mora em Auteuil, pois foi para sua casa que a levaram. E onde, em Auteuil?

– Rua de la Fontaine!

– Rua de la Fontaine! – repetiu Villefort, com voz embargada. – E qual é o número?

–Número 28.

– Mas então – exclamou Villefort – foi para o senhor que venderam a casa do senhor de Saint-Méran?

– Como? – perguntou Monte Cristo. – Ela pertencia ao senhor de Saint-Méran?

– Sim – respondeu a senhora de Villefort. – E acreditaria em uma coisa, senhor conde?

– Qual?

– Acha essa casa bonita, não é?

– Encantadora.

– Pois bem, meu marido nunca quis morar lá.

– Oh! – replicou Monte Cristo. – Na verdade, senhor, essa é uma prevenção que não consigo entender.

– Não gosto de Auteuil, senhor – respondeu o procurador do rei, fazendo um grande esforço para se conter.

– Mas espero não ter a má sorte de me ver privado da alegria de recebê-lo por causa dessa antipatia – falou Monte Cristo, preocupado.

– Não, senhor conde... espero que... acredite que farei tudo que puder – gaguejou Villefort.

– Oh – insistiu Monte Cristo –, não admitirei desculpas. Sábado, às seis horas, estou à sua espera e, se não vierem, acreditarei, que sei eu, na existência de alguma tradição sombria, de alguma lenda sangrenta que pesa sobre essa casa desabitada há vinte anos.

– Eu irei, senhor conde, eu irei – disse vivamente Villefort.

– Obrigado – agradeceu Monte Cristo. – Agora, queiram permitir que me retire.

– Na verdade, o senhor disse que seria forçado a nos deixar, senhor conde – interveio a senhora de Villefort – e iria mesmo, acredito, nos contar o motivo quando foi interrompido, passando a outro assunto.

– Para ser franco, senhora – disse Monte Cristo –, não sei se me atreveria a dizer-lhe para onde vou.

– Ora, diga assim mesmo.

O conde de Monte Cristo – Tomo 2

– Vou, como verdadeiro tolo que sou, ver uma coisa que muitas vezes me faz sonhar por horas a fio.

– Qual?

– Um telégrafo. Pronto, acabei dizendo.

– Um telégrafo! – repetiu a senhora de Villefort.

– Sim, por Deus, um telégrafo. Vi por vezes, no final de uma estrada, no alto de um monte, sob um lindo sol, erguerem-se esses braços negros e flexíveis, semelhantes às patas de um imenso coleóptero, e isso nunca sem emoção, posso jurar, pois pensava que esses sinais estranhos que cortavam o ar com precisão, enviando a trezentas léguas de distância a vontade desconhecida de um homem sentado diante de uma mesa para outro homem sentado no final da linha, na frente de outra mesa, se desenhavam no cinzento das nuvens ou no azul do céu pela pura força de vontade desse chefe todo-poderoso. Acreditava então em gênios, sílfides, gnomos, poderes ocultos, e acabava rindo. Porém, nunca senti vontade de me aproximar desses grandes insetos de barriga branca, de patas pretas e finas, pois temia encontrar sob suas asas de pedra o pequeno gênio humano bem vaidoso, bem pedante, bem recheado de ciência, de cabala ou de bruxaria. Mas eis que, em uma bela manhã, aprendi que o motor de cada telégrafo era um pobre-diabo de funcionário com salário de mil e duzentos francos por ano, ocupado o dia todo a olhar não para o céu, como um astrônomo, não para a água, como um pescador, não para a paisagem, como um cérebro vazio, mas para o inseto de barriga branca e patas pretas, seu correspondente, postado a cerca de quatro ou cinco léguas dele. Senti então um ardente desejo de ver de perto essa crisálida viva e assistir à comédia que do fundo de seu casulo ela dá a essa outra crisálida, puxando pedaços de fio um após o outro.

– E vai lá?

– Vou.

– E que telégrafo será esse? O do Ministério do Interior ou o do Observatório?

– Ah, não, lá eu encontraria pessoas ansiosas por me obrigar a compreender coisas que tenciono ignorar e que me explicariam, contrariando minha vontade, um mistério que não conhecem. Diabos, quero manter as ilusões que ainda conservo sobre os insetos; basta já ter perdido as que tinha sobre os homens! Portanto, não irei ao telégrafo do Ministério do Interior nem ao do Observatório. Quero ver o telégrafo em campo aberto, para encontrar o homem puro petrificado em sua torre.

– É um grande senhor dos mais singulares, conde – disse Villefort.

– Qual linha você me aconselha a estudar?

– Ora, a mais ocupada neste momento.

– A da Espanha, então?

– Exatamente. Quer uma carta do ministro, para que lhe expliquem…

– Não – disse Monte Cristo. – Como já lhe disse, não quero entender nada. Do momento em que entender alguma coisa, não haverá mais telégrafo, haverá apenas um sinal do senhor Duchâtel ou do senhor de Mentalivet transmitido ao prefeito de Bayonne e disfarçado em duas palavras gregas, *tele* e *graphein*. Quero preservar em toda a sua pureza e com toda a minha veneração a besta de patas negras e a palavra assustadora.

– Então vá, pois daqui a duas horas estará escuro e não conseguirá ver absolutamente nada.

– Assim o senhor me assusta! Qual é o mais próximo?

– Na estrada de Bayonne?

– Pode ser, na estrada de Bayonne.

– É o de Châtillon.

– E depois do de Châtillon?

– O da torre de Montlhéry, creio eu.

– Obrigado e até breve! Sábado eu lhes contarei minhas impressões.

À porta, o conde encontrou-se com os dois tabeliães que acabavam de deserdar Valentine e se retiravam encantados por terem praticado um ato que não poderia deixar de lhes trazer grande honra.

Maneira de livrar um jardineiro dos arganazes que comem seus pêssegos

Não na mesma noite, como dissera, mas na manhã seguinte, o conde de Monte Cristo saiu pela Barreira do Inferno, pegou a estrada para Orléans, passou pela aldeia de Linas sem parar no telégrafo, que naquele exato instante movimentava seus longos braços descarnados, e alcançou a torre de Montlhéry, situada, como todos sabem, no ponto mais alto da planície desse nome.

O conde apeou ao pé da colina e, por um pequeno caminho circular, de uns quarenta centímetros de largura, começou a escalar a montanha; quando chegou ao topo, viu-se detido por uma sebe na qual frutos verdes haviam substituído as flores róseas e brancas.

Monte Cristo procurou a entrada do pequeno cercado e não demorou a encontrá-la. Era uma pequena grade de madeira, que girava sobre gonzos de vime e se fechava com um prego e um barbante. O conde não tardou a entender o mecanismo e o portão se abriu.

Viu-se então em um pequeno jardim de seis metros de comprimento por quatro de largura, delimitado de um lado pela parte da sebe onde estava emoldurada a engenhosa máquina que descrevemos com o nome de portão e, do outro, pela velha torre rodeada de hera, toda coberta de mostarda--brava e goivos.

Não se diria, vendo-a assim enrugada e florida como uma avó a quem seus netos acabassem de cumprimentar pelo aniversário, que ela poderia contar muitas tragédias terríveis, se acrescentasse voz aos ouvidos ameaçadores que um antigo provérbio atribui às paredes.

Percorria-se esse jardim por uma alameda coberta de areia vermelha, muito antiga, ladeada por densa sebe de vários tons, que teriam encantado os olhos de Delacroix, nosso Rubens moderno. Essa senda tinha a forma de um 8 e serpenteava continuamente, de modo que se fazia uma caminhada de dezoito metros naquele jardim de seis. Jamais Flora, a deusa risonha e gentil dos bons jardineiros latinos, fora homenageada com uma adoração tão meticulosa e pura como a que lhe era prestada naquele pequeno cercado.

Com efeito, das vinte roseiras que compunham o canteiro, nem uma folha apresentava sinal de moscas, nem uma haste mostrava o pequeno cacho de pulgões verdes que devastam e roem as plantas crescidas em solo úmido. No entanto, não era umidade que faltava nesse jardim, como bem se via pela terra negra como fuligem e a folhagem opaca das árvores; além disso, a umidade artificial teria substituído rapidamente a natural graças ao poço cheio de água estagnada escavado em um dos cantos do jardim, no qual se viam, sobre uma toalha verde, uma rã e um sapo que, por incompatibilidade de gênios, sem dúvida, permaneciam de costas um para o outro, nos dois pontos opostos do círculo.

No mais, nem sinal de grama nas alamedas, nem um rebento parasita nas bordas dos canteiros; uma senhora elegante não disporia e podaria os gerânios, cactos e rododendros de seu vaso de porcelana com tanto cuidado quanto o do dono até então invisível do pequeno cercado.

O conde de Monte Cristo – Tomo 2

Monte Cristo, depois de fechar o portão e prender o barbante no prego, lançou um olhar pela propriedade.

– Parece – disse – que o homem do telégrafo tem jardineiros contratados ao ano ou se dedica apaixonadamente à jardinagem.

De repente, esbarrou em alguma coisa agachada atrás de um carrinho de mão carregado de folhas; aquela coisa se endireitou, deixando escapar uma exclamação de surpresa, e Monte Cristo se viu diante de um homem de cerca de cinquenta anos que colhia morangos e os colocava sobre folhas de videira.

Havia doze folhas de videira e quase o mesmo número de morangos.

O homem, levantando-se, quase deixou cair as frutas, as folhas e o prato.

– Está fazendo sua colheita, amigo? – perguntou Monte Cristo, sorrindo.

– Perdoe-me, senhor – respondeu o homem, levando a mão ao boné. – Não estou lá em cima, é verdade, mas acabei de descer de lá.

– Não quero incomodá-lo de forma alguma, meu amigo – tranquilizou-o o conde. – Continue colhendo seus morangos, se ainda restar algum.

– Faltam-me dez – disse o homem. – Tenho aqui onze e são vinte e um ao todo, cinco a mais do que no ano passado. Mas não é de admirar, pois a primavera foi quente este ano e os morangos precisam de calor, como o senhor sabe. Por isso, em vez dos dezesseis que colhi no ano passado, já colhi onze… doze, treze, catorze, quinze, dezesseis, dezessete, dezoito. Oh, meu Deus, faltam dois! Ainda ontem eles estavam aqui, senhor, eles estavam aqui, tenho certeza, eu os contei! Deve ter sido o filho da tia Simon que os roubou, pois o vi rondando por aqui esta manhã. Ah, ladrãozinho, roubando em um cercado! Não sabe aonde isso pode levá-lo.

– Sim – concordou Monte Cristo –, é coisa grave, mas você deve levar em conta a pouca idade do delinquente e sua gulodice.

– Sem dúvida – disse o jardineiro. – Mas nem por isso é menos desagradável. E mais uma vez desculpe-me, senhor: é talvez um chefe que fiz esperar assim?

E interrogou, com um olhar apreensivo, o conde e sua sobrecasaca azul.

– Não se preocupe, meu amigo – disse o conde com aquele sorriso que ele tornava, à vontade, tão terrível e tão benevolente, e que dessa vez expressava apenas benevolência –, não sou um chefe que vem inspecionar seu trabalho, mas um simples viajante movido pela curiosidade e que até começa a se censurar por sua visita, ao ver que faz você perder tempo.

– Oh, meu tempo não é caro – respondeu o homem com um sorriso melancólico. – No entanto, é o tempo do governo e não devo desperdiçá-lo; mas, como fui avisado de que podia descansar por uma hora... – e consultou um relógio de sol, porque havia de tudo no cercado da torre de Montlhéry, até mesmo um relógio de sol. – Como vê, ainda me restam dez minutos e meus morangos estão maduros, de modo que mais um dia... Acredita, senhor, que os arganazes é que os comem?

– Por minha fé, não creio – respondeu Monte Cristo, gravemente. – No entanto, amigo, esses animais são uma péssima vizinhança para nós, que não os comemos com mel como faziam os romanos.

– Os romanos os comiam? – espantou-se o jardineiro. – Comiam ratos?

– É o que li em Petrônio – explicou o conde.

– Realmente? Não devem ser bons, embora se diga: "Gordo como um arganaz". E não é de estranhar, senhor, que sejam gordos, visto que dormem o dia inteiro e só acordam à noite, para roer o tempo todo. Olhe, no ano passado, consegui quatro damascos; eles me roeram um. E um pêssego-careca, só um, é verdade, mas essa é uma espécie rara. Pois bem, senhor, eles o devoraram pela metade do lado da parede. Um pêssego soberbo, excelente. Nunca comi melhor.

– Você o comeu? – perguntou Monte Cristo.

– Quer dizer, comi a metade que sobrou, o senhor entende. Delicioso, senhor. É claro, aqueles cavalheiros não escolhem os piores bocados. São como o filho da tia Simon, que não levou os piores morangos! Mas este ano, pode crer, isso não acontecerá de novo, ainda que eu precise, quando os frutos estiverem amadurecendo, passar a noite vigiando-os.

Monte Cristo tinha visto o suficiente. Cada homem tem sua paixão, que lhe rói o fundo da alma, como cada fruta tem seu verme; a do homem do telégrafo era a horticultura.

O conde se pôs a colher as folhas da videira, que protegiam os cachos do sol, e assim conquistou o coração do jardineiro.

– O senhor veio ver o telégrafo? – perguntou ele.

– Sim, desde que isso não seja proibido pelo regulamento.

– Oh, não é proibido de modo algum, já que não há nada de perigoso, pois ninguém sabe nem pode saber o que transmitimos.

– Com efeito –prosseguiu o conde –, ouvi dizer que vocês repetem sinais que também não entendem.

– Certamente, senhor, e prefiro assim – disse o homem do telégrafo, rindo.

– Por que prefere assim?

– Porque, desse modo, não tenho responsabilidade. Sou apenas uma máquina e, desde que funcione, ninguém me pede mais nada.

"Diabo!", pensou Monte Cristo, "terei encontrado um homem sem ambições? Seria muita falta de sorte."

– Senhor – disse o jardineiro, olhando para o relógio de sol –, os dez minutos estão acabando e tenho de voltar ao meu posto. Gostaria de subir comigo?

– Acompanho-o.

Monte Cristo entrou então na torre de três andares; o térreo continha alguns implementos agrícolas, como pás, ancinhos, regadores, todos encostados à parede; nisso consistia toda a mobília.

O segundo era a residência habitual, ou melhor, noturna do empregado; continha alguns pobres utensílios domésticos, uma cama, uma mesa, duas cadeiras, uma bilha de barro e umas ervas secas penduradas no teto, que o conde reconheceu como ervilhas e feijões espanhóis e que o bom homem conservava ainda na casca, tudo etiquetado com o zelo de um funcionário do Jardim Botânico.

– Aprender telegrafia é muito demorado, amigo? – perguntou Monte Cristo.

– Não é o estudo que é longo, longo é o tempo que se passa como supranumerário.

– E quanto ganha?

– Mil francos, senhor.

– Não é muito…

– Não; mas pelo menos se tem alojamento, como vê.

Monte Cristo examinou o quarto.

– Tomara que ele não seja apegado a isto! – murmurou.

Subiram ao terceiro andar: era a sala do telégrafo. Monte Cristo observou alternadamente as duas maçanetas de ferro com que o funcionário operava a máquina.

– Muito interessante – disse ele –, mas a longo prazo é uma vida que deve lhe parecer um pouco monótona, não?

– Sim, no começo sentimos torcicolos de tanto olhar, mas depois de um ano ou dois nos acostumamos; além disso, temos nossas horas de descanso e também nossos dias de folga.

– Dias de folga?

– Sim.

– Quais?

– Aqueles em que há nevoeiro.

– Ah, certamente!

– São os meus dias de festa; então, desço ao jardim e planto, podo, aparo, mato os insetos… Enfim, as horas passam.

– Há quanto tempo está aqui?

– Há dez anos; mais os cinco como supranumerário, quinze.

– E tem…

– Cinquenta e cinco anos.

– Quanto tempo de serviço lhe falta para se aposentar?

– Oh, senhor, vinte e cinco anos!

– E de quanto é a aposentadoria?

– Cem escudos.

– Pobre humanidade! – murmurou Monte Cristo.

– O que disse, senhor? – perguntou o funcionário.

– Eu disse que é muito interessante.

O conde de Monte Cristo – Tomo 2

– O quê?

– Tudo isso que me mostra... E você não entende absolutamente nada dos sinais?

– Absolutamente nada.

– Nunca tentou entendê-los?

– Nunca; para quê?

– No entanto, há sinais que são endereçados a você diretamente.

– Sem dúvida.

– E esses, você entende?

– São sempre os mesmos.

– E dizem?...

– "Nada de novo", "Você tem uma hora" ou "Até amanhã".

– Bastante inocente – disse o conde. – Mas olhe, não é o seu correspondente que começa a se mexer?

– Ah, é verdade! Obrigado, senhor.

– E o que está lhe dizendo? Algo que você entende?

– Sim; ele me pergunta se estou pronto.

– E o que você lhe responde?

– Por um sinal que ao mesmo tempo informa ao meu correspondente da direita que estou pronto e convida o da esquerda a se preparar.

– Muito engenhoso – reconheceu o conde.

– Vai ver – continuou o homem, com orgulho. – Dentro de cinco minutos começará a transmitir.

– Então ainda tenho cinco minutos – disse Monte Cristo. – É mais tempo do que preciso. Meu caro senhor – prosseguiu –, permite-me uma pergunta?

– É claro.

– Gosta então de jardinagem?

– Com paixão.

– E seria feliz se, em vez de um terreno de seis metros, possuísse um cercado com um hectare?

– Senhor, eu faria dele um paraíso terrestre.

– Com os seus mil francos você vive mal?

823

– Bastante mal; mas, enfim, vivo.

– Sim, mas o que tem é um jardim miserável.

– É verdade, o jardim não é grande.

– Além disso, tal como é, está infestado de arganazes que devoram tudo.

– Esse é o meu flagelo.

– Diga-me, e se você tivesse o azar de virar a cabeça justamente quando o correspondente da direita começasse a transmitir?

– Eu não veria nada.

– E o que aconteceria?

– Não poderia repetir seus sinais.

– E depois?

– Não tendo repetido os sinais por negligência, eu seria multado.

– Em quanto?

– Cem francos.

– A décima parte de seu salário. Que beleza!

– Ah! – suspirou o funcionário.

– Isso já lhe aconteceu? – perguntou Monte Cristo.

– Uma vez, senhor, enquanto eu enxertava uma roseira cor de avelã.

– Certo. E se você se atrevesse a mudar algo no sinal ou transmitisse outro?

– Aí, seria diferente. Eles me demitiriam e eu perderia minha pensão.

– Trezentos francos?

– Cem escudos, sim, senhor. Compreende então que eu nunca faria isso.

– Nem por quinze anos de seu salário? Vamos, é um caso para se pensar, não?

– Por quinze mil francos?

– Sim.

– O senhor me assusta.

– Bah!

– Está querendo me tentar, senhor?

– Exatamente! Quinze mil francos, ouviu?

– Senhor, deixe-me olhar meu correspondente da direita!

O conde de Monte Cristo – Tomo 2

– Pelo contrário, não olhe para ele, olhe para isto.

– O que é?

– Como? Não sabe o que são estes papeizinhos?

– São notas!

– Autênticas. Aqui, tenho quinze.

– E para quem são elas?

– Para você, se quiser.

– Para mim! – exclamou o funcionário, sufocado.

– Oh, sem dúvida! Esse dinheiro será legitimamente seu.

– Senhor, meu correspondente está transmitindo.

– Deixe-o transmitir.

– O senhor me distraiu e vou ser multado.

– Vai lhe custar cem francos; já vê que tem todo interesse em receber minhas quinze notas.

– Senhor, o correspondente da direita está ficando impaciente e repete seus sinais.

– Deixe que repita. Pegue.

O conde colocou o pacote na mão do funcionário.

– Mas isso não é tudo – disse ele. – Quinze mil francos não são suficientes para você viver.

– Ainda terei meu emprego.

– Não, vai perdê-lo, pois transmitirá um sinal diferente do de seu correspondente.

– Oh, senhor, o que está me propondo?

– Uma brincadeira.

– Senhor, a menos que eu seja obrigado...

–Tenho a intenção de obrigá-lo, de fato.

E Monte Cristo tirou outro pacote do bolso.

– Aqui estão mais dez mil francos – disse ele. – Com os quinze que estão no seu bolso, terá vinte e cinco mil. Com cinco mil comprará uma linda casinha e um hectare de terra; com os outros vinte, ganhará mil de renda.

– Um jardim de um hectare?

– E mil francos de renda.

– Meu Deus! Meu Deus!

– Então, pegue!

E o conde de Monte Cristo colocou à força os dez mil francos na mão do funcionário.

– Que devo fazer?

– Nada muito difícil.

– Mas enfim...

– Repetir estes sinais aqui.

Monte Cristo tirou do bolso uma folha de papel onde se viam três sinais e números que indicavam sua ordem de transmissão.

– Não vai demorar, como pode ver.

– Sim, mas...

– É pelos pêssegos que deseja, além do resto.

O esquema funcionou; vermelho de excitação e suando profusamente, o homem transmitiu, um após outro, os três sinais dados pelo conde, apesar da reação do correspondente da direita que, não compreendendo de forma alguma a mudança, parecia acreditar que o homem tinha enlouquecido.

Quanto ao correspondente da esquerda, repetiu conscienciosamente os mesmos sinais, que chegaram por fim ao Ministério do Interior.

– Agora, você está rico – disse Monte Cristo.

– Sim – respondeu o funcionário. – Mas a que custo!

– Ouça, meu amigo – continuou Monte Cristo –, não quero que sinta remorsos; acredite-me, você não fez mal a ninguém e serviu aos propósitos de Deus.

O funcionário examinava as notas, apalpava-as e contava-as; ora empalidecia, ora corava; finalmente, correu para seu quarto a fim de beber um copo de água, mas não teve tempo de chegar à bilha e desmaiou entre seus feijões secos.

Cinco minutos depois que a mensagem telegráfica foi captada no Ministério, Debray mandou atrelar seus cavalos e correu para a casa de Danglars.

O CONDE DE MONTE CRISTO – TOMO 2

– Seu marido tem títulos do empréstimo espanhol? – ele perguntou à baronesa.

– Acho que sim! No valor de seis milhões.

– Mande-o vender por qualquer preço.

– Por quê?

– Porque Dom Carlos fugiu de Burges e voltou para a Espanha.

– Como sabe disso?

– Ora – disse Debray, encolhendo os ombros –, como sei as notícias.

A baronesa não quis ouvir duas vezes: correu para o marido, que por sua vez correu para seu corretor e ordenou-lhe que vendesse os títulos por qualquer preço.

Quando se viu que o senhor Danglars estava vendendo, os fundos espanhóis caíram imediatamente. Danglars perdeu quinhentos mil francos, mas se livrou de todos os seus papéis. À noite, o *Messager* publicou:

Despacho telegráfico.

O rei Dom Carlos escapou à vigilância exercida sobre ele e voltou para a Espanha atravessando a fronteira da Catalunha. Barcelona se levantou em seu favor.

Durante toda a noite, só se falou do boato da previdência de Danglars, que vendera seus papéis, e na felicidade do especulador, que perdia apenas quinhentos mil francos com semelhante golpe.

Aqueles que haviam conservado seus papéis ou comprado os de Danglars se consideraram arruinados e tiveram uma noite muito ruim.

No dia seguinte, leu-se no *Monitor*:

Foi sem fundamento algum que o Messager anunciou ontem a fuga de Dom Carlos e a revolta em Barcelona. O rei Dom Carlos não saiu de Burges e a Península goza da mais perfeita tranquilidade.

Um sinal telegráfico mal interpretado por causa do nevoeiro deu origem a esse erro.

Os fundos subiram duas vezes mais que a queda.

Isso representou para Danglars, com o que perdeu e com o que deixou de ganhar, um prejuízo de um milhão de francos.

– Bem – disse Monte Cristo a Morrel, que estava em sua casa no momento do anúncio da estranha reviravolta da bolsa de que Danglars fora vítima. – Acabo de fazer por vinte e cinco mil francos uma descoberta pela qual pagaria cem mil.

– E o que acabou de descobrir? – perguntou Maximilien.

– A maneira de livrar um jardineiro dos arganazes que comem seus pêssegos.

Os fantasmas

À primeira vista e examinada do exterior, nada havia de esplêndido na casa de Auteuil, nada que se pudesse esperar de uma habitação destinada ao magnífico conde de Monte Cristo; mas essa simplicidade devia-se à vontade do dono, que ordenara terminantemente que nada fosse mudado por fora. Mas o interior era outro. Na verdade, assim que a porta era aberta, o espetáculo mudava.

O senhor Bertuccio havia se superado no gosto pelo mobiliário e na rapidez da execução: como, outrora, o duque de Antin mandou derrubar em uma noite um renque de árvores que incomodava o olhar de Luís XIV, em três dias o senhor Bertuccio mandou cobrir de plantas um pátio inteiramente nu, e belos choupos e sicômoros, trazidos com seus enormes blocos de raízes, sombreavam a fachada principal da casa, na frente da qual, em vez de calçadas meio escondidas pela relva, estendia-se um gramado cujas placas haviam sido colocadas naquela mesma manhã e formavam um vasto tapete ainda úmido da água com a qual fora regado.

De resto, as ordens vieram do conde; ele próprio dera a Bertuccio um desenho que indicava o número e a posição das árvores a plantar, a forma e o espaço do relvado que sucederia às pedras do pavimento.

Vista dessa maneira, a casa havia se tornado irreconhecível; e o próprio Bertuccio protestou que não a reconhecia mais, emoldurada como estava em seu cenário de verdura.

O intendente não teria lamentado, enquanto lá estava, que o jardim sofresse algumas modificações, mas o conde exigiu categoricamente que nada fosse tocado. Bertuccio se vingou atulhando de flores as antecâmaras, as escadas e as lareiras.

O que denotava a extrema habilidade do intendente e o profundo conhecimento do patrão, um para servir e o outro para ser servido, era o fato de aquela casa, deserta durante vinte anos, tão escura e tão triste ainda na véspera, impregnada de um cheiro de mofo que se poderia chamar de odor do tempo, ter adquirido em um dia, com o aspecto da vida, os perfumes que o mestre preferia e até seu grau de luminosidade favorito; com efeito, ao chegar, o conde tinha à mão seus livros e suas armas; suas pinturas favoritas diante dos olhos; nas antecâmaras, os cães cujas carícias ele amava, os pássaros cujo canto o embevecia; é que toda essa casa, despertada de seu longo sono como o palácio da Bela Adormecida, vivia, cantava, florescia como o lar que há muito amamos e no qual, quando infelizmente somos forçados a partir, deixamos involuntariamente um pedaço de nossa alma.

Os criados transitavam, contentes, por esse belo pátio: uns se apossavam da cozinha, subindo e descendo lepidamente as escadas como se sempre houvessem morado naquela casa restaurada na véspera; outros percorriam as cocheiras, onde as carruagens, numeradas e alinhadas, pareciam estar ali há cinquenta anos; outros, ainda, cuidavam dos estábulos, onde os cavalos, nos cochos, respondiam relinchando aos cavalariços que falavam com eles com muito mais respeito do que alguns criados falam com seus patrões.

A biblioteca estava disposta em dois corpos, de ambos os lados da parede, e continha cerca de dois mil volumes: um compartimento inteiro era destinado a romances modernos, onde o publicado na véspera já encontrava lugar, pavoneando-se em sua encadernação vermelha e dourada.

Do outro lado da casa, no mesmo nível da biblioteca, ficava a estufa, decorada com plantas raras que cresciam em grandes vasos japoneses e eram uma maravilha tanto para os olhos quanto para o olfato. No meio, uma mesa de bilhar aparentemente abandonada há apenas uma hora pelos jogadores, que tinham deixado as bolas se imobilizarem no feltro.

Só um quarto foi respeitado pelo magnífico Bertuccio. Diante desse quarto, situado no ângulo esquerdo do primeiro andar, ao qual se subia pela escada grande e do qual se descia pela escada secreta, os criados passavam com curiosidade e Bertuccio com terror.

Precisamente às cinco horas, o conde chegou, seguido por Ali, diante da casa de Auteuil. Bertuccio esperava-os com uma impaciência mesclada de ansiedade, contando com alguns elogios e temendo um franzir de cenho.

Monte Cristo desceu ao pátio, percorreu toda a casa e andou pelo jardim, silencioso e sem dar o menor sinal de aprovação ou descontentamento.

Apenas, ao entrar em seu quarto, situado no lado oposto ao quarto fechado, estendeu a mão para a gaveta de um pequeno armário de jacarandá, que já havia chamado sua atenção em sua primeira visita.

– Isto só pode servir para guardar luvas –, disse ele.

– Na verdade, Excelência – respondeu Bertuccio, encantado –, abra e encontrará luvas.

Nos outros móveis, o conde encontrou o que esperava: garrafas, charutos e joias.

– Ótimo! – disse ele.

E o senhor Bertuccio se retirou de alma leve, tão grande, poderosa e real era a influência daquele homem sobre tudo que o rodeava.

Às seis horas em ponto, ouviu-se o som das patas de um cavalo pisando em frente à porta de entrada. Era o nosso capitão dos sipaios, que chegava montado em *Médéah*.

Monte Cristo esperava por ele no alto da escada, com um grande sorriso nos lábios.

– Sou o primeiro, tenho certeza! – gritou-lhe Morrel. – Fiz isso de propósito, para tê-lo um instante só para mim, antes de todos os outros. Julie e Emmanuel lhe mandam milhões de cumprimentos. Ah, mas como é magnífico! Diga-me, conde, seu pessoal cuidará bem de meu cavalo?

– Não se preocupe, meu caro Maximilien, eles conhecem seu ofício.

– É que ele precisa ser escovado. Se o senhor soubesse a velocidade em que veio! Uma verdadeira tempestade.

– Acredito, é um cavalo de cinco mil francos – disse Monte Cristo no tom que um pai usaria para falar com seu filho.

– O senhor lamenta esse dinheiro? – perguntou Morrel, com seu sorriso direto.

– Eu? De modo algum! Só lamentaria se o cavalo não fosse bom.

– É tão bom, meu caro conde, que o senhor Château-Renaud, o maior conhecedor da França, e o senhor Debray, que monta os corcéis árabes do Ministério, vêm aí atrás neste momento, bem distanciados como vê, e ainda são seguidos de perto pelos cavalos da baronesa Danglars, que com seu trote podem fazer umas boas seis léguas por hora.

– Então eles o seguem? – perguntou Monte Cristo.

– Aí estão.

Com efeito, no mesmo instante, um cupê com a parelha fumegante e dois cavalos de sela já sem fôlego chegaram em frente ao portão da casa, que se abriu para eles. O cupê imediatamente fez a volta e parou diante da escada, seguido por dois cavaleiros.

Em um instante, Debray desmontou e correu à portinhola. Ofereceu a mão à baronesa, que ao descer lhe fez um gesto imperceptível para todos, exceto para Monte Cristo.

Mas o conde não perdia nada e, nesse gesto, viu brilhar um pequeno bilhete branco, tão imperceptível quanto o próprio gesto, que passou da mão da senhora Danglars para a do secretário do ministro com uma facilidade que indicava um bom domínio dessa manobra.

Atrás da esposa, desceu o banqueiro, pálido como se tivesse saído do sepulcro em vez de sair de seu cupê.

A senhora Danglars lançou em volta um olhar rápido e inquisitivo que só Monte Cristo podia compreender e com o qual abarcou o pátio, o peristilo e a fachada da casa; depois, reprimindo uma leve emoção que

O CONDE DE MONTE CRISTO – TOMO 2

certamente teria se refletido em seu rosto caso este pudesse empalidecer, subiu os degraus enquanto dizia a Morrel:

– Se o senhor fosse meu amigo, eu lhe perguntaria: seu cavalo está à venda?

Morrel deu um sorriso que lembrava mais uma careta e voltou-se para Monte Cristo, como a implorar-lhe que o livrasse do embaraço no qual se encontrava.

O conde entendeu.

– Ah, senhora – disse ele –, por que não pergunta isso a mim?

– Em se tratando do senhor – replicou a baronesa –, não se tem o direito de desejar nada, pois é certo que esse desejo será atendido. Por isso, dirigi-me ao senhor Morrel.

– Infelizmente – continuou o conde –, sou testemunha de que o senhor Morrel não pode vender o cavalo, pois sua honra depende de mantê-lo.

– O que quer dizer?

– Apostou domesticar *Médéah* no espaço de seis meses. Compreende agora, baronesa? Se ele o vendesse antes do prazo fixado pela aposta, não só a perderia, mas também se diria que ele teve medo; e um capitão de sipaios, mesmo para atender ao capricho de uma mulher bonita, que é, em minha opinião, uma das coisas mais sagradas deste mundo, não pode deixar que semelhante boato circule.

– Aí está, senhora… – disse Morrel, endereçando um sorriso de agradecimento a Monte Cristo.

– Além disso, quero crer – disse Danglars, em tom petulante, mal disfarçando um sorriso forçado – que a senhora já tem cavalos de sobra.

Não era hábito da senhora Danglars permitir que tais ataques passassem sem resposta, mas, para grande espanto dos jovens, ela fingiu não ouvir e ficou calada.

Monte Cristo sorriu a esse silêncio, que denunciava uma humildade inusitada, e mostrou à baronesa dois imensos vasos de porcelana chinesa, sobre os quais serpenteava uma vegetação marinha de volume e acabamento como só a natureza consegue ter em tamanha riqueza, seiva e exuberância.

A baronesa ficou pasma.

– Céus, plantaríamos aí até um castanheiro das Tulherias! – exclamou ela. – Como foi possível cozer tais enormidades?

–Ah, senhora – disse Monte Cristo –, não pergunte isso a nós, fabricantes de estatuetas e plaquinhas de vitrais decorados. É um trabalho de outra época, uma espécie de obra dos gênios da terra e do mar.

– Que quer dizer? De que época?

– Não sei; apenas ouvi dizer que um imperador da China mandou construir uma fornalha expressamente para se cozerem nela doze vasos como estes, um após outro. Dois se quebraram ao calor do fogo e os outros dez foram descidos a trezentas braças até o fundo do mar. O mar, que sabia o que lhe era pedido, enroscou sobre eles suas algas, envolveu-os com seus corais, incrustou-os com suas conchas; tudo ficou cimentado por duzentos anos sob aquelas incríveis profundidades, pois uma revolução depôs o imperador que quisera fazer essa prova, conservando apenas o relato sobre o cozimento dos vasos e sua descida até o fundo do mar. Ao cabo de duzentos anos, o relato foi encontrado e pensou-se em resgatar os vasos. Mergulhadores, com equipamento adequado, exploraram a baía onde as peças repousavam; mas dos dez encontraram apenas três, os outros foram dispersados e quebrados pelas ondas. Amo esses vasos, no bojo dos quais às vezes imagino monstros sem forma, assustadores, misteriosos, semelhantes aos que só os mergulhadores veem, fixando com espanto seu olhar opaco e frio, e onde dormiram miríades de peixes que se refugiavam ali para fugir de seus predadores.

Durante esse tempo, Danglars, pouco apreciador de curiosidades, arrancava maquinalmente, uma após outra, as flores de uma magnífica laranjeira; quando terminou com a laranjeira, passou a um cacto, mas este, de um caráter menos dócil que o da laranjeira, o picou ultrajantemente.

Danglars encolheu-se todo e esfregou os olhos como se estivesse saindo de um sonho.

O CONDE DE MONTE CRISTO – TOMO 2

– Senhor – disse-lhe Monte Cristo, sorrindo –, como gosta de pinturas e possui obras magníficas, não lhe recomendo as minhas. No entanto, aqui estão dois Hobbema, um Paul Potter, um Mieris, dois Gérard Dow, um Rafael, um Van-Dick, um Zurbaran e dois ou três Murillo, que são dignos de seu olhar.

– Vejam – exclamou Debray –, estou reconhecendo este Hobbema!

– Ah, realmente?

– Sim, foi oferecido ao museu.

– Que não tem nenhum, certo? – arriscou Monte Cristo.

– Não, e mesmo assim se recusou a comprar.

– Por quê? – perguntou Château-Renaud.

– Ora, porque o governo não é rico o suficiente.

– Ah, desculpe! – disse Château-Renaud. – Escuto essas coisas todos os dias, nos últimos oito anos, e ainda não me acostumei com elas.

– Vai se acostumar – disse Debray.

– Não acredito – replicou Château-Renaud.

– O senhor major Bartolomeo Cavalcanti e o senhor visconde Andrea Cavalcanti – anunciou Baptistin.

Uma gola de cetim preto mal saída das mãos do fabricante, barba feita, bigodes grisalhos, olhar firme, uniforme de major adornado com três placas e cinco cruzes, em suma, um traje irrepreensível de velho soldado, foi assim que apareceu Bartolomeo Cavalcanti, o pai extremoso que conhecemos.

Ao lado dele, trajando roupas espalhafatosamente novas, avançou, com um sorriso nos lábios, o visconde Andrea Cavalcanti, o filho respeitoso que também conhecemos.

Os três jovens estavam conversando; seus olhares se dirigiram do pai para o filho e, é óbvio, repousaram mais sobre o último, que examinaram minuciosamente.

– Cavalcanti! – murmurou Debray.

– Belo nome, com os diabos – disse Morrel.

835

– Sim – disse Château-Renaud –, é verdade. Os italianos se nomeiam bem, mas se vestem mal.

– Você é difícil, Château-Renaud – replicou Debray. – Essas roupas são de um excelente alfaiate e novas em folha.

– É exatamente isso que critico neles. Aquele senhor parece estar se vestindo hoje pela primeira vez.

– Quem são eles? – perguntou Danglars ao conde de Monte Cristo.

– O senhor ouviu, são os Cavalcanti.

– Sei o nome, só isso.

– Ah, é verdade, não conhece nossa nobreza italiana; quem diz Cavalcanti, diz raça de príncipes.

– Ricos? – perguntou o banqueiro.

– Fabulosamente.

– O que fazem?

– Tentam depredar sua fortuna sem consegui-lo. E também têm créditos com o senhor, segundo me disseram quando foram me visitar anteontem. Eu até os convidei para que o senhor os conhecesse. Venha, vou apresentá-los.

– Mas me parece que falam o francês sem sotaque – observou Danglars.

– O filho foi criado em um colégio do Sul da França, em Marselha ou nos arredores, creio eu. Verá pelo seu entusiasmo.

– E qual é o objeto desse entusiasmo? – perguntou a baronesa.

– As francesas, senhora. Ele quer por força se casar em Paris.

– Que ideia ridícula! – resmungou Danglars, dando de ombros.

A senhora Danglars olhou para o marido com uma expressão que, em qualquer outro momento, seria o presságio de uma tempestade; mas pela segunda vez ela ficou em silêncio.

– O barão parece muito mal-humorado hoje – observou Monte Cristo à senhora Danglars. – Querem nomeá-lo ministro, por acaso?

– Ainda não, que eu saiba. Prefiro acreditar que ele tenha jogado na Bolsa e perdido, não sabendo agora a quem culpar.

O senhor e a senhora de Villefort! – anunciou Baptistin.

Entraram as duas pessoas anunciadas. O senhor de Villefort, apesar de seu autodomínio, estava visivelmente perturbado. Tocando sua mão, Monte Cristo sentiu que ela tremia.

"Decididamente, só as mulheres sabem dissimular", pensou Monte Cristo, olhando para a senhora Danglars, que sorria para o procurador do rei e beijava a esposa dele.

Após os primeiros cumprimentos, o conde viu Bertuccio que, até então ocupado na despensa, entrou em um pequeno salão adjacente àquele em que estavam todos.

Foi até ele.

– O que deseja, senhor Bertuccio? – perguntou.

– Sua Excelência não me disse o número dos convidados.

– Ah, é verdade.

– Quantos talheres?

– Faça o senhor mesmo a conta.

– Todos já chegaram, Excelência?

– Sim.

Bertuccio insinuou o olhar pela porta entreaberta. Monte Cristo o observava.

– Ah, meu Deus!

– Que foi? – perguntou o conde.

– Aquela mulher!... Aquela mulher!...

– Qual?

– A que está com um vestido branco e coberta de diamantes!... A loira!

– A senhora Danglars?

– Não sei como se chama. Mas é ela, senhor, é ela!

– Ela, quem?

– A mulher do jardim! A que estava grávida! A que ia e vinha enquanto esperava!... Enquanto esperava...

Bertuccio permaneceu de boca aberta, pálido e com os cabelos em pé.

– Esperava quem?

Bertuccio, sem responder, apontou para Villefort, fazendo quase o mesmo gesto com que Macbeth apontou para Banquo.

– Oh, oh... – murmurou enfim. – Está vendo?

– O quê? Quem?

– Ele!

– Ele!... O procurador do rei, Villefort? É claro que estou vendo.

– Então eu não o matei!

– Hum... acho que ficou louco, meu bravo senhor Bertuccio – disse o conde.

– Mas ele não está morto!

– Não, não está morto, como se pode ver claramente; em vez de acertá-lo entre a sexta e a sétima costela esquerda, como é o costume de seus compatriotas, o senhor terá golpeado mais alto ou mais baixo. Essa gente da justiça tem a alma pregada ao corpo, não sabia? Ou talvez nada do que me contou seja verdade, não passando de um delírio de sua imaginação, de uma alucinação de sua mente. Deve ter dormido depois de digerir mal sua vingança, que lhe pesou no estômago; pode ter sido apenas um pesadelo. Vamos lá, acalme-se e conte: senhor e senhora de Villefort, dois; senhor e senhora Danglars, quatro; senhor de Château-Renaud, senhor Debray, senhor Morrel, sete; senhor major Bartolomeo Cavalcanti, oito.

– Oito! – repetiu Bertuccio.

– Mas espere, espere, está com muita pressa, que diabo! Esquece um de meus convidados. Olhe um pouco para a esquerda... veja... senhor Andrea Cavalcanti, o jovem de casaca preta que contempla a *Virgem* de Murillo e agora se vira.

Dessa vez, Bertuccio começou um grito que o olhar de Monte Cristo extinguiu em seus lábios.

– Benedetto! – sussurrou. – Fatalidade!

– Soam seis e meia – disse o conde em tom severo. – É a hora que marquei para nos sentarmos à mesa e o senhor sabe que não gosto de esperar.

O CONDE DE MONTE CRISTO – TOMO 2

E Monte Cristo voltou ao salão, onde seus convidados o esperavam, enquanto Bertuccio se dirigia para a sala de jantar, apoiando-se nas paredes.

Cinco minutos depois, as duas portas da sala se abriram. Bertuccio apareceu e, fazendo como Vatel em Chantilly um último e heroico esforço:

– O senhor conde está servido – disse ele.

Monte Cristo ofereceu o braço à senhora de Villefort.

– Senhor de Villefort – pediu ele –, seja o par da senhora baronesa Danglars, por favor.

Villefort obedeceu e foram todos para a sala de jantar.

O JANTAR

Era óbvio que o mesmo sentimento animava todos os convidados quando entraram na sala de jantar. Eles se perguntavam que influência estranha os trouxera àquela casa e, ainda assim, por mais surpresos e até ansiosos que alguns estivessem, nenhum gostaria de não ter vindo.

E, no entanto, as relações de data recente, a situação excêntrica e isolada, a fortuna desconhecida e quase fabulosa do conde tornavam um dever, para os homens, serem prudentes e, para as mulheres, uma lei não entrarem em uma casa onde não havia outras para recebê-las. Mas os homens ignoraram a circunspecção e as mulheres esqueceram a conveniência: a curiosidade, acicatando-os como um aguilhão irresistível, prevalecia sobre tudo.

Até mesmo os Cavalcanti, pai e filho, um apesar de sua rigidez e o outro apesar de sua desenvoltura, pareciam inquietos por se encontrarem, na companhia de pessoas que viam pela primeira vez, na casa de um homem cujo objetivo nem de longe compreendiam.

A baronesa Danglars estremecera ao ver, a instâncias de Monte Cristo, o senhor de Villefort aproximar-se dela para lhe oferecer o braço; e o senhor de Villefort ficara com o olhar perturbado sob os óculos de aros de ouro ao sentir o braço da baronesa apoiado no seu.

O CONDE DE MONTE CRISTO – TOMO 2

Nenhum dos dois movimentos escapara ao conde, pois, nesse simples contato entre indivíduos, havia para o observador da cena um interesse muito grande.

O senhor de Villefort tinha à sua direita a senhora Danglars e à sua esquerda Morrel.

O conde sentou-se entre a senhora de Villefort e Danglars.

Os demais lugares foram preenchidos por Debray, entre Cavalcanti pai e Cavalcanti filho, e por Château-Renaud, entre a senhora de Villefort e Morrel.

A refeição foi magnífica; Monte Cristo assumira a tarefa de inverter completamente a simetria parisiense e dar mais à curiosidade que ao apetite de seus convidados o alimento que ela desejava. Era uma festa oriental que lhes oferecia, mas oriental do jeito que poderiam ser os festins das fadas árabes.

Todas as frutas que as quatro partes do mundo podem derramar, intactas e saborosas, na cornucópia da Europa, foram empilhadas em pirâmides em vasos da China e taças do Japão. Pássaros raros, com sua parte brilhante e sua plumagem, peixes monstruosos estendidos em salvas de prata, vinhos do Arquipélago, da Ásia Menor e do Cabo, fechados em garrafas de formatos estranhos e cuja aparência como que enriquecia seu sabor, desfilaram à maneira das festanças de Apício diante daqueles parisienses para quem se podiam gastar mil luíses em um jantar de dez pessoas, mas com a condição de que, assim como Cleópatra, comessem pérolas ou, assim como Lourenço de Médicis, bebessem ouro fundido.

Monte Cristo, percebendo o espanto geral, começou a rir e a zombar de si mesmo em voz alta.

– Senhores – disse ele –, hão de concordar comigo em que, quando atingimos um certo grau de exaltação, não existe nada mais necessário que o supérfluo e as senhoras admitirão que, após um certo grau de exaltação, não há nada mais positivo que o ideal. Ora, continuando o raciocínio, o que é o maravilhoso? O que não entendemos. O que é um bem verdadeiramente desejável? Um bem que não podemos ter. Assim, ver coisas que não consigo entender e adquirir objetos impossíveis de ter, tal é o estudo de toda a minha vida. Há duas maneiras de fazer isso: dinheiro e vontade. Persigo uma fantasia, por exemplo, com a mesma perseverança que o senhor Danglars revela ao construir uma linha ferroviária; o senhor de Villefort, ao condenar um homem à morte; o senhor Debray, ao pacificar um reino; o senhor Château-Renaud, ao agradar a uma mulher; e o senhor Morrel, ao domar um cavalo que ninguém pode montar. Vejam estes dois peixes nascidos, um a cento e cinquenta léguas de São Petersburgo, o outro a cinco léguas de Nápoles. Não é divertido reuni-los na mesma mesa?

– E que peixes são esses? – perguntou Danglars.

– O senhor de Château-Renaud, que morou na Rússia, lhe dirá o nome de um – respondeu Monte Cristo – e o senhor major Cavalcanti, que é italiano, lhe dirá o nome do outro.

– Este aqui – disse Château-Renaud – é, creio eu, um esturjão.

– Exatamente.

– E este – disse Cavalcanti – é, se não me engano, uma lampreia.

– Correto. Agora, senhor Danglars, pergunte-lhes onde se pescam esses peixes.

– Os esturjões – informou Château-Renaud – só se pescam no Volga.

– Pelo que sei – disse Cavalcanti –, só o lago Fusaro fornece lampreias desse tamanho.

– Precisamente: um vem do Volga e o outro do lago Fusaro.

– Mas é impossível! – bradaram todos os convidados.

– Pois aí está o que me diverte – disse Monte Cristo. – Sou como Nero: *Cupitor impossibilium*. E é também o que diverte os senhores neste momento, pois, em fim de contas, talvez esta carne não seja melhor que a da percha ou do salmão, mas vai lhes parecer requintada. É que, embora pareça impossível obtê-la, ela aqui está.

– Mas como se conseguiu transportar esses dois peixes para Paris?

– Oh, meu Deus, nada mais simples! Foram trazidos dentro de grandes barris acolchoados, um de caniços e ervas do rio, o outro de juncos e plantas do lago. Puseram-nos em uma viatura feita para essa finalidade;

O CONDE DE MONTE CRISTO – TOMO 2

sobreviveram assim, o esturjão doze dias, a lampreia oito; e ambos viviam perfeitamente quando meu cozinheiro os agarrou para matá-los, um no leite, o outro no vinho. Não acredita, senhor Danglars?

– Tenho minhas dúvidas – respondeu Danglars, com seu sorriso forçado.

– Baptistin – chamou Monte Cristo –, mande buscar o outro esturjão e a outra lampreia. O senhor sabe, aqueles que vieram em outros barris e ainda estão vivos.

Danglars arregalou os olhos, espantado; os demais convivas bateram palmas.

Quatro criados trouxeram dois barris cheios de plantas marinhas, dentro dos quais palpitavam peixes iguais aos que estavam na mesa.

– Mas por que dois de cada espécie? – perguntou Danglars.

– Porque um deles podia morrer – respondeu simplesmente o conde de Monte Cristo.

– O senhor é realmente um homem prodigioso – disse Danglars. – E, digam o que disserem os filósofos, é fascinante ser rico.

– E, sobretudo, ter ideias – completou a senhora Danglars.

– Oh, não me honre por causa desta, senhora. Ela era muito apreciada entre os romanos; e Plínio relata que iam de Óstia para Roma, carregados nas cabeças de escravos que se revezavam, peixes da espécie por ele chamada de *mulus* e que, segundo sua descrição, é provavelmente a dourada. Também era um luxo vê-los vivos e um espetáculo muito divertido vê-los morrer, pois, quando morriam, mudavam de cor três ou quatro vezes e, como um arco-íris evanescente, passavam por todas as cambiantes do prisma, antes de ir para a cozinha. Sua agonia era parte de seu mérito. Se não o viam vivo, desprezavam-no morto.

– Sim – disse Debray –, mas são só sete ou oito léguas de Óstia a Roma.

–Ah, isso é verdade! – concordou Monte Cristo. – Mas de que valeria viver mil e oitocentos anos depois de Lúculo caso não fizéssemos melhor que ele?

Os dois Cavalcanti arregalavam os olhos, mas tinham o bom senso de não dizer palavra.

843

– Tudo isso é muito agradável – disse Château-Renaud. – No entanto, o que mais admiro, confesso, é a surpreendente rapidez com a qual o senhor consegue ser servido. Não é verdade, senhor conde, que só comprou esta casa há uns cinco ou seis dias?

– Por minha fé, no máximo – respondeu Monte Cristo.

– Bem! Tenho certeza de que em oito dias ela passou por uma transformação completa; pois, se não me engano, tinha outra entrada além desta e o pátio era pavimentado, vazio, ao passo que hoje vejo ali um magnífico gramado cercado por árvores que parecem centenárias.

– Que quer, senhor? Gosto do verde e da sombra – disse Monte Cristo.

– Com efeito – interveio a senhora de Villefort –, entrava-se por uma porta que dava para a estrada e, no dia da minha miraculosa libertação, foi pela estrada que o senhor me fez entrar na casa, lembro-me bem.

– Sim, senhora. – disse Monte Cristo. – Mas depois preferi uma entrada que me permitisse ver o Bois de Boulogne através do portão.

– Em quatro dias! – exclamou Morrel. – É um prodígio!

– De fato – replicou Château-Renaud –, transformar uma casa velha em nova é um verdadeiro milagre; pois era muito velha e até muito triste. Lembro-me de ter sido encarregado por minha mãe de visitá-la quando o senhor de Saint-Méran a pôs à venda, há dois ou três anos.

– O senhor de Saint-Méran! – surpreendeu-se a senhora de Villefort. – Então esta casa pertencia a ele antes de o senhor comprá-la?

– Parece que sim – respondeu Monte Cristo.

– Como parece? Então não sabe de quem a comprou?

– Confesso que não. Meu intendente cuidou de todos esses detalhes.

– Na verdade, ela ficou pelo menos uns dez anos desabitada – disse Château-Renaud – e era muito triste vê-la com as venezianas corridas, as portas fechadas e o pátio cheio de mato. Se não tivesse pertencido ao sogro de um procurador do rei, poderia ser confundida com uma dessas casas assombradas onde algum grande crime foi cometido.

Villefort, que até então não tocara nos três ou quatro cálices de vinhos extraordinários colocados à sua frente, pegou um ao acaso e esvaziou-o de uma vez.

O conde de Monte Cristo – Tomo 2

Monte Cristo deixou passar um instante; e logo, em meio ao silêncio que se seguiu às palavras de Château-Renaud:

– É estranho, senhor barão – disse ele –, mas o mesmo pensamento me ocorreu da primeira vez que entrei aqui; a casa me pareceu tão lúgubre que eu jamais a teria comprado se meu intendente não houvesse feito o negócio para mim. Provavelmente, o patife recebeu alguma gorjeta do tabelião.

– É provável – gaguejou Villefort, tentando sorrir. – Mas, acredite, não tenho nada a ver com essa falcatrua. O senhor de Saint-Méran queria vender a casa, que fazia parte do dote de sua neta, porque, se ela permanecesse mais três ou quatro anos desabitada, cairia em ruínas.

Foi a vez de Morrel empalidecer.

– Havia, sobretudo – continuou Monte Cristo –, um quarto, bem simples na aparência, um quarto como qualquer outro, forrado de damasco vermelho, que me pareceu, não sei por que, bastante assustador.

– Como assim? – perguntou Debray. – Assustador por quê?

– Às vezes, não percebemos coisas instintivamente? – perguntou Monte Cristo. – Não existem lugares onde parece que respiramos tristeza? Qual o motivo? Não sabemos nada sobre isso; tudo ocorre por um encadeamento de lembranças, por um capricho de pensamento, que nos remete a outros tempos, a outros lugares, que talvez não tenham nenhuma ligação com os tempos e os lugares onde nos encontramos. Pois o tal quarto me lembrava nitidamente o da marquesa de Gange ou o de Desdêmona. Mas já que terminamos o jantar, devo mostrá-lo aos senhores e depois desceremos ao jardim para tomar café: após o jantar, o espetáculo.

Monte Cristo fez um sinal para sondar a aquiescência dos convidados. A senhora de Villefort levantou-se, Monte Cristo fez o mesmo, todos seguiram seu exemplo.

Villefort e a senhora Danglars permaneceram por um momento como se estivessem pregados em seu lugar; interrogaram-se com os olhos, frios, mudos e imóveis.

– O senhor entendeu? – perguntou a senhora Danglars.

– Precisamos ir – respondeu Villefort, levantando-se e oferecendo-lhe o braço.

Todos já estavam espalhados pela casa, movidos pela curiosidade, pois pensavam que a visita não se limitaria àquele quarto e por isso percorriam o resto do casebre que Monte Cristo transformara em palácio. Todos, portanto, correram para as portas abertas. Monte Cristo esperou pelos dois retardatários; depois, quando também eles passaram, fechou o cortejo com um sorriso que, se compreendido, apavoraria muito mais os convidados do que o quarto onde estavam prestes a entrar.

Começaram pelos apartamentos, os quartos mobiliados em estilo oriental, com sofás e almofadas à guisa de camas, e cachimbos e armas como única decoração; os salões de paredes cobertas com as mais belas pinturas dos mestres antigos; as antecâmaras revestidas de tecidos da China, de cores caprichosas e desenhos fantásticos, maravilhosos. Finalmente, chegaram ao famoso quarto.

O lugar não tinha nada de especial, exceto que, embora entardecesse, não estava iluminado e se encontrava praticamente em ruínas, quando todos os outros aposentos haviam adquirido aparência nova.

Essas duas causas eram, na verdade, suficientes para lhe dar um tom sombrio.

– Hum… – murmurou a senhora de Villefort. – É realmente assustador.

A senhora Danglars tentou gaguejar algumas palavras, que ninguém ouviu.

Várias observações se cruzaram e a conclusão foi que o quarto coberto de damasco tinha mesmo uma aparência sinistra.

– Não é? – perguntou Monte Cristo. – Vejam como a cama está estranhamente colocada e como é lúgubre o revestimento escuro e ensanguentado das paredes. E estes dois retratos em pastel que a umidade empalideceu, não parecem dizer com seus lábios pálidos e seus olhos assustados: "Eu vi"?

Villefort ficou lívido e a senhora Danglars desabou em uma poltrona colocada perto da lareira.

– Oh – brincou a senhora de Villefort, com um sorriso –, que coragem se sentar nesta cadeira, onde talvez o crime tenha sido cometido!

A senhora Danglars levantou-se de um salto.

O conde de Monte Cristo – Tomo 2

– E não é tudo – disse Monte Cristo.

– Há mais? – perguntou Debray, a quem não escapara a emoção da senhora Danglars.

– Mas o quê? – perguntou Danglars. – Até agora, confesso que não vi grande coisa. Que acha, senhor Cavalcanti?

–Ah – disse o interpelado –, temos em Pisa a torre de Ugolino, em Ferrara a prisão de Tasso e em Rimini a sala de Francesca e Paolo.

– Sim, mas não têm esta escadinha – disse Monte Cristo, abrindo uma porta oculta pelo revestimento de damasco. – Olhem e digam o que pensam.

– Que escada de caracol mais sinistra! – disse Château-Renaud, rindo.

– Para ser franco – replicou Debray –, não sei se é o vinho de Quios que induz à melancolia, mas certamente vejo esta casa toda em preto.

Quanto a Morrel, desde que se falara no dote de Valentine, permanecia triste, sem dizer palavra.

– Podem imaginar – continuou Monte Cristo – um Otelo ou um abade de Gange descendo passo a passo, por uma noite escura e tempestuosa, esta escada com um fardo tenebroso que pretende esconder da vista dos homens, senão dos olhos de Deus?

A senhora Danglars quase desmaiou no braço de Villefort, que foi obrigado, ele próprio, a se apoiar na parede.

–Ah, meu Deus, senhora! – gritou Debray. – O que tem? Como está pálida!

– O que ela tem – disse a senhora de Villefort – é muito simples. O senhor de Monte Cristo nos conta histórias terríveis, sem dúvida com a intenção de nos fazer morrer de medo.

– Sim – interveio Villefort. – Na verdade, conde, o senhor está aterrorizando estas senhoras.

– Que aconteceu? – sussurrou Debray para a senhora Danglars.

– Nada, nada – respondeu ela, fazendo grande esforço. – Preciso de ar, apenas isso.

– Quer descer ao jardim? – perguntou Debray, oferecendo o braço à senhora Danglars e caminhando em direção à escada oculta.

– Não – disse ela. – Não. Prefiro ficar aqui.

– Senhora – perguntou Monte Cristo –, esse terror é verdadeiro?

– Não – respondeu ela. – Mas o senhor tem um jeito de imaginar as coisas que dá à ilusão o aspecto de realidade.

– Oh, meu Deus, sim – disse Monte Cristo sorrindo –, é tudo fantasia. Por que não imaginar este quarto como um bom e honesto refúgio de uma mãe de família? Esta cama com seu cortinado de púrpura, como um leito visitado pela deusa Lucina, e esta escada misteriosa, como a passagem por onde, suavemente e para não perturbar o sono reparador da parturiente, se esgueira o médico ou a enfermeira, ou o próprio pai carregando a criança adormecida...

A senhora Danglars, em vez de tranquilizar-se com essa visão suave, soltou um gemido e desmaiou completamente.

– A senhora Danglars não está bem – gaguejou Villefort. – Talvez devêssemos transportá-la para a carruagem.

– Céus! – exclamou Monte Cristo. – E eu que esqueci meu frasco!

– Tenho o meu – disse a senhora de Villefort.

E passou para Monte Cristo um frasco cheio de um licor vermelho, parecido àquele cuja influência benéfica o conde experimentara em Édouard.

– Ah! – disse Monte Cristo, pegando-o das mãos da senhora de Villefort.

– Sim – sussurrou ela –, experimentei conforme sua indicação.

– E conseguiu?

– Acredito que sim.

A senhora Danglars foi transportada para a sala contígua. Monte Cristo deixou cair uma gota do licor vermelho em seus lábios e ela voltou a si.

– Oh – murmurou ela –, que sonho terrível!

Villefort apertou com força seu pulso, para fazê-la entender que não sonhara.

Procuraram o senhor Danglars; mas, pouco dado às impressões poéticas, ele descera ao jardim e conversava com o senhor Cavalcanti pai sobre um projeto de ferrovia entre Livorno e Florença.

O CONDE DE MONTE CRISTO – TOMO 2

Monte Cristo parecia desesperado; tomou o braço da senhora Danglars e conduziu-a ao jardim, onde o senhor Danglars tomava café, sentado entre os senhores Cavalcanti pai e filho.

– Então eu a assustei muito, senhora? – perguntou ele.

– Não, senhor; mas, como sabe, as coisas nos impressionam de acordo com o estado de espírito em que nos encontramos.

Villefort tentou sorrir.

– É compreensível – disse ele. – Basta uma suposição, uma quimera...

– Mas – retrucou Monte Cristo –, acreditem ou não, estou convencido de que um crime foi mesmo cometido nesta casa.

– Tome cuidado – brincou a senhora de Villefort –, temos aqui o procurador do rei.

– Nesse caso, por minha fé – respondeu Monte Cristo –, aproveitarei para fazer minha denúncia.

– Sua denúncia? – espantou-se Villefort.

– Sim, e diante de testemunhas.

– Tudo isso é muito interessante – disse Debray –, e, se realmente há um crime, faremos a digestão admiravelmente.

– Há um crime – confirmou Monte Cristo. – Venham por aqui, cavalheiros; venha, senhor de Villefort. Para que a denúncia seja válida, deve ser feita às autoridades competentes.

Monte Cristo tomou o braço de Villefort e, ao mesmo tempo que mantinha o da senhora Danglars sob o seu, arrastou o procurador do rei para debaixo do plátano, onde a sombra era mais densa.

Todos os outros convidados o seguiram.

– Aqui – disse Monte Cristo, batendo no chão com o pé –, neste mesmo lugar, para rejuvenescer estas árvores já velhas, mandei cavar a terra e adubá-la. Pois bem, meus trabalhadores, ao cavar, desenterraram um baú, ou melhor, as ferragens de um baú, no meio das quais estava o esqueleto de uma criança recém-nascida. Isso, quero crer, não é nenhuma fantasmagoria.

Monte Cristo sentiu o braço da senhora Danglars retesar-se e o pulso de Villefort estremecer.

849

– Uma criança recém-nascida... – repetiu Debray. – Diabos, a coisa vai ficando séria, me parece.

– Viram? – interveio Château-Renaud. – Eu não estava errado quando afirmei há pouco que as casas têm alma e rosto como os homens, e trazem na fisionomia o reflexo de suas entranhas. A casa era triste porque sentia remorsos e sentia remorsos porque estava escondendo um crime.

– Ora, mas quem pode dizer que é um crime? – aventou Villefort, tentando um último esforço.

– Como? Uma criança enterrada viva em um jardim não é um crime? – bradou Monte Cristo. – De que modo classifica um ato desses, senhor procurador do rei?

– Mas quem pode provar que ela foi enterrada viva?

– Por que enterrá-la aqui, se estivesse morta? Este jardim nunca foi um cemitério.

– O que se faz com os infanticidas neste país? – perguntou ingenuamente o major Cavalcanti.

– Oh, cortam seu pescoço, pura e simplesmente – respondeu Danglars.

– Ah, cortam seu pescoço! – exclamou Cavalcanti.

– Acredito que sim... Não é, senhor de Villefort? – perguntou o conde de Monte Cristo.

– Sim, senhor conde – respondeu o último, com uma entonação que não era mais humana.

Monte Cristo percebeu que aquilo era tudo que as duas pessoas para quem ele preparara a cena podiam suportar; e, não querendo ir mais longe:

– Mas vamos ao café, senhores – convidou. – Parece-me que nos esquecemos dele.

E encaminhou os convidados para a mesa colocada no meio do gramado.

– Na verdade, senhor conde – disse a senhora Danglars –, tenho vergonha de admitir minha fraqueza, mas todas essas histórias terríveis me perturbaram. Permita-me sentar.

E se deixou cair em uma cadeira.

Monte Cristo cumprimentou-a e dirigiu-se à senhora de Villefort.

O CONDE DE MONTE CRISTO – TOMO 2

– Acho que a senhora Danglars ainda precisa de seu frasco – disse ele.

Mas antes que a senhora de Villefort se aproximasse de sua amiga, o procurador do rei já havia sussurrado ao ouvido da senhora Danglars:

– Preciso falar-lhe.

– Quando?

– Amanhã.

– Onde?

– No meu escritório. No tribunal, se quiser, este ainda é o lugar mais seguro.

– Irei.

Nesse momento, a senhora de Villefort se aproximou.

– Obrigada, querida amiga – disse a senhora Danglars, tentando sorrir. – Não é nada, já me sinto bem melhor.

O MENDIGO

A noite avançava; a senhora de Villefort expressou o desejo de retornar a Paris, o que a senhora Danglars não ousara fazer, apesar do óbvio desconforto que sentia.

A pedido da esposa, o senhor de Villefort foi, portanto, o primeiro a dar o sinal de partida. Ofereceu um lugar em sua carruagem à senhora Danglars, para que ela pudesse cuidar de sua esposa. Quanto ao senhor Danglars, absorto em uma conversa industrial muito importante com o senhor Cavalcanti, não deu a mínima atenção ao que estava acontecendo.

Monte Cristo, enquanto pedia à senhora de Villefort seu frasco, notou que o senhor de Villefort se aproximara da senhora Danglars; e, guiado pela intuição, adivinhou o que ele lhe dizia, embora falasse tão baixo que a própria senhora Danglars mal conseguia ouvi-lo.

Permitiu, sem se opor a nenhum arranjo, que Morrel, Debray e Château-Renaud partissem a cavalo e que as duas senhoras entrassem na carruagem do senhor de Villefort; por sua vez, Danglars, cada vez mais encantado com Cavalcanti pai, convidou-o para seu cupê.

O CONDE DE MONTE CRISTO – TOMO 2

Já Andrea Cavalcanti se dirigiu para seu tílburi, que o esperava na porta e do qual o cavalariço, exagerado nos adornos da moda inglesa, segurava, içando-se nas pontas das botas, o enorme cavalo tordilho-chumbo.

Andrea não tinha falado muito durante o jantar, pelo próprio fato de ser um jovem muito sagaz e sentir naturalmente medo de dizer alguma tolice no meio daqueles ricos e poderosos convivas, entre os quais seus olhos dilatados percebiam, não sem receio, um procurador do rei.

Em seguida, foi monopolizado pelo senhor Danglars, que, depois de um rápido olhar ao velho major empertigado e ao filho ainda um pouco tímido, comparando todos esses sinais à hospitalidade de Monte Cristo, pensava estar lidando com algum magnata vindo a Paris para aperfeiçoar seu único filho na vida social.

Admirara, portanto, com uma satisfação indizível, o enorme diamante que brilhava no dedo mínimo do major, pois o italiano, como homem prudente e experimentado, receoso de que algo acontecesse com suas notas, as havia convertido prontamente em um objeto de valor. Em seguida, depois do jantar, ainda sob o pretexto de indústrias e viagens, questionara pai e filho sobre seu modo de vida; e pai e filho, cientes de que era no banco de Danglars que deveriam ser abertos, para um o empréstimo de quarenta e oito mil francos e para o outro o crédito anual de cinquenta mil libras, mostraram-se encantadores e afáveis diante do banqueiro, de cujos serviçais, se estes não houvessem se contido, teriam apertado as mãos, tanto sua gratidão sentia necessidade de expandir-se.

Uma circunstância, sobretudo, aumentou a consideração, quase diríamos a veneração de Danglars por Cavalcanti. Este último, fiel ao princípio de Horácio *"Nil admirari"*, contentou-se, como vimos, em mostrar sapiência dizendo de qual lago as melhores lampreias eram obtidas. Depois, comera seu bocado sem dizer palavra. Danglars concluíra que esse tipo de suntuosidade era familiar ao ilustre descendente dos Cavalcanti, que provavelmente comia em Lucca trutas trazidas da Suíça e lagostas enviadas da Bretanha por procedimentos semelhantes àqueles que o conde usara para transportar lampreias do lago Fusaro e esturjões do rio Volga.

ALEXANDRE DUMAS

Assim, havia acolhido com extrema benevolência estas palavras de Cavalcanti:

– Amanhã, senhor, terei a honra de visitá-lo a negócios.

– E eu, senhor – respondeu Danglars –, ficarei feliz em recebê-lo.

E ofereceu-se para levar Cavalcanti, se isso não o privasse muito da companhia do filho, de volta ao Hotel des Princes.

Cavalcanti respondeu que há muito tempo seu filho se acostumara a levar uma vida de rapaz; que, em consequência, tinha seus próprios cavalos e equipagens; e, como não tinham vindo juntos, não via dificuldade em partirem separadamente.

O major, portanto, entrou na carruagem de Danglars e o banqueiro sentou-se a seu lado, cada vez mais embevecido com as ideias de ordem e economia daquele homem que, no entanto, dava ao filho cinquenta mil francos por ano, o que supunha quinhentos ou seiscentos mil libras de renda.

Quanto a Andrea, começou por se dar ares repreendendo o cavalariço que, em vez de ir buscá-lo ao pé da escada, ficara à espera na porta de saída, obrigando-o a dar trinta passos para chegar ao tílburi.

O cavalariço ouviu a repreensão com humildade, pegou, para conter o impaciente cavalo, que escarvava o chão, o freio com a mão direita e estendeu as rédeas a Andrea, que as segurou e pousou levemente a bota envernizada no estribo.

Nesse momento, uma mão se apoiou em seu ombro. O jovem virou-se, pensando que Danglars ou Monte Cristo ainda tinham algo a lhe dizer e vinham procurá-lo antes da partida.

Mas, em vez dos dois, o que ele viu foi um rosto estranho, bronzeado pelo sol, emoldurado por uma barba cerrada, olhos brilhantes como car-búnculos e um sorriso zombeteiro nos lábios, por entre os quais brilhavam, enfileirados em seu devido lugar e sem faltar nenhum, trinta e dois dentes brancos, afiados e famintos como os de um lobo ou de um cavalo.

Um lenço xadrez vermelho cobria uma cabeça de cabelos grisalhos e em-poeirados, uma blusa suja e rasgada envolvia um corpo alto e descarnado,

854

O conde de Monte Cristo – Tomo 2

cujos ossos, como os de um esqueleto, pareciam chacoalhar enquanto ele caminhava. Por fim, a mão apoiada no ombro de Andrea, e que foi a primeira coisa que o jovem viu, parecia-lhe gigantesca.

O jovem reconheceu aquele rosto à luz da lanterna de seu tílburi ou ficou apenas impressionado com a aparência horrível do interlocutor? Não poderíamos dizer; mas o fato é que estremeceu e recuou rapidamente.

– Que quer de mim? – perguntou.

– Desculpe-me, senhor burguês – respondeu o homem, levando a mão ao lenço vermelho. – Posso estar incomodando, mas preciso falar-lhe.

– Não se mendiga à noite – interveio o cavalariço, fazendo um movimento para livrar seu patrão do importuno.

– Não estou mendigando, meu belo rapaz – replicou o desconhecido ao criado, com um sorriso irônico e tão assustador que este se afastou. – Só quero dizer duas palavras a seu burguês, que me encarregou de uma comissão cerca de quinze dias atrás.

– Vejamos – disse Andrea por sua vez, com força suficiente para que o criado não percebesse sua inquietação. – Que deseja? Vamos logo, meu amigo.

– Eu gostaria... eu gostaria... – respondeu o homem do lenço vermelho em voz baixa – que o senhor me poupasse o trabalho de voltar a Paris a pé. Estou muito cansado e, não tendo comido tão bem quanto o senhor, mal posso me manter nas pernas.

O rapaz estremeceu a essa estranha familiaridade.

– Mas, enfim – repetiu ele –, que você deseja?

– Ora, desejo que me deixe entrar em sua bela carruagem e me leve de volta.

Andrea empalideceu, mas não disse nada.

– Oh, meu Deus, sim! – continuou o homem do lenço vermelho, metendo as mãos nos bolsos e olhando o rapaz com olhos provocadores. – Foi uma ideia que tive, ouviu, meu pequeno Benedetto?

Ao ouvir esse nome, o jovem sem dúvida pensou melhor e, se aproximando do criado, disse-lhe:

– Este homem, de fato, foi incumbido por mim de uma comissão da qual precisa me dar conta. Vá a pé até a barreira; lá, pegue um cabriolé para não se atrasar demais.

O criado, surpreso, se afastou.

– Vamos ao menos para um lugar escuro – disse Andrea.

– Oh, quanto a isso, eu mesmo o levarei a um bom lugar – replicou o homem do lenço vermelho.

E, tomando o cavalo pelo freio, conduziu o tílburi a um local onde era de fato impossível a qualquer pessoa no mundo ver a honra que Andrea lhe concedia.

– Bem, não é pela glória de entrar em uma bela carruagem; não, é só porque estou cansado e, em parte, porque preciso falar de negócios com você.

– Vamos, suba – intimou o jovem.

Se fosse dia, teria sido uma visão curiosa ver aquele mendigo sentado nas almofadas de brocado perto do jovem e elegante condutor do tílburi.

Andrea conduziu seu cavalo até a última casa da aldeia sem dizer uma só palavra ao companheiro que, de seu lado, sorria e guardava silêncio, como se estivesse encantado por viajar em tão excelente viatura.

Uma vez fora de Auteuil, Andrea olhou em volta para se certificar de que ninguém pudesse vê-los ou ouvi-los e, parando o cavalo e cruzando os braços na frente do homem do lenço vermelho:

– E então – perguntou –, por que vem perturbar minha paz?

– E você, meu jovem, por que desconfia de mim?

– Em que desconfiei de você?

– Em quê? Ainda pergunta? Nós nos separamos na ponte do Var, você disse que iria viajar pelo Piemonte e a Toscana, mas vem para Paris.

– E por que isso o incomoda?

– Por nada; ao contrário, espero até que me ajude.

– Ah – exclamou o jovem –, pretende então me explorar!

– Ora, vamos, essas não são palavras que se digam!

– E faria mal, mestre Caderousse, previno-o.

O CONDE DE MONTE CRISTO – TOMO 2

– Não se zangue, meu pequeno. Entretanto, deve saber bem o que é o infortúnio; e o infortúnio provoca a inveja. Eu o julgava percorrendo o Piemonte e a Toscana, obrigado a se fazer de *faccino* ou de cicerone. E tinha pena de você do fundo de meu coração, como teria de meu filho. Você sabe que sempre o chamei de filho.

– E então? E então?

– Tenha paciência, com a breca!

– Tenho paciência; mas acabe logo.

– De repente, vejo você passar pela barreira dos Bons-Hommes com um cavalariço, um tílburi e roupas novas. Mas então achou uma mina ou comprou um cargo de corretor da Bolsa?

– De modo que, como você mesmo confessou, está com inveja?

– Não, feliz! Tão feliz que resolvi lhe dar meus cumprimentos, garoto; mas, não estando vestido adequadamente, tomei minhas precauções para não comprometê-lo.

– Belas precauções! – resmungou Andrea. – Veio falar comigo diante de meu criado.

– E o que quer, meu filho? Falo com você quando consigo apanhá-lo. Você tem um cavalo muito vivo, um tílburi muito rápido; é naturalmente escorregadio como uma enguia e, se eu não o apanhasse esta noite, corria o risco de perdê-lo.

– Bem vê que não estou me escondendo.

– É um felizardo e eu gostaria de dizer o mesmo de mim. Eu me escondo; além disso, receei que não me reconhecesse; mas me reconheceu – acrescentou Caderousse com seu sorriso malicioso. – Ora vamos, você é muito gentil.

– E de que precisa, senhor?

– Já não me trata por "você"… Isso é ruim, isso não se faz com um antigo camarada, Benedetto. Tome cuidado, vai me tornar exigente.

Essa ameaça diminuiu a raiva do jovem: o vento da prudência acabara de soprar sobre ele.

Pôs o cavalo a trote.

– É ruim para você mesmo, Caderousse – advertiu o jovem –, agir assim com um antigo camarada, como acabou de dizer. Você é de Marselha, eu sou...

– E sabe o que é agora?

– Não, mas fui criado na Córsega; você é velho e teimoso, eu sou teimoso e jovem. Entre pessoas como nós, a ameaça é ruim e tudo deve ser feito de forma amigável. É minha culpa se a sorte, que continua péssima para você, foi boa para mim?

– Teve sorte, então? Não é um cavalariço emprestado, não é um tílburi emprestado, não são roupas emprestadas o que temos aqui? Tanto melhor! – disse Caderousse, com os olhos brilhando de cupidez.

– Ora, você vê e sabe muito bem, pois veio falar comigo – replicou Andrea, cada vez mais exaltado. – Se eu tivesse um lenço como o seu na cabeça, uma camisa imunda nos ombros e sapatos furados nos pés, você não me reconheceria.

– Está me desprezando, garoto, e faz mal. Agora que o encontrei, nada me impede de usar roupas finas como qualquer outro, pois conheço a bondade de seu coração: se tiver duas camisas, me dará uma; eu lhe dei minha porção de sopa e feijão quando você passava fome.

– É verdade – reconheceu Andrea.

– Que apetite você tinha! Continua tendo?

– É claro – respondeu Andrea, rindo.

– Como deve ter jantado na casa desse príncipe de onde saiu!

– Ele não é príncipe, apenas conde.

– Conde e rico, não?

– Sim, mas não se entusiasme; é um cavalheiro de aparência nada tranquilizadora.

– Ora, não se preocupe! Não tenho nenhum projeto para o seu conde, pode ficar com ele. Mas – acrescentou Caderousse, retomando aquele sorriso maldoso que bailava em seus lábios – é preciso dar algo em troca disso, você compreende.

O conde de Monte Cristo – Tomo 2

– O quê?

– Acho que com cem francos por mês…

– Está bem.

– … eu viveria.

– Com cem francos?

– Viveria mal, é claro. Mas com…

– Com…?

– Cento e cinquenta francos eu ficaria muito feliz.

– Aqui estão duzentos – disse Andrea.

E colocou dez luíses de ouro na mão de Caderousse.

– Ótimo – disse Caderousse.

– Procure o porteiro no primeiro dia do mês e receberá outro tanto.

– Hum… está me humilhando de novo.

– Como assim?

– Quer que eu trate com a criadagem. Não, quero tratar com você.

– Pois seja! Peça para falar comigo no primeiro dia do mês. Quando eu receber minha mesada, você receberá a sua.

– Ah, vejo que não me enganei, você é um excelente rapaz! É uma bênção quando a felicidade chega a pessoas como você. Vamos, fale-me de sua boa sorte.

– Para que quer saber? – perguntou Cavalcanti.

– Bem, ainda tenho minhas desconfianças…

– Nada disso. Acontece que reencontrei meu pai.

– Um pai verdadeiro?

– Ora, contanto que ele pague…

– Você acreditará nele e o respeitará. E como se chama seu pai?

– Major Cavalcanti.

– E ele está contente com você?

– Até agora, parece que sim.

– E quem o fez encontrar esse pai?

– O conde de Monte Cristo.

859

– O da casa onde você estava?

– Sim.

– Pois então tente me instalar lá como se eu fosse seu avô, já que ele é rico.

– Está bem, vou lhe falar sobre você; mas, enquanto isso, o que vai fazer?

– Eu?

– Sim, você.

– Bondade sua se preocupar comigo – disse Caderousse.

– Parece-me, já que se interessa tanto por mim – continuou Andrea –, que posso por minha vez querer saber alguma coisa a seu respeito.

– É justo… Vou alugar um quarto em uma casa limpa, me cobrir com um casaco decente, fazer a barba todos os dias e ler os jornais no café. À noite, irei a algum espetáculo com um chefe de claque, tal como um padeiro aposentado. É o meu sonho.

– Ótimo! Se colocar mesmo esse projeto em prática e for prudente, tudo ficará bem.

– Espere e verá, senhor Bossuet!… E você, o que vai ser?… Par de França?

– Oh, quem sabe? – riu Andrea.

– O senhor Cavalcanti talvez o seja… mas, infelizmente, a hereditariedade foi abolida.

– Nada de política, Caderousse!… E agora que tem o que quer e chegamos, pule de minha carruagem e desapareça.

– Não, meu amigo.

– Como, não?

– Pense um pouco, garoto. Um lenço vermelho na cabeça, quase sem sapatos, sem documentos e dez napoleões de ouro no bolso, sem contar o que já estava lá, perfazendo duzentos francos: eu seria inevitavelmente parado na barreira! Então, para me justificar, seria forçado a dizer que foi você que me deu estes dez napoleões. Em seguida, perguntas, investigação… Descobririam que saí de Toulon sem licença e eu seria conduzido de brigada em brigada até as margens do Mediterrâneo. Voltaria a ser apenas

O número 406 e adeus sonho de parecer um padeiro aposentado! Não, meu filho; prefiro ficar honrosamente na capital.

Andrea franziu a testa; era, como ele próprio havia se gabado, um filho putativo nada convincente do major Cavalcanti. Parou por um momento, olhou rapidamente em volta e, quando seu olhar terminou de descrever o círculo investigativo, sua mão desceu involuntariamente para o bolso, onde começou a acariciar o cabo de uma pistola.

Mas durante esse tempo, Caderousse, que não perdia de vista o companheiro, levava as mãos às costas e sacava, devagar, uma longa faca espanhola que trazia sempre consigo.

Os dois amigos, como vemos, eram dignos um do outro e se entenderam bem: a mão de Andrea saiu inofensiva do bolso e subiu até o bigode ruivo, que acariciou por algum tempo.

– Bem, Caderousse – disse ele –, vai então ser feliz?

– Farei o possível – respondeu o estalajadeiro da ponte do Gard, escondendo de novo a faca na manga.

– Pois então vamos voltar para Paris. Mas como passará pela barreira sem levantar suspeitas? Parece-me que, com essas roupas, corre mais risco em uma carruagem do que a pé.

– Espere – disse Caderousse – e verá.

Pegou o chapéu de Andrea, o capote de gola alta que o cavalariço expulso do tílburi deixara lá e o pôs nas costas, assumindo em seguida a pose severa de um criado de boa casa cujo patrão conduz pessoalmente a viatura.

– E eu – perguntou Andrea –, vou ficar de cabeça descoberta?

– Ora – replicou Caderousse –, o vento está tão forte que pode ter levado embora seu chapéu.

– Vamos – disse Andrea – e acabemos logo com isso.

– Quem o impede? – retrucou Caderousse. – Não eu, espero?

– Silêncio! – rugiu Cavalcanti.

Cruzaram a barreira sem incidente.

No primeiro cruzamento, Andrea parou seu cavalo e Caderousse desceu.

– Agora – pediu Andrea –, devolva o casaco do cavalariço e meu chapéu.

– Ah – respondeu Caderousse –, não vai querer que eu corra o risco de pegar um resfriado!

– Mas, e eu?

– Você é jovem, enquanto eu estou começando a envelhecer. Adeus, Benedetto.

E meteu-se pelo beco, onde sumiu.

– Meu Deus – suspirou Andrea –, não se pode ser completamente feliz neste mundo!

Cena conjugal

Na praça Luís XV, os três jovens se separaram, isto é, Morrel tomou o rumo dos boulevards, Château-Renaud se encaminhou para a Ponte da Revolução e Debray seguiu ao longo do cais.

Morrel e Château-Renaud, segundo todas as probabilidades, foram para o aconchego de seus lares, como ainda se diz na tribuna da Câmara, nos discursos bem feitos, e no teatro da Rua Richelieu, nas peças bem escritas; mas o mesmo não se deu com Debray. Chegando à passagem do Louvre, dobrou à esquerda, atravessou o carrossel a trote batido, entrou na Rue Saint-Roch, saiu pela Rue de la Michodière e estacou à porta de Danglars no momento em que a carruagem do senhor de Villefort, depois de ter levado, a ele e sua esposa, ao *Faubourg* Saint-Honoré, parava para deixar a baronesa em sua residência.

Debray, homem familiar da casa, foi o primeiro a entrar no pátio, jogou as rédeas para um lacaio e voltou à porta a fim de receber a senhora Danglars, a quem ofereceu o braço para acompanhá-la a seus aposentos.

Assim que a porta se fechou, Debray e a baronesa ficaram sós no pátio.

– Que aconteceu, Hermine? – perguntou Debray. – Por que se sentiu mal com a história, ou melhor, com a fábula que o conde contou?

– Porque hoje estou terrivelmente indisposta, meu amigo – respondeu a baronesa.

– Não, Hermine – disse Debray –, não vai me fazer acreditar nisso. Ao contrário, estava de excelente humor quando chegou à casa do conde. O senhor Danglars parecia realmente um tanto mal-humorado, é verdade, mas sei bem quanto você se importa com o humor dele. Alguém a aborreceu. Conte-me o que foi; sabe que jamais tolerarei que você seja alvo de uma impertinência.

– Está enganado, Lucien, asseguro-lhe – replicou a senhora Danglars. – As coisas se passaram como eu lhe disse, além do mau-humor que notou e sobre o qual achei que não valia a pena falar.

Era evidente que a senhora Danglars estava sob a influência de uma dessas irritações nervosas das quais as mulheres muitas vezes nem sempre se dão conta ou que, como Debray havia adivinhado, sofrera alguma comoção oculta, que não queria confessar a ninguém. Como homem acostumado a reconhecer nos vapores um dos elementos da vida feminina, não insistiu mais, aguardando o momento oportuno, fosse para uma nova pergunta, fosse para uma admissão *proprio motu.*

À porta de seu quarto, a baronesa encontrou a senhorita Cornélie. Esta era a camareira de confiança da baronesa.

– O que minha filha está fazendo? – perguntou a senhora Danglars.

– Ela estudou a noite toda – respondeu a senhorita Cornélie – e depois foi deitar-se.

– Parece-me, porém, que ouço seu piano.

– É a senhorita Louise d'Armilly tocando enquanto a senhorita está na cama.

– Está bem – disse a senhora Danglars. – Venha me despir.

Entraram no quarto. Debray se estirou em um grande sofá e a senhora Danglars foi para seu quarto de vestir com a senhorita Cornélie.

– Meu caro senhor Lucien – disse a senhora Danglars através da porta do quarto –, por que está sempre reclamando que Eugénie não lhe dá a honra de lhe falar?

O CONDE DE MONTE CRISTO – TOMO 2

– Senhora – respondeu Lucien, brincando com o cachorrinho da baronesa que, reconhecendo no jovem a qualidade de amigo da casa, tinha o hábito de lhe fazer mil carícias –, não sou o único a recriminá-la e acho que ouvi Morcerf se queixar para a senhora mesma, outro dia, de que não lograva arrancar uma só palavra de sua noiva.

– É verdade – concordou a senhora Danglars. – Mas acredito que, uma destas manhãs, tudo mudará e o senhor verá Eugénie entrar em seu escritório.

– Em meu escritório?

– Quer dizer, no do ministro.

– E para quê?

– Para lhe pedir um contrato na Ópera. Na verdade, nunca vi tanto entusiasmo por música! Isso é ridículo em uma pessoa de sociedade.

Debray sorriu.

– Pois bem – disse ele. – Que venha com o consentimento do barão ou o seu, faremos o contrato e tentaremos garantir que esteja de acordo com seus méritos, embora sejamos muito pobres para pagar um talento tão grande quanto o dela.

– Pode ir, Cornélie – ordenou a senhora Danglars –, não vou mais precisar de você.

Cornélie desapareceu; um momento depois, a senhora Danglars saiu de seu gabinete com um roupão encantador e sentou-se perto de Lucien.

Então, sonhadora, começou a acariciar um pequeno cão de caça.

Lucien ficou olhando para ela em silêncio.

– Vamos lá, Hermine – disse ele ao cabo de um momento –, responda com franqueza: alguma coisa a perturba, não?

– Nada – replicou a baronesa.

Mas, como sufocasse, levantou-se para respirar melhor e foi se ver ao espelho.

– Estou de dar medo esta noite – murmurou ela.

Debray se levantava, sorrindo, para ir tranquilizar a baronesa quanto a este último ponto, quando de repente a porta se abriu.

O senhor Danglars apareceu; Debray se sentou.

Ao som da porta, a senhora Danglars se virou e olhou para o marido com um ar de espanto que nem se preocupou em dissimular.

– Boa noite, senhora – cumprimentou o banqueiro. – Boa noite, senhor Debray.

A baronesa, sem dúvida, supôs que essa visita inesperada significava o desejo de reparar as palavras grosseiras que haviam escapado ao barão durante o dia.

Compôs então uma expressão cheia de dignidade e, voltando-se para Lucien sem sequer responder ao marido:

– Leia algo para mim, senhor Debray – pediu-lhe.

Debray, a quem a visita perturbara ligeiramente a princípio, recuperou--se ao ver a calma da baronesa e estendeu a mão para um livro marcado no meio por uma faca com lâmina de madrepérola incrustada de ouro.

– Desculpe-me – disse o banqueiro –, mas a senhora vai se cansar, baronesa, ficando acordada até muito tarde; são onze horas e o senhor Debray mora muito longe.

Debray ficou atordoado, não pelo tom de Danglars, perfeitamente calmo e gentil, mas porque, através de toda essa polidez, percebeu nele certa veleidade incomum para contrariar naquela noite a vontade de sua esposa.

A baronesa também se surpreendeu e expressou seu espanto com um olhar que, sem dúvida, teria feito seu marido hesitar, se este não estivesse com os olhos fixos em um jornal, onde procurava o fechamento da Bolsa.

Assim, aquele olhar orgulhoso foi desperdiçado e não logrou nenhum efeito.

– Senhor Lucien – disse a baronesa –, asseguro-lhe que não estou com a menor vontade de dormir, que tenho mil coisas a lhe dizer e que o senhor vai passar a noite me ouvindo, mesmo se adormecer de pé.

– Às suas ordens, senhora – respondeu fleumaticamente Lucien.

– Meu caro senhor Debray – disse o banqueiro por sua vez –, não se mate, eu imploro, ouvindo as loucuras da senhora Danglars esta noite, pois poderá ouvi-las amanhã. Mas esta noite é minha, reservo-a e vou dedicá-la, caso me permita, a discutir assuntos sérios com minha esposa.

Dessa vez, o golpe foi tão direto e certeiro que deixou aturdidos Lucien e a baronesa; os dois se entreolharam como se buscassem um no outro ajuda contra aquela agressão; mas o poder irresistível do dono da casa prevaleceu e deu força ao marido.

– Não vá pensar que o estou expulsando, meu caro Debray – continuou Danglars. – Não, em absoluto: uma circunstância imprevista me obriga a desejar ter uma conversa com a baronesa esta noite. Isso acontece muito raramente e não devem me guardar rancor.

Debray gaguejou algumas palavras, curvou-se e saiu, esbarrando nos cantos, como Mathan em *Athalie*.

"É incrível", disse ele de si para si quando a porta se fechou às suas costas, "como esses maridos, que achamos tão ridículos, levam facilmente vantagem sobre nós!"

Depois que Lucien se foi, Danglars ocupou seu lugar no sofá, fechou o livro que permanecera aberto e, assumindo uma pose horrivelmente pretensiosa, continuou a brincar com o cachorro. Mas como o cachorro, que não tinha por ele a mesma simpatia que devotava a Debray, quisesse mordê-lo, pegou-o pela nuca e o jogou sobre uma espreguiçadeira, do outro lado da sala.

O animal deu um grito ao cruzar o espaço; mas, ao chegar a seu destino, aninhou-se atrás de uma almofada e, perplexo com esse tratamento a que não estava habituado, ficou silencioso e imóvel.

– Você tem feito progressos – disse a baronesa, sem pestanejar. – Normalmente, era apenas rude, esta noite está sendo brutal.

– É que hoje estou com um humor pior do que o normal – respondeu Danglars.

Hermine olhou para o banqueiro com supremo desdém. Em geral, esse olhar exasperava o orgulhoso Danglars; mas nessa noite ele mal pareceu notá-lo.

– E que tenho eu a ver com seu mau-humor? – replicou a baronesa, irritada com a impassibilidade do marido. – Essas coisas me dizem respeito? Guarde para si seu mau-humor ou descarregue-o em seus funcionários, a quem paga.

– Não – respondeu Danglars. – Seus conselhos me parecem equivocados, senhora, e por isso não vou segui-los. Meus escritórios são o meu rio Pactolo, como disse o senhor Desmoutiers, creio eu, e não quero desviar seu curso nem perturbar sua serenidade. Meus funcionários são pessoas honestas, que ganham dinheiro para mim e a quem pago um salário infinitamente inferior ao que merecem por seu rendimento. Então, não vou ficar com raiva deles. Fico com raiva das pessoas que comem meus jantares, esgotam meus cavalos e esvaziam meu cofre.

– E quem são essas pessoas que esvaziam seu cofre? Seja mais claro, por favor.

– Oh, não se preocupe se falo por enigmas. Você logo os decifrará – continuou Danglars. – As pessoas que esvaziam meu cofre são aquelas que tiram setecentos mil francos dele em uma hora.

– Não o compreendo – disse a baronesa, tentando disfarçar ao mesmo tempo a emoção em sua voz e o rubor em seu rosto.

– Não, compreende muito bem – insistiu Danglars. – Mas, se sua má vontade persiste, direi que acabo de perder setecentos mil francos do empréstimo espanhol.

– Meu Deus! – exclamou a baronesa, em tom de zombaria. – E me culpa por esse prejuízo?

– Por que não?

– É culpa minha se você perdeu setecentos mil francos?

– Minha é que não é.

– Pela última vez, senhor – disse a baronesa asperamente –, nunca me fale em dinheiro; é uma língua que não aprendi nem com meus pais nem na casa de meu primeiro marido.

– Tenho absoluta certeza disso – retrucou Danglars. – Nenhum deles tinha um centavo.

O CONDE DE MONTE CRISTO – TOMO 2

– Mais uma razão para eu não ter aprendido lá a gíria bancária, que me fere aqui os ouvidos da manhã à noite; esse tilintar de moedas sendo contadas e recontadas só não é mais odioso para mim do que o som de sua voz.

– Na verdade – disse Danglars –, é bem estranho! E eu, acreditando que você tinha o maior interesse em minhas operações!

– Eu! E quem poderia tê-lo feito você acreditar em tamanha estupidez?

– Você mesma.

– Ora, ora!

– Sem dúvida.

– Eu gostaria de saber quando.

– Oh, isso é fácil! Em fevereiro passado, você foi a primeira a me falar dos fundos do Haiti; sonhou que um navio tinha entrado no porto do Havre, trazendo a notícia de que um pagamento aparentemente adiado para as calendas gregas iria ser feito. Conheço a lucidez de seu sono; mandei então comprar sem estardalhaço todos os títulos que pude encontrar da dívida do Haiti e ganhei quatrocentos mil francos, dos quais cem mil lhe foram religiosamente entregues. Você fez com eles o que quis, isso não é da minha conta.

Em março, foi uma concessão de ferrovia. Três empresas se apresentaram, oferecendo garantias iguais. Você me disse que seu instinto… bem, afirma ser estranha às especulações, mas acho, pelo contrário, que seu instinto é muito desenvolvido em certos assuntos. Pois bem, você me disse que seu instinto a fazia acreditar que a empresa conhecida como do Sul obteria a concessão.

Imediatamente, inscrevi-me para subscrever dois terços das ações dessa empresa. E ela, com efeito, obteve a concessão; como você previra, o valor das ações triplicou e ganhei um milhão de francos, dos quais duzentos e cinquenta mil foram dados a você para suas despesas pessoais. Como usou esses duzentos e cinquenta mil francos? Repito, não é da minha conta.

– Mas aonde quer chegar? – gritou a baronesa, tremendo de rancor e impaciência.

– Calma, senhora, chegarei lá.

– Ainda bem!

– Em abril, você foi jantar com o ministro; falou-se sobre a Espanha e você ouviu uma conversa secreta: era sobre a expulsão de Dom Carlos. Comprei fundos espanhóis. A expulsão ocorreu e ganhei seiscentos mil francos no dia em que Carlos V cruzou o Bidasoa. Desses seiscentos mil francos, você recebeu cinquenta mil escudos; eram seus, gastou-os como quis e não peço contas. Nem por isso é menos verdade que recebeu quinhentas mil libras este ano.

– E depois, senhor?

– Ah, sim, depois! Bem! Pois é justamente depois que as coisas levam a breca.

– Você tem um jeito de falar... na verdade...

– Esse jeito exprime minhas ideias, é só do que preciso... O "depois" foi há três dias. Pois há três dias, você discutiu política com o senhor Debray e julgou entrever em suas palavras que Dom Carlos voltara à Espanha; vendi meus títulos, a notícia se espalhou, houve pânico, não vendi mais, dei; no dia seguinte, descobri que a notícia era falsa e, por causa dela, perdi setecentos mil francos.

– E depois?

– Ora, eu lhe dou um quarto quando ganho, portanto é um quarto que você me deve quando perco; um quarto de setecentos mil francos são cento e setenta e cinco mil.

– Mas o que você está me dizendo é um absurdo e não percebo por que envolve o nome do senhor Debray nessa história.

– Porque, se acaso não tiver os cento e setenta e cinco mil francos que estou cobrando, precisará tomá-los emprestados a seus amigos e o senhor Debray é um deles.

– Era o que faltava! – rugiu a baronesa.

– Oh, nada de gesticulações, nada de gritos, nada de drama moderno, senhora, caso contrário me obrigaria a dizer que vejo daqui o senhor Debray rindo das quase quinhentas mil libras que você lhe deu este ano e dizendo a si mesmo que, finalmente, encontrou o que os jogadores mais habilidosos nunca foram capazes de descobrir, ou seja, uma roleta onde se ganha sem jogar e onde não se perde quando não se ganha.

– Miserável! – gritou a baronesa. – Ousaria dizer que não sabia o que agora tem o atrevimento de me censurar?

– Não digo que sabia nem que não sabia. Digo apenas que observe meu comportamento durante estes quatro anos em que não é mais minha esposa e não sou mais o seu marido: verá que sempre fui coerente comigo mesmo. Algum tempo antes de nos separarmos, você queria estudar música com aquele famoso barítono que estreou com tanto alvoroço no Teatro Italiano e eu queria estudar dança com aquela bailarina que ganhou muita fama em Londres. Isso nos custou cem mil francos. Eu não disse nada, porque é preciso haver harmonia nas famílias. Cem mil francos para que um homem e uma mulher conheçam bem a dança e a música não é muito caro. Logo, você se aborreceu do canto e teve a ideia de estudar diplomacia com um secretário do ministro. Não me opus. Entenda: isso pouco me importa, desde que pague as aulas com seu dinheiro. Mas hoje sei que paga com o meu e que seu aprendizado pode me custar setecentos mil francos por mês. Não, não, senhora, isso não pode continuar. Ou o diplomata dá aulas… de graça, e vou tolerá-lo, ou nunca mais porá os pés nesta casa. Ouviu, senhora?

– Ah, é demais, senhor! – exclamou Hermine, sufocada. – O senhor ultrapassa todos os limites da baixeza.

– Mas vejo com prazer – disse Danglars – que a senhora não me fica atrás e que obedeceu de bom grado a este axioma do código: "A esposa deve seguir o marido".

– Insultos!

– Tem razão: paremos e raciocinemos com frieza. Eu nunca interferi em seus negócios, exceto por seu bem; faça o mesmo. Minha bolsa não é da sua conta, como diz? Pois seja assim; cuide da sua, mas não encha nem esvazie a minha. Além disso, quem sabe se tudo isso não é um golpe político? Quem sabe se o ministro, furioso por me ver na oposição e com inveja das simpatias populares que desperto, não entrou em acordo com o senhor Debray para me arruinar?

– Isso é possível?

– Sem dúvida. Jamais se viu coisa semelhante: notícias falsas pelo telégrafo, isto é, o impossível ou o quase impossível, sinais bem diferentes emitidos pelos dois últimos telégrafos… Foi feito de propósito para mim, na verdade.

– Senhor – disse a baronesa com mais humildade –, não ignora, suponho, que esse empregado foi demitido, que até se falou em julgá-lo, que a ordem de prisão foi expedida e teria sido cumprida se o homem não tivesse escapado às primeiras buscas por uma fuga que comprova sua loucura ou sua culpa… Foi um erro.

– Sim, um erro que divertiu os estúpidos, que fez o ministro passar uma noite ruim, que obrigou os secretários de Estado a encher a papelada, mas me custou setecentos mil francos.

– Mas, senhor – interveio de repente Hermine –, já que tudo isso, em sua opinião, vem do senhor Debray, por que, em vez de falar diretamente com ele, vem falar comigo? Por que culpa o homem e censura a mulher?

– Acaso conheço o senhor Debray? – perguntou Danglars. – Pretendo conhecê-lo? Quero lá saber de seus conselhos, quero segui-los? Estou jogando? Não, você é que está fazendo tudo isso, não eu!

– Mas me parece, já que tira proveito do caso…

Danglars deu de ombros.

– Criaturas loucas, na verdade, essas mulheres que se consideram gênios porque conduziram bem uma ou duas intrigas de modo a não serem o assunto de toda a Paris! Mas fique certa de uma coisa: ainda que houvesse conseguido esconder seus desregramentos do próprio marido, o que é o ABC da arte, pois na maioria das vezes os maridos não querem enxergar, você seria apenas uma pálida cópia do que faz metade de suas amigas, as mulheres de sociedade. Mas isso não aconteceu comigo; eu vi e sempre vi. Por dezesseis anos, a senhora talvez tenha me escondido um pensamento, mas não uma escapada, um ato, uma falta. Enquanto exultava com sua astúcia e acreditava firmemente estar me enganando, que aconteceu? Graças à minha pretensa ignorância, do senhor de Villefort ao senhor Debray, não há nenhum de seus amigos que não tenha tremido diante de mim; também não há nenhum que não tenha me tratado como dono da casa, minha única pretensão com você; não há, enfim, nenhum que se atrevesse a lhe contar sobre mim o que estou lhe contando hoje. A senhora pode me odiar, mas não vou permitir que me torne ridículo e, sobretudo, proíbo-a veementemente de me arruinar.

Até o momento em que o nome de Villefort foi mencionado, a baronesa se conteve; mas, a esse nome, empalideceu e, levantando-se como que movida por uma mola, estendeu os braços à maneira de quem conjura uma aparição e deu três passos em direção ao marido como para lhe arrancar o resto do segredo que ele não sabia ou que talvez, por algum cálculo odioso como todos os cálculos de Danglars, não quisesse deixar escapar por inteiro.

– Senhor de Villefort! Que significa isso? Que quer dizer?

– Significa, senhora, que o senhor de Nargonne, seu primeiro marido, não sendo nem filósofo nem banqueiro, ou talvez sendo os dois, ao perceber que não havia nada a tirar de um procurador do rei, morreu de tristeza ou de raiva por tê-la encontrado grávida de seis meses após uma ausência de nove. Sou brutal e não só sei como tenho orgulho disso: é um dos recursos bem-sucedidos que emprego em minhas operações comerciais. Por que, em vez de matar, ele se matou? Porque não tinha dinheiro para salvar. Mas eu tenho. O senhor Debray, meu sócio, me fez perder setecentos mil francos. Que tenha sua parte nas perdas e continuaremos nosso negócio; do contrário, que declare falência por essas cento e setenta e cinco mil libras e faça o que os falidos fazem, desapareça. Ah, é um rapaz encantador, bem sei, quando as notícias são corretas; mas, quando não são, há pelo menos cinquenta no mundo melhores que ele.

A senhora Danglars estava aterrada; ainda assim, fez um esforço supremo para rebater esse último ataque. Deixou-se cair em uma poltrona pensando em Villefort, na cena do jantar, naquela estranha série de infortúnios que, há dias, se abatiam um a um sobre sua família, transformando o sossego da casa em discussões escandalosas.

Danglars nem sequer olhou para a esposa, embora ela fizesse de tudo para desmaiar. Abriu a porta do quarto sem dizer palavra e foi para seus aposentos, de sorte que a senhora Danglars, recuperando-se de sua vertigem, acreditou que tivera um pesadelo.

Projetos de casamento

No dia seguinte a essa cena, na hora que Debray costumava escolher para fazer uma visitinha à senhora Danglars a caminho do escritório, seu cupê não apareceu no pátio.

Nessa hora, ou seja, por volta de meio-dia e meia, a senhora Danglars pediu sua carruagem e saiu.

Danglars, escondido atrás de uma cortina, observara essa saída, que já esperava. Deu ordem para ser avisado tão logo a senhora voltasse; mas às duas horas ela ainda não tinha voltado.

Às duas horas, Danglars pediu seus cavalos, foi para a Câmara e registrou-se para falar contra o orçamento.

Do meio-dia às duas horas, permanecera em seu escritório, abrindo despachos, ficando mais e mais sombrio, empilhando cifras sobre cifras e recebendo, entre outras visitas, a do major Cavalcanti que, sempre lívido, empertigado e pontual, apareceu na hora combinada na véspera para fechar seu negócio com o banqueiro.

Ao sair da Câmara, Danglars, que havia dado violentos sinais de inquietude durante a sessão e, sobretudo, mostrara-se mais crítico que nunca ao ministério, entrou em sua carruagem e ordenou ao cocheiro que o levasse aos Champs-Élysées, nº 50.

Monte Cristo estava em casa; mas recebia alguém e pediu a Danglars que esperasse um momento na sala de estar.

Enquanto o banqueiro esperava, a porta se abriu e entrou um homem vestido de abade que, em vez de esperar como ele, por estar sem dúvida mais familiarizado com a casa, cumprimentou-o, enveredou pelos aposentos e desapareceu.

Um momento depois, a porta pela qual o padre havia entrado se reabriu e Monte Cristo apareceu.

– Perdoe-me, caro barão – disse ele –, mas um de meus bons amigos, o abade Busoni, a quem o senhor deve ter visto entrando, acaba de chegar a Paris; estávamos separados há muito tempo e não tive a coragem de deixá-lo imediatamente. Espero que, em vista do motivo, o senhor me desculpe por fazê-lo esperar.

– Como não? – disse Danglars. – É bem simples: fui eu que escolhi a hora errada e vou me retirar.

– De modo algum. Sente-se. Mas, bom Deus, o que o senhor tem? Parece muito preocupado; na verdade, até me assusta. Um capitalista triste é como os cometas, sempre pressagia alguma grande desgraça para o mundo.

– Sim, meu caro senhor – respondeu Danglars –, o azar me persegue há dias e só ouço falar em desastres.

– Oh, céus! – exclamou Monte Cristo. – Perdeu na Bolsa?

– Não, consegui me recuperar, pelo menos por alguns dias; trata-se, para mim, de uma falência em Trieste, pura e simplesmente.

– Sério? Seu falido é por acaso Jacopo Manfredi?

– Exatamente! Imagine um homem que fez, não sei por quanto tempo, oitocentos ou novecentos mil francos por ano em negócios comigo. Nunca um erro de contas, nunca um atraso; um homem que pagava como um príncipe… isto é, como um príncipe que paga. Adiantei-lhe um milhão e esse diabo de Jacopo Manfredi suspende seus pagamentos!

O CONDE DE MONTE CRISTO – TOMO 2

– Verdade?

– Uma fatalidade incrível. Saco sobre ele seiscentas mil libras, que deixam de ser pagas, e ainda sou portador de quatrocentos mil francos em letras de câmbio assinadas por ele e resgatáveis no final do mês por seu correspondente em Paris. No dia 30, mando receber. Pois sim! O correspondente desapareceu. Com meu negócio da Espanha, isso me proporciona um ótimo final de mês.

– Mas é mesmo uma perda seu negócio da Espanha?

– Certamente. Setecentos mil francos que se vão de meu bolso, só isso.

– Como diabos foi fazer essa tolice, o senhor, uma raposa velha?

– A culpa é de minha esposa. Ela sonhou que Dom Carlos voltava para a Espanha e acredita em sonhos. Trata-se de magnetismo, diz ela, e, quando sonha com alguma coisa, essa coisa, conforme garante, deve acontecer infalivelmente. Dada sua convicção, permito que jogue; ela tem seu dinheiro e seu corretor da Bolsa; ela joga, ela perde. É verdade que não joga meu dinheiro e sim o dela. Mas não importa, o senhor entenderá que quando saem setecentos mil francos da bolsa de uma mulher, o marido acaba descobrindo. O senhor não sabia de nada? Mas a coisa fez um barulho enorme!

– Sim, ouvi falar algo a respeito, mas ignorava os detalhes, pois não pode haver ninguém mais ignorante que eu nesse negócio de ações.

– Então o senhor não joga?

– Eu? Mas como? Já tenho dificuldade demais em controlar meus rendimentos e seria forçado a contratar, além de meu intendente, um escriturário e um caixa. Mas, a propósito da Espanha, parece-me que a baronesa não se limitou a sonhar com a história do regresso de Dom Carlos. Os jornais não falaram sobre isso?

– Então o senhor acredita nos jornais?

– Nem um pouco; mas me parece que esse honesto *Messager* era uma exceção à regra e só publicava notícias certas, notícias telegráficas.

– Pois é isso que não se explica – replicou Danglars. – O tal retorno de Dom Carlos foi realmente uma notícia telegráfica.

– Então são mil e setecentos francos mais ou menos que o senhor perdeu este mês?

– Mais ou menos, não: é esse mesmo o valor.

– Diabo! Para uma fortuna de terceira categoria – disse Monte Cristo com ar de compaixão –, é um grande golpe.

– De terceira categoria! – espantou-se Danglars, um pouco humilhado. – Que quer dizer com isso?

– Acontece – explicou Monte Cristo – que para mim há três categorias de fortuna: fortuna de primeira classe, fortuna de segunda classe, fortuna de terceira classe. Chamo de fortuna de primeira classe aquela que é composta de tesouros que se tem à mão, terras, minas, receitas de Estados como a França, a Áustria e a Inglaterra, desde que esses tesouros, essas minas, essas receitas formem um total de cem milhões. Chamo de fortuna de segunda classe as explorações manufatureiras, as empresas por cotas, os vice-reinos e os principados que não excedam um milhão e quinhentos mil francos de renda, o todo formando um capital de cerca de cinquenta milhões. Por fim, chamo de fortuna de terceira classe os capitais que aumentam por meio de juros compostos, de ganhos dependentes da vontade alheia ou das reviravoltas do acaso, que uma falência compromete, que uma notícia telegráfica abala; de especulações eventuais, de operações sujeitas a essa fatalidade que se poderia chamar de força menor, por comparação com a força maior, que é a força natural, o todo formando um capital fictício ou real de quinze milhões. Não é aproximadamente sua posição?

– Por Deus, sim! – respondeu Danglars.

– Resulta daí que, com seis finais de mês como este – continuou Monte Cristo, imperturbável –, uma casa de terceira classe entraria em coma.

– Oh! – balbuciou Danglars, com um sorriso amarelo. – Aonde quer chegar?

– Digamos sete meses – continuou Monte Cristo, no mesmo tom. – Diga-me, já pensou que sete vezes 1.700.000 francos dão cerca de 12 milhões? Não? Pois tem razão, com tais reflexões ninguém arriscaria seu capital, que para o financista é como a pele para o homem civilizado. Temos nossas roupas mais ou menos suntuosas, que constituem nosso crédito; mas, quando o homem morre, fica apenas com a pele; assim, ao deixar

O conde de Monte Cristo – Tomo 2

os negócios, o senhor só teria sua propriedade real, cinco ou seis milhões no máximo; pois as fortunas de terceira classe dificilmente representam mais que um terço ou um quarto de sua aparência, do mesmo modo que a locomotiva de uma ferrovia é sempre, no meio da fumaça que a envolve e a faz parecer maior, apenas uma máquina mais ou menos forte. Então, desses cinco milhões que constituem seu patrimônio real, o senhor acaba de perder quase dois, o que reduz sua fortuna fictícia ou seu crédito no mesmo montante; quer dizer, meu caro senhor Danglars, que sua pele acaba de ser aberta por uma sangria, a qual, se repetida quatro vezes, o levaria à morte. Fique atento, meu caro senhor Danglars. Precisa de dinheiro? Quer que eu lhe empreste algum?

– O senhor é um mau calculador! – exclamou Danglars, chamando em seu auxílio toda a filosofia e toda a dissimulação da aparência. – A essa altura, o dinheiro voltou para meus cofres por meio de outras especulações bem-sucedidas. O sangue que saiu pela sangria voltou pela nutrição. Perdi uma batalha na Espanha, fui derrotado em Trieste; mas minha esquadra na Índia terá capturado alguns galeões e meus pioneiros no México terão descoberto algumas minas.

– Isso é ótimo! Mas a cicatriz permanece e, na primeira perda, reabrirá.

– Não, porque me baseio em certezas – continuou Danglars com a retórica vulgar do charlatão que gaba seu crédito. – Para me derrubar, seria preciso que três governos caíssem.

– Bem, mas isso tem acontecido.

– Que a terra não produzisse mais colheitas.

– Lembre-se das sete vacas gordas e das sete vacas magras.

– Ou que o mar recuasse, como nos tempos do Faraó; ainda existem muitos mares e os navios poderiam se transformar em caravanas.

– Melhor, mil vezes melhor, caro senhor Danglars! – disse Monte Cristo. – Vejo que me enganei e que o senhor se encaixa na categoria das fortunas de segunda classe.

– Acredito que posso aspirar a essa honra – replicou Danglars com um de seus sorrisos estereotipados que em Monte Cristo tinham o efeito de

uma dessas luas pastosas com que os maus pintores enfeitam suas ruínas.
– Mas, já que estamos falando de negócios – acrescentou, encantado por descobrir um pretexto para mudar de assunto –, diga-me, por alto, o que posso fazer pelo senhor Cavalcanti.

– Emprestar-lhe dinheiro, se ele tiver crédito com o senhor e esse crédito lhe parecer bom.

– Parece-me excelente! Apresentou-se esta manhã com um vale de quarenta mil francos, pagável à vista pelo senhor, assinado por Busoni e que o senhor me devolveu com seu endosso. Já vê que lhe entreguei imediatamente os quarenta mil francos.

Monte Cristo acenou com a cabeça, indicando que dava apoio total à transação.

– Mas não é tudo – prosseguiu Danglars. – Ele abriu um crédito comigo para seu filho.

– Perdoe-me a indiscrição, mas quanto ele dá ao jovem?

– Cinco mil francos por mês.

– Sessenta mil francos por ano... Eu já desconfiava – murmurou Monte Cristo, dando de ombros. – Esses Cavalcanti são sovinas. O que ele quer que um jovem faça com cinco mil francos por mês?

– Mas o senhor entende, se o jovem precisar de alguns milhares de francos a mais...

– O senhor não deve fazer isso, o pai não os reembolsará. O senhor não conhece todos os milionários italianos: eles são verdadeiros Harpagões. E por quem esse crédito lhe foi concedido?

– Oh, pela casa Fenzi, uma das melhores de Florença.

– Não quero dizer que o senhor perderá, longe disso; mas, mesmo assim, atenha-se aos termos da carta de crédito.

– Então o senhor não confiaria nesse Cavalcanti?

– Eu lhe daria dez milhões mediante sua assinatura: a fortuna dele é de segunda classe, sobre a qual lhe falei antes, meu caro senhor Danglars.

– Como parece simples! Eu o tomaria por um major, nada mais.

O CONDE DE MONTE CRISTO – TOMO 2

– E teria feito a ele uma honra; porque o senhor está certo, ele não faz grande figura. Quando o vi pela primeira vez, pareceu-me um velho tenente mofado sob as dragonas. Mas todos os italianos são assim; lembram velhos judeus, quando não deslumbram como magos do Oriente.

– O jovem é melhor – observou Danglars.

– Sim, um pouco tímido, talvez; mas, de um modo geral, achei-o aceitável. Eu estava preocupado.

– Por quê?

– Porque o senhor o viu em minha casa na época em que ele começava a entrar para a sociedade, segundo me contaram. Viajou com um preceptor muito severo e nunca estivera em Paris.

– Todos esses italianos de alta linhagem têm o costume de casar-se entre si, não é verdade? – perguntou Danglars, casualmente. – Gostam de juntar suas fortunas.

– Quase sempre, sim. Mas Cavalcanti é uma pessoa original, que não faz nada como os outros. Ninguém me tira da cabeça que trouxe o filho à França para arranjar esposa.

– Acha mesmo?

– Tenho certeza.

– E já ouviu falar de sua fortuna?

– Não se fala de outra coisa. Uns lhe dão milhões, outros afirmam que não tem um centavo.

– E qual é a sua opinião?

– O senhor não deve confiar nela; é muito pessoal.

– Mas, enfim…

– Minha opinião é que todos esses velhos *podestà*, todos esses velhos *condottieri*, porque os Cavalcanti comandavam exércitos e governavam províncias; minha opinião, repito, é que escondiam milhões em lugares que apenas seus primogênitos conheciam, de geração em geração; e a prova é que são todos amarelos e secos como seus florins da época da República, dos quais conservam um reflexo à força de olhá-los.

– Perfeito – concordou Danglars. – E tanto mais quanto ninguém conhece um palmo de terra pertencente a essas pessoas.

– Têm pouca, pelo menos; de Cavalcanti, sei apenas que possui um palácio em Lucca.

– Ah, ele possui um palácio! – exclamou Danglars, rindo. – Bem, já é alguma coisa.

– Sim, e até o aluga para o ministro da Fazenda, enquanto mora numa casinha. Mas, como já lhe disse, o homem é um avarento.

– Vamos, vamos, o senhor em nada o lisonjeia.

– Ora, eu mal o conheço; acho que o vi três vezes na vida. O que sei desse homem foi pelo padre Busoni e por ele mesmo. Falava-me esta manhã sobre seus planos para o filho e deixou entrever que, cansado de deixar fundos consideráveis dormindo na Itália, que é um país morto, gostaria de encontrar um modo, na França ou na Inglaterra, de aumentar seus milhões. Mas note que, embora eu tenha a maior confiança no abade Busoni pessoalmente, não respondo por nada.

– Pouco importa, obrigado pelo cliente que me arranjou, pois é um nome muito bonito para eu colocar em meu livro de registro. Meu tesoureiro, a quem expliquei quem eram os Cavalcanti, ficou todo orgulhoso. A propósito, e isso é apenas um detalhe sem importância, quando essas pessoas casam seus filhos, dão-lhes dote?

– Ah, depende. Conheci um príncipe italiano, rico como uma mina de ouro, um dos primeiros nomes da Toscana, que, quando seus filhos se casavam como ele queria, dava-lhes milhões e, quando se casavam contrariando-o, contentava-se em conceder-lhes uma renda de trinta escudos por mês. Suponha que Andrea se case de acordo com a vontade do pai, este lhe dará talvez um, dois, três milhões; se for com a filha de um banqueiro, por exemplo, sem dúvida se interessará pela firma do sogro do rapaz; mas digamos que sua nora o desagrade: então adeus, o pai Cavalcanti pega a chave de seu cofre, dá uma volta dupla à fechadura e cá temos mestre Andrea forçado a viver como um filho-família parisiense, marcando cartas ou viciando dados.

– Esse rapaz vai encontrar uma princesa bávara ou peruana; ambicionará uma coroa, um Eldorado regado pelo Potosí.

– Não, todos esses senhores do outro lado dos Alpes frequentemente se casam com simples mortais; são como Júpiter, gostam de misturar as raças. Mas diga-me, meu caro senhor Danglars, está empenhado em casar Andrea e por isso me faz todas essas perguntas?

– Por minha fé – retrucou Danglars –, não me parece que isso seria uma especulação ruim; e eu sou um especulador.

– Não com a senhorita Danglars, presumo; gostaria que o pobre Andrea fosse degolado por Albert?

– Albert! – disse Danglars, dando de ombros. – Ele está pouco se importando com isso.

– Mas é noivo de sua filha, não?

– Bem, o senhor de Morcerf e eu falamos algumas vezes sobre esse casamento; mas a senhora de Morcerf e Albert...

– Vai me dizer que o rapaz não é um bom partido?

– Ora, a senhorita Danglars vale bem o senhor de Morcerf, suponho!

– O dote da senhorita Danglars será valioso, não tenho dúvidas, principalmente se o telégrafo não fizer mais loucuras.

– Oh, e não será apenas o dote! Mas, a propósito, diga-me...

– O quê?

– Por que o senhor não convidou Morcerf e sua família para o jantar?

– Convidei-os, sim, mas ele alegou uma viagem a Dieppe com a senhora de Morcerf, a quem recomendaram o ar marinho.

– Sim, sim – disse Danglars, rindo –, isso deve lhe fazer bem.

– Por quê?

– Porque é o ar que ela respirou na juventude.

Monte Cristo deixou passar o epigrama sem parecer que lhe dava atenção.

– Mas, afinal – disse o conde –, se Albert não é tão rico quanto a senhorita Danglars, o senhor não pode negar que ele tem um belo nome.

– Sim, mas gosto também do meu – replicou Danglars.

– Certamente, seu nome é popular e adornou o título com o qual se acreditava adorná-lo, mas o senhor é inteligente demais para não entender que, segundo certos preconceitos muito enraizados para serem extirpados, uma nobreza de cinco séculos é melhor que uma nobreza de vinte anos.

– Por isso mesmo – disse Danglars, com um sorriso que tentava tornar sardônico – é que prefiro o senhor Andrea Cavalcanti ao senhor Albert de Morcerf.

– Mas eu supunha – replicou Monte Cristo – que os Morcerf não ficassem atrás dos Cavalcanti.

– Os Morcerf!... Ouça, meu caro conde, o senhor é um cavalheiro, não?

– Creio que sim.

– E bom conhecedor de brasões?

– Um pouco.

– Bem, observe a cor do meu: é mais sólida que a do brasão de Morcerf.

– Por que isso?

– Porque, se não sou barão de nascença, pelo menos tenho a honra de dizer que meu nome é Danglars.

– E então?

– Ao passo que o dele não é Morcerf.

– Ele não se chama Morcerf?

– De modo algum.

– Como assim?

– Alguém me fez barão, de modo que sou; ele próprio se fez conde, de modo que não é.

– Impossível!

– Escute, meu caro conde – continuou Danglars –, o senhor de Morcerf é meu amigo, ou melhor, um conhecido há trinta anos; eu, como sabe, pouco me importo com meu brasão, pois nunca me esqueci de onde vim.

– Isso é prova de uma grande humildade ou de um grande orgulho – observou Monte Cristo.

– Pois bem, quando eu era um simples escriturário, Morcerf era um simples pescador.

– E como se chamava?

– Fernand.

– Só isso?

– Fernand Mondego.

– Tem certeza?

– Ora, ele me vendeu peixes suficientes para que eu o conheça.

– Então, por que vai lhe dar sua filha?

– Porque Fernand e Danglars, dois novos-ricos nobilitados e enriquecidos, são basicamente iguais, exceto por certas coisas que falam dele e nunca falaram de mim.

– Que coisas?

– Esqueça.

– Ah, sim, entendo; o que me diz refresca minha memória sobre o nome de Fernand Mondego. Eu ouvi esse nome ser pronunciado na Grécia.

– A respeito do caso de Ali-Paxá?

– Justamente.

– Aí está o mistério – prosseguiu Danglars. – E confesso que pagaria caro para descobri-lo.

– Não seria difícil, se quisesse.

– Como?

– Tem correspondente na Grécia?

– Tenho, é claro!

– Em Janina?

– Em toda parte.

– Pois então escreva a seu correspondente em Janina perguntando-lhe que papel desempenhou, no desastre de Ali-Tebelin, um francês chamado Fernand.

– Tem razão! – exclamou Danglars, levantando-se rapidamente. – Escreverei hoje mesmo.

ALEXANDRE DUMAS

– Faça isso.

– Farei.

– E se tiver notícias realmente escandalosas...

– Contarei ao senhor.

– Ouvirei com prazer.

Danglars saiu correndo do apartamento e, de um salto, alcançou sua carruagem.

O GABINETE DO PROCURADOR DO REI

Deixemos o banqueiro voltar a galope e sigamos a senhora Danglars em sua excursão matinal.

Dissemos que, ao meio-dia e meia, a senhora Danglars pedira seus cavalos e saíra de carruagem.

Dirigiu-se para o Bairro de Saint-Germain, tomou pela Rue Mazarine e parou na travessia do Pont-Neuf.

Desceu e cruzou a passagem. Estava vestida com muita simplicidade, como convém a uma mulher de bom gosto que sai pela manhã.

Na Rue Guénégaud, voltou à carruagem e deu como destino a Rue de Harlay.

Mal se acomodou na viatura, tirou da bolsa um véu preto muito espesso, que atou ao chapéu; depois, recolocou o chapéu na cabeça e concluiu com prazer, mirando-se em um pequeno espelho de bolso, que dela só poderiam ser vistas sua pele branca e as pupilas cintilantes de seus olhos.

O fiacre enveredou pelo Pont-Neuf e se dirigiu para a Place Dauphine, entrando no pátio de Harlay; a senhora Danglars pagou o cocheiro, que abriu a portinhola, e ela, subindo apressada os degraus, logo chegou à sala dos Pas-Perdus.

De manhã, há muitas sessões e muita gente alvoroçada no Palácio da Justiça; essas pessoas não reparam nas mulheres e a senhora Danglars atravessou a sala dos Pas-Perdus sem ser mais notada do que as outras dez que ali aguardavam seus advogados.

A antecâmara do senhor de Villefort estava congestionada; mas a senhora Danglars nem mesmo precisou pronunciar seu nome; assim que apareceu, um oficial de justiça levantou-se, caminhou em sua direção, perguntou-lhe se não era a ela que o procurador do rei tinha concedido audiência e, ante sua resposta afirmativa, conduziu-a por um corredor reservado ao gabinete do senhor de Villefort.

O magistrado escrevia sentado em sua poltrona, de costas para a porta: ouviu-a se abrir e o oficial pronunciar estas palavras: "Entre, senhora!". A porta se fechou de novo sem que ele fizesse um único movimento; mas mal sentiu que os passos do oficial se afastavam, virou-se rapidamente, foi correr os ferrolhos, fechar as cortinas e vistoriar todos os cantos do gabinete.

Depois, certo de que não poderia ser visto nem ouvido e, por consequência, mais tranquilo:

– Obrigado, senhora – disse ele. – Obrigado por sua pontualidade.

E lhe ofereceu uma cadeira, que a senhora Danglars aceitou, pois seu coração batia tão forte que ela estava a ponto de sufocar.

– Faz tempo – disse o procurador do rei, sentando-se por sua vez e fazendo a poltrona descrever um semicírculo de modo a ficar de frente para a senhora Danglars – que não tenho a felicidade de estar a sós com a senhora e, para meu grande pesar, nos reencontramos para iniciar uma conversa muito dolorosa.

– Entretanto, vim à sua primeira chamada, embora certamente a conversa vá ser ainda mais dolorosa para mim do que para o senhor.

Villefort sorriu amargamente.

– Então é verdade – disse ele, respondendo mais a seu pensamento que às palavras da senhora Danglars – que todas as nossas ações deixam vestígios, uns sombrios, outros brilhantes em nosso passado! Então é verdade que todos os nossos passos nesta vida se assemelham ao colear do réptil na areia, onde deixa um sulco! Ai de nós, para muitos esse sulco é o das lágrimas!

– Senhor – perguntou a senhora Danglars –, entende minha emoção, não é? Então me poupe, eu imploro. Esta sala, por onde passaram tantos culpados trêmulos e envergonhados, esta cadeira onde me sento também envergonhada e trêmula!… Oh, preciso de toda a minha lucidez para não ver em mim uma mulher muito culpada e no senhor um juiz hostil.

Villefort balançou a cabeça e suspirou.

– E eu – continuou ele – digo a mim mesmo que meu lugar não é na cadeira do juiz, mas no banco dos réus.

– O senhor?! – exclamou a senhora Danglars, espantada.

– Sim, eu.

– Acredito, senhor, que seu puritanismo exagera a situação – observou a senhora Danglars, cujos belos olhos se iluminaram com um brilho fugaz. – Esses sulcos de que fala foram traçados por todas as juventudes ardentes. No fundo das paixões, para além do prazer, sempre há um pouco de remorso; é por isso que o Evangelho, recurso eterno para os infelizes, nos deu como sustentáculo, a nós, pobres mulheres, a admirável parábola da jovem pecadora e da mulher adúltera. Por isso, reportando-me a esses delírios de minha juventude, às vezes penso que Deus vai me perdoar por eles, pois, se não a desculpa, pelo menos a compensação se encontra em meus sofrimentos; mas o que têm vocês, homens, a temer dessas coisas se todos os absolvem e o escândalo os nobilita?

– A senhora me conhece – respondeu Villefort. – Não sou hipócrita ou, pelo menos, não o sou sem motivo. Se minha fronte é severa, isso se deve aos muitos infortúnios que a deixaram sombria; se meu coração se petrificou, foi para resistir aos choques que recebeu. Eu não era assim em minha juventude, não era assim na noite de noivado em que estávamos todos sentados à volta de uma mesa na Rue du Cours, em Marselha. Mas, desde então, tudo mudou, em mim e ao redor de mim; minha vida se gastou na busca de coisas difíceis e em abater, quando surgiam dificuldades, aqueles que, voluntária ou involuntariamente, por sua livre vontade ou por acaso, se atravessavam em meu caminho para suscitar essas dificuldades. É raro que o objeto que desejamos não seja defendido com ardor por aqueles de quem queremos obtê-lo ou de quem tentamos arrebatá-lo. Assim, a maioria das más ações do homem se apresenta sob a forma ilusória da necessidade; mais tarde, vemos que a má ação cometida em um momento de exaltação, medo ou delírio poderia ter sido evitada. Os meios certos que devíamos empregar, que não vimos porque estávamos cegos, surgem a nossos olhos como coisa fácil e simples. Pensamos: por que fiz isto em vez daquilo? Ao contrário, vocês, mulheres, poucas vezes são atormentadas pelo remorso, porque muito raramente a decisão vem de vocês; seus infortúnios quase sempre lhes são impostos, suas faltas quase sempre são o crime de outrem.

– Seja como for – respondeu a senhora Danglars –, o senhor há de convir que, se cometi um erro, embora pessoal, na noite passada fui severamente castigada por ele.

– Pobre amiga! – disse Villefort, apertando-lhe a mão. – Severamente demais para sua força, pois por duas vezes quase sucumbiu e, no entanto...

– E, no entanto?

– Sim, devo dizer-lhe... junte toda a sua coragem, senhora, porque isto ainda não é o fim.

– Meu Deus! – exclamou a senhora Danglars, assustada. – O que ainda vem por aí?

– A senhora só vê o passado, senhora, que certamente é sombrio. Mas imagine um futuro mais sombrio ainda, um futuro... terrível, certamente... sangrento, talvez!...

A baronesa conhecia a calma de Villefort; ficou tão apavorada com a exaltação dele que abriu a boca para gritar, mas o grito morreu em sua garganta.

– Como esse pensamento foi ressuscitar? – bradou Villefort. – Como, do fundo do túmulo e das profundezas de nossos corações, onde dormia, saiu como um fantasma, para empalidecer nossas faces e ruborizar nossas frontes?

O CONDE DE MONTE CRISTO – TOMO 2

– O acaso, sem dúvida… – suspirou Hermine!

– O acaso… não, não, senhora, o acaso não existe – replicou Villefort.

– Existe, sim. Não foi por acaso, um acaso fatal, é verdade, mas sempre um acaso, que tudo isso aconteceu? Não foi por acaso que o conde de Monte Cristo comprou aquela casa? Não foi por acaso que mandou cavar o chão? Não foi por acaso, enfim, que a infeliz criança surgiu de sob as árvores? Pobre criatura inocente saída de mim, a quem nunca pude dar um beijo, mas a quem dei muitas lágrimas! Ah, todo o meu coração voou ao encontro do conde quando ele falou daqueles queridos restos mortais encontrados sob as flores.

– Nada disso, senhora; e era o que eu tinha de terrível a lhe dizer – começou Villefort com voz rouca. – Não, nenhum corpo foi encontrado sob as flores; não, nenhuma criança foi desenterrada; não, não devemos chorar; não, não devemos gemer, devemos tremer.

– Que está dizendo?! – exclamou a senhora Danglars, assustada.

– Quero dizer que o senhor de Monte Cristo, ao mandar cavar junto àquelas árvores, não encontrou nem o esqueleto de uma criança nem as ferragens de um baú, pois ali não havia nem uma coisa nem outra.

– Não havia nem uma coisa nem outra? – balbuciou a senhora Danglars, fixando no procurador do rei uns olhos cujas pupilas, assustadoramente dilatadas, denunciavam o terror. – Não havia nem uma coisa nem outra? – repetiu, como quem tenta reter, pelo som das palavras e a vibração da voz, ideias prestes a fugir.

– Não! – disse Villefort, apoiando a fronte nas mãos. – Não, cem vezes não!…

– Mas não foi lá que o senhor deixou a pobre criança? Por que quer me enganar? Com que propósito, diga?

– Foi lá; mas ouça-me, ouça-me, senhora, e terá pena de mim, que carreguei por vinte anos, sem lançar sobre a senhora a mínima parte da culpa, o peso das dores que vou lhe revelar.

– Meu Deus, o senhor me assusta! Mas não importa, fale, estou ouvindo.

– A senhora sabe como terminou aquela noite dolorosa, quando jazia expirando em sua cama, no quarto de damasco vermelho, enquanto eu, quase tão ofegante quanto a senhora, esperava que desse à luz. A criança veio e me foi entregue sem movimento, sem respiração, sem voz: pensamos que estivesse morta.

A senhora Danglars esboçou um movimento rápido, como se quisesse pular da cadeira.

Mas Villefort a deteve, cruzando as mãos para implorar sua atenção.

– Pensamos que ela estivesse morta – repetiu. – Coloquei-a num baú para substituir o caixão, desci ao jardim, cavei uma cova e a sepultei apressadamente. Mal tinha acabado de cobri-la com terra quando o braço do Corso se estendeu em minha direção. Vi como que uma sombra erguer-se, como que um relâmpago brilhar. Senti dor, tive vontade de gritar, um arrepio gelado percorreu todo o meu corpo e comprimiu minha garganta... Caí moribundo e achei que estava morto. Jamais me esquecerei de sua coragem sublime quando, voltando a mim, me arrastei até o pé da escada onde, mesmo moribunda também, a senhora veio ao meu encontro. Era necessário calar sobre a terrível catástrofe; a senhora teve a coragem de voltar para sua casa, amparada por sua ama; um duelo foi o pretexto para a minha lesão. Contra todas as probabilidades, o segredo não transpirou; levaram-me para Versalhes; durante três meses, lutei contra a morte; finalmente, como parecia que eu me apegava à vida, recomendaram-me o sol e o ar do sul. Quatro homens me carregaram de Paris para Châlons, fazendo seis léguas por dia. A senhora de Villefort seguia a padiola em sua carruagem. Em Châlons, embarcaram-me no *Saona*, depois no *Ródano*, e, impelido pela corrente, desci até Arles; em Arles, retomei minha liteira e continuei até Marselha. Minha convalescença durou dez meses; não ouvi mais falar da senhora, não ousei perguntar o que lhe acontecera. Quando voltei a Paris, soube que, viúva do senhor de Nargonne, se casara com o senhor Danglars.

Que pensei ao recobrar a consciência? Sempre a mesma coisa, sempre o cadáver de criança que, todas as noites, em sonhos, surgia do seio da terra e pairava sobre a sepultura, ameaçando-me com o olhar e o gesto. Então, mal voltei a Paris, informei-me; a casa ficara vazia desde que a deixamos, mas fora alugada por nove anos. Fui procurar o inquilino, fingi não desejar ver em mãos estranhas a casa que pertencera ao pai e à mãe de minha mulher, ofereci uma indenização pela renúncia ao aluguel; pediram-me seis mil francos, teria dado dez mil, teria dado vinte mil. Eu tinha o dinheiro comigo, mandei assinar imediatamente a rescisão; em seguida, de posse do documento, parti a galope para Auteuil. Ninguém, desde que eu saíra de lá, havia entrado na casa.

Eram cinco horas da tarde, subi para o quarto vermelho e esperei até o cair da noite.

Ali, tudo que eu vinha me dizendo há um ano, em agonia contínua, parecia ainda mais ameaçador em minha mente.

O Corso, que me jurara vingança, que me seguira de Nîmes a Paris; o Corso, que se escondera no jardim para me apunhalar, me surpreendera cavando a sepultura e enterrando a criança; talvez pudesse vir a conhecer a senhora; talvez já a conhecesse… Não a obrigaria, no futuro, a pagar por esse terrível segredo?… Não seria essa uma vingança muito doce para ele saber que eu não morrera de sua punhalada? Era, pois, urgente que, antes de mais nada e a todo custo, eu removesse os traços desse passado, que eu destruísse qualquer vestígio material, embora a realidade jamais se apagasse em minha memória.

Fora para isso que cancelara o aluguel, fora para isso que viera, era para isso que aguardava.

Caiu a noite, esperei que ficasse bem escura: estava sem luz na sala, onde rajadas de vento sacudiam as portas atrás das quais sempre imaginava ver alguém à espreita; de vez em quando estremecia, pensando ouvir atrás de mim, na cama, os gemidos da senhora e não ousava virar-me. Meu coração batia em meio ao silêncio, tão violentamente que receei ver minha ferida se reabrir; finalmente, foram morrendo, um após outro, todos os diferentes ruídos do campo. Percebi que não tinha mais nada a recear, que não podia ser visto nem ouvido, e decidi descer.

Ouça, Hermine, acho que sou tão corajoso quanto qualquer outro homem, mas quando tirei do peito a pequena chave da escada, de que nós dois gostávamos tanto e que a senhora queria mandar prender a um anel de ouro, quando abri a porta, quando, pelas janelas, vi o luar pálido lançando, nos degraus em espiral, uma longa faixa de luz branca semelhante a um espectro, encostei-me à parede e estive prestes a gritar; veio-me a sensação de que iria enlouquecer.

Por fim, consegui me dominar. Desci a escada degrau por degrau; a única coisa que não conseguia dominar era um estranho tremor nos joelhos. Agarrei-me ao corrimão; se o tivesse soltado por um momento, rolaria escada abaixo.

Cheguei à porta do jardim; havia lá fora uma pá encostada ao muro. Eu trazia uma lanterna furta-fogo; no meio do gramado, parei para acendê-la e continuei meu caminho.

Novembro se despedia, toda a vegetação do jardim desaparecera, as árvores não passavam de esqueletos com longos braços descarnados e as folhas mortas estalavam como areia sob meus pés.

O terror comprimia de tal modo meu coração que, ao chegar perto das árvores, tirei uma pistola do bolso e engatilhei-a. O tempo todo imaginara vislumbrar o rosto do Corso entre os ramos.

Iluminei as árvores com a lanterna: não havia nada ali. Olhei em volta: estava completamente sozinho. Nenhum ruído perturbava o silêncio da noite, exceto o canto de uma coruja que lançava seu grito estridente e lúgubre como um apelo aos fantasmas da noite.

Pendurei a lanterna em um galho em forma de forquilha que já havia notado um ano antes, bem no lugar onde me detivera para abrir a cova.

O mato crescera espesso no local, durante o verão, e no outono ninguém aparecera para cortá-lo. Porém, um ponto onde ele crescia mais ralo me chamou a atenção; era óbvio que fora ali que eu revirara a terra. Pus mãos à obra.

Chegara, pois, o momento que eu esperava há mais de um ano!

O conde de Monte Cristo – Tomo 2

Ansioso, trabalhava, sondava cada tufo de grama na esperança de sentir resistência na ponta da pá; nada! Mesmo assim, fiz um buraco com o dobro do tamanho do primeiro. Achei que havia cometido um erro, que estava no lugar errado; orientei-me, observei as árvores, tentei reconhecer detalhes que me houvessem escapado. Uma brisa fria e cortante sibilava por entre os galhos nus e, ainda assim, o suor escorria pela minha fronte. Lembrei-me de ter recebido a punhalada ao calcar a terra para cobrir o buraco, apoiado ao tronco de um cítiso; atrás de mim havia uma pedra artificial, destinada a servir de banco para os passeantes; e quando caí, minha mão, que acabara de largar o tronco, sentira o frescor dessa pedra. À minha direita estava o cítiso, atrás de mim a pedra; deixei-me cair da mesma maneira, levantei-me e comecei a cavar e a alargar o buraco: nada! Sempre nada! O baú não estava lá.

– Não estava lá? – perguntou a senhora Danglars, sufocada pelo terror.

– E não pense que me limitei a essa tentativa – continuou Villefort. – Não. Procurei em todo lugar; calculei que o assassino, tendo desenterrado o baú e acreditado que era um tesouro, quis se apossar dele e o levou. Depois, percebendo o engano, por sua vez fez um buraco e o colocou lá. Nada. Em seguida, ocorreu-me que ele não tomara muito cuidado e atirara o baú para um canto qualquer, pura e simplesmente. Considerando essa última hipótese, tive de aguardar o amanhecer para fazer a pesquisa. Voltei para o quarto e esperei.

– Meu Deus!

– Quando o dia chegou, desci novamente. Meu primeiro olhar foi para o conjunto de árvores. Esperava encontrar ali vestígios que me houvessem escapado na escuridão. Tinha revirado a terra em uma área de vários metros quadrados, cavando a uma profundidade de mais de cinquenta centímetros. Um dia inteiro dificilmente bastaria a um operário para fazer o que fiz em uma hora. Nada, não vi absolutamente nada.

Então, comecei a procurar o baú, na hipótese de que o homem o tivesse jogado a um canto. Isso devia ter acontecido no caminho que levava à pequena porta de saída; mas essa nova investigação foi tão inútil quanto a primeira e, com o coração apertado, voltei às árvores, que também não me davam esperança alguma.

– Oh – gemeu a senhora Danglars –, havia motivo para deixá-lo louco!

– Pensei mesmo que iria enlouquecer – disse Villefort –, mas não tive essa felicidade; recuperei as forças e, portanto, as ideias, perguntando-me: por que o homem levaria o cadáver?

– Como o senhor disse – lembrou a senhora Danglars –, para ter uma prova.

– Não, senhora, não podia ser isso; ninguém guarda um cadáver durante um ano, mas leva-o ao magistrado e dá seu depoimento. Ora, não foi o que aconteceu.

– E então?... – perguntou Hermine, palpitante.

– Então, há algo mais terrível, mais fatal, mais assustador para nós: talvez a criança estivesse viva e o assassino a salvou.

A senhora Danglars deu um grito terrível e agarrou as mãos de Villefort.

– Meu filho, vivo! – balbuciou ela. – O senhor enterrou meu filho vivo? Não tinha certeza de que estava morto e o enterrou? Ah!...

A senhora Danglars levantou-se com fúria e ficou diante do procurador do rei, apertando-lhe os pulsos com suas mãos delicadas, ereta e quase ameaçadora.

– Que quer que eu diga? É uma hipótese como outra qualquer – respondeu Villefort. Seu olhar fixo indicava que aquele homem tão poderoso estava a ponto de alcançar o limite do desespero e da loucura.

–Ah, meu filho, meu pobre filho! – exclamou a baronesa, recostando-se na cadeira e abafando os soluços no lenço.

Villefort voltou a si e compreendeu que, para desviar a tempestade materna que se formava sobre sua cabeça, era necessário transmitir à senhora Danglars o terror que ele mesmo sentia.

– A senhora compreende então que, se isso aconteceu – disse ele, levantando-se por sua vez e aproximando-se da baronesa para lhe falar em voz baixa –, estamos perdidos; a criança vive, alguém sabe que vive, alguém tem o nosso segredo; e como Monte Cristo falou diante de nós de uma criança desenterrada de onde ela não está, esse segredo é ele quem o guarda.

– Deus! Deus justo! Deus vingador! – murmurou a senhora Danglars.

Villefort respondeu com uma espécie de rugido.

– Mas a criança, a criança, senhor? – insistiu a mãe obstinada.

– Oh, como a procurei! – replicou Villefort, cruzando os braços. – Quantas vezes a chamei em minhas longas noites insones! Quantas vezes desejei uma riqueza de reis para comprar um milhão de segredos de um milhão de homens e encontrar o meu segredo entre os deles! Finalmente, um dia, quando empunhava a pá pela centésima vez, perguntei-me também pela centésima vez o que o Corso teria feito com a criança. Uma criança embaraça um fugitivo; talvez, percebendo que ainda estava viva, a atirasse ao rio.

– Não, impossível! – gritou a senhora Danglars. – Mata-se um homem por vingança, não se afoga uma criança a sangue-frio!

– Podia ser – aventou Villefort – que a levasse aos Enjeitados.

– Ah, sim, sim! – exclamou a baronesa. – Meu filho está lá, senhor!

– Fui ao asilo e soube que, na noite de 20 de setembro, uma criança fora deixada na roda, envolta em meio lenço de linho fino, rasgado intencionalmente. Nesse pedaço de pano estavam gravadas a metade de uma coroa de barão e a letra H.

– É isso, é isso! – exclamou a senhora Danglars. – Toda a minha roupa estava marcada assim; o senhor de Nargonne era barão e meu nome é Hermine. Obrigado, meu Deus, meu filho não está morto!

– Não, não está.

– E o senhor me diz isso sem medo de me fazer morrer de alegria? Onde está ele? Onde está meu filho?

Villefort deu de ombros.

– Não sei – respondeu ele. – E a senhora acha que, se soubesse, a faria passar por todas essas gradações, como um dramaturgo ou um romancista? Não, infelizmente não sei. Uma mulher, cerca de seis meses depois, veio reclamar a criança, trazendo a outra metade do lenço. Deu todas as garantias que a lei exige e ela lhe foi entregue.

– Mas o senhor tinha de se informar sobre essa mulher, tinha de tentar descobri-la.

– E julga que não fiz isso, senhora? Fingi uma investigação criminal e coloquei em campo os melhores detetives, os melhores agentes. Rastreamos suas pegadas até Châlons e ali as perdemos.

– Perderam?

– Sim, perdemos; perdemos para sempre.

A senhora Danglars ouviu essa história com um suspiro, uma lágrima, um grito para cada etapa.

– E isso é tudo? O senhor não fez mais nada?

– Oh – disse Villefort –, nunca deixei de procurar, de perguntar, de me informar. No entanto, depois de dois ou três anos, suspendi a busca. Mas hoje vou recomeçá-la com mais perseverança e determinação do que nunca. Terei sucesso, a senhora verá; porque já não é mais a consciência que me impele, é o medo.

– Mas – continuou a senhora Danglars – o conde de Monte Cristo não sabe de nada; do contrário, parece-me, não nos procuraria como fez.

– Oh, a maldade dos homens é muito grande – suspirou –, maior até do que a bondade de Deus. Observou os olhos do conde enquanto ele falava conosco?

– Não.

– Mas já o examinou profundamente algumas vezes?

– Sem dúvida. Ele é estranho, nada mais. Só uma coisa me intriga: de toda aquela refeição requintada que nos ofereceu, o conde não tocou em nada, não se serviu de nenhum prato.

– Sim, sim – disse Villefort –, percebi! E se soubesse o que sei agora, também não tocaria em nada; teria pensado que ele queria nos envenenar.

– E estaria enganado, como pode ver.

– Sem dúvida. Mas acredite em mim, esse homem tem lá seus planos. Por isso eu queria vê-la, conversar com a senhora, preveni-la contra todos, mas principalmente contra ele. Diga-me – continuou Villefort, examinando a baronesa ainda mais atentamente que antes –, a senhora comentou nossa ligação com alguém?

– Nunca, com ninguém.

– Entenda-me – prosseguiu Villefort afetuosamente –, quando digo ninguém, e a senhora me perdoe a insistência, quero dizer ninguém no mundo, certo?

– Oh, sim, sim, entendo muito bem – disse a baronesa, corando. – Nunca, eu lhe juro.

– Não cultiva o hábito de escrever à noite o que aconteceu de dia? Não mantém um diário?

– Ai de mim, não! Minha vida é pura frivolidade. Eu mesma a esqueço.

– Sabe se fala dormindo?

– Tenho um sono de criança. Não se lembra?

O rubor subiu ao rosto da baronesa e a palidez invadiu o de Villefort.

– É verdade – disse ele, tão baixo que mal pôde ser ouvido.

– E então? – perguntou a baronesa.

– Sei o que me resta fazer – respondeu Villefort. – E saberei, daqui a oito dias, quem é o senhor de Monte Cristo, de onde vem, para onde vai e por que fala em nossa presença de crianças desenterradas em seu jardim.

Villefort pronunciou essas palavras em um tom que teria feito o conde estremecer, caso pudesse ouvi-las.

Em seguida, apertou a mão que a baronesa relutou em lhe estender e conduziu-a respeitosamente até a porta. A senhora Danglars pegou outra carruagem de aluguel, que a levou até a passagem, do outro lado da qual estavam sua carruagem e seu cocheiro, que dormia pacificamente em seu assento enquanto a esperava.

Um baile de verão

No mesmo dia, mais ou menos na hora em que a senhora Danglars fazia a já mencionada visita ao gabinete do procurador do rei, uma carruagem entrou na Rue du Helder, transpôs a porta do nº 27 e parou no pátio.

Logo depois a portinhola se abriu e a senhora de Morcerf desceu, apoiando-se no braço do filho.

Assim que Albert acompanhou a mãe aos aposentos dela, pediu um banho e seus cavalos, vestiu-se com a ajuda de seu criado de quarto e depois ordenou que o levassem aos Champs-Élysées, à casa do conde de Monte Cristo.

O conde recebeu-o com seu sorriso habitual. Era uma coisa estranha, nunca parecia ser possível avançar um passo no coração ou no espírito daquele homem. Aqueles que queriam, se assim se pode dizer, forçar a passagem de sua intimidade, encontravam um muro.

Morcerf, que veio correndo até ele com os braços abertos, apesar de seu sorriso amigável acabou por deixá-los cair quando o viu, ousando, no máximo, estender-lhe a mão.

O conde de Monte Cristo, por sua vez, tocou-a, como sempre fazia, mas sem apertá-la.

O CONDE DE MONTE CRISTO – TOMO 2

– Muito bem! Aqui estou – disse ele –, caro conde.

– Seja bem-vindo.

– Cheguei há uma hora.

– De Dieppe?

– De Le Tréport.

– Ah! É verdade.

– E minha primeira visita é para o senhor.

– É gentil de sua parte – disse Monte Cristo –, como teria dito coisa completamente diferente.

– Então, quais são as novidades?

– Novidades! O senhor pergunta isto a mim, a um estrangeiro!

– Explico-me: quando pergunto pelas novidades, pergunto se fez alguma coisa por mim?

– O senhor encarregou-me de algo? – questionou Monte Cristo com uma inquietude zombeteira.

– Vamos, vamos – disse Albert –, não finja indiferença. – Dizem que existem avisos sensitivos que atravessam as distâncias: pois bem, em Le Tréport recebi meu choque elétrico; o senhor, se não trabalhou por mim, ao menos pensou em mim.

– É possível – disse Monte Cristo. – De fato pensei no senhor, mas a corrente magnética de que eu era condutor agia, confesso, independentemente da minha vontade.

– Verdade? Conte-me isso, por favor.

– É fácil. O senhor Danglars jantou na minha casa.

– Sei disso, pois foi para fugir de sua presença que minha mãe e eu partimos.

– Mas ele jantou com o senhor Andrea Cavalcanti.

– Seu príncipe italiano?

– Não exageremos. O senhor Andrea atribui-se apenas o título de visconde.

– Atribui-se, o senhor diz?

– Digo: atribui-se.

– Então ele não é?

– Eu sei lá! Ele se atribui, eu lhe atribuo, nós lhe atribuímos; não é como se ele o tivesse?

– Que homem estranho o senhor me saiu! E então?

– Então o quê?

– Então o senhor Danglars jantou aqui?

– Sim.

– Com seu visconde Andrea Cavalcanti?

– Com o visconde Andrea Cavalcanti, o marquês seu pai, a senhora Danglars, o senhor e a senhora de Villefort, pessoas encantadoras, o senhor Debray, Maximilien Morrel, e também... Espere... Ah, o senhor de Château-Renaud!

– Falaram de mim?

– Não foi dita uma palavra.

– É uma pena.

– Por quê? Parece-me que se o esqueceram, agindo assim apenas fizeram o que o senhor desejava?

– Meu caro conde, se não falaram de mim foi porque pensavam muito a meu respeito, o que me desespera.

– Que lhe importa, pois a senhorita Danglars não estava entre aqueles que pensavam aqui? Ah, é verdade que ela podia pensar em casa.

– Oh! Quanto a isto não, tenho certeza; ou, se ela pensava, era certamente da mesma forma que penso nela.

– Comovente simpatia! – exclamou o conde. – Então vocês se detestam?

– Escute – disse Morcerf –, se a senhorita Danglars fosse mulher que se compadecesse do martírio que eu não sofro por ela e me recompensasse fora das convenções matrimoniais acordadas entre nossas duas famílias, isso seria maravilhoso. Em suma, acredito que a senhorita Danglars seria uma amante encantadora, mas como esposa, que diacho...

– Então – disse Monte Cristo rindo –, esta é sua maneira de pensar no seu futuro?

O CONDE DE MONTE CRISTO – TOMO 2

– Oh, meu Deus, sim, um pouco brutal, admito, mas pelo menos é verdadeira. Ora, como não é possível transformar esse sonho em realidade, como para alcançar um determinado objetivo, é preciso que a senhorita Danglars se torne minha esposa, ou seja, que more comigo, que pense junto de mim, que cante perto de mim, que faça versos e música a dez passos de mim, e isso durante toda a minha vida, então fico apavorado. Uma amante, meu caro conde, se abandona, mas uma esposa, raios, é outra coisa, conserva-se eternamente, de perto ou de longe. Ora, é assustador conservar a senhorita Danglars para sempre, mesmo que seja de longe.

– O senhor é difícil, visconde.

– Sou, porque frequentemente penso em uma coisa impossível.

– No quê?

– Em encontrar uma mulher para mim, tal qual como meu pai encontrou para ele.

Monte Cristo empalideceu e olhou para Albert, que brincava com magníficas pistolas cujas fecharias fazia ranger rapidamente.

– Então, seu pai foi muito feliz? – perguntou.

– O senhor sabe minha opinião sobre minha mãe, senhor conde: um anjo do céu; vejo-a ainda bela, espirituosa, melhor que nunca. Acabo de chegar de Le Tréport; para qualquer outro filho, meu Deus, fazer companhia à mãe seria uma indulgência ou uma amolação. Mas passei quatro dias sozinho com ela, mais satisfeito, mais sossegado, mais poético, eu diria, do que se tivesse levado a Rainha Mab ou Titânia a Le Tréport.

– É uma perfeição desesperadora e o senhor dá a todos que o escutam um enorme desejo de ficar solteiros.

– É exatamente por que – continuou Morcerf –, sabendo que existe no mundo uma mulher tão incomparável, não me importo em me casar com a senhorita Danglars. O senhor já notou como às vezes o nosso egoísmo reveste de cores brilhantes tudo aquilo que nos pertence? O diamante que reluzia na vitrine de Marlé ou de Fossin fica muito mais bonito depois que se torna nosso; mas se a evidência nos obriga a reconhecer que existe

903

um diamante ainda mais puro e somos condenados a usar eternamente uma pedra inferior a outra, compreende o sofrimento?

– Fútil! – murmurou o conde.

– É por isso que darei pulos de alegria no dia em que a senhorita Eugénie perceber que sou apenas um reles átomo e que, se mal possuo centenas de milhares de francos, ela possui milhões.

Monte Cristo sorriu.

– Tinha pensado em outra coisa – continuou Albert. – Franz gosta de excentricidades, eu procurei, à sua revelia, fazer com que se apaixonasse pela senhorita Danglars; mas às quatro cartas que lhe escrevi no estilo mais sedutor, Franz respondeu-me imperturbavelmente.

"Sou excêntrico, é verdade, mas minha excentricidade não chega a ponto de faltar com minha palavra depois de tê-la dado."

– Eis o que chamo de amizade devotada: oferecer a outro a mulher que só se quer como amante.

Albert sorriu.

– A propósito – continuou –, o caro Franz está para chegar; mas isso pouco lhe importa, acho que o senhor não gosta dele.

– Eu! – exclamou Monte Cristo. – Meu caro visconde, de onde veio essa ideia de que eu não gosto do senhor Franz? Eu gosto de todo mundo.

– E eu estou incluído nesse todo mundo... obrigado.

– Oh! Não confundamos – disse Monte Cristo. – Gosto de todo mundo da forma que Deus nos manda que amemos nosso próximo, de maneira cristã; mas só não aprecio certas pessoas. Voltemos ao senhor Franz d'Épinay. Então o senhor diz que ele está para chegar?

– Sim, chamado pelo senhor de Villefort, tão desesperado, ao que parece, em casar a senhorita Valentine quanto o senhor Danglars em casar a senhorita Eugénie. Decididamente, deve ser muito penoso ser pai de filhas crescidas; parece-me que isso lhes dá febre e que seu pulso bate noventa vezes por minuto até ficarem livres delas.

– Mas o senhor d'Épinay não é como o senhor; ele sofre sem se queixar.

O CONDE DE MONTE CRISTO – TOMO 2

– Melhor que isso, ele leva a coisa a sério. Usa gravatas brancas e já fala de sua família. De resto, tem grande consideração pelos Villefort.

– Merecida, não é verdade?

– Acredito que sim. O senhor de Villefort sempre foi visto como um homem severo, mas justo.

– Felizmente – disse Monte Cristo –, eis aqui ao menos alguém que o senhor não trata como ao pobre senhor Danglars.

– Talvez porque eu não seja obrigado a me casar com a filha dele – respondeu Albert, rindo.

– Na verdade, meu caro senhor – disse Monte Cristo –, o senhor é de uma vaidade revoltante.

– Eu?

– Sim, o senhor. Pois pegue um charuto.

– Com o maior prazer. E por que sou vaidoso?

– Porque está aí se defendendo, debatendo-se para não se casar com a senhorita Danglars. Meu Deus! Deixe as coisas acontecerem e talvez não seja o primeiro a faltar com a palavra.

– Como?! – exclamou Albert arregalando os olhos.

– Sem dúvida, senhor visconde, ninguém o fará entrar à força em uma igreja, que diabo! Vamos falar sério – retomou Monte Cristo mudando de entonação –, o senhor quer romper?

– Daria cem mil francos por isso.

– Ótimo! O senhor Danglars está disposto a dar o dobro para atingir o mesmo objetivo.

– É real essa felicidade? – perguntou Albert, que, no entanto, ao dizer estas palavras não pôde evitar que uma nuvem imperceptível lhe passasse pela fronte. – Mas, meu caro conde, então o senhor Danglars tem motivos para isso?

– Ah! Aí está você, natureza orgulhosa e egoísta! Até que enfim encontro o homem que quer destruir o amor-próprio dos outros a golpes de machado e que grita quando furam o seu com uma agulha.

–Não! Mas é que me parece que o senhor Danglars...

– Deveria estar maravilhado com o senhor, não é mesmo? Pois bem! O senhor Danglars é um homem de mau gosto, como se sabe, e está ainda mais maravilhado com outro...

– Com quem, afinal?

– Não sei; estude, observe, capte as alusões assim que passarem e tire delas o melhor proveito possível.

– Compreendo. Escute, minha mãe... Não, minha mãe, não, estou enganado. Foi meu pai quem teve a ideia de dar um baile.

– Um baile nesta época do ano?

– Os bailes de verão estão na moda.

– Se não estivessem, bastaria a condessa querer e ficariam.

– Nada mau. O senhor compreende, são bailes puro-sangue; aqueles que ficam em Paris durante o mês de julho são verdadeiros parisienses. O senhor gostaria de se encarregar de convidar os senhores Cavalcanti?

– Daqui a quantos dias acontece o seu baile?

– No sábado.

– O senhor Cavalcanti pai terá partido.

– Mas o senhor Cavalcanti filho fica. Quer se encarregar de trazer o senhor Cavalcanti filho?

– Escute, visconde, eu não o conheço.

– O senhor não o conhece?

– Não, vi-o pela primeira vez há três ou quatro dias, e não respondo por ele em nada.

– Mas o senhor o recebe.

– Comigo é outra coisa. Ele me foi recomendado por um bom abade, que pode ter sido ele mesmo enganado. Convide-o diretamente, será perfeito, mas não me peça que o apresente. Se mais tarde ele viesse a se casar com a senhorita Danglars, o senhor me acusaria de maquinação e me desafiaria em duelo. De resto, nem sei se eu mesmo irei.

– Aonde?

– Ao seu baile.

– Por que não viria?

O CONDE DE MONTE CRISTO – TOMO 2

– Primeiramente porque o senhor ainda não me convidou.

– Vim expressamente para entregar seu convite.

– Oh! Quanta amabilidade. Mas posso ter algum impedimento.

– Quando lhe tiver dito uma coisa, será suficientemente amável para sacrificar a nosso favor quaisquer impedimentos.

– Diga.

– Minha mãe pede-lhe que venha.

– A senhora condessa de Morcerf? – perguntou Monte Cristo, estremecendo.

– Ah, conde – disse Albert –, previno-o que a senhora de Morcerf conversa livremente comigo, e se ainda não sentiu vibrar dentro do senhor essas fibras sensitivas de que lhe falei há pouco, é porque carece dessas fibras completamente, pois durante quatro dias só falamos do senhor.

– De mim? Na verdade o senhor me enche de satisfação!

– Escute, esse é o privilégio da sua situação, ser um problema vivo.

– Ah! Então também sou um problema para sua mãe? Na verdade, eu a julgava demasiado sensata para se entregar a tais desvios de imaginação!

– Problema, meu caro conde, problema para todos, tanto para minha mãe quanto para os outros, problema aceito, mas não solucionado; o senhor continua em estado de enigma, tranquilize-se. Minha mãe só continua a perguntar como é possível que o senhor seja tão jovem. Acredito que, no fundo, enquanto a condessa G... o toma por Lorde Ruthwen, minha mãe o toma por Cagliostro ou pelo conde de Saint-Germain. Na primeira vez que for visitar a senhora de Morcerf, confirme com ela essa opinião. Não lhe será difícil, o senhor tem a pedra filosofal de um e o espírito do outro.

– Agradeço por ter me avisado – disse o conde, sorrindo –, tentarei estar à altura de todas as suposições.

– Então você virá no sábado?

– Já que a senhora de Morcerf me pede.

– O senhor é muito amável.

– E o senhor Danglars?

– Oh! ele já recebeu um convite triplo; meu pai cuidou disso. Tentaremos também ter o grande d'Aguesseau e o senhor de Villefort; mas não temos muita esperança.

– A esperança é a última que morre, diz o provérbio.

– O senhor dança, caro conde?

– Eu?

– Sim, o senhor. O que haveria de estranho se dançasse?

– Ah! De fato, enquanto não se passa dos quarenta... Não, eu não danço; mas adoro ver dançar. E a senhora de Morcerf, ela dança?

– Nunca, tampouco; vocês conversarão, ela quer tanto conversar com o senhor!

– Verdade?

– Palavra de honra! E declaro que o senhor é o primeiro homem pelo qual minha mãe manifestou essa curiosidade.

Albert pegou o chapéu e se levantou; o conde o acompanhou até a porta.

– Eu me censuro – disse ele –, parando no alto da escada.

– Por quê?

– Fui indiscreto, não deveria ter lhe falado do senhor Danglars.

– Ao contrário, fale mais, fale muitas vezes, fale sempre; mas da mesma maneira.

– Ótimo! O senhor me tranquiliza. A propósito, quando chega o senhor d'Épinay?

– Dentro de cinco ou seis dias, no máximo.

– E quando ele se casa?

– Assim que o senhor e a senhora Saint-Méran chegarem.

– Traga-o para me visitar quando estiver em Paris. Mesmo que acredite que não gosto dele, declaro que ficarei feliz em vê-lo.

– Bem, suas ordens serão cumpridas, senhor.

– Até a próxima.

– Até sábado, em todo caso, com certeza, não é mesmo?

– Claro, eu lhe dei minha palavra.

O CONDE DE MONTE CRISTO – TOMO 2

O conde acompanhou Albert com os olhos, acenando-lhe com a mão. Depois, quando subiu na carruagem, voltou-se e, dando com Bertuccio atrás dele:

– E então? – perguntou.

– Ela foi ao palácio – respondeu o intendente.

– Ficou lá por muito tempo?

– Uma hora e meia.

– E voltou para casa?

– Diretamente.

– Ótimo, meu caro senhor Bertuccio – disse o conde –, se tenho agora um conselho a lhe dar é ir à Normandia para ver se não encontra o pedacinho de terra de que lhe falei.

Bertuccio saudou, e, como seus desejos estavam em perfeita harmonia com a ordem que recebera, partiu naquela mesma noite.

As informações

O senhor de Villefort manteve sua palavra para com a senhora Danglars e, sobretudo, consigo mesmo, procurando descobrir como o senhor conde de Monte Cristo ficara sabendo da história da casa de Auteuil.

Escreveu naquele mesmo dia a um certo senhor de Boville – que, depois de ter sido inspetor de prisões, tinha ingressado, com uma patente superior, na polícia de segurança – para obter as informações que desejava, e este pediu dois dias para saber exatamente junto a quem poderia se informar.

Expirados os dois dias, o senhor de Villefort recebeu o seguinte bilhete:

A pessoa chamada senhor conde de Monte Cristo é amigo próximo de Lorde Wilmore, um rico estrangeiro que às vezes vemos em Paris e que aqui se encontra neste momento; também é amigo do abade Busoni, padre siciliano de grande reputação no Oriente, onde realizou muitas obras caritativas.

O senhor de Villefort respondeu com uma ordem de que fossem tomadas informações mais imediatas e precisas sobre esses dois estrangeiros;

O conde de Monte Cristo – Tomo 2

na noite seguinte suas ordens tinham sido cumpridas e estas são as informações que ele recebeu:

O abade, que passava apenas um mês em Paris, morava atrás de Saint--Sulpice, em uma pequena casa de um andar acima do térreo; quatro cômodos, dois no andar de cima e dois no térreo, fomavam todo o alojamento, do qual era o único inquilino.

Os dois cômodos do térreo compunham-se de uma sala de jantar com mesa, cadeiras e bufê de nogueira e de uma sala de estar de madeira pintada de branco, sem ornamentos, sem tapetes e sem relógio. Via-se que o abade se limitava a objetos de primeira necessidade.

É verdade que o abade vivia de preferência na sala do primeiro andar. Esta sala, toda mobiliada com livros de teologia e pergaminhos, no meio dos quais ficava, segundo seu criado de quarto, enterrado durante meses a fio, era na realidade menos uma sala de estar que uma biblioteca.

Esse criado observava os visitantes através de uma espécie de guichê, e quando um rosto lhe era desconhecido ou não lhe agradava, ele respondia que o senhor abade não estava em Paris, o que para muita gente bastava, pois sabiam que o abade viajava frequentemente e às vezes ficava muito tempo ausente.

Além disso, estivesse em casa ou não, estivesse em Paris ou no Cairo, o abade não deixava de fazer doações, e o guichê servia de roda às esmolas que o criado distribuía incessantemente em nome do patrão.

O outro cômodo, situado junto à biblioteca, era um quarto de dormir. Uma cama sem cortinados, quatro poltronas e um sofá de veludo de Utrecht amarelo formavam, com um genuflexório, toda a mobília.

Quanto a Lorde Wilmore, morava na Rue Fontaine-Saint-Georges. Era um desses turistas ingleses que gastam toda sua fortuna em viagens. Alugara mobiliado o apartamento em que morava, onde passava apenas duas ou três horas por dia e onde raramente dormia. Uma de suas manias era recusar-se terminantemente a falar a língua francesa, que no entanto escrevia, diziam, com grande pureza.

Alexandre Dumas

No dia seguinte àquele em que essas preciosas informações chegaram ao senhor procurâdor do rei, um homem que descera de uma carruagem na esquina da Rue Férou bateu em uma porta pintada de verde-oliva e perguntou pelo abade Busoni.

– O senhor abade saiu pela manhã – respondeu o criado.

– Poderia não me contentar com essa resposta – disse o visitante –, porque venho da parte de uma pessoa para quem todos sempre estão em casa. Mas queira entregar ao abade Busoni...

– Já lhe disse que ele não está – repetiu o criado.

– Então, quando voltar, entregue-lhe este cartão e esta carta lacrada. O abade estará em casa hoje às oito horas?

– Oh, com certeza, senhor, a menos que o senhor abade esteja trabalhando, e então é como se tivesse saído.

– Voltarei então esta noite na hora indicada – afirmou o visitante.

E retirou-se.

Com efeito, à hora indicada, o mesmo homem voltou na mesma carruagem, que desta vez, em vez de parar na esquina da Rue Férou, se deteve diante da porta verde. Ele bateu, abriram a porta e entrou.

Pelos gestos de respeito que o criado lhe dedicou, compreendeu que sua carta produzira o efeito desejado.

– O senhor abade está em casa? – perguntou.

– Sim, está trabalhando em sua biblioteca; mas ele o espera – respondeu o criado.

O desconhecido subiu uma escada bastante rústica e, diante de uma mesa cuja superfície estava inundada pela concentração de luz de um amplo abajur, enquanto o resto do ambiente estava na penumbra, viu o abade, em trajes eclesiásticos, com a cabeça coberta por um daqueles capuzes com que ocultavam o crânio os sábios da Idade Média.

– É ao senhor Busoni que tenho a honra de falar? – perguntou o visitante.

– Sim, senhor – respondeu o abade –, e o senhor é a pessoa que o senhor de Boville, ex-intendente das prisões, me envia da parte do senhor ministro da Polícia?

912

O conde de Monte Cristo – Tomo 2

– Exatamente, senhor.

– Um dos agentes da segurança de Paris!

– Sim, senhor – respondeu o desconhecido com uma espécie de hesitação, e, acima de tudo, um pouco de rubor.

O abade ajeitou as grandes lentes que cobriam não apenas os olhos, mas também as têmporas e, sentando-se novamente, sinalizou para que o visitante também o fizesse.

– Sou todo ouvidos, senhor – disse o abade, com forte sotaque italiano.

– A missão de que fui encarregado, senhor – começou o visitante, pesando cada uma de suas palavras como se estas tivessem dificuldade em sair –, é uma missão confidencial para a pessoa que a executa e para a pessoa junto da qual a executa.

O abade inclinou-se.

– Sim – continuou o desconhecido –, sua probidade, senhor abade, é tão conhecida do ministro da Polícia que ele deseja saber do senhor, como magistrado, uma coisa que interessa à segurança pública em nome da qual venho procurá-lo. Esperamos, portanto, senhor abade, que não haja laços de amizade nem consideração humana que possam levá-lo a disfarçar a verdade à justiça.

– Contanto, senhor, que as coisas que deseja saber não mexam com os escrúpulos da minha consciência. Sou sacerdote, senhor, e os segredos da confissão, por exemplo, devem permanecer entre mim e a justiça de Deus, e não entre mim e a justiça humana.

– Oh, fique tranquilo, senhor abade – disse o desconhecido –, seja em que circunstâncias forem, respeitaremos sua consciência.

Ao ouvir essas palavras, o abade, desviando a luz do abajur ao seu lado, ergueu-o em direção ao lado oposto, de modo que, ao mesmo tempo em que iluminava totalmente o rosto do desconhecido, o seu permanecia na penumbra.

– Perdão, senhor abade – disse o enviado do ministro da Polícia –, mas essa luz me cansa horrivelmente a vista.

O abade abaixou a cúpula de papelão verde.

– Agora, cavalheiro, sou todo ouvidos, fale.

– Vou direto ao assunto, meu caro. O senhor conhece o senhor conde de Monte Cristo?

– Refere-se ao senhor Zaccone, presumo.

– Zaccone! Então ele não se chama Monte Cristo?

– Monte Cristo é o nome de uma terra, ou melhor, o nome de um rochedo, e não um nome de família.

– Muito bem, que seja; não percamos tempo com palavras, uma vez que o senhor de Monte Cristo e o senhor Zaccone são o mesmo homem...

– Absolutamente o mesmo.

– Falemos do senhor Zaccone.

– De acordo.

– Eu lhe perguntava se o senhor o conhece.

– Muito.

– Quem é ele?

– É filho de um rico armador de Malta.

– Sim, sei disso, é o que dizem; mas como o senhor há de concordar, a polícia não pode se contentar com um *o que dizem*.

– No entanto – continuou o abade com um sorriso muito afável –, quando esse *o que dizem* é a verdade, convém que todo mundo se contente com ele e que a polícia faça como todo mundo.

– Mas o senhor tem certeza do que está dizendo?

– Como? Se tenho certeza?

– Observe, senhor, que não suspeito de forma alguma de sua boa-fé. Apenas pergunto: tem certeza?

– Escute, conheci o senhor Zaccone pai.

– Ah! ah!

– Sim, e quando criança brinquei muitas vezes com o filho dele em estaleiros navais.

– No entanto, e esse título de conde?

– Como sabe, isso se compra.

– Na Itália?

O CONDE DE MONTE CRISTO – TOMO 2

– Em toda parte.

– Mas e essas riquezas, que são imensas, pelo que também dizem...

– Oh, quanto a isso – respondeu o abade –, "imensas" é a palavra exata.

– Quanto acha que ele possui, o senhor que o conhece?

– Oh, certamente entre cento e cinquenta e duzentas mil libras de renda.

– Ah, isso parece razoável – disse o visitante –, no entanto falam de três, quatro milhões!

– Duzentas mil libras de renda, cavalheiro, dão exatamente quatro milhões de capital.

– Mas falavam de três ou quatro milhões de renda!

– Oh, isso não é verossímil.

– E o senhor conhece sua ilha de Monte Cristo?

– Certamente. Qualquer homem que tenha vindo de Palermo, de Nápoles ou de Roma por mar para a França a conhece, pois passa ao lado dela e a viu ao passar.

– É um lugar encantador, pelo que dizem.

– É um rochedo.

– E por que o conde comprou um rochedo?

– Precisamente para ser conde. Na Itália, para ser conde, ainda é preciso um condado.

– Decerto já ouviu falar das aventuras de juventude do senhor Zaccone.

– O pai?

– Não, o filho.

– Ah, eis onde começam minhas incertezas, pois foi aqui que perdi de vista meu jovem colega.

– Ele fez o serviço militar?

– Acredito que sim.

– Em que arma?

– Na marinha.

– Ora, vamos, o senhor não é seu confessor?

– Não cavalheiro; acho que ele é luterano.

– Como, luterano?

915

– Estou dizendo o que acho; não estou afirmando. De resto, julgava a liberdade de culto estabelecida na França.

– Sem dúvida. Por isso, não é de suas crenças que estamos nos ocupando neste momento, mas de seus atos; em nome do senhor ministro da Polícia, ordeno que diga o que sabe.

– Ele passa por um homem muito caridoso. Nosso Santo Padre, o papa, o fez cavaleiro de Cristo, graça que concede apenas aos príncipes, pelos eminentes serviços prestados aos cristãos do Oriente; ele possui cinco ou seis grã-cruzes conquistadas por serviços prestados dessa forma aos príncipes ou aos Estados.

– E ele as usa?

– Não, mas tem orgulho delas; diz que prefere as recompensas concedidas aos benfeitores da humanidade àquelas concedidas aos destruidores dos homens.

– Então este homem é um quacre?

– Exatamente, é um quacre, tirando o chapéu grande e o traje marrom, evidentemente.

– Ele tem amigos?

– Sim, porque tem como amigos todos aqueles que o conhecem.

– Mas, afinal, deve ter algum inimigo?

– Apenas um.

– Como se chama?

– Lorde Wilmore.

– Onde se encontra?

– Neste exato momento, em Paris.

– E ele pode me dar informações?

– Preciosas. Esteve na Índia ao mesmo tempo em que Zaccone.

– Sabe onde mora?

– Em algum lugar em Chaussée-d'Antin; mas ignoro a rua e o número.

– O senhor não se dá com esse inglês?

– Gosto muito de Zaccone e ele o odeia; nossa relação esfriou em virtude disso.

O CONDE DE MONTE CRISTO – TOMO 2

– Senhor abade, acha que o conde de Monte Cristo já havia estado na França antes da viagem que acaba de fazer a Paris?

– Ah, quanto a isso posso lhe responder convenientemente. Não, cavalheiro, ele nunca veio aqui, pois me procurou há seis meses para obter as informações que desejava. De minha parte, como naquela época eu ignorava quando eu mesmo regressaria a Paris, recomendei-lhe o senhor Cavalcanti.

– Andrea?

– Não, Bartolomeo, o pai.

– Muito bem, senhor; tenho apenas mais uma coisa a lhe perguntar, e o intimo em nome da honra, da humanidade e da religião que me responda sem rodeios.

– Fale, cavalheiro.

– Sabe com que finalidade o senhor conde de Monte Cristo comprou uma casa em Auteuil?

– Certamente, pois ele me disse.

– Com que finalidade, senhor?

– A de transformá-la num hospício de alienados como o fundado pelo barão de Pisani em Palermo. Conhece esse hospício?

– De nome, senhor.

– É uma instituição magnífica.

Dito isso, o abade cumprimentou o desconhecido como quem deseja dar a entender que não se importaria em voltar ao trabalho interrompido.

O visitante, seja por ter compreendido o desejo do abade seja por ter chegado ao fim de suas perguntas, levantou-se por sua vez. O abade o acompanhou até a porta.

– O senhor dá ótimas esmolas – disse o visitante –, e apesar de dizerem que é rico, atrevo-me a oferecer-lhe alguma coisa aos seus pobres; importa-se de aceitar minha oferta?

– Obrigado senhor, existe apenas uma coisa de que sou cioso no mundo: é que o bem que faça provenha de mim.

– No entanto...

– É uma resolução inabalável. Mas procure, senhor, e encontrará! Infelizmente! No caminho de todo homem rico se cruza muita miséria!

O abade cumprimentou pela última vez ao abrir a porta; por seu turno, o desconhecido o cumprimentou e saiu.

A carruagem o levou diretamente à casa do senhor de Villefort.

Uma hora depois, a carruagem saiu novamente, desta vez em direção à Rue Fontaine-Saint-Georges. No número 5, parou. Ali morava Lorde Wilmore.

O desconhecido escrevera a Lorde Wilmore pedindo-lhe um encontro, que este marcara para as dez horas. Assim, quando o enviado do ministro da Polícia chegou dez minutos antes das dez horas, foi-lhe dito que Lorde Wilmore, que era a exatidão e a pontualidade em pessoa, ainda não chegara, mas que estaria de volta impreterivelmente às dez horas em ponto.

O desconhecido esperou no salão. Este nada tinha de notável e era como todos os salões de uma casa mobiliada. Uma lareira com dois vasos de Sèvres modernos, um carrilhão com um Cupido retesando seu arco, um espelho bipartido; de cada lado do espelho uma gravura representando, a primeira, Homero conduzido por seu guia, a segunda, Belisário pedindo esmola; paredes recobertas de papel cinza de vários tons, um móvel forrado de vermelho com estampas em preto; assim era o salão de Lorde Wilmore.

Era iluminado por globos de vidro fosco que emitiam apenas uma luz fraca, a qual parecia disposta propositalmente para os olhos cansados do enviado do ministro da Polícia.

Depois de dez minutos de espera, o carrilhão bateu dez horas; na quinta badalada, a porta se abriu e Lorde Wilmore apareceu.

Lorde Wilmore era um homem antes alto do que baixo, com costeletas ralas e ruivas, de tez branca e cabelos louros agrisalhados. Estava vestido com toda a excentricidade inglesa, ou seja, usava um casaco azul com botões dourados e gola alta pespontada, como se usava em 1811; um colete de casimira branca e calças de nanquim três polegadas mais curtas, mas que presilhas do mesmo tecido passadas por baixo dos pés impediam de subir até os joelhos.

O CONDE DE MONTE CRISTO – TOMO 2

Suas primeiras palavras ao entrar foram:

– O senhor sabe que não falo francês.

– Sei, pelo menos, que não gosta de falar nossa língua – respondeu o enviado do ministro da Polícia.

– Mas o senhor pode falar nela – replicou Lorde Wilmore –, pois se não a falo, compreendo-a.

– E eu – disse o visitante, mudando de idioma – falo inglês com facilidade suficiente para travar uma conversa nessa língua. Portanto, não se incomode, senhor.

– Uau! – exclamou Lorde Wilmore com aquela entonação própria dos nativos mais puros da Grã-Bretanha.

O enviado do ministro da Polícia entregou a Lorde Wilmore sua carta de apresentação. Este a leu com uma fleuma toda anglicana e assim que terminou a leitura, disse em inglês:

– Compreendo, compreendo perfeitamente.

Começaram então as perguntas.

Foram mais ou menos as mesmas dirigidas ao abade Busoni. Mas como Lorde Wilmore, na qualidade de inimigo do conde de Monte Cristo, não punha em suas respostas a mesma reserva que o abade, estas foram muito mais extensas; ele contou a juventude de Monte Cristo, que, segundo ele, aos dez anos entrara para o serviço de um daqueles pequenos soberanos da Índia em guerra com os ingleses; fora lá que ele, Wilmore, o encontrara pela primeira vez e que haviam lutado um contra o outro. Naquela guerra, Zaccone fora feito prisioneiro, enviado para a Inglaterra, confinado num pontão, de onde fugiu a nado. Começaram então suas viagens, seus duelos, suas paixões; veio a insurreição da Grécia e ele serviu nas fileiras dos gregos. Enquanto lhes servia, descobrira uma mina de prata nas montanhas da Tessália, mas tivera o cuidado de não falar a ninguém sobre a descoberta. Depois de Navarin, e quando o governo grego se consolidou, ele pediu ao rei Oto uma concessão para explorar a mina; que lhe foi outorgada. Daí aquela imensa fortuna que, segundo Lorde Wilmore, podia atingir um ou

919

dois milhões de renda, fortuna que, no entanto, poderia secar repentinamente se a própria mina secasse.

– Mas – perguntou o visitante – sabe por que ele veio à França?

– Quer especular com ferrovias – respondeu Lorde Wilmore. – Além disso, como é um químico hábil e um físico não menos notável, descobriu um novo telégrafo, cuja aplicação ambiciona.

– Quanto ele gasta aproximadamente por ano? – perguntou o enviado do ministro da Polícia.

– Oh, quinhentos ou seiscentos mil francos, no máximo – respondeu Lorde Wilmore –, ele é avaro.

Era evidente que o ódio incitava o inglês a falar, e que, não sabendo o que recriminar ao conde, censurava sua avareza.

– Sabe alguma coisa sobre a casa de Auteuil?

– Claro que sim.

– Ótimo! O que sabe?

– Pergunta com que finalidade a comprou?

– Sim.

– Pois bem! O conde é um especulador que certamente irá à ruína com suas experiências e utopias: ele garante que em Auteuil, nas proximidades da casa que acaba de comprar, existe uma nascente de água mineral que pode rivalizar com as águas de Bagnères-de-Luchon e de Cauterets. Ele quer fazer de sua aquisição uma *bad-haus*, como dizem os alemães. Já revirou duas ou três vezes o jardim inteiro para encontrar a famosa nascente, e como não conseguiu descobri-la, o senhor verá que dentro de pouco tempo começará a comprar as casas vizinhas à dele. Porém, como o detesto, espero que em sua ferrovia, em seu telégrafo elétrico ou em sua exploração de bens, ele se arruíne; eu o sigo para saborear seu fracasso, que está fadado a acontecer mais dia menos dia.

– E por que o detesta? – perguntou o visitante.

– Eu o detesto – respondeu Lorde Wilmore – porque, ao passar pela Inglaterra, ele seduziu a mulher de um dos meus amigos.

– Mas se o odeia, por que não tenta se vingar dele?

O CONDE DE MONTE CRISTO – TOMO 2

– Já duelei três vezes com o conde – disse o inglês. – Na primeira vez, com a pistola, na segunda com a espada, na terceira com o espadão.

– E qual foi o resultado desses duelos?

– Na primeira vez, ele me quebrou o braço; na segunda, me perfurou o pulmão; e, na terceira, me fez este ferimento.

O inglês baixou o colarinho da camisa que lhe subia até as orelhas e mostrou uma cicatriz cuja vermelhidão indicava data não muito antiga.

– De forma que o odeio muito – repetiu o inglês – e espero que só morra pelas minhas mãos.

– Mas – observou o enviado do ministro –, o senhor não pretende matá-lo, me parece.

– Uau! – exclamou o inglês. – Pratico tiro todos os dias e Grisier vem todos os dias à minha casa.

Era o que o visitante queria saber, ou melhor, era tudo que o inglês parecia saber. O agente então se levantou e, depois de cumprimentar Lorde Wilmore, que lhe respondeu com a rigidez e a cortesia inglesas, retirou-se.

Por sua vez, Lorde Wilmore, depois de ter ouvido a porta da rua se fechar atrás dele, entrou em seu quarto, onde, num gesto hábil, perdeu seus cabelos louros, suas costeletas ruivas, seu falso maxilar e sua cicatriz, readquirindo os cabelos pretos, a tez bronzeada e os dentes de pérola do conde de Monte Cristo.

É verdade que, por sua vez, foi o senhor de Villefort, e não o enviado do ministro da Polícia, que entrou na casa do senhor de Villefort.

O procurador do rei ficou um pouco mais tranquilo com aquela dupla visita, que, de resto, não lhe revelara nada de tranquilizador, mas tampouco de preocupante. Por isso, pela primeira vez desde o jantar de Auteuil, dormiu naquela noite com alguma tranquilidade.

O BAILE

Tinham chegado os dias mais quentes de julho quando se apresentou por seu turno, na ordem do tempo, o sábado em que devia acontecer o baile do senhor de Morcerf.

Eram dez horas da noite: as grandes árvores do jardim do palacete do conde se destacavam imponentes contra um céu em que deslizavam, revelando uma tonalidade de azul salpicada de estrelas douradas, os últimos vapores de uma tempestade que rugira ameaçadoramente o dia todo.

Nas salas do andar térreo ouvia-se o sussurro da música e o rodopio da valsa e do galope, enquanto feixes deslumbrantes de luz penetravam, cortantes, pelas aberturas das persianas.

O jardim estava entregue naquele momento a uma dezena de criados, aos quais a dona da casa, tranquilizada pelo tempo cada vez mais ameno, acabava de ordenar a preparação da ceia.

Até então, a dúvida era se a ceia seria servida na sala de jantar ou sob uma longa tenda erguida no gramado. Aquele belo céu azul, todo salpicado de estrelas, acabava de decidir a questão em favor da tenda e do gramado.

As alamedas do jardim estavam iluminadas com lanternas coloridas, como é costume na Itália, e a mesa da ceia estava cheia de velas e flores, como é costume em todos os países onde se compreende um pouco o luxo da mesa, o mais raro de todos os luxos, quando queremos encontrá--lo completo.

No momento em que a condessa de Morcerf entrava novamente nos salões, depois de ter dado as últimas ordens, estes começavam a se encher de convidados atraídos pela encantadora hospitalidade da condessa, muito mais do que pela posição de relevo do conde; pois todos tinham a certeza de que aquela festa ofereceria, graças ao bom gosto de Mercedes, alguns detalhes dignos de serem comentados ou copiados, se necessário.

A senhora Danglars, a quem os acontecimentos que relatamos tinham inspirado uma profunda preocupação, hesitara em ir à casa da senhora de Morcerf quando de manhã sua carruagem cruzara com a de Villefort. Este lhe fizera um aceno, as duas carruagens se aproximaram e, através das portinholas:

– Vai à casa da senhora de Morcerf, não vai? – perguntara o procurador do rei.

– Não – respondera a senhora Danglars –, estou muito indisposta.

– Irá cometer um erro –, observou Villefort, com um olhar significativo –, seria importante que fosse vista lá.

– Acha? – perguntou a baronesa.

– Acho.

– Nesse caso, irei.

E as duas carruagens retomaram sua direção divergente. A senhora Danglars, portanto, tinha vindo não apenas com sua beleza própria, mas também deslumbrante de luxo. Entrou por uma porta no exato momento em que Mercedes entrava por outra.

A condessa mandou Albert em direção à senhora Danglars; Albert avançou, fez à baronesa os elogios merecidos à sua toalete e ofereceu-lhe o braço para conduzi-la ao lugar que lhe aprouvesse escolher.

Albert olhou ao redor.

– Está procurando a minha filha? – perguntou a baronesa, sorrindo.

– Admito que sim – respondeu Albert. – A senhora teria feito a crueldade de não trazê-la?

– Tranquilize-se, ela encontrou a senhorita de Villefort e tomou seu braço; veja, as duas estão atrás de nós, ambas de vestido branco, uma com um buquê de camélias, outra com um buquê de miosótis. Mas diga-me uma coisa...

– O que a senhora procura? – perguntou Albert sorrindo.

– Não receberá o conde de Monte Cristo esta noite?

– Dezessete! – respondeu Albert.

– O que quer dizer?

– Quero dizer que as coisas estão indo bem – respondeu o visconde, rindo – e que a senhora é a décima sétima pessoa que me faz a mesma pergunta; está bem cotado o conde! Tenho de felicitá-lo por isso...

– E o senhor responde a todos como a mim?

– Ah, é verdade, não lhe respondi; fique tranquila, minha senhora, teremos o homem da moda, somos privilegiados.

– O senhor esteve ontem na Ópera?

– Não.

– Mas ele estava.

– Ah! Verdade? E o *excentric man* fez alguma nova extravagância?

– E ele pode se exibir sem isso? Elssler dançava em *O Diabo Coxo*; a princesa grega estava em êxtase. Depois da cachucha, ele colocou um magnífico anel no buquê e o atirou à encantadora bailarina, que no terceiro ato reapareceu para homenageá-lo com seu anel no dedo. E a princesa grega, o senhor também a receberá?

– Não, a senhora deverá se privar dela; sua posição na casa do conde não está bem definida.

– Pois bem, deixe-me aqui e vá cumprimentar a senhora de Villefort – disse a baronesa. – Vejo que ela está morrendo de vontade de falar com o senhor.

Albert cumprimentou a senhora Danglars e dirigiu-se até a senhora de Villefort, que abriu a boca à medida que ele se aproximava.

– Senhora de Villefort, aposto que sei o que vai me perguntar – disse Albert, interrompendo-a.

– Ah, por exemplo? – perguntou a senhora de Villefort.

– Se eu acertar, admitirá?

– Sim.

– Palavra de honra?

– Palavra de honra.

– Ia me perguntar se o conde de Monte Cristo já chegou, ou se ele virá…

– De modo algum. Não é dele que me ocupo neste momento. Ia lhe perguntar se recebeu notícias do senhor Franz.

– Recebi, ontem.

– O que ele lhe dizia?

– Que partia junto com sua carta.

– Muito bem. Agora, o conde?

– O conde virá, fique tranquila.

– Sabia que ele tem outro nome que não Monte Cristo?

– Não, não sabia.

– Monte Cristo é o nome de uma ilha, e ele tem um nome de família.

– Nunca o ouvi pronunciá-lo.

– Pois bem! Estou mais avançada do que o senhor; ele se chama Zaccone.

– É possível.

– Ele é maltês.

– Também é possível.

– Filho de um armador.

– Oh, mas, na verdade, a senhora deveria contar essas coisas em voz alta, faria o maior sucesso.

– Ele serviu na Índia, explora uma mina de prata na Tessália e veio a Paris para criar uma estância de águas minerais em Auteuil.

– Que coisa! E na hora certa – exclamou Morcerf –, eis as novidades! A senhora me autoriza a repeti-las?

– Sim, mas pouco a pouco, uma a uma, sem dizer que as ouviu de mim.

– Por quê?

– Porque é quase um segredo roubado.

– De quem?

– Da polícia.

– Então essas notícias se espalhavam...

– Ontem à noite, na casa do ministro. Paris ficou impressionada, como pode notar, diante daquele luxo inusitado, e a polícia colheu informações.

– Muito bem! Só faltava prender o conde como vagabundo, sob o pretexto de ser rico demais.

– Certamente, era o que poderia muito bem ter acontecido com ele se as informações não tivessem sido tão favoráveis.

– Pobre conde! E ele suspeita do perigo que correu?

– Não acredito.

– Então será uma caridade avisá-lo. Assim que chegar, não deixarei de fazê-lo.

Nesse momento, um belo rapaz de olhos vivos, cabelos pretos e bigode brilhante veio cumprimentar respeitosamente a senhora de Villefort. Albert estendeu-lhe a mão.

– Senhora – disse Albert –, tenho a honra de lhe apresentar o senhor Maximilien Morrel, capitão dos *spahis*, um dos nossos bons e, sobretudo, bravos oficiais.

– Já tive o prazer de encontrar este cavalheiro em Auteuil, na casa do senhor conde de Monte Cristo – respondeu a senhora de Villefort, afastando-se com evidente frieza.

Essa resposta e especialmente o tom com que foi dada apertaram o coração do pobre Morrel; mas uma compensação o esperava: ao se voltar, viu no canto da porta um rosto belo e branco cujos olhos azuis, dilatados e sem expressão aparente, cravavam-se nele, enquanto o buquê de miosótis subia lentamente aos seus lábios.

Tal saudação foi tão bem compreendida que Morrel, com a mesma expressão no olhar, levou por sua vez seu lenço à boca. E as duas estátuas vivas, cujos corações batiam tão rapidamente sob o mármore aparente de seus rostos, separados um do outro por toda a largura do salão, esqueceram-se

O CONDE DE MONTE CRISTO – TOMO 2

por um instante, ou melhor, por um instante esqueceram-se do mundo naquela muda contemplação.

E poderiam ter ficado mais tempo assim, perdidos um no outro, sem que ninguém percebesse seu alheamento em relação a todas as coisas: acabava de entrar o conde de Monte Cristo.

Como já dissemos, o conde, fosse por prestígio artificial, fosse por prestígio natural, atraía a atenção em todos os lugares em que se apresentava; não era sua casaca preta, impecável, é verdade, em seu corte, mas simples e sem enfeites; não era seu colete branco sem bordado algum, não eram suas calças, que se ajustavam aos pés da forma mais delicada, que chamavam atenção; era sua tez bronzeada, seus cabelos pretos ondulados, era seu rosto calmo e puro, seu olhar profundo e melancólico, era, finalmente, sua boca desenhada com uma delicadeza maravilhosa, e que tão facilmente assumia a expressão de altivo desdém, que fazia com que todos os olhares se fixassem nele.

Poderia haver homens mais belos, mas certamente não os havia mais *significativos*, que nos perdoem a expressão: tudo no conde queria dizer alguma coisa e tinha seu valor; pois o hábito do pensamento útil dera às suas feições, à expressão de seu rosto e ao mais insignificante de seus gestos uma docilidade e firmeza incomparáveis.

Mas nossa sociedade parisiense é tão estranha que talvez não tivesse prestado atenção se não houvesse por baixo de tudo isso uma história misteriosa, dourada por uma imensa fortuna.

Seja como for, ele avançou, sob o peso dos olhares e em meio à troca de breves cumprimentos, até a senhora de Morcerf, que, de pé em frente à lareira guarnecida com flores o vira surgir num espelho colocado diante da porta e se preparara para recebê-lo.

Então ela se voltou para ele com um sorriso composto, no mesmo instante em que ele se inclinava diante dela.

A condessa supôs, sem dúvida, que o conde lhe dirigiria a palavra; por sua vez, o conde também supôs que ela lhe falaria; mas ambos permaneceram mudos, tanto uma banalidade lhes parecia indigna de ambos; e, depois de uma troca de cumprimentos, Monte Cristo dirigiu-se até Albert, que vinha ao seu encontro com a mão aberta.

– O senhor viu minha mãe? – perguntou Albert.

– Acabo de ter a honra de cumprimentá-la – disse o conde –, mas não vi o senhor seu pai.

– Veja! Está ali falando de política naquele pequeno grupo de grandes celebridades.

– Na verdade – disse Monte Cristo –, aqueles cavalheiros que vejo ali são celebridades? Eu nunca teria imaginado! E de que tipo? Existem celebridades de todos os tipos, como sabe.

– Em primeiro lugar, um cientista, aquele homem alto e magro; ele descobriu nos campos de Roma uma espécie de lagarto que tem uma vértebra a mais que os outros, e voltou para comunicar a descoberta ao Instituto. A coisa foi contestada durante muito tempo, mas, no final o homem alto e magro levou a melhor. A vértebra causara grande alvoroço no mundo científico; o homem alto e magro, que era apenas cavaleiro da Legião de Honra, foi nomeado oficial.

– Finalmente! – exclamou Monte Cristo. – Eis uma cruz que me parece ter sido sabiamente concedida. Então, se ele descobrir uma segunda vértebra, será nomeado comendador?

– É provável – disse Morcerf.

– E aquele que teve a singular ideia de se exibir com uma casaca azul bordada de verde, quem pode ser?

– Não foi ele quem teve a ideia de se exibir com essa casaca; foi a República, a qual, como sabe, não era lá muito artística e, querendo dar um uniforme aos acadêmicos, pediu a David que lhes desenhasse uma casaca.

– Ah, realmente – disse o conde de Monte Cristo –, então esse cavalheiro é acadêmico?

– É membro da douta assembleia há oito dias.

– E qual é o seu mérito, sua especialidade?

O CONDE DE MONTE CRISTO – TOMO 2

– Sua especialidade? Acredito que espeta alfinetes na cabeça de coelhos, faz galinhas comerem garancina e extrai a medula espinhal de cães com barbatanas de baleia.

– E ele é da Academia de Ciências por causa disso?

– Não, da Academia Francesa.

– Mas o que a Academia Francesa tem a ver com essas coisas?

– Vou lhe contar, parece...

– Que suas experiências fizeram, decerto, a ciência dar um grande salto?

– Não, mas ele escreve com muito estilo.

– Isso – disse Monte Cristo – deve lisonjear enormemente o amor-próprio dos coelhos em cujas cabeças espeta alfinetes, das galinhas cujos ossos tinge de vermelho e dos cães cuja medula espinhal extrai.

Albert começou a rir.

– E aquele outro? – perguntou o conde.

– Qual deles?

– O terceiro.

– Ah, o de casaca azul-claro?

– Sim.

– É um colega do conde, que acaba de se opor com veemência a que a Câmara dos Pares tenha um uniforme. Por causa disso, fez grande sucesso na tribuna; estava mal com as gazetas liberais, mas sua nobre oposição aos desejos da corte acaba de reconciliá-lo com elas. Fala-se em nomeá-lo embaixador.

– E quais são seus títulos para o pariato?

– Escreveu duas ou três óperas cômicas, comprou quatro ou cinco ações do Siècle e votou durante cinco ou seis anos a favor do ministério.

– Bravo, visconde! – exclamou Monte Cristo, rindo. – O senhor é um cicerone encantador. Agora me fará um favor, não é mesmo?

– Qual?

– Não me apresente a esses cavalheiros e se eles pedirem para serem apresentados a mim, avise-me.

Nesse momento, o conde sentiu uma mão em seu braço; voltou-se, era Danglars.

– Ah! é o senhor, barão! – exclamou.

– Por que me chama de barão? – perguntou Danglars. – Sabe muito bem que não dou importância ao meu título. Não sou como o senhor, visconde, que dá importância ao seu, não é mesmo?

– Certamente – respondeu Albert –, pois se não fosse visconde não seria mais nada, enquanto o senhor pode sacrificar seu título de barão que lhe resta ainda o de milionário.

– O que me parece o mais belo título sob a Monarquia de Julho – continuou Danglars.

– Infelizmente – disse Monte Cristo –, não se é milionário pelo resto da vida como se é barão, par de França ou acadêmico; prova disso são os milionários Frank e Poulmann, de Frankfurt, que acabam de declarar falência.

– Sério? – perguntou Danglars, empalidecendo.

– Palavra de honra. Recebi a notícia agora à noite por um mensageiro. Tinha algo como um milhão com eles, mas, sendo avisado a tempo, exigi o reembolso há coisa de um mês.

– Ah, meu Deus! – exclamou Danglars. – Eles sacaram duzentos mil francos junto a mim.

– Pois bem, está avisado, a assinatura deles vale cinco por cento.

– Sim, mas fui avisado tarde demais – observou Danglars –, honrei a assinatura deles.

– Bom! – disse Monte Cristo –, lá se vão mais duzentos mil francos, que vão se juntar...

– Silêncio! – pediu Danglars. – Não fale dessas coisas. Depois, aproximando-se de Monte Cristo – sobretudo na frente do senhor Cavalcanti filho –, acrescentou o banqueiro que, ao pronunciar estas palavras, voltou-se sorrindo para o jovem.

Morcerf deixara o conde para ir falar com sua mãe. Danglars o deixou para cumprimentar o senhor Cavalcanti filho. Monte Cristo viu-se sozinho por um instante.

O CONDE DE MONTE CRISTO – TOMO 2

No entanto, o calor começava a ficar excessivo. Os criados circulavam pelos salões com bandejas carregadas de frutas e sorvetes. Monte Cristo enxugou com o lenço o rosto molhado de suor; mas recuou quando a bandeja passou diante dele, e não pegou nada para se refrescar.

A senhora de Morcerf não tirava os olhos de Monte Cristo. Viu passar a bandeja sem que ele a tocasse; percebeu até mesmo o gesto com o qual se afastou dela.

– Albert – disse ela –, reparou uma coisa?

– Qual, minha mãe?

– Que o conde nunca aceitou jantar na casa do senhor de Morcerf.

– Sim, mas aceitou almoçar na minha, pois foi por meio daquele almoço que estreou na sociedade.

– Sua casa não é a casa do conde – murmurou Mercedes –, e desde que ele chegou eu o observo.

– E então?

– E então! Ele ainda não comeu nada.

– O conde é muito sóbrio.

Mercedes sorriu tristemente.

– Aproxime-se dele – ela disse –, e na primeira bandeja que passar, insista.

– Por que isso, minha mãe?

– Faça-me essa gentileza, Albert – pediu Mercedes.

Albert beijou a mão da mãe e foi para perto do conde.

Outra bandeja passou carregada como as anteriores; ela viu Albert insistir com o conde, pegar inclusive um sorvete e lhe oferecer, mas ele recusou obstinadamente.

Albert voltou para junto da mãe; a condessa estava muito pálida.

– Muito bem – ela disse –, como viu, ele recusou.

– Sim, mas em que isso pode preocupá-la?

– Como sabe, Albert, as mulheres são singulares. Eu teria visto com prazer o conde comer alguma coisa na minha casa, nem que fosse apenas um bago de romã. Em todo caso, talvez ele não esteja habituado aos costumes franceses, talvez prefira outras coisas.

– Meu Deus, não! Na Itália eu o vi comer de tudo; sem dúvida está indisposto esta noite.

– Então – disse a condessa –, como quase sempre viveu em climas quentes, talvez ele seja menos sensível ao calor do que as outras pessoas.

– Acho que não, porque ele se queixava de estar sufocando e perguntava por qual motivo, uma vez que as janelas já estavam abertas, não se abriam também as persianas.

– Na verdade – disse Mercedes –, é um meio de me assegurar se essa abstinência é intencional.

E saiu do salão.

Logo depois, as persianas foram abertas e todos puderam ver, através dos jasmineiros e das clematites que enfeitavam as janelas, todo o jardim iluminado pelas lanternas e a ceia servida sob a tenda.

Dançarinos e dançarinas, jogadores e conversadores soltaram um grito de alegria. Todos aqueles pulmões excitados inalando com deleite o ar que entrava a jorros.

No mesmo instante Mercedes reapareceu, mais pálida do que antes, mas com aquela firmeza na fisionomia que em determinadas circunstâncias lhe era notável. Foi direto para o grupo do qual o marido era o centro.

– Não retenha esses cavalheiros aqui, senhor conde – pediu –, eles também vão preferir, se não estiverem jogando, respirar no jardim a sufocar aqui.

– Ah, senhora – disse um velho general muito galante, que cantara *Partamos para a Síria!* em 1809 –, não iremos sozinhos para o jardim.

– De acordo – disse Mercedes – então darei o exemplo. E voltando-se para Monte Cristo:

– Senhor conde – disse ela –, dê-me a honra de me oferecer o seu braço.

O conde quase perdeu o equilíbrio ao ouvir essas simples palavras. Em seguida, olhou para Mercedes por um instante. Esse instante teve a rapidez de um relâmpago, mas pareceu à condessa ter durado um século, tantos pensamentos pusera Monte Cristo naquele único olhar.

Ofereceu o braço à condessa; ela se apoiou nele, ou, melhor dizendo, roçou-o com sua mãozinha, e ambos desceram uma das escadarias da entrada ladeada por azaleias e camélias.

Atrás deles, e pela outra escada, correram para o jardim, soltando ruidosas exclamações de prazer, cerca de vinte convidados.

O PÃO E O SAL

A senhora de Morcerf entrou debaixo da abóbada de folhagem com seu companheiro: essa abóbada era uma alameda de tílias que levava a uma estufa.

– Fazia muito calor no salão, não é mesmo, senhor conde? – perguntou ela.

– Sim, minha senhora, e sua ideia de abrir as portas e persianas foi excelente.

Ao terminar essas palavras, o conde percebeu que a mão de Mercedes tremia.

– Mas a senhora, com esse vestido leve e sem outra proteção no pescoço além dessa echarpe de gaze, não estaria com frio? – perguntou.

– Sabe para onde o estou levando? – indagou a condessa, sem responder à pergunta de Monte Cristo.

– Não, senhora – respondeu –, mas, como vê, não oponho resistência.

– Para a estufa que vê ali, no fim da alameda que estamos percorrendo.

O conde olhou para Mercedes como para interrogá-la; mas ela continuou seu caminho sem nada dizer e, por sua vez, Monte Cristo permaneceu em silêncio.

Chegaram à estufa, cheia de frutas magníficas que desde o início de julho ali amadureciam sob aquela temperatura sempre calculada para substituir o calor do sol, tantas vezes ausente em nossa terra.

A condessa largou o braço de Monte Cristo e foi colher um cacho de uvas moscatel de uma parreira.

– Tome, senhor conde – ofereceu com um sorriso tão triste que era possível ver lágrimas brotando no canto dos olhos. – Tome, nossas uvas da França não são comparáveis, sei disso, às suas uvas da Sicília e de Chipre, mas o senhor será indulgente com o nosso pobre sol do norte.

O conde inclinou-se e deu um passo atrás.

– Recusa o que lhe ofereço? – perguntou Mercedes, com voz trêmula.

– Minha senhora – respondeu Monte Cristo –, peço-lhe desculpas humildemente, mas nunca como uvas moscatel.

Mercedes deixou cair o cacho, suspirando.

Um pêssego magnífico pendia de uma espaldeira próxima, aquecido, como o cacho de uvas, pelo calor artificial da estufa. Mercedes se aproximou da fruta aveludada e a colheu.

– Tome então este pêssego – ofereceu.

Mas o conde fez o mesmo gesto de recusa.

– Oh, de novo! – exclamou ela num tom tão dolorido que se adivinhava abafar um soluço. – De fato, não estou com sorte.

Um longo silêncio seguiu-se a essa cena; o pêssego, como o cacho de uvas, rolara sobre a areia.

– Senhor conde – disse por fim Mercedes, olhando para Monte Cristo com um olhar suplicante –, existe um comovente costume árabe que torna amigos eternos aqueles que partilham o pão e o sal sob o mesmo teto.

– Conheço-o, minha senhora – respondeu o conde –, mas estamos na França, e não na Arábia, e na França não existem mais amizades eternas nem partilha do sal e do pão.

– Mas, enfim – disse a condessa, palpitante e com os olhos grudados nos olhos de Monte Cristo, cujo braço ela agarrou quase convulsivamente com as duas mãos –, somos amigos, não é mesmo?

O sangue afluiu ao coração do conde, que ficou pálido como a morte, e depois, subindo do coração para a garganta, invadiu-lhe as faces e seus olhos nadaram no vazio durante alguns segundos, como os de um homem tomado pelo deslumbramento.

– Claro que somos amigos, minha senhora – respondeu. – Aliás, por que não seríamos?

Esse tom era tão distante do que desejava a senhora de Morcerf que ela se voltou para deixar escapar um suspiro que mais parecia um gemido.

– Obrigada.

E recomeçou a andar.

Deram assim a volta ao jardim sem pronunciar uma só palavra.

– Senhor – disse a condessa repentinamente, depois de dez minutos de passeio silencioso –, é verdade que viu muito, viajou muito, sofreu muito?

– Sofri muito, sim, minha senhora – respondeu Monte Cristo.

– Mas agora é feliz?

– Sem dúvida – respondeu o conde –, pois ninguém me ouve reclamar.

– E sua felicidade presente lhe adoça a alma?

– Minha felicidade presente iguala a minha miséria passada – disse o conde.

– Não casou? – perguntou a condessa.

– Eu, casar? – respondeu Monte Cristo, estremecendo. – Quem lhe disse isso?

– Ninguém me disse, mas o senhor foi visto várias vezes na Ópera na companhia de uma jovem muito bonita.

– É uma escrava que comprei em Constantinopla, senhora, filha de um príncipe, que fiz minha filha, não tendo outra afeição no mundo.

– Portanto vive só?

– Sim, vivo só.

– Não tem uma irmã… filho… pai?…

– Não tenho ninguém.

– Como pode viver assim, sem nada que o prenda à vida?

O conde de Monte Cristo – Tomo 2

– Não é culpa minha, senhora. Em Malta, amei uma jovem e ia me casar com ela quando a guerra veio e me levou para longe dela como um turbilhão. Julgara que ela me amava o suficiente para me esperar, para permanecer fiel até mesmo diante do meu túmulo. Quando voltei, estava casada. É a história de todo homem que passou pelos vinte anos. Talvez eu tivesse o coração mais fraco do que os outros, pois sofri mais do que eles o teriam feito no meu lugar; isso é tudo.

A condessa parou por um momento, como se precisasse daquela pausa para respirar.

– Sim – ela disse –, e esse amor ficou no seu coração... Só se ama uma vez... E nunca voltou a ver essa mulher?

– Nunca.

– Nunca!

– Não voltei mais ao o país onde ela vivia.

– A Malta?

– Sim, a Malta.

– Então ela está em Malta?

– Creio que sim.

– E o senhor a perdoou pelo quanto o fez sofrer?

– A ela, sim.

– Mas apenas a ela; continua a odiar os que o separaram dela?

– Eu? Nem um pouco; por que eu os odiaria?

A condessa colocou-se diante de Monte Cristo; ainda tinha nas mãos um fragmento do cacho perfumado.

– Tome.

– Nunca como uvas moscatel, minha senhora – respondeu Monte Cristo como se fosse a primeira vez que tocavam nesse assunto.

A condessa jogou o cacho perto do arbusto mais próximo com um gesto de desespero.

– Inflexível! – murmurou.

Monte Cristo permaneceu impassível, como se a censura não tivesse sido dirigida a ele.

Albert apareceu nesse momento.

– Oh, minha mãe, que grande desgraça! – exclamou.

– O que foi? O que aconteceu? – perguntou a condessa, endireitando-se, como se depois do sonho tivesse sido trazida à realidade. – Uma desgraça, foi o que disse? Com efeito, desgraças acontecem!

– O senhor de Villefort está aqui.

– E então?

– Veio buscar a mulher e a filha.

– E por que isso?

– Porque a senhora marquesa de Saint-Méran chegou a Paris trazendo a notícia de que o senhor de Saint-Méran morreu ao deixar Marselha, na primeira parada para a troca de cavalos. A senhora de Villefort, que estava tão alegre, não era capaz de compreender nem de acreditar nessa desgraça; mas a senhorita Valentine, ao ouvir as primeiras palavras e apesar das precauções que o pai havia tomado, adivinhou tudo. O golpe fulminou-a como um raio e ela desmaiou.

– E o que o senhor de Saint-Méran é da senhorita de Villefort? – perguntou o conde.

– Avô materno. Vinha para apressar o casamento de Franz com a neta.

– Ah! É verdade!

– Franz terá de esperar. Por que o senhor de Saint-Méran não é também avô da senhorita Danglars?

– Albert! Albert! – disse a senhora de Morcerf num tom de meiga censura. – O que está dizendo? Ah, senhor conde, o senhor, por quem ele tem tão grande consideração, diga-lhe que não deve falar assim!

Ela deu alguns passos.

Monte Cristo olhou para ela de forma tão estranha e com uma expressão ao mesmo tempo tão sonhadora e tão cheia de afetuosa admiração que ela voltou sobre seus passos.

Então pegou a mão dele ao mesmo tempo em que apertava a do filho e, juntando-as:

– Somos amigos, não somos?

– Oh, seu amigo, minha senhora, não tenho essa pretensão – disse o conde –, mas, em todo caso, sou seu respeitoso servidor.

A condessa retirou-se com um inexprimível aperto no coração e, antes que desse dez passos, o conde a viu levar o lenço aos olhos.

– O senhor e minha mãe tiveram alguma desavença? – perguntou Albert, espantado.

– Ao contrário – respondeu o conde –, pois ela acaba de me dizer diante do senhor que somos amigos.

E voltaram para o salão, que Valentine, o senhor e a senhora de Villefort acabavam de deixar.

Não precisamos dizer que Morrel foi atrás deles.

A SENHORA DE SAINT-MÉRAN

Uma cena lúgubre acabava efetivamente de acontecer na casa do senhor de Villefort.

Depois da saída das duas damas para o baile, ao qual toda a insistência da senhora de Villefort não foi capaz de convencer o marido a acompanhá-la, o procurador do rei, como de hábito, trancara-se em seu gabinete com uma pilha de documentos que teria assustado qualquer um, mas que, no cotidiano de sua vida, mal chegaria a satisfazer seu voraz apetite de trabalhador.

Mas dessa vez os documentos eram uma mera desculpa, Villefort não se trancara para trabalhar, mas para refletir. Depois de fechar a porta e ordenar que só o incomodassem se acontecesse algo importante, sentou-se em sua poltrona e começou a rever mais uma vez na memória tudo que, nos últimos sete ou oito dias, fazia transbordar a taça de seus desgostos e amargas recordações.

Então, em vez de atacar os documentos empilhados à sua frente, abriu uma gaveta da escrivaninha, acionou um mecanismo secreto e retirou o maço de suas anotações pessoais, manuscritos preciosos, entre os quais classificara e etiquetara, com números que só ele conhecia, os nomes de todos aqueles que, em sua carreira política, em seus negócios financeiros, em seus processos judiciais ou em seus amores misteriosos, tinham se tornado seus inimigos.

O número deles era considerável, agora que ele começara a temer. No entanto, todos aqueles nomes, por mais poderosos e formidáveis que fossem, o tinham feito sorrir muitas vezes, como sorri o viajante que, do ponto mais alto da montanha, olha a seus pés os picos pontiagudos, as trilhas intransitáveis e as arestas dos precipícios junto dos quais teve, para chegar, de rastejar durante tanto tempo e tão penosamente.

Depois de repassar todos aqueles nomes na memória, de relê-los, estudá--los e comentá-los em suas listas, balançou a cabeça.

– Não – murmurou –, nenhum desses inimigos teria esperado paciente e laboriosamente até hoje para vir me esmagar agora com esse segredo. Às vezes, como diz Hamlet, o ruído das coisas mais profundamente sepultadas sai da terra e, como a chama do fósforo, corre loucamente pelo ar; mas são chamas que iluminam um momento para enganar. A história terá sido contada pelo corso a algum padre, que por sua vez a terá recontado. O senhor de Monte Cristo deve ter ficado sabendo dela, e para se esclarecer...

– Mas esclarecer-se com que fim – continuou Villefort depois de um momento de reflexão. – Que interesse teria o senhor de Monte Cristo, o senhor Zaccone, filho de um armador de Malta, explorador de uma mina de prata na Tessália, pela primeira vez na França, em esclarecer um fato sombrio, misterioso e inútil como esse? Em meio às informações incoerentes que me foram dadas pelo abade Busoni e por Lorde Wilmore, pelo amigo e pelo inimigo, apenas uma coisa se destaca clara, precisa, patente aos meus olhos: é que em tempo algum, em nenhum caso, em nenhuma circunstância pode ter havido o menor contato entre mim e ele."

Mas Villefort dizia essas palavras a si mesmo sem acreditar nelas. O mais terrível para ele ainda não era a revelação, pois podia negar ou mesmo responder; pouco se preocupava com aquele *Mene, Tequel, Peres*, que aparecia de repente em letras de sangue na parede; o que o preocupava era saber a que corpo pertencia a mão que as traçara.

No momento em que tentava se tranquilizar e, em vez daquele futuro político que entrevira algumas vezes em seus sonhos de ambição, se preparava para aceitar, no receio de despertar aquele inimigo adormecido havia tanto tempo, um futuro restrito às alegrias do lar, um ruído de carruagem ecoou no pátio. Em seguida, ele ouviu na escada os passos de uma pessoa idosa, depois soluços e ais, como costumam fazer os criados quando querem mostrar que participam da dor de seus patrões.

Correu para puxar o trinco de seu gabinete e pouco depois, sem ser anunciada, uma velha senhora entrou, de xale nos braços e chapéu nas mãos. Seus cabelos embranquecidos revelavam uma testa opaca como marfim amarelado e seus olhos, em cujos cantos a idade escavara rugas profundas, quase desapareciam sob o inchaço produzido pelas lágrimas.

– Oh, senhor! Oh, senhor, que desgraça! Eu também vou morrer! Oh, sim, com certeza vou morrer! – exclamou.

E caindo na poltrona mais próxima da porta, explodiu em soluços.

Os criados, de pé na soleira da porta e não ousando avançar, observavam o velho criado de Noirtier, que, tendo ouvido aquele barulho do quarto do patrão, também viera correndo e se mantinha atrás dos outros.

Villefort levantou-se e correu para a sogra, pois era ela.

– Oh, meu Deus, senhora – perguntou –, o que aconteceu? O que a transtorna dessa maneira? E o senhor de Saint-Méran não a acompanha?

– O senhor de Saint-Méran está morto – disse a velha marquesa, sem preâmbulos, sem expressão e com uma espécie de estupor.

Villefort deu um passo para trás e bateu as mãos uma na outra.

– Morto!… – balbuciou. – Morto assim… de repente?

– Há oito dias – continuou a senhora de Saint-Méran –, embarcamos juntos na carruagem depois do jantar. O senhor de Saint-Méran não se sentia bem havia alguns dias; no entanto, a ideia de rever nossa querida Valentine deu-lhe coragem e, apesar das dores, quis partir, quando, a seis léguas de Marselha, depois de tomar suas pastilhas habituais, foi tomado

O CONDE DE MONTE CRISTO – TOMO 2

por um sono tão profundo que não me pareceu natural. Contudo, relutei em acordá-lo quando me pareceu que seu rosto estava ficando avermelhado e as veias de suas têmporas latejavam com mais violência que de costume. Porém, como anoitecera e eu não conseguia mais ver nada, deixei-o dormir; logo ele soltou um grito abafado e dilacerante, como o de um homem que sofre ao sonhar, e inclinou a cabeça para trás num movimento brusco. Chamei o criado de quarto, mandei o postilhão parar e chamei o senhor de Saint-Méran, fiz-lhe respirar meu frasco de sais, mas tudo acabara: ele estava morto, e foi ao lado de seu cadáver que cheguei a Aix.

Villefort permanecia estupefato, de boca aberta.

– E a senhora certamente chamou um médico?

– De imediato. Mas, como já disse, era tarde demais.

– Sem dúvida, mas ao menos ele pôde identificar de que doença morrera o pobre marquês?

– Meu Deus! Sim, senhor, ele me disse: parece que foi uma apoplexia fulminante.

– E o que faz a senhora?

– O senhor de Saint-Méran sempre disse que, se morresse longe de Paris, queria que seu corpo fosse sepultado no túmulo da família. Mandei colocá-lo em um caixão de chumbo e precedo-o de alguns dias.

– Oh, meu Deus, pobre mãe! – exclamou Villefort. – Ter de tomar essas providências depois de tal golpe, e na sua idade!

– Deus me deu forças até o fim; aliás, o querido marquês, certamente teria feito por mim o que fiz por ele. É verdade que desde que o deixei para trás, parece que enlouqueci. Já não consigo mais chorar; segundo dizem, na minha idade já não há lágrimas; no entanto, parece-me que quando se sofre tanto se deveria poder chorar. Onde está Valentine, senhor? Foi por ela que viemos, quero ver Valentine. Villefort pensou que seria horrível responder que Valentine estava no baile; ele apenas disse à marquesa que sua neta havia saído com a madrasta e que iriam avisá-la.

– Imediatamente, senhor, imediatamente, suplico-lhe – pediu a velha dama.

Villefort tomou o braço da senhora de Saint-Méran e conduziu-a aos seus aposentos.

– Descanse, minha mãe – disse ele.

Ao ouvir essa palavra, a marquesa ergueu a cabeça, e vendo o homem que lembrava sua filha tão saudosa que, para ela, revivia em Valentine, sentiu-se golpeada por aquela palavra, mãe, e rompeu em lágrimas, caindo de joelhos numa poltrona onde enterrou sua venerável cabeça.

Villefort recomendou-a aos cuidados das mulheres, enquanto o velho Barrois subia sobressaltado aos aposentos do patrão. Pois nada aterroriza tanto os idosos como a morte deixar por um instante sua companhia para atingir outro velho.

Depois, enquanto a senhora de Saint-Méran, ainda ajoelhada, rezava com fervor, ele mandou chamar uma carruagem e foi pessoalmente buscar a mulher e a filha na residência da senhora de Morcerf para trazê-las para casa.

Estava tão pálido quando apareceu na porta do salão que Valentine correu até ele gritando:

– Oh, meu pai! – algum infortúnio aconteceu!

– Sua vovozinha acaba de chegar, Valentine – disse o senhor de Villefort.

– E meu avô? – perguntou a jovem, toda trêmula.

O senhor de Villefort respondeu oferecendo o braço à filha.

Já era tempo: Valentine, tomada por uma vertigem, cambaleou; a senhora de Villefort correu para ampará-la e ajudou o marido a carregá-la até a carruagem, dizendo:

– Que coisa estranha! Quem poderia suspeitar disso? Oh, sim, que coisa estranha!

E toda aquela família desolada saiu assim, lançando sua tristeza como um véu negro sobre o resto da festa. No pé da escada, Valentine encontrou Barrois à sua espera:

– O senhor Noirtier deseja vê-la esta noite –, disse ele baixinho.

– Diga-lhe que irei quando sair dos aposentos da minha querida avó –, respondeu Valentine.

O conde de Monte Cristo – Tomo 2

Na delicadeza de sua alma, a jovem compreendera que quem mais necessitava dela naquele momento era a senhora de Saint-Méran.

Valentine encontrou a avó na cama; carícias mudas, corações dolorosamente enternecidos, suspiros entrecortados, lágrimas ardentes, eis os únicos detalhes que podem ser contados dessa conversa, à qual a senhora de Villefort assistiu, de braço dado com o marido, cheia de respeito, ao menos aparentemente, pela pobre viúva.

Depois de um instante, inclinou-se ao ouvido do marido e disse:

– Com sua licença, é melhor eu me retirar, pois minha presença ainda parece afligir sua sogra.

A senhora de Saint-Méran ouviu-a.

– Sim, sim – disse ela no ouvido de Valentine –, que ela se vá; mas, você, fique.

A senhora de Villefort saiu e Valentine ficou sozinha perto da cama da avó, pois o procurador do rei, consternado com aquela morte inesperada, seguira a esposa.

Enquanto isso, Barrois subira pela primeira vez para junto do velho Noirtier; este ouvira todo o barulho que se fazia na casa e enviara, como dissemos, o velho criado informar-se do que se passava.

Quando este voltou, aquele olhar tão vivo e acima de tudo tão inteligente interrogou o emissário.

– Sinto muito, senhor – disse Barrois –, aconteceu uma grande desgraça: a senhora de Saint-Méran está aqui e seu marido morreu.

O senhor de Saint-Méran e Noirtier nunca tinham tido uma amizade muito profunda; entretanto, sabe-se o efeito que sempre produz em um velho o anúncio da morte de outro velho.

Noirtier deixou a cabeça cair sobre o peito como um homem abatido ou como um homem que pensa, depois fechou um olho só.

– A senhorita Valentine? – perguntou Barrois.

Noirtier fez sinal que sim.

– Ela está no baile, como o senhor sabe muito bem, pois veio se despedir do senhor em vestido de gala.

Noirtier fechou novamente o olho esquerdo.

– Sim, quer vê-la?

O velho fez sinal de que era isso que desejava.

– Muito bem! Sem dúvida, mandarão buscá-la na casa da senhora de Morcerf. Vou esperá-la chegar e lhe direi para subir até seus aposentos. É isso?

– Sim – respondeu o paralítico.

Barrois esperou, portanto, o retorno de Valentine e, como vimos, quando ela retornou, expôs-lhe o desejo do avô.

Em virtude desse desejo, Valentine foi até o quarto de Noirtier quando saiu dos aposentos da senhora de Saint-Méran, que, agitada como estivera, acabara sucumbindo ao cansaço e dormia um sono febril.

Tinham colocado ao alcance de sua mão uma pequena mesa, com uma garrafa de laranjada, sua bebida habitual, e um copo.

Em seguida, como dissemos, a jovem deixara a cama da marquesa para subir ao quarto de Noirtier.

Valentine foi beijar o velho, que a olhou tão ternamente que a jovem sentiu brotar de novo nos olhos lágrimas cuja fonte julgava ter secado. O velho insistia com o olhar.

– Sim, sim – disse Valentine –, quer dizer que continuo a ter um bom avô, não é?

O velho fez sinal de que efetivamente era isso que seu olhar queria dizer.

– Ai! Felizmente – respondeu Valentine. – Do contrário, o que seria de mim, meu Deus!

Era uma hora da manhã. Barrois, que também tinha vontade de se deitar, observou que depois de uma noite tão dolorosa todo mundo precisava de repouso. O velho não quis dizer que sua forma de descansar era ver a neta. Despediu-se de Valentine, a quem efetivamente a dor e o cansaço davam um ar abatido.

No dia seguinte, ao entrar no quarto da avó, Valentine encontrou-a na cama: a febre não cedera; ao contrário, um fogo sombrio brilhava nos olhos da velha marquesa, que parecia dominada por uma violenta irritação nervosa.

– Oh, meu Deus, querida vovó, a senhora piorou? – exclamou Valentine ao ver todos aqueles sintomas de agitação.

– Não, minha filha, não – respondeu a senhora de Saint-Méran. – Mas esperava com impaciência que você chegasse para mandar chamar seu pai.

– Meu pai? – perguntou Valentine preocupada.

– Sim, quero falar com ele.

Valentine não se atreveu a contrariar o desejo da avó, cujo motivo, aliás, ignorava, e um instante depois Villefort entrou.

– Senhor – disse a senhora de Saint-Méran, sem circunlóquios e como se parecesse temer que o tempo lhe faltasse –, trata-se, como me escreveu, de um casamento para essa criança?

– Sim, senhora – respondeu Villefort. – Trata-se de mais do que um projeto, trata-se de um compromisso.

– Seu futuro genro é o senhor Franz d'Épinay?

– Sim, senhora.

– É o filho do general d'Épinay, que era dos nossos e foi assassinado poucos dias antes de o usurpador voltar da Ilha de Elba?

– Exatamente.

– Essa aliança com a neta de um jacobino não o repugna?

– Nossas dissensões civis se acabaram, felizmente, minha mãe – disse Villefort. – O senhor d'Épinay era quase uma criança quando seu pai morreu; ele conhece muito pouco o senhor de Noirtier e o verá, se não com prazer, pelo menos com indiferença.

– É um partido apropriado?

– Sob todos os aspectos.

– O rapaz?

– Goza da consideração geral.

– É correto?

– É um dos homens mais distintos que conheço.

Durante toda essa conversa, Valentine permanecera em silêncio.

– Pois bem, senhor – disse a senhora de Saint-Méran depois de alguns segundos de reflexão –, é melhor que se apressem, pois tenho pouco tempo de vida.

– A senhora? A senhora, vovó! – exclamaram juntos o senhor de Villefort e Valentine.

– Sei o que digo – prosseguiu a marquesa. – Portanto, precisam se apressar para que, não tendo mais mãe, ela tenha ao menos a avó para abençoar seu casamento. Sou a única que lhe resta do lado da minha pobre Renée, que o senhor esqueceu tão depressa.

– Minha senhora! – exclamou Villefort. – Esquece-se que era preciso dar uma mãe a essa pobre criança, que já não a tinha.

– Uma madrasta nunca é uma mãe, senhor. Mas não é disso que se trata, trata-se de Valentine; deixemos os mortos em paz.

Tudo isso era dito com tal volubilidade e com tal ênfase que havia algo nessa conversa que parecia o começo de um delírio.

– Será feito de acordo com seu desejo, senhora – disse Villefort –, e com toda a boa vontade, posto que seu desejo coincide com o meu. Assim que o senhor d'Épinay chegar a Paris…

– Querida vovó – disse Valentine –, as conveniências, o luto tão recente… Gostaria de fazer um casamento sob tão tristes auspícios?

– Minha filha – interrompeu energicamente a avó –, vamos deixar de lado essas razões banais que impedem os espíritos fracos de construir solidamente seu futuro. Eu também fui casada no leito de morte da minha mãe e certamente não fui infeliz por causa isso.

– Outra vez essa ideia de morte, senhora! – exclamou Villefort.

– Outra vez! Sempre! Estou lhe dizendo que vou morrer, está ouvindo? Pois bem, antes de morrer quero ter visto meu genro; quero ordenar-lhe que faça minha neta feliz; quero ler em seus olhos se pretende me obedecer; quero conhecê-lo, enfim! – continuou a avó com uma expressão assustadora. – E isto para vir buscá-lo do fundo da minha sepultura se ele não for como deve ser, se não for como tem de ser.

O conde de Monte Cristo – Tomo 2

– Minha senhora – disse Villefort –, deve afastar de si essas ideias exaltadas, que quase beiram a loucura. – Os mortos, uma vez deitados em seu túmulo, aí dormem sem jamais se levantar.

– Oh, sim, sim, vovó, acalme-se! – pediu Valentine.

– E eu, senhor, digo-lhe que não é assim como julga. Esta noite dormi um sono terrível; pois me via de certa forma dormir como se minha alma já pairasse sobre meu corpo. Meus olhos, que me esforçava por abrir, fechavam-se à minha revelia; e, no entanto, sei muito bem que isso lhes parecerá impossível, principalmente ao senhor. Pois bem! De olhos fechados eu vi, bem no lugar onde o senhor está, vindo desse canto onde há uma porta que dá para o gabinete de toalete da senhora de Villefort, vi entrar sem ruído uma forma branca.

Valentine soltou um grito.

– Era a febre que a agitava, senhora – disse Villefort.

– Duvide se quiser, mas tenho certeza do que digo: vi uma forma branca. E como se Deus temesse que eu recusasse o testemunho de apenas um dos meus sentidos, ouvi meu copo se mexer, olhe, olhe, este mesmo que está aqui, ali sobre a mesa.

– Oh, vovó, era um sonho!

– Tanto não era um sonho que estendi a mão até a campainha e quando fiz esse gesto a sombra desapareceu. A criada de quarto então entrou com uma luz.

– Mas a senhora não viu ninguém?

– Os fantasmas só se mostram àqueles que os devem ver: era a alma do meu marido. Pois bem! Se a alma do meu marido volta para me chamar, por que a minha alma não voltaria para defender minha neta? O laço é ainda mais direto, me parece.

– Oh, senhora – disse Villefort remoendo-se a contragosto até o fundo de suas entranhas –, não estimule essas ideias lúgubres; vai morar conosco, viverá muito tempo feliz, amada, honrada, e a faremos esquecer...

– Nunca, nunca, nunca! – exclamou a marquesa. – Quando chega o senhor d'Épinay?

– É esperado a qualquer momento.

– Muito bem. Assim que ele chegar, avise-me. Apressemo-nos, apressemo-nos. Depois, também gostaria de ver um tabelião para me certificar de que todos os nossos bens sejam revertidos a Valentine.

– Oh, vovó – murmurou Valentine pousando os lábios na testa ardente da marquesa –, quer que eu morra? – Meu Deus, está com febre! Não é um tabelião que devemos chamar, é um médico!

– Um médico? – disse ela, encolhendo os ombros. – Não estou doente; tenho sede, só isso.

– O que quer beber, vovó?

– Como sempre, você sabe muito bem, minha laranjada. Meu copo está ali, sobre esta mesa, passe-o para mim, Valentine.

Valentine verteu a laranjada da garrafa no copo e pegou-o com certo pavor para dá-lo à avó, pois era o mesmo copo que, como ela havia dito, fora tocado pela sombra.

A marquesa esvaziou o copo de um só gole.

Depois, virou-se no travesseiro, repetindo:

– O tabelião! O tabelião!

O senhor de Villefort saiu. Valentine sentou-se perto da cama da avó. A pobre criança parecia ela também muito necessitada desse médico que recomendara à avó. Um rubor igual ao de uma chama lhe queimava as faces, a respiração estava curta e ofegante, seu pulso batia como se tivesse febre.

É que ela pensava, a pobre criança, no desespero de Maximilien quando soubesse que a senhora de Saint-Méran, em vez de ser sua aliada, agia, sem o conhecer, como se fosse uma inimiga.

Mais de uma vez, Valentine pensara contar tudo à avó, e não teria hesitado um só instante se Maximilien Morrel se chamasse Albert de Morcerf ou Raoul de Château-Renard; mas Morrel era de origem plebeia e Valentine sabia o desprezo que a orgulhosa marquesa de Saint-Méran tinha por tudo que não era de estirpe. Seu segredo fora, portanto, em todos os momentos

O conde de Monte Cristo – Tomo 2

em que estivera para vir à tona, repelido em seu coração com a triste certeza de que o revelaria inutilmente e de que, uma vez esse segredo conhecido do pai e da madrasta, tudo estaria perdido.

Passaram-se assim cerca de duas horas. A senhora de Saint-Méran dormia um sono febril e agitado. O tabelião foi anunciado.

Embora o anúncio tivesse sido feito em voz muito baixa, a senhora de Saint-Méran ergueu-se do travesseiro.

– O tabelião? – perguntou. – Que entre! Que entre!

O tabelião estava na porta e entrou.

– Saia, Valentine – ordenou a senhora de Saint-Méran –, e deixe-me a sós com o cavalheiro.

– Mas, vovó…

– Saia, saia.

A jovem beijou a avó na testa e saiu com o lenço nos olhos. Encontrou o criado de quarto à porta que lhe disse que o médico aguardava no salão.

Valentine desceu rapidamente. O médico era amigo da família e ao mesmo tempo um dos homens mais habilidosos da época: gostava muito de Valentine, que vira nascer. Tinha uma filha quase da mesma idade da senhorita de Villefort, mas nascida de mãe tuberculosa, e sua vida era um temor permanente em relação à filha.

– Oh – disse Valentine –, caro senhor d'Avrigny, nós o esperávamos com grande impaciência. Mas, antes de qualquer coisa, como estão Madeleine e Antoinette?

Madeleine era a filha do senhor d'Avrigny e Antoinette, sua sobrinha.

O senhor d'Avrigny sorriu tristemente.

– Antoinette está ótima – respondeu. – Madeleine, mais ou menos. Mas a senhorita mandou me chamar, querida criança? Espero que nem seu pai nem a senhora de Villefort estejam doentes. Quanto a nós, embora seja visível que não podemos nos livrar de nossas aflições, não presumo que tenha necessidade de mim, a não ser para recomendar-lhe que não deixe sua imaginação correr solta.

Valentine corou. O senhor d'Avrigny levava a ciência da adivinhação quase ao ponto do milagre, pois era um desses médicos que sempre tratam o físico por meio do moral.

– Não – ela disse –, é para minha pobre avó. Já sabe da desgraça que nos aconteceu, não é mesmo?

– Não sei de nada – disse o senhor d'Avrigny.

– Ai de mim! – disse Valentine, contendo os soluços. – Meu avô morreu.

– O senhor de Saint-Méran?

– Sim.

– De repente?

– Um ataque de apoplexia fulminante.

– Uma apoplexia? – repetiu o médico.

– Sim. De maneira que minha pobre avó está com a ideia fixa de que o marido, de quem nunca se separara, a está chamando e que ela vai se juntar a ele. Oh, senhor d'Avrigny, peço-lhe que cuide da minha pobre avó!

– Onde está ela?

– Em seu quarto, com o tabelião.

– E o senhor Noirtier?

– Sempre igual, uma perfeita lucidez de espírito; mas a mesma imobilidade, o mesmo mutismo.

– E o mesmo amor pela senhorita, não é, minha querida?

– Sim – disse Valentine, suspirando –, ele gosta muito de mim.

– E quem não gostaria?

Valentine sorriu tristemente.

– E o que tem sua avó?

– Uma excitação nervosa singular, um sono agitado e estranho. Esta manhã dizia que enquanto dormia sua alma pairava acima do corpo, o qual ela via dormir, isso é delírio. Afirma ter visto um fantasma entrar no quarto e ter ouvido o barulho que o suposto fantasma fazia ao tocar seu copo.

– É curioso – disse o médico –, não sabia que a senhora de Saint-Méran era suscetível a essas alucinações.

O conde de Monte Cristo – Tomo 2

– Foi a primeira vez que a vi assim – disse Valentine –, e esta manhã ela me assustou muito, achei que tivesse enlouquecido; e meu pai, caro senhor d'Avrigny, que o senhor conhece como um espírito sério, pois bem, até o meu pai ficou muito impressionado.

– Vamos ver isso – disse o senhor d'Avrigny. – O que me diz parece-me estranho.

O tabelião descia. Vieram prevenir Valentine que a avó estava sozinha.

– Suba – disse ela ao médico.

– E a senhorita?

– Oh, não me atrevo. Ela tinha-me proibido de mandar chamá-lo; depois, como o senhor diz, eu mesma estou agitada, febril, de mau humor. Vou dar uma volta no jardim para me recompor.

O médico apertou a mão de Valentine e quando ele subia aos aposentos da avó, a jovem descia a escadaria externa.

É desnecessário indicar qual parte do jardim era o passeio favorito de Valentine. Depois de dar duas ou três voltas na parte que circundava a casa e de colher uma rosa para colocar na cintura ou nos cabelos, embrenhava-se na alameda sombria que levava ao banco, e do banco foi ao cercado.

Dessa vez, Valentine deu, como era seu hábito, duas ou três voltas no meio de suas flores, mas sem colher nenhuma: o luto do seu coração, que ainda não tivera tempo de se estender à sua pessoa, repelia aquele simples ornamento. Depois, ela se dirigiu para sua alameda. À medida que avançava, parecia-lhe ouvir uma voz que pronunciava seu nome. Ela parou, espantada.

Então aquele som chegou-lhe mais distinto aos ouvidos e ela reconheceu a voz de Maximilien.

A PROMESSA

Era com efeito Morrel, que desde a véspera se inquietava. Com esse instinto peculiar aos amantes e às mães, adivinhara que, depois da volta da senhora de Saint-Méran e da morte do marquês, iria se passar na casa de Villefort algo que dizia respeito a seu amor por Valentine.

Como se verá, esses pressentimentos se concretizaram e não foi mais uma simples inquietação que o conduziu, sobressaltado e trêmulo, ao portão dos castanheiros.

Contudo, Valentine não sabia da presença de Morrel, pois aquela não era a hora em que ele costumava vir e foi um mero acaso (ou, se quisermos, uma feliz coincidência) que a conduziu ao jardim.

Quando ela apareceu, Morrel chamou-a e a jovem correu para o portão.

– Você, a esta hora? – espantou-se Valentine.

– Sim, querida amiga – respondeu Morrel. – Venho saber e comunicar más notícias.

– Esta é, então, a morada da desgraça! – suspirou a jovem. – Fale, Maximilien. Na verdade, a soma dos sofrimentos já é mais que suficiente.

– Querida Valentine – disse Morrel, tentando sufocar a própria emoção para falar convenientemente –, escute bem, peço-lhe, pois o que vou dizer é grave. Quando esperam casá-la?

– Não quero lhe esconder nada, Maximilien – replicou Valentine. – Esta manhã, conversaram sobre o assunto e minha avó, na qual eu via um apoio inabalável, não apenas se declarou a favor do enlace como parece desejá-lo a ponto de só aguardar a volta do senhor d'Épinay. Assim, um dia depois de sua chegada, o contrato será assinado.

Um suspiro penoso escapou do peito do rapaz, que fitou longa e tristemente sua amada.

– Ai de mim! – murmurou ele. – Como é assustador ouvir a mulher que se ama dizer tranquilamente: "Já está marcado o momento de seu suplício: será dentro de algumas horas. Que fazer? Tem de ser assim e, de minha parte, não porei obstáculos". Pois bem, como, segundo diz, só se espera o senhor d'Épinay para assinar o contrato e como você será dele no dia seguinte à sua chegada, então amanhã é que se casará com o senhor de Épinay, que chegou a Paris hoje.

Valentine deu um grito.

– Eu estava com Monte Cristo há uma hora – contou Morrel – e conversávamos, ele sobre a dor desta casa, eu sobre a dor de minha pobre Valentine quando, de repente, uma carruagem entrou no pátio. Saiba, Valentine, que até então eu não acreditava em pressentimentos; mas agora tenho de acreditar. Ao ruído daquela carruagem, estremeci; e logo escutei passos na escada. O andar sonoro do Comendador assustou Dom Juan, mas aquele me apavorou. Enfim, a porta se abriu e Albert de Morcerf apareceu primeiro; eu começava a duvidar de minha intuição e a crer que me enganara quando, atrás dele, surgiu outro jovem, enquanto o conde exclamava: "Ah, é o senhor barão Franz d'Épinay!" Invoquei todas as forças e toda a coragem de meu coração para me conter. Talvez haja empalidecido, talvez haja tremido; mas, seguramente, o sorriso morreu em meus lábios. Pouco depois, fui embora sem ter entendido nada do que foi dito durante aqueles cinco minutos. Estava arrasado.

– Pobre Maximilien! – murmurou a jovem.

– Aí está, Valentine. Agora, responda-me como a um homem a quem sua resposta dará a morte ou a vida. Que espera fazer?

Valentine baixou a cabeça, acabrunhada.

– Escute – disse Morrel –, não é a primeira vez que você reflete sobre a situação a que chegamos: ela é grave, penosa, extrema. Não creio que seja o momento de nos abandonarmos a uma dor estéril, pois isso é bom para pessoas que querem sofrer à vontade e beber suas lágrimas sem empecilhos. Sim, há gente desse tipo e Deus sem dúvida levará em conta, no céu, sua resignação na terra; mas quem se sente disposto a lutar não perde um tempo precioso e devolve imediatamente à fortuna o golpe que recebeu. Diga-me, Valentine, quer lutar contra a má sorte, pois foi isso que vim lhe perguntar?

Valentine estremeceu e cravou em Morrel um olhar assustado. A ideia de resistir a seu pai, à sua avó, enfim, a toda a sua família nem sequer lhe ocorrera.

– Que está me dizendo, Maximilien? – perguntou Valentine. – E o que chama de luta? Oh, diga antes sacrilégio! Então eu lutaria contra a ordem de meu pai, contra os votos de minha avó? Impossível!

Morrel esboçou um movimento.

– Você é um coração nobre demais para não me entender, caro Maximilien; e me entende tão bem que o vejo reduzido ao silêncio. Lutar, eu? Por Deus, não, não! Guardo toda a minha força para lutar contra mim mesma e para beber minhas lágrimas, como você diz. Quanto a afligir meu pai e a perturbar os derradeiros momentos de minha avó... jamais!

– Tem razão – reconheceu fleumaticamente Maximilien.

– Céus, em que tom me diz isso! – exclamou Valentine, ofendida.

– Digo-lhe isso como um homem que a admira, senhorita – ponderou o jovem.

– Senhorita! – balbuciou Valentine. – Senhorita! Ah, o egoísta! Vendo-me em desespero, finge que não me compreende.

– Está enganada. Compreendo-a muito bem. Não quer contrariar o senhor de Villefort, não quer desobedecer à marquesa e amanhã assinará o contrato que a ligará a seu marido.

– Mas, por Deus, poderia agir de outra forma?

O conde de Monte Cristo – Tomo 2

– Não pergunte isso a mim, senhorita, que sou um mau juiz nessa causa e meu egoísmo me cegará – retrucou Morrel, cuja voz surda e punhos cerrados anunciavam uma exasperação crescente.

– O que me proporia então, Morrel, caso me visse disposta a aceitar sua proposta? Vamos, responda. Não basta dizer: "Você faz mal", é preciso dar um conselho.

– Pergunta-me isso seriamente, Valentine, e devo mesmo lhe dar um conselho?

– Decerto, caro Maximilien. Se for bom, eu o seguirei, pois sabe que sou devotada às minhas afeições.

– Valentine – disse Morrel, afastando uma tábua já desconjuntada –, dê-me sua mão como prova de que perdoa minha cólera. É que tenho a cabeça transtornada, conforme pode ver, e há uma hora ideias incoerentes perpassam por meu espírito. Ah, caso recuse meu conselho…

– Pois bem, que conselho?

– Este, Valentine.

A jovem ergueu as mãos ao céu e emitiu um suspiro.

– Sou livre – continuou Maximilien – e rico o suficiente para nós dois. Você será minha esposa antes que meus lábios pousem em sua fronte, juro.

– Você me assusta! – exclamou a jovem.

– Venha comigo – disse Morrel. – Levo-a para a casa de minha irmã, que é digna de ser sua irmã também. Embarcaremos para Argel, para a Inglaterra ou para a América, se não quiser ir para alguma província onde aguardaremos, antes de voltar a Paris, que nossos amigos vençam a resistência de sua família.

Valentine sacudiu a cabeça.

– Era o que eu esperava, Maximilien – disse ela. – Um conselho insensato. E eu seria mais insensata que você se não o detivesse desde já com uma única palavra: impossível. Sim, Morrel, é impossível.

– Então se curvará a seu destino, tal como a sorte o impõe, sem mesmo tentar combatê-lo? – perguntou Morrel, angustiado.

– Sim, ainda que morra!

– Está bem, Valentine. Mais uma vez, digo que tem razão. Com efeito, estou louco e você me prova que a paixão cega os espíritos mais ponderados. Agradeço-lhe então por raciocinar com lucidez. Pois seja, acabou-se: amanhã será irrevogavelmente prometida ao senhor Franz d'Épinay, não pela formalidade teatral inventada para o desenlace das comédias, que chamamos de assinatura de contrato, mas por sua própria vontade.

– Mais uma vez, você me deixa desesperada, Maximilien. Mais uma vez, revira o punhal na ferida! Que faria, diga-me, se sua irmã ouvisse um conselho como o que me dá?

– Senhorita – continuou Morrel, com um sorriso amargo –, eu sou um egoísta, conforme você já disse, e como egoísta não penso no que fariam os outros em minha situação, mas apenas no que tenciono fazer. Penso que a conheço há um ano; que depositei, desde o primeiro instante, todos os meus sonhos de felicidade em seu amor; que um dia você me confessou seu afeto e que nesse dia coloquei em suas mãos todas as minhas esperanças de futuro. Agora, não penso mais nada; digo a mim mesmo que os sonhos se desvaneceram, que acreditei ganhar o céu e o perdi. Isso acontece sempre ao jogador que não apenas perde o que tem, mas igualmente o que nunca teve.

Morrel pronunciou essas palavras com a mais perfeita calma; Valentine observou-o por um instante com seus grandes olhos perscrutadores, procurando não deixar que os de Morrel penetrassem até a agitação que turbilhonava no fundo de sua alma.

– Mas, enfim, o que vai fazer? – perguntou ela.

– Vou ter a honra de lhe dizer adeus, senhorita, invocando Deus, que ouve minhas palavras e lê em meu coração, em testemunho de que lhe desejo uma vida bastante serena, bastante feliz e totalmente plena, sem lugar para minha lembrança.

– Oh! – murmurou a jovem.

– Adeus, Valentine, adeus! – disse Morrel, inclinando-se.

– Aonde vai? – gritou Valentine, estendendo a mão por entre as tábuas e segurando Maximilien pelo casaco. A jovem compreendia, por sua própria agitação interior, que a calma de seu amado não podia ser real. – Aonde vai?

O CONDE DE MONTE CRISTO – TOMO 2

– Vou descobrir uma maneira de não perturbar mais sua família e dar um exemplo a homens honestos e devotados que se encontrem em minha situação.

– Antes de me deixar, diga-me o que vai fazer, Maximilien!

O rapaz sorriu tristemente.

– Vamos, fale, fale! – insistiu Valentine. – Por favor!

– Você mudou de resolução, Valentine?

– Oh, infeliz, não posso mudar e você sabe muito bem! – gritou a jovem.

– Então, adeus, Valentine!

A jovem sacudiu o portão com uma força de que ninguém a julgaria capaz e, vendo Morrel afastar-se, passou as duas mãos pelas frestas e juntou-as, retorcendo os braços:

– Que vai fazer? – gritou. – Aonde vai, diga-me!

– Oh, fique tranquila – respondeu Maximilien, parando a três passos do portão. – Não pretendo tornar ninguém responsável pelos rigores que a sorte me reserva. Outro talvez ameaçasse procurar o senhor Franz, provocá-lo, bater-se com ele em duelo; isso seria insensato. Que culpa tem o senhor Franz em tudo isso? Ele me viu pela primeira vez esta manhã e já nem se lembra de me ter visto; não sabia sequer que eu existia quando convenções de família decidiram que vocês se pertenceriam um ao outro. Não tenho queixas contra o senhor Franz e, juro-lhe, não o acuso de nada.

– A quem acusa então? A mim?

– A você, Valentine? Deus não o permita! A mulher é sagrada, a mulher que amamos é santa.

– A você próprio, infeliz? A você próprio?

– Não sou o culpado? – perguntou Morrel.

– Maximilien! – exclamou Valentine. – Maximilien, quero que venha aqui!

O jovem se aproximou com um sorriso meigo e, não fosse pela palidez, seria de crer que estivesse em seu estado normal.

– Escute-me querida, adorada Valentine – disse ele com voz melodiosa e grave –, pessoas como nós, que nunca tiveram um pensamento do qual

959

se envergonhassem diante dos pais e de Deus, podem ler no coração um do outro como em um livro aberto. Nunca me fiz de romântico, não sou um herói melancólico, não me finjo de Manfredo ou Antony; mas, sem palavras, sem protestos, sem juramentos entreguei-lhe minha vida; você foge e tem razão de fugir, já o disse e repito. Mas, enfim, foge e minha vida está acabada. Afastando-se de mim, Valentine, você me deixa sozinho no mundo. Minha irmã vive feliz ao lado do marido, que é apenas meu cunhado, isto é, um homem a quem só as convenções sociais me ligam. Assim, ninguém no mundo precisa de minha existência tornada inútil. Eis o que farei: esperarei até o último segundo que você se case. Não quero perder nem mesmo a sombra de uma dessas casualidades inesperadas que a sorte às vezes nos reserva, pois, enfim, daqui até lá o senhor Franz d'Épinay pode morrer; no momento em que os noivos se aproximarem do altar, um raio pode cair sobre ele. Tudo parece crível ao condenado à morte, para quem os milagres entram na categoria do possível quando se trata da salvação de sua vida. Esperarei, pois, até o último momento e, vendo que minha desgraça é certa, sem remédio, sem esperança, escreverei uma carta confidencial a meu cunhado e outra ao chefe de polícia para lhes comunicar minha intenção e, ao canto de um bosque, à beira de um fosso ou na margem de um rio, estourarei os miolos com tanta certeza quanto sou filho do homem mais honesto que já viveu na França.

Um tremor convulsivo se apossou dos membros de Valentine; largou o portão, que segurava com ambas as mãos, seus braços descaíram e duas grossas lágrimas rolaram por suas faces.

O rapaz continuava diante dela, sombrio e resoluto.

– Oh, por piedade, por piedade! – gemeu Valentine. – Diga que viverá!

– Por minha honra, não – replicou Maximilien. – Mas que lhe importa isso, já que cumprirá seu dever e ficará com a consciência tranquila?

Valentine caiu de joelhos, comprimindo o coração despedaçado.

– Maximilien – disse ela –, Maximilien, meu amigo, meu irmão na terra, meu verdadeiro esposo no céu, peço-lhe: faça como eu, viva com o sofrimento. Um dia, talvez, ficaremos juntos.

O conde de Monte Cristo – Tomo 2

– Adeus, Valentine – repetiu Morrel.

– Meu Deus – disse Valentine, erguendo as duas mãos ao céu com uma expressão sublime –, bem vê que fiz tudo para permanecer uma filha submissa! Orei, supliquei, implorei; você não ouviu nem minhas preces, nem minhas súplicas, nem minhas lágrimas. Pois bem – continuou, enxugando o rosto e retomando a firmeza –, pois bem, não quero morrer de remorsos, prefiro morrer de vergonha. Você viverá, Maximilien, e eu não serei de ninguém mais. Quando? Em que momento? Agora? Fale, ordene, estou pronta!

Morrel, que dera de novo alguns passos para se afastar, voltou, pálido de alegria, o coração exultante, e estendeu pelas frestas as mãos a Valentine:

– Querida amiga – disse ele –, não me fale assim porque então terei de me deixar morrer. Poderia eu permitir essa violência se você me ama como eu a amo? Quer me forçar a viver apenas por humanidade? Nesse caso, escolho morrer.

– De fato – murmurou Valentine –, quem me ama neste mundo? Ele. Quem me consolou de todos os meus sofrimentos? Ele. Em quem repousam minhas esperanças, em quem se abate meu olhar desvairado, em quem se refugia meu coração que sangra? Nele, sempre nele! Você tem razão, Maximilien, eu o seguirei, deixarei o lar paterno, deixarei tudo. Oh, ingrata que sou! – gemeu ela, soluçando. – Tudo, até meu avô, de quem já me esquecia!

– Não – replicou Maximilien –, você não o deixará. Segundo me disse, o senhor de Noirtier simpatizou comigo. Pois bem, antes de fugir, conte-lhe tudo; faça de seu consentimento, diante de Deus, um escudo. Depois, uma vez casados, ele virá morar conosco e, em vez de um filho, terá dois. Você me contou como ambos se comunicam; aprenderei logo esse idioma tocante dos signos, Valentine. Ah, juro-lhe, em lugar do desespero que nos espera, é a felicidade que lhe prometo.

– Veja, Maximilien, veja o poder que tem sobre mim. Quase me faz crer no que diz e, no entanto, o que diz é insensato, pois meu pai me amaldiçoará. Eu conheço aquele coração inflexível: jamais me perdoará. Então,

961

escute: se, por um artifício, um acidente, enfim, um meio qualquer eu conseguir retardar esse casamento, você me esperará?

– Sim, juro que a esperarei, caso você me jure que esse horrível casamento não acontecerá jamais e, se a arrastarem até o magistrado, até o padre, dirá "não".

– Eu juro, Maximilien, pelo que tenho de mais sagrado no mundo: minha mãe.

– Então, esperemos.

– Sim, esperemos – continuou Valentine, respirando fundo ao proferir essas palavras. – Muitas coisas podem salvar pessoas infelizes como nós.

– Confio em você – disse Morrel. – Tudo que fizer será bem-feito. Mas se, ignorando suas súplicas, o senhor de Villefort e a senhora de Saint--Méran exigirem que Franz d'Épinay seja chamado amanhã para assinar o contrato...

– Já tem minha palavra, Maximilien.

– Em vez de assinar...

– Venho encontrá-lo para fugirmos. Mas, até lá, não tentemos Deus. Não devemos nos ver. Só por milagre, só por uma intercessão da Providência é que ainda não fomos surpreendidos. Se nos apanharem, se souberem que nos encontramos, não teremos mais nenhum recurso.

– Você está certa, Valentine. Mas como saberei...

– Pelo tabelião, o senhor Deschamps.

– Eu o conheço.

– E por uma carta minha, pode ficar tranquilo. Meu Deus, esse casamento é tão odioso para mim quanto para você, Maximilien!

– Obrigado, obrigado, minha querida Valentine! – exclamou Morrel. – Então, está combinado: ao saber a hora, correrei para cá, você transporá este muro em meus braços, não haverá nada mais fácil. Uma carruagem estará à espera na porta do cercado, você subirá comigo e eu a levarei à casa de minha irmã. Lá, incógnitos se preferir, às claras se quiser, teremos a consciência de nossa força e de nossa vontade, não nos deixando degolar como o cordeiro que só se defende com lamentos.

– Pois seja. E digo também: o que você fizer será bem-feito, Maximilien.

– Oh!

– Então, está contente com sua esposa? – perguntou tristemente a jovem.

– Minha adorada Valentine, dizer "sim" a isso é muito pouco!

– Diga sempre.

Valentine se aproximara, ou melhor, aproximara os lábios da cerca e suas palavras deslizavam com seu hálito perfumado até os lábios de Morrel, que os colava ao outro lado, frio e inexpugnável, da cerca.

– Até breve – sussurrou Valentine, mal conseguindo escapar àquele enlevo. – Até breve.

– Receberei uma carta sua?

– Receberá.

– Obrigado, querida esposa. E até breve.

O ligeiro estalido de um beijo inocente e furtivo se fez ouvir e Valentine fugiu por sob as tílias.

Morrel ficou ouvindo os derradeiros ruídos de seu vestido roçando na vegetação e de seus pés calcando a areia, ergueu os olhos ao céu, com um sorriso inefável, em sinal de gratidão por ser tão amado, e também se afastou.

O jovem, em casa, ficou pelo resto da noite e durante o dia seguinte inteiro à espera, mas não teve notícias. Só dois dias depois, por volta das dez horas da manhã, enquanto se preparava para ir à residência do tabelião Deschamps, é que recebeu pelo correio um pequeno bilhete onde reconheceu a letra de Valentine, embora nunca a tivesse visto.

Dizia:

Lágrimas, súplicas e preces nada conseguiram. Ontem, durante duas horas, estive na igreja de Saint-Philippe-du-Roule, orando a Deus do fundo da alma. Deus é insensível como os homens e a assinatura do contrato foi marcada para esta noite, às nove horas.

Tenho uma só palavra, Morrel, como tenho um só coração, e essa palavra lhe foi empenhada, como lhe foi entregue esse coração.

Portanto, hoje às quinze para as nove, na cerca.

Sua mulher,
Valentine de Villefort

P.S.: Minha pobre avó vai de mal a pior; ontem, sua exaltação se transformou em delírio, quase em loucura.

Você me amará o suficiente, Morrel, para me fazer esquecer que a abandonei nesse estado?

Decerto esconderam do vovô Noirtier que a assinatura do contrato será esta noite.

Morrel não se contentou com as informações de Valentine; correu ao tabelião e este lhe confirmou que o documento seria mesmo assinado às nove horas da noite.

Depois, foi à casa de Monte Cristo e, lá, soube mais notícias: Franz viera anunciar-lhe a solenidade; de seu lado, a senhora de Villefort havia escrito ao conde pedindo-lhe que a desculpasse por não convidá-lo, pois a morte do senhor de Saint-Méran e a condição em que se achava sua viúva lançariam sobre aquela reunião um véu de tristeza que ela não queria ver anuviar a fronte do amigo, ao qual desejava toda a felicidade do mundo.

Na véspera, Franz fora apresentado à senhora de Saint-Méran, que chegou a abandonar o leito para essa ocasião e logo depois voltou a deitar-se.

Morrel, e isso é fácil de entender, achava-se em um estado tal de agitação que não poderia escapar a olhos argutos como os do conde; assim, Monte Cristo se mostrou para com ele mais afetuoso que nunca, tão afetuoso que, duas ou três vezes, Maximilien esteve a ponto de contar-lhe tudo. Mas se lembrou da promessa formal feita a Valentine e conservou seu segredo no fundo do coração.

O jovem releu vinte vezes, ao longo do dia, a carta de Valentine. Era a primeira vez que ela lhe escrevia... e em que ocasião! A cada releitura, Maximilien renovava para si mesmo o juramento de tornar sua amada feliz. Com efeito, a jovem que toma uma resolução tão corajosa conquista enorme autoridade e, portanto, merece a devoção cabal da parte daquele a quem ela sacrificou tudo. Deve ser então, para seu amado, o primeiro e mais digno objeto de culto! É ao mesmo tempo rainha e mulher; e uma alma inteira não basta para lhe dar amor e gratidão suficientes.

O CONDE DE MONTE CRISTO – TOMO 2

Morrel esperava, com uma agitação irreprimível, o momento em que Valentine aparecesse, dizendo:

– Aqui estou eu, Maximilien! Leve-me!

Ele havia organizado a fuga em todos os seus pormenores; escondera duas escadas na luzerna do cercado; um cabriolé, que o próprio Maximilien deveria conduzir, aguardaria; nenhum criado, nenhuma luz; ao virar a primeira rua, as lanternas seriam acendidas, a fim de evitar que, por um excesso de precaução, caíssem nas mãos da polícia.

De tempos em tempos, o corpo inteiro de Morrel estremecia; sonhava com o momento em que, do alto do muro, protegeria a descida de Valentina e sentiria, trêmula e abandonada em seus braços, aquela de quem só apertara a mão e beijara as pontas dos dedos.

Mas, à tarde, com a hora se aproximando, Morrel experimentou a necessidade de ficar só; seu sangue fervia, perguntas simples ou mesmo a voz de um amigo o irritariam; fechou-se em casa e tentou ler, mas seu olhar deslizava pelas páginas sem nada entender e ele acabou por ignorar o livro a fim de voltar pela segunda vez a seu plano, suas escadas e seu cercado.

A hora se aproximava.

Nenhum homem apaixonado jamais deixou o relógio trabalhar em paz. Morrel atormentou de tal maneira o seu que ele acabou por dar oito horas e meia às seis. Concluiu então que devia partir, que sem dúvida as nove horas eram efetivamente o momento da assinatura do contrato, mas que, segundo todas as probabilidades, Valentine não esperaria essa cerimônia inútil. Assim, depois de partir da Rua Meslay às oito horas e meia, em seu relógio, Morrel entrou no cercado quando soavam as oito na igreja de Saint-Philippe-du-Roule.

Cavalo e cabriolé foram escondidos atrás de um casebre em ruínas, no qual Morrel costumava ocultar-se.

Pouco a pouco, o dia chegou ao fim e as folhagens do jardim se comprimiram em tufos de um negro opaco.

Então, Morrel saiu de seu esconderijo e foi espiar, com o coração palpitante, pela fresta do portão: ainda não havia ninguém.

Soaram oito horas e meia.

Decorreu meia hora de espera; Morrel ia e vinha. A intervalos cada vez mais próximos, aplicava o olho à fresta. O jardim escurecia cada vez mais; porém, na escuridão, se procuraria inutilmente um vestido branco, se tentaria inutilmente ouvir o ruído de passos.

A casa, percebida através da folhagem, permanecia às escuras e não lembrava em nada um lugar que se prepara para um acontecimento tão importante quanto a assinatura de um contrato de casamento.

Morrel consultou o relógio, que soou nove horas e três quartos, mas quase imediatamente essa mesma voz, ouvida duas ou três vezes, retificou o erro batendo as nove e meia.

Era já meia hora de espera além da que a própria Valentine fixara; dissera nove ou menos, não mais.

Foi o momento mais terrível para o coração do jovem, sobre o qual cada segundo tombava como um martelo de chumbo.

O mínimo farfalhar dos arbustos, o menor sopro de vento despertavam seus ouvidos e faziam o suor porejar de sua testa. Então, todo trêmulo, ele encostava sua escada ao muro e, para não perder tempo, punha o pé no primeiro degrau.

Em meio a essa alternância de medo e esperança, em meio a essas dilatações e apertos do coração, dez horas soaram na igreja.

– Oh!" – murmurou Maximilien, aterrorizado. – É impossível que a assinatura de um contrato demore tanto, a menos que tenham ocorrido acontecimentos imprevistos. Avaliei todas os contratempos, calculei quanto levam todas as formalidades. Sucedeu alguma coisa.

Então, ora passeava agitado diante do portão, ora ia apoiar a fronte escaldante no ferro gelado. Teria Valentine desaparecido após o contrato ou sido detida na fuga? Eram as duas únicas hipóteses a que o jovem podia se apegar e ambas desesperadas.

Ocorreu-lhe a ideia de que, fugindo, as forças faltaram a Valentine e ela caíra desmaiada no meio de alguma alameda.

– Se foi assim – bradou ele, subindo para o alto da escada –, vou perdê-la e a culpa será minha!

O demônio que lhe insuflou essa ideia não o deixou mais e sussurrou em seu ouvido com a insistência que transforma certas dúvidas, ao cabo de um instante e pela força do raciocínio, em convicções. Seus olhos, na tentativa de devassar a obscuridade crescente, acreditavam vislumbrar na alameda sombria um objeto estirado; Morrel ousou mesmo chamar e supôs que o vento trazia até ele um gemido inarticulado.

Soaram as dez e meia; não era possível conter-se por mais tempo e todas as hipóteses eram admissíveis. As têmporas de Maximilien latejavam com força, nuvens desfilavam diante de seus olhos; subiu ao muro e saltou para o outro lado.

Estava na casa de Villefort, onde penetrara como intruso. Calculou as consequências de semelhante ato, mas não viera até ali para recuar.

Seguiu por algum tempo junto ao muro e, atravessando a alameda de um só pulo, correu para um renque de arbustos. Em um instante chegou à extremidade desse renque, de onde podia observar a casa.

Assegurou-se então de algo que já lhe ocorrera, ao tentar enxergar por entre as árvores: em vez das luzes que pensara ver brilhar em cada janela, como é natural em dias de cerimônia, viu apenas uma massa escura e velada pela grande cortina de sombra projetada por uma nuvem imensa que obliterava a lua.

Uma luz vagava de vez em quando, como que perdida, diante de três janelas do primeiro andar. E essas três janelas eram as dos aposentos da senhora de Saint-Méran.

Outra luz permanecia imóvel por trás de umas cortinas vermelhas, que eram as do quarto da senhora de Villefort.

Morrel adivinhou tudo. Muitas vezes, para seguir Valentine em pensamento a qualquer hora do dia ou da noite, esboçara a planta da casa com tal minúcia que, embora nunca a tivesse visto, podia dizer que a conhecia.

Essa escuridão, esse silêncio espantaram tanto o rapaz quanto a ausência de Valentine.

Desorientado, esmagado pela dor, decidido a enfrentar tudo para rever Valentine e certificar-se da desgraça que pressentia, fosse qual fosse, Morrel chegou à orla do renque e se preparava para atravessar o mais rápido possível o jardim, completamente a descoberto, quando o som de uma voz bem distante, mas trazido pelo vento, chegou até ele.

A esse som, tendo já saído da folhagem, deu um passo atrás e escondeu-se de novo, permanecendo mudo e imóvel na obscuridade.

Estava resolvido: se Valentine viesse sozinha, iria chamá-la com uma palavra, quando ela passasse; se estivesse acompanhada, pelo menos a veria e se asseguraria de que nada de mau lhe havia acontecido; se fossem estranhos, ouviria parte de sua conversa e poderia compreender aquele mistério até então incompreensível.

A lua saiu então da nuvem que a ocultava e, no patamar da entrada, Morrel viu surgir Villefort acompanhado de outro homem vestido de preto. Desceram os degraus e caminharam na direção do renque. Mal haviam dado quatro passos e Morrel reconheceu, no homem de preto, o doutor d'Avrigny.

O jovem, vendo-os aproximar-se, recuou maquinalmente até se encostar a um tronco de sicômoro que crescia bem no centro do renque; ali, foi obrigado a parar.

Logo, a areia deixou de ranger sob os passos dos dois recém-chegados.

– Ah, caro doutor – disse o procurador do rei –, já vê que o céu decididamente se declara contra nossa casa! Que morte horrível! Que tragédia! Não tente me consolar; ai de mim, não há consolo para semelhante desgraça, a ferida é muito viva, muito profunda! Morte! Morte!

Um suor frio escorreu pela fronte do jovem e o fez bater os dentes. Quem teria morrido naquela casa que o próprio Villefort considerava maldita?

– Meu caro senhor de Villefort – respondeu o médico, em um tom que aumentou ainda mais o terror do rapaz –, eu não o trouxe aqui para consolá-lo, bem ao contrário.

– Que quer dizer? – perguntou o procurador do rei, assustado.

– Quero dizer que, por trás desta última desgraça, talvez haja outra ainda maior.

– Oh, meu Deus! – murmurou Villefort, juntando as mãos. – O que tem para me contar?

O CONDE DE MONTE CRISTO – TOMO 2

– Estamos completamente sós, meu amigo?

– Sim, sim, completamente sós. Mas pode me dizer o que significam todas essas precauções?

– Que tenho uma confidência terrível a lhe fazer – disse o doutor, solenemente. – Sentemo-nos.

Villefort, mais que sentar-se, desabou em um banco. O doutor permaneceu de pé diante dele, com uma mão em seu ombro.

Morrel, paralisado de susto, levou uma mão à fronte e a outra ao peito, temendo ser denunciado pelas batidas de seu coração.

"Morte! Morte!", repetia em pensamento, com a voz da alma. E ele próprio se sentia morrer.

– Pode falar, doutor – pediu Villefort. – Golpeie, estou preparado para tudo.

– A senhora de Saint-Méran era bem idosa, sem dúvida; mas gozava de uma saúde excelente.

Morrel respirou aliviado pela primeira vez em dez minutos.

– O desgosto a matou – disse Villefort. – Sim, doutor, o desgosto! Convivia com o marquês há quarenta anos…

– Não, não foi o desgosto, meu caro Villefort – continuou o doutor. – O desgosto pode matar, mas os casos são raros. E não mata em um dia, em uma hora ou em dez minutos.

Villefort não respondeu; apenas levantou a cabeça, que até então mantivera abaixada, e fitou o médico com um olhar perplexo.

– Acompanhou a agonia? – perguntou o senhor d'Avrigny.

– Sem dúvida – respondeu o procurador do rei. – O senhor me pediu em voz baixa que não me afastasse.

– Reparou nos sintomas do mal a que a senhora de Saint-Méran acabou por sucumbir?

– Certamente. Ela teve três ataques sucessivos com poucos minutos de intervalo, cada vez mais próximos e mais fortes. Quando o senhor chegou, a senhora de Saint-Méran já estava quase sem fôlego. Teve então uma crise que tomei por um simples ataque de nervos; só comecei a me assustar de fato ao vê-la soerguer-se do leito, com os membros e o pescoço estirados. Então, pela expressão que o senhor fez, compreendi que o caso era mais grave do que pensara; após a crise, procurei seus olhos, doutor, e não os encontrei; o senhor segurava-lhe o pulso, contava as pulsações, e a segunda crise sobreveio antes que o senhor se voltasse para mim. Essa segunda crise foi pior que a primeira; os mesmos movimentos espasmódicos se repetiram e a boca se contraiu, tornando-se violácea.

Na terceira crise, ela expirou.

Após o fim da primeira, eu já havia reconhecido o tétano e o senhor confirmou essa opinião.

– Sim, diante de todos – disse o médico. – Mas agora estamos sós.

– Meu Deus, que quer dizer?

– Que os sintomas do tétano e do envenenamento por substâncias vegetais são absolutamente os mesmos.

Villefort se levantou de um salto; e, após um momento de imobilidade e silêncio, recaiu no banco.

– Céus, doutor, pensou bem no que acaba de me dizer?

Morrel não sabia se estava sonhando ou acordado.

– Escute – prosseguiu o médico –, não ignoro a gravidade de minha declaração e o caráter do homem a quem a faço.

– Está falando ao magistrado ou ao amigo? – indagou Villefort.

– Neste momento, apenas ao amigo. A semelhança entre os sintomas do tétano e do envenenamento por substâncias vegetais é tal que, se eu tivesse de referendar o que disse, hesitaria. Mas, repito, é ao amigo e não ao magistrado que me dirijo. E ao amigo, asseguro: durante os três quartos de hora que o episódio durou, estudei a agonia, as convulsões, a morte da senhora de Saint-Méran. Pois bem, não só tenho a convicção de que ela morreu envenenada como posso dizer qual veneno a matou.

– Senhor, senhor!

– Estava tudo lá: sonolência interrompida por crises espasmódicas, superexcitação do cérebro, torpor dos centros... A senhora de Saint-Méran sucumbiu a uma dose violenta de brucina ou estricnina, que sem dúvida lhe administraram por acaso ou por erro mesmo.

Villefort agarrou a mão do médico.

– Oh, é impossível! – exclamou ele. – Deus meu, estou sonhando! É apavorante ouvir tais coisas de um homem como o senhor. Em nome do céu, suplico-lhe, diga-me que pode estar enganado!

– Posso, sem dúvida. Mas…

– Mas?

– Não acredito.

– Doutor, tenha piedade de mim! Há alguns dias tantas coisas inacreditáveis vêm me acontecendo que temo enlouquecer.

– Outra pessoa viu a senhora de Saint-Méran?

– Ninguém.

– Enviaram ao farmacêutico alguma receita que não me mostraram?

– Não.

– A senhora de Saint-Méran tinha inimigos?

– Eu jamais soube de nenhum.

– Alguém teria interesse em sua morte?

– Não, não! Minha filha Valentine, sua única herdeira… Oh, se um pensamento desses pudesse me ocorrer por um instante sequer, eu me apunhalaria para punir meu coração.

– Meu caro amigo – apressou-se a dizer o senhor d'Avrigny –, por Deus, não estou acusando ninguém! Entenda que avento a possibilidade de um acidente, de um erro. Mas, erro ou acidente, o que aconteceu mortifica minha consciência e esta exige que eu lhe fale com franqueza. Procure se informar.

– Com quem? Como? De quê?

– Vejamos: Barrois, o velho criado, não se terá confundido e ministrado à senhora de Saint-Méran algum remédio preparado para seu patrão?

– Para meu pai?

– Sim.

– Mas como um remédio preparado para o senhor Noirtier poderia envenenar a senhora de Saint-Méran?

– Nada mais simples. Para certas doenças, os venenos funcionam como remédios e a paralisia é uma delas. Há três meses, por exemplo, depois de tentar tudo para devolver os movimentos e a palavra ao senhor Noirtier, decidi recorrer a um meio extremo; há três meses, digo eu, venho tratando dele com brucina. Assim, na última poção que encomendei para o enfermo, entravam seis centigramas; seis centigramas sem ação sobre os órgãos paralisados do senhor Noirtier e aos quais, de resto, ele estava acostumado por doses sucessivas, mas que bastam para matar outra pessoa.

– Meu caro doutor, não há nenhuma comunicação entre os aposentos do senhor Noirtier e os da senhora de Saint-Méran: nestes, Barrois jamais entrou. Devo dizer-lhe, doutor, embora o considere o homem mais hábil e, sobretudo, o mais consciencioso do mundo, e embora em quaisquer circunstâncias sua palavra seja para mim uma tocha que me guia como a luz do sol, devo dizer-lhe, doutor, que apesar dessa convicção preciso me apoiar no axioma: *Errare humanum est.*

– Escute, Villefort – replicou o médico –, há algum de meus confrades em quem você confie tanto quanto em mim?

– Por que isso? Aonde quer chegar?

– Chame-o. Eu lhe relatarei o que vi, o que observei, e faremos a autópsia.

– Poderão encontrar traços do veneno?

– Do veneno não, não foi o que eu disse. Mas constataremos a exasperação do sistema nervoso, reconheceremos a asfixia patente, incontestável, e lhe diremos: "Caro Villefort, se tudo aconteceu por negligência, observe seus criados; se aconteceu por ódio, observe seus inimigos".

– Ah, meu Deus, que está me propondo, d'Avrigny? – lamentou Villefort, abatido. – Se outro além do senhor entrar no segredo, uma investigação se tornará necessária e uma investigação, no meu caso, é impossível! Mas – prosseguiu, contendo-se e fitando o médico com inquietação – se o senhor quiser isso, se o exigir absolutamente, eu o farei. Talvez deva mesmo levar adiante esse caso; é uma questão de caráter. Mas, doutor, já vê como tal medida me entristece: introduzir em minha casa tanto escândalo após tanta tristeza! Ah, minha mulher e minha filha morrerão! Quanto a mim, doutor, sabe que um homem não chega aonde cheguei, após ser procurador do rei por vinte e cinco anos, sem arranjar bom número de inimigos. Esse

O conde de Monte Cristo – Tomo 2

caso espalhafatoso será para eles um triunfo que os fará pular de alegria e me cobrirá de vergonha. Perdoe-me, doutor, essas ideias mundanas. Se o senhor fosse um padre, eu não ousaria lhe dizer isso. Mas é um homem e conhece os outros homens. Doutor, doutor, não me disse nada, não é?

– Caro senhor de Villefort – respondeu o médico, abalado –, meu primeiro dever é a humanidade. Teria salvado a senhora de Saint-Méran se a ciência pudesse fazê-lo; mas ela está morta e tenho de me ocupar dos vivos. Sepultemos no mais fundo de nossos corações esse terrível segredo. Vou permitir, caso os olhos de alguém se abram para ele, que imputem à minha ignorância o silêncio que guardei. Mas, senhor, procure, procure sempre, procure ativamente, pois talvez a coisa não pare por aí… E, quando encontrar o culpado, se o encontrar, eu é que lhe direi: "O senhor é magistrado, faça o que achar conveniente".

– Oh, obrigado, obrigado, doutor! – exclamou Villefort, com uma alegria indizível. – Nunca tive um amigo melhor.

E, como se temesse que o doutor d'Avrigny mudasse de ideia, levantou-se e levou-o para um dos lados da casa. Os dois se afastaram.

Morrel, ansioso por respirar livremente, saiu de seu canteiro de arbustos e a lua iluminou aquele rosto tão pálido que se poderia tomá-lo pelo de um fantasma.

– Deus me protege de maneira inequívoca, mas terrível! – suspirou ele. – Valentine, Valentine, pobre amiga! Conseguirá resistir a tanto sofrimento?

Após murmurar essas palavras, olhou alternadamente a janela de cortinas vermelhas e as três de cortinas brancas.

A luz havia quase desaparecido da primeira. Sem dúvida, a senhora de Villefort acabara de apagar sua lâmpada, restando apenas o reflexo da lamparina de cabeceira nos vidros.

Ao contrário, na extremidade da construção, ele viu abrir-se uma das três janelas de cortinas brancas. Uma vela pousada na lareira lançava para fora alguns raios de sua luz pálida e uma sombra veio por um instante debruçar-se na sacada.

Morrel estremeceu; pensou ter escutado um gemido.

Não seria de estranhar que aquela alma comumente tão corajosa e tão forte, agora perturbada e exaltada pelas duas paixões mais intensas da alma humana, o amor e o medo, se debilitasse a ponto de padecer alucinações supersticiosas.

Embora fosse impossível que o olhar de Valentine o percebesse em seu esconderijo, ele acreditou que a sombra na janela o chamava; seu espírito conturbado lhe dizia isso, seu coração ardente o repetia. Esse duplo equívoco transformou-se em realidade insopitável e, por um desses impulsos incompreensíveis da juventude, irrompeu de seu esconderijo e, em duas passadas, com risco de ser visto, com risco de assustar Valentine, com risco de dar o alarme por algum grito involuntário da jovem, transpôs o jardim que a lua tornava vasto e branco como um lago e, alcançando o renque de laranjeiras que se estendia diante da casa, chegou aos degraus da entrada, subiu-os rapidamente e empurrou a porta, que se abriu sem resistência diante dele.

Valentine não o vira; de olhos erguidos, seguia uma nuvem de prata a deslizar pelo azul, cuja forma lembrava uma sombra que sobe para o céu e que seu espírito poético e exaltado lhe dizia ser a alma da avó.

Morrel, depois de atravessar a antecâmara, começou a subir a escada; tapetes estendidos sobre os degraus abafavam seus passos e, de resto, ele tinha chegado a um ponto tal de descontrole que a presença do próprio senhor de Villefort não o assustaria. Se o dono da casa aparecesse à sua frente, a resolução de Morrel estava tomada: aproximando-se, confessaria tudo, pedindo-lhe que desculpasse e aprovasse esse amor que o unia à sua filha e sua filha a ele. Morrel enlouquecera.

Por sorte, não viu ninguém.

Foi então que o conhecimento do interior da casa, transmitido por Valentine, lhe serviu; chegou sem problema ao alto da escada e, de lá, começava a orientar-se quando um soluço cujo tom reconheceu indicou-lhe o caminho a seguir. Virou-se: uma porta entreaberta deixava escapar o reflexo de uma luz e o som da voz plangente. Empurrou a porta e entrou.

O conde de Monte Cristo – Tomo 2

No fundo da alcova, sob o véu branco que recobria sua cabeça e desenhava sua forma, jazia a morta, mais assustadora ainda aos olhos de Morrel depois da revelação do segredo de que o acaso o fizera possuidor.

Junto ao leito, de joelhos, o rosto escondido nas almofadas de uma grande poltrona, Valentine, trêmula e soluçante, erguia acima da cabeça, que não se via, as mãos unidas e contritas.

Afastara-se da janela, que permanecia aberta, e orava em voz alta em um tom que tocaria o coração mais insensível; as palavras escapavam de seus lábios rápidas, incoerentes e ininteligíveis, de tal modo a dor lhe constringia a garganta com seus tentáculos de fogo.

O luar, insinuando-se pelas frestas das persianas, empalidecia o lampejo da vela e azulava com suas tintas fúnebres aquele quadro de desolação.

Morrel não pôde resistir a semelhante espetáculo; não era de uma religiosidade exemplar, não era impressionável, mas Valentine sofrendo, chorando e retorcendo os braços ali à sua frente era mais do que ele conseguiria suportar em silêncio. Emitiu um suspiro, murmurou um nome e o rosto banhado em lágrimas, emoldurado pelo veludo da poltrona, um rosto de Madalena de Correggio, voltou-se para ele.

Valentine viu-o e não mostrou surpresa. Não restam emoções intermediárias em um coração repleto de um desespero supremo.

Morrel estendeu a mão à sua amiga. Valentine, como toda desculpa por não ter ido ao encontro, apontou-lhe o cadáver que jazia sob o véu fúnebre e recomeçou a soluçar.

Nenhum dos dois ousava falar naquele quarto. Hesitavam em romper um silêncio que parecia ordenado pela morte, de pé a um canto e com um dedo nos lábios.

Valentine foi a primeira a ousar rompê-lo.

– Amigo – começou ela –, como chegou aqui? Ai de mim, eu lhe diria: "Seja bem-vindo", caso a porta desta casa não lhe tivesse sido aberta pela morte...

– Valentine – interrompeu Morrel com voz trêmula e de mãos postas –, fiquei lá fora desde as oito horas e meia e você não apareceu. A inquietação me dominou, saltei o muro, entrei no jardim e ouvi vozes que tratavam do fatal acidente.

– Que vozes? – perguntou Valentine.

Morrel estremeceu, pois a conversa toda do médico e do senhor de Villefort lhe voltou à mente e, através do véu, ele acreditava ver aqueles braços retorcidos, aquele pescoço hirto, aqueles lábios violáceos.

– As vozes elevadas de seus criados – respondeu ele – me informaram do acontecido.

– Mas vir aqui é nos perder, meu amigo – ponderou Valentine, sem medo e sem cólera.

– Perdoe-me – replicou Morrel no mesmo tom. – Vou me retirar.

– Não, fique. Seria visto.

– Mas e se entrarem aqui?

A jovem sacudiu a cabeça.

– Ninguém entrará – disse ela. – Fique tranquilo. Aquela é a nossa proteção.

E apontou o cadáver, oculto pelo véu.

– E o que houve com o senhor d'Épinay? Diga-me, por favor.

– O senhor Franz chegou para assinar o contrato no momento em que minha pobre avó rendia o último suspiro.

– Oh! – exclamou Morrel com um sentimento de alegria egoísta, pois percebia que aquela morte retardava indefinidamente o casamento de Valentine.

– Porém, o que redobra minha dor – continuou a jovem, como se esse sentimento devesse receber imediata punição – é que minha pobre avó, ao morrer, ordenou que o casamento se realizasse o mais depressa possível. Ela também, meu Deus, ela também, julgando me proteger, agia contra mim!

– Escute! – advertiu Morrel.

Os jovens se calaram.

Uma porta se abriu, passos fizeram estalar o piso do corredor e os degraus da escada.

– É meu pai que sai de seu gabinete – sussurrou Valentine.

O conde de Monte Cristo – Tomo 2

– E acompanha o médico – completou Morrel.

– Como sabe que é o médico? – estranhou a jovem.

– Presumo que seja – explicou Morrel.

Valentine olhou intrigada para o rapaz.

Nisso, ouviram a porta da frente se fechar. O senhor de Villefort trancara também a do jardim e em seguida subiu as escadas.

Ao chegar à antecâmara, parou por um instante, como se hesitasse entre recolher-se a seus aposentos e entrar no quarto da senhora de Saint--Méran. Morrel escondeu-se atrás de um reposteiro. Valentine não esboçou nenhum movimento, como se uma dor suprema a elevasse acima dos medos comuns.

O senhor de Villefort foi para seus aposentos.

– Agora – disse Valentine –, você não poderá sair nem pela porta do jardim nem pela porta da rua.

Morrel olhou para a jovem com espanto.

– Agora – prosseguiu Valentine –, só há uma saída possível e segura, a do apartamento de meu avô.

Levantou-se.

– Venha – disse ela.

– Para onde?

– Para o apartamento de meu avô.

– Eu, no apartamento do senhor Noirtier!

– Sim.

– Pensou bem no que quer fazer, Valentine?

– Pensei e já faz tempo. Só tenho esse amigo no mundo e ambos precisamos dele. Venha.

– Cuidado, Valentine – recomendou Morrel, sem saber se devia obedecer à ordem da jovem. – A venda caiu de meus olhos. Ao vir aqui, realizei um ato de loucura. Você própria está em sua plena razão, cara amiga?

– Sim – garantiu Valentine. – E meu único escrúpulo é abandonar os restos mortais de minha pobre avó, que me encarreguei de velar.

– Valentine – ponderou Morrel –, a morte é sagrada por si mesma.

ALEXANDRE DUMAS

– Sim. Mas ficarei longe por pouco tempo. Venha.

Valentine atravessou o corredor e desceu uma pequena escada que levava aos aposentos do senhor Noirtier. Morrel a seguiu na ponta dos pés. Chegados ao patamar do quarto, encontraram ali o velho criado.

– Barrois – disse Valentine –, feche a porta e não deixe entrar ninguém.

E entrou primeiro.

Noirtier, ainda em sua poltrona, atento ao menor ruído, informado pelo velho servidor do que se passava, mantinha o olhar fixo na entrada do quarto. Viu Valentine e suas pupilas brilharam.

Havia, na postura e nos modos da jovem, algo de grave e solene que impressionou o velho. Assim, de brilhante que estava, seu olhar se tornou inquisitivo.

– Querido pai – disse ela rapidamente –, escute-me. Como já sabe, a vovozinha Saint-Méran morreu há uma hora e depois disso, exceto o senhor, não tenho mais ninguém que me ame no mundo.

Uma expressão de ternura infinita perpassou pelos olhos de Noirtier.

– Portanto, é só ao senhor que devo confiar minhas tribulações ou esperanças, certo?

O inválido fez sinal que sim.

Valentine tomou Maximilien pela mão.

– Então, olhe bem, senhor – pediu ela.

O velho fixou seus olhos perscrutadores e levemente espantados em Morrel.

– É o senhor Maximilien Morrel – disse ela –, filho do honesto negociante de Marselha do qual certamente já ouviu falar.

"Sim", acenou o velho.

– Um nome inatacável e que Maximilien está prestes a tornar glorioso, pois, com trinta anos, é capitão dos sipaios e oficial da Legião de Honra.

Noirtier fez sinal de que se lembrava.

– Pois bem, papai – continuou Valentine, ajoelhando-se diante do velho e apontando para Maximilien com uma das mãos –, eu o amo e só serei dele. Se me obrigarem a desposar outro, vou me deixar morrer ou me matarei.

Os olhos do inválido exprimiam todo um mundo de pensamentos tumultuados.

– O senhor gosta de Maximilien, não é, papai? – perguntou a jovem.

"Sim", respondeu o inválido.

– E pode nos proteger, a nós, que também somos seus filhos, contra a vontade de meu pai?

Noirtier pousou seu olhar inteligente sobre Morrel, como para lhe dizer: "Depende".

Maximilien compreendeu.

– Senhorita – pediu ele –, você tem um dever sagrado a cumprir no quarto de sua avó. Permite-me a honra de conversar por um instante com o senhor Noirtier?

"Sim, sim, é isso!", disse o olhar do ancião.

Em seguida, Noirtier fitou Valentine, inquieto.

– Como ele conseguirá entendê-lo, é o que quer dizer, paizinho? "Sim."

– Oh, fique tranquilo; falamos tantas vezes do senhor que ele sabe perfeitamente como nos comunicamos.

Depois, virando-se para Maximilien com um sorriso adorável, embora velado por profunda tristeza:

– Ele sabe tudo que eu sei – disse.

Valentine se levantou, puxou uma cadeira para Morrel, recomendou mais uma vez a Barrois que não deixasse entrar ninguém e, após beijar ternamente o avô, despediu-se tristemente de Morrel e saiu.

Este, então, para provar a Noirtier que gozava da confiança de Valentine e conhecia todos os seus segredos, pegou o dicionário, pena e papel, colocando tudo sobre uma mesa onde havia uma lâmpada.

– Mas primeiro – disse Morrel –, permita-me, senhor, explicar-lhe quem sou, meu amor pela senhorita Valentine e quais são minhas intenções a seu respeito.

"Estou ouvindo", sinalizou Noirtier.

Era um espetáculo impressionante aquele ancião, fardo inútil na aparência, tornar-se o único protetor, o único amparo, o único juiz dos amantes jovens, belos, fortes e ainda nos começos da vida.

O rosto de Noirtier, de uma nobreza e uma austeridade notáveis, impunha-se a Morrel, que começou seu relato tremendo.

Narrou então como havia conhecido e amado Valentine, e como Valentine, isolada e infeliz, acolhera a oferta de sua devoção. Revelou seu nascimento, sua posição e sua fortuna; e a cada passo, quando interrogava o olhar do inválido, esse olhar lhe respondia:

"Certo, continue."

– Agora – prosseguiu Morrel, depois que terminou essa primeira parte de seu relato –, agora que lhe falei de meu amor e minhas esperanças, devo, senhor, mencionar meus projetos?

"Sim", acenou o velho.

– Pois bem, eis aqui o que resolvemos.

Contou então tudo a Noirtier. Que um cabriolé esperava no cercado, que iria raptar Valentine, levá-la para a casa de sua irmã, desposá-la e, em uma respeitosa expectativa, aguardar o perdão do senhor de Villefort.

"Não", disse Noirtier.

– Não? Não é assim que devemos agir?

"Não."

– Portanto, esse projeto não conta com sua aprovação? – indagou Morrel.

"Não."

– Está bem. Há outro meio.

O olhar inquisitivo do velho perguntou: "Qual?"

– Vou procurar o senhor Franz d'Épinay – prosseguiu Maximilien. – Felizmente, posso lhe dizer isso na ausência da senhorita de Villefort e me conduzirei com ele de modo a forçá-lo a ser um cavalheiro.

O olhar de Noirtier continuou inquisitivo.

– Quer saber o que farei?

"Sim."

O conde de Monte Cristo – Tomo 2

– Isto: vou procurá-lo, como acabei de dizer, e lhe revelarei os laços que me unem à senhorita Valentine. Se ele for um homem sensível, provará sua sensibilidade renunciando à mão da noiva e, a partir desse instante, contará com minha amizade e devoção até a morte. Caso se recuse, seja por interesse ou porque um orgulho ridículo o faça persistir, após lhe provar que assim estará coagindo uma mulher que me pertence, que Valentine me ama e não pode amar outro, eu o desafiarei a um duelo, dando-lhe todas as vantagens, e o matarei ou ele me matará. Se me matar, estarei seguro de que Valentine não o desposará.

Noirtier observava com um prazer indizível aquela fisionomia nobre e sincera, na qual se desenhavam todos os sentimentos que a boca exprimia, reforçados pela expressão de um belo rosto onde o rubor vinha se somar a um desígnio sólido e verdadeiro.

No entanto, quando Morreu terminou de falar, Noirtier fechou os olhos várias vezes, o que era, como sabemos, sua maneira de dizer "não".

– Não? – perguntou Morrel. – Então desaprova o segundo projeto, como desaprovou o primeiro?

"Sim, desaprovo", insistiu o velho.

– Mas então que farei, senhor? – desesperou-se Morrel. – Com suas últimas palavras, a senhora de Saint-Méran exigiu que o casamento da neta não tardasse: devo deixar que isso aconteça?

Noirtier permaneceu imóvel.

– Sim, entendo… – disse Morrel. – Devo esperar.

"Sim."

– Mas qualquer atraso será fatal para nós, senhor – replicou o jovem. – Sozinha, Valentine não tem forças e será coagida como uma criança. Depois de entrar aqui e ser trazido à sua presença por um milagre, não devo, razoavelmente, esperar que minha sorte se repita. Acredite-me, só posso escolher um dos dois projetos que lhe apresentei e o senhor deve perdoar a vaidade de minha juventude. Diga-me qual dos dois prefere. Autoriza a senhorita Valentine a se confiar à minha honra?

"Não."

– Acha melhor então que eu vá procurar o senhor d'Épinay?

"Não."

– Mas, Deus meu, de quem virá o socorro que esperamos do céu?

O velho sorriu com os olhos, como tinha hábito de fazer quando lhe falavam do céu. Ainda restava um pouco de ateísmo nas ideias do antigo jacobino.

– Do acaso? – perguntou Morrel.

"Não."

– Do senhor?

"Sim."

– Do senhor?

"Sim", repetiu o velho.

– Compreende bem o que lhe peço, senhor? Perdoe minha insistência, pois minha vida depende de sua resposta: nossa salvação virá de seus bons ofícios?

"Sim."

– Tem certeza?

"Sim."

– Assume essa responsabilidade?

"Sim."

Havia no olhar que transmitia essa afirmação uma tal firmeza que não se podia duvidar de sua vontade, nem mesmo de sua força.

– Oh, obrigado, cem vezes obrigado! Mas como, a menos que um milagre de Deus lhe devolva a palavra, o gesto, o movimento, como poderia o senhor, preso a esta poltrona, mudo e imóvel, se opor ao casamento?

Um sorriso iluminou as feições do velho, sorriso tanto mais estranho quanto vinha apenas dos olhos em um rosto imóvel.

– Devo então esperar? – perguntou o jovem.

"Sim."

– Mas e o contrato?

O mesmo sorriso reapareceu.

– Quer me dizer que ele não será assinado?

O conde de Monte Cristo – Tomo 2

"Sim", respondeu Noirtier.

– O contrato não será assinado! – bradou Morrel. – Oh, perdoe-me, senhor, mas diante da perspectiva de uma grande felicidade, é permitido duvidar! Então não haverá contrato?

"Não", disse o paralítico.

Apesar dessa garantia, Morrel hesitava em acreditar. Aquela promessa de um velho debilitado era tão estranha que, em vez de provir da força de vontade, talvez emanasse de um enfraquecimento dos órgãos. Não é natural que o louco, ignorando a própria loucura, pretenda realizar coisas acima de sua capacidade? O fraco gaba os fardos que consegue erguer, o tímido enumera os gigantes que enfrenta, o pobre conta os tesouros que guarda e o camponês mais humilde, movido pelo orgulho, intitula-se Júpiter.

Fosse por compreender a indecisão do jovem, fosse por não confiar de todo na docilidade que este demonstrara, Noirtier olhou-o fixamente.

– Que quer, senhor? – perguntou Morrel. – Que renove minha promessa de não fazer nada?

O olhar de Noirtier permaneceu fixo e firme no rosto do rapaz, como para dizer que uma promessa não lhe bastava; depois, passou do rosto para a mão.

– Quer que eu jure? – perguntou Maximilien.

"Sim", disse o inválido com a mesma solenidade. "Quero."

Morrel percebeu que o velho dava grande importância a esse juramento. Estendeu a mão.

– Por minha honra – disse ele –, juro esperar o que o senhor decidir para agirmos contra Franz d'Épinay.

"Certo", disseram os olhos do velho.

– E agora, senhor – perguntou Morrel –, ordena que me retire?
"Sim."

– Sem rever a senhorita Valentine?

– Sim.

Morrel fez sinal de que estava pronto a obedecer.

983

– Agora – continuou ele –, permita-me, senhor, que seu filho o beije como sua filha o beijou há pouco?

A expressão de Noirtier não dava margem a engano.

O jovem pousou os lábios sobre a fronte do ancião no mesmo lugar onde Valentine pousara os seus.

Em seguida, saudando mais uma vez, saiu.

No patamar, encontrou o velho criado que o esperava ali, prevenido por Valentine. Morrel seguiu-o pelos meandros de um corredor escuro até uma pequena porta que dava para o jardim.

Ali chegando, alcançou o portão pela alameda e, em um instante, subiu ao muro e desceu pela escada até o cercado da luzerna, onde seu cabriolé o esperava.

Entrou e, esmagado por tantas emoções, mas de coração leve, chegou por volta da meia-noite à Rue Meslay, atirou-se no leito e dormiu como se estivesse profundamente embriagado.

O JAZIGO DA FAMÍLIA VILLEFORT

Passados dois dias, uma multidão considerável se aglomerava, cerca de dez horas da manhã, à porta do senhor de Villefort. Uma fila interminável de carros fúnebres e carruagens particulares avançava pelo *Faubourg* Saint-Honoré e pela Rue de la Pépinière.

Entre essas carruagens, uma se destacava pela forma singular e parecia ter acabado de fazer uma longa viagem. Era uma espécie de furgão pintado de preto e fora um dos primeiros a comparecer ao fúnebre encontro.

Os curiosos se informaram e souberam que, por uma estranha coincidência, aquele carro levava o corpo do senhor marquês de Saint-Méran e, portanto, os presentes vindos para um só cortejo acompanhariam dois.

Seu número era grande. O marquês de Saint-Méran, um dos dignitários mais dedicados e fiéis aos reis Luís XVIII e Carlos X, havia conservado muitos amigos que, juntamente com as pessoas cujas conveniências sociais os punham em relação com Villefort, formavam um grupo considerável.

As autoridades foram prevenidas e conseguiu-se que os dois sepultamentos se realizassem ao mesmo tempo. Uma segunda viatura, adornada com a mesma pompa mortuária da primeira, postou-se diante da casa do senhor de Villefort e a urna foi transferida do furgão de aluguel para o carro fúnebre.

Os dois corpos deviam ser inumados no cemitério de Père-Lachaise, onde havia muito tempo o senhor de Villefort mandara erguer o jazigo destinado ao sepultamento de toda a sua família. Nesse jazigo, tinha sido depositado o corpo da pobre Renée, a quem seu pai e sua mãe vinham se juntar depois de dez anos de separação.

Paris, sempre curiosa, sempre comovida com pompas funerárias, via passar em religioso silêncio o cortejo esplêndido que acompanhava à sua última morada dois dos nomes dessa velha aristocracia conhecida pelo espírito tradicional, pela firmeza dos vínculos e pela devoção obstinada aos princípios.

Na mesma viatura de luto, Beauchamp, Albert e Château-Renaud conversavam sobre aquela morte quase súbita.

– Ainda vi a senhora de Saint-Méran em Marselha, no ano passado – disse Château-Renaud –, quando voltei da Argélia. Era uma mulher que poderia viver cem anos devido à sua saúde perfeita, seu espírito sempre lúcido e sua atividade prodigiosa. Que idade tinha?

– Sessenta e seis anos – respondeu Albert –, pelo que Franz me disse. Mas não foi a idade que a matou e sim o desgosto pela morte do marquês. Parece que essa morte a deixou muito abalada e ela não recuperou completamente a razão.

– Mas, enfim, de que ela morreu? – perguntou Beauchamp.

– De uma congestão cerebral, segundo todas as aparências; ou de uma apoplexia fulminante. Mas não será a mesma coisa?

– Quase.

– De apoplexia – asseverou Beauchamp. – É difícil acreditar. A senhora de Saint-Méran, que vi apenas uma ou duas vezes na vida, era pequena, magra e com uma constituição mais nervosa que sanguínea. São raras as apoplexias provocadas pelo desgosto em um corpo como o dela.

– De qualquer modo – disse Albert –, não importa quem a matou, a doença ou o médico, o senhor de Villefort, a senhorita Valentine e até mesmo nosso amigo Franz entrarão na posse de uma magnífica herança, oitenta mil libras de renda, penso eu.

– Herança que quase dobrará quando da morte desse velho jacobino, Noirtier.

– Que avô teimoso! – exclamou Beauchamp. – *Tenacem propositi virum*. Ele apostou com a morte, sem dúvida, que enterraria todos os seus herdeiros. E vai ganhar, por minha fé! É bem o antigo convencional de 93 que dizia a Napoleão, em 1814: "O senhor decai porque seu império é um caule novo cansado de crescer. Aceite a tutoria da República, voltemos com uma boa constituição aos campos de batalha e lhe prometo quinhentos mil soldados, uma outra Marengo e uma segunda Austerlitz. As ideias não morrem, *sire*, apenas cochilam às vezes, mas acordam mais fortes que antes".

– Ao que parece – disse Albert –, para ele os homens são como as ideias. Só uma coisa me inquieta: saber como Franz d'Épinay se entenderá com um avô que não pode ficar sem sua neta. Mas onde está esse rapaz?

– Na primeira viatura, com o senhor de Villefort, que já o considera da família.

Em todas as carruagens do cortejo, a conversa era mais ou menos a mesma. As pessoas estranhavam aquelas mortes tão próximas e tão rápidas, mas ninguém suspeitava do terrível segredo que, em seu passeio noturno, o senhor d'Avrigny revelara a Villefort.

Ao fim de mais ou menos uma hora de marcha, o cortejo chegou à porta do cemitério. O tempo era bom, mas sombrio, e consequentemente bem em harmonia com a cerimônia fúnebre que iria acontecer. Entre os grupos que se dirigiam ao jazigo da família, Château-Renaud reconheceu Morrel, que viera sozinho e de cabriolé; caminhava longe dos demais, muito pálido e silencioso, pela estreita vereda bordejada de teixos.

– Você aqui? – perguntou Château-Renaud, tomando o rapaz pelo braço.

– Então conhece o senhor de Villefort? Mas como nunca o vi na casa dele?

– Não é o senhor de Villefort que conheço – respondeu Morrel. – Conhecia a senhora de Saint-Méran.

Nesse instante, Albert se aproximou em companhia de Franz.

– O lugar não é próprio para apresentações – disse Albert. – Mas pouco importa, não somos supersticiosos. Senhor Morrel, permita que lhe apresente o senhor Franz d'Épinay, um excelente companheiro de viagem com o qual percorri a Itália. Meu caro Franz, aqui está o senhor Maximilien Morrel, um ótimo amigo que fiz em sua ausência e cujo nome você ouvirá muitas vezes em minha conversa, sempre que eu falar de sentimento, espírito e amabilidade.

Morrel teve um momento de indecisão. Não seria uma atitude hipócrita e condenável saudar quase amigavelmente um homem que ele combatia na sombra? Mas seu juramento e a gravidade das circunstâncias lhe acudiram à memória; esforçou-se para não deixar nada transparecer em sua expressão e cumprimentou Franz de maneira contida.

– A senhorita de Villefort está muito triste, não? – perguntou Debray a Franz.

– Oh, senhor – respondeu Franz –, de uma tristeza inexprimível! Esta manhã, vi-a tão desfeita que mal a reconheci.

Essas palavras, tão simples na aparência, partiram o coração de Morrel. Aquele homem então vira Valentine e lhe falara?

Foi então que o jovem e impetuoso oficial precisou de todas as suas forças para resistir ao desejo de violar seu juramento.

Pegou o braço de Château-Renaud e levou-o rapidamente para junto do jazigo, diante do qual os funcionários encarregados da cerimônia fúnebre acabavam de depositar as duas urnas.

– Magnífica habitação – disse Beauchamp, observando o mausoléu. – Palácio de verão, palácio de inverno... Você também descansará aí, meu caro d'Épinay, pois logo será da família. Já eu, na qualidade de filósofo, quero uma casinha no campo, um chalé bem longe daqui, sob as árvores, sem tanta pedra sobre meu pobre corpo.

O conde de Monte Cristo – Tomo 2

Ao morrer, direi aos que estiverem à minha volta o que Voltaire escreveu a Piron: *Eo rus* e tudo estará acabado... Por Deus, Franz, coragem! Sua mulher vai herdar.

– Na verdade, Beauchamp – replicou Franz –, você é insuportável. A política lhe deu o hábito de rir de tudo e os políticos costumam não acreditar em nada. Mas, enfim, Beauchamp, quando você tiver a honra de conviver com homens comuns e a felicidade de deixar a política por um instante, trate de recuperar seu coração, que deixou no bengaleiro da Câmara dos Deputados ou da Câmara dos Pares.

– Ora, o que é a vida? – filosofou Beauchamp. – Uma parada na antecâmara da morte.

– Não estou gostando nada dessa conversa de Beauchamp – resmungou Albert, dando quatro passos atrás com Franz e deixando o outro continuar suas dissertações metafísicas com Debray.

O mausoléu da família Villefort era um quadrado de pedras brancas de cerca de seis metros de altura; internamente, era dividido em dois compartimentos, da família Saint-Méran e da família Villefort, cada qual com sua porta de entrada.

Não se viam, como em outros túmulos, essas ignóbeis gavetas superpostas, onde uma distribuição econômica encerra os mortos com inscrições que lembram etiquetas; só o que se percebia de início, pela porta de bronze, era uma antecâmara severa e sombria, separada por uma parede do jazigo propriamente dito.

No meio dessa parede é que se abriam as duas portas de que falamos e que se comunicavam com as sepulturas Villefort e Saint-Méran.

Ali, podiam se expressar em liberdade as dores, sem que os transeuntes despreocupados, que fazem de uma visita ao Père-Lachaise um passeio no campo ou um encontro de amor, viessem perturbar com suas cançonetas, seus gritos ou suas correrias a muda contemplação ou a prece banhada em lágrimas do visitante do mausoléu.

As duas urnas foram para o jazigo da direita, o da família de Saint--Méran, e colocadas sobre cavaletes preparados antecipadamente, à espera de seu depósito mortal. Villefort e Franz, além de alguns parentes próximos, entraram sozinhos no santuário.

Como as cerimônias religiosas tivessem sido realizadas à porta e não houvesse mais discursos a pronunciar, os assistentes se separaram, indo Château-Renaud, Albert e Morrel para um lado, e Debray e Beauchamp para outro.

Franz ficou com o senhor de Villefort. Na saída, Morrel parou a um pretexto qualquer, viu os dois subindo a uma carruagem enlutada e teve um mau presságio daquela conversa íntima. Regressou então a Paris e, embora estivesse na mesma viatura que Château-Renaud e Albert, não ouviu uma só palavra do que eles diziam.

Com efeito, no momento em que Franz ia deixar o senhor de Villefort, este lhe perguntara:

– Senhor barão, quando irei revê-lo?

– Quando quiser, senhor – respondera Franz.

– O mais cedo possível.

– Estou às suas ordens. Gostaria que voltássemos juntos?

– Se isso não lhe for incômodo…

– Incômodo nenhum.

E foi assim que o futuro sogro e o futuro genro subiram na mesma carruagem, e que Morrel, vendo-os passar, concebeu com razão graves inquietações.

Villefort e Franz voltaram para o *Faubourg* Saint-Honoré.

O procurador do rei, sem entrar nos aposentos de ninguém, sem mesmo conversar com a esposa e a filha, convidou o jovem a seu gabinete e, apontando-lhe uma cadeira:

– Senhor d'Épinay – disse ele –, devo lembrá-lo de algo e o momento talvez não seja tão mal escolhido quanto possa parecer à primeira vista, pois a obediência aos mortos é a primeira oferenda que se deve depositar sobre a urna. Devo então lembrá-lo do voto expresso anteontem pela senhora de Saint-Méran em seu leito de agonia: ela desejava que o casamento de Valentine não se atrasasse. O senhor sabe que os negócios da falecida estão em perfeita ordem e que seu testamento garante a Valentine toda a fortuna dos Saint-Méran. O tabelião me mostrou ontem os documentos que permitem redigir de maneira definitiva o contrato matrimonial.

O senhor pode procurar o tabelião e pedir-lhe, de minha parte, para ler esses documentos. Trata-se do senhor Deschamps, cujo endereço é Praça Beauveau, *Faubourg* Saint-Honoré.

– Senhor – respondeu d'Épinay –, talvez este não seja o momento, para a senhorita Valentine, acabrunhada como está pelo luto, de pensar em um marido. Na verdade, eu recearia...

– O mais vivo desejo de Valentine – interrompeu o senhor de Villefort – é cumprir as últimas vontades de sua avó. De modo que, por esse lado, não haverá obstáculos, garanto-lhe.

– Nesse caso, senhor – disse Franz –, como pelo meu também não haverá, pode fazer como achar conveniente. Dei minha palavra e a cumprirei, não apenas com prazer, mas também com um grande sentimento de felicidade.

– Então – prosseguiu Villefort –, nada nos detém. O contrato seria assinado há três dias e, portanto, deve estar pronto. Podemos assiná-lo hoje mesmo.

– Mas e o luto? – perguntou Franz, hesitando.

– Fique tranquilo, senhor – disse Villefort. – Não será em minha casa que se negligenciarão as conveniências. A senhorita de Villefort poderá permanecer durante os três meses de praxe em sua propriedade de Saint-Méran. Digo "sua" porque é realmente dela. Lá, dentro de oito dias se o senhor quiser, o casamento civil será concluído sem barulho, sem alarde, sem ostentação. A senhora de Saint-Méran desejava que sua neta se casasse naquele lugar. Finda a cerimônia, o senhor poderá voltar a Paris e sua esposa passará o tempo do luto com a madrasta.

– Como for de seu agrado, senhor – respondeu Franz.

– Então – prosseguiu Villefort –, queira esperar uma meia hora. Valentine descerá ao salão e eu mandarei chamar o senhor Deschamps. Leremos e assinaremos o contrato imediatamente e à noite a senhora de Villefort conduzirá Valentine à sua propriedade, onde nos juntaremos a elas dentro de oito dias.

– Senhor – disse Franz –, tenho um único pedido a lhe fazer.

– Qual?

– Desejo que Albert de Morcerf e Raoul de Château-Renaud estejam presentes à assinatura. O senhor sabe que eles são minhas testemunhas.

– Temos tempo. Quer ir procurá-los o senhor mesmo ou devo mandar buscá-los?

– Prefiro ir eu mesmo.

– Espero-o então dentro de meia hora. E dentro de meia hora Valentine também estará pronta.

Franz cumprimentou o senhor de Villefort e saiu.

Mal a porta se fechou atrás do jovem, Villefort mandou avisar Valentine de que, em meia hora, ela deveria descer ao salão, onde estariam também o tabelião e as duas testemunhas do senhor d'Épinay.

Essa notícia inesperada causou grande agitação na casa. A senhora de Villefort não queria acreditar nela e Valentina se sentiu atingida por um raio.

Olhou à sua volta, como que procurando alguém capaz de socorrê-la.

Quis descer aos aposentos do avô, mas se deparou na escada com o senhor de Villefort, que a tomou pelo braço e a levou para o salão.

Na antecâmara, Valentine encontrou Barrois e lançou ao velho criado um olhar de desespero.

Um instante depois da jovem, a senhora de Villefort entrou no salão com o pequeno Édouard. Via-se bem que a jovem senhora tivera seu quinhão nas dores da família: estava pálida e parecia horrivelmente cansada.

Sentou-se, colocou Édouard no colo e, de tempos em tempos, apertava contra o peito, em movimentos quase convulsivos, aquela criança que parecia concentrar toda a sua vida.

Logo se ouviu o ruído de duas viaturas que entravam no pátio.

Uma era a do tabelião, a outra a de Franz e seus amigos.

Logo depois, reuniram-se todos no salão.

O conde de Monte Cristo – Tomo 2

Valentine estava tão pálida que era possível perceber as veias azuis pulsando em suas têmporas, rodeando os olhos e descendo pelas faces.

Franz não conseguia ocultar uma viva emoção.

Château-Renaud e Albert se entreolharam com espanto: a cerimônia que ia começar lhes parecia tão triste quanto a que acabava de terminar.

A senhora de Villefort se refugiara na sombra, por trás de um reposteiro de veludo e, como ficasse o tempo todo inclinada sobre o filho, era difícil ler em seu rosto o que se passava em seu coração.

O senhor de Villefort se mostrava, como sempre, impassível. O tabelião, depois de ter, com o método que caracteriza os funcionários da justiça, disposto os papéis sobre a mesa, ocupado uma poltrona e tirado os óculos, voltou-se para Franz:

– O senhor é Franz de Quesnel, barão d'Épinay? – perguntou, embora soubesse perfeitamente quem era o interrogado.

– Sim, senhor – respondeu Franz.

O tabelião se inclinou.

– Devo preveni-lo, senhor – prosseguiu ele –, e isso a pedido do senhor de Villefort, de que seu casamento combinado com a senhorita Valentine alterou as disposições do senhor Noirtier para com sua neta e de que ele aliena inteiramente a fortuna que lhe transmitiria. Apresso-me a acrescentar – continuou – que o testador tem o direito de alienar apenas parte de sua fortuna, mas alienou tudo. Portanto, o testamento pode ser contestado e declarado nulo, sem efeito.

– Sim – interveio Villefort. – Mas deixo claro ao senhor d'Épinay, desde já, que enquanto eu viver jamais o testamento de meu pai será contestado, pois minha posição não admite sequer a sombra de um escândalo.

– Senhor – disse Franz –, sinto-me constrangido ao ouvir semelhante questão levantada diante da senhorita Valentine. Eu nunca fui informado do montante de sua fortuna, a qual, por menor que seja, sempre será maior que a minha. Na aliança com o senhor de Villefort, a consideração é o que minha família busca; e o que eu busco é a felicidade.

Valentine fez um sinal imperceptível de agradecimento, enquanto duas lágrimas silenciosas rolavam por suas faces.

– De resto, senhor – ponderou Villefort, dirigindo-se ao futuro genro –, afora a perda de uma parte de suas esperanças, esse testamento inesperado não tem nada que deva ofendê-lo pessoalmente: ele se explica pela fraqueza de espírito do senhor Noirtier. O que desagrada a meu pai é que Valentine se case, não que se case com o senhor, de modo que uma união com qualquer outro lhe inspiraria o mesmo aborrecimento. A velhice é egoísta e a senhorita de Villefort era para ele uma companhia dedicada, que a senhora baronesa d'Épinay não poderá ser. A infeliz condição de meu pai faz com que raramente conversemos com ele assuntos sérios, pois a debilidade de seu espírito o impediria de entendê-los. E, neste momento, tenho a mais absoluta certeza, embora conserve a lembrança de que sua neta se casará, o senhor Noirtier esqueceu até o nome daquele que se tornará seu neto.

Mal o senhor de Villefort pronunciara essas palavras, a que Franz respondeu com um cumprimento, a porta do salão se abriu e Barrois entrou.

– Senhores – disse ele com uma voz estranhamente firme para um criado que se dirige a seus patrões em uma circunstância tão solene –, o senhor Noirtier de Villefort deseja falar imediatamente com o senhor Franz de Quesnel, barão d'Épinay.

Também ele, como o tabelião, a fim de que não houvesse nenhum erro de pessoa, dava ao noivo todos os seus títulos.

Villefort estremeceu, a senhora de Villefort deixou o filho escorregar dos joelhos e Valentine se levantou, pálida e muda como uma estátua.

Albert e Château-Renaud trocaram um segundo olhar, ainda mais espantado que o primeiro.

O tabelião olhou para Villefort.

– É impossível – disse o procurador do rei. – O senhor d'Épinay não pode deixar o salão neste momento.

– Pois é justamente neste momento – continuou Barrois com a mesma firmeza – que o senhor Noirtier, meu patrão, deseja falar de negócios importantes com o senhor Franz d'Épinay.

O conde de Monte Cristo – Tomo 2

– Então o vovô Noirtier está falando? – perguntou Édouard, com a impertinência habitual.

Mas essa tirada não fez rir nem a senhora de Villefort, a tal ponto os ânimos estavam preocupados e a tal ponto a situação parecia solene.

– Diga ao senhor Noirtier – disse Villefort – que seu pedido é inviável.

– Então ele avisa os senhores de que vai se fazer transportar a este salão.

O espanto atingiu o ápice.

Uma espécie de sorriso se desenhou no rosto da senhora de Villefort. Valentine, involuntariamente, ergueu os olhos ao teto, como para agradecer ao céu.

– Valentine – disse o senhor de Villefort –, vá saber, por favor, qual é essa nova fantasia de seu avô.

Valentine já dera alguns passos apressados para sair quando o senhor de Villefort mudou de ideia.

– Espere – pediu ele. – Eu a acompanho.

– Perdão, senhor – interveio Franz. – Parece-me que, como sou eu que o senhor Noirtier chamou, cabe a mim atender a seus desejos. De resto, ficarei feliz em apresentar-lhe meus respeitos, pois ainda não tive ocasião de solicitar essa honra.

– Oh, não – exclamou Villefort, visivelmente inquieto –, não precisa se incomodar!

– Desculpe-me, senhor – prosseguiu Franz, no tom de um homem que já tomou sua resolução. – Não quero perder esta oportunidade de revelar ao senhor Noirtier seu equívoco em conceber contra mim antipatias que estou decidido a vencer, sejam quais forem, com a minha devoção.

E, sem se deixar reter mais tempo por Villefort, Franz se levantou e seguiu Valentine, que já descia a escada com a alegria de um náufrago que se agarra a uma rocha.

O senhor de Villefort acompanhou-os.

Château-Renaud e Morcerf se entreolharam pela terceira vez, mais espantados ainda que das duas primeiras.

A ATA

Noirtier aguardava, vestido de preto e instalado em sua poltrona.

Quando as três pessoas que ele esperava entraram, olhou para a porta, que seu criado de quarto se apressou a fechar.

– Cuidado – sussurrou Villefort a Valentine, que não conseguia conter a alegria. – Se o senhor Noirtier quiser lhe comunicar coisas que impeçam seu casamento, proíbo-a de entendê-lo.

Valentine enrubesceu, mas não disse nada.

Villefort se aproximou de Noirtier.

– Aqui está o senhor Franz d'Épinay – disse ele. – O senhor mandou chamá-lo e ele obedeceu às suas ordens. Sem dúvida, desejávamos essa conversa há muito tempo e ficarei encantado quando ela lhe demonstrar que sua oposição ao casamento de Valentine não tinha fundamento.

Noirtier respondeu com um olhar que fez um arrepio correr pelos membros de Villefort.

Pediu, com um sinal, que Valentine se aproximasse.

Em um instante, graças aos meios de que costumava se servir nas conversas com o avô, ela encontrou a palavra "chave".

O CONDE DE MONTE CRISTO – TOMO 2

Consultou então o olhar do inválido, que se fixou na gaveta de um pequeno móvel instalado entre as duas janelas.

Abriu a gaveta e, de fato, encontrou uma chave.

Quando a pegou e o velho assinalou que era exatamente aquilo que pedia, os olhos do inválido se dirigiram para uma antiga escrivaninha esquecida há muitos anos e que guardava, conforme se supunha, papéis inúteis.

– Devo me dirigir à escrivaninha? – perguntou Valentine.

"Sim", respondeu o velho.

– Quer que eu abra as gavetas?

"Sim."

– As dos lados?

"Não."

– A do meio?

–"Sim."

Valentine abriu-a e tirou um maço de papéis.

– É o que pediu, paizinho? – perguntou ela.

"Não."

Valentine tirou, um por um, os outros papéis, até que não restasse nada na gaveta.

– Mas a gaveta agora está vazia – disse a jovem.

Os olhos do velho se voltaram para o dicionário.

– Sim, paizinho, estou entendendo.

E repetiu, sucessivamente, cada letra do alfabeto. No "S", Noirtier deteve-a.

Ela abriu o dicionário e procurou até chegar à palavra "segredo".

– Ah, existe um segredo? – perguntou.

"Sim", respondeu Noirtier.

– E quem o conhece?

Noirtier olhou para a porta pela qual o criado saíra.

– Barrois? – indagou Valentine.

"Sim", acenou Noirtier.

– Quer que eu o chame?

"Sim."

Valentine foi até a porta e chamou Barrois.

Durante esse tempo, o suor da impaciência gotejava da fronte de Villefort e Franz permanecia imóvel, estupefato.

O velho criado apareceu.

– Barrois – disse Valentine –, meu avô me pediu para pegar a chave neste móvel, abrir a escrivaninha e puxar a gaveta. Parece que há um segredo nessa gaveta e você o conhece. Abra-a.

Barrois virou-se para o velho.

"Obedeça", disse o olhar inteligente de Noirtier.

Barrois obedeceu. Um fundo duplo deslizou e revelou um maço de papéis atados com uma fita preta.

– É o que quer, senhor? – perguntou o criado.

"Sim."

– A quem devo entregar estes papéis? Ao senhor de Villefort?

"Não."

– À senhorita Valentine?

"Não."

– Ao senhor Franz d'Épinay?

"Sim."

Franz, aturdido, deu um passo à frente.

– A mim, senhor? – perguntou.

"Sim."

Franz recebeu os papéis das mãos de Barrois e, lançando os olhos para a capa, leu:

Para ser entregue, depois de minha morte, à guarda de meu amigo, o general Durand, que por sua vez o confiará, ao morrer, a seu filho, com a incumbência de conservá-lo como um documento da mais alta importância.

– Pois bem, senhor – perguntou Franz –, que quer que eu faça com esses papéis?

O conde de Monte Cristo – Tomo 2

– Que os guarde atados como estão, sem dúvida – interveio o procurador do rei.

"Não, não!", respondeu vivamente Noirtier.

– Quer talvez que o senhor Franz os leia? – indagou Valentine.

"Sim", acenou o velho.

– O senhor entendeu, senhor barão: meu avô deseja que o senhor os leia – disse Valentine.

– Sentemo-nos, então – propôs Villefort, impaciente –, pois isso levará muito tempo.

"Sentem-se", sinalizou o olhar do inválido.

Villefort se sentou, mas Valentine permaneceu de pé ao lado do avô, apoiada ao braço de sua poltrona, e Franz postado na frente.

Continuava segurando os papéis misteriosos.

"Leia", insistiu o olhar do ancião.

Franz desatou o maço e um grande silêncio se fez no recinto. E em meio a esse silêncio, ele leu:

*Extrato da ata de uma sessão do clube bonapartista da Rua Saint-
-Jacques realizada a 5 de fevereiro de 1815.*

Franz se deteve.

– O 5 de fevereiro de 1815 é a data em que meu pai foi assassinado!

Valentine e Villefort continuaram em silêncio; só o olhar do velho disse claramente: "Continue".

– Mas foi saindo desse clube que o mataram! – exclamou Franz.

O olhar de Noirtier insistiu: "Leia".

Franz continuou:

*Os abaixo-assinados, Louis-Jacques Beaurepaire, tenente-coronel
de artilharia; Étienne Duchampy, general de brigada, e Claude Lecharpal, diretor das Águas e Florestas, declaram que, a 4 de fevereiro de 1815, uma carta chegou da ilha de Elba recomendando à boa*

vontade e confiança dos membros do clube bonapartista o general Flavien de Quesnel, que, tendo servido o imperador de 1804 a 1815, devia ser inteiramente devotado à dinastia napoleônica, apesar do título de barão que Luís XVIII acabava de lhe conceder por sua propriedade de Épinay.

Em consequência, um bilhete foi enviado ao general de Quesnel, pedindo-lhe que assistisse à sessão do dia seguinte, 5. O bilhete não mencionava nem a rua nem o número da casa onde haveria a reunião; não levava nenhuma assinatura, mas informava o general de que, caso estivesse pronto, alguém iria buscá-lo às nove horas da noite.

As sessões se realizavam das nove à meia-noite.

Na hora marcada, o presidente do clube se apresentou na casa do general, que estava pronto. O presidente lhe disse que uma das condições de sua participação seria ele ignorar para sempre o local da reunião e deixar-se vendar, jurando não procurar tirar a venda.

O general de Quesnel aceitou a condição e prometeu, por sua honra, não tentar ver aonde o conduziam.

O general mandara preparar sua carruagem, mas o presidente lhe disse que seria impossível usá-la, pois de nada valeria vendar o patrão se o cocheiro permanecesse de olhos abertos e reconhecesse as ruas pelas quais passariam.

– Que fazer, então? – perguntou o general.

– Tenho minha carruagem – respondeu o presidente.

– Está então tão seguro de seu cocheiro a ponto de lhe confiar um segredo que julga imprudente confiar ao meu?

– Nosso cocheiro é membro do clube – explicou o presidente. – Seremos conduzidos por um conselheiro de Estado.

– Nesse caso – riu o general –, corremos outro risco, o de tombarmos.

Registramos essa pilhéria como prova de que o general não foi de modo algum forçado à assistir à sessão e de que compareceu por sua livre e espontânea vontade.

Uma vez na carruagem, o presidente lembrou ao general sua promessa de se deixar vendar. O general não opôs nenhuma resistência a essa formalidade: um lenço trazido na carruagem fez as vezes de venda.

Durante o trajeto, o presidente julgou notar que o general tentava ver por baixo da venda e lembrou-lhe sua promessa.

– Ah, é verdade! – reconheceu o general.

A carruagem parou diante de uma passagem da Rue Saint-Jacques. O general desceu, apoiado ao braço do presidente, cuja dignidade desconhecia e que tomava por um membro qualquer do clube; percorreram a passagem, subiram um andar e entraram na sala de reuniões.

A sessão já tinha começado. Os membros do clube, prevenidos da espécie de apresentação que ocorreria naquela noite, estavam vestidos a rigor. Chegado ao meio da sala, o general foi convidado a tirar a venda. Atendeu prontamente ao convite e pareceu muito espantado ao encontrar inúmeras pessoas conhecidas em uma sociedade de cuja existência até então sequer suspeitara.

Interrogaram-no sobre suas disposições, mas ele se contentou em responder que as cartas da ilha de Elba já deveriam ter dito tudo...

Franz se interrompeu.

– Meu pai era realista – disse ele. – Não precisavam interrogá-lo sobre suas disposições, que eram bem conhecidas.

– Isso explica minha ligação com seu pai, caro senhor Franz – disse Villefort. – As pessoas se entendem facilmente quando partilham as mesmas opiniões.

"Leia", insistia o olhar do velho.

Franz continuou:

O presidente tomou então a palavra para pedir ao general que se explicasse melhor. De Quesnel, entretanto, ponderou que, antes de tudo, desejava saber o que se desejava dele.

Foi então informado ao general que a mesma carta da ilha de Elba o recomendava ao clube como um homem com cuja colaboração se poderia contar. Um parágrafo inteiro expunha a volta provável da ilha de Elba e prometia outra carta e maiores detalhes quando da chegada do Pharaon, navio pertencente ao armador Morrel, de Marselha, cujo capitão era inteiramente devotado ao imperador.

Durante toda essa leitura, o general, com quem os membros pensavam poder contar como se fosse um irmão, deu ao contrário sinais visíveis de descontentamento e repugnância.

Finda a leitura, ele continuou silencioso e de cenho franzido.

– Pois bem – perguntou o presidente –, que diz dessa carta, senhor general?

– Digo que prestamos juramento ao rei Luís XVIII há muito pouco tempo e não se justifica violá-lo com tanta pressa em benefício do ex-imperador.

Dessa vez, a resposta foi clara demais para que houvesse engano quanto às opiniões do general.

– General – disse o presidente –, para nós não existe rei Luís XVIII, como não existe ex-imperador. Existe apenas Sua Majestade, o imperador e rei, afastado há dez meses da França, seu país, pela violência e a traição.

– Perdão, cavalheiros – objetou o general –, talvez para os senhores não exista rei Luís XVIII, mas existe para mim, visto que ele me fez barão e marechal de campo. Nunca esquecerei que devo esses dois títulos a seu feliz retorno à França.

– Senhor – replicou o presidente em tom sério e levantando-se –, tome cuidado com o que diz. Suas palavras demonstram claramente que foram enganados sobre o senhor na ilha de Elba e que nós também o fomos! O que lhe comunicamos se baseou na confiança que depositávamos em sua pessoa e, consequentemente, em um sentimento que lhe faz honra. Erramos; um título e uma patente o atraíram para o novo governo que queremos derrubar. Não o forçaremos a ajudar-nos, *pois não alistamos ninguém contra sua consciência e sua vontade; mas o conclamamos a agir como um homem digno, mesmo que isso contrarie suas disposições.*

– Para os senhores, um homem digno é aquele que sabe de uma conspiração e não a denuncia? A isso, bem ao contrário, chamo ser cúmplice. Como podem ver, falo com mais franqueza que os senhores...

– Ah, meu pai! – murmurou Franz, interrompendo a leitura. – Agora compreendo por que foi assassinado.

Valentine não pôde se impedir de lançar um olhar a Franz; o jovem era realmente belo em seu entusiasmo filial.

Atrás dele, Villefort ia e vinha.

Noirtier acompanhava, com o olhar, a expressão de cada um, conservando sua atitude nobre e severa.

Franz voltou ao manuscrito e prosseguiu:

– Senhor – disse o presidente –, pedimos que participasse da assembleia sem forçá-lo a isso. Propusemos vendá-lo e o senhor aceitou. Quando acedeu a essas duas solicitações, sabia perfeitamente que não nos ocupávamos de garantir o trono de Luís XVIII, do contrário não tomaríamos tantos cuidados para nos esconder da polícia. Compreenda então que seria bastante cômodo pormos uma máscara para surpreender segredos alheios e, em seguida, ter apenas o trabalho de tirá-la para denunciar quem confiou em nós. Não, não, o senhor terá de dizer já, francamente, se defende o rei fortuito que agora reina ou Sua Majestade, o imperador.

– Sou realista – respondeu o general. – Fiz juramento a Luís XVIII e vou cumpri-lo.

Essa declaração foi seguida por um murmúrio geral e percebeu-se, pelos olhares de um grande número de membros do clube, que eles queriam levar o senhor d'Épinay a se arrepender dessas palavras irrefletidas. O presidente se levantou de novo e pediu silêncio.

– *O senhor* – *disse ele* – *é um homem bastante sério e bastante sensato para não entender as consequências da situação em que nos encontramos uns em relação aos outros. Sua própria franqueza nos dita as condições que nos resta apresentar-lhe: irá então jurar por sua honra que não revelará nada do que ouviu aqui.*

O general levou a mão à espada e bradou:

– *Para falar de honra, é preciso antes de tudo não desconhecer suas leis nem tentar impor seja lá o que for pela violência.*

O presidente advertiu, com uma calma mais terrível talvez que a do general:

– *Não toque em sua espada, senhor. É um conselho de amigo.*

O general lançou em volta um olhar que denunciava um começo de inquietação.

Mas se manteve firme e, invocando toda a sua força, disse:

– *Não jurarei.*

– *Então morrerá, senhor* – *replicou o presidente, com a maior tranquilidade.*

O senhor d'Épinay empalideceu. Olhou pela segunda vez em volta e viu que vários membros do clube cochichavam, procurando suas armas sob as casacas.

– *General* – *continuou o presidente* –, *fique tranquilo. Está entre homens de honra que tentarão por todos os meios convencê-lo antes de recorrer a extremos. Mas, como o senhor próprio disse, é um conspirador e acha-se de posse de nosso segredo, que terá de nos devolver.*

Um silêncio repleto de significado se seguiu a essas palavras. E, como o general não respondesse nada:

– *Fechem as portas* – *ordenou o presidente aos porteiros.*

O mesmo silêncio de morte pairou sobre a sala. Então o general deu um passo à frente, fazendo um violento esforço sobre si mesmo:

– *Tenho um filho* – *disse ele* – *e devo pensar nele ao ver-me rodeado de assassinos.*

O conde de Monte Cristo – Tomo 2

– *General – continuou com nobreza o chefe da assembleia –, um homem sozinho sempre tem o direito de insultar cinquenta; é o privilégio da fraqueza. Mas erra quando se vale desse direito. Acredite-me, senhor, jure e não se atreva a insultar-nos.*

O general, de novo dominado pela superioridade do chefe da assembleia, hesitou um instante; mas, por fim, aproximando-se da mesa do presidente:

– *Qual é a fórmula? – perguntou.*

– *Esta: "Juro, por minha honra, jamais revelar a qualquer pessoa o que vi e ouvi, a 5 de fevereiro de 1815, entre as nove e as dez horas da noite. Declaro merecer a morte caso viole meu juramento".*

O general teve uma espécie de abalo nervoso que o impediu de responder por alguns segundos; em seguida, vencendo uma repugnância manifesta, pronunciou a fórmula exigida, mas em voz baixa, quase inaudível, de modo que vários membros exigiram sua repetição em voz mais alta e mais distinta, o que ele fez.

– *Agora, quero me retirar – disse o general. – Estou livre?*

O presidente se levantou, designou três membros da assembleia para acompanhá-lo e subiu à carruagem com o general, depois de vendá-lo.

Entre os três designados, estava o cocheiro que os trouxera.

Os outros membros do clube se separaram em silêncio.

– *Aonde quer que o levemos? – perguntou o presidente.*

– *A qualquer parte onde eu esteja livre da presença dos senhores – retrucou o senhor d'Épinay.*

– *General – disse o presidente –, tome cuidado, aqui não está mais na assembleia e sim em presença de homens isolados. Não os insulte caso não queira responder por seus atos.*

Mas, em vez de levar em conta essas palavras, o general respondeu:

– *O senhor é muito corajoso tanto em sua carruagem quanto em seu clube, cavalheiro, pela simples razão de que quatro homens são sempre mais fortes que um só.*

O presidente mandou parar a carruagem.

Estavam justamente no ponto do cais Des Ormes onde se acha a escada que desce para o rio.

– Por que mandou parar aqui? – perguntou o senhor d'Épinay.

– Porque o senhor insultou um homem e esse homem não dará nem mais um passo sem lhe exigir lealmente reparação.

– Outra maneira de assassinar – disse o general, dando de ombros.

– Basta de conversa – replicou o presidente –, do contrário eu o considerarei um daqueles homens que mencionou há pouco, isto é, um covarde que usa sua fraqueza como escudo. O senhor está só, um só lhe responderá; tem uma espada no cinto, tenho uma disfarçada nesta bengala; não tem testemunha, um destes homens será a sua. Agora, se isto lhe convém, pode tirar a venda.

O general se apressou a arrancar o lenço que tinha diante dos olhos.

– Enfim – disse ele –, vou saber com quem estou lidando.

A porta da carruagem se abriu e os quatro homens desceram...

Franz se interrompeu mais uma vez e enxugou o suor frio que lhe escorria da fronte; era qualquer coisa de assustador ver aquele filho trêmulo e pálido, lendo em voz alta todos os detalhes ignorados até então da morte de seu pai.

Valentine mantinha as mãos juntas, como se orasse.

Noirtier observava Villefort com uma expressão quase sublime de desprezo e orgulho.

Franz continuou:

Era, como dissemos, 5 de fevereiro. Há três dias a temperatura descia a cinco ou seis graus e a escada estava coberta de pedras de gelo; como o general fosse grande e gordo, o presidente lhe ofereceu o lado do corrimão para descer.

As duas testemunhas seguiam atrás.

Era uma noite escura, a escada até o rio estava úmida de neve e geada; via-se a água correr, negra e profunda, arrastando alguns fragmentos de gelo.

Uma das testemunhas trouxe uma lanterna de um barco de carvão e, à luz dessa lanterna, examinaram-se as armas.

A espada do presidente, que ele trazia, como dissemos, dentro de uma bengala, era uns doze centímetros mais curta que a do adversário e não tinha guarda.

O general d'Épinay propôs tirarem à sorte as duas espadas, mas o presidente respondeu que ele era o desafiante e, ao lançar o desafio, deixara implícito que cada qual se serviria de sua própria arma.

As testemunhas iam insistir, mas o presidente lhes impôs silêncio.

Colocaram a lanterna no chão; os dois adversários tomaram seus postos de cada lado e o combate começou.

A luz transformava as espadas em raios. Quanto aos homens, mal se viam, a tal ponto a escuridão era densa.

O general passava por ser uma das melhores lâminas do exército. Mas pressionou tão vivamente desde os primeiros botes que escorregou e caiu.

As testemunhas acharam que ele tinha sido morto; mas seu adversário, sabendo que não o tocara, ofereceu-lhe a mão para ajudá-lo a se levantar. Essa circunstância, em vez de acalmar, irritou ainda mais o general, que se precipitou sobre seu adversário.

Mas este o recebeu a pé firme e aparou os golpes; três vezes o general recuou, após o ímpeto inicial, e três vezes voltou à carga.

Na terceira, caiu novamente.

Julgaram que tivesse escorregado, como antes; as testemunhas, vendo que ele não se levantava, aproximaram-se e tentaram pô-lo de pé; mas aquele que o segurava pela cintura sentiu um calor úmido nas mãos.

Era sangue.

O general, que quase desmaiara, recuperou os sentidos.

– Ah – disse ele –, mandaram-me algum espadachim, algum mestre de armas de regimento!

O presidente, sem responder, aproximou-se da testemunha que segurava a lanterna e, arregaçando a manga, mostrou seu braço atingido por dois golpes; em seguida, abrindo o casaco e desabotoando o colete, deixou ver um terceiro ferimento no flanco.

No entanto, não emitira um gemido sequer.

O general d'Épinay entrou em agonia e morreu cinco minutos depois...

Franz leu com voz embargada essas últimas palavras, que mal puderam ser ouvidas, e deteve-se, passando a mão pelos olhos como se quisesse afastar uma nuvem.

Mas, após um instante de silêncio, continuou:

O presidente subiu os degraus, depois de recolocar a espada na bengala; um traço de sangue marcava seu caminho sobre a neve. Ainda não chegara ao alto da escada quando ouviu um baque surdo na água: era o corpo do general, que as testemunhas acabavam de atirar ao rio, após constatar sua morte.

Portanto, o general sucumbiu em um combate leal e não em uma emboscada, como se poderia cogitar.

Em caráter de prova, assinamos a presente a fim de restabelecer a verdade dos fatos para que, em futuro, nenhum dos atores presentes a essa cena terrível se veja acusado de assassinato premeditado ou de infração às leis da honra.

Assinado: Beauregard, Duchampy e Lecharpal

Depois que Franz terminou essa leitura tão horrível para um filho, depois que Valentine, pálida de emoção, enxugou uma lágrima, depois que Villefort, trêmulo e encolhido a um canto, tentou conjurar a tempestade lançando olhares suplicantes ao velho implacável:

O conde de Monte Cristo – Tomo 2

– Senhor – disse d'Épinay a Noirtier –, como conhece essa pavorosa história em todos os seus detalhes, como a mandou atestar por assinaturas fidedignas, como, enfim, parece se interessar por mim, embora seu interesse só tenha se revelado até agora pela dor, não me recuse uma derradeira satisfação: diga-me o nome do presidente do clube para que eu saiba finalmente quem matou meu pobre pai.

Villefort procurou, como que desvairado, a maçaneta da porta. Valentine, que compreendera antes de todos a resposta do velho e que frequentemente observara em seu antebraço as cicatrizes de dois golpes de espada, deu um passo atrás.

– Em nome do céu, senhorita – implorou Franz, dirigindo-se à sua noiva –, ajude-me a descobrir o nome da pessoa que me fez órfão aos dois anos de idade!

Valentine continuou imóvel e em silêncio.

– Senhor – disse Villefort –, acredite-me, não deve prolongar esta cena medonha. De resto, os nomes foram ocultados de propósito. Meu pai não conhece esse presidente e, se conhecesse, não poderia dizê-lo: não há nomes próprios no dicionário.

– Que falta de sorte! – exclamou Franz. – A única esperança que me sustentou durante toda essa leitura, dando-me força para ir até o fim, era descobrir pelo menos o nome daquele que matou meu pai! Senhor, senhor – continuou, virando-se para Noirtier –, por Deus, esforce-se… tente me comunicar, suplico-lhe, tente me fazer entender…

"Sim", respondeu Noirtier.

– Ah, senhorita, senhorita – gritou Franz –, seu avô fez sinal de que poderá me dizer o nome… Ajude-me… A senhorita consegue entendê-lo… ajude-me!

Noirtier olhou o dicionário.

Franz pegou o volume com um tremor nervoso e pronunciou sucessivamente as letras até o "E".

O velho fez sinal que parasse.

– "E"? – repetiu Franz.

O dedo do jovem deslizou sobre as palavras, mas a todas elas Noirtier respondia com um sinal negativo.

Valentine ocultava o rosto entre as mãos.

Enfim, Franz chegou à palavra "EU".

"Sim!", acenou o velho.

– O senhor! – balbuciou Franz, cujos cabelos se eriçaram no alto da cabeça. – Foi o senhor que matou meu pai?

"Sim", repetiu Noirtier, fixando no jovem um olhar majestoso.

Franz desabou, sem forças, em uma poltrona.

Villefort abriu a porta e fugiu, pois lhe viera a ideia de sufocar o pouco de vida que ainda restava no coração do terrível velho.

Os progressos de Cavalcanti filho

Entretanto, o senhor Cavalcanti pai partira para retomar seu serviço, não no exército de Sua Majestade, o imperador da Áustria, mas na roleta dos banhos de Lucca, de que era um dos mais assíduos frequentadores.

Nem é preciso dizer, embolsara com a mais escrupulosa exatidão, até o último centavo, a soma que lhe fora confiada para a viagem e como recompensa pela maneira grandiosa e solene com a qual desempenhara seu papel de pai.

O senhor Andrea havia herdado, depois de sua partida, todos os papéis que provavam ter ele a honra de ser filho do marquês Bartholomeo Cavalcanti e da marquesa Leonora Corsinari.

Estava, pois, mais ou menos entrosado nessa sociedade parisiense sempre pronta a receber estrangeiros e a tratá-los, não pelo que são, mas pelo que querem ser.

De resto, que se pede a um rapaz em Paris? Que fale aceitavelmente o francês, vista-se bem, seja um jogador hábil e pague em dinheiro.

É óbvio, exige-se menos de um estrangeiro que de um parisiense.

Assim, Andrea conquistara em quinze dias uma bela posição: chamavam-
-no de senhor conde; diziam que tinha cinquenta mil libras de renda; e
comentavam sobre os tesouros imensos do senhor seu pai, escondidos nas
pedreiras de Saravezza.

Um especialista diante do qual se mencionou esta última circunstância
declarou ter visto as tais pedreiras, dando assim a asserções até então vagas
e duvidosas a consistência da realidade.

Iam as coisas nesse pé na sociedade parisiense, onde introduzimos nossos leitores, quando, uma noite, Monte Cristo foi visitar o senhor Danglars.
Este saíra, mas propuseram ao conde ser recebido pela baronesa, que estava
presente, e ele aceitou.

Era sempre com uma espécie de arrepio nervoso que, desde o jantar
de Auteuil e dos acontecimentos que se seguiram, a senhora Danglars
ouvia pronunciar o nome de Monte Cristo. Se a presença do conde não
acompanhava o anúncio de seu nome, a sensação dolorosa se tornava mais
intensa; se, ao contrário, o conde aparecia, seu rosto franco, seus olhos
brilhantes, sua amabilidade e até sua galanteria para com ela eliminavam
logo até a última impressão de medo. A baronesa achava impossível que
um homem tão encantador na aparência pudesse nutrir contra ela maus
desígnios; os corações mais corrompidos só conseguem acreditar no mal
quando o atribuem a um interesse qualquer: o mal inútil e sem causa é
repugnante como uma anomalia.

Quando Monte Cristo entrou na sala onde já tivemos ocasião de introduzir o leitor, e onde a baronesa examinava, inquieta, os desenhos que sua
filha lhe passava após tê-los visto com o senhor Cavalcanti filho, sua presença produziu um efeito extraordinário. Foi então sorrindo que, após se
sentir um tanto agitada ao ouvir o nome do visitante, a baronesa o recebeu.

Este, de sua parte, abarcou a cena toda com um olhar.

Perto da baronesa, Eugénie estava estirada em um sofá, enquanto Cavalcanti permanecia de pé.

Cavalcanti, vestido de preto como um herói de Goethe, sapatos de verniz e meias de seda brancas bordadas, passava uma mão pálida e muito

cuidada pelos cabelos loiros, fazendo cintilar um diamante que, apesar dos conselhos de Monte Cristo, o vaidoso jovem não resistira ao desejo de colocar no dedo mínimo. .

Esse movimento era acompanhado de olhares concupiscentes vibrados contra a senhorita Danglars e de suspiros que tomavam o mesmo caminho dos olhares.

A senhorita Danglars estava como sempre, isto é, bela, fria e zombeteira. Esses olhares e suspiros de Andrea não lhe escapavam; eles pareciam deslizar sobre a couraça de Minerva, couraça que segundo alguns filósofos cobria às vezes o peito de Safo.

Eugénie cumprimentou friamente o conde e, aproveitando-se das formalidades iniciais da conversa, retirou-se para sua sala de estudos, onde logo duas vozes risonhas e barulhentas, mescladas aos primeiros acordes de um piano, mostraram a Monte Cristo que a senhorita Danglars acabava de preferir, à dele e à do senhor Cavalcanti, a companhia da senhorita Louise d'Armilly, sua professora de canto.

Foi sobretudo então que, enquanto conversava com a senhora Danglars e parecia absorvido pelo encanto da conversa, o conde notou a solicitude do senhor Andrea Cavalcanti, seus modos ao ir escutar a música perto da porta, que não ousava atravessar, e seu ar de admiração.

Não tardou muito e o banqueiro voltou. Seu primeiro olhar foi para Monte Cristo, é verdade, mas o segundo foi para Andrea.

Quanto à baronesa, saudou-a como alguns maridos saúdam suas esposas, que os celibatários só entenderão quando for publicado um código minucioso do convívio conjugal.

– As meninas não o convidaram a fazer música com elas? – perguntou Danglars a Andrea.

– Ai de mim, senhor, não! – respondeu o rapaz, com um suspiro ainda mais profundo que os outros.

Danglars caminhou imediatamente para a porta de comunicação e abriu-a.

As duas jovens estavam sentadas no mesmo banco diante do piano. Tocavam cada uma com uma só mão, exercício ao qual se haviam habituado por fantasia e para o qual tinham desenvolvido uma notável habilidade.

A senhorita d'Armilly, que formava com Eugénie, graças à moldura da porta, um desses quadros vivos tão apreciados na Alemanha, era de uma beleza notável, ou antes, de uma graça requintada. Pequena e loira como uma fada, com longos cabelos encaracolados ladeando um pescoço um pouco comprido, semelhante aos que Perugino dá às vezes às suas madonas, tinha os olhos velados pela fadiga. Dizia-se que sofria do peito e que, como a Antônia do *Violino de Cremona*, morreria um dia cantando.

Monte Cristo lançou ao gineceu um olhar rápido e curioso. Era a primeira vez que via a senhorita d'Armilly, de que muito ouvia falar naquela casa.

– Então nós aqui estamos excluídos? – perguntou o banqueiro à filha.

Levou o jovem para a saleta e, fosse por acaso, fosse de propósito, atrás de Andrea a porta foi empurrada de modo que, do lugar onde estavam sentados, nem Monte Cristo nem a baronesa podiam ver mais nada. No entanto, como o banqueiro houvesse acompanhado Andrea, a senhora Danglars pareceu nem notar essa circunstância.

Logo depois, o conde ouviu a voz de Andrea ressoar aos acordes do piano, entoando uma canção corsa.

Enquanto o conde escutava, sorrindo, essa canção que o fazia esquecer Andrea para se lembrar de Benedetto, a senhora Danglars lhe gabava a força de ânimo de seu marido, que ainda naquela manhã havia, devido a uma falência milanesa, perdido trezentos ou quatrocentos mil francos.

Com efeito, o elogio era merecido, pois, se o conde não soubesse da notícia pela baronesa ou pelos meios de que dispunha para se informar de tudo, o rosto do barão não deixaria transparecer nada.

"Bem", pensou Monte Cristo, "ele já começa a esconder o que perde; há um mês, vangloriava-se disso."

Depois, em voz alta:

– Oh, senhora, o senhor Danglars conhece tão bem a Bolsa que sempre poderá recuperar nela o que perdeu fora.

– Vejo que partilha o erro comum – disse a senhora Danglars.

– E que erro é esse? – perguntou Monte Cristo.

– Pensar que o senhor Danglars joga quando, ao contrário, não joga nunca.

– Ah, sim, é verdade, senhora. Lembro-me de que o senhor Debray me disse... A propósito, que é feito dele? Não o vejo há três ou quatro dias.

– Eu também não – respondeu a senhora Danglars, com uma presença de espírito milagrosa. – Mas o senhor começou uma frase e deixou-a pelo meio.

– Que frase?

– O senhor Debray lhe disse...

– Ah, sim! Ele me disse que a senhora é que sacrifica ao demônio do jogo.

– Gostei disso por algum tempo, confesso. Mas não gosto mais.

– E está errada, senhora. Meu Deus, as oportunidades da Fortuna são tão precárias! Se eu fosse mulher e o acaso me fizesse esposa de um banqueiro, eu poderia confiar na boa sorte de meu marido, mas na especulação, como bem sabe, tudo é inesperado. Pensando assim, começaria por me garantir um cabedal independente, ainda que para adquiri-lo precisasse colocar meus interesses em mãos desconhecidas.

A senhora Danglars enrubesceu involuntariamente.

– Olhe – disse Monte Cristo, como se não houvesse visto nada –, andam falando sobre um belo golpe dado ontem com títulos de Nápoles.

– Não os tenho – replicou vivamente a baronesa – e nunca os tive. Mas, na verdade, já falamos demais sobre essa Bolsa, senhor conde, e parecemos dois corretores de ações... Falemos antes desses pobres Villefort, tão atormentados ultimamente pela fatalidade.

– Mas que aconteceu a eles? – perguntou Monte Cristo, com ar de perfeita ingenuidade.

– O senhor não sabe? Depois de perder o senhor de Saint-Méran três ou quatro dias depois de sua partida, acabam de perder a marquesa, três ou quatro dias depois de sua chegada.

– É verdade! – disse Monte Cristo. – Ouvi dizer. Mas, como observa Clodius a Hamlet, é uma lei da natureza. Seus pais morreram antes deles e foram pranteados; eles morrerão antes de seus filhos, que os prantearão.

– E não é tudo.

– Não é tudo?

– Não. Sabia que iam casar sua filha...

– Com o senhor Franz d'Épinay. O casamento foi desfeito?

– Ontem de manhã, segundo parece, Franz se desobrigou de sua palavra.

– Verdade? E sabe-se a causa dessa ruptura?

– Não.

– Que notícia, meu Deus! E o senhor de Villefort, como vem aceitando todas essas desgraças?

– Como sempre: filosoficamente.

Nesse momento, Danglars voltou.

– Ora – disse a baronesa –, você deixou o senhor Cavalcanti sozinho com nossa filha?

– E a senhorita d'Armilly? – respondeu o banqueiro. – Não conta?

E, virando-se para Monte Cristo:

– Jovem encantador o príncipe Cavalcanti, não acha, senhor conde? Mas... será mesmo príncipe?

– Não garanto – replicou Monte Cristo. – Apresentaram-me o pai como marquês, portanto o filho deve ser conde. Entretanto, creio que ele próprio não faça muita questão do título.

– Por quê? – estranhou o banqueiro. – Se for príncipe, erra em não se orgulhar disso. Não gosto de quem renega sua origem.

– Ah, o senhor é um democrata puro! – rebateu Monte Cristo, sorrindo.

– Percebe o risco que corremos? – continuou a baronesa. – Se o senhor de Morcerf aparecer por acaso, encontrará o senhor Cavalcanti em um quarto onde ele próprio, noivo de Eugénie, nunca teve permissão de entrar.

– Você disse bem, "por acaso" – resmungou o banqueiro –, pois, na verdade, nós o vemos tão raramente que só mesmo o acaso o traz aqui.

O CONDE DE MONTE CRISTO – TOMO 2

– Mas se vier e encontrar aquele rapaz perto de sua filha, talvez fique aborrecido.

– Ele? Meu Deus, está enganada! O senhor Albert não nos dá a honra de sentir ciúmes de sua noiva, não a ama suficientemente para isso. Aliás, que me importa se ele fique aborrecido ou não?

– Contudo, no ponto em que estamos...

– O ponto em que estamos... Quer saber qual é? No baile de sua mãe, ele dançou uma única vez com minha filha e o senhor Cavalcanti dançou três. O noivo nem reparou nela.

– O senhor visconde Albert de Morcerf! – anunciou o criado de quarto.

A baronesa se levantou de um salto. Ia passar à sala de estudos para avisar sua filha quando Danglars a segurou pelo braço.

– Deixe – disse ele.

Ela o olhou, espantada.

Monte Cristo fingiu não ver esse jogo de cena.

Albert entrou. Vinha muito elegante e muito jovial. Cumprimentou a baronesa com desenvoltura, Danglars com familiaridade e Monte Cristo com afeição. Depois, voltando-se para a baronesa:

– Permite-me, senhora – disse ele –, perguntar-lhe como está a senhorita Danglars?

– Está muito bem – interveio vivamente Danglars. – Ela neste momento faz um pouco de música em seu pequeno salão com o senhor Cavalcanti.

Albert conservou sua expressão calma e indiferente. Talvez experimentasse uma ponta de despeito, mas sentia o olhar de Monte Cristo fixo nele.

– O senhor Cavalcanti tem uma bela voz de tenor – disse então – e a senhorita Eugénie, um timbre magnífico de soprano, sem contar que toca piano como Thalberg. Deve ser um concerto magnífico.

– O fato é que combinam maravilhosamente – disse Danglars.

Albert fingiu não entender a insinuação, tão grosseira que a senhora Danglars enrubesceu.

– Eu também – continuou o jovem – sou músico, pelo menos segundo dizem meus professores. Mas, coisa estranha, nunca consegui até hoje harmonizar minha voz com nenhuma outra e menos ainda com a voz de soprano!

Danglars esboçou um leve sorriso que significava: "Bem que o senhor se aborreceu!"

– De modo que ontem – prosseguiu o banqueiro, ávido por chegar ao fim que desejava – o príncipe e minha filha causaram admiração geral. O senhor não esteve presente, senhor de Morcerf?

– Qual príncipe? – perguntou Albert.

– O príncipe Cavalcanti – respondeu Danglars, que teimava em dar esse título ao jovem.

– Ah, perdão – disse Albert –, eu ignorava que ele fosse príncipe. Então o príncipe Cavalcanti cantou ontem com a senhorita Eugénie? Na verdade, deve ter sido impressionante e lamento muito não ter ouvido o dueto. Mas não pude atender a seu convite, fui obrigado a acompanhar a senhora de Morcerf à casa da baronesa de Château-Renaud, a mãe, onde cantavam uns alemães.

E após um momento de silêncio, como se nada houvesse acontecido:

– Tenho permissão – repetiu – de apresentar minhas homenagens à senhorita Danglars?

– Oh, espere, espere um pouco, eu lhe suplico! – disse o banqueiro, detendo o rapaz. – Está ouvindo a deliciosa cavatina, *ta, ta, ta, ti, ta, ti, ta, ta*? Maravilhoso… vai terminar logo, em um segundo… Perfeito! *Bravo! Bravi! Brava!*

E o banqueiro se pôs a aplaudir freneticamente.

– Com efeito – prosseguiu Albert –, foi maravilhoso e é impossível uma pessoa entender tão bem a música de seu país como o príncipe Cavalcanti. O senhor disse príncipe, não? Pouco importa, se ele não for príncipe, logo será, pois não há nada mais fácil que obter esse título na Itália. Mas, voltando a nossos adoráveis cantores, o senhor poderia nos fazer um obséquio: sem avisá-los de que um estranho está aqui, pedir à senhorita Danglars e ao senhor Cavalcanti que cantem outra ária. É agradabilíssimo gozar a música um pouco de longe, na penumbra, sem ser visto, sem ver e, por

O CONDE DE MONTE CRISTO – TOMO 2

consequência, sem incomodar o músico, que pode assim se entregar de corpo e alma a seu gênio e a todo o impulso de seu coração.

Dessa vez, Danglars foi desarmado pela impassibilidade do rapaz.

Levou Monte Cristo para um canto.

– E então – perguntou –, que acha de nosso apaixonado?

– Hum, acho-o um tanto frio, não há dúvida. Mas que fazer? O senhor se comprometeu!

– Claro que me comprometi, mas a dar minha filha a um homem que a amasse, não que a ignorasse. Veja este aí, gelado como um pedaço de mármore, orgulhoso como um pavão. Ainda se fosse rico, se possuísse a fortuna dos Cavalcanti, vá lá… Por minha fé, não consultei minha filha, mas, se ela tivesse bom gosto…

– Ah – disse Monte Cristo –, pode ser que minha amizade por ele me cegue, mas eu lhe asseguro que o senhor de Morcerf é um jovem encantador, que fará sua filha feliz e, cedo ou tarde, conseguirá alguma coisa. Pois, enfim, a posição de seu pai é excelente.

– Não sei… – murmurou Danglars.

– Por que a dúvida?

– Sempre há o passado… o passado obscuro.

– Mas o passado do pai não pesa sobre o filho.

– Talvez, talvez!

– Vamos, não perca a cabeça. Há um mês, achava ótimo esse casamento… Compreenda meu desespero: foi em minha casa que o senhor conheceu esse jovem Cavalcanti, que eu mesmo não conheço, repito.

– Eu o conheço – disse Danglars. – E isso basta.

– O senhor o conhece? Informou-se sobre ele?

– Seria preciso? Não sabemos, à primeira vista, com quem estamos lidando? Para começar, é rico.

– Não garanto.

– Mas o senhor o afiançou – disse Danglars.

– Em cinquenta mil libras, uma ninharia.

– Tem uma ótima educação.

– Talvez... – duvidou Monte Cristo, por seu turno.

– É músico.

– Todos os italianos o são.

– Ora, conde, não está sendo justo com esse rapaz.

– Sim, confesso que vejo com reservas o fato de, conhecendo seus compromissos com os Morcerf, ele vir assim se intrometer, abusando da sorte.

Danglars começou a rir.

– Ah, como o senhor é puritano! – disse ele. – Ora, coisas desse tipo acontecem o tempo todo!

– Mas o senhor não pode desfazer o casamento, meu caro Danglars. Os Morcerf contam com ele.

– Contam?

– Sem dúvida.

– Então, que se expliquem. O senhor poderia dizer uma palavra sobre o assunto ao pai, meu caro conde, pois é bem-vindo naquela casa.

– Eu? Onde, com os diabos, notou isso?

– No baile, quero crer. A condessa, a orgulhosa Mercedes, a desdenhosa catalã que mal conversa com suas antigas amizades, não tomou o senhor pelo braço, não o acompanhou ao jardim e não desapareceu pelas alamedas mais isoladas, só voltando meia hora depois?

– Ah, barão, barão! – interveio Albert. – Está nos impedindo de ouvir. Para um apreciador de música como o senhor, que barbaridade!

– Está bem, está bem, senhor zombeteiro – disse Danglars.

Depois, virando-se para Monte Cristo:

– Encarrega-se de falar ao pai?

– De muito bom grado, se quer assim.

– Mas que dessa vez isso se faça de uma maneira explícita e definitiva. Sobretudo, que ele peça minha filha, marque uma data, exponha suas condições financeiras, enfim, que nos entendamos ou não. Mas, o senhor compreende, nada de delongas.

– Está bem, falarei com ele.

O conde de Monte Cristo – Tomo 2

– Não digo que espero o resultado com prazer, mas, seja como for, espero-o. Um banqueiro, como sabe, tem de ser escravo de sua palavra.

E Danglars emitiu um daqueles suspiros que Cavalcanti emitia meia hora antes.

– *Bravi! Bravo! Brava!* – exclamou Morcerf, parodiando o banqueiro e aplaudindo o fim da ária.

Danglars começava a olhar Albert de lado quando lhe vieram dizer duas palavras em voz baixa.

– Volto já – disse o banqueiro a Monte Cristo. – Espere-me, pois talvez eu tenha algo a lhe dizer daqui a pouco.

E saiu.

A baronesa aproveitou a ausência do marido para empurrar a porta da sala de estudos da filha. Todos viram, então, o senhor Andrea, sentado ao piano com a senhorita Eugénie, endireitar-se como que impulsionado por uma mola.

Albert cumprimentou, sorrindo, a senhorita Danglars, que, sem parecer de modo algum perturbada, correspondeu com a frieza de sempre.

Cavalcanti estava visivelmente embaraçado; saudou Morcerf, que devolveu a saudação com o ar mais impertinente do mundo.

Então Albert se desfez em elogios à voz da senhorita Danglars, lamentando, pelo que acabara de ouvir, não ter assistido à noitada da véspera.

Cavalcanti, abandonado a si mesmo, afastou-se com Monte Cristo.

– Bem – interrompeu a senhora Danglars –, basta de música e cumprimentos. Vamos tomar chá.

– Venha, Louise – disse a senhorita Danglars à sua amiga.

Passaram rapidamente para a sala contígua, onde efetivamente o chá estava preparado.

No momento em que começavam, à moda inglesa, a colocar as colheres nas xícaras, a porta se abriu e Danglars apareceu, visivelmente agitado.

Monte Cristo foi o primeiro a notar aquela agitação e interrogou o banqueiro com o olhar.

– Acabo de receber meu correio da Grécia – disse Danglars.

ALEXANDRE DUMAS

– Ah, foi por isso que o chamaram? – perguntou o conde.

– Sim.

– E como está o rei Otão? – perguntou Albert, no tom mais desenxabido.

Danglars olhou-o de esguelha, sem responder, e Monte Cristo se virou para ocultar a expressão de piedade que acabava de se desenhar em seu rosto, mas que desapareceu quase imediatamente.

– Saímos juntos? – perguntou Albert ao conde.

– Sim, se quiser.

Albert não conseguiu decifrar a expressão do banqueiro e, voltando-se para Monte Cristo, que a decifrara perfeitamente:

– Viu como ele me olhou?

– Sim – respondeu o conde. – Percebeu algo de diferente em seu olhar?

– Percebi. Mas o que ele quis dizer com as tais notícias da Grécia?

– Como quer que eu saiba?

– Pelo que presumo, o senhor tem contatos naquele país.

Monte Cristo sorriu como as pessoas sempre sorriem quando não querem responder.

– Olhe – disse Albert –, aí vem ele. Vou cumprimentar a filha pelo seu camafeu e, enquanto isso, o pai terá tempo de conversar com o senhor.

– Se for felicitá-la, felicite-a ao menos por sua voz – recomendou o conde de Monte Cristo.

– Não, isso é o que todo mundo faria.

– Meu caro visconde – disse Monte Cristo –, sua fatuidade é fruto da impertinência.

Albert aproximou-se de Eugénie com um sorriso nos lábios.

Durante esse tempo, Danglars inclinou-se ao ouvido do conde.

– O senhor me deu um excelente conselho – disse ele – e há uma história horrível sobre estas duas palavras: Fernand e Janina.

– Ora, vamos! – replicou o conde.

– Há, sim, e vou contá-la. Mas leve daqui o rapaz; eu ficaria muito embaraçado em sua presença.

– É o que vou fazer, levá-lo comigo. Ainda quer que eu fale com o pai?

O CONDE DE MONTE CRISTO – TOMO 2

– Mais que nunca.

– Está bem.

O conde fez um sinal a Albert.

Ambos saudaram as senhoras e saíram: Albert, com um ar perfeitamente indiferente ao desprezo da senhorita Danglars, Monte Cristo reiterando à dona da casa seus conselhos sobre a conveniência de uma esposa de banqueiro garantir seu próprio futuro.

Cavalcanti permaneceu senhor do campo de batalha.